Meinen Lesern

Heinz G. Konsalik

Von Heinz G. Konsalik sind folgende Romane
als Goldmann-Taschenbücher erschienen:

Eine angesehene Familie (6538) · Auch das Paradies wirft Schatten / Die Masken der Liebe (3873) · Bluthochzeit in Prag (41325) · Duell im Eis (8986) · Engel der Vergessenen (9348) · Der Fluch der grünen Steine (3721) · Der Gefangene der Wüste (8823) · Das Geheimnis der sieben Palmen (3981) · Geliebte Korsarin (9775) · Eine glückliche Ehe (3935) · Das goldene Meer (9627) · Das Haus der verlorenen Herzen (6315) · Der Heiratsspezialist (6458) · Heiß wie der Steppenwind (41323) · Das Herz aus Eis / Die grünen Augen von Finchley (6664)

Ich gestehe (3536) · Im Tal der bittersüßen Träume (9347) · Im Zeichen des großen Bären (6892) · In den Klauen des Löwen (9820) · Der Jade-Pavillon (42202) · Kosakenliebe (9899) · Ein Kreuz in Sibirien (6863) · Leila, die Schöne vom Nil (9796) · Liebe am Don (41324) · Liebe auf dem Pulverfaß (9185) · Die Liebenden von Sotschi (6766) · Das Lied der schwarzen Berge (2889) · Manöver im Herbst (3653) · Ein Mensch wie du (2688) · Morgen ist ein neuer Tag (3517) · Promenadendeck (8927)

Schicksal aus zweiter Hand (3714) · Das Schloß der blauen Vögel (3511) · Schlüsselspiele für drei Paare (9837) · Die schöne Ärztin (3503) · Die schöne Rivalin (42178) · Schwarzer Nerz auf zarter Haut (6847) · Die schweigenden Kanäle (2579) · Sie waren Zehn (6423) · Sommerliebe (8888) · Die strahlenden Hände (8614) · Die Straße ohne Ende (41218) · Tal ohne Sonne (41056) · Die tödliche Heirat (3665) · Unternehmen Delphin (6616) · Der verkaufte Tod (9963) · Verliebte Abenteuer (3925) · Wer sich nicht wehrt... (8386) · Wer stirbt schon gerne unter Palmen... 1: Der Vater (41230) · Wer stirbt schon gerne unter Palmen... 2: Der Sohn (41241) · Wie ein Hauch von Zauberblüten (6696) · Wilder Wein (8805)

Ferner liegen als Goldmann-Taschenbücher vor:

Stalingrad. Bilder vom Untergang der 6. Armee (3698)
Die fesselndsten Arztgeschichten.
Herausgegeben von Heinz G. Konsalik (11586)

Heinz G.

KONSALIK

DER JADEPAVILLON

ROMAN

GOLDMANN VERLAG

Ungekürzte Ausgabe

Umwelthinweis:
Alle bedruckten Materialien dieses Taschenbuches sind chlorfrei und umweltschonend. Das Papier enthält Recycling-Anteile.

Der Goldmann Verlag
ist ein Unternehmen der Verlagsgruppe Bertelsmann

Umschlagentwurf: Design Team München
Umschlagfoto: Schuster/Explorer, Oberursel
Druck: Elsnerdruck, Berlin
Verlagsnummer: 42202
MV · Herstellung: Stefan Hansen
Made in Germany
ISBN 3-442-42202-7

1 3 5 7 9 10 8 6 4 2

Für meine Frau
Ebbi,
meine beste, zuverlässigste und mutigste Mitarbeiterin,
die zweimal mit mir durch China gezogen ist.
Ich verdanke ihr mehr, als ich zu sagen vermag.

Es ist leicht,
geboren zu werden,
aber schwer,
ein Mensch zu werden

Keine Straße ist lang
mit einem Freund an der Seite

Bevor du dich daran machst,
die Welt zu verbessern,
gehe dreimal durch dein eigenes Haus

(Chinesische Weisheiten)

I
Der Jadegipfel-Tempel

Yang Ling war ein Bauer aus Changli, einem kleinen, armen Dorf mit Hütten aus geflochtenem Stroh, gestampftem Lehm und gebrannten Ziegeln; seine Dächer waren mit Steinplatten von den nahen Bergen gedeckt. Das Dorf lag auf der Hochebene von Lijiang.

Er war ein alter Mann Anfang der Siebzig, mittelgroß und knöchern, und obwohl er sein Haus und seine Felder seinem ältesten Sohn übergeben hatte, schöne, fruchtbare Felder mit Kohl und Sojabohnen, Hirse, Erdnüssen und Ingwer, dazu die geschwungenen Reisterrassen, saß er nicht auf einer Bank vor dem Haus oder im Innenhof bei den Azaleenbäumen und sah seinen Schwiegertöchtern beim Teetrocknen oder den Enkeln beim Spielen zu, sondern beobachtete wachen Auges das tägliche Leben um sich herum. Es begann morgens um fünf und endete mit dem Zubettgehen. Sein Bett hatte den besten Platz im Haus: links hinter der Eingangstür; es stand allein und bot genug Platz, sich darin zu bewegen, denn dem Oberhaupt der Familie steht die größte Ehrfurcht zu.

Lings Frühstück mußte immer aus Dampfbrötchen und einer Reissuppe bestehen, am Sonntag aus einem gebratenen Ei, eingelegtem Sojabohnenkäse, dem in keinem Haushalt fehlenden Tofu, einer scharfen Sojasoße; wenn sein Ehrentag war, stellte die Frau des ältesten Sohnes dem Oberhaupt eine eiserne Pfanne mit Dong Gu Cai Xin hin, das sind China-Pilze mit Kohlherzen, gedünstet in reinem Schweineschmalz. Dazu kam die große Thermoskanne mit heißem Wasser und dem Kästchen mit grünem Tee, ohne den sich Ling keinen Tagesanfang denken konnte.

Nach dem Frühstück knöpfte Ling seine blaue Mao-Jacke zu, von der er sich trotz vieler Neuerungen der letzten Jahre nicht trennen mochte, ging in den Schuppen hinüber und umkreiste dreimal den dreirädrigen Kleintraktor, dessen Motor altersschwach knatterte und dessen lederner Treibriemen so zerfurcht aussah wie Lings Gesicht. Der Motor tat brav seine Pflicht, als wisse er, daß er das sichtbare Zeichen von Lings Wohlstand sei.

Ling gehörte nicht zu den ganz Armen, die es ohnehin nicht im fruchtbaren Yunnan gab und schon gar nicht im Gebiet um Lijiang, der Heimat des Naxi-Stammes. Ling war ein freier »Unternehmer«, der mit seinem Traktor und zwei selbstkonstruierten Anhängern ein Transportunternehmen gegründet hatte, Steine zum Bau von Häusern, Dämmen, Mauern und Straßenbefestigungen herbeifuhr, Holzkohle oder Chinakohl auf dem Markt von Lijiang verkaufte und auch Hochzeits- oder Trauergäste auf der Plattform seiner Anhänger zu den Feierstätten schaukelte.

Ling hatte es in seinem Leben zu etwas gebracht: Sein ältester Sohn war ein guter Bauer geworden, so wie er einmal einer gewesen war, und pflügte mit dem Wasserbüffelgespann die Felder, deren Furchen eine Augenweide waren. Der zweite Sohn hatte in Dali eine Schusterwerkstatt aufgemacht, hatte seinen Stand auf der Hauptstraße in Alt-Dali und war wohl der einzige Schuster weit und breit, der neununddreißig verschiedene Absätze, vierzehn verschiedene Sohlen, zweiundfünfzig verschiedene Eisenbeschläge und neunundzwanzig verschiedenfarbige Lederflecken anzubieten hatte. Er hatte sich sogar ein Moped der Marke »Rote Fahne« gekauft, was das Höchste von einem Moped war. Der dritte Sohn handelte mit Fahrradersatzteilen, fuhr selbst die Marke »Fliegende Taube«, die zweihundertdreißig Yuan gekostet hatte, und wenn er einmal nach Changli zu Besuch kam und dem Vater eine Flasche Dongjiu-Schnaps mitbrachte, die Ling schlückchenweise wie eine Medizin trank, umringten die Kinder des Dorfes das Fahrrad und starrten Peixin – so hieß der erfolgreiche Sohn – ehrfurchtsvoll an.

Der Bedeutendste der Yang-Familie aber war der vierte Sohn Huizi. Er war bis zur Provinzhauptstadt Kunming gekommmen und so klug gewesen, der Kommunistischen Partei beizutreten, hielt Reden an das gemeine Volk und bekam dafür die Lizenz, in Kunming ein Dreiradtaxi zu fahren. Mit ihm knatterte er durch die staubigen Straßen und hatte sogar einen Platz am öffentlichen Taxistand. Er schickte jeden Monat fünfzig Yuan an die Familie in Changli, und jeden Monat gab es dieserhalb eine große Sippendiskussion, was am nötigsten mit diesem Geld angeschafft werden solle.

Nun war von Huizi, dem braven Sohn, das Geld wieder angekommen, und Ling hatte in seinem geschnitzten Kästchen aus Kampferholz nachgezählt, wieviel Yuan man gespart hatte. Es war eine schöne Summe, mit der man etwas anfangen konnte, zum Beispiel einen neuen Traktor anzahlen. Aber Ling schüttelte den Kopf, setzte sich im Innenhof des Hauses auf eine umgestürzte tönerne Vase und sah hinauf zu Xu Junpei, seiner Frau. Sie hatte ihm sieben Kinder geschenkt, und Ling pries sich glücklich, nicht ein Mensch der heutigen Zeit zu sein, wo die Regierung nur ein Kind je Ehe duldete, das zweite nur auf Antrag gezeugt werden durfte und das dritte gnadenlos abgetrieben wurde. Nun war Junpei verhutzelt wie eine Ginsengwurzel, aber Ling liebte sie noch immer und hatte keine heimliche Konkubine, mit der er sich an uneinsehbaren Bergstellen traf.

»Hör zu, mein stiller Herbstsee«, sagte er. Er nannte Junpei seit ihrem vierzehnten Jahr so, als er sie beim Drachenbootfest im Tempel der fünf Phönixe am Schwarzen-Drachen-Teich kennengelernt hatte, mit ihr in Bambusblätter gehüllte Klebreisklöße gegessen und nach einem Blick in ihre glänzenden Augen sie »Stiller Herbstsee« genannt hatte. Bald darauf hatten sie geheiratet, ihre Kinder bekommen, ihre Felder erweitert und sogar die Kulturrevolution Mao Zedongs überlebt. Denn Ling war ein gerissener Bursche. Kaum hatte die alles zerstörende Revolution begonnen, klebte er über die Tür seines Hauses den mit weißer Schrift auf roten Stoff geschriebenen Spruch: »Unter dem Himmel dient alles der Gemeinschaft.« Weitere Mao-Sprüche zierten jede Tür im Haus: »Dem Volke dienen!«, »Ein Leben für die Partei, für die Revolution!« Eindruck machte vor allem die Parole, die als Spruchband quer über den Innenhof gespann war: »Für die große Gemeinschaft, gegen individuelle Interessen!« Das rettete die Familie Yang vor der Vernichtung und der Zwangsarbeit. Als Mao 1976 starb, war Lings erste Tat, alle Sprüche von seinem Haus zu entfernen.

»Hör zu«, sagte er, neu ansetzend, und blickte hinauf zu Junpei. »Mir geht es nicht gut. Der Magen. Ich habe Schmerzen. Immer schwächer werde ich. Gestern wäre ich in einer kleinen, sanften Kurve fast vom Traktor gefallen. Das ist mir seit vierzig Jahren nicht passiert. Irgend etwas frißt mich von innen auf.«

Junpei schwieg. Sie hatte in ihrem Leben nie viel gesprochen, wozu auch? Was Ling sagte und tat, war immer richtig gewesen, und eine Frau soll nicht dreinreden, wenn sie es nicht besser kann. Sie hatte Ling immer nur angesehen und genickt. Es war schon eine große, außergewöhnliche Liebe, daß er ihr überhaupt davon erzählte, was er getan hatte und was er tun würde, und sie war zeit ihres Lebens glücklich gewesen, einen Mann wie Ling zu haben, der sie nicht einfach auf die Decke warf und in sie eindrang, sondern der zu ihr zärtlich war, sie streichelte und ihre Brüste küßte.

»Du bist krank?« fragte sie. Es klang, als bitte sie um Verzeihung, so etwas ausgesprochen zu haben.

»Ja.«

»Und du warst schon bei Kuang Yemei?«

Eine dumme Frage – Ling sah seine Frau strafend an. Kuang Yemei war der Heilkundige des Dorfes Changli, so wie jedes Dorf einen Kundigen besitzt, der sich auskennt mit der tausendjährigen Medizin, wie sie die Natur liefert. Wo war der nächste Arzt? In Lijiang oder in Dali, und die ganz guten Ärzte, die Professoren, betrieben ihre Praxen in Kunming, wohin man mit dem Bus vierzehn Stunden fuhr.

»Er sagt: ›Unreine Säfte!‹ Ja, das sagt er.« Ling räusperte sich, sammelte den Schleim in der Mundhöhle und spuckte ihn dann seitlich in einen runden, bemalten Tontopf. »Und gesagt hat er auch: ›Du bist alt, Ling, da ist es wie mit deinem Motor am Traktor. Der rostet und knirscht und rasselt, und plötzlich platzt er auseinander. Ich kann dir etwas gegen die Schmerzen geben. Wissen, was es ist, können nur die Ärzte in Kunming. Die haben Apparate, habe ich mir sagen lassen, damit schauen sie dir in den Bauch. Willst du nach Kunming?‹«

»Ja, willst du nach Kunming?« fragte Junpei, als Ling schwieg und tief atmete. Neuer Schleim saß ihm in der Kehle fest.

»Nein. Dann könnte ich mein Geld auch in der Suppe kochen.«

»Du willst sterben? Einfach so sterben? Glaubst du, du bist mit dem Leben fertig?«

Ling schüttelte den Kopf. Er erhob sich von der großen Vase, ging durch den Innenhof, trat hinaus ins Freie und blickte hinüber zu den dreizehn leuchtenden Schneegipfeln des Yulongxue Shan und dem alles beherrschenden Jadedrachen-Berg. »Dahin gehe ich«, sagte er. »Das ist meine letzte Hoffnung. Das Jadedrachen-Kloster. Ein Mönch lebt dort, Deng Jintao heißt er – man sagt, seine Hände habe Buddha gesegnet.«

»Deng Jintao soll ein alter Mann sein, ein uralter. Kaum noch sehen kann er, so erzählt man sich. Ein Mensch wie vertrocknetes Leder.« Junpei hielt inne, zu viel hatte sie schon gesagt, was unziemlich war, wenn Ling seine letzte Hoffnung auf diesen Lama setzte. Hoffnung ist das Leben; wer ohne Hoffnung lebt, ist unnütz auf dieser Welt. »Ich wage nur, dir meine dummen, unwichtigen Gedanken zu sagen. Du hast das Geld gezählt, Huizi hat wieder die fünfzig Yuan geschickt, wir könnten nach Dali fahren oder zu einem Spezialisten nach Kunming. Vielleicht macht er es billiger – du bist doch Mitglied der Partei. Mao hat gesagt –«

»Er hat viel gesagt, was heute keiner mehr wissen will.« Ling spuckte wieder aus, diesmal im hohen Bogen auf die mit Steinen befestigte Lehmstraße. »Heute will jeder nur verdienen, will ein reicher Mann werden, so reich wie Männer, die sie immer im Fernsehen, in den Hongkong-Filmen zeigen. Sie denken heute anders, die Genossen, die uns regieren. Was hat Deng Xiaoping zuletzt gesagt? ›Egal, ob die Katze weiß oder schwarz ist, Hauptsache, sie fängt Mäuse.‹ Und Mäuse wollen sie alle fangen, schöne, fette Yuan-Mäuse, auch die Doktoren in der Stadt.« Er schaute wieder hinüber zu dem gewaltigen Schneegipfel des Jadedrachen-Berges, der in den tiefblauen Himmel hinein zu wachsen schien, als sei er eine Brücke zwischen der Welt und der Unsterblichkeit. »Deng Jintao macht es umsonst.«

»Gibt es einen Mönch, der nicht die Hand aufhält oder neben einer geflochtenen Geldschüssel sitzt?«

»Er nimmt nur Spenden, freiwillige Spenden, sagt man.«

»Und wieviel willst du geben?«

»Wie soll ich das wissen? Je mehr er mich heilt, um so mehr Yuan bekommt er.«

»Und wenn er dich ganz gesund macht, ist alles Geld weg.«

»Ist das mein Körper, ist das mein Leben nicht mehr wert?« Er spuckte zum drittenmal seinen Schleim aus und ging zurück ins Haus. Im Innenhof trank er noch eine Deckeltasse voll grünen Tees und spürte, wie dankbar sein Magen ihn aufnahm. »Ich fahre noch heute zum Kloster.«

»Darf ich Unwürdige dich begleiten?« fragte Junpei und senkte tief das Haupt.

»Warum?«

»Über vierzig Jahre habe ich dich begleitet.«

Ling nickte gnädig. Welch eine gute Frau, dachte er. Von ihrer Hochzeit an war er zufrieden mit ihr gewesen. Sie hatte die Kinder geboren und das Haus versorgt, sie hatte auf den Reisfeldern hinter den Wasserbüffeln die Erde aufgerissen und die Gemüseterrassen gepflegt, gejätet und geerntet; in großen, selbstgeflochtenen Körben, die an dem Schulterjoch hingen, hatte sie nicht nur die Früchte der Felder, sondern auch Erde, Steine und gespaltene Felsplatten geschleppt, Lehmziegel und Geschirr hatte sie im hofeigenen Brennofen gebrannt und aus den Kalksteinen guten Baukalk gekocht. Und nie hatte sie geklagt, nie ein böses Wort gesagt, nur war sie abends öfter wie betäubt auf das Bett gesunken, aber nie, ohne nahe an ihn, ihren Ehemann, heranzurücken und seine Wärme zu spüren. Ling konnte zufrieden sein, deshalb ärgerte er sich über seine Schwiegertöchter, die ein Leben führten, als verdienten ihre Männer tausend Yuan im Monat.

»Du solltest dich auch untersuchen lassen, Stiller Herbstsee«, sagte Ling und griff nach ihrer knochigen und schwieligen Hand. Diese Hände hatten nie versagt, sie hatten großen Anteil daran, daß aus dem Kleinbauern Ling der wohlhabende Yang Ling geworden war. »Auch du bist krank. Ich weiß das schon seit Wochen. Aber nie hört man einen Klagelaut von dir.«

»Wird es besser durch Klagen?« Sie entzog ihm ihre Hand – es war Jahre her, daß er sie berührt hatte, es sei denn, er habe sie zur Arbeit angetrieben oder beim Beladen des Traktoranhängers zufällig berührt. Seit langer Zeit schlief er auch allein in seinem breiten Bett, in dem er seine sieben Kinder gezeugt hatte. Er brauchte Platz, wälzte sich im Schlaf, röchelte und ächzte und fuhr aus dem Schlaf empor, um neben dem Bett kräftig in den Spucknapf zu spucken. Junpei schlief auf einer dünnen Schaumgummimatratze in der Nähe des Ofens, und kein Zorn war darüber in ihr, denn es ruhte sich weicher auf dem neuen Kunststoff als auf der alten, gestopften Matratze, bei der die Füllung durch den Stoff stach.

»Brechen wir auf!« Ling trank die Tasse mit dem grünen Tee aus, setzte den Deckel auf die Tasse und stellte sie neben der Thermoskanne ab. »Nimm Decke, Stepphosen, Wattejacken, Pullover und für jeden drei Paar Strümpfe mit. Und die Stiefel aus Biberfell. Und die Pelzmütze mit den Ohrklappen. Es kann kalt werden da oben am Jadedrachen-Berg.«

»Wir bleiben in den Bergen, Ling?«

»Ja. So lange, bis Deng Jintao zu uns sagt: ›Geht wieder in euer Dorf, ihr Demütigen. Die Krankheit ist aus euren Körpern geflüchtet zu den Feuergeistern. Eure Leiber sind rein.‹«

»Und wenn er es nicht sagt?«

»Er wird etwas sagen, Stiller Herbstsee. Er wird sagen Leben, oder er wird sagen Tod. Was er auch sagt: Er wird sein Geschenk bekommen, und wir ziehen zurück in unser Dorf. Eines bringen wir immer mit: das Wissen. Wie einsam ist ein unwissender Mensch – er hat nicht einmal seine Gedanken zum Freund.«

Junpei, die wie immer für alles zu sorgen hatte, was Ling in den Sinn kam, eilte ins Haus, um Decken, Kleidung und alles, was man zu einer längeren Reise brauchte, zu Bündeln zusammenzuschnüren. Die Schwiegertochter füllte drei große, vier Liter fassende Thermoskannen mit kochendem Wasser und stopfte einen Leinenbeutel voll grünen Tee. Wenn es auf dem Weg zum Jadegipfel-Tempel einen Schnee- oder Sandsturm geben sollte, wenn man länger unterwegs war und das Essen nicht reichte, wenn die karge Hochebene vor dem Gebirge keine Wurzeln, Sträucher, Beeren oder Pflanzen hergab, mit denen man den Hunger unterdrücken konnte – zwei Schlucke heißen grünen Tees hielten das Leben zusammen.

Ling kümmerte sich um seinen dreirädrigen Kleintraktor. Er ölte die Wellen und Zahnräder, reinigte den Motor, zog den Treibriemen nach, kontrollierte die Achsen und Radlager, alles tat er so genau, als ginge es auf eine Reise nach Shanghai oder hinauf in den Norden, in die Mongolei oder nach Tibet. Zum Schluß koppelte er den flachen Anhänger an und sah, die Hände auf dem Rücken, zufrieden zu, wie Junpei und seine Schwiegertochter die schweren Bündel herbeitrugen und auf die Ladefläche stemmten. Er hielt seine Maschine in Ordnung, für die Hausarbeit waren die Frauen da. Das Leben ist gerecht verteilt.

Bevor sich Ling auf den eisernen, durchlöcherten Bock des Kleintraktors setzte, schob ihm Junpei, die Aufmerksame, noch ein flaches Kissen unter das Gesäß. Nicht mehr viel Fleisch hatte Ling auf seinem Hintern, die Knochen stachen durch die gelbe, faltige Haut, und es kam jetzt öfter vor, daß er von den Feldern oder von einigen Lohnfuhren zurückkam, sich in das kalte Wasser des Baches setzte, der durch Changli plätscherte, und sich danach von Junpei die Hinterbacken bis zum Rücken hinauf mit Hammelfett einreiben ließ. Einmal blutete er sogar am linken Hüftknochen; da suchte er Kuang Yemei, den Heilkundigen, auf, ließ sich einen nach Auberginen riechenden Pflanzenbrei auf die Wunde legen, bezahlte für die Behandlung einen Yuan und war nach zwei Tagen schmerzfrei, und auch die Wunde gab es nicht mehr. Wie weggezaubert war sie, und es hatte schon seine Berechtigung, daß Kuang Yemei auch außerhalb der Behandlungen mit Geschenken reich bedacht wurde.

Um so größer und verständlicher war sein Zorn auf jenen Lamapriester Deng Jintao im Felsengewirr des Jadedrachen-Berges. Woher er kam, wußte niemand, und Chen Xue, der Älteste und Vorsteher des Klosters, schwieg auch darüber, wenn ihn jemand danach fragte.

»Die Gnade Buddhas hat ihn uns geschickt«, antwortete er geschickt, denn niemand wagte die Gnade Buddhas anzuzweifeln. »Er ist ein Weiser, ein Heiler, ein Auge, das in den Menschen blicken kann. Wenn er sagt: ›Du lebst‹, dann wirst du weiterleben. Sagt er aber: ›Du stirbst‹, dann suche um dein Haus herum die Stelle aus, wo dein Körper wieder zu Erde wird. Ja, Jünger Buddhas, er war plötzlich da, als sei er auf einer Wolke vom Gipfel des Yulongxue Shan herabgestiegen, und er hat mich sofort von einem Husten geheilt, mit fünf Tropfen aus einer Flasche aus rotem Glas.«

Kein Wunder, daß allesamt von Deng Jintao sprachen und Kuang Yemei in seinem kleinen Medizinladen mit den vielen Pulvern und Mixturen, den Schlangen, den getrockneten Kröten und Eidechsen, den verkrümmten Wurzeln und Schüsseln voll lebendem Gewürm die wildesten Flüche ausstieß, wenn er allein war und niemand ihn hörte. Er kannte die Geheimnisse von tausendjährigen Medikamenten, er heilte Durchfälle und Blasenschwäche, Kinderpocken und Entzündungen aller Art, von der infizierten Wunde bis zum Ausfluß bei den Frauen, er mischte Salben gegen Pickel und heilte sogar einen Bauern, der von Kunming eine Syphilis mitgebracht hatte, auch wenn er ihn durch zu hohe Dosen von Quecksilber fast umgebracht hätte. Aber der Sünder lief seit drei Jahren ohne Rückfall herum und hatte sogar einen Sohn gezeugt, der absolut gesund war.

Galt das alles nicht mehr? Was hatte dieser Deng Jintao vorzuweisen? Nur Gerüchte, Märchen, nebelumwobene Wundertaten, die niemand nachprüfen konnte; denn wer vom Jadedrachen-Kloster zurückkam ins Dorf, nicht nur nach Changli, sondern auch in die umliegenden Dörfer der Senke der Löwenhügel und in die Dörfer der Naxi-Minderheit auf der Hochebene oder gar aus Lijiang selbst, schwieg über seine Krankheit und seine Heilung. Zwei Ärzte, die ihre Praxen in Lijiang eröffnet hatten, nachdem sie an der berühmten Universität von Chengdu studiert hatten, stellten mit zähneknirschendem Staunen fest, daß von ihnen aufgegebene Patienten plötzlich aus dem Jadedrachen-Schneegebirge zurückkehrten; wie der Friseur Gu Changwei: Er baute seinen Stand auf der Straße am Marktplatz wieder auf und rasierte und schnitt Haare wie bisher, als habe er nie an Lungentuberkulose gelitten.

»Dieser Mönch ist ein Schamane!« erklärten die Ärzte ihren unruhig werdenden Patienten. »Er verwirrt euren Geist mit Sprüchen, Räucherstäbchen, wertlosen Tropfen oder Pillen, über die er Rauchkessel schwenkt, und sagt zu euch: ›Geht, ihr seid gesund.‹ Und plötzlich – hört nicht daran vorbei, liebe Brüder und Schwestern – fallt ihr einfach um und seid tot. Er verzaubert euch, aber noch nie ist durch einen Zauber ein morscher Knochen wieder fest geworden. Wer zu Deng Jintao geht, sollte vorher sein Grab wählen.«

Der Ruf von Deng Jintao wuchs indes wie der Reis in einem guten Jahr. Seit einem halben Jahr gab es zweimal im Monat eine Busfahrt zum Jadegipfel-Tempel. Der Unternehmer, ein schlitzohriger Mensch aus Dali, verlangte für diese Fahrt drei Yuan, in einem Bus, dessen Federn krachten und dessen Motor kläglich aufheulte, wenn er eine kleine Steigung nehmen mußte. Aber alle vierzehn Tage war der Bus voll; sogar auf dem Dach, sich an Haltestangen festklammernd, fuhren die Kranken ins Gebirge, und sie zahlten sogar vier Yuan.

Deshalb fuhr nun Yang Ling mit dem eigenen Kleintraktor in die Berge, hinter sich auf dem Anhänger seine Frau Xu Junpei, die sich zwischen die Bündel aus Decken und warmer Kleidung gedrückt hatte. Neben ihr stand die große Thermosflasche mit heißem Wasser und der Leinensack mit Tee, damit sie Ling sofort bedienen konnte, wenn er nach seinem grünen Getränk rief.

Es war ein Tag, der sich nach einem sonnigen Morgen immer mehr eintrübte, je höher sie kamen. Als sie die weite, fast kahle Hochebene erreichten, hielt Ling den Motor an, verlangte seinen grünen Tee, nahm ein paar lange Schlucke und zeigte dann auf den weißbestäubten Jadedrachen-Berg. Breite Rinnsale von klarem, eiskaltem Schmelzwasser durchbrachen die Ebene und wurden weiter unten im Tal zu lebenspendenden Bächen für die Gemüsefelder und Reisterrassen.

»Dort hinauf müssen wir«, sagte Ling, nachdem auch Junpei ihren Tee getrunken hatte. »Dort liegt der Jadegipfel-Tempel.«

»Wie hoch, du tapferer Mann?«

»Man sagt: dreitausenddreihundertfünfzig Meter. Geologen haben es gemessen, man muß es ihnen glauben.«

»Und dort hinauf müssen wir klettern, mit allem Gepäck auf dem Rücken?«

»Es führt ein Weg hinauf, von den Mönchen angelegt. Ein schmaler, steiniger Weg, aber es ist ein Weg. Wenn der Bus aus Dali es schafft, schaffen wir es auch. Dem Busfahrer geht es um Geld, mir geht es um mein Leben.«

Der Weg zum Tempel war eine Tortur für den alten, keuchenden Traktormotor; er röchelte und gab Laute von sich, als weine er laut, aus dem Auspuff quoll schwarzer, öliger Rauch, knatternd, als würde er hinausgeschossen. Aber Ling hielt nicht an und gönnte dem Traktor kein Verschnaufen; er wußte, er würde dann nicht wieder anspringen, so störrisch wie ein müder Esel würde er sein, den konnte man auch mit viel Geschrei knüppeln, und dennoch rührte er sich nicht. Alles hat seine Seele, dachte Ling. Auch der Motor eines Traktors... Nur noch vier Biegungen, noch ein paar Kehren, und wir sehen den Tempel. Chen Xue und seine Brüder haben uns längst gesehen. Vor allem haben sie gefühlt, daß Yang Ling und Xu Junpei auf dem Weg zu ihnen sind: Sie spüren den Wind, bevor er über die Berge weht, sie riechen den Schnee, bevor er fällt, sie sehen die

Blüten der Bäume, Büsche und Pflanzen, bevor sich ihre Knospen öffnen. Der Blick Buddhas liegt in ihren Augen.

Ehrwürdiger Chen Xue, der schlechteste aller Menschen, ein Wurm im Sumpf, der armselige Bauer Yang Ling, kommt zu dir.

Mit seinem aufbrüllenden Kleintraktor erreichte Ling wirklich den kleinen Parkplatz, den die Mönche aus dem Felsplateau gehauen und mit einer Zementschwemme geglättet hatten. Zerzauste Kiefern und windschiefe Azaleenbüsche rahmten den Platz ein und bildeten eine lichte Allee bis zu den über vierzig Treppenstufen, an deren Ende der Jadegipfel-Tempel lag. Die rot, blau und gelb gestrichenen Dachornamente aus Vogelköpfen, Drachenmäulern und allegorischen Figuren umfing noch der Glanz der Nachmittagssonne. An der obersten Stufe der Treppe stand eine gebeugte, in ein verblichenes rotes Priestergewand gewickelte, schmale Knochengestalt und drehte eine Gebetskette durch die fleischlosen Finger.

Ling und Junpei verneigten sich tief. Junpei trug, auf den Rücken geschnallt, das schwere Bündel mit den Geschenken. Sie empfand es nicht als eine Last – sie war glücklich, für Ling das Klosteropfer zu tragen.

Ling, ledig aller Lasten, schlug dreimal die Arme vor die Brust und sagte voll Demut: »Ein Nichtsnutziger, ein Parasit, ein Lebensunwürdiger grüßt dich und bittet dich um deine Hilfe. Auch wenn mein Leben nutzlos ist, o Weiser, möchte ich jetzt noch nicht sterben. Ein paar Jahre möchte ich noch die Sonne auf- und untergehen sehen, möchte meinen Reis wässern, meinen Kohl abschneiden, das Gemüse salzen, den Ingwer aus der Erde ziehen, die Mandarinen pflücken und ein saftiges Schweinchen essen.«

»Du bist also krank?« fragte der Mönch. Er hatte eine tiefe, zittrige Stimme von einer seltsamen Klanglosigkeit.

»Darum liege ich im Staub vor dir, o Meister.«

Chen Xue – er war es wirklich – streckte den Arm aus und zeigte hinüber zu einem verschachtelten, mit vergilbter Farbe bedeckten Gebäude, zu dem ein steiniger Weg führte. Das Wohnhaus der Mönche, in dem sich auch die Küche befand, die

Schlafzellen, ein Zimmer mit einem Lehmofen als Versammlungsraum im Winter und hinter einem Gang aus rotbemalten Holzsäulen ein länglicher Raum mit einer Theke und kunstvollen Rollenbildern aller Größen an den Wänden, der Verkaufsraum für die Pilger. Hier konnte man den Jadedrachen-Berg als Jadeschnitzerei oder aus buntem Glas kaufen, Puppen in der Nationaltracht der Naxis, Steinstempel und Pinsel, Tuschen und Halsketten aus den Knochen der Yaks. Und noch viel mehr gab es an der Theke zu kaufen, bunten, industriellen Kitsch, den ein Händler zweimal im Jahr aus Kunming zum Tempel brachte.

»In drei Jahren habt ihr einen richtigen Shop hier!« sagte der Händler, ein munterer Mann vom Stamm der Dongs. »Und dann kommen die Amis und drehen hier ihren ersten lamaistischen Kriminalfilm. Ihr seid entdeckt.«

Aber Chen hatte nur weise den Kopf geschüttelt und nach oben in die weißen Berge der Yulongxue-Shan-Gruppe gezeigt. »Siehst du den Shanzidou?« fragte er. »Dort, halb rechts. Alle Berge des Himalaja haben sie bezwungen, am Shanzidou sind alle Expeditionen gescheitert. Noch nie war ein Mensch auf dem Gipfel. Wie steht es in den uralten Bilderrollen der Dongba-Schriften des Naxi-Volkes? ›Als Himmel und Erde noch nicht getrennt waren, konnte der Steingott noch singen, Bäume konnten laufen und die Steine sprechen.‹ So wird es bleiben, Bruder. Himmel und Erde sind in Lijiang noch immer Geschwister. Der Mensch mag die Erde vernichten, den Shanzidou wird er nie betreten. Es gibt noch Grenzen, die Gott gesetzt hat.«

Ling verstand die Geste des Lamas. Er stieß Junpei an, verneigte sich noch einmal tief vor Chen und kletterte dann den Steinweg zum Wohnhaus der Mönche hinauf. Bevor er die angelehnte, rotlackierte Tür aufstieß, dachte er erschrocken, daß er gar nicht nach Deng Jintao, dem großen Heiler, gefragt hatte, denn es konnte ja sein, daß er am falschen Tag gekommen war und Buddhas heilende Hand mit etwas anderem beschäftigt war. Doch Chen hatte auf diesen Weg gewiesen, was nur bedeuten konnte, daß der geheiligte Deng Jintao bereit für sie war.

Das Geviert des Innengartens war mit Tonziegeln gepflastert, ein paar niedrige alte Holzhocker und kleine, schmale Tische standen herum, Blumen glänzten mit üppigen Blüten, als gäbe es hier am Hang eines Schneeberges nie einen Winter. Voll Stolz und Ehrfurcht aber stand jeder Besucher, der diesen Innenhof betreten durfte, vor einer breitkronigen, knorrigen Magnolie, von der Chen keck behauptete, der Baum sei über tausend Jahre alt. Sogar der wilde Khublai Khan sollte vor dem Baum gestanden und – er war eben ein ungebildeter Wilder – gegen den Stamm gepinkelt haben. Von da an sei der Baum so knorrig gewachsen.

Eine solche Geschichte war immer eine Spende wert; der Jadegipfel-Tempel litt keine Not. Ein neuer goldener Buddha in der Gebetshalle zeigte es jedem Betenden.

Ling und Junpei blieben auf der Schwelle des Innengartens stehen und warteten ehrfürchtig, daß jemand kam und sie ins Innere einlud. Ling bemerkte neben dem Eingang zur Küche die große, etwas verbeulte Thermoskanne, die Deckeltassen und das Rosenholzkästchen mit dem grünen Tee. War es ein Heiltee, gewürzt mit anderen Kräutern, die nur Deng Jintao kannte?

Ling trat einen Schritt näher, griff nach hinten, zog Junpei neben sich und merkte, daß sie zitterte. Die jetzige Stunde mußte das größte Erlebnis ihres Lebens sein. Zuerst hatte sie gedacht, es sei das Gebären eines Kindes, aber nach sieben Niederkünften war von dem Mysterium nur ein verfluchter Schmerz geblieben.

Ling deutete Junpei an, ihr Bündel mit den Geschenken vom Rücken zu nehmen, und trat dann voll Mut näher an den tausendjährigen Magnolienbaum heran. Unter den weit ausladenden Ästen, die wie ein dichtes Dach wirkten, sah er eine aus Holz kunstvoll geschnitzte, mit Goldfarbe lackierte und mit Darstellungen kämpfender Drachen verzierte, halbhohe Säule stehen, auf deren Plattform eine handhohe Nachbildung eines Pavillons stand; er war aus grüner und hellbrauner Jade geschnitzt, und auf dem Dachfirst thronte ein kleiner goldener Drache. Sein Maul war aufgerissen, aber nicht, um verderbendes Feuer zu speien; es sah eher so aus, als lache der Drache.

Ein lachender Drache... Ling starrte ihn ergriffen und wie

gelähmt an. So etwas hatte er noch nicht gesehen. Lachen ist Freundschaft, und ein Drache, der lacht, ist ein Freund – konnte es so etwas geben? Hatte den großen Weisen Deng Jintao ein Drache begleitet, der nicht die Menschen verschlang? Bekam er von ihm die Kraft zu heilen, wo alle anderen sagten: »Such dir die Stelle für dein Grab«? Stand Ling einem Hauch von Buddhas Allmacht gegenüber?

Er schrak fürchterlich zusammen, und Junpei hinter ihm fiel sogar auf ihre Knie, als von der Wohnungstür, die zum Versammlungsraum führte, eine Stimme erklang. Ein uralter Mönch in seinem blaßroten Gewand, eine Gebetsmühle in der Hand schwenkend, war in den Hof getreten und hob grüßend die andere, freie Hand. Seine spitze Lamamütze aus Yakwolle und bestickt mit golddurchwirkten Bändern hatte er sich tief ins Gesicht gezogen. Was man wirklich sah, waren eigentlich nur seine Augen, braunschwarze Augen, die jung und ewig schienen wie die Schneeberge. Deng Jintao, der Unsterbliche?

Ling fiel auf die Knie, Schwindel ergriff ihn, und alle Müdigkeit, aller innere Schmerz verwehten wie Rauch, den ein Windstoß wegbläst. Noch gebannter war er, als nach Deng Jintao eine ebenso alte, gebückt gehende Frau in einem wallenden gelben Gewand erschien, die Hände in bunten Strickhandschuhen verborgen, vielleicht, weil sie nur noch aus blanken Knochen ohne Fleisch bestanden. Eine Tote, die durch himmlische Gnade weiterlebte? Ling entschloß sich, die Augen zu schließen und in die Dunkelheit zu fliehen.

»Was sind deine Beschwerden?« hörte er Deng Jintaos brüchige Stimme. »Hast du Angst vor dem Tod? In deinem Alter?«

»Ja, o weiser Herr.«

»Wo kommst du her?«

»Aus Changli, Herr.«

»Changli ...« Der Uralte blickte sinnend vor sich hin. »Ich kenne Changli. Ich habe eine Nacht dort geschlafen.«

»Wann, o Meister?«

»Frag nicht nach Zeiten. Zwischen Reisstrohbündeln habe ich geschlafen, warm in einer kalten Nacht.«

»Das muß schon lange her sein, Meister.«

»Ich hatte es schon vergessen, nur der Name Changli erweckte die Erinnerung.« Deng Jintao blickte über Lings gesenkten Kopf ins Weite, als umgäben ihn nicht die Mauern der Häuser. Sind zwei Jahre lang? dachte er. Es kommt darauf an, wie man es sieht. Schon ein nicht genutzter Tag ist ein Schritt näher zum Ewigen, etwas nicht zurückholbares Verschenktes. Drum sieh jeden Tag wie einen Tropfen deines Blutes an, das deinen Körper verläßt. Laß den Tropfen nicht im Sand versickern. »Wo hast du Schmerzen?« fragte er.

Der neue Klang der Stimme ließ Ling zusammenfahren. »Überall, o Meister.«

»Hast du heute schon gebadet?«

»In der Frühe. Wie jeden Tag. Im Bach. Und am Abend werde ich es nochmals tun. Ich bade von Kind an im kalten Bach. Früher erfrischte er mich, heute muß ich mich in wollene Tücher wickeln.«

Deng Jintao nickte stumm. Er ging zu dem Tischchen, schraubte die Thermoskanne auf, goß zwei Deckeltassen voll Tee und brachte sie zu der Säule mit dem kleinen Jade-Pavillon. Er stellte sie vor ihm auf, schwenkte die Gebetsmühle darüber, murmelte einige unverständliche Worte und legte dann seine Hand auf die Tassendeckel.

Kniend nahmen Ling und Junpei danach die Tassen in Empfang und tranken vorsichtig den heißen Inhalt. Natürlich, es war grüner, naturbelassener Tee, so wie ihn Millionen Chinesen immer trinken, aber dennoch schmeckte er anders. Ling merkte es sofort – etwas Bitteres war dazugegeben, auch Ingwer fühlte seine Zunge heraus, und als der erste Schluck durch seine Kehle rann, war es ihm, als würde seine Speiseröhre taub und gefühllos. Aber tapfer trank er, genau wie Junpei neben ihm, die Tasse leer und blickte dann ehrfurchtsvoll zu Deng Jintao hinauf. Die Schmerzen im Magen ließen nach. Das hatte der Heilkundige Kuang Yemei seit Wochen nicht erreicht mit seinen Tropfen, Pülverchen und Kräuterkügelchen.

Deng Jintao zeigte auf eine gelbbemalte Bank an der Mauer

des Schlafhauses. Ling erhob sich von den Knien, schlurfte hinüber und legte sich auf die Bretter. Lautlos, wie sein Schatten, folgte ihm Junpei.

Deng Jintao beugte sich über ihn, schob Ling die blaue Mao-Jacke bis zum Kinn hinauf, so daß der schmächtige Bauch freilag, und ließ seine Hände über die lederfarbene Haut gleiten. Ab und zu drückte er bald hier, bald da, und wenn Ling die Lippen verzog, nickte er und tastete weiter. »Säufst du?« fragte er plötzlich.

Ling erschrak. Was sollte er antworten? »Ein Becherchen, ab und zu. Es belebt die Sinne.«

»Wein oder Schnaps?«

»Schnaps, o Meister.« Ling begann, sich zu schämen. »Immer nur ein Becherchen voll Dreiblumenschnaps.«

»Auf nüchternen Magen?«

»Bevor ich im Bach bade, ja. Dann ist die Müdigkeit wie weggeflogen.«

»Aber dein Magen brennt. Du stößt sauer auf.«

»Ja. Aber erst seit einigen Wochen, Meister. Dabei trinke ich den Schnaps seit über fünfzig Jahren.«

»Du hast deinen Magen fünfzig Jahre lang geschlagen und gequält. Jetzt mußt du eine kurze Zeit selbst gequält werden.«

Der uralte Lamamönch verschwand in seinem Zimmer und kam mit einem farblosen Schlauch zurück, an dessen einem Ende ein chromblitzendes Instrument stak, das aussah wie ein Lämpchen und eine Linse. Ängstlich starrte Ling auf das Gerät und spannte alle Muskeln an.

»Den Schlauch werde ich jetzt durch deine Speiseröhre bis in den Magen schieben«, sagte Deng Jintao, beugte sich über den entsetzten Ling und rückte dessen Kopf gerade. »Ich werde in deinen Magen hineinsehen und die Krankheit aus ihrem Versteck holen.«

»Hineinsehen? In meinen Magen? In mein Inneres?« stotterte Ling und versteifte sich noch mehr.

»Auch wenn ich es dir erkläre, du wirst es nicht verstehen. Man nennt es Endoskopie. Ich leuchte in deinen Magen hinein und sehe jede Veränderung. Vielleicht sauge ich auch ein Stückchen deiner Magenschleimhaut ab, ich habe dann deine Krankheit vor mir liegen.«

»Sie wollen mich aussaugen, Meister?« Lings Stimme hatte jeden Klang verloren. »So wie der Schwarze Drache das Blut der Menschen trinkt?«

»Nur ein winziges Stück.« Deng Jintao beugte sich noch tiefer über Ling. »Den Mund auf!« befahl er plötzlich.

Ling, sein Leben lang daran gewöhnt zu gehorchen, riß den Mund weit auf. Seine gelbbraunen Zahnstümpfe sahen wie verhärtete Lehmklümpchen aus. Er hielt den Atem an, als der Meister den Schlauch in seine Kehle drückte und ihn durch die Speiseröhre abwärts stieß.

»Ich kotze«, wollte Ling röcheln. »Es... es steigt hoch... Luft! Ich ersticke. Ich –« Er umklammerte Junpeis Hand, als könnte sie ihn auf der Erde festhalten, doch dann fiel er in eine tiefe Ohnmacht und spürte nichts mehr von dem Hineingleiten des Endoskopes in seinen Magen.

Ling wachte auf, weil er schlucken mußte. Junpei flößte ihm den fremdschmeckenden grünen Tee ein, während man Deng Jintao im Haus klappern und mit Glas hantieren hörte. Die alte, gebeugte Lamanonne mit den langen weißen Haaren, von der Junpei nur wußte, daß sie Hao Peihui hieß und ihr Alter nicht angeben konnte, in so fernem Dunkel lag ihre Geburt, hatte um den kleinen Jade-Pavillon auf der Säule einige Räucherstäbchen entzündet, die einen starken, betäubenden Duft verbreiteten und den Pavillon in eine Rauchwolke hüllten.

Ling lag steif und abwartend auf der gelben Bank und spannte wieder die Muskeln an, als der alte Mönch aus seinem Zimmer kam. Er hatte eine kleine Glasplatte in der Hand und hielt sie Ling unter die Augen. Ein winziges, rötliches, faserartiges Gebilde lag auf dem Glas, nichts Aufregendes oder Geheimnisvolles. Ling wurde nur blaß, als Deng Jintao die Glasplatte zurückzog und ruhig sagte: »Das ist ein Stück deiner Magenschleimhaut. Ich habe es abgeknipst.«

»Was... was haben Sie, Meister?« stotterte Ling ergriffen.

»Ich habe mir deinen Magen von innen angeschaut.«

»Sie haben ... mit Ihren Augen ... in mich hinein ... als wenn ich Glas wäre ...«

»So ähnlich. Du hast mit deiner Krankheit viel zu lange gewartet – du hättest längst gesund sein können. Dein ganzer Magen ist rundum rot.«

»Oh! Ich sterbe also doch, großer Meister?«

»Natürlich. Aber noch nicht jetzt.« Deng Jintao setzte sich neben Ling auf die Bank und klopfte ihm auf den Magen. Es tat nicht weh, was Ling schon wie ein Wunder vorkam. »Hör zu, was ich dir sage: Es gibt keinen Schnaps mehr –«

»Meister, ich werde jede Flasche in den Bach werfen.«

»Keinen anderen Wein als den Reiswein. Er beseitigt die innere Kälte, beschleunigt die Blutzirkulation, hilft zur Entspannung der Sehnen und stärkt Milz und Magen. Aber nie mehr ein Bier, Ling, bis ich es wieder erlaube.«

»Kein Bier, Meister?«

»Nicht einen Tropfen! Willst du, daß dein Magen wie ein Sieb wird, voller Löcher, aus denen Gift in deinen Körper sickert?« Deng Jintao holte aus einer ledernen Tasche, die er am Gürtel trug, eine durchsichtige Tüte mit runden gelben Pillen. »Diese Pillen nimmst du jeden Tag dreimal vor dem Essen. Dreimal – vergiß das nicht.«

»Es ist unmöglich, Meister. Ich esse nur zweimal am Tag. Morgens und abends ...«

»Und am Mittag ...«

»Da habe ich Bier getrunken.« Ling war sehr verlegen, aber einen Heiligen wie Deng Jintao konnte man nicht anlügen.

»Statt Bier zu trinken, ißt du jetzt jeden Mittag heißes Porreegemüse. Ohne Salz, ohne Pfeffer, ohne alle Gewürze.«

»Ich sehe, ich habe eine böse Krankheit«, seufzte Ling. »Junpei, Stiller Herbstsee, wie gut konntest du kochen ...«

»Junpei darf alles essen. Alles, was du nicht darfst. Für sie gilt kein Gebot. Sie muß sogar mehr essen, alles, was sie will, und nicht mehr, was nur du wolltest.«

»Sie darf alles?« Ling richtete sich auf und sah Junpei mit

blinkenden Augen an. Sofort schlug sie den Blick nieder, und das Lächeln um ihre Lippen wurde wieder zu einer harten Falte. »Warum ist das Leben so ungerecht? Im Reisfeld ackert der Büffel und bekommt Hiebe, und nebenan watscheln die Enten und schnattern ihr Lied. Sie arbeiten nicht und dürfen auch alles fressen.«

»Um später, wenn ihr Fleisch fest ist, von dir gefressen zu werden. Willst du deine Frau fressen? Nein, sie soll an deiner Seite leben, und darum muß sie anders essen als du.« Deng Jintao erhob sich von der Bank. »Jetzt bete vor dem Pavillon – wenn der Gott gnädig ist, hat er mich deine Krankheit richtig erkennen lassen.«

Ling und Junpei beteten vor dem kleinen, von Duftwolken umhüllten Jade-Pavillon und standen eine halbe Stunde später wieder auf dem steinigen Weg, der sich nach vierzig Metern teilte, hinunter zum Parkplatz oder hinauf zum Tempel. Als hätte er sich die ganze Zeit nicht gerührt, stand Chen Xue noch auf der gleichen Stelle, am Rand der letzten Steinstufe.

Hand in Hand stiegen Ling und Junpei die Treppe hinunter zu ihrem dreirädrigen Kleintraktor mit dem flachen Anhänger. Den Sack mit den Geschenken hatten sie stillschweigend im Innengarten gelassen; es wäre unhöflich gewesen, darauf hinzuweisen. Einen Meister bezahlt man nicht, man beschenkt ihn.

Im Innenhof des Wohngebäudes streifte Hao Peihui, die Greisin ohne Alter, die weiße, langhaarige, zottelige Perücke ab und blies die Räucherstäbchen aus. Deng Jintao trank zunächst eine Tasse ungemischten grünen Tees.

»Was war es denn für eine Krankheit?« fragte Peihui und putzte etwas Ruß von den Jadesäulen des kleinen Pavillons. »Du hast ihm große Angst gemacht.«

»Sonst würde er nicht gehorchen. Was er hat? Eine bilderbuchmäßige Gastritis mit einer Säureüberproduktion. Das führt automatisch zu einer Schleimhautatrophie. Für einen alten Mann kann das gefährlich werden.« Jintao lächelte und stellte die Deckeltasse ab. »Wenn er alles befolgt, was ich ihm gesagt habe, ist er in vier Wochen gesund wie seine Wasserbüffel.«

Er wollte sich gerade seine faltige Gummimaske vom Gesicht ziehen, als vom Tempel her der Ton einer Bambustrompete erklang.

Deng Jintao zog die Maske wieder über sein Gesicht. »Setz die Perücke wieder auf, mein kristallener Stern«, sagte er. »Der Bus aus Dali kommt. Setz neuen Tee an. Bitten wir Gott, daß keiner unter den Kranken ist, der operiert werden muß.«

Er ging zurück in sein Zimmer, blickte einen großen Schrank aus Kiefernholz an, hinter dessen Türen sich alle Instrumente, die ein Chirurg braucht, stapelten, und schüttelte den Kopf.

Wenn er diesen Schrank einmal öffnen mußte, um einem Schwerkranken zu helfen, konnte er sich ausrechnen, wie lang dessen Leben noch dauerte.

II
Die Familie Huang

Sechs Jahre war Huang Lida alt, als Rotgardisten, begleitet von dem politischen Kommissar Chang Lifu, auf zwei Lastwagen in ihr Dorf Huili einfuhren und gleich am ersten Haus den Bauern Liang Taiping mit großen Steinen bewarfen und seinen Kopf trafen, so daß er hinfiel, gegen die Lehmmauer seines Hauses rollte und für einige Zeit das Geschehen nicht mehr verfolgen konnte. Lida stand an der Treppe, die in einen steinigen Hügel hineingeschlagen war, auf dessen Höhe das Schulhaus errichtet worden war und etwas weiter hinten das kleine Haus des Lehrers Huang Keli; es war von einem Gärtchen umgeben, in dem vor allem Kräuter und Ingwerwurzeln wuchsen und sogar ein schmales Beet mit Blumen – ein Luxus, den sich der Lehrer gönnte, denn Blumen kann man nicht essen, und jede Krume Erde ist dazu da, Mensch und Tier nicht hungern zu lassen.

Die Rotgardisten, junge Burschen, keiner über zwanzig, sprangen von den Lastwagen, nachdem sie vor dem Haus der Kommune Huili angehalten hatten, traten die Tür auf, bevor ihnen von innen geöffnet wurde, zerrten alle, die sich gerade im Büro befanden, auf die Straße, umringten sie mit johlendem Geschrei und prügelten dann mit ihren Gewehrkolben auf die Wehrlosen ein. Der Aufschrei: »Genossen, was haben wir euch getan?« ging im Gebrüll der Rotgardisten und im Wehklagen der Geschlagenen unter.

Lida setzte sich auf eine Stufe der Steintreppe; wenn sie auch nicht verstand, was vor ihren Augen geschah, so begriff sie doch, daß fremde Männer gekommen waren, um zu prügeln. Und sie sahen alle gleich aus: Sie trugen eine grüne Uniform, auf dem Kopf eine Ballonmütze, um den Arm eine rote Binde, auf der »Rotgardist« stand, und vor der Brust hing ihnen ein weißer Leinenbeutel, in dem sie das Wertvollste verwahrten: Geld, eine Zahnbürste und das kleine rote Büchlein »Worte des Vorsitzenden Mao Zedong«. Ohne dieses Büchlein war man stumm, taub und blind – das neue Leben war ohne Maos Worte nicht zu begreifen.

Chang Lifu, der Kommissar, ging in Begleitung von zehn Rotgardisten zu den steinernen Stufen und blickte zu Schul- und Lehrerhaus hinauf. Er sah natürlich auch Lida auf der Treppe sitzen und ihn mit großen, fragenden Kinderaugen anstarren. Sie rührte sich nicht, als sei sie das Kaninchen, das vom Blick der Schlange gelähmt ist.

»Ist das euer Schulhaus?« rief Chang zu ihr hinauf.

Sie nickte und wartete, bis der Trupp die Treppe hinaufgestürmt war und vor ihr anhielt.

»Ist der Lehrer da?« fragte Chang. Seine Stimme war wie eine Peitsche.

Lida zog den Kopf zwischen die Schultern und nickte wieder. Dann sagte sie voll Ehrfurcht, denn sie hatte gelernt, daß Höflichkeit im Leben so wichtig war wie Wasser und Reis: »Ja. Mein Vater ist da.«

»Der Lehrer ist dein Vater?« fragte Chang.

»Ja, Genosse, er ist es.«

Daß ein so kleines, dürres Kind ihn mit »Genosse« anredete, verblüffte Chang. Er beugte sich zu Lida hinunter, um sie zu fragen, ob ihr Vater der Familie und den Schülern viel von Mao und dem Kommunismus erzählt habe, aber das Mädchen zuckte zurück und kniff die Lippen zusammen. Changs Atem roch nach Schnaps.

»Du stinkst!« sagte Lida laut, sprang auf und rannte so wieselschnell die Treppe hinauf, daß Changs Griff nach ihr nur noch die Luft erfaßte. Die jungen Rotgardisten um ihn herum grinsten ungehemmt. Kommissar Chang zu beleidigen bedeutete, seine Hand einer Viper entgegenzuhalten. Sie erinnerten sich noch gut an das Dorf Siyang, vor zehn Tagen war es, da hatte der Dorfälteste zu Chang gesagt: »Was willst du? Noch immer Kulturrevolution? Mao ist ein kranker Mann; paß auf, daß sein Tod nicht auch dein Ende ist. Such dir eine anständige Arbeit, lege ein Reisfeld an oder ein Gemüsebeet.«

Chang war bis in seine Seele beleidigt. Das ganze Haus ließ er räumen, überblickte dann die Familie des Alten und zählte sechs ängstliche, zitternde Köpfe, darunter auch einen Enkel von neun Jahren. Er ließ das Dorf absuchen, bis ein Rotgardist das fand, was Chang suchte: eine lange Eisenstange, vorne etwas zugespitzt. Ein kräftiges Holzfeuer wurde entzündet, die Stange in das Feuer gelegt, bis die Spitze glühte und man die Stange nur noch mit Zangen anfassen konnte. Chang ließ sie zu einem großen Felsstein tragen, nahm einen großen Hammer, und während drei Rotgardisten die Eisenstange festhielten, schmiedete er mit kräftigen Schlägen eine lange Spitze.

An das Folgende erinnerten sich die Rotgardisten nur mit einem kalten Schauer. Sie hatten viel Grausames auf ihrem Zug durch die Dörfer der Miao- und Dong-Minderheiten gesehen, von deren Herkunft man nur wenig wußte, die aber seit Jahrhunderten in China lebten und als Chinesen galten – was sie jetzt erlebten, wurde in ihrem Herzen eine Wunde, deren Narbe sie bis ans Ende ihres Lebens drücken würde.

Während die Rotgardisten die Familie umringten, ihnen die Arme nach hinten rissen und sie festhielten, spießte man als ersten den Dorfältesten auf. Die noch rotglühende Spitze durchbohrte den dünnen, flachen Greisenkörper wie einen Schwamm, die Eisenstange fuhr durch ihn hindurch, und der Alte schrie nicht, gab keinen Ton von sich, sondern sah Chang mit seinen brechenden Augen nur demutsvoll an. Und so wie er wurde die ganze Familie auf diese Eisenstange gespießt, und die Frau schrie, und der Enkel kreischte, aber es gab bei Chang kein Mitleid.

Als sie alle am Spieß hingen, schleifte man die noch Lebenden zum nahen Fluß und warf sie in das träge strömende Wasser. Mit unbewegter Miene stand Chang am Ufer und blickte den Wegtreibenden nach. Von da an hatten die Rotgardisten einen großen Respekt vor dem Kommissar Chang, und wo man sich früher zuflüsterte: »Was will er bei uns? Wir sind die kleinen Generäle Maos, wir können uns selbst befehligen«, sagte man jetzt: »Es ist gut, daß er da ist. Er riecht die Klassenfeinde.«

Chang lief seinem Trupp voraus die Treppe hinauf und erreichte als erster die Anhöhe, auf der das Schulhaus und das Haus des Lehrers standen. Ein alter Mann fegte mit einem Reisigbesen den Flur der Schule, von dem die Klassenzimmer abgingen, ein Zimmer für die Schüler der Unterklassen, ein Zimmer für die älteren Schüler. Chang sah noch, wie das kleine Mädchen im Lehrerhaus verschwand, er hörte sogar ihre Alarmrufe, und ehe er noch vier Schritte weitergegangen war, trat ein Mann in dem üblichen blauen Arbeitsanzug vor die Tür. Die Rotgardisten hatten nun auch den Platz erreicht und blieben an der Schule stehen. Der fegende alte Mann war plötzlich verschwunden, der Besen lag weggeworfen im Eingang.

Huang Keli war kein kräftiger, aber auch kein schmächtiger Mann. Er sah aus, als treibe er viel Sport; sein schwarzbehaarter Kopf war rund, die Haut gebräunt, und wenn man die anderen Miao-Männer mit ihm verglich, war er sogar groß mit seinen ein Meter siebenundsiebzig. Fatal war nur, daß er eine Brille trug. Ein einfaches Drahtgestell.

Ohne Zögern kam er auf Chang, der stehengeblieben war, zu, verneigte sich leicht und sagte das übliche »Willkommen! Willkommen!« Und dann, nach einem kurzen Zögern: »Es freut mich, Sie zu sehen.«

Chang mißfiel das Zögern sofort, er hatte es bemerkt, so kurz es auch war. Bei einem Menschen, der willkommen ist, zögert man nicht.

»Du bist der Lehrer?« fragte Chang mit harter Stimme.

»Es ist so, Genosse. Ich bin Huang Keli. Möchten Sie die Schule besichtigen?«

»Wie viele deiner Schüler können die Worte des Großen Vorsitzenden Mao auswendig?«

Während er die Frage stellte, hatte er aus seiner Uniformtasche das kleine rote Buch gezogen und schwenkte es durch die Luft. In den Städten und größeren Ortschaften war es selbstverständlich, daß jeder diese Mao-Bibel besaß und mit sich herumtrug wie ein drittes Ohr oder ein drittes Auge; sogar die, die nicht lesen konnten, hatten es in der Tasche. Nur in den Dörfern und erst recht in den Behausungen der Minderheitenvölker fand man das rote Büchlein selten. Zwar hatten Kolonnen von Funktionären das Buch verteilt, bei jedem Kommunevorsitzenden hatten Stapel von ihm gelegen, und sie wurden auch abgeholt, lagen aber dann unter anderem Unrat in irgendeinem Schuppen oder hatten seitenweise den Zweck erfüllt, Herdfeuer zu entfachen. Für Chang genügte das, ein ganzes Dorf zu bestrafen und zuallererst die kleinen Dorftempel einzureißen. Er ahnte schon, daß es hier in Huili nicht anders sein würde.

»Sie haben ein paar Gedichte des Großen Genossen auswendig gelernt«, antwortete Huang, sich der Gefahr bewußt, die da auf ihn zukam. »Mao Zedong ist ein großer Dichter, vor allem, wenn er die Natur beschreibt. Kein lebender Dichter kann das besser als er. Wollen Sie einige Schüler prüfen?«

»Du redest von Gedichten – ich rede von seinen politischen Worten. Hier«, Chang hielt Huang das rote Buch entgegen wie eine Faust, die Mauern durchschlagen kann, »die unsterblichen Worte des Vorsitzenden meine ich. Hast du dieses Buch?«

»Nein.«

»Haben es deine Schüler?«

»Nein.«

In dem Trupp der Rotgardisten breitete sich Unruhe aus. »Er ist ein reaktionärer Intellektueller!« rief einer aus ihrer Mitte. »Genosse Kommissar, er trägt eine Brille! Er gehört zu der Bande der Klassenfeinde.«

»Ich habe meine Schüler im Geist der tausendjährigen Tugenden erzogen: in Bescheidenheit, Freundlichkeit, gutem Benehmen, im Miteinanderteilen, in Nachsicht, Gehorsam, Disziplin, Unterordnung, darin, nicht nur den eigenen Interessen zu dienen, und in Vorsicht.«

»Und weiter?« fragte Chang.

»Diese Lehre umfaßt alle Tugenden.«

»Ein Reaktionär!« schrie wieder einer der »kleinen Generäle Maos«. »Genossen, er ist einer von denen, die unsere Jugend verderben! Ein geistiger Kinderschänder!«

Der Trupp Rotgardisten löste sich auf. Vier stürzten auf Huang zu und überwältigten ihn, rissen ihm fast die Arme aus, spuckten ihm ins Gesicht, zogen an seinen Haaren; einer der jungen Revolutionäre rannte in die Schule, kam mit einer großen Flasche Tinte zurück und schüttete den schwarzen Saft über Huangs Kopf. Der Rest der Truppe stürmte in das Lehrerhaus.

Chang verhinderte nichts, obwohl ein Zuruf von ihm genügt hätte, die Rotgardisten zurückzuhalten. Man hatte ihn beleidigt, und wenn es auch ein kleines Mädchen gewesen war – es hatte ihn beschmutzt. Aus dem Haus flog jetzt, sich mehrmals überschlagend, ein magerer, großer Junge, Huangs ältester Sohn Tifei, gerade fünfzehn geworden und als Fahrzeugmechaniker in der Lehre in der nahe bei Huili liegenden Kleinstadt Ningdu. Dorthin fuhr er mit einem alten Moped, jeden Tag vierzig Kilometer hin und am Abend zurück, im glühenden Sommer und im eisknackenden Winter; nur heute war er zu Hause geblieben, weil Großvater Huang Yuan, ein guter Zimmermann, die Rückwand des Stalles mit Holzlatten neu verkleiden wollte und Hilfe brauchte.

Dem durch die Luft fliegenden Tifei folgten zwei Rotgardisten, die über den halb Bewußtlosen herfielen und ihn mit Tritten peinigten. Im Haus begann ein lautes Schreien, unterbrochen von dem brüllenden Gelächter der Männer.

Lida hockte in der Ecke des Zimmers hinter einem großen Tongefäß, das halb mit ungeschältem Reis gefüllt war. Was sie sah, verstand sie nicht, und doch begriff sie es: Die Männer hatten ihre Mutter ergriffen, rissen ihr die Kleidung in Fetzen, schleppten die Schreiende, sie an Armen und Beinen festhaltend, zu dem Tisch in der Mitte des Zimmers, legten sie auf die Tischplatte und zerfetzten die letzten Stoffreste, so daß sie nun völlig nackt war. Zwei von ihnen zogen die Beine der Mutter auseinander, und dann drängte sich der erste Grünuniformierte zwischen die Beine, ließ seine Hose fallen und tat etwas, was Lida nicht verstand. Mit seinem Unterkörper stieß er immer und immer wieder zwischen die Beine der Mutter, beklatscht von den Umstehenden, und die Mutter schrie und winselte und stieß heisere Laute aus, bis sie dann ganz stumm auf dem Tisch lag und ein Rotgardist nach dem anderen sich zwischen ihre gespreizten Beine drängte und diese merkwürdigen Bewegungen machte. Neun Revolutionäre waren es, und als der letzte mit einem breiten Lachen wegging, lag die Mutter unbeweglich auf dem Tisch, ihre Beine baumelten wie knochenlos über den Tischrand, und Lida, über den Rand des Tongefäßes lugend, sah, daß ihre Brüste wie von Bissen aufgerissen waren und bluteten. Auch zwischen den Beinen lief Blut an den Schenkeln herunter.

Lida wartete hinter ihrem Versteck, bis die Rotgardisten das Haus verlassen hatten. Ganz leise und vorsichtig kam sie dann zu ihrer Mutter an den Tisch und beugte sich über die Ohnmächtige. Lange sah Lida sie an, tauchte dann ihren Zeigefinger in das Blut auf den Brüsten und zwischen den Beinen und rannte durch die Hintertür hinaus in den Stall, wo sie sich unter einem Haufen Reisstroh versteckte.

Tifei, den Sohn, hatte man unterdessen an einen Baum gebunden. Um ihn herum standen sechs Rotgardisten und beratschlagten laut, was man nun mit ihm tun sollte. Ihn einfach umbringen war zu simpel, man wollte schon etwas Spaß dabei haben.

Huang Keli, den Kopf und die Schultern schwarz von Tinte, kniete vor dem Schulhaus auf dem Boden und hörte das Schreien seiner Frau Jinvan im Haus, sah seinen Sohn Tifei zwischen den Fäusten der Rotgardisten und blickte dann zu Chang empor, der breitbeinig vor ihm stand. »Warum tut ihr das?« fragte er.

Chang wunderte sich über den ruhigen Ton in seiner Stimme.

»*Ich* bin der Lehrer. Wenn ich Unrecht getan habe, dann bestraft mich.«

»Es ist deine Brut!« Chang blickte auf den tintenschwarzen Kopf. »Du magst ein guter Lehrer sein«, sagte er, »aber du hast die falschen Lehren verbreitet. Überall verändert sich unser Land, beginnt eine neue Zeit, wird die kapitalistische Fäulnis ausgerottet, heißt die Parole: ›Junges Denken für eine rote Zukunft.‹ Der Große Vorsitzende hat den Weg dahin gewiesen. Er sagt: ›Die vier alten Übel müssen zerschlagen werden – altes Gedankengut, alte Sitten, alte Kulturen und alte Gewohnheiten!‹ Wir schaffen eine neue Welt als Muster für alle anderen Völker der Erde. Wie kannst du noch leben, ohne an diesem großen Werk mitzuhelfen?«

Huang senkte den Kopf. »Machen Sie es kurz, Genosse Kommissar, aber lassen Sie meine Familie leben.«

»Bei mir stirbt keiner, ohne die neue Zeit begriffen zu haben.« Chang hob seinen Fuß und stieß ihn Huang in die Seite.

Huang kippte um und lag im Staub des Platzes; er fuhr sich mit der Zunge über seine aufgeplatzten Lippen und schmeckte die bittere Tinte.

»In der Schule gibt es heute eine einzige Parole, und sie ist das Fundament unserer Zukunft. Sprich mir nach, Huang: ›Liebe dein Vaterland, das Volk und die Partei‹«, fuhr Chang fort.

Huang sprach es nach, richtete sich dann auf den Knien auf und blickte zu Chang empor. »Ich habe nichts anderes gelehrt. Nur die Partei ist hinzugekommen.«

»Es wird noch mehr dazukommen«, sagte Chang höhnisch. »Sprich mir weiter nach. Der Große Vorsitzende sagte: ›Das wichtigste Studienfach für unsere Jugend ist der Klassenkampf.‹«

Huang wiederholte es und wischte sich mit beiden Händen über die Augen. Die Tinte hatte ihm die Lider verklebt; es war schwer, die Augen offenzuhalten.

»Und weiter ...« Chang genoß es, einem Lehrer etwas beizubringen. Er, der ehemalige Schmied, haßte von Kind an die Lehrer, seit er als schlechter und fauler Schüler vor seinen Klassenkameraden gedemütigt worden war. »Es geht weiter, Huang: ›Dem Volk dienen! Ein Leben für die Partei, für die Revolution! Unter dem Himmel dient alles der Gemeinschaft!‹« Er gab Huang wieder einen Tritt in die Rippen. »Begreifst du das?«

»Ich habe nie anders gelebt, Genosse Kommissar. Nur mit anderen Worten.«

Von dem Baum, an dem man ihn festgebunden hatte, schallte Tifeis Schreien. Zwei Rotgardisten stießen mit Bajonetten in seinen nackten Körper, aber nicht so tief, daß er getötet wurde; nur die Spitzen drangen ins Fleisch, schlitzten kleine Wunden auf, aus denen das Blut bald den ganzen Körper überschwemmte. Die »kleinen Generäle Maos« nannten es scherzhaft »kitzeln«, und je lauter man dabei schrie, um so eifriger wurden sie.

Chang hatte seine Pistole aus dem Gürtel geholt und stieß den Lauf in Huangs Genick.

Huang schloß die Augen. Stirb als ein aufrechter Mann. Bitte nicht um dein Leben. Millionen Tote hatte die Kulturrevolution verschlungen, seit Mao Zedong zum Klassenkampf aufgerufen hatte. Das war nur zehn Jahre her, jetzt war das Jahr 1976, das Jahr des Drachens, und alle im Land dachten: Wir haben überlebt. Es ist vorbei. Wir sind die neuen Menschen. So kann man sich irren.

Huang preßte die Hände flach gegen seine Brust und wartete auf den Schuß. Es wird nicht schmerzen, dachte er. Man wird nur einen kräftigen Schlag spüren, wie wenn ein Hammer das Genick trifft, und dann wird sich die Seele vom Körper lösen und frei sein von aller Qual, niemand wird sie mehr foltern können. Beneidet die Toten, hat der Dichter Li Xian gesagt, sie haben das Leben hinter sich. Warum schießen Sie nicht, Genosse Kommissar?

Chang zögerte, vielleicht zum ersten Mal in seiner Laufbahn als Vollstrecker von Maos Traum einer klassenlosen Gesellschaft. Verwunderung stieg in ihm auf über den inneren Widerstand, den Finger zu krümmen und das zu tun, was er schon hundertmal getan hatte, ohne das geringste Gefühl. Er atmete ein paarmal tief ein und aus, zog dann die Pistole von Huangs Genick weg und ließ die Hand sinken. Plötzlich wußte er, daß es die Augen waren, die ihn hinderten, Huang zu erschießen, die Augen dieses Mädchens, das Huangs kleine Tochter war, dieser Kinderblick ohne Angst, diese helle, aber feste Stimme, die zu ihm sagte: »Ja, der Lehrer ist mein Vater«, dieser Stolz in den kindlichen Worten, und dann das ehrliche »Du stinkst!« und das Weglaufen der Kleinen, nicht vor ihm, sondern vor seinem schnapsgetränkten Atem.

»Sieh mich an, Genosse Lehrer«, sagte Chang streng.

Huang hob den Kopf und schluckte mehrmals. Noch ist die Qual nicht zu Ende, dachte er. Er will mich foltern, er will sich weiden an meiner Angst. Aber Angst habe ich nicht, Herr Kommissar. Quälen Sie mich, wenn's Ihnen beliebt... Wir haben Tradition im Dulden, fünftausend Jahre lang unter den Kaisern, heute unter Mao. Erstaunlich, daß wir nicht schon mit geduckter Haltung geboren werden. »Ich sehe Sie an«, sagte er. »Ich stehe Ihnen zur Verfügung.«

»Wir haben noch etwas vergessen, Huang Keli«, sagte Chang und steckte die Pistole in den Gürtel zurück.

Das verhieß nichts Gutes, empfand Huang und nahm innerlich alle Kraft zusammen, auch unter Folter einen seiner würdigen Tod zu sterben.

»Dein Geständnis«, sagte Chang.

»Was soll ich gestehen?« Huang blickte Chang irritiert an. »Ich habe immer meine Pflicht erfüllt.«

»Im Geist Maos?«

»Im Geist der Humanität.«

»Reaktionär!« Chang wandte sich ab, als ein neuer, langgezogener Schrei Tifeis vom Baum her über den Schulplatz flog. Er winkte energisch, und sofort hörten die Rotgardisten auf, Tifei mit den Bajonettspitzen zu kitzeln; sie traten zurück, zogen die Gewehre zu sich heran und warteten auf weitere Befehle.

Chang wandte sich wieder Huang zu. »Du wirst bereuen«, sagte er und durchbohrte mit seinem Blick fast den von der Tinte geschwärzten Kopf. »Du wirst jetzt über den Platz kriechen wie ein Lurch und rufen: ›Ich bin die reaktionäre akademische Autorität Huang Keli! Ich bin der Klassenfeind Huang Keli!‹ Los, kriech!«

Und Huang kroch auf Händen und Knien über den Schulplatz und schrie, was Chang ihm vorsagte. Er kroch an seinem an den Baum gefesselten und aus unzähligen Stichwunden blutenden Sohn vorbei und schrie ihm ins Gesicht: »Ich bin der Klassenfeind Huang Keli!«, und während er das schrie, freute er sich, daß er Tifei noch lebend sah und nicht mit aufgeschlitztem Leib, und so umrundete er den Platz und brüllte sein Schuldbekenntnis heraus und dachte dabei: Wenn's dir Spaß macht, sollst du ihn haben. Nur lasse meine Familie leben!

»Einen Eimer!« rief Chang seinen Rotgardisten zu. »Einen Eimer und einen Strick oder einen Draht. Holt aus dem Tempel Räucherstäbchen! Schnell, schnell, sage ich!«

Am Dorftempel arbeiteten schon sechs Rotgardisten und zerschlugen mit Beilen und Stangen die aus Ton gebrannte und bemalte Buddhastatue, den Opferaltar, die frommen Spruchbänder und die Schnitzereien an den Türen, den Wänden und der hölzernen Decke. Der Tempelwärter, ein uralter Mann mit einem zerfledderten falben Bart, lag in einer Blutlache neben dem Buddha und wurde von den Trümmern zugedeckt, in die man den Gottesverkünder zerschlug. Ein paar Frauen standen vor dem zerstörten Tempel, stumm, regungslos, in ihrer Miao-Tracht, die sie immer und nicht nur an Festtagen trugen, in den Haaren lange Haarspieße aus reinem, handgehämmertem Silber. Die Rotgardisten beachteten sie nicht und vergewaltigten sie nicht wie die Frauen in allen Dörfern, durch die sie gezogen waren – sie waren zu alt.

Huang hatte den Schulplatz einmal kriechend umrundet und hielt vor Chang an. Er blickte an ihm hoch und wartete. Aus dem Lehrerhaus rannte ein Rotgardist mit einem großen Blecheimer auf sie zu. Er schien Changs Methoden zu kennen, hatte den Eimer mit dicken Steinen gefüllt, die rußgeschwärzt waren, denn sie dienten als Umrandung der Feuerstelle im Haus, und er hatte einen Draht auch schon als Schlinge an dem Eimerhenkel befestigt.

Chang nickte zufrieden und stellte den Eimer zwischen sich und Huang. »Es ist schwer, Lehrer Huang, eine neue Lehre zu begreifen«, sagte er, streifte die Drahtschlinge um Huangs Hals und überzeugte sich, daß kein Stück Stoff zwischen ihr und der Haut war. »Aber was ist schwer? Schwere begreift nur der, der sie selbst tragen muß. Steh auf!«

Huang stemmte sich mit den Händen hoch, fiel aber unter dem Gewicht des mit Steinen gefüllten Eimers wieder zurück. Gleichzeitig spürte er den stechenden Schmerz, als der Draht sich in seinen Nacken einschnitt. So einfach, dachte er, und so wirksam. Sie sind ein guter Erfinder, Genosse Kommissar. Aber Sie werden erstaunt sein, wenn ich jetzt doch aufstehe, auch wenn mir der Draht bis zu den Nackenwirbeln durch das Fleisch dringt.

Huang holte tief Atem und drückte seinen Körper empor. Mit unbeweglichem Gesicht, ohne einen Laut von sich zu geben, stand er vor Chang, den Eimer mit den schweren Steinen vor der Brust. Er spürte,-wie der Draht tief in seinen Nacken einschnitt, wie sein Blut warm über Schultern und Rücken lief, aber er sah Chang mit ruhigen Augen an und sagte, als dieser überrascht schwieg: »Ich stehe, Genosse Kommissar.«

»Sag: ›Ich bin der Verbrecher Huang Keli.‹«

Huang sagte es mit normaler, sogar fester Stimme, aber Chang war nicht zufrieden.

»Lauter!«

»Ich bin der Verbrecher Huang Keli!« schrie Huang.

»Lauf bis zum Schulhaus und zurück!«

Auch das tat Huang, aber als er wieder vor Chang stand, zuckten seine Lider, und Speichel rann ihm aus dem Mundwinkeln. Er konnte es nicht verhindern, und er schämte sich, Chang zeigen zu müssen, wie schwach er wirklich war. Bleib auf den Beinen, sagte er zu sich. Und dann befehlend: Zittere nicht, linkes Knie! Steh gerade, rechtes Bein! Nacken, du spürst nicht den Draht, der dir ins Fleisch schneidet! Alles an mir: Ihr spürt nichts! Ihr spürt nichts! Huang Keli hat keine Schmerzen!

Vom Tempel kam ein Rotgardist gelaufen, in den Händen ein Bambusröhrchen, gefüllt mit Räucherstäbchen.

Chang nahm es ihm ab, zog zwei Räucherstäbchen heraus und drückte je eins in Huangs Hände. Darauf griff er in die Tasche seines Rockes, holte eine Schachtel Streichhölzer hervor und zeigte mit ihr auf den Boden. »Niederknien!«

Huang kniete nieder. Der Eimer knirschte auf den Boden, die Drahtschlinge entspannte sich. Und wieder befahl sich Huang: Falle nicht um! Achte nicht auf deine Schmerzen! Du hast keine Schmerzen! Du hast keine Schmerzen!

Chang beugte sich zu Huang hinunter und steckte die Räuberstäbchen an. Ein dünner, fadenähnlicher Rauch stieg von ihren Spitzen auf, es roch nach Kräutern und Gewürzen. »Und jetzt sprich zwanzigmal: ›Großer Vorsitzender Mao Zedong, Vergebung für meine Verbrechen!‹ Sprich laut, damit deine Worte von den Wolken zu ihm getragen werden.«

Und auch das tat Huang. Zwanzigmal rief er Mao um Vergebung an, als sei er der neue, allmächtige Gott, der jetzt über die von allem alten Denken gereinigten Chinesen regierte.

»Was bist du für ein Mann!« sagte Chang nach dem zwanzigmaligen Rufen. »Warum bist du ein armseliger Lehrer geworden und nicht ein Revolutionär?«

Huang wagte es nach dieser ungewöhnlichen Frage, die Drahtschlinge über seinen Kopf zu ziehen und den mit Steinen gefüllten Blecheimer ein Stück von sich wegzuschieben. Chang hinderte ihn nicht daran und gab auch keine Befehle zu weiteren Schikanen. Er ließ zu, daß Huang aufstand und die rechte Hand in seinen Nacken preßte, wo der Draht tief ins Fleisch geschnitten hatte. Die lange, schmale Wunde blutete noch immer; er sah aus, als habe Huang sich für ein fröhliches Fest mit Farbe verkleidet: der schwarze Kopf und darunter das Rot des Blutes.

»Ich war nie ein mutiger Mann, Genosse Kommissar«, sagte Huang und wunderte sich, daß man ihn leben ließ, noch leben ließ. »Es war schon mutig genug, Lehrer zu werden. Mein ehrwürdiger Vater versteht es bis heute noch nicht. Aber die alten Kulturen und die Moral im Menschen waren schon immer mein Vorbild. Ich sah es als meine Aufgabe an, sie der Jugend nahezubringen.«

»Und jetzt gibt es eine neue Kultur und eine neue Moral, Huang Keli!« Chang sah zu, wie Huang die fast niedergebrannten Räucherstäbchen austrat und den Rest mit den Schuhen zermalmte. »Das hast du doch jetzt begriffen?«

»Ja, ich habe es begriffen«, antwortete Huang gehorsam. Er blickte hinüber zu dem Baum, an den Tifei noch immer gefesselt war. »Kann ich meinen Sohn losbinden?«

»Ja. Gehen wir in dein Haus! Es ist noch viel zu bereden mit einem Mann, der von nun an Maos Lehren lehrt.«

Huang ging zu Tifei hinüber, band ihn los, und da ihn nur der Strick aufrecht gehalten hatte, sank er jetzt in die Arme seines Vaters und ließ sich von ihm wegschleppen zum Haus. Dort fiel er auf Huangs Bett, das neben der Eingangstür stand, am Ehrenplatz für das Oberhaupt der Familie.

Huang Yuan, der Großvater, dem eigentlich dieser Vorzug zustand, hatte, nachdem Tifei geboren worden war, gesagt: »Mein Sohn, nun hast du eine Familie, und klüger als ich bist du auch; du bist jetzt der Vorstand der Familie, lege dich in mein Bett und zeuge mit Jinvan noch viele Kinder.« Aber dazu kam es nicht; nur Lida wurde noch geboren nach drei Fehlgeburten. Die erste geschah, weil beim Pflügen des Kohlfeldes ein Wasserbüffel Jinvan in den hohen Leib trat, die zweite war die Folge eines Sturzes die Treppe hinunter, als ein langer Regen Steine und Lehm glatt wie Eis werden ließ, und die dritte kam einfach so, ohne eine Einwirkung, es blutete weg, und niemand wußte, warum. Neun Jahre später, als Huang sich damit abgefunden hatte, seine Frau Jinvan sei durch die drei Fehlgeburten unfruchtbar geworden, kam Lida zur Welt. Es war ein Ereignis, bei dem Huang zum ersten Mal Tränen in die Augen traten.

Im großen Wohnraum saß Jinvan verängstigt und in sich zusammengekauert neben der zerstörten Feuerstelle. Ein heftiges Zittern lief über ihren Körper, als sie Chang sah und ihren Mann mit dem von Tinte getränkten Kopf und dem Blut auf Schultern und Rücken. Sie hatte, nachdem die Rotgardisten sie verlassen hatten, die zerfetzte Kleidung gegen andere ausgetauscht; ihr Schoß brannte, und über die Brüste hatte sie einen nassen Lappen gelegt. Ihr Blick wanderte von Huang zu Tifei, der auf dem Bett lag und leise stöhnte.

Chang sah sich um, als suche er etwas. »Wo ist das Mädchen?« fragte er.

Jinvan kroch noch mehr in sich zusammen. »Sie ist weggelaufen«, sagte sie demütig und senkte den Kopf. »Verschont sie, Herr. Sechs Jahre ist sie erst, bitte...«

Chang war wieder in der Lage, sich beleidigt zu fühlen. »Sehe ich wie ein Kinderschänder aus?« schrie er wütend. »Steh auf, Weib, und suche deine Tochter!« Und zu Huang gewandt ergänzte er: »Daß ich dich nicht erschossen habe, hast du ihr zu verdanken. Ich will sie sehen!«

Jinvan nickte gehorsam, stand auf und rannte aus dem Haus. Dabei fiel der nasse Lappen von ihren Brüsten, Huang fast vor die Füße.

Er sah den Lappen an, bemerkte die Blutflecken und preßte die Lippen zusammen. Aber er sagte nichts, nur unbändiger Haß erfüllte sein Herz, ein Haß auf Mao und seine Handlanger, ein Haß, in den er sich von heute an hineinrollte wie in eine Decke aus dicker Ziegenwolle. »Darf ich Ihnen Tee anbieten, Genosse Kommissar?« fragte er und rang sich dabei jedes Wort ab. »Wir haben unseren eigenen Tee, wir ziehen ihn selbst auf einer Bergterrasse, einen würzigen grünen Tee, ganz anders im Geschmack als sonst ein Bauerntee.«

»Du darfst ihn mir anbieten, Huang.« Chang setzte sich auf die Tischkante, genau auf die Stelle, wo seine Rotgardisten Jinvan gequält und geschändet hatten, und ließ die Beine in der Luft baumeln. Huang schraubte die große Thermoskanne auf, streute Tee in eine hohe Deckeltasse aus bemaltem Porzellan und goß das heiße Wasser hinein.

Wenn ich jetzt Gift hätte, ich täte es hinzu, dachte er und wühlte in seinem Haß. Er würde es nicht spüren, es ist eben der Geschmack meines selbstgezogenen Tees, würde ich sagen.

Chang nahm die Tasse, schlürfte den grünen Tee und fand ihn gut. Einen Hauch von Mandarinen verspürte er auf seiner Zunge und ein anderes blumiges Aroma, das er nicht benennen konnte. Auf jeden Fall war es kein gewöhnlicher Bauerntee, der nur aussah wie gefärbtes Wasser und nach Stroh schmeckte.

Jinvan fand Lida im Stall, unter einem Haufen Reisstroh. Sie lag dort unbeweglich und hatte zweimal eine Durchsuchung der Rotgardisten überstanden, die jeden Winkel durchstöberten, doch an dem Strohhaufen vorbeigingen. Nur einer hatte mit seinem Bajonett in das Stroh gestochen, mehr aus Übermut als aus Verdacht; knapp zehn Zentimeter neben Lida bohrte sich der spitze Stahl in den festgestampften Lehmboden. Nun hörte sie wieder die Tür klappen und lag ganz still in ihrem Versteck.

Die Stimme der Mutter, die plötzlich zu ihr drang, veranlaßte sie nicht, sich zu verraten. Wenn sie gezwungen wurde, sie zu suchen und die Rotgardisten hinter ihr lauerten, war es besser, sich nicht zu zeigen. Sie sah noch immer den nackten Körper der Mutter auf dem Tisch liegen, die Soldaten mit hängender Hose über ihr, sie hörte das Schreien der Mutter, und an ihrem Zeigefinger klebte noch immer das nun getrocknete Blut, das sie zwischen den gespreizten Beinen aufgetupft hatte. Erst als Jinvan rief: »Lida, bist du hier? Komm heraus, ich bin allein!«, entschloß sie sich, aus dem Reisstroh zu krabbeln. »Sie haben mich nicht gefunden«, sagte sie. »Sind sie weg?«

»Nein, sie sind noch hier. Aber uns tun sie nichts mehr. Der große Herr, der Kommissar, will dich sehen.«

»Der Mann, der aus dem Hals stinkt?«

»Ja, der.« Jinvan drückte Lida an sich und zupfte ihr dabei das Stroh aus dem Haar. »Du hast uns das Leben gerettet, sagt er. Was hast du mit ihm gesprochen?«

»Ich habe zu ihm gesagt: ›Du stinkst.‹«

»Und du lebst noch –«

»Ich bin weggelaufen. Ich kann schneller laufen als er.«

»Hast du gesehen, was die Rotgardisten mit mir gemacht haben?«

»Ja. Du hast geblutet. Zwischen den Beinen. Warum?«

»Erzähl es deinem Vater, Lida. Ich kann es nicht.« Jinvan drückte Lida noch fester an sich. Sie rettet wirklich unser Leben, dachte sie dabei. Wäre sie nicht da, würde ich mich heute nacht an einen Balken hängen.

»Sie haben dir sehr weh getan?« fragte Lida.

»Ja. Später, wenn du groß bist, wirst du es verstehen.« Sie nahm Lida bei der Hand und spürte, daß dieses Kind ihr neue Kraft geben konnte. »Sei höflich zu dem großen Kommissar und sag nicht wieder, daß er stinkt. Ein so hoher Herr wie Chang Lifu stinkt nicht, und wenn, dann sagt man es nicht.«

»Ich habe gelernt, nie zu lügen.«

»Das ist keine Lüge, Lida.« Jinvan verließ mit ihr an der Hand den Stall und benutzte den Weg zu der Hintertür des Lehrerhauses. »Es ist Höflichkeit, und Höflichkeit ist eine der Tugenden, die den Menschen ehren.«

Chang begrüßte Lida mit einem langen Blick. Er nahm wieder einen Schluck des würzigen Tees, ließ die Flüssigkeit im Mund kreisen, zog sie durch die Zähne und schluckte sie erst dann hinunter. Er winkte Lida zu sich heran, beugte sich zu ihr hinab und hauchte sie an. »Rieche ich noch?« fragte er. Das Wort »stinken« vermied er – es beleidigte ihn.

»Nein, hoher Herr.« Lida blickte ihm tapfer in die lauernden Augen. »Jetzt nicht mehr. Und das ist die Wahrheit, nicht Höflichkeit.«

Chang richtete sich auf und lachte. »Du hast eine kluge Tochter, Lehrer Huang. Paß auf sie auf wie auf dein Augenlicht. Ich mache kein Geheimnis daraus: Ich habe auch Kinder getötet oder töten lassen. Die Brut von kapitalistischen Reaktionären. Die Kinder von heute sind die Feinde von morgen, das ist die einzige alte Weisheit, die ich gelten lasse. Aber eure Tochter und auch ihr werdet weiterleben. Sie hat die Augen einer Nachtigall – nur einmal im Leben habe ich sie singen hören und habe sie gesehen. Ich werde das nie vergessen.« Er holte tief Atem, rutschte vom Tisch und strich Lida über die kurzen schwarzen Haare. »Wir bleiben hier, Lehrer Huang. Frau, koch uns zum Abend ein gutes Essen.« Er verließ das Haus, um seinen Gardisten den Befehl zum Bleiben zu geben.

Huang hob das blutige Tuch auf.

Jinvan senkte den Kopf und nickte. »Ja, sie haben es getan«, sagte sie leise. »Ich bin eine unwürdige Frau für dich.«

»Heute nacht werde ich Chang töten.« Huang ballte die Fäuste. »Heute nacht.« Er sagte es mit allem Ernst, ja mit einer gewissen Feierlichkeit, denn nie in seinem Leben hätte Huang daran gedacht, einen Menschen umzubringen, und wenn in den Zeitungen die Berichte standen, wie viele Tausende, ja Millionen Chinesen Opfer des Kulturkampfes von Mao geworden waren, hatte er immer den Kopf geschüttelt und gesagt: »Warum bloß? Kann mir, einem dummen Volksschullehrer, irgend jemand ein solches Morden im Namen der Kultur erklären? Sie zerstören die tausendjährigen Tempel – wozu? Was haben sie Besseres zu bieten als die kleine rote Bibel mit Maos Sprüchen, denen man sogar vieles entgegenhalten kann, wenn man logisch denkt? Meine Lieben, wie schrecklich verändert sich unsere Welt in ein paar Jahren, wer hätte das für möglich gehalten! Uns, ein Volk mit einer fünftausend Jahre alten Tradition, man schmilzt uns ein wie altes Eisen und gießt daraus neue anonyme Menschen. Wer kann das verstehen?«

Natürlich sprach Huang das nicht laut aus, denn auch in seinem Dorf vermutete er Spitzel, die alles dem Parteisekretär meldeten, und dieser war ein Mann, mit dem man nicht diskutieren konnte, sondern der alle sofort an die Parteileitung in Kunming meldete, und dann kamen ein Kommissar und ein paar Rotgardisten ins Dorf und holten die Kritischen ab. Man sah sie nie wieder, und wer fragte schon danach? Nur einmal hieß es, man habe sie umgesiedelt, in Volkskommunen, und es gehe ihnen gut; sie arbeiteten im Geist Maos und der großen Revolution.

Aber heute, an diesem Abend, an dem ihm Jinvan das blutbefleckte Tuch gezeigt und er mit eigenen Augen den Unterleib seiner Frau betrachtet hatte, in dieser Stunde war der Schwur, Chang zu töten, kein heimlicher Gedanke mehr.

Es mußte getan werden. Auch ein kleiner armer Dorfschullehrer hat eine Ehre.

In der Ecke des Zimmers, auf einer braunen Schafswolldecke, lag Tifei, der zerschundene Sohn, und ließ sich von seiner Mutter behandeln. Sie strich eine grüne, nach Rosmarin duftende Heilsalbe über seine Wunden und Peitschenstriemen, wischte den Schweiß von seinem zuckenden Gesicht und sagte immer wieder: »Du lebst, mein Sohn. Sei glücklich, daß du lebst. Sie waren noch gnädig mit uns. Und wir werden leben – jetzt tötet er uns nicht mehr. Er ist Gast in unserem Haus.«

»Ein Drache als Gast hat nie Glück gebracht, Mutter.«

»Morgen ziehen sie weiter, dann ist alles vorbei. Vater wird Chang aus den Schriften Maos vorlesen, um ihm zu beweisen, daß er die Worte des Großen Vorsitzenden begriffen hat. Er wird in der Schule Maos Weisheiten lehren.«

»Wir kriechen also auf dem Bauch wie ein Lurch?«

»Lieber ein Wurm sein, der die Erde durchwühlt, als ein Held ohne Kopf.«

»Und wenn du... wenn du ein Kind von diesen Teufeln bekommst, Mutter?«

»Changmin, die kluge Frau, wird es schon richten. Sie hat bisher, so erzählt man sich, schon neununddreißig Kindern das harte Leben erspart. Sie wird an mir keinen Fehler begehen.«

Lida, die Kleine, saß auf der Türschwelle und sah den Rotgardisten, Maos »kleinen Generälen«, zu, wie sie sich auf dem Schulplatz sammelten und Chang Lifu zu ihnen sprach. Er redete davon, daß man hier im Dorf übernachten wolle, daß jeder sich sein eigenes Quartier suchen solle, aber ohne den Besitzer des Hauses zu martern oder gar totzuschlagen. Auch die Frauen solle man in Ruhe lassen. Aber da gab es viele Rotgardisten, die jetzt verhalten zu murmeln anfingen und ihren Unwillen zeigten. Gerade der Anblick der Frauen war es, der in ihren Hosen rumorte, und nun hieß es, man dürfe die Kriegsbeute nicht anrühren und sich an ihr erfreuen. Hatte Chang überhaupt ein Recht dazu, so etwas zu befehlen? War er nicht nur ein politischer Kommissar und kein Militärkommandeur? Aber er hatte in dieser Truppe vom Beginn der Streifzüge an das Kommando an sich gerissen, und sie hatten sich alle gefügt, und nun war es unmöglich, ihm ins Gesicht zu sagen, daß er eigentlich gar nichts zu sagen habe; er sei für die Politik und Maos Ideologie zuständig, aber nicht für den Krieg gegen die kapitalistische Bourgeoisie.

Chang ließ seine Truppe wegtreten. Sie schwärmte ins Dorf aus, besetzte die Häuser, trat den demütigen, aber jammernden Bauern in den Hintern, verlangte ein gutes Essen, Reiswein und Maisbier und eine gute Suppe mit Tofu, Pilzen und Gemüse. Und überall aus den steinernen, mit Lehm verputzten schmalen Kaminen rauchte es, und das ganze Dorf roch nach gesottenem Gemüse und gekochten Hühnern.

Chang war in Huangs Haus zurückgekehrt und sah sich um.

Huang verbeugte sich tief, und da er wußte, daß Höflichkeit eines der Elemente des Lebens ist (auch wenn man die Absicht hat zu töten), bot er Chang sein Bett an. In diesem Bett hatte Huang mit Jinvan seinen Sohn Tifei und seine Tochter Lida gezeugt, und wenn das auch ein ganz natürlicher Vorgang war, so hatte es doch für Huang eine Bedeutung, tief innen in der Seele. Aber darüber spricht man nicht.

»Wenn mein Bett Ihnen nicht zu unwürdig und schmutzig erscheint, ist es Ihr Bett, Genosse Kommissar«, sagte Huang mit aller Unterwürfigkeit. »Es schläft sich gut in ihm. Es ist weich und angenehm für den Rücken, für den ganzen Körper.«

»Angenommen.« Chang setzte sich auf das Bett und spreizte die Beine. Dabei sah er die geschändete Jinvan an, die das Feuer entfachte, die Glut zur Flamme blies und neues Holz in das Steinviereck legte. »Habe ich mich schon entschuldigt?« fragte er.

»Für was, o Herr?« anwortete Jinvan demütig.

»Für das, was meine Soldaten Ihnen angetan haben. Ich wollte das nicht, ich habe es nicht befohlen. Aber wenn sie schöne Frauen sehen, fällt der Mensch von ihnen ab, und sie werden zu wilden Tieren. Ein Tiger sieht seine Beute nicht bloß an, er zerreißt sie. Sehen Sie es so, Frau Huang: Sie sind in ein Rudel von Tigern geraten.«

»Ein Tiger ist ein Einzelgänger, er lebt nicht in Rudeln wie etwa der Löwe«, sagte Huang höflich.

»Der Lehrer!« Chang lachte, anstatt über diese Belehrung in neue Wut zu geraten. »Und was ist eine Hyäne?«

»Eine Rudelläuferin.«

»Dann ist Jinvan eben in ein Rudel von Hyänen geraten.« Chang lachte wieder und klopfte sich auf die dicken Schenkel. »Eine Revolution braucht Opfer – wozu ist sie sonst da? Erst die Opfer geben einer Revolution den geschichtlichen Namen und ihre Anerkennung. Spräche man noch von der Französischen

Revolution, wenn nicht Tausende von Köpfen gerollt wären, wenn das Volk nur unter wehenden Fahnen und jubelnd herummarschiert wäre?«

»Und wie viele Tote hat unsere Kulturrevolution bisher gekostet?« fragte Huang. »Weiß man das, Genosse Kommissar?«

»Nicht genau. Die ›Säuberung der Klassenreihen‹, wie Lin Biao es nannte, war sehr streng. Deng Xiaoping sagte einmal: ›Diese Zeit forderte einhundert Millionen Opfer.‹ Da war ich erstaunt. Bei über einer Milliarde Chinesen nur einhundert Millionen Tote – Lehrer Huang, geben Sie zu: Wir waren human!« Changs Gesicht verzog sich zu einem perfiden Lächeln. »Daß sie fehlten, fiel gar nicht auf, wie auch keiner davon reden würde, wenn wir Ihr Dorf auslöschen.«

»Was für einen Nutzen würde das der Kulturrevolution bringen?«

»Gar keinen. ›Bereinigung‹ würden wir es in einem Bericht nennen, und damit wäre auch alles erledigt und vergessen.« Chang streckte sich auf dem Bett aus, verschränkte die Arme hinter dem Nacken und blickte zu der kleinen Lida hinüber, die neben ihrer Mutter am Feuer saß. Der Geruch von gebratenem Hühnerfleisch zog durch den Raum. »Ich hätte es getan, Huang Keli, wenn deine Tochter mich nicht an meine eigene Tochter erinnert hätte.«

»Sie haben eine Tochter, Genosse Kommissar?«

»Ich hatte eine. Sie ist tot!« sagte Chang abgehackt. »1966 begann die Große Proletarische Kulturrevolution. Im Jahre 1969 – ich war damals ein kleiner Bezirkssekretär der Partei – brachte man meine Tochter auf einem Pritschenwagen nach Hause: Sie war vergewaltigt und dann mit sieben Messerstichen getötet worden. Niemand weiß bis heute, wie es geschehen ist, wer es war, wo man es getan hat. Man fand sie neben einem Haufen frisch gebrannter Lehmziegel hinter einem Brennofen.« Er sah Huang lange stumm an, dann sagte er leise: »Seitdem hatte ich kein Herz und keine Seele mehr. Aber die Augen deiner Tochter haben mir einen kleinen Teil davon wiedergegeben. Nur deshalb lebt ihr noch.«

Huang schwieg. Er sah es nicht als notwendig an, weiter darüber zu sprechen – es hätte nichts geändert und Changs gestorbene Seele nicht mehr zum Leben erweckt. Sie aßen das gebratene Huhn und wilden Reis und tranken drei Flaschen Maisbier; auch Kohl gab es und Wasserspinat zusammen mit Tofu, dem Sojakäse, alles gesotten in einem eisernen Feuertopf. Chang fühlte sich rundum wohl, spuckte freudig die Hühnerknochen durch das Zimmer, womit er sagen wollte, wie gut ihm Jinvans Abendessen schmeckte, und dann lag er wieder auf Huangs Bett, rieb seinen aufgetriebenen Bauch und wurde müde.

Bald darauf war er eingeschlafen, und Huang sagte leise zu seiner Frau: »Eine Stunde kann er noch schlafen, und wenn er im tiefsten Schlaf ist, töte ich ihn. Ich werde ihm die Kehle durchschneiden. Hast du ein scharfes Messer?«

»Das Messer zum Kohlhacken, Keli. Ich habe es gestern noch an den Steinen gewetzt. Es schneidet Papier, als sei es Luft.«

»Warten wir also!«

»Kannst du überhaupt einen Menschen töten, Vater?« fragte aus seiner dunklen Ecke Tifei, der geschundene Sohn.

»Ich habe es noch nie versucht. Es ist das erste Mal. Aber ich werde es können.«

»Laß mich es machen, Vater«, sagte Tifei. »Ich bin jung, und ich kann es schneller vergessen als du. Und wo willst du mit dem Toten hin?«

»In den alten Brunnen. Ich werde ihn in den alten Brunnen werfen. Er ist tief genug, daß man Chang nicht finden wird.« Huang schüttelte heftig den Kopf. »Nein, nein, mein Sohn, ich tue es. Sie haben meine Frau geschändet.«

»Und sie ist meine Mutter.«

»Das ist ein gutes Motiv.« Huang kam zum Feuer, um das Jinvan und Lida saßen und den Rest des Wildreises aßen. Sie tauchten ihn in eine kleine Porzellanschale mit Sojasoße und schlürften ihn in sich hinein. »Würfeln wir um ihn!«

Huang holte aus einem einfachen roten Lackkasten vier Würfel aus gebleichtem und poliertem Büffelhorn, wog sie in der geschlossenen Faust und warf sie dann auf den festgestampften Lehmboden. Einmal die Sechs, einmal die Fünf. Er sah seinen Sohn triumphierend an und rieb sich die Hände, als habe er den Teil der Reisernte, die er auf dem Markt von Xiaguan jedes Jahr verkaufte, um einen guten Preis verkauft. »Mach es nach, Sohn!« sagte er fröhlich.

Tifei ließ die Würfel in seiner Hand rollen, atmete laut auf und warf sie dann auf den Boden. Eine Vier und eine Eins.

»Das ist sehr gering!« rief Huang. »Ich töte also Chang. Aber einigen wir uns auf eine Art Mithilfe: Ich schneide ihm die Kehle durch, und du trägst ihn zum Brunnen und versenkst ihn dort. Dann hat jeder etwas für die Mutter getan.«

Huang blickte auf die zerbeulte Blechuhr, die an der Wand hing, neben einem Plakat, das eine Szene aus einer traditionellen chinesischen Oper zeigte und der einzige farbige Schmuck im Zimmer war.

Noch eine Stunde.

Auf dem Bett begann Chang ein lautes, pfeifendes Schnarchen. Er hatte die Beine weit gespreizt, die Hose spannte sich und gab deutlich die Formen seines Geschlechtes kund. Ich schneide ihm die Kehle durch, dachte Huang und fühlte es in sich eiskalt werden. Erst die Kehle, und dann schneide ich ihm auch noch den Schwanz ab, diesen verdammten Schwanz, der schon so viele Frauen und Mädchen vergewaltigt hat. Und der Totengott würde ihn danach fragen: »Wo ist dein Geschlecht, Chang?«, und Chang mußte dann schamhaft antworten: »Sie haben es abgeschnitten und verbrannt. Es war meine zweite Waffe: In der rechten Hand hielt ich die Pistole, in der Hose war mein Schwanz. Damit habe ich ganze Provinzen erobert. Sie haben mich eben total entwaffnet.« Und der Totengott würde laut lachen und Chang in die Abteilung der Eunuchen einweisen. Gab es eine größere Schande für Chang als eine solche Behandlung?

Als der Zeiger der Uhr anzeigte, daß die Stunde vergangen war, trat Jinvan vor den stumm auf einem Schemel hockenden Huang und hielt ihm das scharfe Kohlmesser entgegen. Huang nahm es, fuhr mit dem Daumen über die Klinge und nickte. Es war dunkel im Haus, nur von der Feuerstelle her kam der Schein des Holzkohlenfeuers.

Lida lag auf ihrem Deckenlager und schlief fest. Jinvan hatte ihr in den grünen Tee etwas Reisschnaps gemischt, und der heiße Alkohol verschaffte Lida einen fast betäubenden Schlaf. »Sie soll es nicht mitansehen«, hatte Jinvan zu Huang gesagt. »So ein Anblick bleibt in der Seele des Kindes bis zu seinem Tod. Wir wollen ihr sagen, Chang sei im Morgengrauen abgerückt.«

»Aber seine Soldaten sind ja noch da.«

»Kann ein so hoher Kommissar nicht allein fahren?«

»Er kann, wenn er seinen Wagen mitnimmt. Aber Changs Wagen steht vor dem Schulhaus. Geht ein Kommissar zu Fuß? Wer wird das glauben?«

Jetzt sagte Huang: »Lassen wir den Dingen ihren Lauf.« Er erhob sich von seinem Holzschemel, umfaßte den Griff des großen, breiten Messers und ging zu Chang hinüber. Dessen Schnarchen füllte die Stille des Hauses. Durch das Fenster und die offene Tür zum Innenhof fiel das milchige Licht eines Viertelmondes und ließ die Konturen des Schlafenden ahnen. Nur sein Kopf lag etwas im Helleren, und es war genau die Stelle an der Kehle, durch die Huang das Messer ziehen wollte.

Er betrachtete den Kopf eingehend, und viele Gedanken schossen durch sein Hirn. Nimmt man's genau, hat er Jinvan nicht angerührt, sagte sich Huang. Es waren seine Rotgardisten, die »kleinen Generäle Maos«. Sie haben im ganzen Dorf gewütet, haben Brände gelegt, die Bauern verprügelt, ihre Frauen vergewaltigt, die Vorräte geplündert, die Tiere abgeschlachtet, Tifei gefoltert. Er hat das alles nicht getan, der Kommissar Chang Lifu, aber es ist nun mal die Regel, daß ein Kommandeur für seine Truppe verantwortlich ist. Wozu ist er sonst ihr Kommandeur? Andererseits, wenn man es ohne Haß betrachtet, schläft er in meinem Bett voll Vertrauen, ohne Angst, ohne den geringsten Zweifel, daß zwischen uns Friede eingezogen ist; er schläft wie ein braver Mensch, und nun soll ihm die

Kehle durchgeschnitten werden, und sein Körper soll in den tiefen, seit Jahren wasserlosen Brunnen geworfen werden.

Doch was ist morgen? Morgen, wenn er ausgeschlafen ist? Dann gehen die Greuel weiter, dann ist er wieder der gnadenlose Kommissar. Dann zieht er weiter und verbrennt das nächste Dorf. Man muß ihn töten.

Aber Huang zögerte. Er wog das Messer in der Hand, hörte aus der Dunkelheit hinter sich das schwere Atmen von Jinvan und Tifei, denn auch sie hatten noch nicht gesehen, wie man einen schlafenden Menschen abschlachtet wie einen Hammel.

»Gib mir das Messer, Vater«, hörte Huang aus der Dunkelheit die Stimme seines Sohnes. »Ich werde es nicht bereuen.«

Huang schüttelte den Kopf. Er kniete neben dem Bett auf den Lehmboden und beugte sich noch tiefer über Changs Gesicht. »Er hat Lida beschützt«, sagte er mit heiserer Stimme.

»Weil sie noch ein Kind ist. Wäre sie drei Jahre älter, hätte man auch sie geschändet.«

»Man soll nicht Taten anklagen, die nicht geschehen sind.« Huang erhob sich von den Knien und steckte das Messer in seinen aus Flachs geflochtenen Gürtel. »Die reinste Seele hat der, der verzeihen kann. Warten wir den nächsten Tag ab!«

»Wenn der Drache wieder los ist und Feuer speit!« sagte Tifei voll Bitterkeit. »Du wirst nie ein Held werden, Vater.«

»Ich will auch kein Held sein. Ich bin ein Lehrer, der die Kinder lehrt, ein gutes Leben zu führen. Helden sind nicht aus Magnolienholz, sondern aus Eisenholz, ich aber liebe die Magnolien.«

So blieb Chang am Leben, und er erwachte, weil genau vor der Tür ein bunter Hahn laut krähte. Er richtete sich in Huangs Bett auf, sah sich um und bemerkte, daß der Lehrer neben dem Bett auf der Erde hockte, als hätte er ihn die ganze Nacht über bewacht. Und er sah auch das breite, blanke Messer in seinem Gürtel, das so gar nicht zu einem Lehrer wie Huang paßte, und er wußte sofort, daß er geradezu wundersam in ein neues Leben hineingeschlafen hatte. Er sah Chang in die müden Augen. »Warum hast du es nicht getan?« fragte er rauh.

»Es ist keine rühmliche Tat, einen Schlafenden zu töten«, antwortete Huang.

Das waren die letzten Worte, die man darüber sprach. Chang saß am niedrigen Tisch und schlang sein Frühstück hinunter, warme, kugelrunde Hefeklöße, eine Nudelsuppe mit kleinen Tofustücken, gesottene Lotusblütenböden und kaltes, scharfgewürztes, kleingehacktes Hühnerfleisch. Die ganze Zeit über sprach keiner ein Wort, aber ab und zu warf Chang einen Blick auf die kleine Lida, und es war ein Blick voll Wärme.

»Was haben Sie noch vor, Genosse Kommissar?« brach Huang endlich das Schweigen.

»Wir ziehen ab. In zwei Stunden sind Sie von mir befreit. Aber wir sehen uns wieder.«

»Ich habe kein Verlangen danach«, antwortete Huang sehr mutig. »Warum wollen Sie wiederkommen?«

»Ich will sehen, was aus Lida wird.« Chang stemmte sich hoch, zog sein Koppel, an dem die Pistole hing, gerade und griff in die Jackentasche. Er holte ein Bündel Geldscheine hervor und warf sie vor Jinvan auf den Boden. Ein Schein flatterte zum Feuer, und Lida war so schnell, ihn aufzufangen, bevor er in die Glut fiel. »Für dein Essen, Frau!« sagte Chang.

»Gestohlenes Geld«, bemerkte Huang.

»Sieht man's dem Geld an, Lehrer?«

»Aber ich weiß es, wenn ich es ausgebe. An jedem Schein klebt Blut.«

»Dann wasch sie, häng sie auf die Leine und laß sie trocknen.« Chang lachte, aber es klang wieder böse. »Weißt du, wieviel Blut und Schweiß am Geld der Kapitalisten klebt? Aber jeder nimmt es und macht noch eine tiefe Verbeugung dabei. Das, genau das wollen wir ändern. Das Volk soll wissen, was es wert ist. Wir sind in einem großen, geschichtlichen Umbruch. Lehrer, was weißt du von der neuen Zeit? Nichts. Du hast nie gelesen, was der große Lin Biao geschrieben hat: ›Weg mit dem Abfall! Frisches Blut muß in unsere Reihen!‹ Damit bist auch du gemeint. Du bist der Abfall. Das Gestern. Wir aber arbeiten für die Zukunft. Du bist nicht in der Partei?«

»Nein.«

»Du solltest es aber sein. Deinetwegen und wegen der Kinder und überhaupt. Als Mitglied der Partei findest du offene Türen und offene Ohren. Leb nicht in der Vergangenheit, sondern für die Zukunft. Ein Volk besinnt sich, wieder ein Volk zu sein, neue Menschen im Geist Maos.« Changs Stimme wurde jetzt fast feierlich, als müsse er eine Rede vor einem tausendköpfigen Zuhörerkreis halten. »Drei Dinge hast du zu schwören, dann bist du ein Chinese für das kommende Jahrhundert: dreifache Treue! Treue gegenüber dem Vorsitzenden Mao, Treue gegenüber den Ideen Maos, Treue gegenüber der politischen Linie Maos. Ist das richtig?«

»Ja«, antwortete Huang gedehnt.

Und Chang fuhr belehrend fort: »Der große Parteitheoretiker Yao Wenyuan sagte: ›Die Arbeiterklasse muß alles führen!‹, und Mao gab die Losung aus: ›Es ist unbedingt notwendig, daß die Jugend mit Schulbildung aufs Land geht!‹ Von den Bauern lernen, heißt die Parole, nicht von den Intellektuellen. Und wer hat hier zu lehren? Du, Huang Keli! Du hast als Lehrer die Pflicht, deinen Schülern Maos Geist beizubringen. Bisher hast du versagt.«

»Ich kannte nicht die neue Heilslehre von Mao«, antwortete Huang demutsvoll.

»Jetzt kennst du sie.« Chang trat unter den Türbalken und drehte sich noch einmal um. Er sah dabei die kleine Lida an, und ein mildes Lächeln überzog sein Gesicht. »Ich komme wieder. Wann, das weiß ich nicht. Aber ich komme. Und dann wirst du vor mir stehen und ein Gedicht von Mao aufsagen.«

»Bestimmt, Genosse Kommissar«, sagte Lida brav. »Auf Wiedersehen.«

»Auf Wiedersehen.«

Chang verließ mit großen Schritten das Lehrerhaus, ging zu den wartenden Rotgardisten hinüber und war wieder der gefürchtete Drache, so wie ihn alle kannten. Kommandos ertönten, eine Schar von Kindern umringte die Truppe, und als sie abmarschierte, den Hügel hinunter, auf dem die Schule stand, waren alle Türen zu den Innenhöfen der Häuser geschlossen, kein Mensch zeigte sich, selbst die Hofhunde rührten sich nicht. Nur unten an der Straße, wo das armselige Parteihaus des Dorfes stand, grüßte stramm der Parteisekretär, obgleich sein Gesicht mit blau anlaufenden Beulen bedeckt war: Man hatte ihn schrecklich verprügelt, weil er die Partei vertrat, aber im Dorf keine richtigen Kommunisten waren. Versager überzeugt man am gründlichsten mit der Faust, war eine der Parolen von Chang Lifu, und die bisherigen Erfolge hatten ihm recht gegeben.

Was sind ein Monat, ein Jahr in China? Die Felder grünen, tragen Frucht und werden abgeerntet; auf ihnen und den Reisterrassen wächst die Grundlage des Lebens, das alltägliche Sattsein. Die Ziegelbrennöfen, die jedes Dorf besitzt, qualmen aus ihren Ritzen, die Holzkohlenmeiler schwängern mit ihrem Geruch die Luft, und dann ist der Wind da, der Qualm und Gestank wegtreibt über die Ebene und in die Berge, und der Sommerhimmel strahlt heiß auf die gebückten Gestalten auf den Feldern, und die Schar der schnatternden, watschelnden Enten zieht über die Straße zu den Teichen und taucht nach Tang und Algen, und alles ist so friedlich wie vor dreitausend Jahren.

Aber auf den Wochenmärkten hört man von den Weitgereisten, die von den großen Städten erzählen, von Kunming und Dali und Lijiang; sogar jemanden aus Shanghai trifft man dort oder aus Chengdu, und sie erzählen Wunderdinge, was es dort alles gibt, Maschinen mit großen Greifarmen, die auf einmal so viel Erde oder Steine aufheben, wie es sonst nicht zehn Mann könnten, Maschinen, die so breit sind wie Straßen und aus denen hinten eine fertige feste Straßendecke aus Teer läuft, die von riesigen Walzen gehärtet wird. Und dann kommt man ins Dorf zurück und blickt über die Felder, die in der Sonne wie ein grüner Teppich leuchten, und man sagt zu sich: »Was brauchen wir diese Moloche von Maschinen? Hier haben unsere Hände gearbeitet, und es ist schön geworden. *Unser* Land. Niemand kann es uns nehmen. In ihm ruhen die Gebeine unserer Ahnen, und ihr Geist schwebt über die Felder und erfreut sich an unserem Tun. Das ist Glück, mehr wert als eine Handvoll Geldscheine, das ist Leben, das wir uns selbst geben, immer und immer wieder, Jahr für Jahr, Jahrhundert um Jahrhundert. Wir brauchen keine handgearbeiteten Schuhe aus Hongkong. Die Großmutter näht sie aus Ziegenleder genauso gut, und unsere Bauernkittel aus selbstgewebtem Stoff sind uns nützlicher als ein Seidenanzug aus Beijing.«

Was ist Zeit für China? Ein Teil der Ewigkeit, denn China ist Ewigkeit.

So gingen die Jahre dahin im selbstverständlichen Lauf von Sonne und Mond.

In Huili änderte sich nicht viel nach dem Abzug Changs und seiner Rotgardisten. Man nahm wahr, daß 1976 Mao Zedong mit zweiundachtzig Jahren in Beijing starb, man erfuhr von den Greueltaten einer »Viererbande« genannten Gruppe von Politikern, die aus Jiang Quing, der Witwe Maos, Zhang Chunqiao, Yao Wenyuan und Wang Hongwen bestand und die man gleich nach Maos Tod verhaftet hatte, aber man zeigte kein Interesse daran, daß dabei, als er Widerstand leistete, Maos Neffe Mao Yuanxin erschossen worden war. Wie weit weg war Beijing von dem kleinen Dorf Huili mitten in der Provinz Yunnan, im Gebirgsland von Yungu, wo die Hühner neben den Säuglingen schliefen und die dickbäuchigen schwarzen Ferkel mit dem Hofhund aus einem Napf fraßen.

Der Lehrer Huang Keli hatte die Ermahnungen Changs in pädagogische Freiheiten umgesetzt, sie mit dem Miao-Kult vermischt und lehrte neben dem traditionellen Wissen nun auch Gedichte von Mao, und zwar so, daß jeder Schüler vier Gedichte aufsagen konnte, was alle Parteikontrolleure zufriedenstellen mußte.

Aber es kam kein Kontrolleur mehr, und der Dorfkommunist war froh, daß man ihn nicht verprügelte, und schrieb jeden Monat seinen positiven Bericht, den er nach Kunming schickte, wo er gelesen, zerknüllt und in den Papierkorb geworfen wurde.

Die Vergewaltigung Jinvans hatte keine Folgen. Changmin,

die Uralte, die schon so viele Kinder vorzeitig aus dem Mutterleib geholt hatte, brauchte bei Jinvan nicht tätig zu werden.

»Der Glücksgott war bei uns«, sagte Huang, und er opferte an dessen Altar eine volle Schüssel mit Äpfeln, Mandarinen und gebratenen Entenscheiben.

Aus Lida wurde eine gute Schülerin. Sie wuchs Vater und Mutter über den Kopf, schlüpfte wie ein Schmetterling aus seiner Puppe und wurde ein wunderschönes Mädchen, das schon mit dreizehn Jahren runde, volle Brüste hatte und nur noch allein im Fluß badete, denn die Jungen stierten sie an, und in ihren Augen lag ein Glanz, den sie richtig deutete und den sie nicht mochte.

Huang hatte die Idee, sie nach Kunming zu schicken, wo eine Tante eine Wohnung hatte und wo Lida unterkommen konnte, um eine höhere Schule zu besuchen und ebenfalls Lehrerin zu werden. Aber sie sagte: »Vater, gutes Väterchen, laß mich hier. Ich eigne mich nicht zur Lehrerin.«

»Du bist ein kluges Kind«, erwiderte Huang. »Klugheit gehört nicht einem allein, Klugheit gehört dem ganzen Volk. Dafür haben dir die Götter die Klugheit geschenkt. Verärgere sie nicht. Ein Lehrer gilt nach dem Ende der Kulturrevolution wieder etwas in China. Deng Xiaoping hat die Gespenster Maos verjagt, sein Kommunismus ist real, der Mensch wird wieder geachtet, die alten Traditionen leben wieder auf, überall im Land beginnt ein neuer Aufbau.« O ja, er kannte sich jetzt aus mit der Politik und hatte viel gelesen und gehört. 1968 hatte Mao gefordert: »Entstädtert die Städte, das Land braucht euch!«, und dreizehn Millionen junge, fanatische Anhänger Maos zogen aufs Land, um mit ihren Händen den neuen Bauernstaat zu gründen. »Fünfzehn Millionen, Tochter, haben uns überschwemmt, und was haben sie hinterlassen? Fahnen, Spruchbänder, Wandzeitungen, Mao-Denkmäler und große Sprüche. Aber das ist vorbei. China erwacht wieder aus der Dunkelheit. Und da muß es Lehrer geben, die das verkünden. Lida, du gehst nach Kunming und studierst.«

Und Jinvan, die Mutter, sagte: »Wir haben so sehr gelitten, Tochter, baue jetzt mit an einer Zeit, die keine Leiden kennt. Wir werden stolz auf dich sein. Das ganze Dorf, alle Miaos. Das ist deine Pflicht, Tochter.«

Aber was half alles Reden bei einem Mädchen, das einen klugen, aber ebenso harten Kopf hatte? Lida blieb in Huili; dafür verließ Tifei, der Sohn, das Dorf. Gerade von ihm hatte der alte Huang erwartet, daß er die Felder und Reisterrassen übernahm, und als der uralte Zimmermann Huang Yuan, der Großvater, jetzt ein mit trockener Haut überzogenes Gerippe, zum Sterben kam, sagte er von seiner Maisstrohmatratze her mit seiner heiseren, hohen, zittrigen Greisenstimme zu seinem Enkel Tifei: »Verachte nicht unsere Erde. Was willst du denn werden, was willst du tun?«

Und Tifei hatte geantwortet: »Großvater, ich werde ein Kraftwagenfahrer werden.«

»Du bist ein Bauer.«

»Nein. Ich werde einen großen Transporter fahren, vielleicht sogar einen Omnibus und die Menschen durch das Land bringen. Und ich werde sparen, Yuan für Yuan, bis ich mir einen eigenen Lastwagen kaufen kann, und viel Geld damit verdienen.«

»Ein Kapitalist willst du werden!«

»Ja.«

»O Gott, wie ist es schwer, mit diesem Gedanken zu sterben!« Der Uralte verdrehte die Augen, hüstelte, was wie ein letztes Röcheln klang, und streckte sich aus, als läge er schon im Sarg. »Er will weg von seiner Erde. Leute will er herumfahren. Und die Felder verdorren, der Reis welkt in der Sonne, die Teiche trocknen aus. Eine Wildnis wird aus allem werden. Warum erlebe ich das noch? Keli, mein Sohn, gib mir nichts mehr zu essen – ich will sterben.«

Huang Yuan bekam natürlich seine Mahlzeiten, aber er wurde immer magerer, immer lederner, immer kleiner. Und plötzlich war er tot. An einem Morgen lag er auf seiner Matratze, mit offenem Mund, als habe er noch einmal Tifei zu sich rufen wollen, um ihm zu sagen, daß ein Bauer nie seine Erde verlasse. Man begrub ihn in einem Sarg, den er, der Zimmermann, selbst zusammengefügt hatte. Dieser Sarg war aus festem Eisenholz, das nicht so schnell in der Erde verfaulte und somit den Leichnam mumifizierte; aus diesem Sarg heraus würde sein Geist jeden ermahnen, der an sein Grab kam und mit ihm sprechen wollte. Meine Nachkommen, euer Boden ist euer Leben. Das war Jahrtausende so, und es wird Jahrtausende so bleiben. Es gibt bei allem Fortschritt doch einen Stillstand auf dieser Welt, und das ist eure Erde!

Tifei verließ also das Dorf Huili, fuhr in die Stadt Kunming und lernte ein Auto lenken, es reparieren und die Seele eines Motors erkennen. Er schrieb begeisterte Briefe, und als er zum ersten Mal einen Lastwagen allein fahren durfte, feierte er dieses Ereignis seines Lebens mit seinen Kollegen und betrank sich so gründlich, daß er unter den Tisch rollte und dort den Rest der Nacht verschlief, in einer Lache aus Bier und Schnaps und Hühnerknochen.

Lida blieb im Dorf und half Vater und Mutter auf den Feldern. Mit siebzehn Jahren hatte sie große Mühe, die Männer von sich fernzuhalten. Sie war erblüht wie eine Rose, ihr Gang war elastisch und weich, ihr langes schwarzes Haar wehte im Bergwind wie ein Seidenschleier, und wenn die Hitze vom Himmel glühte und sie die Knöpfe ihres Kittels löste, bräunten ihre festen Brüste und schienen in der Sonne noch praller zu werden. Es war, als sauge sie die Sonnenstrahlen in sich auf und verwandele sie in Schönheit.

Huang, der Vater, bemerkte das sehr wohl, und sagte zu Jinvan, seiner Frau: »Frau, unsere Tochter ist reif für einen Ehemann. Aber wen soll sie nehmen? Im Dorf ist niemand, den sie mag. Die ›Stolze‹ nennen sie sie schon. Das Mädchen mit den Drachenaugen und dem Jadebusen. Selbst Hong Hangyu, den Sohn des Kaufmanns aus Nanhua, der unsere Ware aufkauft, verschmäht sie. Eine gute Partie wäre er, und gebildet ist er auch. Aber sie sieht ihn nicht einmal an, und wenn, dann blickt sie durch ihn hindurch, als sei er aus Glas. Wo führt das hin? Ich will noch erleben, daß ein Enkel auf meinen Knien sitzt und ich ihm ein Lied vorsinge. Nichts macht sie sich aus Männern. Absolut nichts. Was ist das bloß für ein Mädchen? Alle ihre Klassenkameradinnen sind schon verheiratet, haben Kinder, bauen ein eigenes Haus, sie aber sitzt in den Feldern, spricht mit den Enten, füttert sogar einen Kranich, hackt und jätet, leitet das Wasser von Feld zu Feld, drückt hinter dem Büffel den Pflug in die Erde und schichtet Steine zu neuen Mauern auf. Du solltest mit ihr sprechen, Frau – meine Worte hört sie stumm an, lächelt und schweigt weiter. Worauf wartet sie? Auf den Prinzen aus einem Märchen? Sie wird ihn nie bekommen, wenn sie mit lehmverkrusteten Beinen von den Feldern kommt und der Schweiß ihr das Haar um den Kopf klebt.«

»Es sind verschwendete Worte«, sagte Jinvan. »Was antwortet sie mir, Mann? ›Tifei ist weggegangen, ihr werdet alt, aber die Erde lebt und will gepflegt werden. Ich liebe die Erde ... Was ist ein Mann gegen ein Reisfeld, aus dem die jungen Pflanzen sprießen?‹«

»Das ist doch nicht normal!« rief Huang aus, und es klang fast wie ein Entsetzen über seine Tochter, die er nicht mehr verstand. »Es wird soweit kommen, daß man ihr Spottverse nachruft und sie so eine nennt, die es sich selbst macht.«

»Mann, woran denkst du?« sagte Jinvan betroffen. »Vielleicht ist ihre Zeit noch nicht gekommen. Jeder Mensch entwickelt sich anders.«

»Sie blutet, seit sie vierzehn ist. Sie ist eine voll erblühte Frau. Sie *muß* doch etwas empfinden außer Freundschaft zu Tieren und der Erde. Weißt du was?« Huang sah seine Frau mit listigen Augen an. »Wir werden Hong Hangyu einladen. Ganz offiziell. Ein großes Fest werden wir veranstalten mit so viel köstlichem Essen, daß der größte Tisch zu klein ist. Vielleicht finden sie doch noch Gefallen aneinander? Man muß sie nur nahe zusammenbringen. Hangyu ist ein schöner Mann, sie werden gut zusammenpassen. Ein vom Himmel auserwähltes Paar.« Und etwas leiser fügte er hinzu: »Außerdem ist Hangyu ein reicher Mann.«

»Lida verachtet das Geld. Wie oft habe ich mit ihr darüber schon gesprochen«, sagte Jinvan mit trauriger Stimme. »›Tochter‹, habe ich gesagt, ›wenn du Lehrerin in Kunming geworden bist, hast du großes Ansehen, ein Vorbild bist du für die Schüler, sie ahmen dich nach und tragen deine Lehren weiter in die Familien. Dein Geist hat Macht, er kann helfen, das neue China aufzubauen, so wie es sich Deng Xiaoping, Hu Yaobang und Zhao Ziyang denken, und wenn du viele Drei-Gut-Schüler ausbildest, die Politik, kommunistische Gesinnung und Sport beherrschen, wird man dich ehren und vielleicht sogar in ein Gremium berufen. Berühmt kannst du werden, du hast den großen Geist in dir.‹ Aber nein, sie lächelt nur, streichelt mir über das Gesicht, und wenn ich vor Kummer weine, tupft sie mir die Tränen aus den Augen und Falten, geht wieder hinaus auf die Felder und füttert die Enten und treibt mit Ho-ho-ho-Rufen den Büffel vor dem Pflug an. Tifei ist schon weg, er macht seinen Weg, obwohl er zu unserer Erde gehört. Lida ist zu Höherem geboren. So ganz anders ist sie als die anderen Mädchen. Wenn sie geht, ist es, als trage eine Wolke sie davon.«

»Man muß mit ihr sprechen, immer wieder sprechen«, sagte Huang. »Nur Menschen, die miteinander sprechen, verstehen sich. Schweigen ist der Bote des Todes. Setzen wir alle Hoffnung auf den schönen Hangyu!«

In den folgenden Tagen versuchte Huang, mit Lida über viele Dinge zu reden, nur nicht über eine Heirat oder einen Mann, dem sie Frau und Mutter seiner Kinder sein sollte. In Huili wie in allen anderen Dörfern stand man schon um fünf in der Frühe auf, nahm sein tägliches Bad im Bach, den Teichen oder auch nur in einem großen Holzkübel, wusch sich vor allem die Füße und den Unterleib, denn der Tag, den Gott einem wieder geschenkt hatte, mußte in Sauberkeit begonnen werden. Wer erst gegen sechs aufstand, war ein »Spätaufsteher«, wurde gehänselt und damit verspottet, er habe wohl die halbe Nacht auf seiner Frau gelegen und sei nun hohl bis auf die Knochen. Nur wenige ließen sich das sagen. Um ihre Stärke zu beweisen, stellten sie sich auf und begannen mit dem Schattenboxen, Lockerungsübungen mit Beinen und Armen und dem Oberkörper. Noch wichtiger aber war Qigong, eine uralte Atemgymnastik, die frische Luft in die Lungen pumpte, den Mief der engen Behausung herausblies und die Lunge vom Nikotin befreite.

Der Ärger mit Lida ging jeden Morgen los. Während Huang und viele Dorfbewohner auf dem Schulplatz standen und ihre Schattenbox- und Atemübungen mit größtem Ernst und tiefster Konzentration abhielten, zog Lida sich einen Trainingsanzug an, den sie auf dem Wochenmarkt von Dayao gekauft hatte, streifte Schuhe aus weißem Leinen über die zierlichen Füße und begann zu laufen, rund um die Reisfelder auf den schmalen Pfaden, die die Terrassen voneinander trennten, rund um die Kohlfelder und die Fischteiche, mit leichtem, federndem Schritt, als mache es ihr gar keine Mühe, in dem schon heiß werdenden Morgen über den staubenden oder glitschigen Lehmboden zu traben. Ein paar junge Burschen sahen ihr von der Straße aus zu, und wenn sie an ihnen vorbeilief und unter dem dünnen Baumwollpullover ihre runden Brüste wippten, dann klatschten sie in die Hände und überschütteten sie mit Bemerkungen, wie es eben Jungen tun. Sie achtete nicht darauf, lief weiter und kehrte erst zum Haus zurück, wenn der zweite Teil der morgendlichen Zeremonie begann.

Huang und Jinvan holten die kleinen Bambuskäfige von den Nägeln, entfernten die Abdecktücher, die nachts die Käfige schützten, und lachten, redeten und pfiffen mit den Vögeln, trugen sie zu den Bäumen, hängten sie an die Äste und lauschten dem Singen, Gurren und Piepen der buntgefiederten Freunde. Das Herz jedes Chinesen hängt an einem Vogel, oft haben alte Leute, die nur noch sich haben und denen alle Verwandten weggestorben sind, zwanzig, dreißig Rohrkäfige mit Vögeln aller Größen und Arten, mit denen sie sich unterhalten, als seien es Menschen, die jedes Wort verstehen.

Auch Huang saß unter den Bäumen mit seinen Vögeln, lauschte ihrem Gesang und erzählte ihnen seinen Kummer mit Lida, seiner Tochter. Jinvan war ins Haus zurückgekehrt und bereitete das warme Frühstück zu. Es mußte warm sein; ein kaltes Frühstück ist kein Frühstück. Es ist eine Beleidigung des neuen Tages, der einem geschenkt worden ist. Kalt kann nur das gesalzene Gemüse sein oder die scharf gewürzten Hühnerzehen, der Reis muß in seinem Trog dampfen, denn der Reis glättet die Magenwände, und die Suppe, meistens auch aus vorgekochtem Reis oder Nudeln, soll die in der Nacht eingeschlafenen Lebensgeister wieder wecken. Unterdessen brutzeln im Fritieröl die dünnen Teigstangen und rumort auf dem Feuer im Deckeltopf das Dampfbrot.

Das volle, starke Leben wird aus dem Frühstück geboren. Und es gibt keine Frau und Mutter in China, die nicht mit Freuden sieht, wie ihre Familie am Tisch oder auf dem Boden sitzt, aus den hohen Deckeltassen ihren grünen Tee schlürft, schmatzend, aber sonst schweigend das Essen hinunterschlingt, und wenn man ein Transistorradio hat, das Händler aus den Städten ihnen verkauft haben, hört man den Wetterbericht, die neuesten Nachrichten, die Werbung für Kühlschränke, Fahrräder, Mopeds, Waschmaschinen und Kameras, Dinge, die für die meisten ein Traum bleiben, und dann tönt Musik aus dem Lautsprecher, chinesische Volkslieder, aber auch schon mal ein Walzer von Johann Strauß oder Auszüge aus Beethoven-Sinfonien, vor allem das »Lied an die Freude«.

Das ist dann der Augenblick, wo Huang als höflicher Mensch mit einem Rülpser kundtut, wie gut das Frühstück war, und dann geht er hinüber zum Schulhaus, inspiziert die Räume, ob der Hausmeister auch brav geputzt hat, setzt sich auf seinen Stuhl und wartet auf seine Schüler.

An diesem Morgen bekam die Tradition einen Riß: Huang ging nicht zur Schule, sondern wartete unter dem Baum mit seinen Vögeln auf Lidas Rückkehr vom Lauf.

»Sie kommt, meine Lieben«, sagte er leise zu seinen gefiederten Lieblingen, als Lida den Hügel herauflief. »Singt so schön wie nie, damit sie gute Laune bekommt.«

Er setzte sich mit seinem Schemel unter seinen Lieblingsvogel, ein mittelgroßes Tier mit blutrotem Hals und Rücken, während der Bauch himmelblau strahlte, und der trug einen Namen, den Huang nicht behalten hatte, denn der Händler in Xiaguan hatte ihm einen lateinischen Namen genannt, und wer soll das behalten? Huang nannte ihn »Himmelsauge im Morgenrot«, und wenn er ihn so rief, plusterte er die Kopffedern auf, kam an das Bambusgitter, steckte den goldenen Schnabel durch die Stäbe und plapperte mit einer dunklen melodischen Stimme drauflos.

Lida erreichte schwer atmend den Vater, blieb vor ihm stehen und zog den Reißverschluß ihres Trainingsanzuges auf. Ihre Brust quoll aus der Jackenritze, schweißglänzend und so voll Verlockung, daß selbst Huang einen Kloß im Hals spürte und ihn krampfhaft hinunterschlucken mußte.

»Das Spinatfeld muß gewässert werden«, sagte sie. »Es ist zu trocken. Wir müssen es jetzt zweimal am Tag berieseln. Der Reis hat genug Wasser, und ich kann aus dem Teich viele Eimer Wasser hinauftragen zum Spinat.«

»Das ist zu schwer für dich, Tochter«, antwortete Huang und schielte zu seinem schönen Vogel hinauf, der seinen Schnabel wieder durch die Stäbe gesteckt hatte, als wolle er gleich mitreden. »Das ist Männerarbeit.«

»Wo ist ein Mann?«

Huang sah sie liebevoll an. Er dachte an Jinvan, seine Frau, als sie so jung war wie Lida, und sie war damals ebenso schön und schlank gewesen und hatte ebenso feste Brüste gehabt. Er, der arme Lehrer, hatte sie bekommen, gegen den Willen ihrer Eltern, die reiche Bauern gewesen waren.

»Du kannst es nicht mehr, Vater«, sagte Lida, und es klang nicht beleidigend, sondern ehrlich und mitfühlend. »Du hast deine Schule und deinen Blumen- und Gewürzgarten hinter dem Haus – die Felder würden dich umbringen.«

»Es gibt genug junge starke Männer, Tochter. Sieh dich nur um!«

»Ich mag keinen von ihnen. Keiner taugt für ein ganzes Leben.«

»Auf wen wartest du? Auf einen Märchenprinzen? So einer verirrt sich nicht in das Dorf Huili.«

»Ich habe Zeit, Vater.«

»Jugend ist wie eine geschenkte Rose. Ohne Wasser verwelkt sie schnell, und wenn erst die Blüten gefallen sind, stellt keiner mehr den leeren Stengel in eine Vase. Du wirst achtzehn, Tochter.«

»Ich weiß es.« Sie wischte sich mit dem Handrücken den Schweiß von der Stirn und von den Brüsten. »Ich gehe jetzt, Wasser tragen. Am Mittag nehme ich den Büffel für das Gemüsefeld.«

Sie ging ins Haus, und Huang blickte ihr nach, seufzte tief auf und warf einen flehenden Blick auf seinen Lieblingsvogel. »Was soll man da tun, Himmelsauge im Morgenrot? Was sagst du dazu?«

Aber auch Himmelsauge wußte keine Antwort. Er schwieg, zog sich vom Gitter zurück und hockte sich mitten auf die Stange.

»Es ist alles so anders geworden«, seufzte Huang und erhob sich von seinem Schemel. »Tifei ist in der Stadt und fährt Lastwagen, und Lida will keinen Mann und keine Kinder. Was wird aus unserer Erde? Ich bin ein armer Mensch.« Er holte den Käfig vom Baumast, trug ihn zum Haus zurück, hängte ihn an den Nagel neben der Tür und ging in das große Zimmer.

Jinvan war bereits damit beschäftigt, das Mittagessen zuzubereiten.

»Was gibt es?« fragte Huang und schnupperte in die Luft.

»Geschmorte Auberginen.«

Huang staunte. »Haben wir ein Fest, Frau?«

»Ja, Mann.«

»Welches denn?«

»Tifei hat heute Geburtstag.«

»Und er ist nicht hier bei seinen Eltern. Welch ein Jammer! Welch ein Jammer!« Huang verließ wieder das Haus. Die frische, wenn auch warme Luft tat ihm gut, im Haus wäre er jetzt erstickt. Tifei hat Geburtstag, und nicht einmal ein Brief war gekommen, seit Wochen nicht, nicht mal eine Karte mit dem kurzen Satz: »Mir geht es gut.« Nichts, gar nichts. Ein stummer Sohn in weiter Ferne – das martert ein Vaterherz.

Huang war sehr traurig an diesem Tag. Nach dem Unterricht blieb er im Schulzimmer sitzen, starrte auf die Tafel, auf die er eine Rechenaufgabe geschrieben hatte, und fragte sich, was sein Leben wert sei und was er in diesem Leben geleistet habe. Hunderte von Schülern hatte er gehabt und sie Sitte und Anstand, Höflichkeit und Ehrfurcht gelehrt; sie hatten Lesen und Schreiben gelernt, Rechnen und Zeichnen, ein wenig Kunde von der Welt um sie herum und die Geschichte Chinas, die so oft mit Blut geschrieben worden war. Er hatte in seiner Sittenstrenge das Fundament allen menschlichen Lebens gesehen, und mochten in Beijing die Minister auch wechseln, die Parolen sich ändern, neue Geister von noch neueren Geistern abgelöst werden – China war ein Land der Ewigkeit, solange die Sonne scheinen würde, und diesen Glauben an die Ewigkeit Chinas sollte jeder in seinem Herzen tragen und weitergeben von Generation zu Generation.

Erst am Abend kam Huang aus seinem Schulhaus heraus, zum Festessen zu Ehren des abwesenden Sohnes Tifei. Jinvan hatte sogar die Reis- und Sojasoßenschälchen, die Eßstäbchen und die Deckeltasse für den grünen Tee für Großvater Yuang auf den Tisch gestellt; er war heute unter ihnen, seine Seele saß mit am Tisch, und er freute sich sicherlich, daß man an ihn gedacht hatte und er dabei sein konnte.

Huang sah Lida, seine Tochter, wieder lange an. Ich will einen Enkel, dachte er. Ich will aber nicht, wie es Tradition ist, den Mann für sie aussuchen, und als folgsame Tochter muß sie ihn nehmen, nein, das will ich nicht, sie soll ihre Kinder nicht unter Tränen bekommen und sie hassen, weil sie aufgezwungene Kinder sind, sie soll einen Mann nehmen, den sie liebt und dem sie eine gute Frau sein wird. Aber wie kann sie einen solchen Mann kennenlernen, wenn sie in Huili bleibt, wenn sie nur auf den Feldern schuftet, wenn sie mit den Enten spricht, den Kranich füttert und sogar in der Steinmühle die Steine zu staubfeinem Mehl zermalmt, um ihn in den Tofubrei zu schütten, damit er gerinnt? Und ein Fremder? Wann kommt ein Fremder nach Huili? Ab und zu fährt ein Autobus über die Straße, hoch beladen mit Säcken, Kisten, Kartons und Matten, und die Leute im Bus wollen weiter nach Dali, und so rattert der Bus ohne anzuhalten unten über die Straße und hinterläßt eine Staubwolke, und dann ist wieder Ruhe bis auf das Knattern der kleinen Dreiradtraktoren der Bauern und der Fuhrleute aus der Umgebung.

Sie muß weg, dachte Huang, während er seinen Reis und die Auberginen aß. So schwer es mir ums Herz ist – sie muß etwas anderes sehen als die Lehmhäuser mit den Steindächern, die murrenden Büffel, die grunzenden Schweine und die schroffen rötlichen Felsen, in die man schmale Wege geschlagen hat zum Nachbardorf, das noch einsamer ist als Huili.

Nach dem Essen, als Lida die Hühner im Hinterhof mit Maiskörnern fütterte, sagte Huang zu Jinvan: »Frau, ich habe einen Gedanken. Ich glaube, es ist ein sehr guter Gedanke.«

»Du hast immer gute Gedanken, Mann«, sagte Jinvan ergeben.

»Beim nächsten Markttag schicken wir Lida mit einem großen Karren voll Obst und Gemüse nach Yao'an.«

»Der nächste große Markt ist in Nanhua, Huang.«

»Dann eben nach Nanhua.«

»Allein?«

»Ganz allein.«

»Das hat sie noch nie gemacht.«

»Alles hat seinen Anfang, sonst gäbe es kein Ende.«

»Man wird sie betrügen.«

»Meine Tochter betrügt keiner so schnell. Sie hat ein waches Auge, sie ist stark, man sieht ihr an, daß man sie nicht betrügen kann. Frau, sie muß unter andere Menschen.«

Aber Huangs Hoffnungen erfüllten sich nicht. Zwar fuhr Lida mit dem Dreiradtraktor und einem großen Kastenwagen voll Obst, Chinakohl und Bündeln von Glasnudeln zum Markt von Nanhua, sie verkaufte auch alles und kaufte selbst neue Töpfe, eine Zinkwanne, eine Axt, zwei Schaufeln, ein großes Sieb und eine große, drei Liter fassende Thermoskanne für den grünen Tee, der den Durst löschte, wenn man den ganzen Tag auf den Feldern arbeitete.

Aber von einem Mann sprach sie nicht, so sehr Huang sie auch ausfragte und alle List aufwandte, damit Lida seine Hintergedanken nicht erkannte. Er zählte das Geld, war sehr zufrieden mit ihrer Tätigkeit und sagte: »Von jetzt an wirst du immer zu den Märkten fahren. Man sieht es: Die Männer kaufen lieber bei einem schönen Mädchen als bei einem runzeligen Alten.«

»Die Männer sind dumm«, antwortete sie. »Neben mir hat man den Kohl billiger verkauft, und was tun sie? Sie kaufen meinen Kohl und zahlen mehr.«

»Sag' ich es doch! Sag' ich es doch!« Huang rieb sich die Hände. Einmal würde seine List Erfolg haben.

Aber irgendwie schien der Besuch des Marktes von Nanhua doch eine Wirkung auf Lida gehabt zu haben: So hatte sie bei einem Stoffhändler einen schönen Stoff für ein neues Kleid gekauft, blaugrundig, mit weißen Tupfen, wie ein Himmel, der mit Sternen bestickt war.

»Wie schön!« rief Jinvan, die Mutter, aus. »Daraus mache ich dir ein Kleid, wie es noch niemand in Huili getragen hat. Mit Schlitzen an beiden Seiten. Verbirg deine Schönheit nicht, Tochter, sie geht so schnell vorbei. Arme Leute sind wir, aber deine Schönheit ist ein unbezahlbarer Wert. Wenn du dich bloß nicht immer nur mit dem Büffel, den Enten und anderem Getier beschäftigen würdest!«

»Tiere sind die besseren Menschen«, erwiderte Lida, und Jinvan wunderte sich, woher ihre Tochter solche Weisheit nahm.

So ging wieder ein Jahr vorüber, und Huang fand sich damit ab, nie einen Enkel auf seinen Knien hüpfen zu lassen. Aus Kunming kam wenig Kunde. Tifei hatte endlich einen eigenen Lastwagen kaufen können, arbeitete vom Morgengrauen bis zur Abenddämmerung und fand keine Zeit, sich eine Frau zu suchen und zu heiraten. Dafür war er bei den Huren der Stadt ein gerngesehener Gast, und wenn ihn Freunde fragten, warum er gerade zu denen ging, antwortete er listig: »Sie kosten ein paar Yuan, und ich habe keine Verpflichtungen. Das ist mir die Freiheit wert. Was soll ich mit einer Frau, die immer herummäkelt? Die neben mir im Bett liegt und schwitzt? Die sagt: ›Komm her, ich will ...‹, auch wenn man noch so müde ist? So kann ich mir jede aussuchen, wenn mir danach ist. Nun gut, es sind Huren, aber sie erfüllen ihren Zweck ohne weitere Forderungen als ein paar Scheinchen. Der Gegenwert einer Fuhre – kann ich es besser haben?«

»Ich werde nie ein Großvater sein«, sagte Huang traurig. »Wofür habe ich gearbeitet? Damit wir aussterben? Mein Leben hat eigentlich keinen Sinn mehr, wenn nicht die Kinder wären, die ich lehre, Menschen zu werden.«

Man merkt den Lauf der Zeit vor allem an seinen Kindern. Lida wurde zwanzig, das Jahr 1987 stand im Zeichen des Hasen, was bedeutete, daß es ein Jahr voller Änderungen werden würde. Und tatsächlich begann das Jahr damit, daß die »Einheit«, wie man jetzt die Dörfer, die landwirtschaftlichen Kommunen, die Fabriken und überhaupt jede geschlossene Gemeinschaft von Menschen nannte, in Kunming bei der Gewerkschaft der Lehrer anfragte, ob man dem lieben, guten, hochangesehenen, sehr verehrten und überaus weisen Lehrer Huang Keli nicht einen jungen Lehrer zur Seite geben könne, der ihn etwas entlastete, denn die vergangenen Jahre hatten seinen Körper ausgezehrt. Oft war er müde, und als er sogar zweimal beim Unterricht auf seinem Stuhl einschlief, versammelten sich die Abgeordneten der »Einheit« und beschlossen, rechtzeitig für einen guten Lehrernachwuchs in der Schule zu sorgen. Zwar war es unmöglich, für Huang einen Ersatz zu finden, denn einen Weisen wie Huang konnte man nicht ersetzen; aber man hoffte, daß etwas von seinem Geist in den neuen jungen Lehrer übergehen werde und so die »Einheit« Huili auch in Zukunft eine bemerkenswerte Schule besitze.

Und so erschien eines Tages, mit einem Omnibus aus Kunming kommend, der Lehrer Hou Xianglin im Dorf und stellte sich Huang vor. Er war ein gepflegter Mensch in einem modernen Stadtanzug, trug eine goldgefaßte Brille, war fünfundzwanzig Jahre alt, von sportlichem Körperbau und so höflich, sich vor Huang, Jinvan und Lida tief zu verneigen und zu sagen: »Ich weiß, ich bin ein unwürdiger Mensch und bitte, den Ort der Weisheit betreten zu dürfen, um zu lernen und die empfangenen Lehren weiterzugeben.«

Und Huang antwortete: »Mein Haus empfängt dich mit

Wohlwollen. Es ist ein bescheidenes Haus, wie du siehst. Du wirst vorerst in der Schule wohnen müssen, bis die Einheit dir ein neues Haus gebaut hat. Aber an unserem Tisch ist immer für dich Platz. Jinvan, meine Frau, ist eine gute Köchin. Sie wird auch deinen Gaumen verwöhnen.«

Nach diesen offiziellen Worten reichte Huang ihm die Hand, und damit gehörte Hou Xianglin zur Familie. Huang dachte, daß der junge Lehrer vielleicht der Mann sein könnte, der Lida gefallen würde und der sie entdecken ließ, daß sie eine schöne Frau sei und Enkel gebären könne.

»Wir werden eine schöne Zeit miteinander haben«, sagte Huang, als er Xianglin beim Essen beobachtet hatte und ihm nicht entgangen war, daß dessen Blick immer auf Lidas runden Busen zurückkehrte. »Wie sagt doch der Weise? In einem guten Wort ist für drei Winter Wärme; ein böses Wort verletzt wie sechs Monate Frost.«

Xianglin antwortete sofort mit einer anderen Weisheit, was bewies, wie gebildet er war: »Hundert Männer können ein Haus bauen; um ein Heim zu schaffen, bedarf es einer Frau.«

Dabei sah er Lida wieder an, und Lida stand auf und sagte: »Ich muß nach dem Büffel sehen, er hat den ganzen Tag gehustet.« Damit ging sie aus dem Haus.

Eines Tages – es war wieder Sommer, und das Land trocknete aus, bis es rissig wurde – hielt ein völlig überladener Bus vor dem Büro des Sekretärs der »Einheit« Huili, und ein alter Mann, auf einen Stock gestützt, stieg als einziger aus. Man warf ihm eine Art Rucksack hinterher, und dann stand er auf der Straße und schaute den Hügelweg hinauf zur Schule und zum Lehrerhaus.

Als der alte Mann begann, den Hügel hinaufzusteigen, sah man, daß er das linke Bein nachzog, und als er den breitkrempigen Maisstrohhut der Hitze wegen in den Nacken schob, kam ein Gesicht zum Vorschein, dessen Wangen schlecht vernarbte Wunden aufwiesen. Der Mann sah dadurch älter aus, als er war, aber seine Kraft schien beschränkt zu sein, denn er blieb auf dem Weg den Hügel hinauf mehrmals stehen, atmete seufzend, stützte sich auf seinen Stock, der aus dem Stämmchen eines Rosenbaums geschnitzt war, warf den schlaffen Rucksack auf den Weg und pumpte sich Luft in die Lunge, so wie ein Schmetterling vor seinem Flug sich aufpumpt.

Huang hatte gerade eine Unterrichtsstunde beendet und die Oberklasse dem jungen Kollegen übergeben, als der alte Mann den Schulplatz erreichte, sich gegen den Baum lehnte, an dem vor langen Jahren die Rotgardisten Huangs Sohn Tifei gefoltert hatten, und zum Lehrerhaus hinüberblickte. Dort saß Jinvan im Schatten eines aus Blättern geflochtenen Vordaches und putzte Kohl für das Mittagessen. Sie hackte den Kohl in kleine Stücke und warf sie dann in einen Plastikeimer mit Wasser.

Sie blickte zu dem Fremden hinüber und wunderte sich, daß er nicht näher trat. Als jetzt Huang aus dem Schulhaus kam, drückte sich der alte Mann seinen Strohhut tief ins Gesicht.

Huang, den Kopf zur Erde gesenkt und in Gedanken versunken, bemerkte ihn erst, als er drei Schritte von ihm entfernt war. Er blieb ruckartig stehen, kniff die Augen zusammen und wußte nicht, ob er einer Täuschung erlegen war oder nur eine Ähnlichkeit bestand. Der Fremde sprach kein Wort, stützte sich auf seinen Stock und sagte auch nichts, als Huang sich mit beiden Händen über das magere Gesicht wischte.

»Nein«, sagte Huang endlich leise. »Nein! Kann das wahr sein? Ich glaube nicht.«

»Glaub es«, antwortete der Fremde mit heiserer Stimme. »Es ist so.«

»Bei Gott, was haben sie aus dir gemacht?« Huang duzte den anderen unwillkürlich.

»Du siehst es.«

»Chang! Kommissar Chang Lifu!«

»Oh, das ist lange her. Habe ich nicht gesagt: Ich komme wieder?«

»Ja, und wir alle haben gedacht: Wenn er wiederkommt, ist er einer der großen Genossen aus Beijing. Wie siehst du aus? Komm ins Haus, ruhe dich aus, nimm ein Bad, mein Bett ist wieder dein Bett wie damals. Kommissar Chang!«

»Nein, der Krüppel Chang. Die Hunde flüchten vor mir, wenn sie mich sehen.« Er schob den Strohhut zurück und zeigte sein Gesicht.

Huang spürte, wie sein Magen vor Übelkeit zuckte.

»Warum wendest du dich nicht ab, Huang?« fragte Chang. »Warum schreist du nicht: ›Geh weg, dein Anblick ist wie der eines zerschnittenen Drachens!‹?«

»Was haben sie mit dir gemacht, Chang?«

»In meinem Gesicht haben sie brennende Zigaretten ausgedrückt, mit einer Eisenstange haben sie mir das linke Bein zertrümmert, mein Körper ist wie ein Schachbrett, blutige Narben kreuz und quer.«

»Wer hat das getan, Chang?«

»Meine Rotgardisten!« Chang zog sich den Strohhut wieder ins Gesicht und blickte vom Hügel über das Land, als könne sein Blick damit das ganze China übersehen, dem er, nach seiner Ansicht, so treu gedient und das es ihm schmählich gedankt hatte. Zwei Tage nach der Verhaftung der »Viererbande« im Jahr 1976 umringten ihn seine Rotgardisten und prügelten auf ihn ein, warfen ihn zu Boden, hielten ihn an Armen und Beinen fest und drückten ihre Zigaretten auf seinem Gesicht aus. Dabei verspotteten sie ihn und erwarteten, daß er schreie und um Gnade flehe. Aber Chang tat nichts dergleichen; er erduldete lautlos alle Pein, und als die Schmerzen zu arg wurden, fiel er in eine Besinnungslosigkeit, die ihn von allem befreite.

Es war ein Wunder, daß sie ihn leben ließen, daß sie ihn auch nicht daran hinderten, wegzukriechen und sich so lange bei einem Fahrradhändler zu verstecken, bis sein zerschmettertes Bein geheilt war. Und dann war er in dem Ort Zigong geblieben, zuerst als Schuhverkäufer auf dem Markt, später als Hosenhändler und zuletzt bei einem Schreiner als Sargmacher, wobei er auch die Toten waschen und aufputzen mußte, damit sie im Sarg friedlich und wie vom Leben erlöst aussahen.

So gingen die Jahre dahin, und ab und zu dachte Chang an die kleine Lida Huang in dem Miao-Dorf Huili und fragte sich, was wohl aus ihr geworden war. Ein großes Mädchen mußte sie jetzt ja sein, vielleicht schon eine junge Frau und Mutter, die sich kaum noch an den Kommissar Chang Lifu erinnern würde, der damals nur ihretwegen die Familie leben ließ, das Dorf nicht niederbrannte und die Bewohner nicht hinrichten ließ. Der große, gefürchtete Chang – ein Krüppel war von ihm übriggeblieben! Es war ihm so ergangen wie vielen, denen Mao wie ein neuer Gott vorgekommen war: Die Revolution hatte sie mitgerissen in den Abgrund. Die neue Zeit zerstampfte sie.

»Komm ins Haus«, sagte Huang mit erstickter Stimme. In diesem Augenblick erinnerte er sich an die Sittenlehren, die er seinen Schülern gegeben hatte und nach denen sie leben sollten: Verzeihe deinen Feinden, wenn sie am Boden liegen. Strafe nicht die Wehrlosen, die deiner Gnade bedürfen. Sei ein Held, indem du den Besiegten an deine Brust drückst. Was sollte er nun tun mit diesem Krüppel, der Menschen getötet und ihren Tod befohlen hatte? Es war eine Zahl von Hingemordeten, die niemand kannte, nicht einmal er selbst, denn er hatte nie gezählt, wieviel Leichen er jeden Tag zurückließ. Was er getan hatte, konnte er in diesem Leben nicht mehr büßen, aber vielleicht war das Weiterleben als Mißgestalt eine Strafe, die ihn ärger traf als ein schneller Tod durch eine Kugel oder einen Schwertstreich.

»Wo ist Tifei?« fragte Chang und rührte sich nicht vom Baum.

»Du kennst noch seinen Namen? Tifei hat in Kunming ein Fuhrunternehmen. Es geht ihm gut, sehr gut – fast ist er ein Kapitalist. Und alles ohne die Protektion der Partei.«

»Ja, so was ist heute möglich. Wie die Zeit sich ändert! Und Lida?«

»Sie macht mir Kummer, Chang. Kein Mann ist für sie gut genug. Ich weiß nicht, auf wen oder was sie wartet. Ihr Wasserbüffel ist ihr wichtiger als jeder fleißige Jüngling.«

»Sie wird weglaufen, wenn sie mich sieht«, sagte Chang. »Und Jinvan wird den Reis anbrennen lassen. Aber ich mußte hierher kommen, ich mußte es einfach, es war wie ein Zwang, der mit den Jahren in mir wuchs. Verstehst du das?«

»Ja, ich verstehe es.« Huang sagte es, obgleich er es nicht verstand. Aber da fiel ihm einer jener Sprüche ein, die er gelehrt hatte: Es gibt nur zwei gute Menschen – der eine ist gestorben und der andere noch nicht geboren. Was dazwischen liegt, das ganze Leben, ist ein Auf und Ab von Höhen und Tiefen, von Taten und Untaten, und so sind wir im Grunde alle gleich, nur jeder auf seine eigene Art, und die wenigsten erkennen sich selbst.

Er faßte Chang unter, stützte ihn beim Gehen, und so kamen sie zum Haus und zu Jinvan, die den Kohl kleinschnitt und in den Wassereimer warf. Als sie Chang erkannte, ließ sie das Messer fallen und drückte einen Kohlkopf an ihre Brust, als solle er sie vor einem Stoß schützen.

»Nimm dein Messer auf und stich zu«, sagte Chang dumpf und wölbte die knochige Brust vor. »Es ist ein gutes, scharfes Messer, ich sehe es. Stich zu. Nur Lida möchte ich noch einmal sehen – gib mir so viel Zeit.«

»Chang ist unser Gast«, sagte Huang, denn Jinvan war unfähig, auch nur einen Ton zu sagen. »Er soll baden und dann an unserem Tisch sitzen und mit uns essen. Und morgen sehen wir, was wir weiter für ihn tun können. Zuerst müssen wir ihn vor den anderen verbergen. Nicht jeder kann verzeihen...«

So badete sich also Chang hinter dem Haus in einem großen Holzfaß und rieb den verkrusteten Schmutz von seiner Haut. Huang schrubbte ihm den Rücken ab, und als Chang den Kopf ins Wasser steckte und dann wieder auftauchte, sagte er: »Jetzt hättest du mich ertränken können. Du hättest nur meinen Kopf unter dem Wasser halten müssen.«

»Warum sollte ich das tun?«

»Du hast hundert Gründe, Huang.«

»Aber ich finde keinen, der mich unmenschlich macht.«

Später saß Chang im Zimmer, hatte eine blaue Hose und ein gestreiftes Hemd von Huang angezogen, trug an den Füßen aus Reisstroh geflochtene Sandalen und trank genußvoll eine große Tasse grünen Tee. »Was wird Lida sagen?« fragte er immer wieder. »Ob sie mich erkennt? Ich erkenne mich ja selbst nicht, wenn ich in einen Spiegel blicke. So klein war sie damals. Sie hat keine Erinnerung mehr an mich. Wie groß und stark war ich in meiner Uniform! Sag selbst, ich war eine imponierende Erscheinung.«

»Mehr eine gefürchtete, Chang.«

»Die Große Revolution. Sie hat uns alle verändert.«

»Nicht alle.«

»Das stimmt – dich nicht.«

»Elf Millionen Menschen habt ihr umgebracht, aber wir sind über eine Milliarde. Wer könnte China jemals erobern?«

»Sie haben alle Maos Weisheiten wiederholt.«

»Mit dem Mund. Aber was eine Zunge bewegt, braucht nicht ein Herz zu bewegen.«

So gingen die Reden hin und her, bis sie von draußen das Schnaufen und den schweren Gang eines Büffels hörten.

Huang hob den Kopf und sah Chang erwartungsvoll an. »Das ist Lida. Sie kommt vom Feld zurück.«

Jinvan brachte den großen eisernen Suppentopf und stellte ihn auf den Tisch. In der Brühe schwammen der Kohl, Tofustückchen und Hühnerfleisch und vereinigten sich zu einer kräftigen Suppe. In einem Holzkübel dampfte der Reis, Schälchen mit Sojasoße und einer roten Pfeffersoße standen auf dem Tisch, auf dem Herd kochte in einem Topf ein Hammelkopf, von dem man später das Fleisch loslösen würde. Es war ein gutes Essen, und Jinvan verstand es, alle Speisen so zu würzen, daß sie scharf waren, aber dennoch nicht in der Kehle brannten.

Gierig blickte Chang auf die duftenden Speisen; man sah ihm an, wie der Hunger in ihm nagte und daß er seit Tagen kein vernünftiges Mahl eingenommen hatte. Er spielte nervös mit den Eßstäbchen, und Huang sagte, wohl wissend, wie Changs Magen nach dem Essen gierte: »Wir warten, bis Lida aus dem Stall kommt, sich gewaschen und umgezogen hat.«

Chang nickte, legte die Stäbchen neben seine Reisschale und sagte: »Wenn sie mich nicht erkennt, erklärt ihr nicht, wer ich bin. Ein Wanderer, dem ihr für heute Quartier gegeben habt, sonst nichts.«

Sie hörten Lida nebenan im Stall rumoren, dann klatschte Wasser über ihren Körper, und dabei sang sie leise eine Miao-

Volksweise, was bewies, daß sie mit dem Tag und ihrer geleisteten Arbeit zufrieden war.

»Sie hat eine schöne Stimme«, sagte Chang. »Habt ihr nie daran gedacht, sie bei einem Gesangslehrer vorsingen zu lassen? Die Künstler verdienen gut bei uns, gerade die Künstler, wegen des Auslandes, das zuhört, versteht ihr? Wirklich eine schöne Stimme und viel zu schade, daß sie einen Wasserbüffel antreibt und in der Sonne eintrocknet.«

»Meinst du das wirklich?« fragte Huang.

»Die volle Wahrheit.«

»Vielleicht kann man sie damit in die Stadt locken. Lida eine Künstlerin, eine, die auf der Bühne singt, im Radio, im Fernsehen.« Huangs Augen glänzten vor Stolz.

Aber Jinvan dachte nüchterner, und das war selten, denn meistens war es Huang, dessen Gedanken immer nützlich gewesen waren. »Und was wird aus der Erde?« fragte sie. »Was wird aus unserem Land? Einen Bauern muß sie heiraten und Kinder bekommen, die auch Bauern werden. Wächst der Reis, indem man ihn besingt? Wächst der Kohl, wenn man ihm Opern vorsingt? Du hättest mehr Söhne zeugen müssen, Huang.«

»Die zwei Geburten waren hart genug.« Huang hob lauschend den Kopf. Der Gesang war verstummt. Jetzt zog sich Lida an, sicherlich eine Hose und darüber eine weite Bluse. »Gleich kommt sie«, sagte er fast flüsternd. »Laß uns wetten: Erkennt sie dich, Chang, oder nicht?« Er hielt seine flache Hand hin. »Ich wette: Sie erkennt dich. Ich habe dich ja auch erkannt.«

»Ich habe nichts zu verwetten«, erwiderte Chang. »Was soll ich einsetzen? Ich habe nur mein Leben.«

»Und das will keiner.« Huang rieb sich erwartungsvoll die Hände. »Sie kommt, sie kommt!«

Die Hintertür klappte auf, und Lida betrat den Wohnraum genauso, wie Huang es vorausgesehen hatte: in einer blauen Hose aus Leinen und einer weiten Bauernbluse. Die nassen Haare hatte sie hochgesteckt, und es sah aus, als trüge sie ein geflochtenes Türmchen auf dem Kopf. Auf der Türschwelle blieb sie stehen, als habe man sie von hinten an der Bluse festgehalten. Chang zog den Kopf zwischen die Schultern; ihm war, als brennten von neuem die Narben in seinem Gesicht, als spüre er die Glut der Zigaretten und das brandige Zischen, als man sie auf seinen Wangen zerdrückte.

»Chang Lifu«, sagte Lida, und ihr Blick war starr vor Staunen und Entsetzen. »Kommissar Chang.«

»Nicht mehr Kommissar – ein zerschlagener Krüppel ist gekommen.« Chang schluckte mehrmals, ehe er weitersprechen konnte, denn sein Hals war wie zugeschnürt. »Du bist groß geworden«, sagte er endlich. »Groß und schön. Wie die Jahre dahinfliegen, als ritten sie auf einem Drachen! Ich sehe dich noch immer, wie du vor mir hergelaufen bist, den Hügel hinauf, und ich hätte dich fast mit meinem Knüppel erschlagen, weil du gesagt hast: ›Du stinkst!‹«

»Das haben Sie auch. Nach Schnaps.« Lida kam näher, begrüßte den Gast mit einer leichten Verneigung und setzte sich an den Tisch, auf dem der Suppentopf dampfte mit dem Kohl, dem Tofu und dem Hühnerfleisch. Der gesottene Hammelkopf lag in einer besonderen scharfen Brühe.

Sie aßen schweigend. Ab und zu warf Jinvan einen Blick auf Chang, der sich vollstopfte, den Reis in sich hineinschaufelte und jeden Hühnerknochen abnagte, als habe er bisher nur von den Abfällen der Garküchen an den Straßen gelebt. Selbst den alltäglichen Tofu genoß er wie Lotusknospen, und als er endlich satt war, legte er beide Hände auf seinen Leib und sagte zufrieden: »Mein Magen wird eine eigene Revolution beginnen – so viel hat er in den letzten zehn Jahren nie bekommen.«

Nach dem Essen rauchte Huang seine Pfeife mit dem selbstgezogenen Tabak; es war für ihn der würdige Abschluß eines gut gelebten Tages. Dazu trank er ein Gläschen Reisschnaps, den der Nachbar selbst brannte und in Flaschen aus gebranntem Ton abfüllte.

Bis spät in den Abend hinein erzählte Chang dann von seinem Leben, von seinem Abstieg vom Kommissar zum Bettler; er hatte sogar sein Parteibuch zerrissen und verfluchte jetzt Mao als den größten Hirnvergifter aller Zeiten.

»Du hast deine Macht auch genossen«, sagte Huang, als Chang eine Pause einlegte. »Wie hast du mich behandelt! Über die Erde mußte ich kriechen und Mao-Sprüche schreien!«

»Ich habe damals an die Kulturrevolution geglaubt. Millionen haben daran geglaubt, und plötzlich, mit Maos Tod, ist alles falsch gewesen. Über Nacht waren Maos Helden die Feinde des Volkes – wer soll das so schnell begreifen? Mein letztes Kommando war: ›Abrücken! Jeder geht jetzt nach Hause!‹ Und sie gingen, meine Rotgardisten, aber nicht nach Hause. Sie stürzten sich auf mich und schlugen mich zum Krüppel. Da habe ich begriffen, daß der Mensch nur ein hohles Gefäß ist, in das man hineinschütten kann, was man mag; er säuft es und handelt danach, bis jemand anderer kommt, Neues in ihn hineinfüllt, und er frißt auch das. Das unvollkommenste aller Geschöpfe ist der Mensch. Er kann alles werden, weil er nie ein fertiges Wesen sein wird. Das habe ich von der Revolution gelernt, Huang. Jetzt beobachte ich die Welt.«

»Das kann ich dir sagen, Chang«, rief Lida, den Alten ebenfalls duzend, bevor Huang eine Antwort auf den Lippen hatte, »du bleibst hier bei uns, solange du willst.«

»Und dann wird eines Tages Tifei aus Kunming kommen und mich erschlagen. Soll er! Ich werde mich nicht wehren.« Chang trank noch eine Tasse Tee, den angebotenen Reisschnaps lehnte er ab. »Ich will nicht, daß Lida wieder sagt: ›Du stinkst!‹ Ich kann also bei euch bleiben und wohnen und essen und schlafen?«

»Ja. Bis an dein Lebensende, sagen wir es so.«

»Ich werde mich nützlich machen, Huang. Ich kann den Reis setzen, ich kann den Kohl ernten, ich habe beim Sargtischler gelernt, Möbel anzufertigen und Dächer zu flicken. Es gibt so vieles zu tun, was ich euch abnehmen kann.«

»Wir werden sehen«, sagte Huang und lächelte vor sich hin. Wie sich doch die Welt dreht, dachte er dabei. Aus einem gefürchteten Kommissar wird ein Bauernknecht, der die Enten vor sich hertreibt und die Schweine aus der Suhle holt. »Du bist unser Gast, Chang Lifu. Ruhe dich erst aus von deiner langen

Wanderschaft! Und dann kannst du mir sogar in der Schule helfen.«

»In der Schule? Ich?«

»Ja. Du wirst den Schülern erzählen von der Kulturrevolution, von den Irrtümern Maos, von der Verblendung des Geistes, von der Gefährlichkeit einer Diktatur. Du bist ein aktiver Zeuge dieser Zeit, und an deinem Beispiel sollen die Schüler lernen, daß nicht die Gewalt eine neue Zeit schafft, sondern die Vernunft.«

»Gibt es denn die, Huang?« fragte Chang und schüttelte dabei den Kopf.

»Sie schläft in jedem Menschen, man muß sie nur wecken zur rechten Zeit.« Huang fiel plötzlich ein, daß morgen ein Mittwoch war, und er beendete das Gespräch mit einer wegwischenden Handbewegung. »Lida«, sagte er. »ist morgen nicht Markttag in Xiaguan?«

»Ja, Vater.«

»Fährst du hin und nimmst Chang mit?«

»Damit man mich erkennt und mit Steinen totschlägt?«

»Niemand wird dich erkennen. Du siehst aus, als hättest du einen neuen Körper bekommen. Du kannst Lida beim Ab- und Aufladen helfen.«

Und so fuhren am nächsten Morgen Lida und Chang mit dem kleinen Dreiradtraktor und einem voll beladenen Flachwagen hintendran von Huili nach Xiaguan, die Straße hinunter, die nach Dali führte und zum Erhai-See.

Der Mittwochsmarkt von Xiaguan war ein großes Treffen der Händler und Bauern. Aus einem weiten Umkreis kamen sie zusammen, bauten vor dem Städtchen auf einem riesigen Platz ihre Stände auf, besetzten die Straßen rechts und links, so daß kaum noch ein Durchkommen war, sondern nur noch ein Vorwärtsgeschiebe, Leib an Leib, und dazwischen die Karren oder Sackträger, die Korbträger mit ihren Schulterjochen, die Vogelkäfige an langen Bambusstangen, die Frauen der Miaos und Bais, die ihre Einkäufe wegschleppten. Da waren die Garküchen, in denen es Reissuppe, Nudelsuppe, gebratenes Fleisch, Teigtaschen mit Gemüse- oder Fleischfüllungen gab, die Tee- und Limonadenstände und außerhalb des Gewühls der Viehmarkt mit Hammeln, Kälbern und dicken, hängebäuchigen Schweinen.

Eigentlich wollte Tong Jian den Markt von Xiaguan gar nicht besuchen. Er kam aus Dali zurück, wo er seinen Onkel Zhang Shufang besucht hatte, der am Erhai-See ein Häuschen besaß und davon lebte, seine Gedichte und Hymnen auf feinstes Reispapier zu malen und zu verkaufen.

Zhang Shufang war ein weit über die Grenzen Yunnans bekannter Dichter, dem sogar Mao einen Lobesbrief geschickt hatte, den Zhang einrahmte und über seinen Arbeitstisch hängte; jetzt allerdings war der Brief in einem Schrank versteckt, und an seiner Stelle hing eine Tuschzeichnung von den Cangshan-Bergen, die mit immerweißen Häuptern über den See und die Stadt Dali blickten. Schon viele Gedichte hatte Zhang darüber geschrieben, sogar ein Lied, das in den Schulen gesungen wurde, was seinen Ruhm in den neuen Generationen weiterleben ließ. Bei ihm saß Jian gern und blickte über den See mit den flachen Fischerkähnen.

Es war noch früher Nachmittag, als Jian in Xiaguan ankam, seinen kleinen japanischen Wagen an einer Lehmwand abstellte und beschloß, nun über den Markt zu gehen. In Kunming gab es auch Märkte, aber sie waren geordneter, eben städtischer, und man sah nicht so viele Völker, die man Minderheiten nannte, die aber dennoch Chinesen waren, wie hier auf den ländlichen Märkten. Für ihn, den stolzen Han-Chinesen, der sich als einen wahren Chinesen betrachtete, war das Völkergemisch wie eine Schaustellung im Zirkus; vom flachgesichtigen Mongolenabkömmling bis zu den zarten Bai-Mädchen war alles vertreten, was es an asiatischen Rassen geben konnte.

Jian hatte es nicht eilig. Er schlängelte sich durch die Menschenmasse, blieb hier und da stehen und verweilte bei einem Zahnarzt, der mitten zwischen den anderen Ständen seinen Tisch aufgebaut hatte, auf dem seine ärztlichen Instrumente und ein Haufen von gezogenen Zähnen lagen als Reklame und

Nachweis seines Könnens. Er hatte gerade einen Patienten vor sich, dem er einen gelben Zahnstumpf herausreißen wollte. Der Kiefer war mit einer bräunlichen Flüssigkeit bestrichen, was wohl ein Betäubungsmittel war, dessen geheimnisvolle Zusammensetzung nur er kannte – auch das ein Beweis seiner Fähigkeit als Zahnarzt –, und Jian wartete, bis der Zahn gezogen war und dann auf dem Haufen der anderen Zähne landete. Die blutende Wunde betupfte der Zahnarzt mit einer anderen Flüssigkeit, und sofort hörte die Blutung auf. Zufrieden stand der Patient von seinem wackeligen Stuhl auf, bezahlte und verschwand im Gewimmel der Menschen.

Der Zahnarzt griff unter den Tisch, setzte eine Flasche an den Mund und trank. Dann sah er Jian an. »Du auch?« fragte er. »Setz dich. Mach den Mund auf. Ich finde den quälenden Teufel schon.«

»Ich habe gesunde Zähne, lieber Kollege«, erwiderte Jian und lachte.

Der Zahnarzt legte die Hände in den Schoß und betrachtete den jungen Mann genauer. »Kollege?« fragte er.

»Ich bin Student der Medizin.«

»Aus Kunming, habe ich recht?«

»Ja.«

»Zahnmedizin?«

»Nein, ich will einmal Chirurg werden.«

»Das wollte ich auch einmal. Aber einen Zahn zu ziehen ist gefahrloser, als einen Bauch aufzuschneiden. Nach dieser Erkenntnis bin ich bei den Zähnen geblieben.«

»Und du hast genug zu tun?«

»Man ist zufrieden. Du kommst sicherlich aus einem feinen Haus in der Stadt.«

»Mein Vater ist Professor. Er hat in Kunming eine eigene Klinik. Er ist ein bekannter Mann.«

»Dann sei glücklich, daß du geboren worden bist. Geh weiter, jeder denkt, wir verhandeln um einen Zahn, und andere Kunden gehen vorbei. Für mich ist jeder Zahn ein Topf Reis und ein Fisch, für deinen Vater ein abgesägtes Bein so viel wie eine geröstete Beijing-Ente. Geh weiter; ich warte auf Kunden, nicht auf ein Gespräch.«

»Ich wünsche dir gute Geschäfte, Kollege«, sagte Jian und wandte sich zum Gehen. Dabei stieß er mit einem Menschen zusammen, der dicht hinter ihm stand und anscheinend den Haufen gezogener Zähne auf dem Tisch bewunderte. Es war ein Mädchen in einem Bauernkittel und blauen Hosen; die langen Haare umrahmten ein Gesicht, das in seinen ausgewogenen Proportionen ihn sofort an ein altes Tuschgemälde erinnerte, das im Hause seines Vaters im Vorraum hing. Es stellte die Konkubine eines Kaisers aus dem 15. Jahrhundert dar, und Tong Shijun, der große Arzt, war stolz darauf, ein so wertvolles Original zu besitzen. Er nannte die Konkubine »Junjun«, da ihm ihr richtiger Name unbekannt geblieben war.

»Verzeihung!« rief Jian sofort, nachdem er das Mädchen angerempelt hatte. »Wie ungeschickt von mir! Man sollte erst den Kopf drehen und dann den Körper. Kann Junjun mir verzeihen?«

»Junjun? Wer ist Junjun?« fragte das Mädchen erstaunt und rieb sich den linken Oberarm, den Jians Ellenbogen getroffen hatte.

»Das ist die lange Geschichte eines schönen Mädchens«, erwiderte Jian. »Es hieß Junjun, war lieblich wie eine Seerosenknospe und konnte aufblühen, daß vor ihrer Schönheit die Fische blind wurden und man sie mit der Hand fangen konnte.«

»Ein schönes Märchen.« Das Mädchen rieb sich weiter den Oberarm. »Junjun lebt nur in der Phantasie der Dichter.«

»Aber es gibt eine Wirklichkeit, die alle Phantasie übertrifft.« Er machte eine kleine höfliche Verbeugung, ohne den Blick von ihrem zarten Gesicht zu wenden. »Ich bin Jian.«

»Ich heiße Lida.«

»Habe ich dich am Arm verletzt?«

»Du hast spitze Ellenbogen, aber ich reibe den Schmerz weg. Das macht man bei uns immer so.«

»Weil das die Blutzirkulation vermehrt. Zeig einmal her.« Ohne ihre Antwort abzuwarten, nahm er ihren Arm, untersuchte die Druckstelle und hielt den Arm auch noch fest in seinen Händen, als er weitersprach und es nichts mehr zu untersuchen gab. »Es wird ein Hämatom werden, das ist sicher.«

»Was ist ein Hämatom?«

»Ein blauer Fleck. Eine Blutstauung. Erst wird sie blau, dann gelb, und dann ist sie von allein weg. Komm mit! Dort hinten steht mein Wagen. Ich habe eine gute Salbe gegen Hämatome im Kofferraum.«

»Du bist ein Medizinverkäufer?« fragte Lida voll Interesse. »Pulver und Salben und Tropfen? Gibt es etwas gegen einen trockenen Husten?«

»Gegen jede Krankheit gibt es ein Mittel. Aber dazu müßte ich erst den Patienten sehen.«

»Du sprichst wie ein Arzt.« Sie blickte ihn verwundert und mit kritischeren Augen als bisher an. »Was bist du wirklich?«

»Ich bin Student der Medizin an der Universität Kunming. Ich heiße Tong Jian.«

»Herr Tong«, sie befreite ihren Arm aus seinem Griff und versteckte ihn hinter ihrem Rücken, »es ... es ist kein Schmerz mehr da. Ich brauche Ihre Salbe nicht. Ich ... ich muß zu meinem Onkel; er wartet am Traktor auf mich. Wir haben noch einen weiten Weg vor uns. Ich danke Ihnen.«

Jian war ein schlanker, mittelgroßer Mann mit kurzgeschnittenen schwarzen Haaren und nur mäßig geschlitzten Augen, so wie man sie oft in den alten, vornehmen Familien der großstädtischen Han-Chinesen findet. Er hatte einen schmallippigen Mund, aber wenn er lachte, blitzten seine Zähne, und in den Augenwinkeln entstanden winzige Falten, so als ergreife sein Lachen das ganze Gesicht und breche aus jeder Pore hervor. Er trug einen hellgrauen Anzug aus einem guten Stoff und ein hellblaues Hemd mit offenem Kragen, so daß man ein Goldkettchen mit einem Medaillon um den Hals liegen sah. Die Mädchen kicherten lockend, wenn sie ihn in Kunming auf der Straße sahen, und in der Universität ging das Gerücht um, es hätten sich Studentinnen seinetwegen geschlagen, sich die Haare ausgerissen und ihre Kleider im Zweikampf zerfetzt. Aber niemand konnte sagen, daß er eine Geliebte hatte; man sah ihn immer allein oder mit seiner wunderschönen Schwester Fengxia, und wer sie zum erstenmal am Dianchi-See oder am Schwarzen-Drachen-Teich spazierengehen sah, der dachte sofort: Welch ein glückliches Liebespaar! Wie schön sind diese Menschen!

»Ich begleite dich zu deinem Onkel. Und die Salbe schenke ich dir. Warum schüttelst du den Kopf?« Jian sah, wie sie die Lippen zusammenpreßte und bestimmt weggelaufen wäre, wenn die Menschenmenge sie nicht eingeklemmt hätte.

»Wenn Sie mir die Salbe geben, will ich sie auch bezahlen. Und meinen Onkel sollen Sie nicht sehen; er beleidigt Ihr Auge.«

»Hat er den trockenen Husten?«

»Ja.«

»Ich kann ihm helfen.«

»Wir haben kein Geld für einen Arzt. Wir müssen uns selbst helfen. Für alles gibt es Kräuter, Wurzeln und Pflanzen. Mein Vater versteht viel davon.«

»Er ist ein Heilkundiger?«

»Er ist Lehrer.«

»Ein schöner Beruf.«

»Ein Hungerberuf.« Sie hob die Schultern, schüttelte sich das schwarze lange Haar aus dem Gesicht, wandte sich ab und tauchte in die Menge ein. Jian folgte ihr, und sie drehte sich nicht einmal um, um zu sehen, ob er ihr nachging. Damit wollte sie ihm zeigen, wie gleichgültig er ihr war und wie groß der Klassenunterschied, der sie trennte.

Außerhalb des Marktes, in einer Ansammlung von Traktoren, Karren und Lastwagen, hockte Chang Lifu im Schatten des Anhängers, auf dem sich das türmte, was Lida eingekauft und was sie nicht verkauft hatte. Es war vor allem Kohl – das Angebot war riesig, genauso wie das der Tofublöcke, die an langen Tischen angeboten wurden. Das beste Geschäft hatten die Händler heute mit Flußkrebsen gemacht; sie waren ausverkauft. Auch die Fleischstände waren fast leer, bis auf ein paar Speckseiten und runzelige Pansen. Wie immer rieben sich die Vogelhändler die Hände, vor allem die, die Kampfvögel züchteten, mit denen man bei den Vogelkämpfen gute Gewinne erzielen konnte; die Sieger wurden für ein Mehrfaches des Einkaufspreises an Liebhaber weiterverkauft.

Chang hatte der Hitze wegen seinen großen Strohhut neben sich liegen und kümmerte sich nicht darum, daß manche ihn mitleidsvoll ansahen, ja, dreimal warf man ihm sogar eine Münze in den Hut, als sei er ein Bettler, der sein geschundenes Gesicht zum Gelderwerb ausstellte. Beim ersten Mal wollte er protestieren und dem großherzigen Spender einen Tritt geben, aber dann besann er sich darauf, daß er nicht mehr der Kommissar Chang Lifu war, sondern ein alter Bauernknecht, den man aus Gnade durchfütterte.

Er stand ächzend auf, als er Lida sich durch die Menge drängen sah, und winkte ihr mit beiden Armen zu. »Wo warst du?« fragte er. Dann hustete er trocken, wie er immer husten mußte, wenn er sich auch nur ein klein wenig aufregte. »Wie kann ich dich in diesem Gewühl suchen? Wir werden erst bei Mondschein zu Hause sein.« Plötzlich hielt er mit seiner Rede inne, starrte wütend an Lida vorbei und ballte die Fäuste. »Was glotzt du so?« fragte er laut und mußte wieder husten. »Es gibt schöne und häßliche Menschen, aber muß man mich wie ein seltenes Tier anstarren, nur weil ich häßlich bin? Geh, oder ich spucke dich an, du hochnäsiger Lümmel!«

Lida drehte sich um und sah Jian hinter sich stehen, in die Betrachtung von Chang versunken. Sie war wütend, und ihre dunklen Augen sprühten.

»Er hat mich gestoßen, Onkel Chang«, sagte sie mit einer Stimme, als habe Jian sie schwer verletzt. »Und jetzt läuft er mir nach, um mir eine Salbe zu geben. Ein feiner Herr aus Kunming, ein Student der Medizin. Macht sich lustig über uns arme Menschen.«

»Kommt zu meinem Wagen«, sagte Jian. »Dort hinten an der Mauer steht er.«

»Ein feiner Wagen! Bist du einer der neuen Kapitalisten?« Lida schüttelte den Kopf. »Ich habe kein Verlangen, deinen Wagen anzusehen.«

»Ich will deinen Onkel untersuchen. Ich habe alle Instrumente in meinem Wagen. Lida, ich will euch doch nur helfen.«

»Wir können keinen Arzt bezahlen.«

»Es kostet euch nicht einen Yuan.«

»Da ist ein Trick dabei!« ließ sich Chang vernehmen. »Niemand tut etwas umsonst, schon gar nicht ein Studierter. Gehen Sie weg, ehe ich richtig wütend werde.« Er hob seinen Stock und fuchtelte mit ihm in der Luft herum. »Ich kann noch gut schlagen, auch wenn man's mir nicht mehr ansieht. Fordern Sie mich nicht heraus.«

Es dauerte eine ganze Zeit, bis Jians Überredungskunst Wirkung zeigte.

»Man kann es ja versuchen, wenn es kein Geld kostet«, meinte Chang widerwillig. »Sie werden es nicht weit als Arzt bringen, wenn Sie immer so großherzig sind. Ihr Vater ist zu bedauern, daß er einen so dummen Sohn hat.«

Und so geschah es, daß Chang vor dem Auto mißtrauisch verfolgte, wie Jian ihm mit einem Stethoskop Brust und Lunge abhörte, von hinten gegen den Rücken klopfte und befahl: »Tief einatmen ... Luft anhalten ... ausatmen ...« Chang tat es gehorsam, aber als Jian mit der Untersuchung fertig war, fragte er: »Habe ich zu viel Luft im Körper? Das kommt von dem Kohl. Keine Sorge, Doktor, das furze ich weg.«

»Du hast eine verschleppte Bronchitis. Spuckst du viel?«

»Ich spucke normal wie jeder andere Mensch.«

»Ist die Spucke blutig?«

»Ab und zu.«

»Und was ist mit deinem Gesicht?«

»Erwähne mein Gesicht nicht!« schrie Chang und stülpte sich seinen Hut über den Kopf. »Das geht keinen etwas an.«

»Die Narben sehen aus wie Brandwunden.«

»Mich hat ein schwarzer Drache angeblasen.«

»Ich werde dich behandeln. Wo lebt ihr?«

»In Huili.«

»Ein Miao-Dorf«, fügte Lida hinzu. »Kein Platz für einen vornehmen Han-Chinesen.«

»Fahrt voraus, ich folge euch. Dein Gesicht, Onkel, interessiert mich.«

»Mich nicht. Ich habe mich daran gewöhnt, einen Fremden im Spiegel zu sehen.«

»Man kann das Gesicht wieder in Ordnung bringen.«

»Willst du mir die Haut abziehen?«

»So ähnlich, Onkel.«

»Er ist verrückt. Lida, ich sage dir: Er ist ein Irrer! Komm, laß uns gehen. Wenn er uns folgt, ist es sein Schaden, nicht unserer. Spätestens in Huili wird er einsehen, wie verrückt er ist.«

So fuhren sie nun schon zwei Stunden auf der Straße nach Nanhua, wo ein Weg nach Yao'an abzweigte und von dort eine Straße in die Berge von Yungu, in denen Huili lag. Chang blickte sich immer wieder um – Jians Wagen schlich hinter ihnen her, denn so ein Dreiradtraktor zuckelt gemütlich daher.

»Ich habe ein merkwürdiges Gefühl, Lida«, sagte Chang einmal, nachdem er sich wieder zu Jian umgedreht hatte. »Er will mich behandeln, aber das ist nur ein äußerlicher Grund. Er hat anderes im Sinn, glaube es mir.«

»Was sollte er im Sinn haben, Onkel Chang?«

»Dich, mein Lotus. Du gefällst ihm. Wie er dich angesehen hat...«

»Was du dir immer ausdenkst.« Aber sie senkte dabei den Kopf, und ihre nach vorn fallenden Haare verdeckten ihr Gesicht, in das eine schwache Röte stieg. »So ein studiertes Herrchen und ich! Außerdem mag ich ihn nicht.«

»Warum? Er ist ein schöner junger Mann.«

»Ich mag ihn eben nicht. Er ist aufdringlich und eingebildet. Ich mag ihn nicht.«

Das klang überzeugend, dennoch war es eine Lüge. Ihr Herz bekam plötzlich einen anderen Schlag, wenn sie an Jian dachte, und eine nie gekannte Unruhe durchzog ihren Körper.

Sie erreichten Huili am Abend. Lida sprang vom Traktor, rannte in das Haus und sprach kein Wort mit Jian.

»So ist sie«, sagte Chang weise zu Jian, der aus seinem japanischen Wagen stieg. »Stör dich nicht an ihrem Schweigen. Der

Mensch ist wie ein Granatapfel. Wenn er den Mund öffnet, zeigt er den Inhalt seines Herzens.«

Und Jian entgegnete: »Es gibt auch einen anderen Spruch: ›Selbst ein Weg von tausend Kilometern beginnt mit einem Schritt.‹ Ich hoffe, ich habe diesen Schritt getan.«

III
Die Familie Tong

Von Kindheit an war Tong Shijun ein Sonderling. Er war in einem Hause geboren und aufgewachsen, das noch dem letzten Kaiser gedient hatte. Der Großvater Tong überwachte die kaiserliche Apotheke und hatte zu jeder Zeit Zutritt zur Verbotenen Stadt; er kannte jede Konkubine und ihre kleinen Leiden.

Die Tongs waren also eine sehr angesehene Familie, und es war keine Frage, daß Shijun, der älteste Sohn, einmal den Beruf eines Arztes erlernen würde. Doch die Revolution zerstörte alle Pläne, der Kaiser floh ins Ausland, der Bürgerkrieg zwischen der Roten Armee Mao Zedongs und der Nationalen Armee von Marschall Tschiang-kai-schek zerriß das Land völlig, und als sich die alte Familie Tong wieder zurechtfand, lebte sie in einer anderen Welt. Den Großvater Apotheker hatte man enthauptet, sein Sohn, Shijuns Vater, mußte erst die Straßen fegen und die öffentlichen Toiletten reinigen, ehe man ihn – gewisse Verbindungen waren nicht völlig abgebrochen – zum Leiter der Stadtreinigung berief, womit er in die Hierarchie der Stadtoberen von Kunming aufrückte. Der alte Wunsch konnte also wieder aufgenommen werden: Sohn Shijun studierte Medizin.

Aber dieser Tong war, wie erwähnt, von anderer Art als seine Ahnen. Er lebte in den jahrhundertealten Überlieferungen chinesischer Feudalherrschaft, war aber andererseits auch ein überzeugter Kommunist, verehrte Mao wie einen Gottgesandten und trug die kleine rote »Mao-Bibel« immer in seiner Rocktasche.

Das änderte sich auch nicht, als gegen Ende der Kulturrevolution ein Major der bewaffneten Sicherheitspolizei mit Namen Feng Tiyun im Hause der Tongs erschien, von seinen Polizisten zuallererst die große Buddha-Statue in der Eingangshalle mit Hämmern und Äxten zerschlagen ließ und den damals zwölfjährigen Jian, der sich in kindlicher Einfalt schützend vor den Buddha stellte, wie eine junge Katze gegen die Wand warf.

Zu Tong Shijun sagte Feng: »Du bist also ein Arzt? Siehst den armen Menschen in den Hals oder in das Arschloch und verlangst auch noch Geld dafür? Eine Kapitalistensau bist du! Wir werden dich nachher auf dem großen Platz von Kunming aufhängen. Das wird ein Volksfest werden.«

Tong Shijun war kein Mann, den man mit Drohungen einschüchtern konnte, und er sagte, er sei Mitglied der Partei, und holte das rote Mao-Bändchen aus dem Rock. Der Major schlug ihm die heiligen Worte des Großen Vorsitzenden um die Ohren, brüllte, er sei ein Verräter, denn die neue Zeit habe längst eine andere Richtung genommen, und ließ Tong fesseln und abführen. Zu ihrem Glück waren gerade an diesem Tag Tongs Frau Meizhu und seine Tochter Fengxia nach Chengdu gefahren, woher Meizhu stammte, um den kränkelnden Großvater zu besuchen. Auch Meizhu war Ärztin, und als ihr alter Vater verlauten ließ, er komme nicht mehr über den Winter, wollte sie ihn genau untersuchen, obwohl der Alte schon drei Ärzte beschäftigte. So entgingen sie beide der Schande der Vergewaltigung, denn Fengxia war mit ihren vierzehn Jahren im richtigen Alter, einem Soldaten Freude zu bereiten.

Auf den Straßen von Kunming ballten sich die Menschenmassen und sahen mit Grölen und Schimpfworten zu, wie die Rotgardisten und die Polizei die höheren Beamten, die Rechtsanwälte, die Architekten, die Ärzte, überhaupt jeden, den man zur Intelligenz zählen konnte, aus den Häusern holten und sie vor sich hertrieben zu einem Platz, wo schon Hunderte von Leidensgenossen auf ihr Schicksal warteten. Ein Mann in grüner Uniform, den alle General nannten, stand auf einem Podest und überblickte alles mit finsteren Augen.

Tong Shijun und sein zwölfjähriger Sohn Jian wurden zu den Zusammengetriebenen gestoßen. Viele von ihnen kannte Tong, und sie kannten den Arzt, waren schon seine Patienten gewesen und wunderten sich, daß er, ein Mitglied der Partei, nun auch verhaftet worden war.

»Verstehen Sie das?« fragte ihn einer. Er war der Leiter einer Textilfabrik, und man hatte ihn vom Schreibtisch weggeholt und durch die Produktionshallen getrieben, und seine fleißigen, treuen Arbeiter, die ihn immer verehrt hatten, klatschten plötzlich Beifall und spuckten ihn an und traten nach ihm. »Ich habe immer meine Pflicht getan. Ich habe jedes Jahr das Soll überschritten. Sogar eine Silberplakette von Mao hat meine Fabrik erhalten, und wie behandelt man mich jetzt? Das kann doch nur ein Irrtum sein.«

»Wir waren nicht wachsam, lieber Freund.« Tong legte den Arm um seinen Sohn Jian. »Wir haben die Zeichen nicht erkannt. Der Einfluß Maos ließ immer mehr nach, der wichtigste Mann im Hintergrund wurde Zhou Enlai, und Deng Xiaoping wurde Maos Stellvertreter im Zentralkomitee der Partei, Deng, von dem jeder weiß, daß er die radikalen Kommunisten nicht mag. Dann erkrankte Zhou Enlai an Krebs, und wer übernahm nun auch dessen Amtsgeschäfte? Wieder Deng. 1976 stirbt Zhou, und wenn auch sein Nachfolger Hua Guofeng heißt – an Deng geht nichts vorbei. Und dann, denk daran, im März 1976 die große Wandzeitung in Kanton: ›Jiang Qing ist eine Prostituierte der Ausbeuterklasse.‹ Wer hätte es jemals gewagt, Maos Frau öffentlich so zu nennen? Das alles waren Zeichen, die wir nicht erkannt haben. Für diese Blindheit müssen wir jetzt büßen.«

»Aber die Soldaten Maos haben uns doch hier zusammengetrieben.«

»Ist das so sicher?« Tong dachte daran, wie Major Feng ihm die »Mao-Bibel« um die Backen geschlagen hatte, und schüttelte den Kopf. »Hier kämpft jeder gegen jeden, und keiner weiß genau, wofür. Es wird getötet, weiter nichts.«

In den Straßen hörte man Schüsse und das Knattern von Maschinengewehren. Der Leiter der Textilfabrik erbleichte und umklammerte Tongs rechten Arm. »Ob sie uns auch erschießen?« stammelte er. »Oder kommen wir nur in ein Lager?«

»Sie werden uns erschießen«, sagte Tong ganz ruhig. »Haben Sie Angst vor dem Tod?«

»Ja! Sie nicht?«

»Ich bin Arzt, ich habe ein anderes Verhältnis zum Tod als die meisten Menschen. Wenn ich vor einer Krankheit stand und wußte, sie ist unheilbar, dann habe ich zu mir gesagt: ›Dieser Mensch hat sein Leben hinter sich. Man kann's nicht ändern. Man muß es hinnehmen, so wie es ist.‹ Denken wir jetzt auch so, mein Freund! Wir können nichts tun, als auf unseren Tod zu warten.«

Und sie warteten wirklich. Es wurde Abend, und sie standen noch immer dicht zusammen auf dem Platz, nachdem das Schießen in den Straßen verebbt war. Ein paar Rotgardisten auf Motorrädern brachten dem General, der ebenfalls auf seinem Podest ausharrte, Meldung um Meldung, und dann kletterte ein Offizier mit einem Megaphon neben den General und schrie in die Gefangenenmenge: »Wer ist Arzt? Wir brauchen Ärzte! Alle Ärzte vortreten.«

Es waren siebzehn Männer, die vortraten, unter ihnen auch Tong, der zuerst zögerte, weil er seinen Sohn nicht allein lassen wollte.

Aber Jian sagte zu ihm: »Geh nur, Vater! Ich werde dir keine Schande machen.«

Und Tong antwortete mit Stolz: »Stirb tapfer, mein Sohn Jian! Keinen Schrei! Ein Tong stirbt lautlos.« Erst dann trat er vor und gab sich als Arzt zu erkennen.

Unter Bewachung traten sie einen Marsch an, der sie zu einer Lehmgrube außerhalb der Stadt führte, und Tong dachte, daß sich eine solche vorzüglich als Massengrab eigne und sie nun wohl die ersten waren, die mit Genickschüssen in die Grube stürzen würden.

Es war auch ein Massengrab, aber nicht für die Ärzte. Rund um die Lehmgrube lagen schreiende und wimmernde Verletzte. In der Stadt hatte es eine blutige Schlacht zwischen den Rotgardisten und der Zivilmiliz gegeben, und nun brauchte man die Ärzte, die auszusortieren, die am Leben bleiben konnten.

Tong und seine Kollegen wurden zu Totenrichtern. Sie gingen durch die Reihen der Verwundeten und selektierten: »Du darfst weiterleben, du hast den Tod in dir.« Wer durch einen Lungenschuß blutigen Schaum spuckte – weg mit ihm! Wem die Gedärme aus dem Leib quollen – weg damit! Wem beide Beine abgeschossen waren – weg damit! Wie konnte man hier operieren, auf der blanken Erde, ohne ein Instrument? Tong sah sich ein paarmal um. Drei Kollegen standen ratlos zwischen den langen Reihen der Verwundeten und taten nichts. Er ging zu ihnen und fragte verwundert: »Warum steht ihr nur herum, Kollegen? Warum tut ihr nichts?«

»Wie kann ich ein Urteil abgeben?« antwortete einer von ihnen. »Ich bin Gynäkologe.«

»Und ich bin Zahnarzt«, sagte der andere.

Und der Dritte erklärte: »Ich bin Tierarzt. Wenn das hier Tiere wären, ich würde sie alle töten lassen. Aber so? Wie kann ich ein Urteil abgeben?«

Tong ging zu den Verwundeten zurück und schritt weiter die Reihen ab. Vier Rotgardisten folgten ihm, und wenn er auf einen Verwundeten zeigte, dem nicht mehr zu helfen war, packten zwei der Soldaten zu, hoben den Schreienden hoch und trugen ihn zu der Lehmgrube, wo sie ihn auf die Leichenberge warfen. Ein Bagger schaufelte die herangeschafften Toten über die Lebenden, dann wurden Benzinfässer ausgeladen und Benzin über die Leiber ausgeschüttet. Ein junger Leutnant steckte ein zerrissenes blutbeflecktes Hemd an und warf es in die Grube. Sofort schoß eine Stichflamme empor, und in wenigen Minuten war die Lehmgrube ein einziges, großes Feuerloch, aus dem ein widerlicher Geruch von verbranntem Fleisch bis in die Stadt hineinzog.

Tong hatte keine Zeit, das Gefühl von Entsetzen in sich aufkommen zu lassen; er mußte sich um die Verwundeten kümmern, die eine Chance hatten zu überleben. Meistens waren es leichtere Verletzungen, Fleischwunden, Durchschüsse oder auch ein zersplitterter Knochen, Fälle, die er leicht in einer Klinik behandeln konnte, wenn die Lastwagen, die vorhin die Toten gebracht hatten, nun die Verwundeten in das Krankenhaus schafften.

Obgleich er von jungen Rotgardisten argwöhnisch bewacht wurde, verließ Tong den Platz, ging zu der zusammengedrängten Masse der Gefangenen zurück, sah, daß sein Sohn Jian noch unter ihnen stand und lebte, und nickte ihm zu. Er ging weiter auf den General zu, der nun auf einem Stuhl saß und von allen Seiten immer noch Meldungen erhielt.

Der General sah Tong mit bösen, harten Augen an. Tongs Anzug war voller Blutflecken, seine Hände rot vom Blut der Verwundeten, die er nur flüchtig hatte untersuchen können.

»Was willst du? Wer bist du?« fragte der General. Er hatte eine kalte, befehlsgewohnte Stimme, die einem einfachen Menschen einen Schauer über den Rücken jagen konnte. Auf Tong machte sie nach all dem, was er gesehen hatte, keinen Eindruck mehr.

»Ich brauche Lastwagen«, sagte er ohne ein Zeichen der Unterwerfung.

»Was willst du?«

»Lastwagen, um die Verwundeten ins Krankenhaus zu bringen.«

»Er hat den Verstand verloren.« Der General wandte sich um. Hinter ihm stand Major Feng Tiyun und wartete auf das Kommando, die reaktionären Klassenfeinde, die man hier zusammengetrieben hatte, in Gruppen von je zehn Mann zur Seite zu führen und hinzurichten.

»Ich bin Arzt«, sagte Tong voll Mut. »Ich habe die Pflicht, den Verwundeten zu helfen. Aber niemand – auch Mao nicht – kann mit den bloßen Händen Wunden schließen.«

Major Feng zuckte bei diesem Satz sichtbar zusammen. Er holte seine Pistole aus dem Gürtel, bereit, diesen verrückten Arzt, den er selbst aus dem Haus geholt hatte, zu erschießen. Nur ein leichtes Nicken des Generals würde genügen.

Aber Tong sprach mit ruhiger Stimme weiter: »Unter den Verletzten sind auch viele Rotgardisten. Sie sterben, Genosse General, wenn Ihnen nicht geholfen wird. Sie sterben, obwohl wir Ärzte sie retten könnten. Wir brauchen nur ein paar Wagen für den Transport zum Krankenhaus.«

Der General nickte, aber nicht als Zeichen für Feng, die Pistole zu heben, sondern um zu zeigen, daß er Tongs Anliegen verstanden hatte. »Du wirst deine Wagen bekommen«, sagte er, »aber nur Rotgardisten werden weggebracht, die anderen sollen sich gegenseitig helfen.«

Und Tong bekam vier Lastwagen und sechs Soldaten, die es sich einfach machten, die Verwundeten wie Stücke Holz auf die Ladefläche warfen, kreuz und quer übereinander, und Tong nahm alle Verletzten mit, nicht nur die Soldaten, denn der Offizier, der die Kolonne befehligte, hatte nichts vom Befehl des Generals gehört.

Im Krankenhaus arbeitete Tong zusammen mit zehn anderen Ärzten die ganze Nacht hindurch an den Operationstischen. Wenn ein Verwundeter versorgt war – neun starben noch unter ihren Händen –, hielt Tong eine Minute Ruhe und dachte an seinen Sohn Jian. Hatte man ihn schon hingerichtet, und lag er schon in einer zweiten Grube, übergossen mit Benzin? Wie konnte man Meizhu und Fengxia davor warnen, in den nächsten Tagen nach Kunming zurückzukehren, oder waren die wilden »Kleinen Generäle Maos« auch nach Chengdu gekommen und richteten dort ein Blutbad an?

So stand Tong am Operationstisch und starrte ins Weite, bis der nächste Verwundete vor ihn hingelegt wurde und ein Krankenpfleger sagte: »Schuß linke Schulter. Steckschuß.« Es war Fließbandarbeit, Körper nach Körper; man hatte keine Zeit, zu desinfizieren, die Instrumente zu wechseln, von denen man sowieso zu wenig hatte, und Tong dachte, daß viele, die wieder vom Tisch gehoben wurden und an ein Weiterleben glaubten, in den nächsten Tagen an Infektionen sterben würden.

Gegen Morgen erschien der General im Krankenhaus, warf einen Blick in den Operationssaal und winkte Tong auf den Flur hinaus. Dort wartete mit finsterem Gesicht Major Feng Tiyun.

»Du hast einen Sohn?« fragte der General.

Tong nickte, obgleich sein Herz zu versagen drohte. Er starrte Feng an, aber der blickte zur Seite. »Was ist mit Jian?« fragte Tong mit heiser gewordener Stimme.

»Du hast Leben gerettet«, sagte der General. »Viele Leben von tapferen Patrioten. Ich will dir danken, in dem ich ebenfalls ein Leben rette. Ich habe deinen Sohn mitgebracht; er wartet unten beim Eingang.«

»Danke, Genosse General«, erwiderte Tong. Tränen traten

ihm in die Augen, er konnte es nicht verhindern, auch wenn er sich schämte, als Mann zu weinen.

Der General drehte sich schroff um und ging. Die anderen Ärzte stürzten auf Tong zu und gratulierten ihm.

»So etwas hat es noch nicht gegeben!« rief einer von ihnen. »Den Namen des Generals muß man sich merken.«

»Ich weiß nicht, wie er heißt und woher er kommt.«

»Die anderen werden es wissen.«

Aber keiner der Verwundeten wußte, wer der Befehlshaber war. Er war aus Beijing gekommen, hatte das Kommando an sich gerissen, seinen Vorgänger einen Verräter genannt und erschießen lassen, und seitdem führte er die Division mit eiserner Strenge, und niemand wagte es, irgendwelche Fragen zu stellen. Ein bemerkenswerter Mann, der kaum sprach, aber dessen Wink über Leben oder Tod entschied. Um so besser kannte jeder den Major Feng Tiyun. Er war der Henker der Truppe. Mit seinen grün uniformierten Männern tötete er alles, was verurteilt war, im Schnellverfahren, noch auf der Straße, und er ließ auch Frauen und Kinder erschießen, weil ihre Männer oder Väter Intellektuelle waren, Lehrer, Professoren, Rechtsanwälte, eben alle, die studiert hatten und nun als Reaktionäre galten.

Das Wiedersehen zwischen Tong und seinem Sohn Jian war kurz. Sie umarmten sich wortlos, jeder wußte, was der andere dachte.

»Ja, Vater«, sagte Jian, »ich versuche, nach Chengdu zu kommen und, wenn es noch möglich ist, Mutter und Fengxia zu verstecken. Man redet davon, daß die Kulturrevolution im Sterben liegt wie Mao Zedong, den kaum noch jemand sieht. Regieren soll seine Frau Jiang Quing sowie Yao Wenyuan, sein Schwiegersohn. Wir werden uns verstecken, bis Mao gestorben ist. Dann wird alles anders aussehen. Dann wird Deng Xiaoping an die Regierung kommen.«

»Du bist ein kluger, tapferer Junge«, erwiderte Tong voll Stolz. Erst zwölf Jahre ist er alt und hat Mut wie ein Krieger aus den alten Sagen, dachte er. Aus ihm wird einmal ein großer Mann; den Namen Tong wird jeder mit Ehrfurcht nennen.

Seine Prophezeiung erfüllte sich. Nur war es nicht Jian, den man weit über die Grenzen von Yunnan hinaus kannte, sondern Tong Shijun selbst. Jian war es wirklich gelungen, Mutter und Schwester außerhalb von Chengdu bei einem Onkel aufzuspüren, der das Glück hatte, kein Akademiker zu sein, sondern ein Bildhauer, der zuerst Tempel und Pavillons aus dem Marmor meißelte, um dann klug, wie er war, während der Kulturrevolution Tiere herzustellen, vor allem Schildkröten, das Symbol eines langen Lebens, und kleine Truhen und Vögel aller Art und Magnolienbäumchen, blühende Kastanien und sich öffnende Lotusblüten. Und alles in Marmor, Jade oder Speckstein, Schnitzereien so fein, daß man die Adern der Blätter sah. Zwar zog auch bei ihm ein Trupp von Rotgardisten vorbei und nahm alle fertigen Arbeiten mit, aber sie verwüsteten nicht sein Haus, sondern malten mit roter Farbe ein Zeichen an seine Haustür, einen geheimen Hinweis, daß dieses Haus zu schonen sei. Die nachfolgenden Trupps beherzigten das und ließen ihn in Ruhe.

Das war ein gutes Versteck, und hier blieben Jian, seine Mutter und Fengxia, bis die »Viererbande« verhaftet wurde und Maos Kulturrevolution damit offiziell beendet war. Wenige Tage später erreichten die Tongs, auf dem Dach eines Lastwagens sitzend und sich an Tauen festhaltend, ihre Heimat Kunming. Als sie in die Stadt hineinfuhren, war es, als hätten sie sie nie verlassen: Das Leben hatte sich nicht geändert, die Märkte waren voll von Gemüse, Gewürzen, Fleisch, Nudeln, Tofu und Vogelkäfigen, die Kleiderhändler hatten ihre Stände aufgebaut, in großen gläsernen Becken schwammen bunte Zierfische, aber auch Krebse und Wasserschildkröten, die man gern als Suppeneinlagen verwendete.

Tongs Haus war zwar nicht zerstört worden, aber es sah chaotisch aus. Es war geplündert worden, der Hausaltar war zerhackt, überall hatten die neuen Kulturträger ihre Exkremente hinterlassen, in den Betten, auf den Sesseln, auf den Ruhebänken im Garten, im Goldfischteich; nichts gab es, was nicht mit Kot beschmiert war, als Tong Shijun nach dem Abzug des Generals und seiner Division sein Haus wieder betrat. Sogar einen halb verwesten Toten fand er in einem leeren Blumenkübel, seinen Diener Jinghen, der schon seinem Vater gedient hatte.

In der Klinik lagen noch immer Verwundete. Sie wurden jetzt von Kommissaren der Bürgermiliz verhört und bangten um ihr Leben, denn sie trugen die nun verhaßte grüne Uniform der »Kleinen Generäle Maos«, und wenn sie auch die rote Armbinde mit dem Wort »Rotgardist« weggeworfen hatten, wußte doch jeder, wie sie unter der Bevölkerung gehaust und wie viele Tote vor ihren Gewehren gelegen hatten.

Tong, nun wieder Chefarzt der Klinik, konnte nicht verhindern, daß viele Rotgardisten aus ihren Betten geholt, im Hof des Krankenhauses an die Mauer gestellt und erschossen wurden. Wer nicht stehen konnte, wurde im Liegen getötet; das Morden ging weiter, es hatte nur einen anderen Namen bekommen.

Meizhu, Jian und Fengxia fanden das ausgeplünderte Haus verlassen vor. Zwar war der gröbste Dreck beseitigt worden, aber der Anblick der Zerstörung genügte, um Meizhu in Tränen ausbrechen zu lassen; sie sagte zu Jian: »Mein Sohn, vergiß nicht, was du hier siehst. Vergiß nicht, wozu ein Volk fähig ist, wenn es in einen Wahn getrieben wird. Ein einziger Mann wie Mao kann eine ganze Welt zertrümmern. Lauf nie jemand nach, der dir Freiheit verspricht – es gibt keine freien Menschen. Lerne dich auf dich selbst verlassen und vertraue nur einem: dir selbst! Nur so kannst du das Leben ertragen.«

Am Abend, als Tong von der Klinik nach Hause kam – er ahnte nicht, daß seine Familie zurückgekommen war –, zog ihm schon in der Vorhalle der Duft von gebratenem Fleisch entgegen. Auch war Licht in der Küche und im Speiseraum, und der Schutt, der noch immer vor dem großen Wohnraum gelegen hatte, war weggeräumt.

Tongs Herz schlug wie ein Hammer. Er rannte zur Küche, sah seine Frau Meizhu vor einem offenen Holzfeuer und vor einer alten Bratpfanne stehen, breitete die Arme aus und rief ihren Namen, und sie sanken sich in die Arme und küßten sich. Er nahm ihr Gesicht zwischen seine Hände, schaute sie an, ließ seine Lippen über ihre geschlossenen Augen gleiten und sagte nach langer Zeit wieder: »Ich liebe dich.« Das war das Größte, was er ihr zu sagen hatte; seit Jahren hatte sie es nicht mehr gehört. Tong war kein Mann, der seine Gefühle auf der Zunge trug, und auch im Schlafraum blieb er stumm, nur seine Hände redeten, wenn sie über Meizhus schlanken Körper glitten, und sagten damit mehr als alle geflüsterten Worte.

»Es ist eine Schweineschulter«, sagte sie, als er sie endlich losließ. »Mit Lauch und Ingwerwurzeln und Keimlingen von grünen Sojabohnen. Das ist doch dein Lieblingsgericht. Jian ist es gelungen, das Fleisch zu stehlen – wir haben nicht eine einzige Münze mehr.«

»Jian wird wissen, wo er gestohlen hat«, sagte Tong. »Morgen gehen wir hin und bezahlen das Fleisch. Ein Tong stiehlt nicht, auch wenn sich sein Magen vor Hunger krümmt.«

»Wir wollten dir eine Freude machen. Eine Überraschung.«

»Als solche sehe ich es auch an.« Tong wischte mit der Hand durch die Luft. »Vorbei. Ich habe schon vergessen, daß ich gestohlenes Fleisch esse.«

Am nächsten Morgen ging Tong auf den Markt, und Jian mußte ihn begleiten und schritt mit gesenktem Kopf daher, voller Scham, aber auch voller Enttäuschung, denn er hatte das Fleisch ja genommen, um seinem Vater eine Freude zu bereiten. Jetzt mußte er auf dem Fleischmarkt den Stand bezeichnen, aber der Fleischer hatte Jian nicht beim Diebstahl gesehen.

Er war erstaunt, als Tong Shijun mit einem halbwüchsigen Jungen bei ihm erschien, sich verneigte und sagte: »Ich bin Dr. Tong vom Krankenhaus, und das ist mein Sohn Jian.«

»Sehr angenehm.« Der Fleischer erwiderte die Verbeugung. »Es ist mir eine Ehre, daß Sie an meinen bescheidenen, unwürdigen Stand kommen. Was darf ich Ihnen verkaufen?«

»Ich möchte bezahlen«, sagte Tong, ergriff Jian, der hinter ihm stand, und schob ihn nach vorn.

»Was darf ich abschneiden?« fragte der Fleischer irritiert.

»Wir haben schon eingekauft.« Tong legte beide Hände auf die Schultern Jians. »Mein Sohn hat gestern bei Ihnen ein Stück Schweineschulter gekauft, aber er hat vergessen, Ihnen das Geld dazulassen. Ich möchte das nachholen. Was schulden wir Ihnen außer der Bitte um Milde und Verzeihung?«

Der Fleischer starrte Jian an, dann Tong, wischte sich über das Gesicht und dachte sich dabei, daß es doch noch ehrliche Menschen gab, daß sogar der Vater eines Diebes kam und die gestohlene Ware bezahlte, daß dieser Vater auch noch ein gelehrter Mann, ein Arzt aus dem Krankenhaus und voll Demut wegen seines Sohnes war und sich für ihn schämte. Er dachte dabei auch an seinen eigenen Sohn, der in Kunming ein Fahrradtaxi fuhr und der, wenn er Ausländer durch die Stadt fuhr, sie ab und zu betrog, indem er den dreifachen Preis verlangte und – wenn sie in Dollar zahlten – einen Wechselkurs errechnete, der ihm sogar das Vierfache einbrachte.

»Wie soll ich rechnen, wenn ich das Gewicht nicht weiß?« fragte der Fleischer. »Man kann nur raten.«

»Einigen wir uns!« Tong griff in seinen Rock und holte ein Bündel Geldscheine hervovr. »Nennen Sie einen Preis, ich zahle ihn.«

»Ich könnte Sie damit übervorteilen, verehrter Herr Arzt. Ich bin ein ehrlicher Mensch und ...«

»Betrachten Sie es als unsere Reue.« Er nahm Jians Hand, legte die Geldscheine hinein und stieß ihn vor die Tischkante. »Bezahle!« sagte er dabei streng.

Jian schluckte mehrmals; es war ihm, als hänge er in einem Würgegriff, und er reichte dem Fleischer die Geldscheine. Als dieser sie nicht sofort annahm, legte er sie auf den Tisch unter den an Haken an einer Eisenstange hängenden Fleischstücken.

»Das ist zu viel«, sagte der Fleischer. »Viel zu viel. Dafür bekommen Sie fast ein halbes Schwein.«

Tong Shijun gab keine Antwort mehr. Er faßte Jian wieder bei den Schultern, schob ihn vor sich her und verließ den Fleischstand. Er hatte seine Ehre wieder.

»Was hast du gelernt?« fragte er seinen Sohn, als sie außerhalb der Marktreihen wieder auf der Straße standen.

Jians Lippen verkrampften sich, und er antwortete: »Man muß ehrlich bleiben, auch wenn man daran verreckt.«

»Du hast während der Revolution eine ungute Sprache gelernt«, sagte Tong sehr ernst. »Aber das wird sich ändern. Ein neues China entsteht mit einem neuen, weltoffenen Kommunismus.«

»Du... du bleibst ein Kommunist?« fragte Jian.

»Ich hatte nie etwas anderes im Sinn.«

»Trotz allem, was wir gesehen haben, was wir am eigenen Leib erfahren haben?«

»Leben heißt sich stets erneuern, aber die Tradition bewahren. Wir lernen die Weisheit unserer Ahnen, mein Sohn, und streben dennoch einem neuen Denken entgegen. China ist ewig wie unsere Erde, nur die Menschen verändern sich. Auch der Kommunismus erneuert sich, und ich will mithelfen, daß die beiden Lehren, die alte und die neue, zusammen einen guten Klang bekommen. Wenn du älter bist, wirst du das verstehen und auch ein Kommunist sein.«

»Ich weiß es nicht, Vater... Vielleicht bin ich wirklich noch zu jung dazu.«

»So ist es, mein Sohn.« Tong Shijun legte den Arm um Jians Schultern. »In zehn Jahren erkennst du die Welt nicht wieder. In zwanzig Jahren wird sie wieder anders aussehen und du mit ihr. Wer kann in die Zukunft blicken? Wir sind Chinesen, mein Sohn, und wir glauben an die Unsterblichkeit, an die Ewigkeit. Und jetzt, Jian, gehen wir zu Xiao Ming und trinken einen Schnaps und ein Bier. Du stehst an der Grenze zum Mann...«

Jahre können wie Schneeflocken sein – sie zerschmelzen in der Hand, und wenn man sich erinnert, stellt man staunend fest: Was, fünf Jahre ist das her? Mir ist es so nah wie gestern.

War es gestern, daß Tong Shijun erst Oberarzt und dann Chef der Klinik wurde? War es gestern, daß man ihn zum Professor ernannte, ihm einen Lehrauftrag für Innere Medizin erteilte und seine zwei medizinischen Bücher als Lehrstoff an allen chinesischen Universitäten eingeführt wurden? War es gestern, daß Fengxia, die Tochter, um die Erlaubnis bat, einen Mann im Elternhaus vorstellen zu dürfen, und es erschien in einem grauen

Anzug mit hochgeschlossener Jacke Wu Junghou, und Fengxia sagte voll Stolz: »Junghou ist Funktionär der Kommunistischen Partei. Er ist der stellvertretende Leiter der Gesundheitsabteilung.«

Jian – er war jetzt zweiundzwanzig Jahre alt und studierte Medizin in Kunming – begrüßte Wu mit einem kurzen Nicken und verließ den Wohnraum. Erstaunt, mit zusammengezogenen Augenbrauen, sah Wu ihm nach. Er empfand es als Unhöflichkeit zu gehen, wenn ein Mann sich vorstellte, um in den Kreis der Familie aufgenommen zu werden.

»Sieh daran vorbei«, sagte Fengxia zu Wu. »Er ist anders als wir alle. Wir haben uns daran gewöhnt. Aber er wird einmal ein guter Arzt sein. Seine Lehrer loben ihn. Er sei der Beste, sagen sie.«

War es gestern, und nicht zehn Jahre später, daß Wu und Fengxia ihre Verlobung feierten, im Garten des Hauses Tong ein großes Feuerwerk abgebrannt wurde und als Gäste die höchsten Parteifunktionäre von Kunming an den niedrigen Tischen saßen und ein Festmahl einnahmen, das aus fünfzehn verschiedenen Speisen bestand, an denen sechs Köche arbeiteten, und daß jeder, der am Hause Tong vorbeiging, die Köstlichkeiten roch und in den Innenhof kam, mit Gebäck beschenkt wurde und ein Gläschen Schnaps leerte? War es erst gestern, daß Tong feierlich zu Wu und seiner Tochter Fengxia sagte: »Ihr habt versprochen, ein Paar zu werden. Feiern wir dieses Versprechen!«

Meizhu, die Mutter, trat vor das Brautpaar, hielt in den Händen zwei aus Silber getriebene, mit einem roten Seidenband zusammengebundene Becher, und Tong goß gelblichen, mit einem leicht grünschimmernden Ton leuchtenden Wein ein, und Wu und Fengxia nahmen die Becher in die Hand, kreuzten ihre Arme und tranken den Wein, und ihre Blicke waren voll Liebe und Verlangen.

Dann tranken die anderen Gäste; nur Jian rührte keinen Wein an, prostete auch nicht dem Brautpaar zu, sondern stand im Hintergrund und ging dann ins Haus.

Fengxia folgte ihm, sah Jian in einem Sessel sitzen und eine

Tasse Tee trinken. »Was bist du?« schrie sie böse. »He, was bist du? Mein Bruder? Nein, ein Büffel bist du, ein Büffel! Was hat dir Junghou getan, daß du ihn so beleidigst? Ich liebe ihn!«

»Das ist deine Sache«, sagte Jian ruhig.

»Er wird dein Schwager sein.«

»Ich werde es hinnehmen.«

»Ah, ich weiß, was dich an ihm stört. Ich weiß es! Du würdest ihn wie einen Bruder umarmen, wenn er nicht Funktionär der Partei wäre!« Sie stampfte auf, als sei sie eine Bäuerin, die Körner aus den Ähren tritt. »Und er wird noch höher emporsteigen, in Beijing steht er auf der Liste der Genossen, die gefördert werden und ... und ...«

»Noch mehr?« fragte Jian spöttisch.

Fengxia ballte die Fäuste und hielt sie ihrem Bruder entgegen. »Ja! Noch mehr!« schrie sie. »Ich werde Mitglied des Zentralkomitees von Yunnan werden.«

»Ich wußte nicht, daß das Chemiestudium verrückt macht«, sagte Jian noch spöttischer. »Aber vielleicht machen das die giftigen Dämpfe, die du im Labor einatmest.«

»Du Reaktionär! Eines Tages wird man dich erschießen! Aber Wu kann dich davor schützen.«

»Ich schütze mich allein.« Jian zeigte auf die Tür. »Geh, deine Gäste warten. Sei nicht unhöflich. Es genügt, wenn es einer in unserer Familie ist.«

»In welcher Zeit lebst du eigentlich?«

»Ich warte auf meine Zeit«, sagte Jian.

»Und wie soll sie aussehen?«

»Freiheit.« Nur dieses eine Wort sprach Jian aus, aber es klang, als sei es der Abschluß einer langen Rede.

»Wir sind frei, nur du hast dich selbst gefesselt mit deinen reaktionären Gedanken.« Fengxia ging zur Tür, blieb dort stehen und drehte sich zu ihrem Bruder um. »Du kommst nicht mehr zu meinem Fest?«

»Nein. Sage Wu, daß ich noch für die Universität arbeiten muß.«

»Er wird das nicht verstehen.«

»Das glaube ich. Er kennt die Universität nur von außen, darum ist er auch ein Funktionär der Partei geworden!«

»Ich hasse dich, Jian! Ich hasse dich!«

»Danke. Mir ist das lieber, als wenn du mich liebtest.«

»China wird immer kommunistisch bleiben und nie kapitalistisch werden!«

»China nennt sich das ›Reich der Mitte‹. Und so werden wir einen Mittelweg finden.«

Nach dem Feuerwerk gingen die meisten Gäste nach Hause. Auch der Bräutigam Wu verabschiedete sich, dankte Tong für die schöne Feier, verneigte sich höflich vor Meizhu, der Brautmutter, und stieg in sein Auto, das ihm, dem Funktionär, die Partei zur Verfügung gestellt hatte.

Nach Wus Wegfahrt kam Jian zur Familie zurück, die im großen Wohnraum das letzte Glas Wein trank.

»Du warst unhöflich, mein Sohn«, begann Tong sofort das Gespräch.

»Wu hat den bösen Blick«, antwortete Jian.

»Den siehst nur du!« schrie Fengxia so laut, daß Onkel Zhang Shufang aus Dali, der geblieben war, vor ihrer schrillen Stimme zusammenschrak. »Er mag dich auch nicht.«

»Das ist auch die einzige Übereinstimmung zwischen uns beiden, und dabei soll es bleiben.«

»Was wirfst du Wu vor?« fragte Onkel Zhang.

»Er sitzt seinen Parteibonzen im Hintern.«

Fengxia wurde rot und blaß, in schnellem Wechsel, was ihre große Erregung verriet. Tong runzelte die Stirn; das war eine Sprache, die in seinem Hause noch nie zu hören gewesen war. Auch Meizhu sah ihren Sohn entsetzt an; nur Onkel Zhang nahm es mit weiser Geduld hin.

»Wir werden so schnell wie möglich heiraten«, sagte Fengxia mit einem Zittern in der Stimme. »Ich will nicht länger unter einem Dach mit einem solchen Bruder leben.«

»Das Haus deiner Eltern besteht nicht nur aus Jian«, entgegnete Tong. »Es ist ein ehrbares Haus.« Und zu Jian gewandt fuhr er fort: »Entschuldige dich bei deiner Schwester, mein Sohn.«

Jian schwieg. Er war nicht mehr der zwölfjährige Junge, der auf dem Markt ein Stück Schweineschulter gestohlen hatte und sich voll Demut dafür entschuldigen mußte. Das lag zehn Jahre zurück, und wenn er auch immer der Sohn seines Vaters blieb und ihm Ehrfurcht zollte, gab es doch einen Unterschied zwischen Kindheit und Erwachsensein.

»Nein!« sagte er endlich, als er sah, daß alle auf seine Antwort warteten. »Es gehört zu meinem Gesicht, Wu nicht zu mögen. Soll ich mein Gesicht verraten und verlieren?« Er sah seinen Vater mit gekräuselter Stirn an. »Wenn du es erlaubst, Vater, werde ich in Chengdu oder Shanghai weiterstudieren.«

»Ich erlaube es nicht.« Tong erhob sich und überblickte seine Familie. »Es ist sehr spät, wir sollten jetzt schlafen gehen. Ein Schlaf kann reinigen. Sprechen wir morgen darüber weiter. Heute zerfließen die Gedanken.« Er nickte allen zu und verließ den Raum.

Die anderen blieben stumm zurück, bis Onkel Zhang sagte: »Jeder Mensch ist ein Rätsel für sich, und jeder löst es anders, und ich glaube, die Welt bräche zusammen, wenn es nicht so wäre.«

Dann war es still in dem großen Haus. Jeder lag auf seiner Bettstatt und wälzte sich auf ihr mit seinen eigenen Gedanken, und Tong sagte zu seiner Frau Meizhu: »Ich liebe beide Kinder gleichermaßen, aber sie hassen sich und werden sich noch zerfleischen. Frau, was sollen wir tun?«

Und Meizhu antwortete: »Shijun, es wird kommen, wie es kommen muß. Wir können nicht am Schicksal drehen – es dreht uns.«

»Das ist Fatalismus, Meizhu.«

»Ist es nicht auch Tradition?«

Tong nickte und drehte sich auf die Seite. Er wunderte sich, wie klug seine Frau doch war, und war sehr stolz auf sie.

Jian studierte nicht in Chengdu weiter, sondern blieb in Kunming, selbst dann noch, als ein Jahr später Fengxia und Wu heirateten, das Haus verließen und in eine Wohnung in einem modernen Häuserblock zogen, den die Partei für ihre Funktionäre gebaut hatte. Fengxia, mit dem Chemiestudium fertig und mit einem guten Diplom ausgestattet, erreichte mit Wus Hilfe, was sie Jian vorhergesagt hatte: Sie wurde Mitglied des Zentralkomitees von Yunnan und erlangte damit das Recht, ihre eigene Familie zu überwachen, so wie Wu Junghou Leiter der Gesundheitsabteilung geworden war.

Einen »Affen, der einen Tiger spielt« nannte Jian ihn, aber Tong entgegnete: »Wir haben für das Krankenhaus ein ganz modernes Ultraschallgerät bekommen. Ein Gerät aus Deutschland. Wus Fürsprache hat es möglich gemacht. Ich werde jetzt meine Ärzte an dem Gerät ausbilden. Das nächste, was wir bekommen sollen, ist als Vervollständigung der Ultraschalldiagnostik ein Sonograph, der uns ein Impulsechoverfahren erlaubt. Wir können dann ohne die belastenden Röntgenstrahlen Veränderungen im Inneren des Körpers feststellen. Ohne Wu hätten wir die Geräte nie bekommen.« Tong sah, daß sein Sohn wenig beeindruckt war. »Du wirst bald selbst ein Arzt sein«, sagte er. »Dann gilt dein Denken nur den Kranken und nicht den eigenen Empfindungen. Um ein guter Arzt zu sein, genügt nicht ein Medizinstudium mit einem guten Examen – dein Herz muß bei den Kranken sein, ihr Vertrauter mußt du werden, dem sie das Geheimste von sich anvertrauen, denn viele Krankheiten kommen von der Seele und brauchen keine Pillen oder Tropfen. Aber so etwas lernt ihr ja nicht auf der Universität. Ihr werdet ausgebildet wie ein Automechaniker, der einen Motor repariert, der Patient ist eine Maschine, die irgendwo stockt und deren Fehler ihr entdecken müßt; aber es sind Menschen, mein Sohn, und das Leben ist nicht bloß ein funktionierender Motor. Sieh es so und lobe Wu, daß er uns unterstützt. Im Namen der Kranken lobe ihn.«

In den Semesterferien hielt es Jian nicht mehr zu Hause: Er fuhr nach Dali und wohnte bei Onkel Zhang Shufang, dem großen Dichter und Maler. Zu seinem Geburtstag hatte Jian von seinem Vater einen kleinen japanischen Wagen geschenkt bekommen, und diesmal war es sogar Fengxia, die das Auto über das Zentralkomitee besorgte. Deshalb weigerte sich Jian zunächst, den Wagen anzunehmen, aber dann nahm er ihn doch, denn es wäre eine Beleidigung seines Vaters gewesen, das Geschenk zurückzuweisen.

In Dali fuhr Jian fast täglich mit einem Boot über den Erhai-See. Er sah den Fischern zu, oder er lag in seinem Boot, die Arme hinter dem Nacken gekreuzt, blickte zu den schroffen Gipfeln des Cangshan-Gebirges hinüber und dachte an viele Märchen, die man sich hier seit Jahrhunderten erzählte.

Ab und zu segelte Jian auch zur Insel Jinsuo Dao, aß in dem kleinen Fischerdorf frischen, über Holzkohle gebratenen Fisch, oder er legte an der kleinen Tempelinsel Xiao Putuo Dao an, setzte sich in den Schatten der zierlichen Säulen und war glücklich, nur die Natur um sich zu haben und keine Menschen. Doch manchmal packte ihn der Drang, fremde Menschen in ihrer häuslichen Umgebung zu sehen, und dann besuchte er die Dörfer der Minderheiten, ging durch die Gassen der Bai-Siedlungen, sprach mit Angehörigen der Yis oder sah den Huis beim festlichen Hammelessen zu; die Huis waren Mohammedaner und hatten ihren Glauben über die Jahrhunderte gerettet.

»Morgen ist der große Markt von Xiaguan«, sagte eines Tages Onkel Zhang zu ihm. »Willst du nicht hinfahren und ihn ansehen?«

»Ein Markt – was gibt es da zu sehen?«

»Aus allen umliegenden Gebieten kommen die Bauern und Händler, die Handwerker und die Garköche nach Xiaguan, vor allem die Minderheiten in ihren Trachten, ein Völkergemisch aus Rassen und Stämmen und noch nicht erforschten Menschengruppen. Sogar die Miaos kommen – du wirst sie an ihrem Silberschmuck erkennen und an der Fröhlichkeit ihres Wesens. So etwas muß man gesehen haben, Jian. China war immer voller Wunder, aber das Wunderbarste ist der Mensch. Ich rate dir: Fahr nach Xiaguan. Die Märkte in Kunming sind Stadtmärkte, hier aber greifst du voll in die Natur.«

Jian ließ sich überreden. Am Morgen fuhr er das kurze Stück von Dali nach Xiaguan. Am Rand des Marktes stellte er seinen

Wagen an einer Lehmmauer ab, im Gewühl der Dreiradtraktoren und ihrer Anhänger. Die Menschen wimmelten um ihn herum, und er sah Trachten, die er nur von Fotos kannte. Ochsenkarren bahnten sich einen Weg durch die Menge. Mit dem Höllenlärm ihrer Hupen scheuchten Lastwagen und Busse die Menschen zur Seite. Kärrner, meist Bauern der nächsten Umgebung, zogen ihr mit Kohl, Melonen, Tomaten, großblättrigem Spinat, Mandarinen und Apfelsinen, Porree und Ingwerwurzeln beladenes Gefährt durch den aufwirbelnden Staub, und Jian drängte sich dazwischen, ließ sich von der Menge mitschieben, blieb an den langgestreckten Schuhständen stehen, aß vor einer Garküche ein Schälchen herrlicher Nudelsuppe und schaute einem blinden Bettler zu, der mit zittriger Stimme und in einem Dialekt, den Jian nicht kannte, wehmütige Lieder sang und dabei nickte, wenn er am Klang hörte, daß jemand eine Münze in seinen Reisstrohhut warf, was aber sehr selten war. Jian warf ihm einen halben Yuan zu.

Der Bettler unterbrach seinen eintönigen Gesang und sagte: »Hab ein langes Leben für weitere Wohltaten.« Jian lachte, und der Blinde sang weiter.

So kam, im Gedränge sich vorwärts schiebend, Jian zu dem Tisch eines Zahnarztes, der gerade einen Patienten behandelte und einen gelben Zahnstumpf zog. Der Zahnbrecher nickte Jian zu, sagte: »Warte, ich bin gleich fertig« und beugte sich wieder dem weit aufgerissenen Mund des Patienten entgegen. Der Patient rollte mit den Augen, alles in seinem Kiefer krachte, aber er gab keinen Laut von sich, vielleicht weil er ein Held sein wollte oder durch die Flüssigkeit, mit der der Arzt vorher seinen Kiefer eingepinselt hatte, wirklich keinen Schmerz empfand. Um den Tisch des Zahnarztes drängten sich neugierig die Menschen und bewunderten den Haufen Zähne, die er ausgestellt hatte.

Als Jian sich nach einem kurzen Gespräch mit dem Zahnarzt umwandte, stieß er ein Mädchen an, das dicht hinter ihm stand. Er entschuldigte sich, fragte sie, ob er ihr weh getan habe, und bewunderte gleichzeitig ihr zartes Gesicht, die langen schwarzen Haare, ihren roten Mund, ihre Augen, so dunkel wie ein See in der Nacht; als sie sprach, klang ihre Stimme in seinen Ohren wie der Gesang einer Nachtigall.

Heute ist ein Glückstag, dachte er. Es war ein guter Rat von Onkel Zhang, den Markt von Xiaguan zu besuchen. Da dränge ich mich durch das Gewühl von tausend und mehr Menschen und treffe auf das schönste Mädchen, das ich je gesehen habe.

Er redete auf sie ein, entschuldigte sich immer wieder, bot ihr an, den Arm, den er angestoßen hatte, mit einer Salbe zu behandeln, damit es kein Hämatom gebe, und so gelang es ihm, sie zu seinem Auto zu führen.

Dort, neben einem Dreiradtraktor mit einem flachen Anhänger, lernte er einen im Gesicht grausam zugerichteten alten Mann kennen, den sie Onkel Chang nannte und der sehr abweisend war. Trotzdem gelang es ihm, hinter ihrem langsamen, tuckernden und stinkenden Traktor herzufahren zu dem Miao-Dorf Huili, wo Lida – so hatte sie ihm ihren Namen genannt – sofort vom Traktorsitz sprang und im Haus verschwand.

»Das ist die Schule«, sagte Chang. »Und das ist das Lehrerhaus von Huang Keli. Hast du genug gesehen? Wir sind arm, aber zum Glücklichsein braucht man keinen japanischen Wagen. Wir sind glücklich, wenn die Sonne aufgeht und die Sonne wieder versinkt, und wir sagen uns: ›Wir haben wieder einen Tag erlebt, und er war voll Sinn und nicht verschenkt.‹« Chang nickte zu Huangs Haus hin und schüttelte dann den Kopf. »Es hat wenig Sinn zu warten. Lida wird nicht mehr aus dem Haus kommen.«

»Dann gehen wir hinein.« Jian öffnete den Kofferraum seines Autos, nahm eine Segeltuchtasche heraus, auf der in großen Buchstaben »Hongkong« gedruckt war, und wandte sich wieder Chang zu. »Es geht um dich, nicht um Lida. Du hast einen trockenen Husten, spuckst ab und zu Blut, und dein Gesicht . . .«

»Es war eine böse, unbekannte Krankheit, die meine Haut zerfraß«, sagte Chang. »Aber das ist vorbei. Schon neun Jahre ist es her.«

»Ich werde dich genau untersuchen, Onkel Chang.«

»Es lohnt sich nicht, ich bin ein alter Mann.« Chang hob abwehrend beide Hände. Dabei sah er, wie Huang Keli aus dem

Haus trat und hinter ihm der Kopf von Jinvan, seiner Frau, im Türrahmen erschien. Nach einem kurzen, neugierigen Blick verschwand sie wieder im Haus. »Da kommt der Lehrer«, sagte Chang.

Jian stellte seine Segeltuchtasche auf den Boden und wartete, bis Huang nahe genug herangekommen war, um sich dann zu verbeugen, wie es die Sitte befahl. Huang nickte ihm zu, musterte ihn schnell und fand, der Besucher sei ein angenehmer Mensch mit klugen Augen und dem Benehmen nach von guter Erziehung.

»Mein Name ist Tong Jian«, sagte Jian, als er so kritisch von Huang betrachtet wurde. »Ich bin ein Student der Medizin aus Kunming.«

»Ich weiß es«, erwiderte Huang. »Meine Tochter hat es mir berichtet.«

»Lida hat über mich gesprochen?«

»Sie hat nur gesagt, daß Sie ihr nachgefahren sind und daß sie Sie auf dem Markt kennengelernt hat. Darf ich fragen, was Sie in unser armseliges Dorf führt?«

»Mein Husten und mein Gesicht!« rief Chang dazwischen, ehe Jian vielleicht eine dumme Antwort geben konnte. »Er will mich untersuchen und mir Medizin verschreiben, und ganz umsonst, nicht einen Fen will er dafür haben. Was sagst du nun?«

»Seien Sie mein Gast, Herr Tong«, sagte Huang und zeigte auf sein Haus. »Sie werden so eine ärmliche Hütte noch nie betreten haben, aber einen Tee lang werden Sie es aushalten können.«

»Ich habe mit meiner Mutter und meiner Schwester am Ende der Kulturrevolution versteckt in einem Schweinestall gelebt. Ihr Haus ist ein Palast dagegen.«

»Sie sind verfolgt worden?« fragte Huang.

»Wir sind in Kunming eine bekannte Familie. Mein Vater hat nur überlebt, weil er die verwundeten Rotgardisten behandelte.«

»Und sein Sohn kommt in ein armes Miao-Dorf, um einen alten Mann zu behandeln. Welche Ehre!«

Huang ging voraus, und Jian betrat das Haus, wo Jinvan am Feuer stand und in verschiedenen Töpfen aus gebranntem Lehm, aus Eisen und auch aus Aluminium das Abendessen kochte. Der Reis war schon in die kleinste Holztonne eingefüllt und dampfte. In einem anderen Topf brodelte eine Suppe mit Glasnudeln, und auf dem Feuer stand eine Eisenpfanne, aus der es nach gebratener Ente duftete.

»Es ist wenig, was wir Ihnen anzubieten haben, Herr Tong«, sagte Huang, als müsse er sich entschuldigen, daß nicht Flußkrebse oder süßsaure Schweinefilets auf dem Tisch standen. »Aber Jinvan weiß, wie man die einfachen Speisen würzt, damit die Zunge sich erfreut.«

»Sagen Sie bitte nicht Herr Tong zu mir, sondern Jian«, forderte Jian Huang auf. Er sah sich um. Ein großer Raum, sauber und aufgeräumt, an der Wand zwei bunte Drucke, die aus einer Illustrierten stammen konnten und die eine Landschaft darstellten: die wundersamen Berge von Zhangjiajie, von denen selbst Malkünstler schwärmen, sie seien schöner als die berühmten Berge von Guilin. Außerdem hing ein Foto an der Wand, das Porträt von Deng Xiaoping, der China in eine neue Zeit führen wollte.

Jian trat vor die Fotografie und fragte: »Sie verehren Deng, Herr Huang? Sie mögen ihn?«

»Ich verehre jeden, der nützliche Ideen hat.« Huang sah zu seiner Frau Jinvan hinüber, die die Ente in der Pfanne wendete. »Wo ist Lida?«

»Im Stall, im Garten, bei ihrem Büffel – ich weiß es nicht. Sie hatte es eilig, aus dem Haus zu kommen.«

»Sie ißt nicht mit uns?«

»Ich werde sie rufen; aber ob sie kommt, kann ich nicht sagen.«

»Sie wird kommen!« sagte Huang mit plötzlich veränderter, harter Stimme. »Ich habe sie Höflichkeit und Anstand gelehrt. Jian, verzeihen Sie, daß meine Tochter sich so benimmt.«

Sie setzten sich an den Tisch. Chang lächelte vor sich hin, denn anders als Huang sah er Lidas Abwesenheit und ahnte, daß in ihrem Herzen eine Rose erblühte. Das war ein Gefühl, das sie nicht kannte, und nun flüchtete sie vor ihm.

Jinvan hatte die gebratene Ente in eine Tonschüssel gelegt, griff nach einer modernen Aluminiumpfanne, die Lida einmal von irgendeinem Markt mitgebracht hatte, nahm ein Holzscheit und schlug mehrmals gegen den Boden der Pfanne, so wie man in vornehmen Häusern einen großen Gong schlägt, der die Familie zusammenruft.

Die Hintertür öffnete sich, und Lida kam ins Haus. Huang dachte voll Stolz: Ich habe doch eine wohlerzogene Tochter, ich brauche mich vor dem Besuch nicht zu schämen. Aber dann fiel ihm auf, daß sie sich umgezogen hatte. Sie trug ein schlichtes Baumwollkleid von himmelblauer Farbe, das ihren Körper eng umgab.

Jians Herz wurde schwer, und während Lida die Schüsseln auftrug, drei Flaschen Bier öffnete und die Gläser mit dem stark nach Hopfen riechenden Getränk füllte, vermied sie es, Jian anzusehen, und nahm dann neben ihrer Mutter Platz, weit genug von ihm weg.

Das Abendessen war köstlich. Jinvan verstand wirklich sehr viel vom Würzen, und Jian sagte anerkennend: »Es schmeckt besser als in manchen großen Restaurants von Kunming.«

»Ich habe noch nie in einem Restaurant von Kunming gegessen«, entgegnete Huang. »Aber am Ofen ist Jinvan eine Zauberin; sie könnte aus einem Kohlstrunk ein Lotusherz machen.«

Es war schon dunkel, als sie endlich mit Essen fertig waren und ihren grünen Tee aus den hohen Deckeltassen tranken. Über ihnen brannte unter einem Schirm aus geflochtenem Bambus eine trübe Glühbirne, die nicht ausreichte, den ganzen Raum auszuleuchten. Neben dem Herd spülte Lida in einem Bottich mit heißem Wasser die Eßschalen aus und schrubbte mit einer harten Bürste die Holzstäbchen, die der Großvater noch selbst geschnitzt hatte. Nur an besonderen Tagen wurden diese Eßstäbchen benutzt, und heute war so ein Tag, denn wann saß schon ein Herr aus bestem Hause am Tisch eines armen Lehrers der Miao-Minderheit?

Jian warf einen Blick zu der Glühbirne hinauf und sagte: »Das Licht reicht nicht für eine gründliche Untersuchung. Ich werde nach Hause fahren und morgen wiederkommen. Ist es Ihnen recht, Herr Huang?«

»Wie weit müssen Sie fahren, Jian?« fragte Huang.

»Bis Dali. Keine große Strecke.«

»Aber es ist Nacht.« Es war Jinvan, die es sagte.

»Ich habe gute Scheinwerfer, Frau Huang.«

»In der Nacht lauern überall Gefahren. Man erzählt sich, daß Räuber in einer Nacht sieben Lastwagen überfallen und ausgeraubt haben.«

»Das ist wahr!« fiel Chang ein. »Die Polizei lag drei Wochen auf der Lauer, aber jemand muß die Bande gewarnt haben. Wenn du nun allein durch die Nacht fährst, könnte es sein...« Er machte eine Bewegung mit der Handkante, die andeutete, man könnte ihm den Hals durchschneiden. »Auch der Mutigste ist wehrlos, wenn ihn der Gegner von hinten trifft.«

»Ich biete Ihnen mein armseliges Haus für diese Nacht an«, sagte Huang höflich. »Aber es ist sauber. Sie infizieren sich nicht. Es gibt bei uns keine Ratten, Spinnen oder Wanzen. Mein Bett ist Ihr Bett.«

»Und wo schlafen Sie dann?« fragte Jian.

»In der kleinen Nebenkammer, in der sonst Lida schläft.«

»Und Lida?«

»Im Stall«, sagte Jinvan.

Und Chang ergänzte: »Bei ihrem Büffel. Dort ist es so sauber wie hier. Jeden Tag wird neues Reisstroh gestreut.«

Jian zögerte, zumal Lida am Herd kein Wort dazu sagte, ihm den Rücken zudrehte und mit den Töpfen und Pfannen herumwerkelte, was gar nicht nötig war. »Ich überlege es mir«, sagte er und erhob sich von dem niedrigen Hocker am Tisch. »Ich gehe noch etwas ins Freie. Es ist eine schöne, warme Nacht. Ich liebe diese Nächte, sie zaubern Poesie in die Gedanken.«

Er verließ das Haus, und Huang wartete aus Anstand zwei Minuten, damit Jian ihn nicht hören konnte. »Ein guterzogener Mann«, sagte er. »Und gar nicht eingebildet.«

»Ich wette, daß er bleibt«, kicherte Chang. »Mein Gesicht und mein Husten reizen ihn.« Und nicht nur sie, dachte er dabei. Die

Blindheit der Väter von Töchtern wird immer ein Rätsel bleiben. Jinvan, man sieht es an ihren Augen, hat es längst begriffen.

Huang hatte indessen eine Frage. »Warum hast du vorhin von einer Räuberbande erzählt?« meinte er zu seiner Frau. »Sie gibt es doch gar nicht. Nie ist hier jemand überfallen worden. Und du, Chang, hast sie mit der Lüge von der Polizei unterstützt. Warum wolltet ihr Jian Angst machen?«

»Damit er bleibt... damit er einen Grund hat zu sagen: ›Ich nehme Ihr Bett an, Herr Huang.‹« Chang blinzelte listig. »Schließlich geht es um meinen Husten und das Blut, das ich ab und zu spucke. Wir werden nie wieder einen Arzt bekommen, der mich umsonst behandelt. Das muß man nutzen, Huang Keli.«

»Ich gehe in den Stall.« Lida putzte sich die Hände an einem Lappen ab. »Es ist schon spät. Ich muß morgen früh das obere Kohlfeld umpflügen.«

»Willst du nicht zusehen, wie Jian mich untersucht?« fragte Chang hinterhältig.

»Nein.« Mit einer Kopfbewegung warf sie die Haare über die Schultern. »Es ist verlorene Zeit, zuzusehen und nichts zu tun.«

Sie verließ das Zimmer durch die Hintertür und ging zum Stall hinüber, wo der Büffel ungewohnt muhte, als mißfalle ihm etwas. Auch hier brannte nur eine schwache Glühbirne.

An der Stalltür blieb Lida ruckartig stehen und verstand, warum der Büffel so unruhig war. Jian saß auf einer umgestürzten Kiste und erhob sich sofort, als er Lida eintreten sah.

»Was machst du hier?« fragte sie, strenger und lauter, als sie es wollte. »Ich dachte, du wolltest aus der schönen Nacht Poesie ziehen.«

»Ein altes Märchen ist mir eingefallen – willst du es hören?«

»Wenn es nicht zu lang ist. Ich will schlafen.«

»Es ist schon lange her«, begann Jian, »da kannte man auf dem Land zwar einen Kamm, aber noch keinen Spiegel. Den kannten nur die Reichen und betrachteten sich darin mehrmals am Tag. Da geschah es, daß einer armen Bauersfrau der hölzerne Kamm zerbrach, und sie sagte zu ihrem Mann: ›Du mußt bald wieder einmal in die Stadt fahren und die Essigpilze verkaufen. Bring mir einen schönen, großen, festen Holzkamm mit, der nicht so leicht zerbricht. Vergiß es nicht!‹ Aber da sie ihren Mann kannte und wußte, wie vergeßlich er war, zog sie ihn vors Haus und zeigte auf den Mond, der wie eine Sichel gebogen war, und sie sagte: ›Vergiß nicht den Kamm! Gebogen und fest muß er sein, wie dort der Mond.‹ Nun kam der Tag, an dem der Bauer mit seinem Fäßchen voller Essigpilze in die Stadt fuhr, und es war Vollmond, und auf dem Markt erinnerte sich der Bauer, daß er seiner Frau etwas mitbringen sollte, was ihrer Schönheit diente. Aber was? Er grübelte und grübelte, und dabei fiel ihm ein, daß sie gesagt hatte, es müsse so sein wie der Mond. Also sah er zum Himmel empor, erblickte den Vollmond und suchte an allen Ständen, bis er einen Spiegel fand, rund wie der Mond über ihm. Fast sein ganzes Geld gab der Bauer dafür aus, aber ihm war es seine Frau wert, und stolz kehrte er in sein Dorf zurück und überreichte ihr das Geschenk. ›Schön wie der Mond‹, sagte er dabei. ›Es wird dir gefallen.‹ Die Frau wickelte den Spiegel aus. Noch nie hatte sie so etwas gesehen, und als sie plötzlich ein Gesicht auf der runden, glatten Fläche sah, erschrak sie, rannte aus dem Haus, floh weinend zu ihrer Mutter und klagte: ›Mein Mann hat sich eine Nebenfrau genommen! Was soll ich tun?‹ – ›Zeig her‹, sagte die Mutter und blickte in den Spiegel, erschrak ebenfalls und begann am ganzen Leib zu zittern. ›Er ist verrückt geworden‹, rief sie entsetzt. ›Warum nimmt er sich nicht ein junges, hübsches Mädchen? Statt dessen kommt er nach Hause und trägt eine alte, häßliche Eule mit sich herum! Er ist nicht normal – das muß der Bezirksrichter wissen.‹ Und so gingen Mutter und Tochter zum Richter, klagten ihr Leid und reichten ihm den Spiegel hin. Der Richter sah hinein, sein Gesicht verfinsterte sich, und er schrie: ›Was gibt es doch für Menschen! Man mag es gar nicht glauben. Streiten sich wegen Kleinigkeiten und haben noch die Frechheit, vor dem Richter zu erscheinen in der Robe eines Richters. Dieser Bauer da trägt sogar meine Robe! Gibt es denn keine Ehrfurcht mehr?‹ Und so wurde der arme

Bauer mit fünfundzwanzig Stockschlägen bestraft und wußte nicht, warum, und er warf den Spiegel in einen Teich, und seitdem spiegeln sich darin die Fische und spielen mit ihrem Spiegelbild.«

Jian schwieg.

Lida saß neben ihrem Büffel im Stroh; sie hatte ihm schweigend zugehört. Jetzt aber sagte sie: »Ein merkwürdiges Märchen. Warum erzählst du mir das?«

»Du hast doch einen Spiegel?«

»Natürlich habe ich einen Spiegel.«

»Und wenn du hineinsiehst, was siehst du da?«

»Mich, wen sonst?«

»Dich, das schönste Mädchen, vor dem alle anderen Schönheiten verblassen. Wollen wir so dumm sein wie der Bauer, die Frau, die Schwiegermutter und der Bezirksrichter?«

»Ich weiß nicht, was das bedeuten soll.«

»Man soll nie etwas verdammen, was man nicht kennt. Laß uns einander besser kennenlernen. Wenn ich jetzt in den Mond blicke, wo ich auch bin, werde ich dein Gesicht sehen, als sei der Mond ein Spiegel. Du wirst immer bei mir sein.«

»Die Poesie hat dich verwirrt«, sagte sie. »Geh hinaus. Ich will schlafen.«

Jian erhob sich von der Kiste. Er bezwang sich, Lida nicht aus dem Stroh zu reißen und an sich zu drücken, er sah sie nur lange an und verließ dann wortlos den Stall.

Lida blieb im Stroh sitzen, unbeweglich, als sei sie eine Puppe, aber plötzlich rann ein Zittern durch ihren Körper, sie warf sich herum, drückte ihr Gesicht an das Fell des Büffels und umarmte seinen starken Kopf. »Hilf mir«, sagte sie. »Er hat mir das Herz weggenommen und trägt es mit sich herum. Ich will es wiederhaben ... zusammen mit ihm.«

Draußen stand Jian in der Helle der Mondnacht, und es war ihm, als habe er die Schwere der Erde verlassen und schwebe unter dem Himmel wie ein Schmetterling. Er schrak zusammen, als er Huangs Stimme in der Tür des Hauses hörte, der ihm zurief: »Jian, mein Bett ist für Sie zubereitet. Wir auf dem Land haben nur eine kurze Nacht. Um fünf Uhr beginnt für Lida der Tag. Kommen Sie ins Haus, Jian.«

Um fünf, dachte Jian und ging auf den wartenden Huang zu. Und um fünf Uhr in der Frühe stand Jian vor der Tür, wartete auf Lida, und gemeinsam trieben sie den Büffel zum oberen Kohlfeld, das umgepflügt werden mußte; daß sie zusammen hinter dem Büffel zum Feld gingen, war plötzlich so selbstverständlich, daß keines von ihnen ein Wort darüber verlor.

IV
Der Jade-Pavillon

Nach einer Woche kehrte Jian von Dali nach Kunming zurück. Von Onkel Zhang Shufang brachte er eine Reihe von Bildern mit, die in einer Galerie der Stadt ausgestellt werden sollten, wo sich die Ausländer, die »Langnasen«, auf sie stürzen und sie kaufen würden und damit Zhangs Reichtum vermehrten.

Doch bevor Jian in seinen Wagen stieg, trank er mit Zhang noch eine Tasse Tee und starrte schweigend vor sich hin.

»Ich will dich nicht zur Rede ermahnen«, sagte Zhang gütig. »Aber fünf Tage warst du verschwunden, und ich habe mir große Sorgen gemacht.«

»Ich bitte um Verzeihung, Onkel.«

»Auch die Frage, wo du warst, will ich nicht stellen, wenn du es nicht selbst sagst.«

»Ich war in Huili, Onkel Zhang.«

»Wer, wo oder was ist Huili?«

»Ein einsames Dorf der Miao-Minderheit in den Jungu-Bergen.«

»Fünf Tage lang? Was war so interessant an Huili? Eine fremde Kultur?«

»Das auch, Onkel.«

»Was noch?«

»Ein Mädchen.« Jian atmete tief ein und stieß dann die Luft mit einem Seufzer aus. »Ein Mädchen wie eine Aprikosenblüte. Wenn Wunder sich in Menschen verwandeln können, dann ist sie ein Wunder. Wenn du sie siehst, wirst du nur noch sie malen.«

»Du hast dich in sie verliebt?«

»Nein – ich liebe sie. Verliebt sein ist wie eine Blüte, die schnell verdorren kann. Liebe ist wie eine Saat, die die Erde verändert.«

»Ich dachte, du hättest als Mediziner gelernt, scharf zu denken.« Zhang goß aus der großen Thermoskanne neues heißes

Wasser über die grünen Teeblätter, die er in seine Tasse streute. »Ich wundere mich über dich.«

»Mein Denken war noch nie so klar und logisch wie jetzt.«

»Weil du im Kreis denkst, Jian, weil du nur dich siehst und das Mädchen und immer wieder zu dir zurückkehrst. Aber die Welt besteht nicht nur aus einem Tong Jian.«

»Was meinst du damit, Onkel Zhang?«

Der Dichter und Maler nippte an seiner heißen Tasse und sah über den Tassenrand Jian nachdenklich und, wie es schien, sogar voll Mitleid an. »Das Mädchen ist eine Miao?« fragte er, und in seiner Stimme klang ein Bedauern mit.

»Ja. Lida ist eine Miao.«

»Du bist ein Han-Chinese, Jian. Seit Jahrhunderten sind die Tongs Han-Chinesen, und nie hat es das gegeben, daß in die Familie jemand hineinkam, der kein Han war.«

»Das ist doch überholt, Onkel Zhang!« rief Jian, aber gleichzeitig erkannte er, daß seine Liebe zu Lida ein Kampf werden würde. »Wir sind moderne Menschen.«

»Aber die Tradition ist der Nährboden, auf dem alles wächst. Eine Miao in der Tong-Familie – was ist dagegen ein Erdbeben?«

»Es gibt keine Miaos, Bais, Yis, Huis, Tujlas, Naxis, und wie sie alle heißen. Es gibt nur Menschen. Und ich liebe einen Menschen und keine Miao.«

»Erkläre das deinem Vater, Jian.«

»Er wird mich verstehen.«

»Er wird dich nie verstehen.«

»Für ihn sollten alle Menschen Brüder und Schwestern sein – er ist doch ein Kommunist.«

»Das ist nicht ganz richtig, Jian. Zuerst ist gerade er ein Han-Chinese, dann ein Hüter der Tradition, dann ein Arzt, dann das Oberhaupt der Familie und erst am Schluß ein Kommunist.«

»Fengxia wird auf meiner Seite sein.«

»Irre dich nicht in der Hoffnung auf deine Schwester. Sie ist eine Han, und auch ihr Mann Wu ist ein Han, und mögen sie als Funktionäre noch so moderne Reden halten, in der eigenen Familie darf es nur Hans geben.« Zhang lehnte sich auf der aus

Rosenholz geschnitzten Bank, auf der er saß, zurück und strich sich über den dünnsträhnigen Bart. »Nimmst du einen Rat an, Jian?«

»Jeden, Onkel Zhang, nur nicht den, Lida zu vergessen. Ich kann sie nicht vergessen ... Sie ist in mir, verstehst du, in mir, sie sitzt jetzt vor dir und sieht aus wie Jian, weil wir ein Wesen sind.«

»Mein Rat: Erzähle deinem Vater nicht, was dich fünf Tage lang festgehalten hat.«

»Fünf Tage! Ein ganzes Leben wird es sein!«

»Verschweig es ihm – und warte. Wir Chinesen haben immer gewartet, fünftausend Jahre lang, gewartet auf den Tag, ab dem es keine Herren und Sklaven mehr gibt, und wir glauben weiter daran, denn ohne Hoffnung ist der Mensch wie ein leeres Gefäß. Was bedeuten da ein paar Monate, die du warten mußt?« Zhang beugte sich vor und legte seine Hände auf Jians Hände, die nervös auf den Tisch trommelten. »Ich möchte sie sehen, Jian.«

»Lida?«

»Wen sonst?«

»Du willst sie überreden, von mir zu gehen!« Jian sprang auf, seine Augen verengten sich, und sein Mund war wie eine Narbe in seinem Gesicht. »Auch du bist gegen sie.«

»Sei mit deinem Urteil nie voreilig, bevor du nicht Kläger und Beklagte vernommen hast. Ich will mit ihr sprechen ... Worte sind wie Gewichte auf einer Waage. Liebe blendet den Blick, aber ein alter Mann wie ich läßt ihn sich nicht mehr trüben. Ich will dir doch helfen.«

»Du hast vor ein paar Minuten noch gesagt –«

»Ich habe nur versucht, die Gedanken deines Vaters zu erraten«, unterbrach ihn Zhang. »Ich habe dir vorgespielt, was dich erwartet, wenn du im Überschwang der Gefühle alles erzählst.« Zhang lehnte sich wieder zurück. »Sie ist eine Bäuerin?«

»Nicht direkt. Ihr Vater ist der Lehrer von Huili. Aber die Erde, die sie besitzen, bebaut sie. Ich war fünf Tage mit ihr auf dem Feld und habe mit ihrem Büffel gepflügt, und ich habe mich so wohl gefühlt wie nie in meinem Leben, weil ich nie wußte, wie einfach es ist, glücklich zu sein.«

»Du bist kein Bauer, du wirst ein Arzt sein. Du wirst berühmter werden als dein Vater Tong Shijun, denn in dir schläft ein Geist und ein Können, das freilich noch erwachen muß. Du bist nicht für den Pflug geboren, sondern dazu, mit deinem Wissen die Kranken zu heilen und den Hoffnungslosen neuen Lebensmut zu geben.«

»Was hat das alles mit Lida zu tun, Onkel Zhang?«

»Ist sie die Frau, die einem berühmten Mann zur Seite stehen kann?«

»Sie wird es können. Wir alle wachsen mit unseren Aufgaben.« Jian sah auf seine Armbanduhr. Sie war aus Gold und keine Fälschung, wie sie in Hongkong an die gutgläubigen Touristen verkauft werden. »Ich habe bis Kunming noch vierhundert Kilometer vor mir. Ich muß fahren, Onkel Zhang.«

Sie umarmten sich. Zhang brachte Jian bis zum Wagen und hob winkend den Arm, als er über den holprigen Feldweg fuhr, der zu Zhangs einsam am See gelegenen Haus führte. Dann, als er den Wagen nicht mehr sah, ging er in sein Atelier zurück, betrachtete seine halbfertigen Bilder und sagte nachdenklich: »Ich kann ihn verstehen. Ich habe in jungen Jahren eine Dong geliebt, aber ihr Vater hatte sie als Kind schon einem anderen versprochen. Ich war zum Sterben krank vor Kummer, ich habe nie wieder ein anderes Mädchen lieben können. Was hätte mich damals Han oder Dong gekümmert! Wirklich, ich kann Jian verstehen.«

Er setzte sich vor ein Bild, ergriff den Tuschpinsel und malte mit ihm ein Mädchengesicht in die Blütenzweige. Er wußte genau noch, wie sie ausgesehen hatte.

Was die Seele einmal aufgenommen hatte, verblaßte nie.

Zu Hause wurde Jian von seiner Mutter Meizhu empfangen, die ihn musterte und mit seiner Erholung in den Ferien zufrieden war. Er war von der Sonne gebräunt und von einer Fröhlichkeit, die man oft an ihm vermißt hatte.

Während der ganzen langen Fahrt hatte er sich Onkel Zhangs Worte wiederholt und darüber nachgedacht. Was er ihm geraten hatte, war zu lügen, aber er war erzogen worden, die Wahrheit nicht zu verstecken. Mit einer Lüge zu leben, hatte er bisher noch nicht versucht, ja, schon der Gedanke daran war ein Frevel an seinem ihm vertrauenden Vater. Er hatte immer gesagt, was er dachte, und der anhaltende Streit mit seiner Schwester Fengxia und seinem Schwager Wu Junghou war nur der Preis für seine Ehrlichkeit.

Ein Wort des Vaters fiel ihm ein, als die Auseinandersetzung mit Wu fast zu Tätlichkeiten geführt hätte. Damals sagte Tong: »Sei diplomatischer, mein Sohn. Ein Diplomat sagt nie die Unwahrheit, auch wenn sie eine ist. Die Wahl der Worte ist wichtiger als ihr Inhalt.«

Halten wir es also mit diesem Spruch, mein Vater. Ich lüge nicht, wenn ich schweige, und wenn ich rede, wird es das Dorf Huili nicht geben.

»Wo ist Vater?« fragte Jian, nachdem er den Straßenstaub von sich geduscht und einen seidenen Morgenmantel übergezogen hatte. Das Haus kam ihm jetzt protzig vor, überladen mit Figuren und Schnitzereien und den westlichen Möbeln, die Tong aus Guangzhou, wie heute das alte Kanton heißt, hatte kommen lassen. Jian hatte das bisher nie empfunden, und als er sich nach dem Duschbad für ein paar Minuten auf ein von einer Seidendecke bedecktes Bett legte, dachte er an das Bett des Lehrers Huang Keli und an die danebenliegende Tür, durch die immer frische Luft in den Raum kam. Er hatte wunderbar in diesem Bett geschlafen, tief und traumlos, erschöpft von der harten Feldarbeit, aber unendlich glücklich, den ganzen Tag über an Lidas Seite gewesen zu sein.

Das einzige, was ihn bedrückte, war das Ergebnis der gründlichen Untersuchung von Onkel Chang Lifu. Sein trockener Husten und sein blutiger Auswurf waren die untrüglichen Zeichen einer Tuberkulose. Dazu kam eine chronische Bronchitis; wenn Jian mit dem Stethoskop Chang abhörte, röhrte und knatterte es in seiner Brust, und Jian hatte Mühe, ruhig zu sagen: »Chang, deine Lunge ist zwar angegriffen, aber es gibt Medikamente, die dir helfen können.«

Er sagte »helfen«, nicht »heilen«, denn eine Heilung war in diesem Stadium nicht mehr möglich. Die Krankheit hatte den Körper bereits ausgezehrt, und Chang schien die Wahrheit zu ahnen, auch wenn er zustimmend nickte.

»Hier gibt es die Medizin nicht, vielleicht auch nicht in Dali, aber in Kunming bestimmt. Ich werde sie zusammenstellen lassen und bei meinem nächsten Besuch mitbringen.«

Es war das erste Mal, daß Jian vom Fortgehen sprach. Er sah, wie sich Lidas Augen weiteten, wie ihr Gesicht versteinerte, aber sie sprach kein Wort, sie fragte nicht, sie blickte ihn nur an, und in diesem Blick lag die ganze Wehmut dieser Welt. »Du kommst nicht wieder«, rief dieser Blick. »Wenn du in Kunming bist, hast du Huili vergessen. Wir werden uns nie wiedersehen, und du wirst einmal ein schönes, reiches Mädchen heiraten, ein berühmter Arzt werden und dich nicht mehr daran erinnern, wie wir den Pflug in die Erde drückten und der Büffel anzog, wie die Enten unten auf dem Teich nach Grünzeug tauchten und ein Kranich über die Reisterrassen schwebte, mit dem warmen Wind spielend, der ihn trug ohne einen Flügelschlag. Nicht einmal meinen Namen wirst du mehr wissen, ausgelöscht werde ich sein, du wirst Kinder haben, und die Dynastie der Tongs wird stolz auf dich sein.«

Es war Huang selbst, der die schreckliche Frage stellte: »Wann wollen Sie fahren, Jian?«

»Morgen. Zuerst nach Dali, wo ich bei Zhang Shufang übernachten werde, und am nächsten Tag zurück nach Kunming.«

»Und wann bekomme ich meine Medizin?« fragte Chang. »Wenn ich mir die Lunge aus dem Leib gespuckt habe, ist es zu spät.«

»Ich bin so schnell wie möglich wieder hier.«

Welch ein dehnbares Wort, dachte Lida und wunderte sich, daß sie noch atmen konnte. So schnell wie möglich, und das wichtigste Wort war dabei das Wort »möglich«, denn was heißt möglich, es ist etwas, das nicht zu greifen ist. Möglich kann alles bedeuten, auch die Unmöglichkeit. Jian, deine Augen sind so ehrlich, aber was ist die Wahrheit?

Am nächsten Tag fuhr Jian sehr früh ab, aber noch früher als er hatte Lida das Haus verlassen und war mit ihrem Büffel in die Felder gezogen. Damit er sie nicht finden konnte, hatte sie ein Maisfeld ausgesucht, das nur über einen schmalen Feldweg zu erreichen war und in einer Senke zwischen zwei Hügeln lag. Hier fand sie keiner, der das Umland von Huili nicht kannte, und hier setzte sie sich in eine kleine Höhle, zog die Knie an, stützte den Kopf darauf und starrte über das Land, das die Morgensonne beschien.

Chang Lifu hatte Jian zum Auto begleitet, in seinen Augen lag ein listiges Blinzeln, als er sich gegen den Kofferraum lehnte und fragte: »Kannst du Rätsel lösen, Jian?«

»Es kommt auf die Schwere des Rätsel an.«

»Es ist ganz leicht und doch so schrecklich schwer. So etwas gibt es. Man muß nur den Weg zur Lösung finden, dann ist es ein Kinderspiel.«

»Und du kennst solch ein Rätsel?«

»Ich glaube. Hör zu: Kann ein Sehender blind sein?«

Jian sah Chang verständnislos an, aber dann schüttelte er den Kopf und lachte sogar. »Das ist ein dummes Rätsel. Gesunde Augen können nie blind sein.«

»Sie können es, Jian.«

»Du bist manchmal ein einfältiger Mensch, Chang. Wenn ich alles sehen kann, bin ich doch nicht blind.«

Chang streckte den Arm aus und wies in die Ferne. »Siehst du auf dem Berg die einsame Kiefer?« fragte er.

»Natürlich.«

»Und siehst du den Reiher, der über dem Reisfeld schwebt?«

»Ganz deutlich sehe ich ihn.«

»Du hast gute, scharfe Augen, Jian – warum bist du dann ein Blinder, wenn du Lida ansiehst?«

Jian spürte in sich eine Hitze aufsteigen, die bis in seinen Kopf drang und sein Blut klopfen ließ. »Was willst du damit sagen?« fragte er, und seine Stimme klang gepreßt.

»Siehst du Blinder nicht, daß sie dich liebt?«

»Es ist anders, Chang.« Jian holte tief Atem. »Ich liebe *sie*.«

»Und hast du es ihr gesagt? Hast du dein Herz aus der Brust genommen und es ihr hingehalten?«

»Nein. Ich hatte Angst.«

»Angst wovor?«

»Daß sie in Lachen ausbricht oder davonläuft und mich nie wieder ansehen will.«

»Also bist du als Sehender doch blind. In ihren Augen schimmert die Sonne, wenn sie dich ansieht, ein Teil des Himmels ist in ihr, wenn du in ihrer Nähe bist – und du siehst es nicht.«

Jian schämte sich, daß Chang ihm so etwas sagen mußte; er atmete schwer und preßte die Lippen aufeinander. »Wo ist sie jetzt?« fragte er endlich.

»Irgendwo im Feld.«

»Ich fahre zu ihr und werde mit ihr sprechen. Chang, sag die Wahrheit: Liebt sie mich wirklich?«

»Wie kann ein zukünftiger Arzt, ein gelehrter Mann wie du, nur so dumm sein?« Chang schüttelte den Kopf. Er hielt Jian am Ärmel seines Hemdes fest, als dieser in den Wagen steigen wollte. »Du willst sie zur Frau nehmen?«

»Ja, Chang.«

»Zur Frau, meine ich, nicht zur Konkubine.«

»Wärst du kein alter, kranker Mann, bekämst du jetzt Prügel, die du nie vergessen würdest. Ich werde Lida heiraten.«

»Das wird einen großen Kampf geben zwischen dir und deinem Vater. Die Familie Tong wird sie nicht im Hause haben wollen.«

»Ich werde mein eigenes Haus haben.«

»Aber wann? Noch bist du Student und streckst die Beine unter dem Tisch deines Vaters aus. Noch bist du der Sohn, der dem Vater Gehorsam schuldet.«

»Lida und ich sind jung genug zu warten, bis wir unser Leben und unsere Zukunft selbst bestimmen können.«

»Das wird noch Jahre dauern.« Chang ließ Jian in das Auto steigen und mußte vor Aufregung wieder husten. Es klang wie das Bellen eines heiseren Hundes. Er krümmte sich und drückte die Hände gegen seine Brust.

Jian senkte den Kopf. Noch ein Jahr, dachte er. Nein, noch nicht einmal ein Jahr – es wird früher geschehen. Seine Lungen sind zerfressen vom Tuberkelbazillus. Man müßte Chang eigentlich isolieren, aber wohin mit ihm? Niemand wird ihn aufnehmen zum Sterben, er ist schon tot in den Augen der anderen Menschen, und man wird denken: Soll er sich doch in eine Ecke legen, ruhig sein und ohne Belästigung der anderen hinweggehen.

»Ich werde Lida auf den Feldern suchen«, sagte Jian und zog die Autotür zu. »Du hast mir großen Mut gemacht, Chang. Wirklich, ich bin ein Blinder.«

Aber Jian fand Lida nicht. Das Maisfeld zwischen den Hügeln kannte er noch nicht. Er lief alle Felder ab, doch weder der Büffel noch Lida waren zu entdecken. Auch als er sich an den Ententeich stellte, die Hände wie einen Trichter vor den Mund hielt und, so laut er konnte, immer wieder ihren Namen in alle Himmelsrichtungen rief – er bekam keine Antwort.

Doch Lida hörte ihn, und sie preßte die Hände gegen die Ohren und begann zu weinen, und der Büffel stand vor ihr und leckte mit seiner rauhen Zunge über ihre Hände, weil die Tränen, die durch ihre Finger quollen, salzig waren. Und er mochte Salz.

Nach langen Minuten des Rufens gab Jian auf, ging zu seinem Auto zurück und fuhr mit Verzweiflung im Herzen nach Dali zu Onkel Zhang Shufang.

Am nächsten Tag stand Chang bei Dayao am Straßenrand und winkte dem überfüllten Bus von Kunming über Dokou nach Chengdu zu anzuhalten. Nur weil Chang ein alter Mann war, den man ehren mußte, bremste der Fahrer, und Chang quetschte sich zwischen die anderen Reisenden und sagte, nach allen Seiten Dank nickend: »Immer ist noch ein Plätzchen frei, wenn man zusammenrückt. Wir sollten alle viel mehr zusammenrücken, Genossen. Wieviel Platz gäbe es da!«

Den Rückweg von Dokou, wo er ausgestiegen war, legte Chang mit einem Lastwagen zurück und opferte dafür einen ganzen Yuan. Vier Sargschreiner schleppten einen mit Schnitzereien verzierten Sarg aus schwerem Holz zu dem Lastwagen, wuchteten ihn auf die Ladefläche, und Chang setzte sich auf den Sargdeckel und rief dem Fahrer zu: »Das war's, Genosse. Jetzt habe ich nicht eine Münze Geld mehr, aber einen so schönen Sarg wie ein hochgestellter Herr. Er kommt mir auch zu – du weißt ja nicht, wen du jetzt fährst. Vor über zehn Jahren –« Er stockte, winkte ab und strich über die Schnitzereien des Sarges. »Fahr zu.«

Die Familie Huang war betroffen, als am Abend vier Bauern von Huili Changs massiven Sarg den Hügel zum Lehrerhaus heraufschleppten. Sie stellten ihn in dem Anbau neben dem Stall, wo Chang seine Liege aufgeschlagen hatte, ab, und einer sagte: »Ein schöner Sarg, der fällt nicht so schnell zusammen.«

Huang kam in den Anbau, betrachtete den Sarg von allen Seiten und fragte: »Was geht in dir vor, Chang? Warum hast du einen Sarg gekauft?«

»Kennst du nicht das alte Sprichwort: ›Bereite dich mit siebzig auf das Sterben vor‹? Ich will würdig begraben werden als der Kommissar Chang Lifu.«

»Du bist noch keine Siebzig.«

»Die paar Jährchen, die noch fehlen, Huang, werde ich nicht erleben. Es war jetzt die richtige Zeit, mir den Sarg zu kaufen.«

»Nur weil du hustest?«

»In mir brennt etwas ab.« Chang setzte sich wieder auf seinen schönen Sarg. »Wo werdet ihr mich begraben?«

»Daran zu denken wäre Zeitverschwendung.«

»Ich habe einen Wunsch.«

»Sprich ihn aus.«

»Richtet mir mein Grab dort drüben auf dem roten Felsen. Es wird mühsam sein, aber es ist mein letzter Wunsch.«

»Und warum gerade auf dem roten Felsen?« fragte Huang erstaunt.

»Von dort blicke ich weit übers Land – über das Land, in dem ich ein kleiner Herrscher war. Sie haben mich alle gehaßt, den mächtigen Kommissar Chang Lifu, nun, im Tode, will ich mit tiefer Demut um Verzeihung bitten.« Chang stemmte den Deckel vom Sarg, holte Decke und Kissen von seinem Lager und polsterte damit den Sarg aus. Vor den Augen Huangs legte er sich hinein.

»Steh auf«, sagte Huang gepreßt. »Ich kann so etwas nicht sehen.«

»Du wirst dich dran gewöhnen, Huang. Ab heute werde ich nur noch in meinem Sarg schlafen, und eines Morgens werdet ihr mich finden, und ich atme nicht mehr.«

Am späten Abend – Chang lag tatsächlich zufrieden in seinem ausgepolsterten Sarg –, sagte Huang zu seiner Frau Jinvan: »Chang will uns verlassen, Frau.«

»Verlassen? Wohin will er denn gehen? Gefällt es ihm nicht mehr bei uns?«

»Er will sterben, Frau.«

»Weiß er es jetzt selbst, daß er sterben muß?«

Huang richtete sich in seinem Bett auf und sah seine Frau voll Verblüffung an. »Du weißt es schon länger?«

»Ich weiß nur, was ich sehe, und ich sehe einen Mann, der in die Erde wächst.«

»Hast du mit Jian darüber gesprochen?«

»Nein. Er weiß es besser als ich.«

»Mit Lida?«

»Nein. Ihr Herz ist schwer genug.«

»Frau, das mußt du mir erklären. Wieso hat sie ein schweres Herz?« Plötzliche Angst fiel über Huang her. »Ist sie auch krank?«

»Ja.« Jinvan schüttelte den Kopf, als könne sie nicht begreifen, daß ihr Mann so wenig von Menschen verstand, wo er doch täglich junge Menschen für das Leben erzog. »Kennst du überhaupt deine Tochter?«

»Das ist eine dumme Frage, die keiner Antwort wert ist.«

»Nein, du kennst sie nicht. Wo war sie gestern? Wo war sie heute?«

»Auf dem Feld, wie immer.«

»Der Büffel war sauber, wie er aus dem Stall gekommen ist, keine Erdkrusten an den Beinen, kein verschwitztes Fell, keine schmutzigen Nüstern. Er hat nicht gearbeitet. Was haben sie auf dem Feld getan? Bekommt man rote Augen, wenn man Kohl erntet?«

»Rote Augen? Der Büffel hat rote Augen?«

»Lida hat rote Augen.«

»Eine Entzündung? Ich werde Tropfen holen.«

»Wie ahnungslos bist du, Keli! Lida hat geweint. Zwei Tage und zwei Nächte weint sie schon, und du willst ihr Tropfen geben!«

»Sie weint?« Huang fuhr sich mit beiden Händen hilflos durch die Haare. »So groß sind ihre Schmerzen, und niemand sagt mir etwas!«

»Sie weint, weil sie Jian liebt«, sagte Jinvan laut. »Begreifst du es jetzt, Mann? Jian ist weggefahren, und niemand weiß, ob er wiederkommt.«

»O ihr Götter, sie liebt Jian?« Huang sprang aus dem Bett und ging im Zimmer unruhig hin und her. Dabei schlug er die Hände zusammen und klagte: »Das ist ein Unglück, das über unser Haus kommt. Ein Unglück. So viele Bauernsöhne bewerben sich um sie, und sie benimmt sich, als wisse sie nicht, daß sie eine Frau ist. Und jetzt dieses Unglück!«

»Du magst Jian nicht?«

»Frau, ich bin ein armer Lehrer und ein Miao dazu. Er ist ein Han und aus reicher Familie. Wie soll sich das zusammenfügen? Nur ein Unglück kann das werden.« Er blieb stehen und schlug die Fäuste gegeneinander. »Ich hoffe, daß Jian nie wiederkommt, daß wir ihn nicht mehr sehen werden. Und ich werde Lida an einen Mann verheiraten, der zu ihr paßt. Ich selbst werde ihn aussuchen.«

»Willst du zum Henker deiner Tochter werden?« schrie Jinvan. Auch sie sprang von ihrem Lager auf. Zum ersten Mal in ihrem Leben verließ sie die Ehrfurcht vor ihrem Mann; sie trat vor ihn und schrie ihn wie einen störrischen Esel an. »Sie liebt ihn, und sie stirbt uns unter den Händen, wenn Jian für immer gegangen ist! Sie weint sich die Seele aus dem Leib, und sie wird tot sein, obgleich sie weiter atmet und weiter auf den Feldern arbeitet, aber ihre Augen werden leer sein und ohne Leben.«

Huang ließ den Kopf hängen. Er war über Jinvans Ausbruch nicht betroffen oder gar böse, vielmehr lag ein schmerzender Druck auf seiner Brust. »Was soll ich tun, Frau?« fragte er und stöhnte.

»Ich weiß es nicht, Mann. Du bist der Klügere, du bist der Lehrer.«

»Es wird nicht gut gehen, es kann nicht gut gehen. Ich muß mit Jian reden.«

»Wo?«

»Und wenn ich nach Kunming fahren muß.«

»Die Familie Tong wird dich vor die Tür werfen. Willst du dich demütigen lassen, Keli?«

Huang dachte nach und stimmte seiner Frau bei, daß man ihn in Kunming würdelos behandeln würde. Er würde seinen Stolz und sein Gesicht verlieren, wenn man ihn aus dem Haus wies oder ihn sogar damit verspottete, daß nur ein Idiot den Gedanken haben konnte, ein Tong würde eine Huang heiraten. Gibt es eine Hochzeit zwischen einem Tiger und einer Maus?

»Jian sagte doch, er habe einen Onkel in Dali. Den berühmten Dichter und Maler Zhang Shufang. Bei ihm hat er in den Ferien gelebt. Frau, ich werde nach Dali fahren und mit dem weisen Zhang reden. Vielleicht weiß er einen Rat.«

»Und Lida wird mit jeder Träne weniger werden.«

»Das ist Frauensache«, sagte Huang, ging zu seinem Bett zurück und ließ sich hineinfallen. »Sprich mit ihr. Ich kann es nicht, ich würde mit ihr weinen, und kein Nutzen würde daraus entstehen.«

So war nun alles in Huili voll Trauer und Todesahnung, als Jian, noch immer in seinen seidenen Mantel gehüllt, seinen Vater begrüßen konnte. Tong Shijun kam aus dem Krankenhaus, sehr still und in sich versunken, denn er hatte eine Niederlage einstekken müssen und die Grenzen der traditionellen Medizin erkannt. Es war ein Patient mit langsamem Nierenversagen gewesen, und Tong hatte aus dem Erfahrungsschatz der chinesischen Medizin dem Kranken das Medikament Wenpi Tang gegeben, das aus einem Auszug aus Ginseng, Ingwer, Lakritz und Rhabarber bestand. Aber die Insuffizienz setzte sich fort, auf dem Bildschirm des Ultraschallgerätes zeigte sich eine Verschattung der linken Niere, die sich Tong nicht erklären konnte. Auch wurden die Schmerzen größer.

Tong fand in den weisen alten Büchern der chinesischen Medizin nichts, was auf seinen Patienten zutraf, und so entschloß er sich schweren Herzens, seinen Kollegen, den Chefarzt der Chirurgie, hinzuzuziehen. Er tat es ungern, denn die Tradition verbot, an einem menschlichen Körper herumzuschneiden, weil das immer eine Verstümmelung sei. Wie schwer eine Operation auf der Seele lastete, hatten die Eunuchen an den Kaiserhöfen bewiesen: Sie konservierten ihr abgeschnittenes Glied und nahmen es mit ins Grab, damit ihr Körper in der Ewigkeit wieder vollständig sei.

Aber die Neuzeit und die ungeheuren Fortschritte der westlichen Medizin überzeugten auch die traditionsgläubigsten chinesischen Ärzte. In den Großstädten war das Skalpell so wichtig geworden wie die Akupunktur; nur auf dem Land gab es noch die Heilkundigen, die ihre Essenzen, Pulver, Tabletten und Säfte aus Kräutern und tierischen Substanzen mixten.

Tong Shijun, der große Arzt von Kunming, der sonst seinen chirurgischen Kollegen höflich, aber mit spürbarer Herablassung grüßte und außerhalb der Klinik keinen Kontakt mit ihm pflegte, erschien zwei Stunden später, nachdem er seinen Nierenpatienten in die Chirurgie überwiesen hatte.

»Sehen Sie klarer?« fragte er, und der Chirurg antwortete ebenso kurz: »Ich sehe ganz klar.«

»Und was ist es?«

»Ein Nierentumor. Wir operieren morgen. Wir machen eine Nephrektomie. Hoffentlich haben sich durch Infiltration in die venöse Blutbahn noch keine Metastasen gebildet. Dann ist alles zu spät.«

Der Chirurg war ein noch junger Mann, hatte in Paris, München und zuletzt in Houston in Texas studiert und war so vertraut mit den besten Operationsmethoden. Er war deshalb auch gleich Chefarzt in Kunming geworden, was Tongs Schwiegersohn Wu in die Wege geleitet hatte. »Der Fortschritt kann vor China nicht stehenbleiben«, hatte dieser gesagt. »Traditionelle und moderne Methoden müssen Hand in Hand arbeiten.«

Tong nahm sich vor, nach der Operation gar nicht mehr zu fragen, ob es zu spät gewesen sei. Er wußte: Es war zu spät. Und diese Niederlage bedrückte ihn, und sein Gesicht hellte sich auch nicht auf, als er seinen Sohn Jian erblickte, der aus den Ferien zurückgekehrt war.

»Wie würdest du eine Niere behandeln?« fragte Tong plötzlich, nachdem sie zur Begrüßung einen Tee miteinander getrunken hatten.

»Was für eine Niere, Vater?«

»Eben eine Niere, die Schmerzen verursacht.«

»Zunächst eine Urinanalyse.«

»Sie hat eine Entzündung erwiesen. Weiter!«

»Ultraschall.«

»Er hat eine undeutliche Verschattung erwiesen.«

Jian sah seinen Vater nachdenklich an. »Eine Röntgenaufnahme.«

»Auf ihr hat sich auch nur diese Verschattung erkennen lassen.«

Jian schwieg einen Augenblick, und dann fragte er etwas, das wie eine Faust Tongs Magen traf: »Ist er tot, Vater?«

»Noch nicht.«

»Was heißt das?«

»Er wird morgen operiert. Ein Nierenkarzinom. Wenn es schon Metastasen gestreut hat, ist er so gut wie tot.« Tong starrte seine Tasse mit dem grünen Tee an. »Ich habe mich geirrt, Jian. Ich habe ihn falsch behandelt.«

»Es sterben jedes Jahr Millionen an Krebs, Vater. Trotz Operation und Bestrahlung, trotz der besten Chemotherapie und den neuesten onkologischen Erkenntnissen.«

»Seit fünftausend Jahren heilen wir in China mit der Natur. Auch du lernst es auf der Universität. Soll man das alles vergessen?«

»Denk an ein Wort von Deng Xiaoping: ›Es ist ganz unwichtig, ob eine Katze schwarz oder weiß ist, die Hauptsache ist, sie fängt Mäuse.‹ Das Alte bewahren und Neues hinzufügen, das ist die fundamentale Weisheit der chinesischen Wissenschaft.« Jian stockte, und dann sprach er aus, was er schon längst seinem Vater hatte sagen wollen: »Auch ich will mich auf Chirurgie spezialisieren.«

»Du hast kein Vertrauen mehr zu unserer Medizin?«

»Doch, Vater. Aber am geöffneten Körper stehe ich in vorderster Front und sehe den Feind. Bisher konnten wir nur ahnen, wo er ist, und suchten ihn.«

Tong schwieg und wechselte dann das Thema. Nur kurz dachte er an das Massaker der Rotgardisten in Kunming und an die langen Reihen der Verwundeten, durch die er gegangen war, wie er die Sterbenden und Hoffnungslosen aussortierte und dann mit blutigen Händen am Operationstisch stand und zerfetzte Leiber zusammenflickte – er, der Internist, und es war ihm gelungen, damit Menschenleben zu retten, auch wenn ihnen dann ein Bein oder ein Arm fehlte. Die vorderste Front der Medizin! Aber er, der große Tong Shijun, war eigentlich ein Kräuterdoktor geblieben. Noch als die ersten Infusionsflaschen in China eingeführt wurden, hatte Tong gezögert, die Hohlnadel in die Vene seiner Patienten zu stechen, denn es war ja nach traditioneller Ansicht eine Versehrung des Körpers. Aber dann ließ er doch seine Kranken am Tropf hängen, sich immer wieder damit beruhigend, daß auch das Akupunktieren ein Stechen mit Nadeln war.

»Wie hast du die Tage bei Onkel Zhang verbracht?« fragte Tong seinen Sohn.

»Ich habe viel gerudert, habe geschwommen und sogar den Fischern beim Einholen der Netze geholfen.«

»Du siehst gut aus, Jian.«

»Es waren schöne Tage, Vater.« Jian dachte an Onkel Zhangs Warnung, und wie er so seinen Vater vor sich sitzen sah, einen Menschen aus einer längst vergangenen Zeit, kam es ihm gar nicht als Lüge vor, nichts von Lida und dem Miao-Dorf Huili zu erzählen, von dem Lehrer Huang, seiner Frau Jinvan, dem lungenkranken Chang und dem Büffel, der den Holzpflug gezogen hatte. »Ich könnte in Dali leben.«

»Dali wäre zu klein für dich, Jian. Du wirst in Beijing oder Shanghai oder in Guangzhou leben als ein großer, geachteter Arzt. Ich möchte das noch erleben, mein Sohn.«

Das war ein Augenblick, da Jian schwankte, ob er nicht doch von der Familie Huang erzählen sollte, von Lida, die Felder umpflügte und doch so zarte Hände hatte, von ihrer Schönheit und Tugendhaftigkeit und von der großen Liebe, von der sie nie miteinander gesprochen hatten. Aber dann verjagte ein Satz seinen Wunsch, offen zu sein.

Tong sagte: »Ich habe mit Qian Fang gesprochen. Auch er ist einverstanden, daß du einmal seine Tochter Yanmei heiratest.«

»Und wer ist sonst noch damit einverstanden?«

»Ich. Wenn die Väter sich einig sind –«

»Das war vor tausend Jahren! *Ich* heirate, und ich heirate eine Frau, die ich liebe...«

»Yanmei ist eine Schönheit. Sie ist klug, wohlerzogen, aus bestem Hause.«

»Aber was kann sie? Tennisspielen! Kann sie kochen, ein Huhn ausnehmen, ein Schwein schlachten, einen Wasserbüffel vor den Pflug spannen?«

Tong sah seinen Sohn an, als habe dieser seine eigene Mutter geschlagen. »Was redest du für einen Unsinn! Sie wird die Frau eines großen Arztes sein – was hat sie mit niedrigen Arbeiten zu tun? Eine schöne Stimme hat sie und kennt viele Lieder.«

»Soll sie mir jeden Abend vorsingen? Meine Frau suche ich mir allein aus, Vater.«

»Es ist Tradition im Hause Tong...«

»Ich lebe im zwanzigsten Jahrhundert und nicht zur Ming-Zeit. Ich brauche keine Tradition.«

»Auch deine Mutter wurde mit mir schon als Kind verlobt. Sind wir deshalb unglücklich?« Tong saß so gerade in seinem Sessel, als stecke ein Stock hinten in seinem Rock. »Hast du gesagt: ›Ich brauche keine Tradition‹?«

»Ich habe es gesagt.«

»Wie kann man leben ohne Tradition?«

»Ich werde es dir vorleben, Vater.«

»Und ich werde mich schämen müssen. Willst du einen Vater ohne Gesicht, du, ein Tong? Ich habe Qian Fang versprochen, daß du Yanmei heiratest.«

»Dann geh zu ihm und sage ihm in aller Ehrlichkeit: ›Jian, mein Sohn, will Yanmei nicht heiraten.‹«

»Von da an werden die Familien Tong und Qian auf ewig Feinde sein.«

»Das wird mein Leben nicht verändern oder beeinflussen. Ich werde mehr als nur einen Feind haben.«

»Wenn du sie dir selbst schaffst.« Tong erhob sich und sah auf Jian hinab, als läge dieser in einem demütigen Kotau vor ihm. »Ich gehe nicht zu Qian und beleidige ihn bis auf den Tod.«

»Dann gehe ich.« Jian sprang ebenfalls auf und riß sich den seidenen Mantel vom Körper. Wie einen alten, dreckigen Fetzen warf er ihn in eine Ecke. »Ich muß weg von hier!« schrie er. »Ich ersticke an diesem Luxus. Ich fahre nach Dali zurück.«

»So dankt ein Sohn seinem Vater«, sagte Tong voll Bitternis. »Ihr wollt die ›neuen‹ Menschen sein? Mir graut vor der Zukunft.«

»Wir werden keine Zukunft haben, wenn es nur Menschen wie dich gibt. Professor Tong Shijun, Kommunist und Millionär, Deng-Bewunderer und Traditionalist – ist das eine Mischung! *Wer* hat sich hier zu schämen? *Ich* muß mich schämen über so viel Heuchelei.« Jian drehte sich brüsk um, ließ seinen Vater stehen, was ein Höhepunkt der Unhöflichkeit war, und rannte aus dem Zimmer. In der Tür begegnete er seiner Mutter, hätte sie fast umgerannt, entschuldigte sich hastig und rannte weiter.

Meizhu blickte ihm erschrocken nach und wandte sich dann ihrem Mann zu. »Habt ihr Streit gehabt, Shijun?« fragte sie. »Kaum seht ihr euch, seid ihr wie die Kampfvögel.«

»Jian schämt sich, unser Sohn zu sein.«

»Er hat noch einen jungen, aufbrausenden Kopf. Ein gärender Fruchtwein macht immer Lärm.«

»Jian weigert sich, Yanmei zu heiraten.«

»Er kennt sie doch noch gar nicht.«

»Das ist es ja. Er fragt, ob sie einen Wasserbüffel vor den Pflug spannen kann – stell dir einmal so etwas vor! Welche Gedanken treiben sich in seinem Kopf herum? Und er will wieder nach Dali. Er ersticke hier, hat er mich angeschrien. Ein Sohn schreit seinen Vater an – verfallen denn alle Sitten?«

»Laß ihn nach Dali fahren, Shijun. Onkel Zhang wird einen guten Einfluß auf ihn ausüben. Bei ihm fühlt er sich wohl.«

»Er ersticke hier«, wiederholte Tong mit erhobener Stimme. »Woran erstickt er?«

»Jian ist anders als wir. Er war immer anders. Denk nur daran, wie er sich gegenüber Wu und Fengxia benimmt. Wenn er erst einmal Arzt ist, wird er sich geändert haben. Es wird schon beginnen, wenn er entdeckt, daß er ein Mädchen liebt.«

»Er kann lieben, so viel er will. Heiraten wird er Yanmei. Das ist beschlossen. Ich habe mein Versprechen gegeben.«

»Was habt ihr ausgehandelt?«

»In vier Jahren, direkt nach seinem Examen.«

»In vier Jahren.« Meizhu lächelte mild. Die Männer planen, aber das Schicksal regiert. »Und wenn in diesen vier Jahren Yanmei sich in einen anderen Mann verliebt?«

»Das wird nicht sein.« Tong lächelte plötzlich bei dem Gedanken, der ihm durch den Kopf ging. »Und wenn es so sein sollte, dann verliert Qian Fang sein Gesicht und nicht ich.« Er schüttelte den Kopf. »Aber es wird nicht so kommen – eher sperrt Qian seine Tochter wie ein Singvögelchen in einen goldenen Käfig ein. Es gibt noch Eltern auf der Welt.«

Was Huang Keli beschlossen hatte, führte er auch aus. Keiner wußte davon; nur Jinvan, mit der er alles besprochen hatte, wußte die Wahrheit und schwieg. Es hieß nur, Huang müsse für zwei Tage verreisen, in Nanhua veranstalte die Partei einen Kurzlehrgang für die Dorfschullehrer, und Huang müsse hin, um neue Lehren und neue Ziele des Kommunismus kennenzulernen. Lida brachte ihn sogar mit dem Kleintraktor bis zur Bushaltestelle Dayao, und wie viele neben ihm kletterte Huang auf das Dach des überfüllten Fahrzeugs, klammerte sich an dem mit dicken Seilen verschnürten Gepäck fest und winkte Lida zu, als der Bus mit einem lauten Ächzen anfuhr.

Huang hatte den besten Anzug gewählt, den er besaß, denn, so sagte er zu Lida und Chang, einen guten Eindruck bei den Funktionären zu hinterlassen sei immer von Vorteil. Ein gutangezogener Mensch erweckt Vertrauen.

In Nanhua stieg er in den Bus, der nach Dali fuhr, wurde durchgerüttelt, daß ihm die Knochen knackten, und als er in der alten Stadt mit dem prächtigen, von steinernen Löwen bewachten Stadttor ankam, hoffte er jemand zu finden, der ihm den Weg zum Haus des berühmten Zhang Shufang zeigen konnte. Aber wen er auf der Straße auch fragte, keiner kannte Zhang. Erst in einer der kleinen Kliniken – die aussahen wie ein Kramladen, wenn nicht im Hintergrund drei Betten mit den Kranken gestanden hätten, von denen einer sogar an einer Infusion hing, worauf der Klinikinhaber, der sich Arzt nannte, besonders stolz war – erfuhr Huang, daß der Dichter und Maler Zhang direkt am See wohne, sehr einsam; eine Straße durch das Röhricht führe dorthin, und wenn er zu Fuß hin wolle, müsse er mit vier Stunden Marsch rechnen.

Der Arzt beschrieb genau die Richtung, ging dann in den vorderen Teil seiner Klinik, wo die Apotheke lag, und widmete sich wieder der Herstellung eines Pulvers, das er aus einer Schlangenhaut gewonnen hatte.

Huang war kein dummer Mensch, sonst wäre er kein Lehrer geworden. Er ging durch die Hauptstraße des alten Dali, blieb bei einigen Fahrradreparaturwerkstätten stehen und verhandelte mit den Mechanikern wegen eines Leihrades. Aber erst beim fünften hatte er Glück, hinterlegte als Pfand fünfzig Yuan, was das verrostete Rad gar nicht wert war, schwang sich in den verbeulten Sattel und strampelte zum Erhai-See.

Dort allerdings kannte jeder Fischer den großen Zhang, und Huang fand das Haus sofort. Er stellte sein Fahrrad an der Hauswand ab und klopfte an die Tür. Als nach viermaligem Klopfen keiner antwortete, drückte Huang die Tür auf und trat ein. Zhang war weggegangen, auf dem Ofen brodelte Wasser, und kleingeschnittene Tofuwürfel lagen daneben, ein Beweis, daß Zhang bald wiederkommen würde. Vielleicht holte er sich von einem der Fischer einen gerade gefangenen Fisch.

Huang ging im Haus herum, betrachtete die Tuschbilder und verstand, warum Zhang ein so bekannter Künstler war. Seine Bilder hatten den Atem der Wahrheit und die Poesie der Phantasie, und beide Kräfte schufen Kunstwerke, an denen sich Auge und Seele erfreuen konnten.

Hinter Huang klappte die Tür auf und zu. Zhang betrat den Raum und blieb fast erschrocken stehen. In der rechten Hand hielt er wirklich einen großen, silberglänzenden Fisch mit roten Rückenflossen. »Wie kommst du hier herein?« fragte er.

»Ich habe viermal angeklopft, und dann war die Tür offen. Sehen Sie sich um, ich habe nichts angerührt oder gestohlen, nicht mal ein Stückchen Tofu.«

Zhang musterte den Besucher, legte den Fisch auf ein Brett und fand, daß ein Mann in einem so sauberen Anzug weder ein Bettler noch ein Halunke sein konnte. »Was willst du?« fragte er etwas freundlicher. »Willst du ein Bild kaufen oder ein geschriebenes Gedicht?«

»Ich will nur mit Ihnen sprechen. Sie sind der Onkel von Tong Jian?«

»Ah! Du kennst ihn?«

»Ich bin Huang Keli aus Huili.«

»Der Lehrer und Vater von Lida? Setzen Sie sich. Essen Sie mit mir einen Fischtopf. Kommen Sie jetzt aus Huili?«

»Ja. Extra Ihretwegen.« Huang setzte sich und stützte beide Hände auf die Knie. »Ich muß mit Ihnen über Lida, meine Tochter, und über Jian sprechen, der unser Haus in Unordnung gebracht hat.«

»Ist Liebe Unordnung?« fragte Zhang. Er hatte ein großes Messer genommen, schabte die Schuppen von dem silberglänzenden Fisch, schnitt ihn auf, zog die Innereien heraus und löste das weiße Fleisch vorsichtig von den Gräten. Dann stützte er sich auf das Messer und wartete auf Huangs Antwort.

»Für mein Haus ist es ein Unglück«, sagte Huang. »Ich sehe an Ihren Reaktionen, daß Jian mit Ihnen bereits über alles gesprochen hat.«

»Wir hatten eine lange Unterhaltung, das stimmt.«

»Dann kennen Sie unser Problem.«

»Es ist weniger Ihr Problem als das Problem der Familie Tong.«

»Sie sehen das, glaube ich, falsch, Herr Zhang. Die Familie Tong lebt mit ihrem Stolz als alte Han-Chinesen, wir sind stolz darauf, zu den Miaos zu gehören. Die Tongs sind reiche Leute, ich bin nur ein armer Lehrer. Wie arm ich bin, sehe ich an meinem Sohn Tifei. Er hat in Kunming zwei eigene Lastwagen laufen und verdient im Monat das Fünffache von mir. So sagt er, aber ich glaube, um mich nicht zu beleidigen, sagt er nicht die Wahrheit – er verdient das Zehnfache!«

»Eine große Liebe hängt sich nicht an Zahlen auf.« Zhang begann, den Fisch in kleine Häppchen zu zerteilen. Das Hacken des großen Messers begleitete seine Worte. »Ich habe Jian geraten, seiner Familie noch nichts von Ihrer Tochter Lida zu erzählen. Hoffentlich hält er sich daran.«

»Und wenn nicht, was geschieht dann?«

»Dann wird Tong Shijun auf dem Stuhl sitzen, auf dem Sie Platz genommen haben. Oder er kommt sogar nach Huili zu Ihnen.«

»Und er wird mir Geld anbieten, viel Geld, wenn ich Lida von Jian fernhalte.«

»So etwas könnte ihm ähnlich sehen.« Zhang nahm den großen Topf mit dem kochenden Wasser vom Herd und schabte die Fischstücke hinein. Dazu gab er kleingehackte Zwiebeln, Porree, eine kleine Ingwerwurzel, getrocknete Bambussprossen und eine Handvoll Salzkohl. Er kocht wie Jinvan, dachte Huang und sah ihm zu. Ein so berühmter Mann kann kochen. Ein ungewöhnlicher Mensch ist er wirklich.

»Ich würde auch einen Tong Shijun aus meinem Haus werfen, wenn er mir ein solches Angebot macht«, sagte Huang energisch. »Man kann eine Liebe nicht abkaufen! Und was nutzt ein Verbot? Das meine ich, wenn ich sage: Jian hat Unordnung in mein Haus gebracht. Seit er nach Kunming zurückgefahren ist, weint Lida nur noch, läuft mit leeren Augen herum und stiert in die Welt, als begreife sie nicht mehr, wo sie lebt.« Er umklammerte seine Knie. »Wissen Sie einen Rat, Herr Zhang? Darum bin ich zu Ihnen gekommen.«

»Es gibt nur einen Rat: Lassen wir die Zeit wirken. Alles ist noch zu frisch – ein junger Wein trinkt sich erfrischend, aber er ist erst vollendet, wenn er gereift ist. Auch der Mensch muß reifen wie alles in der Natur, sind wir doch ein Teil der Natur, nur daß wir nicht Apfel, Traube oder Kirsche, sondern Mensch heißen.«

»Mit Philosophie ist der Liebe nicht beizukommen, Herr Zhang«, sagte Huang, und er dachte daran, daß Lida nie einen anderen Mann würde lieben können, auch wenn die Jahre dahingingen, und er nie das Glück haben würde, einen Enkel auf seinen Knien zu schaukeln.

»Eine große Liebe steigt über Berge«, erwiderte Zhang.

»In unserem Fall zerstört sie eine Seele.«

»Zwei Seelen, Herr Huang. Sie reden immer nur von Ihrer Tochter Lida – vergessen Sie bitte Jian nicht. Auch er hat eine Seele zu verlieren.«

»Ihm wird es leichter fallen.«

»Es wäre interessant, Ihre Begründung zu hören.«

Zhang prüfte, ob der Fisch gegart sei, und schüttete als letztes die Tofuwürfel in die Suppe. In einem anderen Topf war unterdessen der Reis zu einer guten, klebrigen Masse gequollen. Der Tisch konnte gleich gedeckt werden.

»Wenn die Familie Tong ihm die Liebe zu der armen Tochter eines Miao-Lehrers verbietet, wird er als guter Sohn gehorchen.«

»Ich fürchte, er wird ein ungehorsamer Sohn sein.« Zhang holte die Suppen- und Eßschälchen, die Stäbchen und die kleine Kanne aus Porzellan, in der er die Sojasoße aufbewahrte, aus einem Wandschrank. Er hatte das Porzellan mit seinem Lieblingsmotiv bemalt, dem Erhai-See mit den Schneegipfeln des Diancang Shan.

Huang sprang von seinem Stuhl auf. »Kann ich Ihnen helfen, Herr Zhang?« fragte er.

»Nein. Sie sind mein Gast, Herr Huang.« Zhang schüttete die Fischsuppe in eine tiefe Tonschüssel und trug sie zum Tisch. »Vielleicht hilft uns das Essen. Beim Essen entstehen die besten Gedanken; es gibt einen Zusammenhang von Magen und Gehirn. Nur die wenigsten wissen es und nutzen es aus.«

Dann aßen sie, aber es war ein stummes Essen, und keiner wußte vom anderen, ob ihm gute Gedanken kamen und ob er überhaupt dachte.

Endlich, beim Reis, den sie mit der Sojasoße würzten, war es Huang, der zuerst sprach. »Jian ist ein vortrefflicher junger Mann«, sagte er.

»Das ist er ohne Zweifel.«

»Er könnte an Lida einen Brief schreiben des Inhalts, daß es schöne Tage in Huili waren, aber nun gehe das Studium weiter, vielleicht werde er in Shanghai weiterstudieren, und er glaube nicht, daß ihn sein Weg wieder nach Huili führen werde.«

»Jian wird diesen Brief nicht schreiben.« Zhang legte die Eßstäbchen zur Seite. Der Fisch war köstlich gewesen, er hatte gesättigt, und die Würze blieb noch eine Zeitlang am Gaumen haften. »Er wird zurückkommen. Er hat es dem kranken Chang Lifu versprochen. Er hat mir viel von diesem Chang erzählt.«

»Chang wird bald sterben. Er hat sich einen Sarg gekauft und schläft bereits darin. Seine Krankheit ist nicht heilbar. Auch Jian weiß das. Es gibt keinen Grund mehr, noch einmal nach Huili zu kommen.«

»Und wenn er doch kommt?«

»Dann muß ich ihn – ich bitte um Verzeihung, Herr Zhang – aus meinem Haus jagen. Lida wird es nie erfahren, weil sie auf den Feldern ist. In mir ist nur die Angst, daß sie sich von innen verzehrt.«

»So kehren wir zum Ausgangspunkt unserer Unterhaltung zurück, und wir haben nichts erreicht. Anscheinend gibt es nur einen Ausweg: Überlassen wir die Entscheidung den jungen Menschen selbst.«

»Es wird zu einer Katastrophe kommen, Herr Zhang.«

»Vielleicht ist sie nur ein Gewitter, das die Luft reinigt.«

»Oder es brechen die Wolken und vernichten alles.« Huang erhob sich von seinem Stuhl und verbeugte sich. »Ich danke Ihnen für Ihre Gastfreundschaft, Herr Zhang.«

»Wo wollen Sie hin?«

»Zurück nach Huili.«

»Jetzt? Es fährt kein Bus mehr in Richtung Dukou.«

»Man kann auch andere Fahrzeuge nehmen als einen Bus. Einen Lastwagen, einen Bauernkarren, ich bin nicht wählerisch, und ich zähle keine Stunden. Ich werde morgen wieder in meinem Dorf sein.«

»Ich biete Ihnen an, Herr Huang, die Nacht über bei mir zu bleiben. Unser Denken ist noch nicht beendet.«

»Ein Kreis ist ein geschlossenes Gebilde, und aus ihm kommen wir nicht mehr heraus. Ignorieren wir doch nicht die Wahrheit!« Huang schüttelte den Kopf. »Morgen sieht die Welt wie heute aus.«

»Das ist ein Irrtum. Sie ändert sich jeden Tag.«

»Nicht meine Welt und nicht die Welt der Tongs. Ich muß mich um meine Tochter Lida kümmern.«

Aber Huang blieb doch bei Zhang Shufang. Er bekam ein Lager neben dem Atelier, und sie saßen noch lange zusammen, tranken Tee, und Huang erzählte vom Leben eines Lehrers, erzählte von Chang, dem ehemaligen gefürchteten Kommissar, der jetzt so elend war wie ein Aussätziger, und Zhang sagte darauf: »Daß Sie ihn bei sich aufgenommen haben, zeugt von großer Charakterstärke und Menschlichkeit. Ich wüßte nicht, ob ich nach all diesen Grausamkeiten dazu fähig gewesen wäre.«

»Was hätten Sie getan?«

»Kann sein, daß ich ihn totgeschlagen hätte wie einen tollwütigen Hund.«

»Das ist nicht Ihre Art, Herr Zhang. Der alte, mißhandelte, todkranke Mann war nicht mehr der Kommissar Chang Lifu.«

»Weiß Jian, wer Chang einmal war?«

»Nein. Aber ist das wichtig? Was ändert sich dadurch? Für einen Arzt ist er ein Kranker, der Hilfe braucht.«

»Ihre Weisheit ist größer als die meine«, sagte Zhang beeindruckt. »Es ist bedauerlich, daß zwischen den Tongs und den Huangs ein unüberwindbarer Graben liegt. Aber – und das trägt Ruhe in mein Herz – die neue Generation, die Jugend, lebt nach anderen Idealen als nach der Tradition. Es braucht nur alles seine Zeit.«

Es war schon spät, als sie sich auf ihr Lager legten. Aber Huang konnte nicht in den Schlaf finden; er wälzte sich unruhig hin und her, und als er endlich einschlief, war die Morgendämmerung nicht mehr fern.

Ein Geräusch weckte Zhang, der einen leichten Schlaf hatte, und es war ihm, als wäre jemand ins Haus gekommen, leise und vorsichtig, einem Dieb gleich. Aber noch nie war Zhang von einem Dieb überrascht worden, es wäre das erste Mal gewesen.

Er erhob sich von seinem Bett, nahm einen dicken Knüppel aus Eisenholz in die Hand und ging furchtlos in das im Halbdunkel des beginnenden Tages liegende Atelier. Mit einem Ruck stieß er die Tür auf und wollte rufen: »Du überraschst mich nicht, du Halunke!«, aber dann schwieg er doch, weil ihm die Worte einfach im Hals stecken blieben. Auch der Eindringling schwieg; er stand mitten im Raum und versuchte ein schwaches Lächeln.

»Jian!« sagte Zhang endlich. »Jian, du bist es?«

»Ich bin die ganze Nacht durchgefahren, Onkel Zhang. Ich mußte zurückkommen. Mich konnte keiner festhalten.« Jian setzte sich auf einen Stuhl, die Müdigkeit war jetzt nach der langen Fahrt und der Erreichung des Zieles stärker als seine Kraft. »In Kunming kam ich mir wie in einer Drachenhöhle vor.«

»Weiß dein Vater, wo du bist?«

»Ich habe ihm gesagt, daß ich nach Dali fahre.«

»Und kennt er auch den Grund?«

»Nein. Ich habe nach deinem Rat gehandelt. Dennoch hat es Streit mit ihm gegeben. Er hat mit einem reichen Seidenhändler verabredet, daß ich dessen Tochter Yanmei heirate, getreu der

Tradition, daß sich die Väter einigen und von den Kindern Gehorsam fordern. Aber ich kann kein gehorsamer Sohn sein – ich liebe Lida.«

Zhang legte den Eisenholzknüppel auf den Tisch und fuhr sich mit beiden Händen durch den weißen schütteren Bart, wie er es immer tat, wenn er nachdachte oder sich beruhigen mußte. Nebenan lag Huang Keli im Schlaf, und wenn er nachher aufwachte, stand Jian vor ihm, und niemand konnte vorhersagen, wie diese Begegnung auslaufen würde.

»Leg dich auf mein Bett und ruh dich aus«, sagte Zhang. »Wie lange willst du bleiben?«

»Ich weiß es noch nicht.« Jian erhob sich von dem Stuhl und schwankte etwas. Vierhundert Kilometer bei Nacht, das macht die Knochen mürbe. »Ich lege mich in der Nebenkammer hin.«

»Das Lager ist besetzt. Ich habe einen Gast.«

»Für längere Zeit?«

»Das glaube ich nicht. Er wird sofort mein Haus verlassen, wenn er dich sieht.«

Jian versuchte erneut ein Lächeln und drohte mit dem Zeigefinger. »Onkel Zhang, ist es eine Frau? In deinem Alter noch solche Späße? Wer hätte dir das zugetraut?«

»Es wird eine Überraschung für dich sein, Jian. Ertrage sie mit Würde. Und nun ruhe dich aus.«

Sie gingen in den Schlafraum, und als Jian das Bett sah, fiel er fast hinein und schlief nach wenigen Augenblicken ein. Zhang wartete bei ihm, bis sein Atem tief und ruhig ging, dann trat er leise in die Nebenkammer und sah nach Huang. Dieser lag auf dem Rücken und ließ beim Ausatmen ein leises Pfeifen hören.

Zhang kehrte in das Atelier zurück, setzte sich vor ein leeres Blatt aus Reispapier, nahm einen dicken Pinsel, tauchte ihn in das Tuschfäßchen und malte einen Kreis. Dann zerstörte er den Kreis durch zwei sich kreuzende Striche und fühlte sich danach wohler.

Es gab keinen Kreis des Denkens mehr, es war ein Weg entstanden, und Jian hatte diesen Weg gefunden.

Zuerst erwachte Huang und fand Zhang schon am Herd, wo

heißes Wasser dampfte und in einem Deckeltopf die runden Dampfbrote rumorten. In einem anderen Topf mit heißem Öl lagen die Teigstangen und brutzelten, und die Reissuppe wartete darauf, aufgekocht zu werden. Ein Tag muß mit einem warmen Frühstück beginnen, kalt darf nur die Beigabe von gesalzenem Gemüse und kleinen Stücken Würzfleisch sein. Die Deckeltassen mit den grünen Teeblättern und die große Thermoskanne mit dem heißen Wasser standen schon auf dem Tisch. Aus einem Transistorradio erklang leise Musik, unterbrochen von Nachrichten und Reklamesprüchen.

»Es möge ein Tag voller Freude werden«, sagte Huang höflich und verbeugte sich.

Und Zhang antwortete: »Er hat schon mit Freude begonnen, wenn man einen lieben Gast hat. Wollen Sie ein Duschbad nehmen, Herr Huang?«

»Wenn ich Ihr Bad beschmutzen darf, Herr Zhang.«

»Im Anbau ist es. Auch Handtücher sind vorhanden.«

Huang verließ das Haus, betrat den Anbau, entkleidete sich und duschte sich. Das kalte Wasser erfrischte ihn sehr, ließ sein Blut schneller fließen und die Gedanken erwachen. Noch nackt trat er in die Morgensonne hinaus, atmete den Geruch der Blumen und Gräser ein und sah zu dem Schilf hinüber, aus dem überall Rauchfäden in den wolkenlosen Himmel stiegen. Die Fischer kochten in ihren Booten ihr Frühstück.

Unterdessen war Jian aus einem unruhigen Schlaf erwacht, den er trotz seiner Erschöpfung gehabt hatte. Die innere Spannung war zu groß gewesen. Er kam in den Wohnraum, wo Zhang gerade die Dampfbrötchen aus dem Kessel fischte und auf einen großen Keramikteller legte.

»Wie geht es deinem Besuch, Onkel Zhang?« fragte er mit einem anzüglichen Grinsen, nachdem sie die morgendlichen Höflichkeiten gewechselt hatten. »Schläft er noch?«

»Er steht unter der Dusche.«

»Und du schrubbst ihm nicht den Rücken und stehst am Herd? Sollte bei Mann und Frau es nicht umgekehrt sein?«

Zhang gab keine Antwort. Nur Minuten noch, dachte er und

rührte in der Reissuppe, die nun auf dem Feuer stand. Huang ist ein gebildeter Mann, er wird die Beherrschung nicht verlieren. »Du kannst nach dem Frühstück duschen«, sagte Zhang zu Jian.

»Ich werde im See schwimmen, das ist noch besser.«

»Wir werden sehen, ob es dazu kommt.«

Jian sah seinen Onkel verwundert an, denn er verstand den Sinn dieser Worte nicht. Aber nur eine Minute darauf begriff er, als die Tür aufging und der morgenfrische Huang eintrat. In der Tür blieb er stehen, als halte ihn von hinten etwas fest, und alle Fröhlichkeit, mit der er eingetreten war, wich dem Gefühl, durch seine Adern rinne heißes Blei.

Auch Jian erstarrte, aber er war der erste, der seine Stimme wiederfand. »Herr Huang, *Sie* sind der Gast? Ich begrüße Sie voller Hochachtung.«

Und Huang antwortete: »Was meine Augen sehen, verdunkelt den Tag. Darf ich von Ihnen Abschied nehmen, Herr Zhang? Ihre Gastfreundschaft wird nicht vergessen werden.«

»Ohne Frühstück ist ein Tag wie eine taube Nuß. Setzen Sie sich an den Tisch.«

Mit Widerwillen hockte sich Huang auf einen Schemel, aß nur ein Dampfbrötchen und eine halbe Schale Reissuppe und schlürfte den Tee. Er sah Jian nicht an und redete sich ein, dieser sei gar nicht vorhanden.

So saßen sie sich stumm gegenüber, bis Zhang sagte: »Sie sehen, Herr Huang, Jian hat sein Wort gehalten. Das ist ein ehrbares Verhalten, das man loben sollte. Er ist jetzt schon ein Arzt, der nur an seine Kranken denkt.«

Und Jian erwiderte und sammelte allen Mut in sich: »Ich bin nicht wegen Chang Lifu gekommen, sondern um Lida zu sehen. Herr Huang, ich liebe Ihre Tochter.«

»Das ist ein Unglück«, sagte Huang laut. »Sie werden mein Haus nicht mehr betreten.«

»Dann schlafe ich in meinem Wagen am Rand der Felder.«

»Ich werde meine Tochter nicht mehr auf die Felder lassen.«

»Soll die Erde verdorren, die jahrhundertelang immer neues Leben schenkte?« Jian sprang von seinem Stuhl auf und streckte

Huang beide Arme entgegen. »Ohne Lida gibt es für mich kein Leben mehr.«

»Welch ein großes Wort!« Auch Huang sprang auf. »Ihr Leben hat gerade erst begonnen, und Sie wollen schon wissen, was in der Zukunft ist?«

»Ich habe ein Ziel, für das ich lebe, und gemeinsam mit Lida werde ich dieses Ziel erreichen.«

»Wollen Sie kein Tong mehr sein? Welche Vermessenheit! Sie sind ein Tong und werden ein Tong bleiben.«

»Ja, ich bleibe ein Tong. Aber ich lebe in einer anderen Zeit als mein Vater und meine Ahnen. Ich lebe in der neuen Zeit.«

»Was ist das, die neue Zeit?« fragte Zhang.

»Freiheit!«

»Das ist für einen Chinesen ein abstrakter Begriff. Hatten wir jemals Freiheit?«

»Sie wird kommen.«

»Woher? Aus dem Westen? Sie taugt nicht für China. Über eine Milliarde Menschen müssen eine starke Hand spüren, über eine Milliarde Freiheiten enden im Chaos.« Zhang goß auf seine Teeblätter neues heißes Wasser. »Wir sind kein Volk, wir sind ein Fünftel der Menschheit. In China ist alles anders als sonst auf der Welt. Ihr wollt ein freies, glückliches Leben und vergeßt dabei die Weisheit der Erfahrung. Denk an den Spruch des Weisen Tseng Kuang: ›Der Mensch kann nicht tausend Tage ununterbrochen eine gute Zeit haben, so wie die Blume nicht hundert Tage blühen kann.‹«

»Es gibt auch einen Spruch des weisen Kung Tse: ›Man muß sich einen Stecken in der Jugend schneiden, damit man im Alter daran gehen kann.‹ Und diesen Stecken schneiden wir uns.«

»Sitzen wir in einer politischen Versammlung?« rief Huang empört. »Um meine Tochter Lida geht es! Ein Tong will sie zu seiner Konkubine machen!«

»Ich werde Lida heiraten, Herr Huang.«

»Sie sind noch nichts, und Sie haben noch nichts. Sie sind nur ein Tong, der von den Tongs ernährt wird.«

»In vier Jahren bin ich ein Arzt.«

»Vier Jahre.« Huang schlug die Hände über dem Kopf zusammen. »Und was soll in diesen vier Jahren sein? Lida auf dem Feld in Huili, Sie auf der Universität in Kunming – das sind Hirngespinste.«

»Für die Liebe gibt es keine Jahre; sie zählt anders.« Jian blickte Huang bittend an. »Ich werde immer, wenn ich kann, nach Huili kommen.«

»Wie ein Hund, der riecht, wenn eine Hündin läufig ist.« Huang schlug mit der Faust auf den Tisch, daß die Deckel auf den Tassen klirrten. »Und irgendwann in diesen vier Jahren kommt der Herr Tong nicht mehr, läßt nichts mehr von sich hören, ist verschwunden, und meine Tochter Lida bleibt zurück, und niemand wird sie mehr zur Frau nehmen wollen, nicht der ärmste Bauer, nicht mal ein Blinder, und es wird nur ein Strick bleiben, an dem sie sich aufhängen kann. Nein! Lassen Sie mich gehen, Herr Zhang. Noch erreiche ich den Bus nach Nanhua.«

»Sie brauchen keinen Bus«, sagte Jian leise, niedergeschmettert von Huangs Meinung über ihn. »Ich fahre Sie nach Hause, Herr Huang.«

»Und wenn ich zu Fuß gehen müßte, in Ihren Wagen steige ich nicht.«

Der Streit ging weiter, fast zwei Stunden lang, und man redete sich heiser und kam sich doch nicht näher. Aber nach diesen zwei Stunden unterbrach Zhang den Disput und sagte mit einem Schulterzucken: »Herr Huang, der Bus nach Nanhua ist längst abgefahren.«

»Es wird einen Gütigen geben, der mich mitnimmt. Ich stelle mich an die Straße. Ich schäme mich nicht, ein armer Mann zu sein, der um ein Weiterkommen bettelt. Irgend jemand wird mich mitnehmen.«

Jian sah auf seine Uhr und nickte. »In einer halben Stunde fahren wir, Herr Huang. Erlauben Sie, daß ich vorher im See schwimme.« Ohne eine Antwort abzuwarten, verließ er das Haus und ging zum See.

Huang schlug wieder mit der Faust auf den Tisch. »Ein harter Bursche!« schrie er.

»Das stimmt. Er wird seinen Weg gehen«, sagte Zhang voll Stolz. »Trinken wir vor der Fahrt noch ein Bier zusammen?«

»Ich steige nicht in seinen Wagen.«

»Sie sind ein Starrkopf, Herr Huang. Ob Sie mit ihm fahren oder nicht, Jian wird nach Huili fahren. Und bedenken Sie: Er wird viel früher dort sein als Sie und Lida in die Arme nehmen.«

»Sie sind ein kluger Mann, Herr Zhang. Ich danke Ihnen. Ihr Argument überzeugt mich, daß ich dumm gedacht habe. Ich werde mit Jian fahren müssen, um Schlimmes zu verhindern.«

Gegen Mittag fuhren sie ab. Um Jian nicht nahe zu sein, setzte sich Huang auf den Rücksitz, und es war das erste Mal, daß er in einem bequemen Auto saß, auf einem guten Polster, nicht eingezwängt in die schwitzenden Menschen, die der Bus beförderte, und er konnte auf der Fahrt die Landschaft bewundern, die Ochsen- und Eselskarren, die Lastwagen und die Karrenschieber, die sie überholten und in einer Staubwolke zurückließen. Doch plötzlich zuckte Huang zusammen, beugte sich vor und stieß Jian in den Rücken. »Wir müssen zurück!« rief er.

»Warum?«

»Ich habe in Dali ein Fahrrad geliehen und muß es zurückbringen.«

»Es ist keinen Gedanken wert, Herr Huang. Es ist weg, und der Verleiher wird Sie höchstens verfluchen. Aber Sie hören es ja nicht.«

»Er wird mich nicht verfluchen! Ich habe eine Leihgebühr bezahlt, die dreimal so hoch ist, wie das Rad wert ist. Er wird sich die Hände reiben vor Vergnügen.«

»Wieviel haben Sie bezahlt?«

»Fünfzig gute Yuan. Wissen Sie, wieviel Geld das für einen armen Lehrer ist?«

»Ich gebe Ihnen die fünfzig zurück, Herr Huang.«

»Nein!« Huang lehnte sich wieder in die Polster zurück. »Ich bin auf das Almosen eines Tong nicht angewiesen.«

»Es war nur ein Vorschlag.«

»Ein schlechter, der einer Beleidigung ähnlich ist.«

»Ich bitte um Verzeihung. Nehmen Sie denn *sie* an?«

Huang schwieg. Je näher sie der Kreuzung von Nanhua kamen, von der die Straße nach Dayao abzweigte, von der wiederum ein schmaler Weg in die Berge von Huili abbog, desto schwerer wurden seine Gedanken. Er fragte sich, wie sich Lida verhalten würde, wenn plötzlich Jian vor ihr stand, ob sie vor ihm weglief oder ob sie auf ihn zueilte und ihn umarmte, und wenn sie sich küßten, dann war das fast schon eine Verlobung, denn ein Dorf hat hundert Augen, und die Familie Huang war entehrt, wenn sie so etwas duldete, ohne Jian dem Dorf als den zukünftigen Schwiegersohn vorzustellen. In der Stadt mochte es anders sein, aber nicht auf dem Land und schon gar nicht bei den Miaos. In der Stadt sind die Sitten fast verfallen, und Huang erinnerte sich an einen Besuch seines Sohnes Tifei, der ihm von Kunming erzählte und – als Jinvan in den Stall ging, um ein Huhn zu fangen – blinzelnd berichtete, daß vor den großen Hotels abends die Huren standen und vor allem die Ausländer ansprachen und zehn Dollar nahmen, was in Yuan umgerechnet fast ein kleines Vermögen war – für eine halbe Stunde Arbeit vielleicht. Das war zwar offiziell verboten, aber wenn selbst Offiziere der Polizei und der Armee... Tifei hatte gelacht und dann mit der Zunge geschnalzt, als ob auch er davon eine Ahnung hätte.

Die Stadt, dachte Huang und starrte Jian in den Nacken. Er ist ein Mensch aus der Stadt – hat er sich auch der Huren bedient? Und jetzt soll es Lida, meine Tochter, sein? Ich werde Jian töten müssen, wenn er Lida ein Leid antut. Die Ehre der Huangs ist ein Heiligtum, auch wenn sie arm und Miaos sind.

Am späten Nachmittag sah Huang sein Dorf Huili am Berghang liegen, und es wurde ihm warm ums Herz, denn es war ein schönes Dorf, und er hatte großen Anteil daran, denn er erzog die Kinder in seiner Schule, die Heimat zu lieben wie ihre Familie.

Sie kamen an einem Feld vorbei, das Huang gehörte, und Jian bremste so plötzlich, daß Huang nach vorn fiel und gegen die Lehne des Vordersitzes prallte.

»Haben Sie etwas überfahren?« rief Huang. »Ich steige aus

und nehme es mit.« Aber dann sah er, warum Jian gebremst hatte, und sein Herz schlug laut.

Auf dem Feld zog ein Büffel einen Pflug durch die fette Erde, und hinter dem Pflug ging Lida, drückte den hölzernen Dorn in den Boden und trieb den Büffel mit einem langen Bambusstöckchen an.

»Fahren Sie weiter!« sagte Huang zu Jian und wunderte sich, wie heiser seine Stimme klang.

Aber Jian riß die Tür auf, sprang aus dem Auto, schrie und winkte, und da Lida ihn nicht zu hören schien, weil sie mit lauten Rufen ihren Büffel antrieb, lief Jian zum Ententeich hinunter und dann die Terrasse hinauf zum Feld, und auch Huang verließ den Wagen, sah hilflos zu und wunderte sich über sich selbst, denn Freude durchzog ihn und ein Gefühl von Glück.

Er sah, wie Lida das Rufen Jians hörte, wie sie das Bambusstöckchen hinwarf, wie sie den Pflug losließ, wie der Büffel stehenblieb und den dicken Kopf hob, wie Lida auf Jian zulief und wie sie die Arme ausbreiteten und aufeinander zustürzten. Sie umfaßten einander, als sei die Welt versunken und sie die einzigen Lebenden.

»Was soll man tun?« fragte Huang laut und blickte in den Abendhimmel hinauf. »Ich habe immer gewußt, daß es nichts Stärkeres gibt als die Liebe. Und sogar Freude ist in mir ... Ich müßte mich schämen, aber ich kann es nicht.«

Es dauerte eine Zeit, bis Lida und Jian einander losließen, und dann war es wie vor ein paar Tagen: Gemeinsam schirrten sie den Büffel ab, trieben ihn vom Feld auf die Straße, und Jian kam zum Wagen zurück und sagte zu Huang, und seine Augen glänzten dabei: »Jetzt bin ich zu Hause.«

Und Huang antwortete: »Willkommen bei uns!«

Langsam fuhr Jian hinter dem vor ihm trottenden Büffel her ins Dorf, und die Leute, die sie sahen und Huang hinten in dem feinen Wagen sitzen sahen, grüßten ihn, winkten und begannen dann zu tuscheln.

Oben vor der Schule bremste Jian, und sie stiegen aus und gingen zum Lehrerhaus hinüber. Auf der Bank neben der Tür saß Jinvan und schälte Süßkartoffeln. Sie ließ das Messer fallen, als sie den Wagen, Jian und ihren Mann erblickte, und Chang kam aus dem Anbau, hustete heftig vor Erregung und lief dann Jian entgegen.

»Du hast dein Wort gehalten!« rief er. »Du hast mich nicht vergessen! Hast du die Medizin mitgebracht? Wird sie mir noch helfen können?«

»Sie wird von Nutzen sein«, entgegnete Jian ausweichend. »Ohne Hoffnung können wir nicht leben.«

Jinvan umarmte Jian, und sie weinte vor Glück, strich Jian über das Haar und konnte kein Wort sprechen.

»Kommen Sie ins Haus«, sagte Huang zu Jian und betrat als erster den großen Raum. Und Jinvan rief er zu: »Frau, es war eine anstrengende Fahrt. Der Hunger plagt uns!«

Später saßen sie dann alle um den Tisch und aßen. Lida trug die Speisen auf, aber Huang ärgerte sich, daß Jian die leeren Schüsseln wegräumte und die Suppe einschenkte. Das war Frauensache und eines Mannes nicht würdig. Aber vielleicht ist das die neue Zeit, dachte er. Das wäre nicht gut, denn der Mann ist der Herrscher im Haus, das gehört zu seiner Ehre. Nicht alle neuen Sitten sind ein Fortschritt.

Nach dem Essen bot Huang, auch im Namen seiner Frau, Jian das Du an. Dieser war darüber sehr glücklich.

Es war selbstverständlich, daß Jian wieder im Bett von Huang schlief, schon der Kontrolle wegen, zu der sich Huang verpflichtet fühlte. Ein heimliches Wegschleichen Jians zu Lida war so unmöglich, und damit sie erst gar nicht auf hinterhältige Ideen kamen, schob er Lidas Liege in die Hinterkammer neben Jinvans Bett, was Sicherheit und ungestörten Schlaf garantierte.

Aber da war noch der Büffel, und es gab keinen Abend, an dem Lida nicht das Tier säuberte und das harthaarige Fell bürstete, als sei er ein wertvolles Pferd, das immer gestriegelt werden müsse.

Die Arbeit im Stall gab Jian die Möglichkeit, mit Lida allein zu sein. Er half ihr, und wenn der Büffel sauber war, saßen sie nebeneinander auf der umgestürzten Kiste, hielten sich bei den Händen und küßten sich, und Chang, der sie einmal durch eine Ritze in der Holzwand beobachtete, lief zu Huang und Jinvan und sagte: »Ist das eine reine Liebe! Er rührt sie nicht an, nicht einmal ihre Brust.«

»Leg dich in deinen Sarg und schweig!« antwortete Huang grob. »Niemand will deine schmutzigen Gedanken hören.«

Jinvan fragte, als Chang mit einem Knurren gegangen war: »Was soll nun werden, Mann?«

»In vier Jahren will Jian unsere Tochter heiraten.«

»In vier Jahren? Wer weiß, was sich in vier Jahren alles ändern kann!«

»Ich weiß es nicht. Würden die Menschen ihre Zukunft wissen, gäbe es nicht genug Stricke, an denen sie sich aufhängen könnten. Lassen wir die Zeit sorgen!«

Für alle verging sie zu schnell, denn nach sechzehn Tagen voller Glück sagte Jian beim Abendessen, was Lida im stillen immer mit Furcht erwartet hatte: »Ich muß nach Kunming zurück. Die Universität beginnt wieder. Ich habe noch viel zu lernen, ehe ich ein Arzt bin.«

»Und wann sehe ich dich wieder?« fragte Lida.

Huang bewunderte ihre Tapferkeit: Sie stellte die Frage ohne ein Zittern in der Stimme und ohne eine Träne in den Augen.

»Wenn ich fliegen könnte, wäre ich jeden Abend hier.«

»Aber du bist kein Vogel«, sagte Huang. »Vierhundert Kilometer hin und vierhundert Kilometer zurück, das kann bei unseren Straßen zwei Tage dauern. Und das ist nur die Fahrt. Wo willst du die Tage hernehmen?«

»Ich fahre diese achthundert Kilometer, um nur einen Abend bei euch zu sein. Was sind Entfernungen, wenn ich Lida nur eine Stunde sehen kann!«

Der Tag der Abfahrt war kein trauriger Tag wie damals, als Lida sich vor ihrem eigenen Gefühl versteckte und mehr Tränen vergoß, als die Feldarbeit Schweiß kostete. Sie wußte jetzt, daß Jian wiederkam, sie wußte, daß sie zueinander gehörten, sie wußte, daß diese Liebe von jetzt an ihr Leben bestimmte, aber sie wußte auch, genau wie Jian, daß sie vor seinen Eltern verborgen werden mußte, solange er sein Studium nicht beendet hatte.

Jian hatte seine Reisetaschen in den Kofferraum des Autos gelegt, als Chang Lifu aus seinem Anbau kam und auf ihn zuschlurfte. Seit vier Tagen hustete er nicht mehr, auch wenn er sich aufregte oder freute; denn jede Gemütsbewegung hatte bisher zu einem Anfall geführt, der seinen Körper durchrüttelte. Nur etwas schwächer war er geworden, und wenn er die Hühner gefüttert, im Garten gearbeitet oder den Büffelstall mit neuem Reisstroh versorgt hatte, mußte er sich eine Weile hinsetzen oder hinlegen, weil seine Beine zu zittern begannen und er so von Müdigkeit überwältigt wurde, daß er hätte einschlafen können. »Es geht mir viel besser, Jian«, sagte er und lehnte sich gegen den Wagen. »Ich huste kaum noch – wirkt die Medizin?«

»Es wäre keine Medizin, wenn sie nicht wirken würde«, antwortete Jian ausweichend. »Du siehst, daß du kaum noch Beschwerden hast.«

»Nur müde bin ich, immer müde.«

Jian nickte. Die Medizin wirkte dämpfend, sie war eine starke Pflanzen- und Wurzelmischung, versetzt mit einem Schlangengift, die wirkungsvoller war als die chemischen Mittel, die aus dem Ausland importiert wurden. Die Zusammensetzung der Medizin hatte Jian in dem Rezeptbuch seines Vaters gefunden; sie war ein Mittel, das man in China schon seit Hunderten von Jahren kannte und das drei Kaisern geholfen hatte, wie Tong Shijun am Rande des Rezeptes notiert hatte. Unausgesprochen blieb nur, daß diese Medizin nicht heilen, sondern nur die Beschwerden überdecken konnte. Chang brauchte nur noch diese kleine Hilfe, bevor er sterben würde. Aus ärztlicher Sicht war er verloren.

»Dein Körper reagiert auf die Medizin, das macht ihn müde«, log Jian und wich dem forschenden Blick Changs aus. »Die Müdigkeit wird vergehen.«

»Ich werde also nicht sterben, Jian?«

»Wir alle müssen einmal sterben, Chang.«

»Das ist keine Weisheit, sondern ein Naturgesetz. Ich muß

nicht jetzt sterben, nicht morgen, in einer Woche, in einem Monat?«

»Wer weiß es? Wer kann darauf eine Antwort geben? Unser Körper entzieht sich unserem Willen. Er nimmt Krankheiten auf, und er stößt Krankheiten ab, ohne uns zu fragen. Er beherrscht uns, und wir können ihm nichts befehlen. Warum stirbt der eine Mensch schon mit achtzehn, und der andere wird neunzig Jahre alt?« Jian setzte zu einer neuen Lüge an. »Es geht dir besser, also hoffe.«

Der Abschied von den Huangs war kurz; man soll nicht lange zögern, wenn man weggeht, denn jedes Wort ist wie ein Schnitt ins Herz. Jian küßte Lida, und zum ersten Mal schlang sie vor den Augen der Eltern die Arme um seinen Hals, drückte sich an ihn, streichelte seinen Nacken und seine Haare und hing an ihm, als solle er sie wegtragen zu seinem Wagen und mitnehmen in die große Stadt Kunming. Es kümmerte sie jetzt gar nicht, daß ein solches Benehmen gegen alle Sitte verstieß, obwohl der Hausmeister der Schule, der den Eingangsflur auskehrte, seinen Besen hinstellte, sich auf den Stiel stützte und zusah; er würde es allen im Dorf Huili erzählen, daß Huangs Tochter Lida öffentlich ihren Geliebten abgeküßt und der Lehrer nichts unternommen, sondern es schweigend geduldet hatte. Auch ein paar Kinder sahen zu, zwei Mädchen kicherten hell, und Chang sagte zu Jinvan: »Jetzt bleibt ihnen gar nichts anderes übrig, als zu heiraten. Oder Huang muß Jian töten, so wie es die Ehre einer Familie verlangt.«

»Warten wir es ab«, antwortete Jinvan nachdenklich. »Laß die Zeit entscheiden. Vier Jahre wollen erst durchlebt werden, und wie ein Magnolienbaum tausend Blüten trägt, ist auch der Mensch nur ein Baum, von dem tausend Blätter fallen.«

Jian riß sich von Lida los, stürzte fast zu seinem Wagen, stieg ein, zog die Tür zu, startete und fuhr davon, ohne noch einmal zu winken oder sich umzudrehen; er wollte Lidas Bild für die nun kommende Zeit seiner Abwesenheit mitnehmen.

An diesem Tag blieb der Büffel im Stall. Lida ging nicht mit ihm auf die Felder, sondern saß vor dem Haus auf der von

Großvater Huang Yuan gezimmerten Bank und blickte auf die Straße, auf der Jian verschwunden war. Der Büffel wunderte sich, brüllte und rumorte und stieß mit dem dicken Kopf gegen die Holzwand, denn ihm fehlte der Wind von den Bergen, die klare Luft und der Geruch der aufgebrochenen Erde.

Bei Onkel Zhang Shufang am Erhai-See machte Jian Station, um eine Thermoskanne mit heißem Wasser und ein Päckchen grünen Tee auf den langen Weg von Dali nach Kunming mitzunehmen. Erst spätnachts würde er im Elternhaus eintreffen, und da war es nützlich, sich mit Tee wachzuhalten und den Magen zu beruhigen.

»Wann beginnt das neue Semester?« fragte Zhang und packte in eine Tasche aus Binsen noch Obst für die Fahrt ein, saftige Mandarinen und große goldgelbe Pflaumen.

»Morgen«, antwortete Jian einsilbig. Er dachte an Lida, immer nur an Lida und ihre verzweifelte Wildheit bei den Abschiedsküssen.

»Du kommst also im allerletzten Augenblick nach Hause.«

»Ja.«

»Das wird deinem Vater nicht gefallen.«

»Ihm wird vieles nicht gefallen, was noch geschehen wird.«

»Er wird Achtung und Ehrerbietung verlangen.«

»Er soll sie haben, wenn er mich meinen Weg gehen läßt.«

»Und wohin führt dieser Weg, und wo endet er?«

»In der freien Individualität.«

»Das klingt wie das Märchen vom Drachen, der eine Maus auf seiner nassen Zunge badet. Jian, auch dein Leben wird die Partei bestimmen. Du kannst vor ihr nicht wegrennen, denn wo du hinkommst, ist auch sie. Sie ist überall. Oder willst du China verlassen?«

»Ich werde Lida heiraten.«

Zhang schwieg einen Augenblick und blickte durchs Fenster auf den See und die Fischerboote hinaus, die wie graue Flecken auf dem blauschimmernden Wasser lagen. »Ich hätte dem Lehrer mehr Klugheit zugetraut«, sagte er endlich. »Dein Vater, Jian, ist ein mächtiger Mann, dessen Worte man gerne hört und deren Weisheit man ehrt. Du kennst seine Verbindungen, die bis nach Beijing zu den Großen der Partei reichen. Huang wird verlieren.«

»Ich werde an seiner Seite stehen. Wer gegen ihn kämpft, muß erst mich überwinden.«

»Du bist ein Tong! Willst du deine Hand gegen deinen eigenen Vater erheben?«

»Ich heiße Tong, aber dieser Name ist nicht der Schlächter meines Willens!«

»Vergiß nicht deine Schwester Fengxia und ihren Verlobten Wu Junghou. Auch sie werden deine Gegner sein.«

Jian lächelte und schüttelte den Kopf. »Sie sind kommunistische Funktionäre; die Tradition ist für sie um so erhaltenswerter, je mehr sie verschwindet. Das Alte, das Mao zerstören ließ, wieder neu bauen, damit die Welt sieht, daß China schon ein Land mit einer Hochkultur war, als die übrige Menschheit noch in Wolfs- oder Bärenfellen herumlief und in Höhlen lebte – das hat für sie einen Sinn. Aber ein Leben in der Tradition, wie mein Vater es wünscht, erregt nur ihr Lachen oder ein mitleidiges Kopfschütteln.«

»Ich wäre glücklich, wenn sich das nicht als eine Täuschung erweist.« Zhang zeigte auf den Herd. »Ich kann dir noch eine Reissuppe anbieten, Jian.«

»Ich danke dir, Onkel Zhang.« Jian verbeugte sich vor seinem Onkel, nahm die volle Thermoskanne und den Binsenkorb mit Obst und ging zu seinem Wagen hinaus. »In vierzehn Tagen komme ich wieder und werde Tee bei dir trinken. Dann fahre ich nach Huili weiter.«

»Für einen halben Tag? Du bist ein Narr! Jian, lerne aus den Sprüchen der Jahrhunderte. Einer lautet: ›Läßt man in seinem Herzen die Wünsche allzu sehr wachsen, so hat man nichts, womit man den Leichtsinn in sich beschwichtigen könnte, und so sind selbst unter den weisesten Männern des Altertums einige der Frauen wegen gestrauchelt.‹«

»Onkel Zhang, du hast nie die Liebe in deinen Armen gehalten.« Jian blieb unter dem Türbalken stehen. »Ich entgegne dir mit einem anderen Spruch: ›Wenn die Menschen nur von dem sprächen, was sie verstehen, dann wäre gar bald ein großes Schweigen auf der Erde.‹ Und Li Yü, der Weise, sagte: ›Mann und Frau können ebenso wenig getrennt werden wie Himmel und Erde.‹ Und so ist es, Onkel Zhang: Nichts kann mich mehr von Lida trennen.«

»Die Liebe ist das Grab der Vernunft – ich weiß es, und du wirst es noch lernen. Habe eine gute Fahrt und grüße mir deine Eltern.«

Jian verbeugte sich wieder und verließ Zhangs Haus. Er empfand eine große Sympathie für seinen Onkel, denn er war ein Mann voll Güte und Wissen, der einen Rat für alle Widrigkeiten hatte und eine offene Seele für alle Nöte. Er war ein Mensch, der die Wahrheit nicht verschluckte, und wenn er sagte, daß Huang gegenüber Tong der Verlierer sein werde, dann gab es keinen Zweifel, daß alles so kommen werde. Auch als Mao ihn besucht hatte und sie ihre Gedichte austauschten, hatte Zhang keine Angst um seinen Kopf, als er zu Mao sagte, Kommunismus solle man nicht die Liquidierung Andersdenkender nennen, denn das Verschwinden aller Klassen- und Standesunterschiede solle durch die gemeinsame sozialistische Arbeit geschehen und nicht durch die Herrschaft von Menschen über Menschen. Mao hatte ihm ruhig und voll Aufmerksamkeit zugehört und dann gesagt: »Zhang Shufang, was deine Gedichte aussagen, bist du wirklich selbst: ein Phantast. Laß einen Menschen laufen – er läuft fast immer in die falsche Richtung, wenn keiner ihn lenkt. Und ich will China anleiten, den richtigen Weg zu gehen.« Dieses Gespräch hatte Zhang nie vergessen, und als er die Ruinen sah, die Maos Kulturrevolution im ganzen Land hinterlassen hatte, diese schreckliche Vernichtung aller kulturellen Werte, da wußte Zhang, daß es ein falscher Weg gewesen war und daß Maos Nachfolger Deng Xiaoping den anderen, richtigen Pfad in Chinas Zukunft entdeckt hatte, als er 1979 seine Öffnungspolitik gegenüber dem verhaßten Westen einleitete. Und ganz China staunte über den Kurswechsel in eine bisher geschmähte Welt. Onkel Zhang hatte es längst vorausgesehen.

Über all das und noch vieles mehr dachte Jian nach, als er nach Kunming zurückfuhr. Sah Onkel Zhang auch heute wieder die Entwicklung voraus, auch wenn sie nur die Familien Tong und Huang betraf, dann würde es eine Gegnerschaft auf Leben und Tod geben, und das war kein zu großes Wort, denn Jian war bereit, für seine Liebe zu Lida alles zu opfern, was bisher seinem Leben einen Wert gegeben hatte. Lida war seine Sonne und er die Erde, die aus der Wärme das Leben blühen ließ.

Es war eine mühsame Fahrt auf der nächtlichen Straße, dreimal wurde er von Polizeikontrollen angehalten, die seinen Wagen nach Rauschgift untersuchten und ihn verhörten, woher er kam und warum er in der Nacht fuhr. Als sie erfuhren, daß er Student der Medizin in Kunming sei, erzählten ihm vier Polizisten von ihren kleinen Krankheiten, baten um einen Rat und klagten, der Polizeiarzt sei ein grober Kerl, der bei allen Gebrechen zuerst und grundsätzlich ein starkes Abführmittel verteile. Dazu sage er immer: »Die meisten Krankheiten kann man wegscheißen! Im Darm sitzt der Teufel. Ein sauberer Darm ist wie ein früher Frühlingsmorgen.« Erstaunlicherweise erzielte der Polizeiarzt mit dieser Methode sogar Erfolge, und als Jian in lautes Lachen ausbrach, war keiner der Polizisten beleidigt, sondern einer sagte sogar: »Du und dein Vater, ihr müßt einflußreiche Personen sein. Wenn man sich solch ein Auto leisten kann, ist man ein Mensch von hohem Ansehen oder ein Betrüger.«

Erst gegen Morgen, als der Himmel über Kunming schon fahlblau wurde, erreichte Jian sein Elternhaus. Hier schlief noch alles. Er ging leise auf sein Zimmer, zog sich aus, stellte sich unter die Dusche und ließ das kalte Wasser über seinen müden Körper sprühen. Er spürte, wie die Erfrischung seine Erschöpfung besiegte, und als er sich mit dem Handtuch abrieb, belebte sich sein Blut, und er fühlte sich so stark, als wenn er lange geruht hätte.

Eine halbe Stunde später stand er dann im Eßzimmer seinem Vater gegenüber. Sie waren allein, sahen sich wortlos an, und jeder wartete, daß der andere mit dem Sprechen beginne.

Tong Shijun setzte sich an den Tisch, die Dampfbrötchen waren bereits gebracht worden, in einer tiefen Porzellanschüssel duftete eine Nudelsuppe. »Ich hatte die Befürchtung«, begann er das Gespräch, »daß du nicht rechtzeitig zum Semesterbeginn zurück bist.«

»Ich habe noch nie meine Pflicht verletzt«, antwortete Jian steif.

»Hattest du einen guten Urlaub?«

»Ja.«

»Bist du viel im See geschwommen?«

»Ja.«

Wie glatt mir die Lüge aus dem Mund kommt, dachte Jian. Er wunderte sich über sich selbst, daß er seinem Vater in die Augen sehen konnte, ohne daß ein unsicherer Blick ihn verriet.

Tong nahm ein Dampfbrötchen vom Teller und zerteilte es. »Das freut mich«, sagte er beiläufig. »Aber du warst nicht immer in Dali bei Onkel Zhang.«

Jian hielt einen Augenblick den Atem an, dann versteifte sich seine Haltung, und er war zum Kampf bereit. »Wie kommst du zu dieser Feststellung?« fragte er.

»Ein Bekannter von mir ist zur gleichen Zeit nach Dali gereist und hat dabei auch Zhang einen Besuch abgestattet. Du warst nicht da.«

»Wenn ich schwimme oder fische, kann ich nicht im Haus sein.«

»Zhang hat nicht ein Wort gesagt, daß du sein Gast bist.«

»Warum sollte er darüber mit einem fremden Besucher sprechen?« Jian setzte sich seinem Vater gegenüber an den Tisch und sah ihn herausfordernd an. »Hast du diesen Mann als deinen Spion zu Onkel Zhang geschickt?«

»Hast du ein schlechtes Gewissen, daß du so etwas denken kannst?«

»Ich bin ein paar Tage herumgereist. Nach Lijian, zum Diancang Shan, nach Dukou, zu den Höhlen des Steinglockenbergs.« Jian legte die geballten Fäuste in den Schoß und starrte seinen Vater geradezu feindselig an. »Wie sollte ich deswegen ein schlechtes Gewissen haben?«

»Wer einen Spion in seinem Rücken vermutet, muß etwas zu

verbergen haben.« Tong beugte sich über den Tisch, löffelte Nudelsuppe in seine Eßschale und begann mit dem Frühstück. »Du hast einen starren Blick, mein Sohn.«

»Mir gefällt nicht, daß du mit mir wie in einem Verhör sprichst.«

»Mich treibt eine große Sorge, Jian.« Tong schob die Eßschale von sich weg, als sei die Nudelsuppe verdorben. »Ich hatte Zeit zum Nachdenken. Beantworte mir bitte eine Frage: Hast du Verbindungen zu reaktionären Kreisen?«

Jian atmete auf. Die Gedanken seines Vaters beschäftigten sich mit den nur vorsichtig geäußerten Ideen einer Gruppe Studenten, vor allem an der Universität von Beijing, die sich für mehr Demokratie in China einsetzten. In Kunming wucherten die Gerüchte, aber keiner wußte etwas Genaueres. Das Wort Demokratie war ein Importartikel aus dem westlichen Ausland, ein Schlagwort des Kapitalismus, für den man nur Verachtung empfand.

»Nein«, sagte Jian mit Nachdruck. »Ich kenne keine Reaktionäre.«

»Ihr habt keine heimlichen Treffs?«

»Mit wem soll ich mich treffen, wenn ich niemand kenne?«

»Deine Antwort bringt wieder Ruhe in mein Herz.« Tong betrachtete seinen Sohn mit forschendem Blick. »Wir sind eine alte Familie, die es in den vergangenen Jahrhunderten immer geschafft hat, eine verständige Anpassung an die bestehenden Verhältnisse zu finden.«

»Bis hin zu meiner Schwester Fengxia, die eine Parteifunktionärin ist.«

»Das klingt wie eine Anklage.«

»Ich verachte jeden intelligenten Menschen, der Nutzen aus dem Zeitgeist zieht.«

»Dann trifft deine Verachtung auch mich?«

»Du bist mein Vater.«

»Und ich bin ein Kommunist. Ich bin Mitglied der Partei. Ich bin es geworden, weil ich Nutzen daraus ziehen kann. Nutzen für meine Kranken. Das Ultraschallgerät, die neue Röntgenanlage, die Erweiterung des Krankenhauses um hundert Betten – ist das nicht ein Erfolg? Ohne die Partei wären wir wie ein Stein in einem ruhigen See gewesen; jetzt bewegt sich das Wasser, und der Stein taucht als eine Insel auf.«

»Aber das Traditionsdenken der Tongs wird nicht berührt.« Jian erhob sich von seinem Stuhl, ohne das Frühstück angerührt zu haben. »Hast du mit Qian Fang wegen Yanmei gesprochen?«

»Nein, noch nicht.«

»Warum nicht, Vater?«

»Ich lebe in der Hoffnung, daß du deinen Sinn noch änderst.«

»Es ist eine nutzlose Hoffnung. Ich werde Yanmei nie heiraten.«

»Aus welchem Grund?«

»Vater, wir haben schon genug darüber gesprochen. Ich habe die Absicht, mir meine Frau selbst auszusuchen und mich nicht willenlos verheiraten zu lassen. Hat man dir damals Mutter auch zugeteilt?«

»Welch ein Wort! Deine Mutter Meizhu gehört zu den großen Familien. Sie wurde mir versprochen, als sie noch als Kind im elterlichen Garten Blumen zu Girlanden flocht.«

»Und sie hat an deiner Seite ihr Glück gefunden?«

»Ich habe aus ihrem Mund nie eine Klage gehört.«

»Weil es die Tradition verbietet, daß eine Frau über ihren Mann klagt. Sie ist eine Untertanin, die willig Kinder gebiert.«

»Jian!« Tong sprang auf und schlug mit der Faust auf den Tisch. »Du sprichst von deiner Mutter!«

»Ich rede von dem Recht der Frau in China. Sie hat nie Rechte gehabt. Der Männlichkeitswahn hat nie geduldet, daß die Frauen eine eigene Meinung hatten. Sie hatten vom frühen Morgen bis zum späten Abend zu arbeiten, und in unseren Kreisen hatten sie nur schön zu sein.«

»Deine Mutter hat studiert wie ich. Sie ist Ärztin.«

»Hat sie als deine Frau jemals die Möglichkeit gehabt zu praktizieren? Sie war immer nur die vornehme Frau Tong, die hochwohlgeborene Zhang Meizhu, und ihr Mann, der berühmte Tong Shijun, wurde sogar Kommunist, um diese Tradition zu schützen. Das ist nicht *meine* Welt, Vater.«

»Und wie siehst du deine Welt, du Narr?«

»Ich will ein guter Arzt werden und ein Leben führen, dem ich selbst einen Sinn gegeben habe, aber kein Leben nach einem Diktat. Mit Yanmei fängt es schon an – ich soll mich deinem Willen beugen und sie zur Frau nehmen. Nein! Ich habe meinen eigenen Willen, Vater.«

»Dann wird Wille auf Wille prallen.«

»Wenn es so sein muß. Ich weiche nicht zurück.«

»Dein Benehmen erinnert mich an eine uralte Fabel, die Hsiao Fu geschrieben hat: Ein armer Mann traf eines Tages einen alten Freund, der inzwischen ein Geist geworden war. Als dieser von seines Freundes Armut erfuhr, hob er seinen Finger und zeigte auf einen Stein am Weg. Sofort wurde dieser zu Gold. Der Geist schenkte ihn dem armen Freund. Der aber war damit noch nicht zufrieden, und so schenkte ihm der Geist noch einen großen Löwen aus Gold. Aber immer noch war der Mann unzufrieden. ›Was willst du denn noch mehr?‹ fragte der Geist. ›Deinen Finger möchte ich‹, war die Antwort.« Tong sah seinen Sohn durchdringend an. »Verstehst du die Fabel, Jian?«

»Ich brauche von dir weder einen goldenen Stein noch einen goldenen Löwen oder deinen goldenen Finger«, antwortete Jian hart. »Was ich brauche, schaffe ich mir allein!«

»Noch bist du nichts! Gar nichts!« schrie Tong unbeherrscht. »Es ist keine Heldentat, von einem sicheren Ort mit Steinen zu werfen.«

»Ich werde mir die Steine selbst zurechtschlagen, mit denen ich werfe!« schrie Jian zurück. »Und wo ist der sichere Ort? Hier, in diesem Haus, unter deinem Befehl. Auch das kann man ändern!«

Er rannte aus dem Zimmer und warf die Tür hinter sich zu, so hart, daß Tong die Angst befiel, die wertvollen Holzschnitzereien könnten zerbrechen. Langsam setzte er sich wieder an den Tisch und begann seine Suppe zu löffeln. Seine Hände zitterten dabei, und er fragte sich immer wieder, was Jian so verändert haben könnte, wenn nicht der Umgang mit heimlichen Revolutionären. Ob Zhang etwas mehr wußte? Wer einen Sohn gezeugt hat, dem steht großer Stolz zu, und es ist seine Pflicht, einen aufrechten Mann aus ihm zu machen.

Am Ende des Frühstücks hatte Tong beschlossen, nach Dali zu fahren und Onkel Zhang aufzusuchen. Nur sofort war das nicht möglich, man brauchte ihn im Krankenhaus, und er sah niemand, der ihn ein paar Tage vertreten konnte. Wie alle Großen war auch Tong der Ansicht, daß es für ihn keinen Ersatz gab; denn hätte es ihn gegeben, wäre er nicht mehr der Große gewesen.

Als er vom Tisch aufstand, betrat Meizhu das Zimmer. Sie schaute sich suchend um und sah, daß er allein war. »Kann es sein«, fragte sie, »daß ich Jians Stimme gehört habe? Ist er zurückgekommen?«

»Ja, er war hier. Er ist wieder gegangen. Die Universität fängt heute wieder an.« Tong atmete tief ein. »Er ist ein guter Sohn, Frau. Wir werden noch viel Freude an ihm haben.« Aber während er das sagte und Meizhu es glaubte, dachte er voll Bitternis, daß es auf der Welt nichts Schlimmeres gab als Feindschaft zwischen Vater und Sohn.

An einem Morgen kam Chang Lifu nicht aus seinem Anbau hervor. Sonst war er immer der erste gewesen, der schon kurz nach fünf Uhr hustend und keuchend im Haus erschien, um einen Becher heißen Wassers zu trinken. Huang wurde jeden Morgen von diesem Husten geweckt, aber er erhob sich nicht von seinem Bett, wie es die Bauern um diese Zeit taten, sondern blieb wach liegen und überdachte den neuen Tag. Ein Lehrer kann länger schlafen, dafür verdient er auch weniger als jeder andere; selbst ein Hilfsarbeiter in einer Fabrik kann stolzer auf seinen Lohn blicken als ein Lehrer, dem man im Monat hundertsechzig Yuan zubilligt.

Huang wartete an diesem Morgen noch eine Viertelstunde, bis er sich erhob, in seine Hose schlüpfte und zum Anbau hinüberging. Durch die Ritzen der Bretterwand fiel in Streifen das

Morgenlicht und tauchte den Raum in eine aufgehellte Dämmerung. Einer der Sonnenstreifen glitt mitten über den Sarg und beschien Changs narbiges Gesicht.

Er lag in seinem Sarg auf dem Rücken, hatte die Hände gefaltet und starrte gegen die Deckenbalken und das dichte Reisstroh, mit dem das Dach gedeckt war. Er rührte sich nicht, als Huang eintrat, er wandte ihm nicht den Kopf zu und sah ihn nicht an. Es war, als sei er ein Stück Holz, das jemand aus Spaß in einen Sarg gelegt hatte.

Huang kam näher und beugte sich über Changs Kopf. Auch das brachte ihn nicht dazu, Augen oder Kopf zu bewegen, und wenn seine Augen nicht einen Blick gehabt hätten, wäre Huang der Überzeugung gewesen, Chang habe diese Welt verlassen.

»Geht es dir schlecht?« fragte Huang teilnahmsvoll. »War es wieder eine böse Nacht?«

Chang schwieg. Nur in die Fingerkuppen der gefalteten Hände zog ein kaum sichtbares Zittern.

»Hast du Schmerzen?« fragte Huang weiter. »Hilft dir Jians Medizin nicht mehr?«

Chang antwortete nicht. Nur etwas Leben trat in seine Augen, er öffnete und schloß die Lider, und dann wandte er den Kopf Huang zu und sah ihn stumm an.

»Soll ich dir eine Tasse mit heißem Wasser bringen?« Der Blick, der Huang traf, ließ ihm einen Schauer über den Rücken laufen.

»Nein!« sagte Chang plötzlich. Seine Stimme klang so hohl, als spräche er in einen leeren Blecheimer, und Huang schrak vor diesem Klang zusammen.

»Kannst du nicht mehr aufstehen und gehen?«

»Ich sterbe«, sagte Chang dumpf. »Ich sterbe.«

»Du redest, also lebst du.«

»Ich bin eine leere Hülle, Huang. In mir ist nichts mehr – alles ausgehustet und ausgespuckt. Ich warte, daß die Hülle zusammenfällt wie ein Schlauch ohne Luft. Wenn Lida ihren Büffel holt, werde ich tot sein.«

»Das ist in einer halben Stunde.« Huang versuchte aufmunternd zu lächeln. »Wenn der Mensch der Zeit befehlen könnte, wäre die Welt längst untergegangen. In einer Stunde stehst du im Garten und fütterst die Hühner.«

»In einer Stunde bin ich unterwegs, Staub im Staub zu werden.« Chang schloß die Augen. Die Morgensonne, die durch die Bretterritzen fiel, blendete ihn, ja sie schmerzte, und sonst hatte er sie jeden Morgen mit ehrerbietigen und schmeichelnden Worten begrüßt und sich bedankt, daß er sie wiedersehen konnte. »Ich möchte dir noch etwas mitteilen, Huang«, sagte er. »Noch ist es Zeit.«

»Erzähl, so viel du willst.«

»Du wirst schreckliche Dinge hören, Huang.«

»Nicht schrecklicher, als ich sie mit dir 1976 erlebt habe. Wir alle wissen es: Du bist ein Mörder.«

»Und warum habt ihr mich nicht sofort erschlagen, als ich nach so langen Jahren zu euch kam?«

»Du bist als ein alter, kranker, gequälter Mann gekommen, der die gleichen Leiden erfahren hat, die du deinen Opfern angetan hast. Aber das war es nicht, Chang, warum ich dir nicht eine Eisenstange über den Kopf schlug. Auch Mitleid war es nicht – du hast kein Mitleid verdient. Verzeihung? Wie kann man dir jemals deine Verbrechen verzeihen? Wo du gegangen bist, haben deine Stiefel eine Blutspur hinterlassen, und du hattest keine Seele, denn sie hätte zerspringen müssen von den Schreien der Gequälten und der Sterbenden. Und trotzdem habe ich meine Hand nicht gegen dich erhoben, als du plötzlich vor der Tür meines Hauses standest. In diesem Augenblick habe ich mich nur an eins erinnert. Nicht an die Folterung meines Sohnes Tifei oder an die Schändung meiner Frau Jinvan. Ich habe nur an eines gedacht, und deshalb haben wir dich bei uns aufgenommen, als seist du ein Verwandter, der aus weiter Ferne zu uns gewandert ist.«

»Und was war das, woran du gedacht hast?«

»Du hast Lida leben lassen. Du hast sie sogar vor deinen Rotgardisten geschützt. Du hast deine Bande weggeschickt, und mein Dank war so groß, daß ich dich in meinem Bett schlafen ließ, und ich stand in dieser Nacht vor dir und wollte dir die Kehle durchschneiden, und ich konnte es nicht, weil ich Lida ansah, die durch einen Wink von dir hatte am Leben bleiben dürfen.« Huang beugte sich wieder über Changs Gesicht. »Warum hast du sie leben lassen?«

»Es gibt darauf keine Antwort. Es gibt Dinge, die allen Erklärungen trotzen. Ich konnte sie nicht töten. Sie lief vor mir her, klein, mager, ein ängstliches Vögelchen, und sie hat mich mit Augen angesehen, die mich daran erinnerten, daß ich auch eine Tochter hatte, so jung wie sie, und daß ich jedem das Herz herausgerissen hätte, der sie anfaßte oder ihr Böses antun wollte. Das war es vielleicht, was mich hinderte, Lida zu packen und ihren Kopf an der Wand deiner Schule zu zertrümmern.«

»Du hast eine Tochter?« fragte Huang verwundert. »Du hast nie von ihr erzählt. Und wo ein Kind aufwächst, ist auch eine Mutter, die es geboren hat. Warum bist du zu uns gekommen und hast nicht den Weg zu deiner Tochter und ihrer Mutter gesucht?«

»Ich habe sie gefunden. Sie lagen in einem Massengrab, erschossen von Konterrevolutionären, die Maos kleine Generäle verjagten und wußten, daß Shufen und Tianlin die Frau und das Kind des Kommissars Chang Lifu waren. Sie haben für mich gebüßt.« Chang atmete heftig, und seine verkrampften Finger verloren alle Farbe, so preßte er sie ineinander. »Vier von ihnen habe ich stellen können, da sie an mich verraten wurden. Ich habe sie getötet, habe sie mit einem Beil zerstückelt, habe die Fleischbrocken auf den Straßen ausgestreut, habe meine Schuld begriffen und bin aus dem Wahn erwacht, Gutes für Mao getan zu haben. Das war das Ende des Kommissars Chang Lifu.«

»Und dann?«

»Dann bin ich geflüchtet.« Chang schloß die Augen. Seine Stimme war leiser und hohler geworden, und jeder Atemzug war ein Rasseln in seiner eingefallenen Brust. »Jetzt sterbe ich«, sagte er ganz leise. »Ich spüre die Kälte. Die Ewigkeit öffnet sich vor mir.«

Huang sah ihn schweigend an, und wie er so auf dem Rand des Sarges saß und Chang betrachtete, merkte er am Ende nicht, daß

Chang auf einmal keinen Atem mehr hatte; er war lautlos, ohne eine Bewegung, ohne ein äußeres Zeichen gestorben. Erst als sein Mund aufklappte und der Unterkiefer herunterfiel, erkannte Huang, daß Chang tot war.

Er bückte sich, nahm ein Holzscheit vom Boden, drückte es gegen das Kinn des Toten und schloß dessen Mund. Dann ging er aus der Hütte, sah Lida aus dem Haus kommen und sagte, bevor sie fragte, warum er nicht zum Frühstück komme und wo Chang bleibe: »Er ist tot.«

Er ging weiter, während Lida an ihm vorbeilief und in den Anbau stürzte, und hörte, wie sie laut schluchzte. Er sah Jinvan kurz an, setzte sich an den Tisch, zog den Teller mit der Reissuppe zu sich heran, griff nach dem Dampfbrot und begann zu essen.

»Chang ist tot«, sagte er nur, und als er in Jinvans Augen Tränen sah, fügte er hinzu: »Er war nicht wert, daß du um ihn weinst, aber er ist es wert, daß Lida um ihn trauert.«

Um acht Uhr begann die Schule. Es war ein Tag wie jeder andere, nur der Sargdeckel war über den Sarg gelegt und schloß Chang endgültig von der Welt ab.

Es dauerte sechs Wochen, bis Tong Shijun seinen Oberarzt beauftragte, ihn vier Tage zu vertreten. Die geplante Fahrt zu Onkel Zhang konnte stattfinden.

Mit Jian hatte Tong nur wenig sprechen können. Man sah sich zu den Mahlzeiten, die Gespräche zogen sich wie ein zäher Brei dahin, und kaum war das Essen beendet, begab sich Jian in sein Zimmer und beugte sich über seine Vorlesungsnotizen und seine medizinischen Bücher.

An Lida hatte er bereits zehn Briefe geschrieben, aber er hatte sie nicht zur Post gegeben, denn was er ihr geschrieben hatte, war ein Himmel voll Sehnsucht und Verlangen. Es wäre ihm unangenehm gewesen, wenn auch Huang diese Briefe gelesen hätte, denn sicherlich hätte er Lida aufgefordert, ihm diese Briefe zu zeigen, die nicht heimlich kommen konnten, da Huang die Post in Empfang nahm.

Das Schicksal ist oft zu bösen Scherzen bereit, und so war es wirklich einer, daß am frühen Morgen dieses Tages Tong Shijun in einen Kleinbus kletterte und sich nach Dali fahren ließ und daß am Mittag, nach der Vorlesung, Jian sich in seinen Wagen setzte und gleichfalls den Weg nach Dali nahm. Erst, als ihr Sohn am Abend noch nicht zu Hause war, ahnte Meizhu, was geschehen war. Aber sie hatte keine Möglichkeit, ihn zu warnen. Zhang Shufang besaß kein Telefon und hatte sich auch nie darum bemüht. Es wäre undenkbar gewesen, daß man eine Telefonleitung zu einer Hütte im Schilf des Erhai-Sees gezogen hätte. »Das Telefon macht einen Sklaven aus dir«, hatte Zhang einmal gesagt. »Jeder kann dich belästigen und dir wertvolle Zeit rauben. Ich weiche allem aus, was mir Unfreiheit bringt.«

Jetzt hätte ein Telefon vieles verhindern können, und Meizhu lief voll Verzweiflung im Haus umher, kniete vor dem vergoldeten Buddha des Hausaltars nieder und flehte die Gottheit an, es zu keiner Katastrophe kommen zu lassen.

Onkel Zhang überfiel eine solche Überraschung, als plötzlich Tong vor seiner Tür stand und gegen das Holz klopfte, daß er zunächst nichts sagen konnte als: »Guten Tag« und: »Sei willkommen!« Aber dann, als er sich gefaßt hatte, klopfte er Tong auf die Schultern, faßte seine Hand, schüttelte sie und rief voller Freude: »Lebst du immer noch? Bist du noch nicht tot?«

Die Frage hatte ihre Berechtigung, besonders in diesem Fall, auch wenn es nur eine der üblichen Höflichkeiten unter Verwandten war. Zhang hatte Tong über zwei Jahre nicht gesehen oder gesprochen, auch Briefe waren nicht verschickt worden; die einzige Verbindung zwischen ihnen war immer Jian gewesen, und außer einem Gruß hatte man sich nichts zu sagen. Zwischen Tong und Zhang gab es keine geistige Gemeinsamkeit, zumal es für Tong fast eine Familienschande war, daß ein so angesehener Maler wie Zhang in einer Hütte wohnte, anstatt seinem Stand und seiner Bildung gemäß in einem großen Haus zu leben.

»Er ist ein großer Künstler, aber ein Sonderling«, hatte Tong einmal zu seiner Frau Meizhu gesagt. »Es wäre gegen seinen Willen, wenn wir uns um ihn kümmerten.«

Zhang seinerseits war in all den vergangenen Jahren nur viermal in Kunming gewesen, und das nur, weil man seine herrlichen Bilder ausstellte und er dafür geehrt wurde. Als auch noch bekannt wurde, daß Mao bei ihm gesessen und ihm seine Gedichte vorgelesen hatte, daß er zu diesem Treffen extra nach Kunming geflogen war, erreichte die Verehrung ihren Gipfel.

Um so mehr war das Einsiedlerleben Zhangs in den Augen von Tong Shijun eine Herausforderung der Familie, eine Mißachtung der Tradition. Und nun stand Tong vor Zhangs Tür, und dieser wunderte sich, daß sich Tong überwinden konnte, die bescheidene Hütte überhaupt zu betreten.

»Komm herein«, sagte Zhang höflich und hielt die Tür auf. »Was hat sich verändert an dir?«

»Kann ich einen Tag bei dir wohnen?« fragte Tong.

»Du bist der Mann von Meizhu und daher immer willkommen. Wenn du in einem Bett mit harter Matratze schlafen kannst, ist es auch dein Haus.«

Tong betrat das große Atelier, warf einen Blick auf das halbfertige Bild auf dem langen Tisch, breitete die Arme aus und dehnte sich, denn vierhundert Kilometer in einem hüpfenden Kleinbus verhärten die Muskeln. Dann setzte er sich auf einen Stuhl aus Weidengeflecht und blickte auf den See hinaus. Die Schatten des Abends glitten über das Wasser und ließen es tintenblau schimmern. Die letzten Fischerkähne kehrten zum Ufer zurück und verschwanden in den Schilfgassen.

»Es ist schön hier«, sagte Tong plötzlich.

»Die Natur ist voller Wunder«, antwortete Zhang. »Glücklich das Auge, das so etwas sieht und erkennt.« Er setzte zwei Deckeltassen, eine Keramikdose mit grünem Tee und eine große Thermoskanne mit heißem Wasser auf den Tisch. »Du wirst Hunger haben. Bist du mit einem gebratenen Fisch und eingelegten Pilzen zufrieden? Ich bin auf deinen Besuch nicht vorbereitet.«

Tong nickte. Die lange Reise hatte ihn ermüdet, der Hunger bohrte in seinem Magen; denn außer etwas Obst bei einem Zwischenhalt und einer wäßrigen Gemüsesuppe mit Tofu in einer Garküche hatte er nichts gegessen. »Ich bin mit allem zufrieden«, sagte er.

Zhang wunderte sich sehr über diesen Satz, der so gar nicht zu dem vornehmen Tong paßte.

Während Zhang aus einem Eimer Wasser einen mittelgroßen Fisch mit rötlichen Schuppen holte, ihn aufschnitt, ausnahm und in kleine Stücke schnitt, eine Kesselpfanne und sogar einen Topf mit Klebreis aufsetzte, blickte Tong stumm weiter über den See, den jetzt sehr schnell die Dunkelheit verschlang.

»Warum hast du die lange, beschwerliche Fahrt auf dich genommen?« fragte Zhang, nachdem er den Fisch gesalzen und mit einer Pfeffermischung eingerieben hatte. In der heißen Pfanne fing es gleich darauf zu brutzeln an.

»Ich wollte mit dir reden, Shufang.« Tong wandte sich vom Fenster weg in den Raum. Der Geruch des bratenden Fisches verbreitete sich. »Es ist wegen Jian.«

Zhang kümmerte sich um den dampfenden Reis und wendete ihn in dem hohen Topf. Er fragte sich, was Tong mit seinen Worten meinte und ob Jian nun doch von Lida gesprochen hatte, womit der Kampf zwischen dem Professor der Medizin und stolzen Han-Chinesen und dem armen Dorfschullehrer von Huili beginnen würde. Und Zhang tat das Beste, was er in diesem Augenblick tun konnte: Er schwieg und wartete.

Tong beobachtete Zhang scharf, und als dieser beim Namen Jian keine Reaktion zeigte, wurde er unsicher. »Ich habe Kummer mit meinem Sohn«, sagte er, und seine Stimme klang kummervoll. »Eine Veränderung hat mit ihm stattgefunden. Seine Seele wird mir fremd, sein Reden entfernt sich von mir, und nur wenn ich ihn ansehe, erkenne ich manchmal noch, daß er mein Sohn ist. Zwischen uns spaltet sich die Erde. Hast du eine Erklärung dafür?«

»Nein. Wie kann ich eure Probleme verstehen?« Zhang wendete die Fischstückchen in der brutzelnden Pfanne.

»Jian war fast drei Wochen bei dir. Hat er nie über unsere Sorgen gesprochen?«

Zhang atmete auf. Tongs Frage war ein Beweis, daß er keine

Kenntnis von Lida hatte. Er war in dem Glauben, daß Jian die ganze Zeit über hier gewohnt hatte.

»Nein«, antwortete Zhang. »Dein Sohn hat von seinem Vater nur voll Ehrfurcht gesprochen. Er widmet seine Aufmerksamkeit der Politik unseres Landes.«

»Das meine ich, Shufang.« Tong seufzte. Der Rauch des bratenden Fisches lag ätzend auf seinen Augen. »Meine Seele ist voll Angst. Jians Träume von einem neuen China können ihn den Kopf kosten. Ich frage dich, und bitte, sei ehrlich: Hat er sich in Dali heimlich mit Reaktionären getroffen?«

»Nein. Das könnte ich schwören. Bist du nun beruhigt?«

»Nur in der Hälfte meines Herzens.«

»Was fehlt noch an deiner Ruhe?«

»Die Antwort auf die Frage, was Jian so verändert hat.« Tong erhob sich von dem Flechtstuhl, trat zu Zhang, sah sich um und nahm eine Reisschale, einen kleinen Teller, das Kännchen mit Sojasoße und ein Paar Eßstäbchen aus dem Regal. Er trug alles zum Tisch, kehrte zurück und nahm dann das Drehtablett in die Hand, das der Mittelpunkt jedes gedeckten Tisches ist. Der Tisch hat rund zu sein und nicht lang oder eckig, ist doch ein Essen ein geselliges Beisammensein, und ist es doch eine Freude, sich gegenüberzusitzen.

Das Staunen war auf Zhangs Seite. Der große Tong deckte den Tisch!

»Für mich auch eine Schale«, sagte Zhang. »Mir ist der Fisch prächtig gelungen, glaube ich.«

Tong holte ein zweites Gedeck, schöpfte den dampfenden Reis in ein kleines Holzfaß, füllte einen Teller mit den eingelegten Pilzen und trug alles zum Tisch, während Zhang die Pfanne mit dem Fisch auf das Drehtablett stellte.

Dann saßen sie sich gegenüber, und Zhang fragte: »Trinken wir ein Bier dazu, Shijun?«

»Wenn du es entbehren kannst. Ich trinke es gern.«

»Es ist das beste Bier, aus Beijing.«

Beide standen auf, und während Tong zwei dickwandige Gläser holte, ging Zhang in den Nebenraum, wo der Kühlschrank stand, der den schönen ausländischen Namen »Snow Flake« trug; Zhang hatte ihn in einem Kaufhaus in Kunming erstanden. Das war vor vier Jahren gewesen, und erstaunlicherweise kühlte er noch immer.

Dann aßen sie endlich. Einmal sagte Tong: »Du kochst besser als der beste Koch von Kunming, dein Fisch ist köstlicher als jedes Ingwerhuhn im Steinguttopf. Jede Küche in Kunming würde stolz darauf sein.«

Nach dem Essen aber verspürte Tong große Müdigkeit, die seinen Körper erschlaffen ließ. Das Bier verstärkte sie noch, und er war von einer Minute auf die andere so matt, daß ihm der Kopf auf die Brust sank. Er schrak hoch, als er merkte, daß er auf seinem Stuhl schwankte. »Die Jugend ist lang dahin«, sagte er als Entschuldigung, denn es ist unhöflich und beleidigend, am Tisch einzuschlafen. »So eine lange Fahrt im Alter saugt die Kraft weg. Darf ich dich um ein Bett bitten?«

»Nebenan ist dein Zimmer.« Zhang führte Tong in den Nebenraum, in dem auch Jian geschlafen hatte, und er nahm dabei Tasse, Tee und Thermoskanne mit, damit der Gast, sollte er in der Nacht einmal erwachen, sich mit Tee erfrischen konnte.

Tong blieb vor dem Bett stehen und starrte auf es hinunter. »Ist das das Bett, in dem mein Sohn geruht hat?« fragte er.

»Ja. Nach jedem Tag lag er hier und sagte: ›Ich bin ein glücklicher Mensch, Onkel Zhang.‹ Und das Glück stand wirklich in seinen Augen.«

»Warum war er hier bei dir so glücklich?«

»Hier war er ein Mensch, der nach seinem Sinn leben konnte. Er war frei von jedem Zwang.«

Tong schwieg. Er verstand den Vorwurf in Zhangs Worten, aber er entgegnete nichts. Er setzte sich auf das Bett, ließ sich nach hinten fallen, und es dauerte nur wenige Minuten, bis er eingeschlafen war.

Sechs Stunden später hielt Jian vor dem Haus Onkel Zhangs und stieg aus seinem Wagen. Es war vier Uhr morgens. Ein halber Mond goß Silber über den See und ließ die trägen Wellen glitzern, als seien sie aus Glasperlen gemacht.

Zhang, der einen leichten Schlaf hatte, griff nach seinem festen Knüppel, als die Tür klappte, huschte aus dem Bett und war bereit, den Eindringling zu empfangen. Als die Zimmertür leise geöffnet wurde, sagte er mit drohender Stimme: »Komm herein, du Strolch! Ich zeige dir, daß du einen gläsernen Schädel hast.«

»Schon wieder«, antwortete Jian, und sein Lachen ließ den Knüppel in Zhangs Hand sinken. »Das ist das zweite Mal, daß du mir den Schädel einschlagen willst.«

»Der Himmel fällt herab! Du bist es, Jian? Leise ... leise ...« Zhang ging zur Lampe und machte Licht.

Jian blinzelte in die plötzliche Helle. »Warum leise?« fragte er und freute sich über Zhangs offensichtliche Verlegenheit. »Hast du weiblichen Besuch?«

»Es ist viel ärger! Himmel, was machst du hier?«

»Ich bin auf dem Weg zu Lida.« Jian schnupperte in die Luft. der Geruch des gebratenen Fisches lag noch im Raum. »Der Duft erinnert mich daran, daß ich seit zehn Stunden nichts gegessen habe.« Er sah sich um, erblickte das gebrauchte Geschirr und zählte es. »Du warst nicht allein, Onkel Zhang.«

»Du hast ein waches Auge. Ja, ich habe einen Gast. Er schläft nebenan.«

»Ich wollte durchfahren bis Huili, aber dann wäre ich auf der Schwelle von Huangs Haus eingeschlafen. Fahr weiter zu Onkel Zhang, habe ich gedacht, ruhe dich dort aus und sei morgen frisch, wenn du Lida umarmst. Und nun ist mein Bett besetzt.« Jian sah sich wieder in dem großen Raum um. »Gib mir zwei Decken, und ich lege mich auf den Boden.«

»Du kannst nicht bleiben, Jian.« Zhang strich sich nervös über den schütteren weißen Bart.

»Warum, Onkel Zhang?«

»Ein Drama ist gut auf der Bühne, aber nicht im Leben.«

»Du verweigerst mir deine Gastfreundschaft, auch wenn ich auf dem Boden schlafe?«

»Jian, sieh es nicht als Beleidigung an.« Zhang legte den Finger auf die Lippen. »Und sprich leiser, weck meinen anderen Gast nicht.«

»Ist es ein Mann oder eine Frau?«

»Ein Mann. Ein hochgestellter, ehrenvoller Mann, aber ihr dürft euch nicht begegnen. Ein Blitz, der einen Baum spaltet, wäre ein Streicheln gegen diese Begegnung.«

»Ein hoher Funktionär der Partei? Bei dir, Onkel Zhang?«

»Sieh ihn dir an, Jian. Schleiche auf den Zehen mir nach. Sieh ihn dir nur an.« Zhang ging zur Tür des Nebenzimmers, blickte hinein und sah Tong in tiefem Schlaf auf dem Rücken liegen. Seine Erschöpfung war wie eine Betäubung, auf seinem Gesicht lag das Licht des Mondes, und er atmete schwer, als habe er eine große Last zu tragen.

»Leise«, flüsterte Zhang. »Ganz leise. Und hänge ein Schloß vor deinen Mund, wenn du ihn siehst.«

Auf den Zehen schlich Jian neben Zhang und blickte auf das Bett. Das Erschrecken ließ ihn zusammenzucken, aber sein Mund blieb stumm, wie Zhang ihm befohlen hatte. Er drehte sich um, ging in das Atelier zurück und wartete, bis Zhang die Tür wieder zugezogen hatte. Erst dann fragte er mit leiser Stimme: »Wann ist er gekommen?«

»Heute abend, mit einem kleinen Bus. Die Sorge um dich hat ihn hierher getrieben. Jian, auch wenn er der große Tong ist, er ist zuerst dein Vater.«

Jian setzte sich in den Flechtsessel, in dem zuvor Tong gesessen hatte, und klemmte die flachen Hände zwischen seine Knie. »Ahnt er etwas von Lida? Will er Hinweise von dir?«

»Tong Shijun hat Angst, daß sein Sohn sich den Reaktionären anschließen könnte. In Beijing gibt es unter den Studenten Gruppen, die von mehr Freiheit träumen, was immer das bedeuten mag. Ihn treibt die Angst, daß du eines Tages vor einem Erschießungskommando stehst.«

Jian atmete auf. Beim Anblick seines Vaters hier in Dali hatte er sein Blut in den Adern rauschen hören, und er hatte sofort an Lida gedacht und an die Unerbittlichkeit der Tradition, wenn Tong ihr gegenüberstand. Aber er hatte nun auch Verständnis dafür, daß Onkel Zhang ihn nicht im Haus behalten konnte; denn wenn sein Vater am Morgen erwachte, sich an den Frühstückstisch setzte und ihm, seinem Sohn, gegenübersaß, würde die Erde beben, als kröche der Schwarze Drache aus seiner Höhle und spie Feuer.

»Ich werde mich bei den Fischern ausruhen«, sagte Jian und erhob sich. »Nur zwei, drei Stunden, das muß genügen.«

Zhang begleitete Jian bis zur Tür, und wie ein guter Gastgeber ging er mit ihm auch noch zu dem Auto und wartete, bis Jian eingestiegen war. »Welche Erklärung denkst du dir aus, wenn dein Vater vor dir wieder in Kunming eintrifft?«

»Keine.« Jians Stimme wurde hart. »Ich bin ein erwachsener Mensch mit einem eigenen Leben.«

»Aber du bist auch sein Sohn und hast auf Fragen zu antworten.«

»Ich werde lügen.« Jian steckte den Schlüssel in das Zündschloß. »Es war dein eigener Rat, Onkel Zhang.«

Er fuhr davon, und Zhang sah ihm nach, bis die Rücklichter an einer Biegung des schmalen Weges verschwanden. Dann kehrte er ins Haus zurück, setzte sich ans Fenster und erwartete den Morgen, den ersten Schimmer der über dem See aufsteigenden Sonne, die den Mond zu einer fahlen, fast durchsichtigen Sichel verblassen ließ. »Mein Junge«, sagte er vor sich hin, »höre auf den Rat der alten Weisen: Achte auf deine Gedanken! Sie sind der Anfang deiner Taten.«

Gegen Mittag erreichte Jian das Dorf Huili. Aus der Schule tönte Gesang, ein altes Volkslied, das die Schüler einübten, um es beim nächsten Fest vorzutragen.

Jian stieg aus dem Auto. Er freute sich darauf, Jinvan zu überraschen. Sie bereitete gerade das Mittagessen zu, das jeden Tag auf dem runden Tisch stand, wenn Huang von der Schule herüberkam. Zunächst aber schlich er hinter den Stall und in den Garten, um Chang Lifu aufzusuchen.

Aber Chang arbeitete nicht im Garten, und die Hühner liefen nicht mehr frei herum wie bisher, sondern man hatte für sie ein Stück Land mit einem Maschendraht eingezäunt, und dort pickten sie Mais- und Gerstenkörner.

Jian ging in den Anbau, der Changs Wohnung war, aber auch dort war alles verändert, das Matratzenlager war verschwunden, der Raum war mit allerlei Gerümpel, Gemüseabfall und Maissäcken gefüllt, an den Deckenbalken hing getrocknetes Fleisch und geräucherter Speck, und alles sah danach aus, daß Chang hier nicht mehr wohnte.

Jian setzte sich auf einen Sack und begriff allmählich. Für Chang hatte es keine Rettung mehr gegeben: Zwei von Tuberkeln zerfressene Lungen kann man nicht mehr zusammenflikken. Aber jetzt, da Chang nicht mehr hustend herumging, erfüllte Trauer Jians Herz. Er dachte daran, daß Chang der erste gewesen war, der die Liebe zwischen ihm und Lida erkannt hatte. Eines Tages hatte er zu Jian gesagt: »Machst du sie unglücklich, schneide ich dir den Kopf ab. Ich habe nichts mehr, aber ein großes, scharfes Messer habe ich noch.« Er hatte es ernst gemeint, und in seinen Augen lag wieder der harte, erbarmungslose Blick, den man bei Kommissar Chang Lifu so gefürchtet hatte.

Jian blieb im Gedenken eine Weile in dem Anbau sitzen. Der Gesang aus der Schule war verstummt, dafür sagte die Klasse jetzt ein Gedicht auf, das auch Jian auswendig gelernt hatte und das über zweitausend Jahre alt war.

Jinvan stand am Ofen und briet in einer großen Eisenpfanne Fleisch, als Jian das Haus betrat. Vor Schreck und gleichzeitiger Freude hätte sie fast die Pfanne vom Herd gestoßen, doch sie war eine guterzogene Frau und lief Jian nicht entgegen. Eine Umarmung wäre unschicklich gewesen, und so verbeugte sie sich und sagte mit der gebotenen Höflichkeit: »Willkommen, Tong Jian. Wir freuen uns, dich wieder als Gast zu haben.« Sie wischte ihre Hände mit einem Tuch ab, holte die hohe Deckeltasse, den grünen Tee und die Thermoskanne, goß den Tee auf und reichte Jian die Tasse. Er nahm vorsichtig einen Schluck und stellte die Tasse auf dem Tisch ab. »Chang ist gestorben?« fragte er.

Jinvan nickte. »Er ist in Frieden gestorben. Wir haben ihn in dem Felsen über den Feldern begraben. Es war sein Wunsch. Er will über das weite Land blicken. Keli sagt, noch bis zuletzt habe er von dir und Lida gesprochen, und er hat Keli sein großes, scharfes Messer gegeben und ihn schwören lassen, daß er dir die Kehle durchschneidet, wenn du Unglück über Lida bringst.«

»Jinvan, Lida und ich werden die glücklichsten Menschen unter der Sonne sein. Die Zeit des Wartens wird vorbeifliegen wie ein Reiher, und wenn ich ein Arzt geworden bin, wird sie in mein Haus ziehen.«

»Du wirst sie in eine ferne Stadt mitnehmen, ist es so? Ich habe aus Liebe eine Tochter geboren, und die Liebe nimmt sie mir wieder weg. Tifei wird in Kunming heiraten und eine eigene Familie haben, Lida wird mit dir so weit von uns sein, als sei sie auf einen anderen Stern geflogen ... Keli und ich werden im Alter sehr einsam sein, und das Haus wird verfallen, die Balken werden verfaulen, die Felder verdorren, und wo heute das Gemüse, der Reis und der Mais stehen, wird das Unkraut wuchern.«

»Ist das eine Klage, Jinvan?« Jian setzte sich an den Tisch und umfaßte die Tasse Tee mit beiden Händen. »Keiner kann in die Zukunft sehen, und das Leben ist voller Überraschungen. Vielleicht mache ich in Huili eine Arztpraxis auf.«

»Dann lernst du den Hunger und das Elend kennen. In Huili kann niemand einen Arzt bezahlen. Kein Bauer hier und in der Umgebung kann einen Arzt bezahlen. Schon die Medizin der Heilkundigen ist teurer als der Tod. Einem Toten hilft jeder, unter die Erde zu kommen, einem Lebenden schenkt keiner auch nur einen Fen, damit er länger leben kann.«

In der Schulklasse war das Aufsagen des Gedichtes beendet. Jinvan ging zum Herd, um den Reis aus der Hitze zu ziehen und das Fleisch in der Pfanne zu wenden. »Gleich wird Keli kommen«, sagte sie. »Und er wird schneller gehen, wenn er dein Auto sieht.«

»Und Lida? Kommt sie zum Essen vom Feld?«

»Hast du das schon vergessen? Ihr wird das Essen gebracht, und sie sitzt auf einem Stein und ißt.«

»Ich werde ihr das Essen bringen«, sagte Jian und stand auf. »Und wir werden es auf dem Stein gemeinsam essen. Jinvan, Lida ist mein Leben.«

Huang kam aus der Schule, und als er Jians Auto sah, beschleunigte er wirklich seine Schritte. Aber kurz vor dem Haus zügelte er seine Eile, um seine Würde nicht zu verlieren, und trat in das Zimmer, reichte Jian die Hand, setzte sich an den Tisch und wartete, daß Jinvan die fünf Vorspeisen auftrug, mit denen ein Mittagessen begann.

»Wie lange bleibst du?« war die erste Frage, die Huang an Jian stellte.

»Ich hatte mir vorgenommen, einen Tag zu bleiben.«

»Das wird bei Lida Trauer auslösen.«

»Ich werde viel versäumen und nachholen müssen, wenn ich länger den Vorlesungen fernbleibe. Mehr als drei Tage kann ich nicht bleiben.« Jian ging zum Herd, wo Jinvan einen aus Weidenruten geflochtenen Korb genommen hatte und Lidas Essen in kleinen, irdenen Töpfen hineinstellte: Reis, das Fleisch in einer dunklen, scharfen Soße, Kohlgemüse mit schmalen Speckstreifen und die Suppe mit Glasnudeln und Tofuwürfeln. Wenn Lida auf dem Feld war, wurde ihr das Essen immer vom Hausmeister der Schule gebracht; er hängte den Korb an die Lenkstange seines Fahrrades. »Ich fahre jetzt«, sagte Jian, als der Korb gepackt war.

»Wenn Lida nicht auf dem Feld ist, suche sie am Fluß. Sie hat einen großen Korb Wäsche mitgenommen«, rief ihm Jinvan nach. »Dann ist sie dort, wo am Ufer die großen, runden Steine liegen.«

Und so war es. Der Büffel lag auf dem abgeernteten Kohlfeld und kaute an Grasbüscheln. Er hob den dicken Schädel, als Jian zu ihm trat, stieß einen dumpfen Laut aus und schüttelte den Kopf.

»Ich weiß, sie ist nicht hier«, sagte Jian und klopfte ihm auf den Nacken. Er verließ das Feld und fuhr die Straße hinunter, den Fluß entlang, an dessen vom Hochwasser ausgewaschenen Ufern einige flache Holzboote lagen, mit denen die Bauern ihre Äcker jenseits des Flusses erreichen konnten.

Die großen, runden Steine, im Lauf der Zeit vom Fluß glatt geschliffen, waren der Waschplatz von Huili. Hier knieten die

Bäuerinnen neben ihren Wäschekörben, klopften mit einem flachen Holzknüppel den Schmutz aus der Wäsche und spülten sie so lange im träge fließenden Wasser, bis die gröbsten Flecken entfernt waren. Ganz verschmutzte Stücke kochten sie im Haus in einem großen Kessel aus, trugen sie heiß zum Fluß hinunter und schwenkten sie in dem reinen Wasser, das so klar war, daß man es auch für den täglichen Gebrauch im Haus schöpfte.

Schon von weitem sah Jian, wie Lida an einem der runden Steine hockte und die Wäsche klopfte. Sie hatte den Rücken der Straße zugekehrt, und das Klopfen des Knüppels übertönte das Motorengeräusch. So bemerkte sie Jians Ankunft nicht, schreckte hoch und schlug mit einem Bettuch, das sie gerade in der Hand hielt, um sich, als Jian sie von hinten umarmte und in den Nacken küßte. Das Tuch fiel aus ihrer Hand in den Fluß und trieb davon, während sie sich küßten, alle Anstandsregeln vergessend, die öffentliche Zärtlichkeiten verboten.

»Das Bettuch!« rief Lida plötzlich. »Es schwimmt weg! Jian, hol es zurück. Wenn wir es verlieren...«

Er löste die Umarmung nicht, drückte ihren Kopf an seine Brust und sagte: »Ich kaufe dir zehn neue Bettücher.«

»Du weißt nicht, wie teuer sie für uns sind. Jian, hol es zurück!«

Es war nicht so leicht, das Tuch aufzufangen. Mit einer der Bootsstangen lief Jian am Ufer entlang und versuchte, es aufzuhalten, aber immer wieder löste es sich von der Holzstange, trieb weiter, und Jian stach nach ihm, und wenn er glaubte, er habe es gefangen und könne es ans Ufer ziehen, genügte ein Ruck, und das Tuch hatte sich wieder befreit. Endlich hatte sich das Wäschestück so um die Stange gewickelt, daß Jian es zu sich herziehen konnte und aus dem Fluß holte. Er warf es in das Ufergras und fing Lida auf, die auf ihn zulief. Wieder küßten sie sich. An ihnen vorbei fuhr ein Lastwagen, und der Fahrer hupte wie wild. Auf der Ladefläche standen Bauarbeiter, die johlten und in die Hände klatschten.

»Ich kann nicht reden«, sagte Lida. Sie hing an Jians Hals und schloß die Augen, als seine Lippen über ihr Gesicht glitten.

»Halte mich fest, Jian, halte mich ganz fest. Kann Glück einen Menschen ersticken?«

Später saßen sie nebeneinander zwischen den runden Steinen am Fluß und verzehrten, was Jinvan ihnen mitgegeben hatte.

»Wie lange bleibst du?« fragte auch Lida, als sie gegessen und die Töpfe wieder in den Weidenkorb gelegt hatten.

»Drei Tage. Das ist das Äußerste, was möglich ist.«

»Drei Ewigkeiten.« Sie lehnte den Kopf gegen seine Schulter. »Jede Stunde wird eine Blume sein, die wir pflücken.«

»Wir werden wegfahren«, sagte Jian und legte den Arm um sie.

»Wegfahren? Warum? Wohin?«

»Warst du schon mal in Lijiang?«

»Ich bin nicht weitergekommen als bis nach Xiaguan. Es ist der schönste Ort der Welt, ich habe dich dort getroffen.«

»In Lijiang, an einem Hang des Jadedrachen-Bergs, liegt ein altes Lamakloster, und wenn du oben auf den Stufen des Klosters sitzest und auf die weite Ebene hinunterblickst, siehst du gerade jetzt ein Meer von Azaleen in allen Farben leuchten. Auf den Weiden ziehen Rinder, Ziegen und Yaks durch das Gras, und Sammler rupfen Heilkräuter aus dem Boden, deren Wirkung oft nur sie kennen. Es ist das Gebiet der Naxis, eines rätselhaften Volkes, dessen Herkunft man bis heute nicht näher erforscht hat; man glaubt von ihm, daß es vor vielen Jahrtausenden aus dem Nordwesten Chinas in den Süden gewandert ist. Es ist eines der wenigen Völker dieser Erde, bei denen auch heute noch die Frau die Herrscherin der Familie ist und nicht der Mann. Die Wissenschaftler nennen das ein Matriarchat.«

Ungläubig und doch mit einem Lächeln sah Lida in Jians Augen. »Dort haben die Männer nicht alle Macht?« fragte sie.

»Nur in Grenzen. Das tägliche Leben bestimmen die Frauen. Sie entscheiden alles. Ein Ehemann muß zusammen mit seiner Frau sein ganzes Leben im Haushalt seiner Mutter verbringen. Wird ein Mädchen geboren, hat es Anspruch auf ein eigenes Zimmer, ihre Brüder aber müssen in einem Gemeinschaftsraum schlafen. In ihrem eigenen Zimmer empfangen die Mädchen später auch ihre Liebhaber, und die Mütter sind es, die die Ehemänner ihrer Töchter auswählen.«

»Wäre ich eine Naxi, hättest du also wenig zu sagen?«

»Sehr wenig.«

»Du müßtest tun, was ich befehle?«

»Es sind keine Befehle, aber die Frauen bestimmen.«

»Und die Männer beugen sich?«

»Sie kennen es seit Tausenden von Jahren nicht anders.«

Lida lachte, bog sich zurück und sagte mit schräggeneigtem Kopf: »Ich wünsche mir, eine Naxi zu sein. Ich würde dir befehlen, Tag und Nacht: Komm in mein Zimmer und liebe mich.«

»Wünsche dir das nicht.« Jian griff in ihre Haare, zog ihren Kopf zu sich heran und küßte sie. »Die Frauen haben die Herrschaft, also müssen sie auch arbeiten wie die Männer. Die schwerste Arbeit auf den Feldern, in den Steinbrüchen ist ihre Sache. Siehst du irgendwo auf dem Land einen krummen Rükken, ist es eine Frau.«

»Und was tun die Männer?«

»Sie flüchten sich ins Vergnügen.« Jetzt war es Jian, der in Lachen ausbrach. »In keinem Volk in China gibt es so viele gute und begeisterte Tänzer, Sänger und Musikanten wie bei den Naxis.« Er hielt ihr die Hand hin. »Tauschen wir? Du lebst wie eine Naxi-Frau und ich wie ein Naxi-Mann. Du arbeitest, ich tanze und singe.«

»Ich habe dich noch nie singen hören oder tanzen sehen, und sonst wäre es ein Leben, wie ich es jetzt auch lebe. Aber mein Herr bist du und sollst es bleiben.«

Am Abend kehrten sie zu Huangs Haus zurück. Lida trieb den Büffel vor sich her, Jian trug den großen Wäschekorb auf der rechten Schulter, und es war, als wäre es nie anders gewesen, als käme ein junges Bauernpaar nach schwerer Arbeit vom Feld und als hätte die Schwiegermutter das Abendessen zubereitet und den runden Tisch gedeckt. Wie jeden Tag kümmerte sich Lida zuerst um den Büffel, wusch ihm den Dreck von den Beinen und aus dem Fell, als sei er das edelste Tier, und Jian half ihr dabei, schrubbte mit einer langen, harten Bürste das dicke Kopf- und Nackenhaar des Büffels, und das Tier starrte ihn mit seinen großen, runden Augen an, öffnete das Maul, streckte seine lange, rauhe Zunge heraus und leckte Jian über Hand und Unterarm.

»Er mag dich«, sagte Lida. »Du bist sein Freund. Bei jedem Fremden senkt er sonst die Hörner, und eine Hand geleckt hat er noch nie. Selbst mir nicht.« Sie lehnte sich an Jian und duldete es, daß er sie mit beiden Armen umfaßte und seine Hände auf ihre Brüste legte. Ein fast unmerkliches Zittern flog durch ihren Körper, als seine Finger über ihre Brustwarzen glitten. Sie war nackt unter dem hellblauen Bauernhemd, denn die Tage waren noch heiß. Eine große Sehnsucht nach Zärtlichkeit und Hingabe wuchs in ihr, vermischt mit der Angst vor dem Augenblick, in dem aus einem Mädchen eine Frau wurde.

Nach der Säuberung des Büffels ging Lida in den Waschraum neben dem Stall und duschte sich. Huangs Haus war eines der wenigen in Huili, die einen solchen Waschraum besaßen. Er hatte sich dafür eine besondere Konstruktion einfallen lassen, hatte auf das feste Dach des Stalles eine große, verzinkte Tonne als Wasserspeicher gesetzt, hatte sie oben und unten angebohrt und zwei Kunststoffschläuche angeschlossen, und so konnte man in der kleinen Kammer duschen, und wenn die Tonne halb geleert war, füllte Huang sie wieder mit einer Handpumpe, so daß immer Wasser und der nötige Druck vorhanden waren. Einige im Dorf hatten ihm die Anlage nachgebaut, denn im Süden Chinas ist die Reinheit des Körpers ein tägliches Gebot, und jeder wäscht sich jeden Abend die Füße und den Unterleib, und schon von Kind an lernt man, daß dies zum ehrbaren Leben gehört.

Auch Jian duschte sich, nachdem Lida den Waschraum verlassen hatte. Er ahnte nicht, daß Lida unter den kalten Wasserstrahlen die Augen geschlossen und die Arme nach oben gestreckt hatte und daß ihr die Sehnsucht nach seiner Berührung fast das Herz zerspringen ließ. Sie wünschte, er könnte mit ihr jetzt unter der Dusche stehen, ihre nackten Leiber preßten sich aneinander, und seine Hände glitten über ihre Brüste, ihren Rücken und ihre

Scham. So stand sie voll inniger Träume da, bis sie sich von ihrem Verlangen losriß, die Dusche abstellte und sich mit einem rauhen Handtuch abtrocknete.

Als Jian vom Duschen ins Haus zurückkam, saß sie in einem einfachen Baumwollkleid am Tisch; es war rot und an den Ärmeln, dem Kragen und dem Rocksaum mit einer selbstgestickten Borte verziert. Das nasse, lange schwarze Haar hatte sie mit einer gelben Schleife im Nacken zusammengebunden, und sie sah mit ihrem ovalen Gesicht, den dunklen Augen und den geschwungenen Lippen wunderschön aus.

Huang beobachtete sie beim Essen, und er fing an, etwas von den Empfindungen seiner Tochter zu ahnen. Um ihre Ehre zu retten und sein Gesicht nicht zu verlieren, gab er Jian wieder sein Bett neben der Tür, ließ Lida bei ihrer Mutter im Nebenzimmer schlafen und machte sich selbst unweit der Tür zu dieser Kammer ein Lager aus Maisstrohmatten und zwei Decken. Ein Fortschleichen der beiden in der Nacht war damit verhindert, aber brauchte man denn die Nacht, um der Liebe freien Lauf zu lassen? Es konnte auch in den kleinen Höhlen der roten Felsen geschehen, wenn Lida und Jian auf dem Feld waren, und es war gegen Huangs Ehrgefühl, sich anzuschleichen und sie zu beobachten.

Nach dem Essen, bei einer Flasche Bier, rauchte Huang seine von Großvater Huang Yuan geschnitzte Pfeife. Ein Wohlgefühl überkam ihn.

»Ich habe eine Bitte vorzubringen«, sagte Jian, als die Bierflasche ausgetrunken war und Jinvan eine neue Flache holte.

Lida stand neben dem Herd und spülte das gebrauchte Geschirr.

»Kann ich sie erfüllen?« fragte Huang und sah dem Rauch seiner Pfeife nach.

»Lida und ich möchten nach Lijiang reisen.«

»Das ist weit.«

»Es kann drei Tage dauern.« Jian holte tief Atem. Schon wieder verletzte er die strengen Regeln des Anstandes, nach denen die Miaos lebten. »Hast du Vertrauen zu mir, Keli? Gibst du deine Einwilligung?«

»Vertrauen in einen Menschen kann oft eine Anlage ohne Zinsen sein«, sagte Huang nachdenklich. »Ich vertraue deinem Willen und deinen Worten, aber auch der strengste Vorsatz kann verwehen wie Staub im Wind, wenn die Schwachheit im Menschen stärker wird als die Moral.«

»Du weißt, daß ich Lida heiraten werde.«

»In drei oder vier Jahren. Aber wenn die Familie Tong stärker ist als die Familie Huang –«

»Es gibt auf unserer Welt nichts Stärkeres als meine Liebe zu deiner Tochter. Die Tradition der Tongs hält sie bestimmt nicht auf. Es gibt keine Mauer, die ich nicht durchbrechen könnte.«

»Lida ist die Tochter eines armen Lehrers.«

»Ich will das nicht mehr hören!« Jian krallte seine Finger in Huangs linken Arm. »Keli, ich bin auch nur ein armer Student, und auf Reichtum und die Würde meines Vaters kann ich verzichten. Für mich gibt es ein anderes Leben als das, in dem ich aufgezogen wurde. Du kannst mich töten, wenn ich Lida jemals verlasse.«

»Welchen Wert hat dein Tod für mich, wenn du meine Tochter zerbrochen hast? Eine verlorene Ehre findet man nicht wieder.« Huang sah vor sich hin, dachte an die Gespräche mit Zhang Shufang und nickte dann mehrmals, als müsse er seine Gedanken bekräftigen. »Ich erlaube die Reise nach Lijiang.«

»Keli, ich schulde dir ewigen Dank.«

»Wo werdet ihr schlafen?«

»Es gibt in Lijiang einige Gästehäuser und Herbergen. Wir werden schon ein Bett finden.«

»*Ein* Bett?« fragte Huang betont.

»Es ist nicht das erste Mal, daß ich nach Lijiang fahre. Wenn wir im Gästehaus Nummer zwei wohnen können – ich kenne es gut –, brauchst du diese Frage nicht zu stellen. Das Gästehaus hat über hundert Räume mit über dreihundert Betten.«

»Und wenn es besetzt ist?«

»Dann gibt es noch das Lijiang-Hotel mit hundert Zimmern und mehr als dreihundert Betten.«

»Ich habe Vertrauen zu dir, Jian.« Huang blickte zu Lida

hinüber, die mit dem Abspülen des Geschirrs fertig geworden war. Jinvan hatte eine neue Flasche Bier auf den Tisch gestellt. »Wann wollt ihr fahren?«

»Morgen, noch vor Tagesanbruch. Ich nehme die Straße über Dukou; sie ist zwar eng und führt über eine Reihe von Gebirgspässen und durch tiefe Schluchten, aber es ist der kürzeste Weg.«

»Mein Wunsch ist, daß ihr schöne Tage habt.« Huang erhob sich, trank sein Glas leer und verließ das Haus, um die Maisstrohmatten aus dem Anbau des Stalls zu holen.

Jinvan wartete, bis sie Huangs Schritte nicht mehr hörte. »Die Seelen der Ahnen seien um dich«, sagte sie zu Lida. »Leg dich nieder, morgen ist ein harter Tag.«

Mit einem langen Blick, in dem ihre Sehnsucht sich spiegelte, verabschiedete sich Lida von Jian und verschwand hinter der Tür der Nebenkammer. Jian ging zu Huangs Bett, das jetzt sein Bett war, zog seine Schuhe aus, streifte das Hemd und die Hose ab und legte sich, nur mit einer geblümten, kurzen Unterhose bekleidet, auf die Wolldecke.

Jinvan warf einen erstaunten Blick auf das geblümte Kleidungsstück. »Tragen Männer jetzt so etwas in Kunming?« fragte sie.

»Nicht alle, nur die jungen Männer. Es ist eine Mode, die von Hongkong herübergekommen ist.«

»Kannst du für Keli zwei dieser Hosen schicken, wenn du wieder in Kunming bist?«

»Glaubst du, er trägt sie?«

»Sie sehen lustig aus an dir, und sie werden auch an Keli lustig aussehen. Ich mag sie.«

»Ich werde euch ein Paar schicken.« Gleichzeitig dachte er, daß Jinvan ihren Mann wieder jung sehen wollte, daß sie ihn noch immer liebte wie vor einem Vierteljahrhundert, daß Reichtum wie bei den Tongs nicht immer das Glück hervorbringt und Armut reicher sein kann als eine Truhe voll Gold, wenn die Liebe zwei Menschen zusammenhält.

Huang kam mit seinen Flechtmatten zurück und warf ebenfalls einen Blick auf Jians bunte Unterhosen. Er sagte kein Wort darüber, aber als sich auch Jinvan in der Nebenkammer zur Ruhe gelegt und er sein Lager neben der Tür gerichtet hatte, kam er zu Jian ans Bett und setzte sich neben ihn. »Gibt es diese Hosen in Kunming?« fragte er mit leiser Stimme.

»Ja«, antwortete Jian ebenso leise, und er lächelte dabei.

»Schickst du mir eine?« Huang legte den Finger auf die Lippen. »Aber verrate Jinvan nichts davon, ich will sie überraschen.«

Jian nickte, und dann sagte er mit einer fast feierlichen Stimme: »Wenn ein Zauberer käme und mich fragte: ›Hast du einen großen Wunsch? Ich erfülle ihn dir‹, dann würde ich zu ihm sagen: ›Gib meinem Herzen eine so tiefe Liebe, wie sie Jinvan und Keli haben.‹«

»Das setze ich bei Lida und dir voraus«, erwiderte Huang ebenso feierlich. »Sollte es anders werden, wird dich mein Fluch verfolgen.« Er stand auf, ging zu seinen Matten, legte sich nieder und dachte an die lange, harte und doch schöne Zeit mit Jinvan, von der er nicht einen Tag missen wollte. Und er erinnerte sich eines Wortes, das der weise Tschu-Li gesprochen hatte: »Der Geist, der allen Dingen Leben verleiht, ist die Liebe.«

Glücklich schlief er ein.

Tong Shijun wachte erst spät auf, und als er in das große Zimmer trat, roch er die morgendliche Reissuppe, die Dampfbrötchen und die fritierten Teigstangen. Zhang Shufang saß an seinem großen Arbeitstisch und malte mit bunter Tusche einen wunderschönen Azaleenzweig, der über einer Landschaft mit einem See und einem schneebedeckten Berg schwebte. Auf dem See erkannte man die Boote der Fischer.

»So gut hat mir noch nie ein Schlaf getan«, sagte Tong und reckte sich. »Ich fühle mich stark wie ein junger Kerl.«

»Es ist die reine Luft des Erhai-Sees und die Klarheit, die von den Bergen steigt.« Zhang legte seinen feinen Tuschpinsel in eine Lackschale, ging zum Herd und rührte in der Reissuppe. »Du kommst heute nicht mehr nach Kunming und in die schlechte Stadtluft zurück.«

»Ich muß zurück, Shufang. Morgen habe ich eine Reihe von Untersuchungen vorzunehmen. Die Kranken warten auf mich.«

»Der Bus ist schon lange abgefahren. Will der große Tong wie ein armer Bauer an der Straße stehen und winken, ob ihn jemand mitnimmt? Davon müßte man ein Foto machen.«

»Ein Vater ist immer ein Vorbild – was soll Jian von mir denken, wenn ich meine Pflicht nicht erfülle?«

»Er wird es mit Schweigen übergehen«, antwortete Zhang. »Gönne dir noch diesen Tag. Wir werden zur Insel Jinsuo Dao fahren, das Fischerdorf besichtigen und dann im Tempel von Xiao Putuo Dao Gott für den schönen Tag danken. Und du wirst die beste Ente deines Lebens essen – das verspreche ich dir.«

»Wir werden zuerst nach Dali fahren, und ich werde auf dem Postamt Meizhu anrufen. Sie wird sich Sorgen machen, wenn ich heute nicht zurückkomme.«

»Dann mußt du dich auf ein Fahrrad setzen, anders kommen wir nicht nach Dali. Ich habe nur ein Fahrrad, und ein zweites habe ich gefunden, das jemand weggeworfen haben muß, weil er sich wohl schämte, noch mit ihm zu fahren.«

Es war Huangs Fahrrad, für das dieser so viele Yuan hinterlegt und das er nicht zurückgebracht hatte. Es lag im Schuppen auf einem Haufen Stroh, und Zhang freute sich im voraus, den großen reichen Tong auf einem solchen Krüppel von Fahrrad nach Dali strampeln zu sehen.

Tong seufzte, deckte wie am Tag zuvor den Tisch und sagte dabei: »Warum hast du noch kein Auto, Shufang? Du hast das Geld dazu, du hast die nötigen Freunde in Beijing, du würdest nicht zu warten brauchen und sofort diesen deutschen Volkswagen, den Santana, bekommen. Ein schönes Auto, das sie jetzt in Shanghai bauen.«

»Würde ein Auto zu mir passen, Shijun?«

»Ich könnte es mir gut vorstellen.«

»Und in meinem Alter soll ich Unterricht im Fahren nehmen? Warum hast du kein Auto, der berühmte Tong?«

»Seit zwei Jahren werde ich mit einem Dienstwagen des Krankenhauses abgeholt und zurückgebracht.«

»Das ist der neue Sozialismus.«

Zhangs Spott war Tong unangenehm, und er fing deshalb von etwas anderem an. »Ich kehre voller Ruhe nach Kunming zurück«, sagte er. »Wenn du sagst, Jian habe keine Verbindung zu revolutionären Gruppen, dann glaube ich dir.«

»Meine Wahrheit ist wie ein Schwur. Jian hat sich nie mit solchen Leuten getroffen. Das soll nicht heißen, daß er keine Kritik an dem Regime übt.«

»Er faselt von Freiheit. Was ist Freiheit?«

»Freiheit ist – ich nenne nur ein Beispiel –, wenn jeder Chinese sich eine Flugkarte nach London oder Paris oder Rom kaufen kann, ohne die ›Einheit‹ um Erlaubnis fragen und um eine Ausreisegenehmigung kämpfen zu müssen. Freiheit ist, wenn jeder Chinese einen Reisepaß bekommen kann, wenn er seinen Arbeitsplatz wechseln kann und dorthin umzieht, wo es ihm gefällt. Freiheit ist, sich nicht das ganze Leben von der ›Einheit‹ bestimmen zu lassen. Freiheit ist Individualität, Shijun, und danach strebt zum Beispiel Jian, wie ein Verdurstender nach Wasser verlangt.«

»Aber wie willst du ein Volk von über einer Milliarde Menschen zusammenhalten, wenn jeder tun kann, was er will? Der Westen macht es sich einfach mit seiner Kritik. Frankreich, Italien oder England zählen jeweils um fünfzig Millionen Einwohner. Die kann man überblicken und sie mit der sogenannten Freiheit beschenken, aber über eine Milliarde? China ist nicht bloß ein Staat, es ist eine eigene Welt! Ahnst du, was passiert, wenn über eine Milliarde Menschen in absoluter Freiheit leben wollen? Wenn die Sonne vom Himmel fällt, kann es nicht ärger sein. Jeder, der China eine westliche Demokratie verspricht, ist ein Brandstifter an unserer Erde!«

»Tong Shijun, der große Kommunist! Der einen Dienstwagen mit Chauffeur hat, während Millionen Bauern noch heute ihren Holzpflug in den Boden drücken und ihre Zugochsen antreiben. So haben sie schon vor fünftausend Jahren gepflügt.«

»Aus dem Holzpflug wird ein Stahlpflug werden, mehr aber auch nicht. Heute arbeiten an einer neuen Straße, an einer Flußregulierung, an einem Kanal Hunderte und Tausende von Menschen – ersetze sie durch Bagger, Kräne und Raupenplanierer, und wo früher Hunderte gegraben haben, tut das jetzt eine Maschine, auf der ein Mann sitzt. Wohin mit den Hunderten? Wohin mit den drei- oder vierhundert Millionen Arbeitslosen, wenn Maschinen die Menschen ersetzen? Vierhundert Millionen Arbeitslose, kannst du dir das vorstellen? Wenn alle Meere über die Ufer träten und die Länder überschwemmten, wäre das nur eine kleine Katastrophe gegen die Gewalt und die Zerstörung, die Chinas ›freie Menschen‹ über die Welt brächten. Ich bewundere Deng Xiaoping, daß er China nach Westen öffnet, ohne China dem Westen auszuliefern. Aber wer, weit hinten in Europa oder den USA, versteht das schon?«

»Japan macht es uns vor.«

»Mit hundertvierzig Millionen Einwohnern, aber nicht mit über einer Milliarde! Das ist ja das Ärgerliche: Niemand begreift, was eine Milliarde Menschen bedeuten. Wir sind ein Fünftel der gesamten Menschheit!« Tong zerteilte sein Dampfbrötchen in weiße, klebrige Stückchen. Die Erregung bebte in ihm, und er begriff nicht, wie Zhang so ruhig bleiben konnte und als so weiser Mann im Wahn einer sinnlosen Zukunft gefangen blieb. »Auch mein Sohn Jian begreift es nicht«, fügte Tong voll Bitternis hinzu. »Er, der Chinese, begreift nicht, daß China anders ist als die übrige Welt. Weißt du einen Rat?«

»Nein«, sagte Zhang.

»Wir stehen vor schweren Zeiten, Shufang.« Tong legte seine Eßstäbchen weg, der Hunger wurde von seinen Sorgen vertrieben. »Und ich habe Angst. Mein Sohn ist wie gärender Wein, ich kann ihn nicht mehr aufhalten. Noch ist die Universität von Kunming ruhig, aber das, was die Jugend Freiheit nennt, frißt sich wie ein ätzendes Gift durch alles. Es wird auch uns erreichen, und dann werde ich einen Sohn haben, der seinen Vater bekämpft.«

Zhang schüttelte den Kopf und dachte an Jian und Lida und Huang Keli, an die Tradition der Tongs und den unvermeidlichen Zusammenprall dieser kleinen, so unwichtigen Gegensätze.

»Ich glaube, Jian beschäftigt sich mit anderen Problemen«, sagte er.

»Mit welchen?« Tongs Kopf zuckte hoch. »Er hat also doch Probleme? Was weißt du, Shufang?«

»Jian will der Beste seines Semesters sein, immer der Beste.« Die Lüge tat Zhang nicht weh; sie war ein Schutzschild für Jian, und einem Menschen Schutz zu geben ist keine Unehre. »Er will ein guter Arzt werden und der Familie Tong noch mehr Glanz verschaffen. Und er wird es erreichen, Shijun; er hat den gleichen Dickschädel wie du, einen Schädel, mit dem man Mauern aufbrechen kann.«

»Das ist Vergangenheit.« Tong winkte müde ab. »Ich bin ein alter Mann, der Sehnsucht nach Ruhe hat.«

»Du bist erst fünfundfünfzig Jahre alt.«

»Aber müde, sehr müde. Verstehst du, daß Jian meine ganze Hoffnung ist? Ein Vater lebt in seinem Sohn weiter – werde ich weiterleben?«

Zhang blickte auf seine Reisschale, und es kam ihm die erschreckende Erkenntnis, daß es nie einen gemeinsamen Weg für die Familien Tong und Huang geben konnte, so wie Sonne und Mond zwei getrennte Gestirne sind, die nie zusammenkommen. »Ich verstehe dich, Shijun«, sagte er und spürte, wie schwer seine Zunge bei diesen Worten war. »Was bleibt uns, als uns vor dem Schicksal zu beugen? Der Weise ist frei von Zweifeln, der Gütige ist frei von Kummer, der Tapfere ist frei von Furcht. Laß uns tapfer sein, Shijun!«

In der Morgendämmerung fuhren Lida und Jian nach Lijiang davon. Jinvan hatte ihnen noch Mandarinen, Äpfel, Pfirsiche, große gelbe Pflaumen und goldgelbe Grapefruits mitgegeben, natürlich fehlte die Thermoskanne mit heißem Wasser und ein Kästchen mit grünem Tee nicht, und Huang hängte seiner Tochter ein aus reinem Silber getriebenes Amulett um, das einen Reiher im schwerelosen Flug zeigte. Daneben standen die Worte: »Sei wie ein Vogel, dem der Himmel gehört«, und Huang sagte, als er Lida das Amulett an einer silbernen Kette um den

Hals hängte: »Möge es dir ein Schutz sein, meine Tochter. Schon deine Urgroßmutter hat es getragen, und sie war ein glücklicher Mensch, so schwer auch ihr Leben gewesen ist. Nimm es nie von deinem Hals, denn es soll deine Seele wärmen.«

»Ich werde es nie ablegen, Vater«, antwortete Lida.

Als der Wagen den Weg zur Schule verlassen hatte und in die Straße am Fluß abgebogen war, tastete Huang nach Jinvans Hand und hielt sie fest.

Jinvan spürte sein leises Zittern und strich mit dem Daumen über seinen Handrücken.

»Sehen wir Lida so wieder, wie sie abgefahren ist?« fragte er stockend.

Jinvan lächelte vor sich hin. »Erinnerst du dich, wie es vor siebenundzwanzig Jahren war?« fragte sie.

Huang nickte, aber er blickte noch immer auf die Straße, als sähe er Jians Auto. »Ich habe keine Stunde vergessen«, sagte er.

»Du hast mich in einer kleinen Hütte mitten im Reisfeld verführt, und es regnete, und durch das alte Strohdach tropfte es auf unsere nackten Körper, und wir merkten es gar nicht. Wir waren eingehüllt in unser Glück, und wenn ein Sturm die Hütte weggeblasen hätte, es hätte uns nicht stören können.«

»Ja, so war es.« Huang wandte sich Jinvan zu und sah sie fragend an. »Warum kommt jetzt die Erinnerung zu dir zurück?«

»Hast du damals meinen Vater gefragt, ob du mich lieben darfst? Habe ich gefragt, ob sie dich als Schwiegersohn mögen? Haben wir Hand in Hand vor meinen Eltern gestanden und haben gesagt, daß wir in der alten Hütte auf dem Reisfeld –«

»Vergleiche uns nicht mit Lida und Jian!« Huang zog seine Hand aus Jinvans streichelnden Fingern. »Das ist etwas anderes.«

»Erkläre mir das, Keli.«

»Huang Keli war ein kleiner, armer Lehrerstudent, ein Miao, der eine zarte, schöne Dong liebte. Jian ist der Sohn des großen Tong Shijun, und Lida ist ein armes Miao-Mädchen, das nichts zu geben hat als seine Ehre. Was ist einem Tong die Ehre einer

Lehrerstochter wert? Ein Tiger kann mit einem Hasen spielen, aber einmal frißt er ihn doch!«

»Vor siebenundzwanzig Jahren hast du am Tisch meines Vaters gesessen und warst zufrieden, wenn du eine Suppe bekommen hast. Für unsere Familie warst du ein Nichts, und jeder sagte zu mir, daß wir nicht zusammenpassen und daß ich dumm sei, dich in unser Haus einzuladen; es gebe so viele andere junge Männer, die ein Mädchen wie mich verwöhnen könnten. Aber ich liebte nur dich, und nach der Stunde in der Reishütte warst meine ganze Welt nur noch du. Warum soll es bei Lida und Jian anders sein?«

»Mein Lehrergehalt ist für einen Tong ein Trinkgeld.«

»Warum machst du dich so klein? Hast du es nötig, den Kopf zu neigen, wenn du einmal Tong Shijun gegenüberstehst? Auch du hast eine Tradition.«

»Ja, ich habe sie.« Huangs Gesicht war kantig und steinern geworden. »Meine Tradition ist die Armut. Kann man darauf stolz sein?«

»Ja. Wer gegen seinen Hunger arbeitet, besitzt die Ehre des Kämpfers. Verneige dich nicht vor dem Reichtum, kämpfe!«

Große Qual trat in Huangs Augen, und er fragte mit stockender Stimme: »Du weißt also, daß Lida sich Jian hingeben wird?«

»Ich weiß, was vor siebenundzwanzig Jahren war. Die Welt verändert sich ständig, nur die Liebe nicht, solange der Mensch ein Herz hat.«

»Du bist eine kluge Frau«, sagte Huang. »Verzeih, daß ich so blind war und es nie bemerkt habe. Aber es tut weh.«

»Was?«

»Zu wissen, daß Lida nicht mehr als ein Mädchen zurückkommen wird. Aber vielleicht verstehen diesen Schmerz nur Väter.« Er ging ins Haus, setzte sich an den Tisch und schöpfte sich die morgendliche Reissuppe in die Eßschale. Und er blieb wortlos, bis er das Haus wieder verließ, da die Schule begann.

Die Straße von Dukou nach Lijiang mußten die Drachen mit allem Haß auf die Menschen gebaut haben, denn anders ist es nicht möglich, einen Weg durch kahle, feindliche Berge zu schlagen, vorbei an riesigen Felsblöcken, mit denen die Ungeheuer gespielt haben mochten. Die Straße war von niederstürzenden Wasserfällen und Bächen umrauscht und führte in enge, furchterregende Schluchten hinunter und zu Gebirgspässen hinauf, die im Himmel zu enden schienen.

Lida saß neben Jian, den Kopf zwischen die Schultern gezogen. Sie hatte Angst, da sie noch nie eine so gewalttätige Natur gesehen hatte. »Hat es keinen anderen Weg gegeben?« fragte sie einmal, als der Wagen wieder an einem donnernden Wasserfall vorbeifuhr.

»Ja, über Dali, aber das wäre ein großer Umweg gewesen. Von Huili ist das die nächste Strecke.« Jian legte den Arm um Lida und lenkte den Wagen mit nur einer Hand. »Du hast Angst?«

»Ja.«

»Wir sind gleich im Gebiet des Naxi-Volkes. Dort hat man eine Rolle, die in der alten Dongba-Bilderschrift geschrieben ist, gefunden und entziffert. Die Rolle beschreibt vor vielen hundert Jahren diesen Weg, als er noch keine Straße war, sondern ein Pfad für die Yaks. Es heißt darin: ›Als Himmel und Erde noch nicht getrennt waren, konnte der Steingott noch singen, die Bäume konnten laufen und die Steine sprechen.‹ Sieh dich um – sie können es heute noch.«

Nach der Überquerung des Gebirgszuges Mianmian Shan lag auf einmal Lijiang vor ihnen, breit in ein weites Tal gebettet. Die Sonne glitzerte auf den dicht aneinandergedrängten grauen Dächern der Altstadt; in der Ferne, doch zum Greifen nahe, leuchteten die Gipfel des Jadedrachen-Bergs und glänzte der ewige Schnee auf dem Massiv des Shanzidou, und der Jinsha-Fluß umkreiste in weitem Bogen Stadt und Ebene, als wäre er der Rahmen eines grandiosen Gemäldes.

Jian hielt den Wagen an und stieg aus. Er zog Lida vom Sitz, drückte sie an sich und machte eine alles umfassende Armbewegung. »Kann man so einen Anblick jemals vergessen?« rief er. »Hier hat auch der große Khublai Khan gestanden und sein

Herz vor dieser Schönheit festgehalten, und die Schamanen der Naxis zauberten die Krankheiten weg, beobachteten die Sterne, trieben die Teufel aus den Körpern der Besessenen und stimmten die Götter gnädig oder baten mit Feuer- und Säbeltänzen um ihre Hilfe. Lida, das ist ein Land, das die Götter mit ihren eigenen Händen aus einem Erdenkloß geformt haben.«

»Es ist wunderschön«, sagte Lida leise. »Laß uns eine Weile hier bleiben.«

Sie setzten sich an den Straßenrand, und nachdem sie Jinvans Weidenkorb geholt hatten, aßen sie von dem Obst, tranken eine Tasse Tee und waren fast trunken vom Anblick des Jadedrachen-Bergs und des schillernden Jinsha-Flusses, der später zum Yangtze wird, dem mächtigsten Strom Chinas. Als sie dann in die Ebene und zur Stadt hinunterfuhren, erblickten sie blühende Kamelienbäume, ein Meer von Blüten, und Jian sagte: »In Lijiang sollen zwanzigtausend Kamelien blühen, und die größte Blüte, die einen Durchmesser von dreiundzwanzig Zentimetern hat, ist zugleich die größte Kamelie der Welt.«

Jian fuhr über die Wuyi-Straße in die Stadt, bog dann in die Xinhua-Straße und die breite Neue Straße ab und hielt vor einem großen, massiven Gebäude, das zwischen dem Kinderpalast und dem Yunling-Theater, schräg gegenüber der Post, lag. Das Gästehaus Nummer zwei.

Hinter der Theke des Empfangs saß eine junge Frau und sah Jian gelangweilt an, als er die Tür aufstieß und eintrat. »Kein Zimmer frei«, sagte sie, bevor Jian fragen konnte, und musterte ihn vom Kopf bis zu den Schuhen. Jian trug Jeans, die jetzt auch in einer Fabrik in Shanghai hergestellt wurden, und halbhohe Trainingsschuhe, womit er sich als ein Durchreisender auswies, an dem die junge Frau nur wenig Interesse hatte. Gäste für eine Nacht machten nur viel Arbeit und ließen wenig Geld da, und weil das Gästehaus ein staatlicher Betrieb war, machte es gar nichts aus, ob alle Betten belegt waren oder nicht – der karge Lohn wurde immer ausgezahlt.

Jian lächelte, trat an die Theke und sagte: »Wir wollen drei Tage bleiben und dafür ein schönes Zweibettzimmer haben. Und ein Bad und einen Farbfernseher. Ich weiß, daß ihr dreißig Zimmer mit Bad und TV habt.«

Die junge Frau lächelte zurück, blickte nach hinten zu den Schlüsseln, die an blanken Haken hingen, nahm einen Schlüssel und schob ihn Jian zu. »Zimmer einundzwanzig«, sagte sie. »Sie kennen unser Haus? Je Nacht vierzig Yuan. Können Sie das bezahlen?«

Es war eine ungehörige Frage, und Jian mußte, um sein Gesicht zu behalten, scharf darauf antworten. »Wo ist der Direktor?« rief er empört. »Ich will ihn sofort sprechen. Sofort! Ich komme aus Kunming, und ich werde es der Zentrale für Fremdenverkehr melden!«

»Wir sind nur Menschen, und Menschen irren sich«, antwortete die junge Frau, während in ihrem Gesicht das Lächeln erfror. »Sitzen Sie mal eine Woche hier, wo ich sitze, und dann sagen Sie mir, was Sie tun würden, wenn in einer Woche neun Gäste nicht bezahlt und sich aus dem Staub gemacht haben. Die Ehrlichkeit fällt der neuen Zeit zum Opfer. Früher war es eine Schande zu betrügen, heute ist es ein Sport.« Sie legte ihre Hand auf den Schlüssel, als müsse sie ihn verteidigen. »Nehmen Sie Zimmer einundzwanzig?«

»Natürlich nehme ich es.«

»Wo ist Ihre Begleiterin?«

»Meine Frau sitzt draußen in dem Auto.« Jian sagte es ohne Hemmungen, denn es wäre eine Beleidigung für Lida gewesen zu sagen, daß er das Zimmer mit einem Mädchen bewohnen wollte. Man hätte Lida wie eine Konkubine gemustert und spöttische Blicke auf sie geworfen.

»Sie haben ein eigenes Auto?« fragte die junge Frau und gab den Schlüssel frei. »Das hätten Sie sofort sagen sollen. Verzeihen Sie einer dummen Frau.«

Jian nahm den Schlüssel von der Theke und kehrte zu Lida zurück. Sie war aus dem Wagen gestiegen, lehnte am Kofferraum und bewunderte die großen Gebäude und die Naxi-Frauen, die in ihrer Tracht herumliefen, meistens graublauen Kleidern mit einem dicken Rückenpolster mit kreisförmigen Ornamenten.

Kaum etwas Buntes war an ihnen, ganz anders als bei den Miaos und Bais, die kräftige Farben, vor allem ein leuchtendes Rot und das Blau des Himmels und das Glitzern des Silbers, liebten.

»Wir haben ein Zimmer!« rief Jian fröhlich und schwenkte den Schlüssel. »Mit eigenem Bad und Fernseher. Aber ich mußte sagen, daß du meine Frau bist.«

»Ist es dir schwer gefallen, das zu sagen?« fragte sie.

»Lida –«

»Ich werde deine Frau sein«, fuhr sie fort, ohne daß sich ihre Stimme veränderte. »Du hast also nicht gelogen.«

Sie öffnete den Kofferraum, holte ihre Reisetasche aus bedrucktem Segeltuch heraus und nahm auch den Weidenkorb mit dem Obst. Jian hatte einen Lederkoffer bei sich, ein schönes Gepäckstück, das sicherlich achtzig Yuan gekostet hatte, denn es kam aus Frankreich. Auf einem kleinen Messingschild unter dem Ledergriff stand: »Bon Voyage.« Wie konnte es auch anders sein, wenn ein Tong auf Reisen ging!

Die Frau hinter der Theke sah Lida nach, wie sie die Treppe hinaufging, und sie fragte sich, wieso ein Mann, der ein eigenes Auto und einen so wertvollen Koffer besaß, seine schöne junge Frau in einem so billigen Kleid herumlaufen ließ. Nun, man würde sehen, wer er war, wenn er sich in das Melderegister eingetragen hatte.

Das Zimmer war groß, die Betten standen auseinander an den Wänden, ein alter Schrank mit klemmenden Türen neben der Tür, in der Ecke am Fenster, dessen Übergardine aus vier Ringen gerissen war, auf einer Kommode der Farbfernseher. Es gab noch einen Tisch und darauf einen Aschenbecher, zwei hohe Deckeltassen, eine Schale mit Beuteln grünen Tees und eine große Thermoskanne mit Beulen in der Blechummantelung. Im Badezimmer fehlte eine durchlöcherte Deckenplatte, und die Spülung des WCs lief ununterbrochen.

Für Lida war es dennoch wie das Zimmer eines Palastes; sie stand begeistert vor der Badewanne, drehte die Schlauchbrause an und konnte es nicht fassen, daß auf der Ablage des Waschbekkens zwei Stückchen Seife, zwei Tütchen mit Duschgel und sogar zwei Zahnbürsten in einer Plastikhülle lagen. »Das ist alles umsonst?« fragte sie entgeistert.

»Das Zimmer ist teuer genug, da kann man das verlangen.« Jian setzte sich auf eines der Betten. Jetzt spürte er die anstrengende Fahrt, ließ sich nach hinten fallen und verschränkte die Arme hinter dem Nacken. Im Badezimmer hörte er Lida hin und her gehen, und dann plätscherte Wasser in die Wanne, und Lida lachte.

Jian erhob sich und trat ins Badezimmer. Lida stand in der Wanne, hielt die Brause über sich, und ihr Körper dehnte und wand sich in einem wohligen Gefühl, und die Wasserstrahlen sprühten von ihr ab durch das ganze Zimmer.

Zum ersten Mal sah Jian ihre Nacktheit, und er wurde stumm vor ihrer Schönheit. Er bewegte sich nicht, um sie nicht zu erschrecken. Sein Blick tastete sie ab, von den naß um ihren Kopf liegenden schwarzen Haaren über Schultern, Brüste, Leib und Schenkel bis zu den kleinen Füßen, an denen sich vor Wonne die Zehen krümmten. Er hatte bisher nur geahnt, wie wunderbar sie war, nun sah er es, und sie kam ihm zarter vor als das Mädchen hinter dem Büffel, das Säcke schleppen konnte wie ein starker Mann. Wie aus feinem, zerbrechlichem Porzellan erschien ihm ihr Körper, wie eine der schimmernden Figuren in den Porzellanläden von Shanghai und Guangzhou, die man kaum zu berühren wagte.

Leise ging Jian in das Zimmer zurück, streifte T-Shirt, Jeans und Slip ab und schlich dann ins Bad. Lida drehte ihm noch immer den Rücken zu und hatte ihn unter dem Plätschern des Wassers nicht gehört, aber sie zuckte keineswegs zusammen, als er plötzlich hinter ihr in der Wanne stand, als sie seinen nackten, glatten Körper spürte und dann seine Hände, die über ihren Rücken und ihr Gesäß strichen.

So, als habe sie das schon früher getan, drehte sie sich zu Jian um, lachte ihn an, ließ den vollen Duschstrahl über ihn spritzen, griff nach der Seife und begann ihn einzuseifen.

Jian bewegte sich nicht, als ihre kleinen, aber festen und starken Hände den Schaum über seine Brust und seinen Leib verteilten, und als sie sagte: »Dreh dich um, mein Liebster«, gehorchte er ihr stumm und ließ sich den Rücken einreiben, und es war ein nie gekanntes, unbeschreibliches Gefühl, den Druck ihrer Finger auf sich zu spüren, ihren Körper mit dem seinen zu fühlen.

Lida hielt die Handbrause hoch, und gemeinsam standen sie dann unter den Wasserstrahlen, eng aneinander gedrückt.

Er atmete den Duft der Seife auf ihrer Haut und schlang die Arme um sie. »Du bist ein Wunder«, sagte er leise. »Ein Wunder der Schöpfung. Ich möchte niederknien und dich anbeten.«

»Und du bist der dümmste Mann der Welt«, entgegnete sie, »denn noch immer nicht bist du mein Mann.«

Da stellte er die Dusche ab, stieg aus der Wanne, hob Lida auf seinen Armen heraus und trug sie in das Zimmer. Naß wie sie waren, fielen sie auf ein Bett, und Lidas Arme und Beine umklammerten ihn, und aus der Tiefe ihres Körpers drang ein Seufzen. Sie fühlte den ersten kurzen Schmerz, das winzige Stückchen Angst, das Wegtauchen in die Seligkeit und die aufsprühende Lust, Jian und seine Bewegungen in sich aufzunehmen.

»Nun bin ich deine Frau«, sagte sie später, als ihre schwitzenden, erhitzten Körper nebeneinanderlagen. »Wir können jetzt nur noch gemeinsam leben oder gemeinsam sterben.« Und dann lachte sie, wälzte sich auf ihn, küßte ihn und stemmte sich auf den Armen hoch. »Und duschen müssen wir uns auch noch mal.«

Sie blieben bis zum Abend auf dem Zimmer, lagen nebeneinander auf dem Bett, sahen im Fernsehen einen Film aus Hongkong, eine Familiengeschichte mit viel Geld und viel Tränen, und Lida fragte: »Ist das wirklich so? Gibt es so prunkvolle Häuser, so große Autos, tragen die Frauen wirklich solchen Schmuck?«, und als Jian nickte und antwortete: »Ja, in Hongkong schon«, sagte sie: »Das alles brauche ich nicht, um glücklich zu sein. Mein Glück bist du, mehr will ich nicht von diesem Leben.«

So lagen sie Hand in Hand bis zur Abenddämmerung, die kleine Miao und der Sohn des großen Tong, und vergaßen, daß es um sie herum noch eine Welt gab.

Als die Sonne sie am Morgen weckte, da die halb heruntergerissene Gardine die Strahlen nicht abhielt, blieb Jian ganz still liegen und sah Lida lange an. Ihre erste gemeinsame Nacht war vorüber. Lida hatte sich an ihm zusammengerollt wie eine schlafende Katze, lag in der Wölbung seines Leibes, und in ihrem Gesicht hatte sich ein Lächeln eingegraben, als sei sie noch immer von einem wunderbaren Traum davongetragen. Ihr nackter Körper glänzte in der Morgensonne wie helle Bronze. Es war die Haut eines Mädchens, das Tag für Tag auf dem Feld arbeitete und dem die Kraft der Sonne durch alle Kleidung gedrungen war, aber es war eine glatte, samtige Haut, die unter dem Streicheln einer Hand sich zu straffen schien und mit jeder Pore die Zärtlichkeit in sich aufnahm.

Mit großer Innigkeit küßte Jian ihre geschlossenen Augen, und als sie sich dehnte und den Kopf, noch im Halbschlaf, ihm zuwandte, küßte er ihre Lippen und blieb an ihrem Mund, bis sie völlig aufgewacht war.

Sie schlang die Arme um seinen Nacken. »Ich liebe dich«, sagte sie leise. »Es gibt keine zweite Liebe wie unsere.«

»Wir müssen den Tag nutzen«, erwiderte er. »Ich will dir noch so vieles zeigen.«

»Laß uns noch liegen bleiben, ein paar Minuten noch. Ich will dich spüren, in deine Augen sehen, deinen Atem hören.« Ihre Hände glitten über seinen Rücken, und Jian erzitterte unter diesem Streicheln, legte den Kopf in ihre Halsbeuge und genoß den Duft ihrer Haut, der wie ein Hauch von frischen Orangenblüten war. So lagen sie noch eine Weile ganz still beieinander, eingehüllt in die Seligkeit, eins zu sein, und es gab keine Worte mehr, die jetzt noch zu sprechen waren.

Nach dem Frühstück in dem großen Speiseraum, in dem die anderen Gäste lärmten – denn es gibt kaum einen Chinesen, der still vor sich hin ißt –, fuhr Jian zum Jadedrachen-Berg, dessen Gipfel mit dem ewigen Schnee in der Morgensonne leuchtete.

An einem der Bäche in der weiten Ebene, die das kristallklare Schmelzwasser aus den Bergen zum Jinsha-Fluß bringen, hielt Jian an und stieg aus. Vor ihnen weideten die dickbehaarten

Yaks. Die ganze Hochebene war wie ein Blütenteppich, und es war, als habe die Natur ihn zur Ehre des Jadedrachen-Bergs ausgelegt, des weißhäuptigen Königs des Gebirges, auf dessen Gipfel noch nie ein Mensch gestanden hatte.

Lida setzte sich auf einen Stein und blickte stumm über dieses herrliche Land. »Gibt es Schöneres auf dieser Welt?« fragte sie nach langem Schweigen.

»Nein.« Jian stand hinter ihr und streichelte ihren Nacken. »Das ist das schönste Bild von China überhaupt. Fünfzig Arten von Azaleen blühen hier, sechzig verschiedene Primeln, zwanzig Lilienarten und fünf unterschiedliche Kamelien. Ich zeige dir nachher einen Kamelienbaum, der fünfhundert Jahre alt sein soll. Man nennt ihn die ›Kamelie der zehntausend Blüten‹, und von weither kommen die Leute, bewundern ihn und stehen andächtig vor den großen roten und rosa Blüten. Lijiang ist ein Märchen, das Wahrheit geworden ist.«

»Wie häßlich ist dagegen Huili«, sagte Lida leise. »Wie häßlich.«

»Anders. Es ist anders, Lida. Huili ist ein schönes Dorf mit seinen Gemüsefeldern, seinen Teichen, seinen Reisterrassen, seinen roten Felsen und den mit Steinplatten gedeckten und den Hang hinauf gebauten Häusern. In China gibt es hundert Schönheiten, ob im Norden die Wüsten oder die Schluchten, durch die der Yangtze sich gebrochen hat, ob der Steinerne Wald bei Kunming oder die Kalksteinfelsen von Guilin, die aussehen wie riesige Zuckerhüte. Nur ein Dichter kann Chinas Schönheiten beschreiben und ein Maler sie festhalten, und das tun sie seit Jahrtausenden, immer wieder und immer neu. Auch Huili ist schön, die Dichter und Maler haben es nur noch nicht entdeckt.«

»Du bist ein höflicher Mensch«, sagte Lida und tastete nach Jians Hand. »Ich weiß, woher ich komme. Und es wird ein Traum sein, der nie vergeht, was ich heute sehe.«

»Es ist erst der Anfang.«

Sie schüttelte den Kopf und stand auf. »Es kann nicht noch Schöneres geben.« Sie ging zum Wagen, und als sie einstiegen, fragte sie: »Wohin fahren wir jetzt?«

»Zu einem alten Lamakloster am Jadedrachen-Berg. Nur fünf Mönche bewohnen es, und Chen Xue heißt der oberste Mönch. Niemand weiß, wie alt er ist; die Bauern behaupten, er sei unsterblich und so alt wie der Kamelienbaum im Innenhof des Klosters. Ich war dreimal zu Besuch, und Chen hat mir viel von den geheimnisvollen Dongba-Schriftrollen erzählt, die Gelehrte aus aller Welt anziehen und immer noch ein Geheimnis sind wie das ganze Naxi-Volk. Chen wird sich freuen, mich wiederzusehen.«

Am Fuß des Bergmassivs des Yulongshan hielt Jian wieder an und zeigte den dichtbewachsenen Hang hinauf. Eine schmale Straße wand sich den Berg hinauf und verschwand zwischen den dicken alten Bäumen. Auf halber Höhe des Hanges, unterhalb der Baumgrenze, wo die Felsen kahl wurden, sah man den rot und gelb gestrichenen First eines Daches. In der Sonne funkelte er, als sei er in Gold geschnitzt.

»Das ist Chens Tempel«, sagte Jian. »Auch hierher sind die Rotgardisten der Kulturrevolution Maos gekommen und haben gewütet. Chen und seine vier Mönche haben in jahrelanger Arbeit versucht, das Gesicht des alten Tempels und Klosters wiederherzustellen. Sie arbeiten heute noch daran, denn sie haben keine Reichtümer und leben von den Spenden der Besucher und von dem Geld, das sie für die Behandlung der Kranken nehmen.«

»Es sind Ärzte?«

»Nein, aber sie kennen die Geheimnisse von über siebenhundert Heilpflanzen, und irgendein Saft oder Pulver hilft immer. Lijiang ist nicht nur ein Königreich der Blumen, sondern auch ein Königreich der Naturmedizin. Unsere traditionelle Medizin kannte schon während der Qing-Dynastie fast vierhundert Pflanzen, aus denen man ein Medikament machen kann. Heute sind es noch viel mehr Heilkräuter, Samen und Wurzeln, vor allem der Ginseng, der hier genauso gut ist wie der aus Korea und Japan. Über hundertundvierzig Medikamente werden in Lijiang hergestellt – mein Vater weiß das genau, er ist der große Kenner der traditionellen Medizin –, und es gibt Mittel, die besser sind als die chemischen Präparate der westlichen Medizin, die über uns lächelt. Seit über einem Jahrhundert versucht sie, die Epilepsie mit Medikamenten zu heilen, aber der Erfolg ist mäßig. Wir heilen diese Krankheit mit Tabletten aus Cynanchum otophyllum, reinen Pflanzenprodukten.«

»Du redest wie ein Professor! Aber du wirst ja auch einer werden.« Lida lachte und blickte wieder zu dem golden schimmernden Dachfirst des Klosters hinauf. »Was ist Epilepsie?«

»Eine Krankheit, bei der die Menschen zu Boden fallen, sich in Krämpfen winden und nicht mehr wissen, was sie tun. Das ist jetzt ganz einfach erklärt, aber es ist eine komplizierte Krankheit, die du nicht verstehen wirst.«

»Ich weiß, ich bin dumm.«

»Lida, so war das nicht gemeint.«

»Ein guter Arzt muß alles erklären können.« Sie stieg wieder in den Wagen und zog die Tür zu. »Es fehlt noch viel, bis du ein guter Arzt bist.«

»Das stimmt.« Jian setzte sich hinter das Lenkrad und sah Lida an. »Weißt du, was du bist?«

»Deine Frau.«

»Und eine Tigerin, die ihre Krallen braucht.«

»Hat es weh getan?«

»Nein. Auch deine Krallen sind für mich ein Streicheln.«

Sie küßte ihn auf den Hals, zeigte dann nach oben und sagte: »Fahr zu Chen Xue. Er wird mir sicherlich erklären können, was Epilepsie ist.«

Chen, der Lamamönch ohne Alter, erwartete sie auf der obersten Stufe der ausgetretenen Steintreppe, die von den Jahrhunderten blank gescheuert war. Von einer bestimmten Stelle aus konnte man die Straße übersehen und weit in die Ebene blicken, und so gab es nichts, was Chen überraschen konnte. Verwunderlich war nur sein scharfes Auge in einem Gesicht, das wie gefaltetes Pergament aussah, gegerbt von Sonne, Wind, Schnee und Regen. Chen trug einen bodenlangen roten Umhang und eine bestickte Kappe auf dem weißen Haar, und sein schütterer Bart erinnerte Jian an den Bart von Onkel Zhang, durch den seine Finger strichen, wenn er nachdachte. Die Sandalen an Chens Füßen waren von ihm selbst genäht; man sah es an den groben Stichen.

»Tong Jian«, sagte Chen mit heiserer Greisenstimme, »willkommen!« Dann sah er Lida an und nickte mehrmals. »Du hast deine Braut mitgebracht?«

»Wie willst du wissen, daß es meine Braut ist?«

»Ich lese es in ihren Augen.« Chen lächelte. »Kommt in mein Haus«, sagte er und zeigte auf ein Haus, das etwa dreißig Meter vom Kloster entfernt an einem Abhang mit blühenden Azaleen und Kamelien stand; es war rot, gelb und blau gestrichen. »Es ist eine Freude, euch zu sehen. Studierst du noch, Jian?«

»Noch fast vier Jahre, ehrwürdiger Meister.«

»Ein langes Studium. Und was kennst du dann?«

»Die Ursachen und die Bekämpfung der Krankheiten des Menschen.«

»Wirklich?« Chen lächelte wieder. »Der Glaube ist ein Berg, dessen Gipfel man nie erreicht.«

Er ging zu seinem Wohnhaus voraus, und sie kamen in einen Innenhof, in dessen Mitte ein uralter Kamelienbaum und eine Vielzahl von Blumen in Beeten oder tönernen Schalen und Kübeln blühten. Von dem Innenhof gingen die geschnitzten und bemalten Türen in das Schlafgemach und die Küche, zum Hausaltar und in die Bibliothek ab, in der die Geschichte des Lamaklosters gesammelt war und die Erkenntnisse, die man über das Volk der Naxis gewonnen hatte.

Lida und Jian setzten sich auf die niedrigen Holzstühle, die unter der Kamelie standen, und während Chen in der Küche verschwand, um Teeblätter, heißes Wasser und Tassen zu holen, sagte Lida leise: »Er hat merkwürdige Augen. Hast du das auch gesehen?«

»Es sind Augen, aus denen die Weisheit spricht.«

»Nein, es sind Augen, die dich ansehen, als wärst du aus Glas. Er sieht alles in dir, und er sieht, was du denkst.«

Chen kam zurück, verteilte die Tassen, streute den grünen Tee hinein und übergoß ihn mit dem heißen Wasser. Er hatte sich umgezogen, trug jetzt sein Priestergewand und nahm die tibetische Gebetsmühle in die rechte Hand, nachdem er seinen Besuch bedient hatte. Wieder sah er Lida mit seinen geheimnisvollen Augen an, und ein Gefühl der Wärme durchrann sie, als läge sie in der Sonne.

»Du hast das Glück geschenkt bekommen«, sagte Chen plötzlich. »Aber nicht immer ist Frühling, und es wird Gewitter geben, und Blitze spalten die Bäume.« Er beugte sich vor. Sein Blick durchdrang Lida, und er ergriff ihre Hände. »Ich sehe einen jungen Baum, der sich im Sturm biegt, aber nicht bricht. Und ich sehe eine Weide, die nach Wasser verlangt, und ein Beil, das sie fällen will. Die Erde ist rot wie von Blut, und ein Sturm entlaubt die Blätter und treibt sie vor sich her in die Weite des Landes. Aber der Baum und die Weide trotzen dem Wind, und ein Zauberer trägt sie mit allen Wurzeln in ein anderes Land und pflanzt sie dort ein.« Er ließ Lidas Hände los und lehnte sich zurück. Er schloß die Augen, die Lida umhüllende Wärme verflog, und sie klammerte sich an Jian, denn es sah aus, als würde Chen nach diesen Visionen sterben.

Aber es war nur eine vorübergehende Erschöpfung. Nach wenigen Minuten richtete er sich wieder auf, griff nach der Gebetsmühle, ließ die Kugeln kreisen, und nur seine Lippen bewegten sich im lautlosen Anrufen Gottes.

Lida und Jian stellten ihre Teetassen auf den Boden, erhoben sich, verneigten sich vor Chen und verließen den Innenhof des Priesterhauses.

Erst unten am Wagen fand Lida ihre Sprache wieder. »Was hat er gesehen?« fragte sie, und ihre Stimme klang wie erstickt.

»Die Weide bist du, und der Baum bin ich«, antwortete Jian.

»Aber die Erde ist rot wie von Blut.«

»Das ist etwas, was ich auch nicht verstehe.«

»Und die Bäume, die ein Sturm entlaubt?«

»Ich weiß es nicht. Chen sieht mehr als jeder andere Mensch.«

»Er hat nur Böses gesehen, Jian.«

»Er hat aber auch von einem Zauberer gesprochen, der die Bäume in eine sichere Erde verpflanzt.« Jian hob ratlos die

Schultern. Er blickte zu dem Tempelbezirk hinauf, links das Kloster, rechts das Wohnhaus von Chen, und schüttelte den Kopf. »Ich habe ihn noch nie so ernst gesehen. Er ist sonst ein fröhlicher Mensch, aber als er in deine Augen blickte, Lida, öffnete sich vor ihm die Zukunft, und er sah Geschehnisse, die wir nicht begreifen können. Vielleicht wollte er uns damit warnen.«

»Vor wem oder was warnen, Jian?«

»Ich weiß es nicht.«

»Hast du Feinde?«

»Nein.« Jian schüttelte wieder den Kopf. »Ich habe nur einen Gegner.«

»Wer ist es?«

»Leider mein Vater.«

»Weil du eine kleine, arme Miao liebst.«

»Er weiß es noch nicht.«

»Du hattest nicht den Mut, es ihm zu sagen? Du hast mich versteckt, weil du weißt, daß er dich zwingen kann, mich nicht mehr zu sehen. Oder schämst du dich, weil ich die Tochter eines armen Dorfschullehrers bin?«

»Lida!« Jian fuhr herum und wollte den Arm um sie legen und sie an sich ziehen, aber sie wehrte ihn ab, und er war verblüfft, wie stark sie sein konnte, als sie ihn wegdrückte. »Ich wollte meinem Vater alles sagen, aber dann bin ich dem Rat von Onkel Zhang gefolgt. ›Erst in vier Jahren könnt ihr heiraten‹, sagte er. ›Es reicht, wenn es dein Vater kurz vorher erfährt. Geh einem vierjährigen Familienkrieg aus dem Weg, er zermürbt mehr als eine vierjährige Lüge. Mit einer Lüge kann man leben, jeder Mensch lebt mit seinen Lügen, aber ein Krieg ist Vernichtung. Schütze deine Liebe, indem du sie unsichtbar machst.‹ Er ist ein weiser Mann, Onkel Zhang.«

»Und wenn ich in diesen vier Jahren ein Kind von dir bekomme?«

»Das wird nicht sein. Es gibt im Westen eine Pille, die das verhindert. Ich werde sie uns über Hongkong kommen lassen.«

»Und wenn es jetzt, in diesen drei Tagen, passiert?«

Jian blickte wieder zu dem Kloster und dem Wohnhaus von

Chen hinauf. »In seiner Vision kam kein Kind vor. Chen hätte auch das in deinen Augen gelesen.«

»Wann willst du deinem Vater die Wahrheit sagen?«

»Kurz, bevor ich meine Schlußprüfung mache. Dann hat er keine Macht mehr über mich.«

»Aber jetzt hat er die Macht.«

»Er ist eine Berühmtheit, die zu den tausend Persönlichkeiten gehört, die im Buch der Auserwählten der Volksrepublik China stehen. Ein Wort von ihm, und ich muß Kunming verlassen! Er kann mich an die Universität von Shanghai oder Guangzhou versetzen lassen, und das wäre noch eine Gnade. Es gibt heute über hundert Universitäten, an denen Medizin gelehrt wird, und über fünfhundert medizinische Fachschulen. Mein Vater hätte also genügend Auswahl, mich irgendwohin zu verbannen.«

»Und das würde er tun?«

»Sofort! Ohne Bedenken.«

»Und meinen Vater würde er vernichten.«

»So weit reicht sein Einfluß nicht, aber er würde in Huili große Schwierigkeiten machen.«

»Und das soll in vier Jahren anders sein?«

»Ja.« Jian legte den Arm um Lidas Schultern, und diesmal stieß er auf keine Abwehr. »Wenn ich mein Arztexamen habe, bin ich frei. Dann hat er keine Macht mehr über mich. Wir werden dort, wo es uns gefällt, ein Haus bauen, und ich werde eine Arztpraxis aufmachen. Wir werden alles Glück dieser Welt in unseren Händen halten.«

»Wenn meine Einheit und die Gesundheitsbehörde es erlauben.«

»In vier Jahren kann alles anders sein. China ist kein isolierter Staat mehr, ohne die Öffnung zur übrigen Welt würde es politisch und wirtschaftlich verkümmern. Deng Xiaoping ist ein kluger Mann, der aus der abgeschlossenen Insel China eine wirkliche Weltmacht machen will. Die Versöhnung mit Rußland und die neuen Kontakte mit den westlichen Staaten sind ein Anfang, sind Signale eines neuen China.«

»Und vier Jahre lang willst du mich vor deiner Familie verstekken?« wiederholte Lida. »Sollen wir uns heimlich treffen, einmal einen Tag, das andere Mal zwei Tage, und jedesmal, wenn du wieder wegfährst, tut mir das Herz weh?«

»Wir müssen durchhalten, Lida. Wir müssen alle Kraft aus unserer Liebe nehmen.«

»Und wenn dein Vater doch von mir erfährt?«

»Dann wird es Krieg geben, Krieg zwischen ihm und mir.«

»Und der große Tong wird siegen.« Sie sah ihn mit geweiteten Augen an und sagte völlig ruhig: »Dann werde ich mich töten.«

»Lida!« rief Jian entsetzt. »Wie kannst du so etwas sagen?«

»Auch wir Miaos haben unsere Ehre, nicht nur die Hans. Ohne dich gibt es kein Leben mehr für mich. Für mich ist die Welt klein geworden, ganz klein – du bist sie, du allein. Wie kann ich leben, wenn es keine Welt mehr gibt?« Sie drehte sich um und riß die Wagentür auf. »Laß uns weiterfahren, Jian. Ich habe Angst vor diesem Tempel und vor Chen Xue. Warum hat er beschrieben, was er gesehen hat? Was bedeutet das Blut auf der Erde?«

»Ich habe keine Deutung dafür, Lida.«

»Könntest du im Streit um mich deinen Vater töten?«

»O Himmel, stelle nicht eine solche Frage! Natürlich könnte ich es nicht.«

»Du würdest eher unsere Liebe töten?«

»Nein. Ich würde sogar darauf verzichten, ein Arzt zu werden, würde nach Huili kommen, hinter dem Pflug mit dem Büffel die Felder aufreißen, neue Reisterrassen bauen, aus den Felsen Steine schlagen und daraus unser Haus errichten.«

»Und wärst dein Leben lang ein unglücklicher Mensch! Ein armer Bauer, der ein reicher Arzt sein könnte! Und die Familie Tong würde auf uns einschlagen, bis wir wie Hunde winselnd am Boden liegen.« Sie setzte sich in den Wagen und starrte durch das Fenster auf die schmale Straße, die den Berg hinab führte. »Jian, in zwei Tagen fährst du wieder weg – laß uns die Augen schließen und nicht mehr daran denken, was Chen Xue gesagt hat. Ich will in deinen Armen einschlafen und aufwachen und nichts wissen, als daß du bei mir bist.«

Jian nickte und dachte wieder daran, was Onkel Zhang gesagt hatte: daß es nicht nur einen Kampf gegen seinen Vater, sondern auch gegen seine Schwester Fengxia und ihren Mann Wu Junghou geben werde, zwei kommunistische Funktionäre, die noch mehr Macht hatten als der alte Tong. Und sie würden diese Macht auch zeigen, schon um den Aufsässigen zum Gehorsam zu zwingen.

Er stieg in sein Auto, zog die Tür zu, sah Lida mit einem stolzen Blick an, küßte ihren Hals und sagte: »Wir werden es schaffen, mein Liebling. Was ist stärker in unserem Leben als die Liebe? An dieser Mauer zerschellen ihre Köpfe. Du hast keinen Grund, Angst zu haben.«

»Und wohin fahren wir jetzt?« fragte sie.

»Nach Dali. Aber zuerst besuchen wir den Schwarzen-Drachen-Teich in Lijiang. Es gibt kein schöneres Bild in China, als am Teich zu stehen, in dem sich der Schneegipfel des Jadedrachen-Bergs, der Drachengott-Tempel und Deyuelou, der Mondpavillon mit der gebogenen weißen Marmorbrücke, spiegeln. Du wirst diesen Anblick nie vergessen.«

»Ich werde alles vergessen, wenn du bei mir bist«, sagte Lida. »Leg mir die Schönheit der ganzen Welt zu Füßen, ich will sie nicht – ich will nur auf dich warten.«

Sie fuhren nach Lijiang zurück, vorbei am Jade-See, und hielten vor dem Baum der zehntausend Kamelienblüten, dessen Stamm fünfhundert Jahre alt sein sollte. Hier tat Lida etwas Verbotenes: Sie pflückte von einem Ast eine große rote Blüte und steckte sie in ihr schwarzes Haar. Sie kostete Jian fünf Yuan, mit denen er den Wächter dazu brachte, zur Seite zu blicken.

Und dann standen sie am Ufer des Schwarzen-Drachen-Teiches, und Lida tastete nach Jians Hand, umklammerte sie und war stumm vor so viel Schönheit und erhabener, andächtiger Stille. Der Yulongxue Shan mit seinen dreizehn Schneegipfeln spiegelte sich im klaren Wasser, Fischschwärme durchzogen es und sammelten sich unter den Sonnenstrahlen, und die weiße Marmorbrücke mit dem Mondpavillon glänzte im Licht; rechts von ihr schimmerten die geschnitzten, bunten Dächer des Tempels der fünf Phönixe, des größten Heiligtums des geheimnisvollen Naxi-Volkes, durch das Geäst der Weiden und Kastanien.

Auch Jian schwieg, und obwohl er schon öfter hier gestanden hatte, wenn er Onkel Zhang besucht hatte, ergriff ihn doch jedesmal all diese Schönheit, und er begriff einen von Zhangs Versen, der lautete: »Wenn dein Auge trunken wird und deine Seele hinauffliegt wie ein Kranich zur Sonne, dann stehst du am Teich des Schwarzen Drachens und betest.«

»Gehen wir hinüber zum Mondpavillon?« fragte Lida leise.

Er nickte, und sie gingen am Ufer entlang, gingen über den Marmorbogen der Brücke, und ein großer Fischschwarm begleitete sie, als wolle er sie zum Pavillon führen. Und dann standen sie unter den rotgestrichenen Holzsäulen, die das erste der drei geschwungenen Dächer trugen. Sie waren in diesem Augenblick ganz allein am See, und Jian zog Lida an sich und küßte sie, und sie umklammerte seine Schultern und drückte sich an ihn, als wolle sie sich hier im Pavillon mit ihm vereinigen und als sollten der Jadedrachen-Berg und der Tempel der fünf Phönixe die Zeugen ihrer Hochzeit sein.

Sie lösten sich erst voneinander, als sie vom Ufer Stimmen hörten. Eine Gruppe Touristen aus Beijing hatte die Parkanlage betreten und fotografierte schwatzend nach allen Seiten.

»Kommen wir noch einmal zu diesem Pavillon?« fragte Lida, als sie über die Marmorbrücke zum Tempel der fünf Phönixe gingen.

»Wenn wir Zeit haben, können wir immer wieder nach Lijiang fahren.«

»Ich möchte immer hier sein, immer. Als du mich im Pavillon geküßt hast, habe ich innerlich einen Schwur getan.«

»Was hast du geschworen?«

Sie schüttelte den Kopf, beugte sich über den Brückenrand und sah den Fischschwärmen zu, wie sie träge, aber doch mit geschmeidigen Bewegungen durch das klare Wasser glitten. Am gegenüberliegenden Ufer löste sich schnatternd eine Entenherde, die von den fotografierenden Beijing-Menschen aufgeschreckt worden war.

»Es wird es keiner erfahren, auch du nicht«, sagte sie. »Es ist ein Schwur, der nur in meiner Seele wohnen wird. Es ist eine Zwiesprache mit meinem Gott.«

Am Nachmittag erreichten sie Dali und den Erhai-See, das alte Reich der Bais, die hier ihr erstes Königreich errichteten und es Nanzhao nannten. Es dauerte von 738 bis 902 nach Christi Geburt, bis es von dem mächtigen Reich Dali abgelöst wurde, das vom 10. bis zum 13. Jahrhundert Südwestchina beherrschte und erst zusammenbrach, als der sagenumwobene Mongolenkaiser Khublai Khan auch dieses Gebiet Chinas eroberte.

Schon von weitem erblickte Lida die Wahrzeichen von Dali, die drei Pagoden, deren schlanke Türme sich am klaren Morgen im Erhai-See spiegelten, so, als gäbe es sechs Pagoden, drei auf dem Land und drei im blausilbern schimmernden Wasser. Sie waren weiß getüncht und leuchteten in der Sonne.

Jian hielt unten auf dem Parkplatz, und sofort wurden sie von Händlern und alten Bai-Frauen umringt, die ihnen bestickte Stoffe, Schals und Kopftücher anboten oder Pagoden, Schildkröten und kleine Löwen aus hellgrauem, fein geädertem Marmor. Eine breite Treppe führte zu den auf Terrassen liegenden Heiligtümern hinauf. Auf jeder Terrasse waren Hunderte von Ständen aufgebaut, alle voll der schönsten Marmorarbeiten von der Schildkröte, dem Symbol des langen Lebens, bis zur pagodenähnlichen Gartenlampe, von Dosen bis zu ganzen Tempelanlagen, von Heiligenfiguren bis zu feuerspeienden Drachen oder zarten, flügelspannenden Kranichen.

Lida blieb auf der Treppe stehen und sah zu den drei weißen Pagoden hinauf. Sie zeigte auf einen Stand, der nicht nur kunstvolle Marmorarbeiten anbot, sondern auch wunderbare Schnitzereien aus Jade. In der Mitte des Tisches stand, aus grüner und hellbrauner Jade geschnitzt, ein Pavillon mit einem geschwungenen Dach, das von zierlichen Säulen gestützt wurde. Filigranhaft waren der First und die Dachtraufen gestaltet, in die Wände waren alte Spruchweisheiten geritzt, und den Eingang zum Inneren bewachten zwei Löwen, die die bösen Geister abschrecken sollten.

»Wie schön!« sagte Lida. »O wie schön!« Sie ging um den Tisch herum, bewunderte das kleine Kunstwerk von allen Seiten und ging sogar in die Knie, um die Löwen genauer zu betrachten und die Inschriften zu lesen. »Er ähnelt unserem Mondpavillon in Lijiang. Sieh, was hier steht: ›Ein einfacher Zweig ist dem Vogel lieber als ein goldener Käfig.‹« Sie blickte Jian mit ihren fast schwarzen Augen voller Willenskraft an. »So ist es. Auch ich möchte nicht im goldenen Käfig der Tongs leben.«

Jian hörte es, aber er antwortete nicht. Er wandte sich an den Händler und zeigte auf den Jade-Pavillon. »Wieviel willst du dafür haben?« fragte er.

»Hundertzwanzig Yuan, Freund. Er ist es wert.«

»Genosse, ich bin kein Amerikaner oder Deutscher.« Jian griff in die Tasche und holte ein Bündel Yuan-Noten hervor. »Überlege dir einen vernünftigen Preis.«

»An diesem Pavillon hat der Künstler über eine Woche geschnitzt. Er war nicht billig, und ich habe eine Frau und sieben Kinder, die vor Hunger weinen.«

»Deine Schuld, Genosse. Sieben Kinder – du darfst nur zwei haben! Also bezahle ich dich für zwei Kinder. Laß uns rechnen, was dabei herauskommt.«

»Mein lieber, großherziger Freund!« Der Händler rang die Hände, verdrehte die Augen, und seine Stimme bekam einen klagenden Klang. »Auf dem Land sind die Kontrollen nicht so streng. Und meine sieben Kinder haben drei verschiedene Mütter.«

»Das verschärft das Ganze nur noch.« Jian zählte aus dem Geldbeutel einige Scheine ab. Er hielt sie dem Händler hin. »Siebzig Yuan. Nur weil du es bist, Genosse.«

»Siebzig Yuan – ich werde Unkraut essen müssen! Ich werde Stroh auskochen! Willst du meine Familie sterben lassen?«

»Fünfundsiebzig Yuan. Das ist mein letztes Wort. Ich gehe sofort.«

»Du schneidest mir die Kehle durch, Freund.« Der Händler blickte Lida an, die noch immer vor dem Jade-Pavillon kauerte. »Ist das deine Frau?«

»Ja.«

»Könntest du mitansehen, wie sie sich vor Hunger krümmt? Eine so schöne Frau, und den Pavillon möchte sie haben, und du feilschst um den Preis wie ein Mongole um ein Schaf.«

»Fünfundsiebzig Yuan.« Jian legte die Scheine auf den Tisch, und wie sie so dalagen, strahlten sie eine magische Anziehungskraft aus. Der Händler seufzte, griff zu und schob das Geld in seine Hosentasche. Das Grinsen in seinen Mundwinkeln deutete Jian so, daß der Gauner dennoch ein gutes Geschäft gemacht hatte.

»Nimm den Pavillon, nimm ihn. Und er bringe euch Glück. Ein Mönch hat ihn gesegnet«, sagte der Händler. »Ein Zauber ist in ihm, den niemand bezahlen kann. Aber nimm ihn nur; du hast eine schöne Frau, und in ihren Händen wird der Pavillon wirklich zu einem Heiligtum. Er wird euer Leben begleiten.« Und dann, mit einem neuerlichen tiefen Seufzer: »Und das alles für fünfundsiebzig Yuan ...«

Jian beugte sich vor, nahm den Jade-Pavillon mit beiden Händen vom Tisch, und Lida richtete sich erstaunt auf. Sie hatte von der Verhandlung nichts gehört, so hatte sie die Schönheit des kleinen Kunstwerks gefesselt. »Laß uns zu den Pagoden hinaufgehen«, sagte sie.

Jian lächelte und hielt ihr den Pavillon hin. »Er gehört dir, meine Sonne.«

Sie war wie erstarrt, blickte auf den Jade-Pavillon in Jians Händen, und es war ihr, als wolle ihr Herz zu schlagen aufhören.

»Dieser Pavillon soll immer bei dir sein«, sagte er und kam um den Tisch herum. »So bin ich nie für dich fort, auch wenn ich wieder in Kunming bin. Wenn du den Pavillon ansiehst, kannst du mit mir sprechen – ich werde es hören.«

»Er ist verzaubert!« mischte sich der Händler ein, und ein breites Grinsen überzog sein Gesicht. »Ein Mönch hat ihn gesegnet – und ich gebe ihn für lumpige fünfundsiebzig Yuan her! Man sollte mich auspeitschen, so dumm bin ich. Aber du bist so schön, daß es mein Herz erfreut, daß du ihn bekommst. Möge er dir Glück bringen!«

»Ich ... ich soll ihn haben?« sagte Lida mit ganz leiser Stimme. Sie streckte die Hände aus, nahm den Jade-Pavillon und drückte ihn gegen ihre Brust. Und plötzlich spürte sie, wie eine fremde, mächtige Kraft durch ihren Körper strömte, wie ein Mut in ihr aufflammte, den sie vorher nicht gekannt hatte, und ihr Atem flog wie nach einem langen, schnellen Lauf, und sie sah Jian mit strahlenden Augen an, als brenne in ihr wirklich ein Feuer. »Mein Jade-Pavillon! Er wird das Heiligtum meines Lebens und der Tempel meiner Seele sein. Jian, ich fühle mich so stark!«

Von dieser Minute an ließ sie den Jade-Pavillon nicht mehr aus den Händen. Sie setzte ihn im Auto auf ihren Schoß, und wo sie an diesem Tag auch noch waren, der Jade-Pavillon war immer dabei, und sie trug ihn im Arm, als sei er ein Kind, das sie auf die Reise mitgenommen hatte.

Als die Abenddämmerung über den See zog und der Himmel sich in goldgelbe Streifen auflöste, sagte sie: »Jian, wir müssen noch nach Lijiang zurück.«

»Nein«, erwiderte er. »Wir bleiben in Dali.«

»Aber du mußt das Zimmer auch bezahlen, wenn wir nicht dort schlafen. Man wirft kein Geld in den Wind.«

»Die Nacht in Dali ist es wert.« Er zeigte zu den Schilfufern hinüber, wohin jetzt die Fischerboote trieben. »Dort drüben, Lida, ist ein Haus, in dem wir schlafen werden.«

»Ein Gästehaus direkt am See?«

»Nein. Dort wohnt ein Mann, dem höchste Ehre gebührt. Er hat mich in sein Herz geschlossen, und auch du wirst in seinem Herzen einen Platz finden.«

»Er ist ein Freund von dir?«

»Auch ein Freund, aber er ist auch mein Onkel.«

Lida drückte den Jade-Pavillon wieder an ihre Brust, und ihr Gesicht wurde ernst und verschlossen. »Nein«, sagte sie bestimmt. »Nein. Wir gehen nicht dorthin. Wir fahren nach Lijiang zurück.«

»Du kennst Onkel Zhang doch gar nicht.«

»Er gehört zu den Tongs.«

»Nein, er ist der Bruder des Vaters meiner Mutter.«

»Das ist das Gleiche. Er ist der reiche Han, ich bin die arme Miao.«

»Zhang steht auf unserer Seite. Wir hatten lange Gespräche über dich.«

»Er ist doch der, der dir geraten hat, nichts deinem Vater zu erzählen?«

»Ja. Es war ein guter Rat. Er ist ein weiser Mann.«

»Er will mich verstecken, weil er mich nicht für würdig hält, einen Tong zu lieben.«

»Nein! Er will verhindern, daß man mich mit Gewalt von dir trennt. Die Macht meines Vaters sollen wir nicht spüren, bis seine Macht alle Kraft verloren hat.«

»In vier Jahren.« Lida hob den Jade-Pavillon in Augenhöhe und starrte ihn an. »Vier Jahre bleibt mir nur unser Pavillon, wenn ich mit dir sprechen will. Vier Jahre wird er neben mir schlafen, als seist du es. Und wenn meine Lippen seine drei Dächer berühren, wird es sein, als küsse ich deine Stirn, deine Augen und deinen Mund. Jetzt werden diese vier Jahre leichter sein für mich. Ich habe dich immer bei mir. Wozu brauchen wir noch den Rat von Onkel Zhang?«

»Er könnte einmal unsere letzte Zuflucht werden. Ich möchte, daß er dich kennenlernt. Er wird mich dann besser verstehen.«

»Jetzt hast du die Wahrheit gesagt!« Sie drückte den Jade-Pavillon wieder an sich. »Er ist also auch gegen mich? Nein, ich will ihn nicht sehen.«

Sie war verwundert über sich selbst, daß sie Jian so hart widersprechen konnte und nichts von der Ehrfurcht fühlte, die eine Frau ihrem Mann entgegenzubringen hatte. Sie spürte eine Stärke in sich, als sei die Jadefigur kein weicher Stein, sondern ein blitzendes Schwert, mit dem sie jeden Feind besiegen konnte.

Jian sah sie mit größter Verblüffung an, aber gleichzeitig bewunderte er ihre Standhaftigkeit. »Onkel Zhang ist ein großer Dichter und Maler«, sagte er. »Und ein Dichter erlebt die Welt mit seiner Seele, ein Maler sieht mit anderen Augen als wir. Er wird dich umarmen, und du bist damit in seine Welt aufgenommen. Komm, laß uns zu ihm fahren.«

Sie nickte, sah wieder ihren Jade-Pavillon an und entgegnete: »Gut. Laß uns fahren, ganz wie es dein Wille ist, mein Mann. Und was auch geschehen wird«, sie legte den Jade-Pavillon in ihren linken Arm, als sei er ein Kind, »er wird mich beschützen. In ihm wohnt unsere Liebe bis zum Tod.«

Nachdem Tong Shiju mit dem frühen Bus von Dali abgefahren war, hatte Zhang Shufang vor seinem Haus am Ufer des Erhai-Sees gesessen und zwei Gedichte geschrieben. Es waren Hymnen an die Schönheit der Erde, von einer Zartheit der Worte, als könne man das Ewige streicheln. Über den See blickend, las er sich seine neuen Gedichte laut vor und lauschte auf den Zusammenklang der Worte, auf die Harmonie des Rhythmus und die Sprache der Seele.

Jetzt war es Abend, und Zhang ging daran, Nudeln und Tofu zu kochen. Der Reis garte bereits in einem anderen Topf. Es war ein einfaches Mahl, aber ein alter Mann braucht nicht mehr viel zum Leben, und wenn er eine Schale Reis mit Sojasoße, einen gebratenen Fisch, einen Klumpen Tofu und ein wenig Kohl im Topf hat, freut er sich des Lebens und dankt den Göttern, daß sie ihm so gnädig gesinnt sind.

Zhang blickte gerade in das kochende Wasser, als er draußen auf dem schmalen Weg das Bremsen eines Autos hörte. Er wischte sich die Hände an einem Tuch ab und ging zur Tür. Wenn ein Auto vor seiner Tür hielt, konnte es nur zweierlei sein: Entweder war es der Funktionär der Kulturabteilung von Dali, oder es war Jian; aber letzteres wäre erstaunlich gewesen, denn Jian wollte ja drei Tage bei seiner Lida in Huili bleiben. Andere Besucher fanden nicht den Weg zu Zhang, denn auch in Dali besaßen nur die Auserwählten der Partei und der Chefarzt des Krankenhauses ein Auto. Der Arzt kam freilich nicht zu Zhang, denn dieser hatte ihn noch nie gebraucht.

Zhang öffnete die Tür und erblickte Jians Wagen und Jian selbst, der ihm entstieg. Zum ersten Mal hatte er eine falsche Ahnung, denn er dachte, es habe mit dem Vater von Lida Streit gegeben, und jetzt suche Jian bei seinem Onkel Trost.

Um so ungläubiger sah Zhang das Mädchen an, das die andere Wagentür öffnete und ausstieg. Er brauchte nicht zu raten, wer es sei, und musterte Lida mit forschenden Augen; er sah die Scheu in ihrem Blick, als sie neben dem Wagen stehen blieb, als sei zwischen ihr und Zhang ein breiter, tiefer Graben. An die Brust hatte sie einen Pavillon aus Jade gepreßt, und Zhang, der Maler, erkannte sofort, daß es eine wertvolle Arbeit war.

»Jian!« rief er, als Jian den Arm um Lida legte und sie mit sich zog. »Und Lida, die Tochter des Lehrers Huang Keli! Kommt herein. Willkommen, willkommen. Ihr bereitet einem alten Mann eine große Freude. Es ist Essenszeit, aber für drei habe ich nicht genug.«

»Ich werde uns etwas kochen«, erwiderte Lida ehrfürchtig, »wenn der große Meister mich für würdig hält, an seinem Herd zu stehen und seine Töpfe zu gebrauchen.«

»Wir haben aus Dali etwas mitgebracht, Onkel Zhang«, sagte Jian fröhlich. »Ich habe mir gedacht, daß du für dich allein nur wenig kochst. Aber Lida wird uns ein Festessen aus vierzehn verschiedenen Speisen zubereiten. Und Bier haben wir auch mitgebracht.«

»Das habe ich im Kühlschrank. Denkt nicht, ich lebe wie ein Wurm von der Erde. Vierzehn Speisen?« Zhang sah Lida vergnügt zwinkernd an. »Du bist ein Mädchen, an dem ich Gefallen habe. Tretet ein, meine Lieben.«

Er ging voraus, und Lida holte aus dem Kofferraum ein paar Tüten. Als Jian ihr tragen helfen wollte, wehrte sie ihn ab und sagte: »Das ist meine Sache. Der Herd ist *mein* Platz. Erfreue du den Onkel mit der Schilderung unserer Erlebnisse.«

Während Lida in den verschiedenen Töpfen und Pfannen das Essen zubereitete, beobachtete Zhang sie mit Wohlgefallen. Nur eines kam ihm merkwürdig vor: Bevor Lida zu kochen begann, stellte sie den Jade-Pavillon neben den Herd auf eine Holzplatte. Zhang suchte darin einen Sinn, aber er fand ihn nicht. »Warum stellt sie den Pavillon dort auf?« fragte er.

Jian antwortete leise: »Es ist das Heiligste, was sie hat. In dem Pavillon liegt ihr Leben.«

»Es ist doch nur eine Figur.« Zhang schüttelte den Kopf. Noch hatte sein Verstand nicht die Macht des kleinen Kunstwerks begriffen. »Wo habt ihr den Pavillon gekauft?«

»Auf dem Marmormarkt bei den drei Pagoden. Der Händler sagte, ein Mönch habe ihn gesegnet.«

»Und ihr glaubt ihm?« Zhang lachte verhalten und warf einen fast strafenden Blick auf Jian. »Wie kannst du bei deiner Klugheit auf so einen Betrug hereinfallen? Jian, wo ist dein Verstand geblieben?«

»Lida und der Jade-Pavillon gehören jetzt zusammen.« Jian ließ Onkel Zhang weiter lachen – was wußte er denn von dem gestrigen Tag? »Er gleicht fast genau dem Mondpavillon im Schwarzen-Drachen-Teich von Lijiang, und dieser Pavillon hat für uns beide eine besondere Bedeutung.«

»Ihr kommt jetzt aus Lijiang?«

»Ja. Und es war mein Wunsch, dir Lida vorzustellen. Du bist der einzige Mensch, dem wir vertrauen. Du hast dich in Schweigen gehüllt, als mein Vater plötzlich vor deiner Tür stand und dir viele Fragen über mich stellte. Du hast uns beschützt, ohne Lida zu kennen.«

»Ich kenne ihren Vater Huang Keli. Er ist ein braver Mann, und seine Klugheit hätte es verdient, mehr beachtet zu werden. Wäre er in einer anderen Familie geboren, würde er jetzt kein Dorfschullehrer sein, sondern seine Stimme würde ganz China kennen. Es schläft so viel Großes in unserem Volk, das nie erwachen wird.« Zhang erhob sich und ging um den runden Tisch herum. »Ich hole das Bier.«

Er kam an Lida und dem Herd vorbei und blieb stehen. Sie zerhackte ein Huhn, das mit einer scharf-süßen Beize eingerieben war. Auf einem anderen Brett lag ein ausgesucht schönes Stück Schweinefleisch.

»Meine Augen bemerken mit Wonne«, sagte Zhang, »daß es ein Mahl wird, wie ich es lange nicht gegessen habe. Du bist eine gute Köchin. Wo hast du das gelernt?«

»Von meiner Mutter Jinvan und meiner Großmutter Peihui.« Sie senkte den Kopf, weil Zhangs Blick sie irritierte. »Unser

Leben war immer arm«, sagte sie. »Nur das Essen war gut, es war unsere einzige Freude. Jeder von uns wartete jeden Abend darauf, womit Großmutter Peihui uns wieder überraschte. Dann saßen wir um den Tisch und waren glücklich.« Sie hob den Kopf und sah Zhang nun doch an. »Sie waren nie arm. Sie wissen nicht, welch ein Kampf das Leben sein kann.«

»Dabei bist du so reich«, erwiderte Zhang, »du weißt es nur nicht. Deine Jugend ist dein Reichtum. Du kannst deinem Leben noch eine Form geben. Du und Jian, ihr werdet die Zukunft erobern.«

Er ging aus dem Haus, und Lida drehte sich zu Jian herum und hielt mit dem Zerhacken des Huhns inne. »Er kann weise Sprüche dichten«, sagte sie, »aber er hat noch nie Reispflanzen in das Wasser gesteckt und zehn Stunden den Rücken krumm gemacht.« Bitterkeit lag in ihrer Stimme.

»Onkel Zhang hat dich bereits in sein Herz geschlossen«, erwiderte Jian. »Er wird uns helfen.«

Zhang kam mit drei Flaschen Bier im Arm zurück, und während in den Eisentöpfen das Hühner- und Schweinefleisch schmorte, deckte Lida den Tisch und goß das Bier in die dicken Gläser, und sie bewegte sich so, als wohne sie schon lange in dem Haus und gehöre hierher.

Als sie wieder am Herd stand und das Gemüse wusch, beugte sich Zhang zu Jian vor und sagte leise: »Du hast die richtige Entscheidung getroffen. Sie ist eine Frau, mit der du ein ganzes Leben verbringen kannst. Wenn dein Vater jetzt bei uns säße und ihr zusähe –«

»Er würde seine Meinung nicht ändern. Für ihn gibt es die Familie Huang nicht. Ich bin zwar sein Sohn, aber ich wünschte, er würde an seiner verfluchten Tradition ersticken.«

»So etwas darf ein Sohn nicht sagen«, erwiderte Zhang ernst. »Es gibt immer einen Weg zum Ziel, auch wenn er krumm, steil und voll Steine ist.«

»Willst du uns diesen Weg zeigen, Onkel Zhang? Hilf uns.«

»Was kann ein armer Mann tun?«

»Gestatte nur, daß Lida und ich uns bei dir treffen.«

»Ihr seid ja schon hier, und ich werde essen, was Lida kocht. Und ich werde euch ein Bett geben und den Gedanken verjagen, daß ihr zusammen schlafen werdet wie ein Ehepaar. Ich verschließe meinen Blick vor der Unmoral, die unter mein Dach eingezogen ist.« Zhang lächelte ermunternd. »Ist das nicht genug?«

»Ich werde dir niemals den Dank abstatten können, der dir gebührt.«

»Wozu Dank, Jian?« Zhang sah Jian nachdenklich an. »Ich erkenne in dir meine eigene Jugend. Wenn ein alter Mann sich erinnert, denkt er nicht an gestern oder vorgestern, sondern an die Jahre, die so weit zurückliegen, daß sie wie eine Sage klingen. Ich war vielleicht so alt wie du, genau weiß ich es nicht mehr, da sah ich auf dem Markt von Kaili ein Mädchen, das hinter großen Bündeln Glasnudeln saß, und es sah traurig aus, denn kaum jemand kam zu ihm und ließ sich ein Bündel abwiegen. Ich ging zu ihr und kaufte ihr einen ganzen Ballen ab, obwohl ich gar keine Nudeln brauchte und auch nicht wußte, wo ich sie hingeben konnte. Aber ich sah, wie glücklich das Mädchen war, als ich ihm die Yuan in die kleine Hand zählte; es war bestimmt der größte Verkauf, den es je an einem Tag gemacht hatte. Ich habe sie dann öfter wiedergesehen, immer auf dem Markt von Kaili, und habe Nudeln bei ihr gekauft, um sie ein paar Ecken weiter einfach zu verschenken. Und eines Tages faßte ich mir ein Herz und fragte sie, ob sie mit mir kommen wolle.«

»Onkel Zhang!«

»Sie sagte ja, und sie kam zu der verabredeten Stelle, ohne ihren Vater, ohne einen Bruder, und da wußte ich, daß ihre Familie froh war, einen Esser weniger zu haben, und das Glück lobte, daß ein Mann sie aus dem Elend wegholte. Sie hieß Chongyan und war aus dem Volk der Dongs, und ich nahm sie mit und zeigte sie meinem Vater. Aber mein Vater sah sie gar nicht an, sondern sagte: ›Entferne diesen Mistkäfer, oder du bist nicht mehr mein Sohn.‹«

»Und was hast du getan, Onkel Zhang?«

»Ich bin von meiner Familie fortgegangen und habe Chongyan mitgenommen. Ich habe meinen Vater nie wieder gesehen, meine Mutter nicht und auch nicht meine Geschwister, nur ein Bruder besuchte mich ab und zu heimlich; er war der Vater deiner Mutter, Jian. Ein Jahr lebten wir wie in der Verbannung, und Chongyan wurde von Woche zu Woche trauriger, weil sie sah, wie ich innerlich litt, aber wir liebten einander mit einer Verzweiflung, die alle Widerstände überwand. Nachts weinte sie manchmal in meinen Armen, und sie fragte: ›Ich bringe dir Unglück, sag es mir.‹ Und ich antwortete: ›Ich könnte nicht mehr leben ohne dich‹, und ich malte und schrieb Gedichte und hatte Erfolg damit und wurde ein wohlhabender Mann, und je mehr mich die Leute kannten, um so stiller wurde Chongyan und verkroch sich vor aller Welt. Es war an einem Frühlingstag, als wir nach Dali und an den Erhai-See fuhren, und die Natur blühte in den feurigsten Farben; ich setzte mich ans Ufer und malte diese in die Seele dringende Schönheit. Chongyan sah mir eine Weile stumm zu, dann stand sie auf, ging das Ufer entlang und verschwand im Schilf. Ich achtete nicht darauf, ich malte ja wie ein Besessener, aber als sie nach Stunden nicht zurückkam, legte ich das Malzeug weg und suchte sie, ging den Weg entlang, den sie gegangen war, und rief ihren Namen, immer und immer wieder. Plötzlich schnürte Angst meine Kehle zu, und ich stürzte mich in das Schilf, watete in den seichten See, und als ich das freie Wasser erreichte, sah ich sie auf der Oberfläche treiben wie eine große Wasserrose. Ich schwamm zu ihr hin und zog sie ans Ufer, aber sie lebte nicht mehr. Sie hatte sich ertränkt. Ertränkt, damit ich frei war und zu meiner Familie zurückkehren konnte.« Zhang schloß die Augen, warf dann den Kopf in den Nacken und zeigte durch das Fenster auf den See. »Hier war es, genau hier. An dieser Stelle, wo sie in den See gegangen ist, um zu sterben, habe ich dieses Haus gebaut. Ich bin nie zu meiner Familie zurückgekehrt. Und ich habe Chongyan unendlich oft gemalt.« Er blickte zu Lida hinüber. »Und nun ist Lida da, und es ist mir, als stände nicht sie am Herd, sondern Chongyan. Ich will euch helfen und alles tun, daß sich Chongyans Schicksal nicht bei Lida wiederholt.«

»Wir dürfen also immer kommen, Onkel Zhang?«

»Betrachte mein Haus als euer Haus.« Er hob die Nase, schnupperte und sagte laut: »Es riecht köstlich. Aber streue noch etwas Ingwer über das Schweinefleisch.«

Nach dem Essen und der zweiten Flasche Bier lehnte sich Zhang wohlig zurück und genoß ein seltenes Sattsein. Immer wieder sah er Lida an, aber nicht mit dem Blick eines Mannes, sondern mit Augen, die bis in ihr Inneres drangen, mit den Augen eines Malers, der nicht nur ein Gesicht, sondern auch die Seele in diesem Gesicht erforscht. »Ich werde dich malen, Lida«, sagte er plötzlich. »Malen vor dem See und den blühenden Azaleen. Es soll das schönste Bild werden, das ich in meinem Leben gemalt habe.«

»Dazu haben wir keine Zeit, Onkel Zhang. Wir müssen morgen nach Lijiang und dann nach Huili zurück.«

»Sie braucht nicht vor mir zu sitzen, ich habe ihr Gesicht in meinem Kopf.« Zhang erhob sich ächzend von seinem Stuhl, er hatte zu viel gegessen. »Wann kommt ihr wieder?«

»Das weiß ich nicht«, antwortete Lida. »Ich habe gelernt zu warten, und ich muß noch lernen, die Tage und Wochen nicht zu zählen; ich muß leben, als gäbe es keine Zeit.«

Sie saßen zusammen, bis der See in der Schwärze der Nacht versank, und Zhang erzählte aus seinem Leben und von einem Sturm, der fast das Haus weggerissen habe und bei dem viele Fischer auf dem See ertrunken seien. Er zeigte ihnen seine Bilder, las ein paar von seinen Gedichten vor und trank noch zwei Flaschen Bier, was ihn am Ende müde machte. Schließlich gähnte er und strich sich mit beiden Händen über die Augen.

»Ein alter Mann sehnt sich nach seinem Bett«, sagte er. »Ich lege mich nieder. Du weißt, Jian, wo ihr schlaft.« Er ging zu seinem Bett, schlug die Decke zurück und setzte sich auf die Kante. »Der einzige Luxus dieses Hauses ist eine Wasserleitung. Ihr könnt euch duschen; es war auch für euch ein langer Tag.«

Im Anbau, wo die Dusche eingerichtet war, zogen sich Lida und Jian aus, und wie vor ihrer ersten Nacht in Lijiang standen sie zusammen unter den Wasserstrahlen, rieben einander ab, umarmten sich und verloren sich in ihren Küssen, im Streicheln ihrer Hände und in der Erregung, die sie durchrann.

Als sie ins Haus zurückkehrten, schlief Zhang bereits. Er hatte die Arme an den Seiten liegen, das Kinn war emporgereckt, und er sah mit seinem knochigen Schädel und dem schütteren weißen Bart wie ein Toter aus. Sie schlichen an ihm vorbei, nur ein Handtuch um die Hüften geschlungen, und dann lagen sie nackt auf dem Bett im Nebenzimmer. Lida rollte sich wieder wie eine Katze zusammen, schmiegte sich an Jian und seufzte, als er sie auf den Rücken drehte, ihre Brüste liebkoste und seine Lippen über ihren Körper zu ihrem Schoß hinunterwandern ließ.

»Mein Mann«, sagte sie leise und hielt seinen Kopf mit beiden Händen fest. »Mein Mann, du bist alles Glück auf dieser Welt.« Dann wandte sie den Kopf zur Seite und blickte auf den Jade-Pavillon, der neben dem Bett auf einem hölzernen Hocker stand. Das Mondlicht lag auf dem Stein und ließ ihn geheimnisvoll leuchten.

Erschöpft von der schrecklichen Busfahrt, mit Staub bedeckt, als habe er an der Straße gearbeitet, verschwitzt und mit den Gerüchen behaftet, die von den anderen Reisenden ausgegangen waren, kehrte Tong Shijun nach Kunming zurück. Meizhu, seine Frau, richtete sofort ein Bad für ihn her und wartete darauf, daß er etwas von seiner Reise zu Zhang erzählte. Aber er schwieg, legte sich in die Wanne, goß einen stark duftenden Kräutersaft ins Wasser und entspannte sich. Das Bad verjagte seine Müdigkeit. Er schlüpfte in einen Morgenrock aus schwerer, goldbestickter Seide, ordnete sein Haar und betrat das große Wohnzimmer, wo auf einem Tisch mit eingelegtem Elfenbeinschmuck bereits sein Tee auf ihn wartete. Meizhu saß in einem Sessel und sah ihren Mann erwartungsvoll an.

»Unser Sohn ist ein guter Sohn«, sagte Tong und schlürfte den dampfenden grünen Tee. »Ich habe meine Ruhe wiedergefunden.«

»Hast du wirklich an ihm gezweifelt?«

»Ja. Wenn jemand seine Reden hört, würde er ihn als einen

Aufsässigen ansehen. Aber es sind nur unüberlegte Reden, weiter nichts. Er hat keinen Umgang mit den fanatischen Umstürzlern. Er war wirklich nur bei Zhang und am Erhai-See, ist geschwommen und hat mit den Fischern die Netze eingeholt.«

»Ich wußte es.« Meizhu atmete auf, einerseits, weil alle Sorgen unbegründet waren, andererseits, weil Jian nicht seinem Vater begegnet war. »Unser Sohn lügt nicht.«

»Es kam mir nicht auf die Lüge an, sondern auf das Verschweigen.« Tong schlürfte wieder einen Schluck Tee. Er lehnte sich zurück und hörte, wie nebenan im Eßzimmer der Tisch gedeckt wurde. »Ihr habt noch nicht gegessen?«

»Ich habe auf dich gewartet, schon gestern. Du bist einen Tag später zurückgekommen.«

»Du kennst doch deinen Onkel. Wenn er Besuch bekommt, und das ist selten, dann fallen die Jahre von ihm ab, und er ißt und trinkt, als habe man einen Bettler an einen Festtisch gesetzt.« Tong lächelte schwach. »Ich bin einfach ins Bett gefallen und habe am Morgen den Bus nicht mehr bekommen. Aber ich habe dich doch aus Dali angerufen.«

»Du hast am Telefon nur gesagt: ›Ich komme später.‹ Da haben wir für die Nacht den Tisch gedeckt, und ich habe auf dich gewartet.«

»Dann habe ich die Worte falsch gewählt. Entschuldige, Meizhu. Mein Kopf war den ganzen nächsten Vormittag noch nicht klar.« Er blickte auf seine Uhr. »Wo ist Jian? Auf seinem Zimmer? Ich will zu ihm gehen und ihm sagen, daß ich stolz auf ihn bin.«

»Jian ist nicht da«, sagte Meizhu, und sie hatte ihre Stimme erstaunlich in der Gewalt.

»Nicht da? Hat er schon gegessen? Wo ist er hingegangen?«

»Ich weiß es nicht. Man fragt einen erwachsenen Sohn nicht, wohin er geht.«

»Man fragt seinen Sohn immer, was er im Sinn hat. Er bleibt ein Sohn, auch wenn er selbst schon Söhne hat. Ist er in ein Theater gegangen?«

»Nein.«

Tong sah seine Frau fordernd an. Die Unsicherheit in ihrer Stimme hatte er herausgehört, und plötzlich wußte er, daß Meizhu ihm etwas verschwieg. Wer aber etwas verschweigt, hat etwas zu verbergen, und da es um seinen Sohn ging, hatte er das Recht, die Wahrheit zu erfahren. »Wo ist Jian?« fragte er laut und streng. »Im Haus geht etwas vor, was man mit Schweigen zudekken will. Noch einmal: Wo ist er?«

»Ich weiß es nicht, Shijun.« Meizhu legte wie bittend beide Hände aneinander. »Er ist mit dem Auto weggefahren und noch nicht zurückgekommen.«

»Wann ist er gefahren?«

»An dem Tag, an dem auch du gefahren bist, nur Stunden später, um die Mittagszeit. Er kam von der Universität, zog sich schnell um und stieg in den Wagen. Das Ziel seiner Fahrt kenne ich wirklich nicht, ich hatte nur eine Ahnung.«

»Und an was hast du gedacht?«

»Er könnte auch nach Dali gefahren sein.«

»Nein, dort ist er nicht angekommen.« Tong atmete tief. »Wo ist mein Sohn Jian?« Er sah Meizhu wieder mit einem fordernden Blick an, in dem jetzt auch noch Mißtrauen lag. »Was läßt dich glauben, er sei nach Dali gefahren?« fragte er. »Diese weite Strecke, vierhundert Kilometer, fährt niemand ohne Grund und versäumt darüber seine Vorlesungen in der Universität. Meizhu, was weißt du?«

»Ich weiß nichts, Shijun. Ich sehe nur, daß Jian sich verändert hat. Er spricht mit uns noch weniger als vorher, er vergräbt sich in seinem Zimmer und hinter seinen Büchern. Ich dringe nicht mehr bis zu seinem Herzen vor. Er kapselt sich ein und ist wie eine Schnecke, die in ihr Haus gekrochen ist.«

»So ist es.« Tong nickte langsam, als sei sein Kopf plötzlich wie mit Blei gefüllt. »Was ist das für eine Last, die ihn so niederdrückt?«

Meizhu nagte nervös an ihrer Unterlippe, und dann sprach sie zum ersten Mal aus, woran sie die ganze Zeit gedacht hatte: »Wenn ein junger Mann sich so verändert wie Jian, ist meistens ein Mädchen der Grund.«

»Ein Mädchen?« Tongs Kopf zuckte hoch. Er dachte an Jians Weigerung, die für ihn ausgesuchte Yanmei zu heiraten, und an den Streit, den sie ihretwegen gehabt hatten. »Ein Mädchen in Dali? Davon hat Zhang mir nichts berichtet, und es ist unmöglich, daß er nichts davon wissen sollte, wenn es wirklich solch ein Mädchen gibt.« Er schlug sich mit der flachen Hand gegen die Stirn. »An alles habe ich gedacht, nur nicht daran. Ein Mädchen!«

»Es ist nur eine Vermutung, Shijun«, versuchte Meizhu ihn zu beruhigen. »Eine Mutter hat ein besonderes Gespür. Ich kann mich auch getäuscht haben.«

»Ich werde mit ihm reden.«

»Denkst du, daß er dir die Wahrheit sagen wird?«

»Mein Sohn belügt mich nicht. Er wirft nicht seine Ehre eines Frauenrockes wegen fort.«

»Und wenn es wirklich ein Mädchen ist?«

»Dann ist es seine Pflicht, sie der Familie vorzustellen.«

»Es kann ja nur ein flüchtiges Abenteuer sein.«

»Ein Tong hat seine Ehre zu verlieren.«

»Shijun, die Tongs gab es schon vor tausend Jahren, und deine Vorfahren haben ihre Konkubinen gehabt. Ein Mann war kein Mann ohne Konkubinen.«

»In den Jahrhunderten hat sich viel verändert.« Tong sah seine Frau streng an. »Habe ich eine Konkubine?«

»Nein. Du bist eine Festung der Moral. Aber warum sollte Jian nicht anders denken? Die Jugend heute –«

»Er kann in ein Bordell gehen, wenn er sexuelle Bedürfnisse verspürt.«

»Shijun, was sagst du da?« Meizhu war entsetzt. »Das wäre nie ein Ort, wo Jian hinginge.«

»Ich sähe es lieber, er nähme sich für dreißig Yuan eine Hure, als in Dali ein Mädchen ins Unglück zu stürzen, ein Mädchen, das er nie heiraten kann. Er wird Yanmei zur Frau nehmen.«

»Du weißt, er weigert sich, Yanmei auch nur zu sehen.«

»Er wird sich der Tradition beugen müssen. Es bleibt ihm noch Zeit genug, sich daran zu gewöhnen.«

Für Tong war das Thema damit beendet. Er legte sich nach dem späten Essen zum Schlafen nieder, aber seine innere Erregung verjagte die Müdigkeit. Meizhu schlief unruhig an seiner Seite, drehte sich hin und her, und er erinnerte sich, wie es bei ihnen gewesen war, als sein und ihr Vater sich einigten, daß Meizhu und Shijun ein Paar werden sollten, und wie er zum ersten Mal seiner Braut gegenüberstand, schüchtern, aber gehorsam. Er war mit der Wahl seines Vaters zufrieden, denn Meizhu war ein schönes Mädchen aus bester Familie, in jahrhundertealter Tradition erzogen, und als sie einander ansahen, wußten sie, daß sie sich lieben würden, auch ohne den väterlichen Zwang.

Warum sollte es bei Jian und Yanmei anders sein?

Lassen wir die Zeit wirken, dachte Tong. Er drehte sich zu Meizhu um, betrachtete ihr schmales, noch immer schönes Gesicht, beugte sich über sie und küßte ihre im Schlaf zitternden Lider. Dann legte er sich zurück, aber der Schlaf wollte noch immer nicht kommen.

Als er endlich in einen Traum fiel, der ihm Jian in der Rüstung eines mittelalterlichen Kriegers im Kampf mit einem gehörnten Drachen zeigte, dämmerte bereits der Morgen. Aber das innere Bild verdunkelte sich plötzlich, und Tong erfuhr zu seiner Bestürzung nicht mehr, ob der Drache oder Jian als Sieger aus dem Kampf hervorging.

Huang Keli wartete ungeduldig auf Lidas Rückkehr, und als endlich Jians Auto unten auf der Straße erschien und den Hügel herauffuhr, wurde Huangs Herz schwer, denn er bildete sich ein, in Lidas Augen zu lesen, daß sie ihre Jungfräulichkeit verloren hatte. Auch Jinvan erschien an der Tür, als sie den Motor hörte, aber sie überließ es Huang, an den Wagen zu gehen und die Heimkehrer zu begrüßen.

Lida stieg aus, den Jade-Pavillon im Arm, und ihre Augen strahlten in einem Glanz, der Huang tief in die Seele schnitt. Einen solchen Blick hatte nur eine glückliche Frau, und er brauchte nicht mehr zu rätseln, welches Geheimnis Lida in ihrem Herzen verschloß. Er umarmte sie und umarmte auch

Jian, der nun, auch wenn es keiner aussprach, zur Familie gehörte. Dann überreichte er ihm zur Begrüßung eine Schale mit Schnaps, die Jinvan aus dem Haus geholt hatte.

»Mein Sohn«, sagte Huang feierlich, als Jian aus der Schale getrunken hatte, »sei willkommen in meinem und deinem Haus. Es ist doch erlaubt, Sohn zu dir zu sagen?«

»Ja. Du kannst mich so nennen, Vater.«

Damit war alles gesagt, was eine Frage beantworten konnte. Huang spürte einen schweren Druck in seiner Brust, und er wußte sich nicht zu erklären, ob es Freude und Glück oder Angst und Sorge war. Was auch geschehen mochte, es gab keine Umkehr mehr: Lida war Jians Frau geworden, und das Schicksal nahm seinen Lauf; ob zum Guten oder zum Bösen, das würde die Zukunft zeigen.

Lida war ins Haus gegangen und stellte den Jade-Pavillon auf den Tisch. Jinvan betrachtete ihn von allen Seiten, aber als sie ihn anfassen und näher an die Augen halten wollte, um die eingravierten Worte besser lesen zu können, hielt Lida ihre Hand fest.

»Eine schöne Figur«, sagte Jinvan irritiert und zog ihre Hand zurück. »Wo habt ihr sie gekauft?«

»Bei den drei Pagoden von Dali. Ein Mönch hat den Pavillon gesegnet und einen Zauber hineingebetet.«

»Einen Zauber? Was soll das sein?«

»Wenn ich den Pavillon berühre, fließt eine große Kraft in mich hinein. Ich spüre sie, sie ist wie ein heißer Hauch. Ich bin so stark, wenn ich die Hände um ihn lege. Es ist ein Mut, der mich alles besiegen läßt. Niemand als ich soll ihn anfassen.«

Jinvan schwieg, aber sie sah den Jade-Pavillon mit schiefem Blick an und wunderte sich über ihre Tochter, daß sie so einen Unsinn glaubte. Sie nahm sich vor, mit ihrem Mann darüber zu sprechen, und auch er würde nur den Kopf schütteln und vielleicht sagen: »Laß ihr diesen Glauben. Er hilft ihr über die Einsamkeit hinweg, wenn Jian wieder weggefahren ist und lange Zeit nicht kommen kann.«

Nur noch diese Nacht konnte Jian in Huili bleiben, denn was er auf der Universität versäumte, mußte nachgeholt werden.

Doch da er wiederkam und Lida jetzt zu ihm gehörte, räumten Huang und Jian den Anbau aus, in dem einmal Chang Lifu gelebt hatte, und Huang versprach sogar seinem neuen Sohn, den Raum von innen auszumauern, eine feste Wand zu ziehen, eine massive Tür anzubringen und den festgestampften Boden mit Brettern auszulegen. Auch ein breites Bett, einen Schrank, einen Tisch, zwei gepolsterte Stühle aus Holz und ein Regal wollte er in Dukou kaufen, um ein gemütliches Heim zu schaffen, in dem Lida und Jian leben konnten. Für Huili war dieser Ausbau, wenn er fertig war, geradezu ein Luxus, und Huang würde stolz sein, so etwas geschaffen zu haben.

Schon in dieser letzten Nacht schliefen Jian und Lida in dem ausgeräumten Anbau. Es war Lidas Bett, in dem sie lagen. Sie waren nackt und konnten sich nichts anderes vorstellen, als Haut an Haut und Atem in Atem einzuschlafen und ebenso zu erwachen.

»Du bist so ruhig, Jinvan«, sagte Huang, als sie allein im Haus waren.

»Warum sollte ich Unruhe zeigen?«

»Unsere Tochter schläft mit einem Mann.«

»Ich wäre unruhig, wenn sie es nicht täte.«

»Weißt du, was aus uns geworden ist?« Huang sog an seiner Pfeife und blies den Rauch gegen die Decke. »Eine Kupplerin und ein Kuppler. Wir dulden die Unmoral unter unserem Dach. Ich hätte nie daran gedacht, daß ich davor die Augen schließe. Ich, der ehrbare Lehrer Huang Keli. Ich lege meine Tochter einem Mann ins Bett. Ich helfe ihm sogar, das Bett hinüberzutragen. Und in mir ist dabei keine Scham, kein Widerstand gegen diese Sittenlosigkeit. Jinvan, ich verstehe mich nicht mehr.«

»Es ist besser, sie schlafen unter unserem Dach, als wenn sie einander heimlich in einer Hütte im Reisfeld lieben.«

Sie lächelte Huang an, und er wußte, wovon sie sprach, blickte auf seine Schuhspitzen und antwortete: »Du hast recht, Jinvan – die Liebe schreibt ihre eigenen Gesetze.«

In der Nacht wurde Lida vom Mondlicht geweckt, das durch die Ritzen der Bretterwand drang. Sie löste sich vorsichtig von

Jian, ging auf Zehenspitzen zu der Kiste, auf die sie den Jade-Pavillon gestellt hatte, hockte sich davor und legte beide Hände um den kühlen Stein. Wieder durchrann sie starke Wärme, die sofort nachließ, wenn sie die Hände von dem Stein nahm, und wiederkehrte, wenn sich ihre Finger um die zarten Säulen schlossen, die das geschwungene Dach trugen.

»Morgen bin ich wieder allein«, flüsterte sie, streichelte den Pavillon und glaubte, ihn von innen leuchten zu sehen. »Morgen bleibt von aller Schönheit, die ich gesehen habe, nur die Erinnerung zurück, und ich werde wieder den Pflug in die Erde drükken, werde Gemüse schneiden und die Reisfelder bewässern, Steine aus den Felsen holen und eine neue Mauer bauen. Ich werde warten, bis Jian wiederkommt, und du wirst mir die Kraft geben, diese Zeit des Wartens zu ertragen. Zeige mir, welch ein Zauber in dir lebt.«

Sie blieb eine ganze Weile vor dem Jade-Pavillon hocken und schlich dann zum Bett zurück, wo das Mondlicht Jians nackten Körper beschien. Sie legte sich wieder zu ihm. Im Schlaf tastete seine Hand nach ihrer Brust, umfaßte sie und blieb dort liegen, als gäbe sie ihm Halt.

Sie lag noch lange wach, genoß den Druck seiner Hand auf ihrer Brust und hatte Mühe, Sehnsucht und Verlangen, die in ihr aufstiegen, zu unterdrücken. Still, in einer erzwungenen Steifheit, lag sie neben ihm und atmete den Geruch seines Schweißes ein, der wie ein betäubender Duft war. Sie hatte den Kopf zur Seite gewandt und blickte zu der Kiste hinüber, zu dem Jade-Pavillon, der im Mondschein leuchtete, als sei er etwas Überirdisches. Er lebt, dachte sie. Er lebt wirklich, und solange er lebt, werde auch ich leben.

Und eine tiefe, starke Ruhe kam über sie.

V
Der Kampf der Väter

Als er nach Kunming zurückkehrte, war Jian darauf vorbereitet, daß ihm kein herzlicher Empfang zuteil werden würde; er rechnete vielmehr mit Fragen über Fragen. Zhang hatte ihm beim Abschied wieder den Rat gegeben, Stillschweigen über seine Liebe zu Lida zu bewahren und alles zu leugnen, wenn Tong Shijun einen Verdacht äußerte. Aber woher sollte Tong wissen, was geschehen war? Nur Zhang kannte das Geheimnis, und er hatte bestimmt nichts verraten.

Nach vierhundert Kilometern Fahrt und einem Zwischenhalt in Nanhua, wo er an einer Garküche auf der Straße eine Gemüsesuppe und eine Schale Reis aß, war auch Jian froh, wieder zu Hause zu sein. Er freute sich bei dem Gedanken, sich auf seinem Bett ausstrecken und an Lida denken zu können.

Tong Shijun war noch im Krankenhaus, wo er Reihenuntersuchungen durchführte, denn es mehrten sich die Fälle einer Darmerkrankung, die zwar nicht lebensgefährlich war, aber den Arbeitsprozeß hemmte, denn in den industriellen und landwirtschaftlichen Einheiten hinterließen die Kranken eine spürbare Lücke. Die traditionelle Naturmedizin zeigte nur im Anfangsstadium der Krankheit Erfolge; war sie voll ausgebrochen, versagten alle Kräuter und Wurzeln. Westliche Antibiotika waren schnell aufgebraucht, der Nachschub aus Hongkong oder Shanghai stockte, und um die Krankheit frühzeitig erkennen und traditionell behandeln zu können, rückten die Arbeiter kolonnenweise im Krankenhaus an und warteten in langen Schlangen auf die Untersuchung.

Kaum hatte Jian das Haus betreten, lief ihm seine Mutter entgegen. Sie war sehr aufgeregt, sehr blaß, und es sah aus, als habe sie geweint, denn ihre Augen waren leicht gerötet. »Jian, was hast du getan?« rief sie. »Wo warst du? Wo kommst du her? Drei Tage lang wußte keiner, wo du bist.«

»Jetzt bin ich wieder da.« Jian ließ sich auf das Sofa fallen und streckte die Beine von sich. »Du siehst, es geht mir gut.«

»Was willst du deinem Vater erzählen?«

»Nichts.«

»Er wird sich kaum damit zufrieden geben. Jian, ihr werdet aufeinander losgehen wie zwei feindliche Tiger.«

»Daran habe ich mich gewöhnt, Mutter.« Jian zog seine Jacke aus, warf sie auf den Teppich und hob die Beine auf das Sofa, ohne die Schuhe abzustreifen. »Du und Vater sollten sich endlich damit abfinden, daß ich dreiundzwanzig Jahre alt bin und Student der Medizin. Ich bin nicht mehr der kleine Junge, der im Garten mit Schildkröten und weißen Kaninchen spielt.«

»Spielst du jetzt mit Mädchen?« fragte Meizhu.

Jian sah sie aufmerksam an. Sie weiß es nicht, dachte er schnell. Sie kann es nicht wissen, sie rät nur, sie spielt mit Vermutungen, sie versucht, mich zu überrumpeln. Wenn ich jetzt schweige, verrate ich Lida und mich selbst. »Was hat dich zu dieser absurden Frage geführt?« erwiderte er und versuchte ein Lachen.

»Du hast dich verändert, Jian. Eine Mutter sieht das eher als ein Vater. Dein Leben hat eine andere Richtung eingeschlagen. Wohin gehst du, Jian?«

»Zur Universität, um Arzt zu werden.«

»Das ist die eine Straße. Und die andere?«

»Man kann nur auf einer Straße gehen, nicht auf zweien.«

»Gibt es ein Mädchen?« fragte Meizhu direkt.

»Wo soll es leben?«

»Vielleicht in Dali?«

»Warum gerade in Dali? Es kann auch in Anshun leben oder in Gejiu oder in Yibin, auch Zigong oder Luzhou wären möglich oder Guiyang und Zunyi, und vergiß nicht Kunming selbst. Gerade in Kunming leben viele hübsche Mädchen. Warum soll ich in Dali eine Azalee pflücken, wenn vor meiner Tür eine Rose blüht?«

»Es gibt also ein Mädchen«, sagte Meizhu bestimmt. »Ein Tong liegt in den Armen einer unwürdigen Person. Dabei weißt du, daß du der schönen und ehrbaren Yanmei versprochen bist.«

»Ein Mädchen, das in meinen Armen liegt, ist nie unwürdig! Meine Liebe schenkt ihr eine Ehre.«

»Liebe! Sprich das heilige Wort nicht aus im Zusammenhang mit diesen Mädchen. Was dich zu ihnen führt, ist der Naturtrieb. Sie sind Huren, auch wenn sie in keinem Bordell wohnen.«

»O Mutter, was für Worte aus deinem Mund!« Jian versuchte wieder ein Lachen, aber es blieb ihm im Hals stecken. »Seit deiner Jugend hat sich in China viel geändert. Du bist rein in die Ehe gegangen, und dieser Tong Shijun, den du vorher nie gesehen hast, hat von dir Besitz genommen, und du bist ein Teil seines Hauses geworden. Er gab dir Weisungen, und du hast gehorcht. Er war der Herr, und du hast den Nacken vor ihm gebeugt. Er hat zwei Kinder gezeugt, und du warst ihm zu Diensten, weil er es wollte.«

Meizhu erstarrte. »Ich habe deinen Vater geliebt und liebe ihn noch immer.«

»Weil du nichts anderes kennst und es deine Pflicht ist. Und nicht anders ist Yanmei. Aber ich will keine Dienerin im Bett, sondern eine Geliebte voller Leidenschaft.«

»Du willst ein solches unmoralisches Mädchen heiraten?«

»Ich suche noch«, wich Jian aus. »Es ist wie beim Wein – ich probiere noch alle Sorten. Eure Moral ist muffig und verschimmelt und geheuchelt und verlogen.«

»Wenn dein Vater diese schrecklichen Worte hören würde –«

»Ich werde sie ihm ins Gesicht sagen, wenn er es wünscht.« Jian erhob sich von dem Sofa und kam um den Tisch herum. »Ich werde ein Bad nehmen«, sagte er und streckte der Mutter seine Hände entgegen. »Riech mal! Es ist das billige Parfüm eines Vorstadtmädchens, aber ihr Körper ist wie eine Orchidee.« Meizhu wich zurück, Ekel lag in ihrem Blick, aber Jian folgte ihr mit ausgestreckten Armen. »Ich lag auf ihr wie auf einer blühenden Wiese, und ihre Finger glitten über meinen Rücken wie kleine Schmetterlinge, und sie wand sich wie eine Schlange.«

»Was ist aus dir geworden?« stammelte Meizhu und schlug Jians Arme zur Seite, die ihr den Weg aus dem Zimmer verwehrten.

Es war, seit er denken konnte, das erste Mal, daß sie ihn schlug, und er nickte und lachte, klatschte dann in die Hände und rief: »Sei gelobt, Mutter! Du kannst auch eine Herrin sein und nicht nur eine goldbehangene Sklavin des großen Tong! Behalte diese Wandlung bei, werde eine Persönlichkeit! Und habe keine Angst! Dein Mann wird zwar seine Welt nicht mehr verstehen, aber du hast einen Schritt in die Freiheit getan. Wir leben von den kleinen Schritten – sie machen uns stärker als ein großer Sprung.« Jian nickte seiner Mutter ermunternd zu, die wie erstarrt dastand. »Ich bade jetzt, und einen Hunger wie ein Tiger habe ich auch.« Er ging, badete kurz und kehrte dann in das Wohnzimmer zurück.

An der Tür blieb er stehen.

Tong Shijun war heimgekommen, saß auf dem Sofa, trank eine Tasse Tee, und der Blick, mit dem er Jian empfing, verhieß nichts Gutes. »Mein Sohn gibt sich die Ehre, zu Hause zu sein«, eröffnete Tong die Schlacht. »Der Herr Student liebt ein freies Leben.«

»Du hast es erfaßt und ausgesprochen, Vater«, erwiderte Jian. »Wie schnell dir doch diese Erkenntnis gekommen ist!«

»Ich erkenne nur, daß ich einen Sohn habe, der vor der Pflicht davonläuft und sich irgendwo herumtreibt. Ein Tong als Wanderbursche!«

»Mich braucht keiner auf meine Pflichten hinzuweisen. Ich weiß, was ich tue.«

»Wo warst du die letzten drei Tage?« Die Frage war wie ein Hieb.

Jian biß die Zähne aufeinander, aber dann antwortete er: »Ein Wanderbursche zieht mit dem Wind und folgt dem Flug der Vögel.«

»Ich fordere eine Erklärung!« schrie Tong plötzlich unbeherrscht.

»Du forderst? Hast du wirklich ›fordern‹ gesagt?«

»Ja!«

»Dann nimm zur Kenntnis, daß ich mich weigere, dir eine ›Erklärung‹ zu geben.«

»Du lehnst dich gegen deinen Vater auf?«

»Nein! Ich wehre mich gegen einen Tyrannen.«

»Bist du noch mein Sohn?« schrie Tong erneut. »Vergißt du alle Ehrerbietung?«

»Nimm zur Kenntnis, daß du nicht mehr ein Mandarin bist wie deine Vorfahren, sondern ein Kommunist. Ein kommunistischer Professor der Volksrepublik China. Und ich bin der kommunistische Sohn eines Kommunisten und sage dem Kommunisten, der sich benimmt wie ein Mandarin: Ich lebe, wie ich es für richtig halte! War das eine klare Antwort?«

Tong zitterte vor Wut und Gram, und er spürte sein Herz und die eiserne Zange, die es zu umklammern schien. »Ich habe deine Mutter gefragt, aber auch sie gibt keine Antwort.«

»Ich möchte sie an meine Brust drücken. Jetzt wird sie endlich ein Mensch. Sie hat mich vorhin zum ersten Mal geschlagen.«

»Sie hat dich was?« Tong atmete schwer. Eine Frau, auch wenn es seine Frau war, hatte es gewagt, seinen Sohn zu schlagen. »Sie wird dich um Vergebung bitten«, sagte er mit heiserer Stimme. »Sie wird um die Gnade bitten, daß du sie wieder ansiehst und mit ihr ein Wort sprichst.«

»Ich werde sie küssen, wenn sie sich weigert, das zu tun.«

»Du hast ein Mädchen?«

»Ich habe viele Mädchen. Jeden Tag eine andere, und zu jeder sage ich: ›Jetzt hat Jian auf dir gelegen, der Sohn des großen Tong Shijun.‹ Und die meisten antworten dann: ›Es ist mir eine große Ehre, von dir genommen zu werden.‹ So wird dein Name noch bekannter, als er schon ist.«

»Habe ich einen Sohn oder ein Schwein großgezogen?« schrie Tong. »Du hast drei Tage und Nächte bei den Huren zugebracht?«

»Bei braven Bürgerstöchtern, Vater. Töchtern von ehrbaren Genossen. Hast du vor deiner Hochzeit mit Meizhu nur Huren gehabt?«

Tong Shijun, der aufspringen wollte, sank auf das Sofa zurück und drückte beide Hände flach auf sein Herz. Besorgt und plötzlich einsehend, daß seine Worte zu niederschmetternd auf seinen Vater gewirkt hatten, kam Jian um den Tisch herum, um dem Vater den Puls zu fühlen. Aber Tong stieß ihn grob zurück, erhob sich mit Mühe und ging leicht schwankend hinaus, ohne seinen Sohn anzusehen.

Das Abendessen nahmen Meizhu und Jian allein ein. Tong Shijun saß in seiner Bibliothek in einem tiefen Ledersessel und starrte vor sich hin. Je länger er über die Wandlung seines Sohnes nachgrübelte, um so mehr kam ihm die Erkenntnis, daß alles, was Jian vorhin gesagt hatte, nicht der Wahrheit entsprach, daß er nicht jeden Tag ein anderes Mädchen ins Bett zog und drei Tage und Nächte herumgestrolcht war, um sich auszutoben. Das war, bei all seiner Unbekümmertheit, nicht Jians Lebensart. Blieb also die Frage: Wo war er in diesen drei Tagen und Nächten gewesen?

Über Tong legte sich wieder die Ruhe der Weisheit. Er zerlegte den Charakter seines Sohnes, als seziere er eine Leiche, um die Todesursache zu ergründen. Und so kam Tong zu dem Schluß, daß es nur *ein* Mädchen gab, in das sich Jian wirklich verliebt hatte und das er nun mit seinen lockeren Reden zu schützen versuchte.

So ist es, sagte sich Tong, und gleichzeitig erkannte er die Gefahr. Abenteuer mit vielen Mädchen gehen rasch vorüber, ein einziges Mädchen aber ist wie eine Nachtigall, der man mit Verzückung lauscht und die man mit sich trägt, wohin man auch geht. War das die Wahrheit, dann verlor Tong sein Gesicht vor Yanmeis Vater, und seine Ehre hatte einen Fleck bekommen, der unabwaschbar war.

Tong vermied es, noch in dieser Nacht wieder mit seinem Sohn zu sprechen. Er ging zu Bett, und als Meizhu sich später zu ihm legte, sagte er: »Du hast Jian geschlagen?«

»Ja. Er hatte es verdient.«

»Greift eine Mutter ihren Sohn an?«

»Ich bin froh, daß ich es getan habe. Es ist mir, als atmete ich freier.« Sie richtete sich im Bett auf, wandte sich Tong zu und sah ihn mit einem Blick an, den er noch nie an ihr bemerkt hatte. »Haben wir eigentlich gelebt?« fragte sie.

»Welch eine Frage! Fast dreißig Jahre haben wir alles gemeinsam getan.«

»Du hast es angeordnet, und wir haben es getan. Hast du einmal gefragt: ›Ist es recht so, Meizhu?‹?«

»Es war doch immer richtig. Wo habe ich einen Fehler gemacht? Denk nur an die Kulturrevolution. Wir haben sie überlebt, obgleich ich ein Intellektueller bin, den man hätte erschießen oder erschlagen müssen. Ich habe mich den Mao-Horden als Arzt zur Verfügung gestellt. Und als Mao erfuhr, daß Zhang Shufang dein Onkel ist, habe ich einen Ausweis bekommen, der uns vor aller Verfolgung schützte. Sie haben mich in die Partei aufgenommen, und Mao ließ mir eine Fahne schenken. Ich habe immer das Richtige getan, Meizhu, und du fragst: ›Haben wir eigentlich gelebt?‹ Was habe ich dir nicht gegeben?«

»Das Gefühl, ein dir ebenbürtiger Mensch zu sein.«

»Ich bin so erzogen worden, wie ich bin.« Er wandte ihr den Kopf zu. »Du hast also Jian geschlagen und fühlst dich jetzt freier?«

»Ich sehe nicht nur das Leben, ich will danach greifen. Noch bin ich nicht zu alt dazu.«

»Du wirst nie alt werden, Meizhu, ich sehe dich immer jung.«

Sie fühlte, wie ihr Herz schneller klopfte. Es war nie Tongs Art gewesen, ihr Liebeserklärungen zu machen, auch nicht in den frühen Jahren ihrer Ehe, und jetzt im Alter sagte er einen solchen Satz, der tiefer in sie eindrang, als hätte er gesagt: »Ich liebe dich.«

»Ich sehe dich immer jung« – das war ein Wort, das die Dauerhaftigkeit seiner Liebe bezeugte.

»Jian liebt *ein* Mädchen«, sagte Tong, »und alles, was er sagt, ist eine Mauer, die er um sie zieht. Er muß sie wirklich lieben, wenn er seinen Vater mit Lügen überhäuft. Aber wer ist sie? Wo wohnt sie? Welchen Stand hat ihre Familie?«

»Ist das wichtig, wenn Jian glücklich ist?«

»Ich möchte, daß er mir das Mädchen vorstellt.«

»Er wird sie weiterhin verstecken, solange du ihn zwingen willst, Yanmei zu heiraten.«

»Er kann sie nicht ein ganzes Leben lang vor uns verbergen. Ob heute oder in ein paar Monaten, er wird sie einmal zeigen müssen. Meizhu«, Tong nahm ihre Hand und zog sie an seine Brust, »sprich du mit unserem Sohn. Ich bitte dich.«

»Du bittest mich? Du ordnest nicht mehr an? Shijun, du kannst doch nicht aufhören, ein echter Tong zu sein!«

»Auch Jian ist ein echter Tong und doch anders als ich. Ich bin nicht mehr stark genug, Meizhu.« Er nahm ihre Hand von seiner Brust, führte sie an seine Lippen und küßte die Handfläche. Sie konnte sich nicht erinnern, daß er das jemals getan hatte. »Der Streit mit Jian zermürbt meine Kraft. Ich will Frieden in meinem Haus. Mein Sohn soll mir sein Mädchen bringen.«

»Und wenn sie in deinen Augen nicht würdig ist, eine Tong zu werden?«

»Mein Sohn liebt keine Unwürdige, denn er ist mein Sohn.«

»Es muß etwas Besonderes an ihr sein, denn warum versteckt er sie vor uns?«

»Sag ihm, daß ich zu Yanmeis Vater gehe und das Versprechen löse. Dann wird er sehen, daß er Vertrauen zu seinem Vater haben kann.«

»Warum sagst du es ihm nicht selbst?«

»Soll ich zweimal mein Gesicht verlieren?« Tong blickte Meizhu bittend an, und große Qual lag in seinen Augen. »Ich werde im Spiegel nur noch einen Fleck sehen.«

»Du wirst der große, stolze Tong bleiben, der du bist. Niemand kann dir dein Gesicht nehmen.« Meizhu legte sich in ihre Kissen zurück, doch ließ sie ihre Hand auf Shijuns Brust. Sie spürte, daß ihm die Berührung wohl tat. »Ich werde morgen mit Jian sprechen«, sagte sie. »Zuerst muß ich sein Mißtrauen verjagen, denn er wird nicht glauben, daß es keinen Streit mehr gibt.«

»Was ist das für ein Mädchen?« fragte Tong zum wiederholten Mal. »Gefällt es dir, daß sie mit Jian schläft?«

»Die heutige Jugend hat andere Begriffe von Liebe, als wir sie hatten. Von einer Konkubine wurde keine Moral verlangt, aber eine Braut hatte unter dem Schleier jungfräulich zu sein. Darüber lacht man heute. Die Liebe hat sich von allen Zwängen befreit.

Wir wissen nicht, ob das ein Fortschritt ist.« Sie löschte das Licht der Nachttischlampe, und als sie ihre Hand von Tong wegziehen wollte, griff er danach und hielt sie fest. Und so schliefen sie mit dem Gefühl ein, einen wichtigen Schritt in die Zukunft ihres Sohnes getan zu haben.

Jian saß schon am Tisch und brach ein Dampfbrötchen in Stücke, als Meizhu am frühen Morgen in das Eßzimmer kam. Sie setzte sich Jian gegenüber und legte die Handflächen aneinander. »Ich habe dir etwas von deinem Vater zu sagen«, begann sie, und Jian hob den Kopf und sah sie erstaunt an. Es war das erste Mal, daß seine Mutter Wünsche seines Vaters übermittelte.

»Was hat mein Vater zu sagen?« fragte Jian.

»Seine Gedanken haben ihm in der Nacht den Schlaf geraubt.«

»Ich bedauere es, wenn es meinetwegen geschah«, erwiderte Jian kühl. »Aber ich kann es nicht ändern.«

»Du kannst es. Das ist es, was ich dir von deinem Vater sagen soll. Er ist zu der Erkenntnis gekommen, daß alles, was du ihm von dir und deinen Mädchen berichtet hast, nur in deiner Phantasie vorhanden ist. Du hast es nur gesagt, um dahinter ein einziges Mädchen zu verbergen.«

»Mein Vater hätte gut daran getan, zu schlafen statt zu denken.«

»Er ist in großer Sorge, denn er liebt dich mehr als alles andere auf der Welt. Du bist sein ganzer Stolz. Mit dir werden die Tongs weiterleben, und die Frau, die du dir ausgesucht hast und die die Mutter deiner Kinder sein soll, wird auch deinem Vater gefallen. Das ist es, was ich dir von ihm sagen soll: Er bittet dich, das Mädchen sehen zu dürfen.«

Jian zögerte. Er erkannte, daß sein Vater ihn in eine Ecke drängen wollte, aus der er nicht mehr herauskommen konnte, ohne daß er mit der Familie für alle Zeit gebrochen hätte. Jian hätte seinem Vater nicht zugetraut, daß er sein, Jians, Geheimnis erfühlte. »Es gibt nicht *das* Mädchen«, sagte er mit fester Stimme.

Meizhu schüttelte den Kopf. »Bitte keine Lügen mehr.«

»Mein Vater irrt.«

»Er will Frieden in der Familie. Jian, hilf ihm dabei. Bringe das Mädchen her und stelle es uns vor.«

»Ich kann nicht etwas vorstellen, was es nicht gibt.«

»Ich sehe in deinen Augen die Wahrheit.« Meizhu, in einem seidenen Morgenmantel und mit offenem Haar, war immer noch eine schöne Frau, größer als die meisten Chinesinnen, von schlanker Figur und einer hoheitsvollen Haltung, zu der die Töchter der reichen Familien von Kind an erzogen wurden. »Ist dieses Mädchen von so niedriger Herkunft, daß du dich scheust, es deinem Vater zu zeigen?« fragte sie.

»Es gibt für mich keine niedrige oder hohe Herkunft. Ich liebe einen Menschen, nicht seinen sozialen Status!«

»Jetzt hast du es gesagt, du liebst ein Mädchen.«

»Ich habe meinen Standpunkt erläutert, sonst nichts.«

»Ist es ein Arbeitermädchen? Ein Bauernmädchen? Eine Verkäuferin?«

»Es hat keinen Sinn, Mutter, mich danach zu fragen.« Jian erhob sich vom Tisch und blickte auf seine Armbanduhr. »Ich muß zur Universität. Heute morgen ist Sezieren in der Anatomie.«

»Was soll ich deinem Vater sagen?« Meizhu ließ sich nicht ablenken; sie durchschaute ihren Sohn, wie es nur eine Mutter kann.

Jian wandte sich ab, um ihrem forschenden Blick zu entgehen. Er wußte, daß er ihr mit seinen Lügen großes Leid zufügte. »Sag meinem Vater, daß seine Gedanken andere Wege gehen als die, die ich gehe.«

»Du willst, daß der Streit nicht endet?«

»Ich habe ihn nicht begonnen und gewollt. Wenn es ein Mädchen gibt«, Jian holte tief Atem, »wird mein Vater es sehen, wenn die Zeit dafür gekommen ist.«

»Er will für dich sein Gesicht opfern und das Versprechen, Yanmei zu deiner Frau zu machen, zurücknehmen. Begreifst du, was das für deinen Vater bedeutet?«

»Es ist die Berichtigung eines Irrtums, den *er* begangen hat. Wer Probleme schafft, muß sie auch lösen können.«

»Woher nimmst du diese Härte? Jian«, Meizhus Stimme wurde fast zu einem Flehen, und es griff Jian ans Herz, daß er seiner Mutter Schmerz zufügte, »dein Vater ist krank vor Kummer. Er spürt, daß sich sein Sohn immer weiter von ihm entfernt. Hast du kein Vertrauen mehr zu ihm?«

»Ich sehe, daß er leidet, aber ändern wird er sich nie. Er bleibt der Tong, der Ehrfurcht und Unterwerfung als selbstverständlich ansieht. Aber genau das ist es, was er von mir nicht fordern kann. Ich beuge nicht den Nacken und sage untertänig: ›Es geschieht so, wie du befiehlst.‹ Er begreift nicht, daß unsere Generation anders ist. Er will es nicht begreifen.« Jian sah wieder auf seine Uhr. »Ich muß jetzt wirklich fahren, Mutter.«

»Laß dir alles noch einmal durch den Kopf gehen«, sagte Meizhu und begleitete ihn bis zur Haustür. »Kannst du dich erinnern, daß dein Vater uns je um etwas gebeten hätte?«

»Nein.«

»Aber jetzt bittet er. Es ist ein Ruf an dich – Jian, überhöre ihn nicht. Gib ihm eine Antwort.«

»Ich werde am Abend mit ihm sprechen.«

»Und das Mädchen?«

»Es gibt kein Mädchen«, sagte Jian bestimmt.

»Du warst drei Tage und Nächte weg.«

»Es gibt niemanden, der von mir darüber Rechenschaft fordern kann. Mein Vater nicht und auch du nicht, Mutter.« Er klinkte die Tür auf und drehte sich noch einmal zu Meizhu um, bevor er zu seinem Wagen ging. »Ich bin ein ungehorsamer Sohn, und ich habe nicht die Absicht, mich zu ändern.«

Er stieg in sein Auto, sah seine Mutter an der Tür stehen, und sie kam ihm plötzlich kleiner und schmächtig wie eine Frau an der Schwelle des Alters vor. Er wußte, welchen Schmerz er ihr zufügte, und fühlte den Schmerz auch in sich selbst, aber er konnte nicht anders, denn die Wahrheit über Lida würde eine Katastrophe auslösen.

Meizhu sah ihrem Sohn nach, bis sein Wagen hinter der Biegung der Straße verschwunden war. Sie ging ins Haus zurück, schloß die Tür und wandte sich dem Schlafzimmer zu.

Tong saß im Bett, sein Gesicht glich zerknittertem Pergament, die schlaflose Nacht hatte ihn sehr mitgenommen. »Was sagt mein Sohn?« fragte er sofort, als Meizhu eintrat.

»Nichts.« Sie setzte sich auf die Bettkante und vergrub ihr Gesicht in den Händen. »Er hat zwischen sich und uns eine Mauer gebaut. Wir hören unsere Stimmen, aber wir finden nicht mehr zueinander.«

Sie schwiegen beide, und es dauerte lange, bis Tong sagte: »Wir werden die Farbe finden, mit der man die Mauer bemalen und schöner machen kann.«

Huang Keli gab sich alle Mühe, den hölzernen Anbau zu einem richtigen, massiven Haus zu machen. Wenn Jian wieder zu Besuch kam, wollte er ihm stolz zeigen, welch schöne Wohnung er für ihn und Lida gebaut hatte.

Zusammen mit dem Hausmeister der Schule und einem Nachbarn brannte er in den der Einheit Huili gehörenden Öfen die Ziegelsteine und den Kalk, und Lida holte mit dem Kleintraktor und dem Flachwagen Felsgestein aus dem Steinbruch, um den ersten richtigen Kamin des Dorfes zu bauen, denn in den Häusern gab es keine Heizung, oder man wärmte sich an offenen Holzkohlenfeuern, und wer es ganz gemütlich haben wollte, der ließ sich aus Dukou ein blechernes Ofenrohr mitbringen, stemmte ein Loch in die Außenwand oder durchs Dach und ließ den Rauch des Steinofens in den Himmel steigen. Einen richtigen Kamin aber kannte niemand, und so versammelte sich das ganze Dorf vor Huangs Haus und bestaunte, was da hochgemauert wurde. Als das Wunderwerk vollendet war und Huang das erste Feuer anzündete, war die Begeisterung groß, und der Sekretär der Einheit hielt eine Ansprache, in der vom Fortschritt und dem Aufbaugeist des Kommunismus die Rede war.

Wie üblich mußte auch Huang ein Richtfest veranstalten, als die Dachbalken eingepaßt waren, und die Nachbarn brachten Fleisch, Reis, Nudeln, Hühner und Enten, und Jinvan und Lida kochten schon um fünf in der Frühe, um das Festessen am Mittag fertig zu haben. Reisschnaps und Ingwerbier waren reichlich vorhanden, und es wurde gegessen, gesungen und nach den Klängen einer Rohrflöte und einer Holztrommel getanzt.

Am Ende dieses schönen Festes geschah dann das Unglück.

Ein Esel, der alle Tage brav und geduldig Hölzer, Steine und anderes Baumaterial den Hügel hinaufgetragen und den man heute an einen Stützbalken angebunden hatte, riß sich los, als das zu jeder Feier gehörende Feuerwerk begann, ein Krachen, Rattern und Zischen, rannte in blinder Angst in das Gewühl der Gäste und traf auch auf Lida, die nicht mehr zur Seite springen konnte. Der Stoß warf sie um, geistesgegenwärtig riß sie die Arme empor, um ihren Kopf zu schützen, aber die trampelnden Hufe trafen sie an Schultern und Rücken, und sie wurde ohnmächtig von dem Schmerz, der durch ihren ganzen Körper zuckte.

Huang und zwei Nachbarn trugen sie ins Haus, legten sie auf den Tisch, und der Heilkundige der Einheit Huili, ein »Barfußarzt«, streifte die Bluse von Lidas Oberkörper und betrachtete nachdenklich die blutunterlaufenen Stellen.

Zhou Chen gehörte zu den Heilkundigen, die in den Grundbegriffen der modernen und der traditionellen Medizin ausgebildet worden waren, um den Ärztemangel auszugleichen und vor allem die Landbevölkerung zu betreuen.

»Ist sie schwer verletzt?« fragte Huang.

»Es sind Prellungen und Blutergüsse. Ob sie innere Verletzungen hat, kann ich erst feststellen, wenn sie Blut spuckt oder Blut in ihrem Stuhl ist. Aber ich glaube, es sind nur äußerliche Verletzungen.«

»Kannst du sie behandeln, oder sollen wir sie zur Krankenstation von Dayao bringen?«

»In Dayao wissen sie nicht mehr als ich. Dort ist zwar ein Arzt, aber er hat seinen Verstand in Alkohol ertränkt.« Zhou tastete die blutunterlaufenen Stellen ab und machte ein zufriedenes Gesicht. »Ich habe eine Salbe und eine Tinktur, die wird ihr helfen«, sagte er. »Sie kühlt und nimmt die Schmerzen weg. Keine Sorge, Keli, es sieht schlimmer aus, als es ist. Ich hole das Medikament. Wenn Lida aus der Ohnmacht erwacht, sage ihr, daß sie in zwei Wochen wieder einen so glatten und schönen Rücken wie früher haben wird. Es bleiben keine Narben zurück.«

Nachdem sich die Verwirrung gelegt, der Besitzer den Esel eingefangen und mit einer Holzlatte verprügelt hatte, was dieser regungslos über sich ergehen ließ, nahm die Feier ihren Fortgang. Die würdigen Alten, die in der ersten Reihe saßen und das beste Essen bekamen, lobten Huang, den Gastgeber, und waren die ersten, die von ihren Söhnen oder Enkeln betrunken nach Hause gebracht wurden. Überall an den Balken klebten Zettel mit Wünschen und Segenssprüchen, bunte Bänder waren um das Holz gebunden, und aus der Küche wurden Holzplatten mit süßen Kuchen getragen, den man mit gezuckerten Beeren bestreut hatte.

Lida hatte man, als sie erwacht war, in Huangs Bett gebracht. Sie lag auf dem Bauch und versicherte auf Jinvans Fragen immer wieder, es tue ihr nichts weh, und daß sie in Ohnmacht gefallen sei, sei nur der Schreck gewesen, plötzlich unter den Hufen des Esels zu liegen. Zhou kam mit seiner Salbe und der Tinktur, rieb Lidas Rücken damit ein, und es stank wie Mottenpulver.

»Ich habe beides selbst hergestellt!« sagte Zhou mit großem Stolz. »Ich war einer der Besten in meinem Lehrgang, mußt du wissen, Keli. Ich habe sogar ein Medikament erfunden, das eine Krankheit heilt, vor der jeder Arzt machtlos ist.«

»Und das ist?«

»Der Schnupfen. Mein Medikament trocknet die Schleimhäute aus. Weg ist das Laufen der Nase!« Zhou schraubte die Flasche mit der Tinktur zu. »Es hat nur eine unbedeutende Nebenwirkung.«

»Und was ist das?«

»Die Behandelten bekommen Durchfall.« Zhou hob mit Bedauern die Schultern. »Man muß sich nun entscheiden, was man haben will: eine immer tropfende Nase oder einen donnernden Darm.«

»Ich würde die Nase vorziehen, Zhou.«

»Das sagen sie alle.« Zhou blickte Huang an, als erwarte er

Mitleid von ihm. »Die Arzneimittelkommission hat das Medikament auch abgelehnt. Dabei ist es das einzige, das wirklich den Schnupfen verjagt. Und dann der doppelte Nutzen: die Nase frei und ein gereinigter Darm. Warum erkennt das keiner? Es müßte ein Mittel gegen die Dummheit geben.«

Bis in die Nacht hinein dauerte das Fest, dann gingen die letzten schwankend davon, und der Sekretär der Einheit sagte zu Huang: »Es ist also sicher, daß Lida diesen Tong aus Kunming heiratet?«

»Ja, es ist sicher. Er hat sein Wort gegeben.«

»Und wenn er es vergißt?«

»Dann werde ich die Ehre meiner Tochter von ihm zurückholen.«

»Du wirst ihn töten?«

»Ja.«

»Und Lida?«

»Wird sich selbst töten.«

»Und das sprichst du alles mit solcher Ruhe aus?«

»Die Huangs sind zwar arm an Geld, aber reich an Ehre. Und das bringt Ruhe über uns.«

Als auch der Sekretär gegangen war, saß Huang allein in dem neuen Anbau auf einem abgesägten Balkenstück und blickte zum Himmel hinauf, an dem die Sterne funkelten. Er schrak zusammen, als plötzlich Jinvan vor ihm stand. Sie war so lautlos gekommen, als hätten ihre Füße den Boden nicht berührt.

»Kommst du nicht ins Haus, Keli?« fragte sie. »Warum sitzt du hier allein im Dunkeln?«

»Ich muß mich an einen Zustand gewöhnen, der lange dauern wird.«

»Ich weiß nicht, wovon du sprichst, Mann.«

»Ich, Huang Keli, Lehrer von Huili, bin jetzt der Ärmste im Dorf. Das Fest hat mich meine letzten gesparten Yuan gekostet. Ich habe nichts mehr. Wovon soll ich das Dach bezahlen, auch wenn ich es selbst decke? Und auch die Tür schenkt mir keiner.« Er zeigte auf einen der Zettel, die man an die Balken geheftet hatte. »Lies, was da steht«, sagte er. »›Glück liegt über diesem

Haus.‹ Der Spruch ist falsch. Er muß heißen: ›Schulden liegen auf diesem Haus.‹«

»Wir werden auf dem Markt von Yao'an die gesamte Ernte von zwei Feldern verkaufen.«

»Und leben im Winter von den Würmern im Boden.«

»Bis dahin wird Jian wieder hier gewesen sein. Er wird uns helfen.«

»Ich bettle nicht bei meinem Schwiegersohn.« Huang stützte den Kopf in beide Hände. »Ich überlege, was wir verkaufen könnten.«

»Wir haben nichts, was wir entbehren können und was uns Geld bringt.«

»Der Büffel. Ich kann den Büffel verkaufen.«

Voll Entsetzen starrte Jinvan ihren Mann an. »Das kannst du Lida nicht antun, Keli.«

»Ich werde sie fragen: Was ist dir lieber und mehr wert, ein Haus für Jian und dich oder ein Büffel? Was wird sie antworten?«

»An einem Haus kann man Jahre bauen, einen Büffel braucht man jeden Tag. Und der Tag ist uns näher als das Jahr. Aber die Entscheidung liegt bei dir. Du bist der Herr.« Sie ging wieder zum Haus, lautlos, wie sie gekommen war, und ließ ihn allein mit seinen Gedanken und den Sternen.

Am Morgen zog Lida mit ihrem Büffel aufs Feld, und Huang hatte nicht den Mut, ihr zu sagen, daß er ihn verkaufen wolle. Er sagte nur: »Zhou hat angeordnet, daß du vier Tage im Bett liegen bleibst.«

»Er kann anordnen, ich aber muß arbeiten. In vier Tagen ist Markt in Dayao, und ich muß noch den Mais ernten. Ich werde ihn verkaufen.« Sie streichelte den Büffel zwischen den Hörnern und lehnte sich an seinen massigen Körper. »Und zehn Enten nehme ich auch mit und ein Schwein.«

»Wir haben ein Schwein?« fragte Huang fassungslos.

»Ja.« Lida lachte, jetzt konnte sie ihr Geheimnis preisgeben. »Ich habe bei den Felsen einen Stall gebaut, und dort habe ich es großgezogen.«

»Und wo kommt das Ferkel her?«

»Zhou Chen hat es mir geschenkt. Seine Sau hat neun Ferkel geworfen, und er wußte nicht, wohin damit. Zwei hat er behalten, die anderen hat er verschenkt.« Sie lachte wieder, weil Huang so erstaunt war. »Es ist ein schönes dickes Schwein geworden, und ich werde es teuer verkaufen. Wir werden keine Schulden mehr haben.«

»Das hast du gewußt?«

»Ich habe bei dir rechnen gelernt und war die Beste in der Klasse.«

»Aber wie soll es weitergehen, wenn auch dieses Geld verbraucht ist?«

»Mutter und ich werden Hemden, Jacken, Decken und Bänder besticken und sie den Aufkäufern geben, die aus Kunming kommen. Wir haben lange Nächte vor uns, die wir nutzen wollen.«

»Und wann willst du schlafen?« Huangs Stimme war rostig vor Kummer. Scham ergriff ihn, daß er nur ein Lehrer war und nichts konnte als lehren und weise reden. Seine Frau und seine Tochter dagegen nahmen den Kampf gegen ihre Armut auf, und trotz seines Unvermögens ehrten sie ihn und erkannten ihn als ihren Herrn an.

»Ich habe Zeit genug zu schlafen, wenn das Haus fertig und Jian eingezogen ist. Deshalb muß es fertig sein, wenn er kommt. Wir werden vor der Tür stehen und zu ihm sagen: Tritt ein, es ist dein Haus.«

»Und wenn er morgen vor uns steht?«

»Das kann er nicht, er muß studieren.« Lida schüttelte den Kopf. »Er kann erst kommen, wenn es Winter ist, und er wird in ein schönes, warmes Haus treten und fröhlich sein.«

Huang nickte und ging mit gesenktem Haupt in sein Haus. Er dachte, daß sie eine wundervolle Tochter sei und daß er eine wundervolle Frau habe, daß er also glücklich sein müßte und nicht von Selbstvorwürfen gepeinigt.

Lida sah ihm nach, bis er das Haus betreten hatte, dann trieb sie ihren Büffel an und ging den Hügel hinunter zu ihren Feldern. Sie wußte, daß schwere Zeiten kommen würden, aber sie spürte auch die Kraft, die sie empfing, wenn sie die Hände um den Jade-Pavillon legte. Er war immer bei ihr, sie ließ ihn nie allein, und auch jetzt ging er mit auf das Feld, in der Tasche aus Weidenruten, die sie um ihre Schulter gehängt hatte.

Und jeden Abend sprach sie mit Jian, als stehe er wie damals unter den schlanken Säulen, und sie erzählte vom vergangenen Tag und von ihrer Sehnsucht nach seinen Händen, nach seiner Zärtlichkeit, nach seinen Lippen und nach seinem Leib. Und wenn sie dann die Augen schloß, hörte sie seine geliebte Stimme, und er sagte zu ihr: »Ich bin bei dir, fühlst du es nicht?«

Sah sie dann zu dem Jade-Pavillon hinüber, war es ihr, als leuchte er von innen, und sie sagte leise: »Danke, danke« und schlief ein.

An einem warmen Herbstmorgen, an einem Sonnabend, sagte Jian zu seiner Mutter: »Ich fahre jetzt. Ich bin am Montag wieder da. Nur für den Fall, daß Vater Fragen stellt.«

Es hatte sich nichts verbessert im Verhältnis zwischen ihnen. Tong wiederholte nicht den Wunsch, das Mädchen, das Jian liebte, zu sehen, aber er ging auch nicht zu Yanmeis Vater und nahm sein Versprechen zurück. Seit Monaten sprachen Vater und Sohn nur das Nötigste miteinander; sonst gingen sie sich aus dem Weg, was bei der Größe des Hauses kein Problem war. Im übrigen war Tong, auch wenn er es nicht zeigte, stolz auf seinen Sohn. Er hatte sich bei seinen Professoren erkundigt, und sie hatten Jian gelobt, vor allem der Ordinarius für Pathologie, der ausrief: »Ihr Sohn hat die Begabung, einmal ein großer Chirurg zu werden.« Das machte Tong froh und ärgerlich zugleich, denn er empfand keine Sympathie für die Chirurgie, denn einen Körper aufschneiden, das konnte auch jeder Schlachter. Die Kunst der Medizin war das Erkennen von Krankheiten durch den Geist und das Wissen, und der König der Ärzte, so sah es jedenfalls Tong Shijun, war immer noch der Internist.

»Wo fährst du hin, Jian?« fragte Meizhu.

Jian lächelte sie an. »Mutter, du hast mir versprochen, mich so etwas nicht mehr zu fragen.«

»Es könnte ja etwas geschehen, wovon ich dich benachrichtigen muß. Wo kann ich dich erreichen?«

»Mutter, versuch es nicht mit diesem alten Trick. Ich werde eben drei Tage verschwunden sein.«

»Warum immer drei Tage?«

»Ja, warum? Es gibt Rätsel, die so schwer sind, weil ihre Lösung so einfach ist.«

»Soll ich raten?«

»Versuche es, Mutter.«

»Du hast, um zu diesem Mädchen zu kommen, eine lange Fahrt vor dir.«

»Das wäre eine Möglichkeit.« Jians Lächeln war maskenhaft. Er bewunderte das Gespür seiner Mutter, und er wußte, daß sie eine größere Gefahr war als sein Vater.

»Jedesmal, wenn du zurückkommst, streckst du dich, als hättest du in einer Kiste gelegen oder stundenlang im Auto gesessen. Und Staub klebt an deinen Haaren. Straßenstaub. In Kunming sind die Straßen sauber, nur auf dem Land gibt es staubige Wege.«

»Meizhu Tong, die große, unbekannte Kriminalistin. Hast du auch meine Schuhe kontrolliert, ob Lehm daran klebt? Sind Spuren von Gras an meiner Hose? Hat mein Hemd den Geruch von Büffeln angenommen? Mutter, wohin verirrst du dich?«

»Ich spüre, daß du einen Komplizen hast. Einen, der dir hilft.«

»Und wer sollte das sein?«

»Onkel Zhang.«

Es ging wie ein Schlag durch Jian, aber man merkte es ihm nicht an. Seine Mutter wurde ihm unheimlich, ihr Gefühl war wie eine Antenne, die feinste Ströme aufnahm und in Bilder verwandelte. Er hatte Mühe, seine Stimme zu beherrschen. »Das ist das Absurdeste, worauf man kommen kann«, sagte er. Dann ging er zur Tür und winkte. »Auf Wiedersehen in drei Tagen, Mutter.« Und er verließ schnell das Haus.

Die Reaktion ihres Sohnes hatte Meizhu nachdenklich gemacht. Als Tong zum Frühstück erschien, fand er sie auf der überdeckten Terrasse sitzend, und sie blickte in den Garten, der ein Farbenrausch von Blüten und ihr ganzer Stolz war. Ein kleiner Teich mit Seerosen, Gold- und Schleierfischen glitzerte in der Morgensonne. In diesen Innenhof war die Stille eingeschlossen, hier konnte sich die Seele ausbreiten und ihre Lasten abwerfen.

Tong setzte sich neben seine Frau auf die rotlackierte Bank und legte den Arm um ihre Schultern. Meizhu rührte sich nicht, auch nicht, als seine Hand ihren Arm streichelte.

»Jian ist weggefahren«, sagte er nach einem langen Schweigen.

»Du weißt es, Shijun?«

»Ich habe den Motor seines Autos gehört. Heute ist ein vorlesungsfreier Tag. Er ist also nicht zur Universität gefahren.«

»Nein. Jian wird wieder drei Tage verschwunden sein. Er wird wieder dieses Mädchen besuchen. Es muß eine große Liebe sein, stärker als das Vertrauen zu uns. Er schließt sich völlig ab, ich komme nicht mehr an ihn heran. Ich habe auch mit Fengxia gesprochen. Wu hat Jian in der Universität getroffen und ihn gefragt, aber Jian hat grob geantwortet, das gehe ihn nichts an, Wu solle sein eigenes Haus sauber halten. Wu sieht solche Reden als eine Beleidigung an, und seine Wut auf Jian ist groß. ›Mein Bruder ist verrückt‹, soll Fengxia geschrien haben, ›eine kleine Hexe hat ihn verzaubert und mit ihrem geilen Körper blind gemacht.‹ Geil, hat sie gesagt. Mir blieb fast das Herz stehen.«

»Fengxia ist schnell mit ihren Urteilen, aber diesmal muß ich ihr rechtgeben. Unser Sohn hat sich verändert, er ist dem Mädchen hörig. Meizhu, wir verlieren ein Kind, statt daß uns eine zweite Tochter ins Haus gebracht wird.«

»Ich habe eine böse Ahnung, Shijun. Jian muß eine weite Fahrt tun, um das Mädchen zu treffen.«

»Das sind auch meine Gedanken«, sagte Tong.

»Aber wo war Jian in den letzten Monaten, auch in den Ferien, immer wieder?«

»Bei Zhang in Dali.« Tongs Blick wurde starr. Hier war eine

Spur, der man folgen mußte. Zhang wußte mehr, als er bei seinem, Tongs, Besuch gesagt hatte. Aber er hatte auch nur nach politischen Verbindungen gefragt und nicht nach einem Mädchen; das war ihm damals nicht in den Sinn gekommen. »Du glaubst, daß Jians heimliche Liebe in Dali lebt?«

»Mein Gefühl sagt mir, es muß so sein.«

»Vielleicht sogar ein Bai-Mädchen?«

»Das wäre ein Grund für Jians Heimlichkeiten.«

»Und Zhang hat ihm seine Hilfe angeboten?«

»Ich weiß es nicht, es ist nur eine Ahnung. Zhang ist ein Mensch, der immer andere Gedanken hatte als wir. Für einen Dichter ist die Liebe ein Heiligtum. Jian ist für Zhang die Wiedergeburt seiner eigenen Jugend.«

»Ich werde noch einmal zu ihm fahren und mit ihm reden.« Tong schüttelte den Kopf. »Ein Bai-Mädchen.«

»Wenn es aus gutem Hause ist. In Dali gibt es angesehene Bai-Familien. Auch wenn Jian die Tradition belächelt, er würde nie unter seinem Stand heiraten.«

»Wer denkt an eine Heirat? Es ist ein Liebesabenteuer, weiter nichts. Ein Rausch, der früher oder später verflogen ist. So sehe ich das jetzt. Es ist Jians erste, tiefgreifende Erfahrung mit einer Frau; er wird sich von selbst befreien. Aber ich möchte das Mädchen sehen, und Zhang wird sie kennen, wenn deine Ahnungen sich bewahrheiten.«

»Wann willst du nach Dali fahren?«

»Nicht jetzt. In den nächsten drei Wochen. Ich möchte Jian nicht bei Zhang treffen. Er soll nicht wissen, daß sein Geheimnis gelüftet ist.«

An diesem Tag, an dem Jian unterwegs nach Huili war, vergaß Tong zum ersten Mal seine Ehrbarkeit, und er tat es aus Sorge um seinen Sohn. Er ging in Jians Zimmer und begann, es zu durchsuchen.

Meizhu konnte ihre Betroffenheit nicht unterdrücken. »Shijun!« rief sie und stellte sich ihm in den Weg, als er die Schubladen einer großen Lackkommode aufziehen wollte. »Du kannst nicht in das Zimmer deines Sohnes einbrechen.«

»Ich kann es! Es ist mein Haus! Ich habe das Recht –«

»Du hast kein Recht!« unterbrach ihn Meizhu.

Tong sah sie entgeistert an. Seine Frau widersprach ihm! Das war so ungeheuerlich, so unbegreifbar, daß ihm der Atem stockte.

Aber auch Meizhu war sich bewußt, daß sie sich nun zum zweiten Mal gegen die traditionelle Ergebenheitspflicht der Frau auflehnte. »Das ist Jians persönliches Reich. Es gehört ihm allein.«

»Er ist mein Sohn, und ich will wissen, was mein Sohn treibt. Kannst du mich davon abhalten?« Tong schob Meizhu mit einem Ruck zur Seite; es war das erste Mal in achtundzwanzig Jahren, daß er sie grob anfaßte.

Meizhu taumelte gegen die Wand, und dort blieb sie in einer Erstarrung stehen, die Tong in seiner Aufregung falsch deutete. Das Blut hämmerte ihm in den Schläfen; er wollte nur noch wissen, wer das geheimnisvolle Mädchen war, das Jian liebte. Er sah in diesen Augenblicken nicht, daß sein Verhalten einen Graben zwischen ihm und seiner Frau hatte entstehen lassen, der nicht mehr zugeschüttet werden konnte, denn Meizhu war nach diesem Angriff nicht mehr gewillt, demütig zu bleiben. Sie nahm sich jetzt das Recht, eine eigene Persönlichkeit zu sein.

Tong hatte die Schubladen der Kommode aufgezogen und untersuchte den Inhalt. Neben Lehrbüchern, Notizblöcken, Briefpapier und anderen Dingen bekam er auch eine Autokarte von Südwestchina in die Hand, eine sehr genaue Karte mit Kunming als Mittelpunkt und einem Sonderteil, der nur die Provinz Yunnan umfaßte.

Tong setzte sich in einen Sessel, breitete die Karte auf seinen Knien aus und fuhr mit dem rechten Zeigefinger die Strecke ab, die offensichtlich Jian mit Rotstift eingezeichnet hatte: von Kunming oder Dali bis zur Kreuzung bei Nanhua, dann die Straße nach Norden über Yao'an und Dayao und von da eine schmale Straße wieder westwärts durch anscheinend ödes, wildes Land bis zu einem Kreis, den Jian in diese Einsamkeit gemalt hatte. Neben dem Kreis stand ein Name: Huili. Das war wohl ein Dorf und so unwichtig, daß es in keine Karte aufgenommen war.

Tong legte beide Hände auf die Autokarte und sah Meizhu an, die immer noch wie eine Statue an der Wand stand. »Es ist nicht Dali«, sagte er gepreßt. »Es ist ein unwichtiges, dreckiges, unbekanntes Dorf zwischen Dayao und Binchuan. Ein elendes Bauernkaff.« Er schloß die Augen, als habe ihn ein Schlag getroffen. Er suchte sich an Jians Worte zu erinnern, die dieser bei seiner ersten Weigerung, Yanmei zu heiraten, gesagt und deren Sinn Tong damals nicht begriffen hatte. Was hatte Jian mit den Fragen gemeint: »Kann Yanmei Reisstecklinge setzen? Kann sie einen Pflug und einen Büffel lenken? Kann sie Unkraut aus den Feldern hacken?«? Tong hatte sie als unsinnige Fragen abgetan, aber jetzt bekamen sie einen Sinn.

Ein Bauernmädchen aus Huili – das Ende der Familie Tong, deren Name schon zur Zeit der Ming-Kaiser bedeutend war.

Meizhu stieß sich von der Wand ab, nahm mit spitzen Fingern die Autokarte von Tongs Knien und wußte, als sie die rot eingezeichnete Strecke sah, daß Shijun das Geheimnis seines Sohnes entdeckt hatte. Aber so heftig in dieser Stunde ihre Abwehr gegen ihren Mann war, so groß war auch ihre Einsicht, ihm Gerechtigkeit widerfahren zu lassen.

Ein Bauernmädchen konnte nie die Frau von Jian werden.

»Was willst du tun?« fragte Meizhu und ließ die Autokarte auf den Teppich fallen.

»Es sind jetzt viele Überlegungen nötig«, erwiderte Tong. »Die erste ist: Weiß Zhang von diesem Bauernmädchen?«

»Wer Zhang kennt, beantwortet diese Frage ohne Zögern mit Ja. Er kennt das Mädchen. Und es ist ein Triumph für ihn, mit ihm die Familie Tong zu sprengen.«

»Warum haßt er mich so?« fragte Tong.

»Er haßt dich nicht, er findet dich lächerlich. Das ist das Ärgste, Shijun, was einem Mann geschehen kann.«

»Ich habe ihm nie Anlaß gegeben, so über mich zu denken. Ich habe Ausstellungen seiner Bilder veranstaltet, ich habe mitgeholfen, daß sein Name über Yunnan hinaus in ganz China bekannt wurde. Ihm stünde Dankbarkeit an, aber kein Hohn.« Tong winkte ärgerlich ab. »Aber was reden wir von Zhang! Unser Sohn hat sich verirrt, und wir müssen ihn zurückholen.«

»Kannst du ein Feuer mit einem Eimer Wasser löschen?«

»Wenn das Feuer keine Nahrung mehr hat, sinkt es zusammen und verlöscht.«

»Willst du das Mädchen verschwinden lassen?« rief Meizhu, und Angst ließ ihre Stimme schrill werden. »Shijun, was geht in deinem Kopf vor?«

»Ich werde nach Huili fahren«, sagte Tong hart. »Die Ehre der Familie ist jedes Opfer wert.«

»Weißt du, daß Jian keine Hemmungen hätte, dich zu töten?«

»Er würde nie die Hand gegen mich erheben.«

»Er würde ohne Zögern mit dir das Gleiche zu tun, was du mit dem Mädchen tun willst.«

»Meizhu, was traust du mir zu?« Tong bückte sich, nahm die Autokarte vom Boden und faltete sie zusammen. »Ich werde eine Möglichkeit finden, das Mädchen zu überzeugen, daß Jian sie nie heiraten wird. Vor allem werde ich mit ihrem Vater sprechen, und wenn er ein verständiger Mann ist, wird er seine Tochter davon abhalten, Jian noch einmal zu sehen. Wenn Väter miteinander sprechen, finden sie immer einen Weg.«

»Wie kann ein kleiner, armer Bauer sich gegen den großen Tong wehren!«

»So sehe ich es.« Tong steckte die Autokarte in seine Jackentasche. »Jian ist also unterwegs nach Huili. Gönnen wir ihm noch diesen Besuch, er wird sein letzter sein. Und, Meizhu, erzähle ihm nicht, was ich beschlossen habe. Er soll nie erfahren, daß ich in diesem Dorf war. Wenn der Bauer schreiben kann, wird er Jian einen Brief schicken und ihm verbieten, seine Tochter noch einmal zu sehen. Und wenn das Mädchen schreiben kann, wird sie darunter schreiben: ›Das ist auch mein Wille.‹ Ein Tong, und Jian ist ein echter Tong, ist zu stolz, dann noch um Liebe zu betteln.« Er blickte Meizhu zufrieden an.

»Und wenn der Bauer sich weigert? Er hat mit Jian einen goldenen Fisch im Netz.«

»Am Geld soll es nicht liegen.« Tong lächelte überlegen. »Auch darüber können sich Männer verständigen.«

Es war wieder einer jener Augenblicke, in denen sich Meizhu ehrlich gestehen mußte, daß Tong Shijun doch ein großer Herr war.

Für Huang Keli sah die Welt wieder etwas lichter aus.

Lida war es wirklich gelungen, den Mais an einen Großhändler zu verkaufen, sie hatte das fette Schwein zur Einheit »Schlachthof No. 2« gebracht, und die zehn Enten erzielten einen schönen Preis, denn sie waren gut genährt und nicht mit Wasser dick gespritzt, wie es bäuerliche Halunken ab und zu taten. Die Yuan, die Lida vom Markt mitbrachte, reichten aus, die Schulden zu bezahlen, und es blieb sogar noch etwas übrig, wovon Huang glattgehobelte Dielenbretter kaufen konnte.

Das Haus für Lida und Jian war das schönste und vor allem modernste Haus in Huili und der ganzen Umgebung. Keine Lehmwände mehr, kein Steinplattenboden, kein offenes Feuer, kein Loch, durch das der Rauch abzog – bei Lida und Jian blitzte es vor Sauberkeit. In der linken hinteren Ecke hatte Lida sich einen Hausaltar gewünscht, und als das offene Gehäuse fertig war, stellte sie keinen Buddha oder einen Heiligen hinein, sondern ihren wertvollsten Besitz, den Jade-Pavillon.

An einem sonnigen, warmen Herbsttag bekam die Familie Huang unverhofften Besuch. Ein alter, verbeulter japanischer Wagen keuchte den Hügel herauf und hielt vor der Schule. Huang lief aus dem Haus, denn er dachte, Jian sei gekommen und habe unterwegs durch einen Unfall sein Auto verloren und sich dieses rasselnde Vehikel leihen müssen. Aber dann öffnete sich die Beifahrertür, und herausstieg Zhang Shufang und begrüßte Huang wie einen lieben Bruder.

»Welche Freude!« rief Huang. »Welche Ehre! Der Dichter Zhang in meiner erbärmlichen Hütte. Jinvan, komm her, wir haben hohen Besuch!«

»Der Weg zu Ihnen ist eine Strafe der Götter! Su Hongmo, der Besitzer dieses Autodrachens, hat laut gebetet, der Wagen möge nicht auseinanderfallen, aber ein paarmal hat es so ausgesehen.« Zhang sah sich um.

Jinvan kam aus dem Haus, in den Händen die flache Tonschale mit Reisschnaps, mit dem man bei den Miaos jeden Gast begrüßt, der willkommen ist, und Zhang ließ sich die Schale an die Lippen heben, schlürfte einen Schluck und bedankte sich mit einer Verneigung. Die Schale rührte er nicht an; er kannte den alten Brauch der Miaos, daß der, der die Reisschnapsschale anfaßt, die ganze Flasche austrinken muß.

Nach der Begrüßung zeigte Zhang auf den neuen Anbau, der fast fertig war; über den Eingang war bereits ein Segensspruch gemalt, der böse Geister fernhalten sollte. »Ist das ihr Haus?« fragte er. »Werden dort Lida und Jian leben? Jian hat mir geschrieben, daß er einen Holzschuppen neben dem Stall ausbauen will. Aber ich sehe, ein richtiges Haus ist daraus geworden.«

»Es soll eine Überraschung sein.« Stolz führte Huang das Haus vor, und Zhang war voller Lob und sagte: »Ein wirklicher Prachtbau. Geputzte Wände, ein Heizkamin, ein eigener Altar, ein Dielenboden – so leben Millionen nicht mal in den großen Städten. Er muß Sie viel Geld gekostet haben.«

»Wir haben einen Teil der Ernte verkauft, zehn Enten, ein dickes Schwein und noch einiges, was wir entbehren konnten. Und Schulden habe ich ... Jinvan und Lida sticken jetzt an den Abenden Blusen, Röcke, Jacken und Gürtel mit Gold- und Silberfäden, das wird die Schulden mindern.« Huang atmete tief ein und stieß die Luft mit einem Seufzer aus. »Ich brauche nicht mehr viel zum Leben, aber ich will Lida und Jian glücklich sehen.«

»Darum bin auch ich nach Huili gekommen.«

»Nein, Herr Zhang.« Huang hob abwehrend beide Hände. »Bieten Sie mir kein Geld an. Ich bin kein Bettler. Ich habe gelernt, mit meinem Gehalt als Lehrer – es sind hundertvierzig Yuan im Monat – auszukommen. Gehungert haben wir noch nie. Nein, ich nehme von Ihnen kein Geld.«

»Daran habe ich auch nicht gedacht. Ich habe Bilder mitgebracht, die schönsten, die ich in den letzten Jahren gemalt habe.

Wir wollen damit die Wände schmücken.« Dabei verschwieg Zhang, daß jedes Bild, wenn Jian es verkaufen würde, bis zu zehntausend Yuan einbringen würde; ein Vermögen würde also an den Wänden hängen.

»Ein guter Einfall«, sagte Huang und rieb sich voll Freude die Hände. »Lida liebt schöne Bilder, aber wir haben uns nie ein Bild leisten können. Ab und zu hat Lida aus Illustrierten Fotos ausgeschnitten und an die Wand geklebt, aber da war sie noch ein Kind. Sie wird vor Freude tanzen, wenn sie Ihre Bilder sieht, Herr Zhang.«

Nachdem sie im Haus Tee getrunken und warmes Hühnerfleisch gegessen hatten, packte Zhang seine Bilder aus. Er hatte Haken und Nägel mitgebracht, und Su Hongmo, der Taxibesitzer, stand im Raum, während Zhang und Huang die Haken in die Wände klopften, sagte: »Mehr nach links, jetzt rechts, so hängt es gut!« und bemerkte am Ende der Aufhängearbeit, daß es eines ausgeprägten Schönheitssinnes bedürfe, Bilder richtig aufzuhängen.

Am Abend trieb Lida den Büffel heim. Sie freute sich sehr über den Besucher. »Es ist wunderbar«, sagte sie, und ihre Stimme schwankte vor Glück, als sie vor den Bildern stand. »Onkel Zhang, du hast einen blühenden Garten aus unserem Haus gemacht. Wie soll ich dir danken?«

»Sei Jian eine gute Frau«, erwiderte Zhang. »Und laß dich nicht von den Widerständen beirren, gegen die ihr noch kämpfen müßt. Ihr habt einen schweren Weg vor euch. Tong Shijun wird mit allen Mitteln versuchen, euch auseinanderzubringen. Noch weiß er nichts davon, aber es wird der Tag kommen, wo man es ihm sagen muß.«

»Wirst du das für uns tun, Onkel Zhang?«

»Ich habe keinen Einfluß auf Tong. Nur Jian, als sein einziger Sohn, kann mit ihm sprechen.«

»Ich hatte viel Zeit zu überlegen«, sagte Huang. »Der große Tong hat seine Ehre, aber der kleine Bauernlehrer Huang hat auch seine Ehre. Er braucht sich nicht zu schämen. Er hat sein Leben lang gearbeitet, hat aus Kindern strebsame Menschen gemacht, und wenn Professor Tong ein Herz abhört und sagt, es sei ein schwaches Herz, dann habe ich in die Herzen der Kinder die Liebe zur Heimat gepflanzt, habe gelehrt, wie man lesen, schreiben und rechnen kann, und habe ihre Augen für Sitte und Anstand geöffnet. Hat das nicht den gleichen Wert, wie wenn man sagt: ›Du hast diese oder jene Krankheit, und ich helfe dir, gesund zu werden‹? Jeder hat seinen Platz auf dieser Welt, und wovon würde ein Tong Shijun leben, wenn es keine Bauern gäbe, die Reis und Gemüse pflanzen und Tiere groß ziehen, damit er Fleisch auf seinem Teller findet? Kann er Tofu machen oder Gewürz mahlen? Nein, er winkt, und alles ist da, wie er es wünscht, und es ist selbstverständlich, daß er satt wird. Ist das wirklich selbstverständlich? Steht er so hoch über einem Bauern, der vom Morgengrauen bis zur Abenddämmerung seinen Schweiß fließen läßt, um dafür auch noch mißachtet zu werden? Hier stehe ich, der Lehrer Huang Keli, ein Miao, und dort Tong Shijun, der Professor und ein Han, und wir sind beide gleich, weil wir unsere Pflicht erfüllen. Das werde ich ihm sagen, wenn er vor mir stehen sollte. Und sein Kopf wäre leer, wenn er das nicht verstehen könnte. Er hat einen Sohn, und ich habe eine Tochter, und sie lieben einander – so ist die Welt doch in Ordnung.«

Zhang nickte Beifall, aber er schwieg. Eine Begegnung zwischen Tong und Huang würde wie eine Schwerterschlacht vergangener Jahrhunderte sein. Es gab nur einen Überlebenden, so lautete das Gesetz, und für Tong galt es noch immer, trotz Mao und Kommunismus.

»Die Zeit wird vieles ändern«, sagte Zhang beruhigend. »Und wir haben Zeit.«

Zwei Tage später fand Tong in Jians Zimmer die Autokarte. Und die Zeit raste davon.

Zhang, der es sich leisten konnte, Su Hongmo und seinen Wagen für einige Tage zu mieten, blieb länger in Huili, als es sein Plan gewesen war. Liang Taiping, ein Nachbar Huangs, räumte sein Zimmer für ihn und zog in den Stall, denn bequemer konnte man keine Yuan verdienen, und Zhang war großzügig in der

Festsetzung der Miete. Su Hongmo erhielt ein Matratzenlager in einem Klassenraum der Schule, was nur den Nachteil hatte, daß er sein Bett um sieben Uhr morgens räumen mußte, weil eine Stunde später der Unterricht begann. Er saß dann bei Jinvan im Huang-Haus, erzählte Erlebnisse aus seiner Tätigkeit als Taxifahrer und verbreitete Fröhlichkeit um sich, denn was er zu berichten hatte, waren Begebenheiten, über die man schallend lachen konnte. So hatte er einmal ein Liebespaar ziellos durch die Gegend gefahren, weil das Auto der einzige Ort war, wo sich die Liebenden ungestört treffen konnten, und diese Liebe war so heftig, daß plötzlich der Hintersitz krachend zusammenbrach. Der feurige Liebhaber hatte Mühe, die Reparatur zu bezahlen, und trug sie in vier Monatsraten ab.

Zhang benutzte die Zeit, um zu malen. Er zeichnete das Dorf Huili, die Felder und Reisterrassen und die roten Felsen, den schmalen Fluß, der im Frühjahr manchmal über die Ufer trat und die einzige Straße überschwemmte, so daß Huili von der übrigen Welt völlig abgeschlossen war.

Den ganzen Tag über saß Zhang auf einem Holzhocker in den Feldern, malte den Büffel bei seiner Arbeit und Lida, wie sie im Wasser der Reisterrassen stand, die Gemüsefelder hackte oder mit den aus dem Felsen gebrochenen Steinen eine neue Stützmauer errichtete, um eine bisher brach liegende Fläche zu einem neuen Reisfeld zu machen.

Auch ihr Gesicht malte er, ihre fast schwarzen Augen, die glänzenden Haare, den Schwung ihrer Lippen, ihre mädchenhafte Schönheit, die unter der schweren Bauernarbeit nicht gelitten hatte. Vor allem aber zeichnete er sie, wenn sie am roten Felsen auf einem großen Stein saß und aus dem Flechtkorb das Mittagessen holte, wenn neben ihr der kleine Jade-Pavillon stand und die Sonnenstrahlen glitzernd zurückwarf.

Zhang saß auch bei ihr, als unten auf der Straße ein japanisches Auto sichtbar wurde und nach Huili hineinfuhr.

»Das ist Jian!« rief Lida und sprang auf. »Jian ist gekommen! Onkel Zhang, er ist da! Er ist da!«

Sie rannte die schmalen Feldpfade hinab und schrie und

winkte, und Jian lief ihr entgegen und breitete die Arme und fing sie auf, und sie kümmerten sich nicht darum, ob es schicklich war oder nicht, sie küßten sich auf der Straße, und es war ihnen gleichgültig, daß viele Frauen, die vor den Häusern saßen, ihnen zuschauten.

Und dann stand Jian vor dem neuen Haus, und Lida nahm ihn bei der Hand, öffnete die Tür und führte ihn hinein. Er sah, wie stolz und glücklich sie war, ihn damit zu überraschen, und sie schwieg und wartete auf seine Worte.

»Das Haus ist wunderschön«, sagte er und dachte dabei, daß das Gartenhaus der Tongs in Kunming, in dem sie die Gartengeräte abstellten, eine Villa war gegen diesen Bau. »Und diese Bilder! Sie sehen aus, als habe Onkel Zhang sie gemalt.«

»Sie sind von Onkel Zhang. Er hat sie uns geschenkt.«

»Er ist bei euch gewesen?«

»Er ist noch da!« Sie lachte über Jians verblüfftes Gesicht, hing wieder an seinem Hals und küßte ihn. Es war, als wolle sie vor Freude und Glück zerspringen. »Er hat mich gemalt, Jian. Mich und den Büffel. Wir werden das Bild über unser Bett hängen.«

Nun kamen auch Jinvan und Huang in das neue Haus und umarmten Jian. Jinvan hatte den Willkommenstrunk nicht vergessen und ließ Jian aus der Tonschale den Reisschnaps schlürfen. Einige Tropfen verteilte sie über den Zimmerboden, als sei es geweihtes Wasser.

»Es fehlt noch einiges im Haus«, sagte Huang, als müsse er sich entschuldigen. »Aber bis zum Winter ist alles vorhanden.« Voll Stolz öffnete er die Tür, die ins Badezimmer führte, und trat dann zur Seite. Es war das Glanzstück des Hauses, in Huili hatte noch niemand so etwas gesehen: eine Duschkabine mit Glaswänden, ein Waschbecken aus rosafarbener Keramik und ein Klosett mit Wasserspülung.

Es war wirklich überwältigend, was Huang und Lida in der kurzen Zeit geschaffen hatten, und Jian rief bewundernd: »Wie habt ihr das bloß alles gemacht?«

Inzwischen war Zhang mit seinen Malutensilien ebenfalls

vom Feld zurückgekommen und drückte Jian an sich. »Das ist eine Überraschung«, sagte er. »Kannst du dein Studium so einfach im Stich lassen?«

»Ich habe mir eben die Zeit genommen.«

»Und was sagt dein Vater dazu?«

»Wir sprechen nur noch wenig miteinander. Ich habe ihm erklärt, daß ich mein Leben nach meinem Willen lebe. Es war schwer, ihm das klarzumachen, und ich weiß nicht, ob er mich überhaupt begriffen hat.«

»Und er hat keine Ahnung, wohin du immer fährst?«

»Nicht die geringste. Nur Mutter –«

»Was ist mit ihr?«

»Sie hat ein Gespür, das unheimlich ist. Sie glaubt, ich fahre immer zu dir.«

»Jian, da kommt eine Gefahr auf uns zu.« Zhang war ernst geworden. »Dein Vater wird mich wieder in Dali besuchen und eine Erklärung verlangen.«

»Wir müssen uns weiter in Lügen flüchten. Mindestens noch zwei Jahre.«

»Ob uns das möglich ist? Das Mißtrauen entwickelt ungeahnte Kräfte. Jian, es ist eine alte Kriegsregel: Die beste Verteidigung ist der Angriff.«

»Ich kann Vater noch nichts von Lida erzählen. Seine Verbindungen zur Partei würden auch Huili erreichen. Wir müssen unser Versteck weiter geheimhalten.«

»Und wenn du deiner Mutter die Wahrheit sagst?«

»Sie wird ihm gehorsam berichten, was sie gehört hat.«

»Dann werde ich der Prellbock sein, gegen den sie alle stoßen.« Zhang seufzte tief und strich wie immer, wenn ihn ein Problem beschäftigte, durch seinen schütteren grauen Bart. »Sie werden mich beschimpfen und verdammen, aber ich habe eine Haut wie gewachstes Tuch, an der alles abrinnt.« Ihm schien plötzlich ein Gedanke zu kommen, denn er lächelte verschmitzt. »Was hältst du von der Idee, eine falsche Spur zu legen? Wenn ich ein Mädchen erfinde, das in Lijiang wohnt?«

»Ein guter Rat. Wir wollen uns das überlegen.« Jian zeigte auf die Bilder. »Was du uns geschenkst hast, kann ich nicht annehmen. Da hängt ja ein Vermögen an der Wand.«

»Halt den Mund!« sagte Zhang grob. »Das geht nur dich und mich etwas an.«

Spät am Abend geleiteten Huang und Jinvan, als sei es ein Brautzug, Jian und Lida zu dem neuen Haus. Vor der Tür blieben sie stehen und streuten Reiskörner auf den Boden, wie es bei einem jungen Ehepaar üblich ist, das zum ersten Mal das eigene Heim betritt.

»Es ist zwar gegen alle Sitte«, sagte Huang, »daß ihr jetzt ein Bett teilt, ohne verheiratet zu sein, aber es hat sich in unserer Zeit so viel gewandelt – ob zum Guten oder zum Bösen, das soll jetzt nicht erörtert werden –, daß es auf eine so wichtige Kleinigkeit nicht ankommt. Das Glück möge euch nie verlassen, und eure Liebe möge nie erkalten.« Er stieß Jinvan mit dem Ellbogen in die Seite, und sie verstand, was er meinte, wandte sich ab und ging zum Haus zurück. Er folgte ihr, etwas nach vorn gebeugt; er spürte die schwere Last, die man ihm noch auflegen würde. Er dachte an Zhangs Befürchtungen, wenn Tong Shijun die Wahrheit erfahren würde, und er gestand sich ein, daß er den großen Tong sogar verstehen konnte, denn wäre er nicht Huang, sondern Tong und hätte einen Sohn wie Jian, würde auch er sich gegen eine ungeliebte Schwiegertochter wehren, so dumm und überholt das auch war.

In ihrem neuen eigenen Haus standen sich Jian und Lida gegenüber, und sie schwiegen, denn es gibt ein Glück, das stumm werden läßt.

Lida streifte ihr Kleid ab, und als Jian ihren nackten Körper küßte und an ihrem Rücken hinuntersah, bemerkte er zwei rötliche Flecken auf ihrer Haut. Er tastete die Flecken ab und streichelte ihren Rücken. Ein Zittern huschte über ihre Haut. »Hast du dich gestoßen?« fragte er.

»Ein Esel hat mich umgerannt.«

»Wann war das?«

»Oh, es ist Wochen her. Es waren viele blaue Flecken, aber diese beiden sind geblieben.«

»Warst du bei einem Arzt?«

»Zhou Chen hat mich behandelt.«

»Womit?«

»Das weiß ich nicht. Es war eine Salbe und eine Tinktur.«

Wieder tastete Jian die Stellen ab; er spürte unter seinen Fingerspitzen deutlich Verhärtungen, als hätten sich die Blutergüsse eingekapselt und nicht, wie es hätte sein sollen, nach einigen Tagen aufgelöst. »Hast du Schmerzen, wenn ich darauf drücke?« fragte er.

»Nein, ich fühle nur deine Finger.« Sie dehnte sich wohlig unter seinen Händen und seufzte leise. »Sie sind so weich und zärtlich.«

Er küßte ihren Nacken, und dann hob er sie hoch, trug sie zum Bett und legte sie ganz vorsichtig nieder, als sei sie aus ganz feinem Porzellan. Er kniete vor dem Bett nieder, berührte mit den Lippen ihre Brüste, den Leib und die Schenkel und legte seinen Kopf in ihren Schoß, der sich ihm entgegenwölbte. »Du bist so schön«, sagte er leise. »So schön, wie kein Märchen eine Prinzessin beschreiben kann.«

»Ich bin kein Märchen, ich bin Wahrheit.« Sie umklammerte seinen Kopf und drückte ihn fest an sich. »Ich liebe dich, und ich werde sterben, wenn es diese Liebe nicht mehr gibt.«

Zum ersten Mal seit Jahren stand Lida am folgenden Morgen nicht um fünf Uhr auf, um ihre Arbeit im Haus und auf den Feldern zu beginnen. Sie schlief in Jians Armen bis um acht Uhr, und der Büffel, an den Zeitablauf gewöhnt, wurde unruhig, stampfte mit den Hufen, stieß seine Hörner gegen die Bretterwand seines Stalles, brüllte und benahm sich, als habe ihn ein ganzer Wespenschwarm gestochen.

Auch Huang sah immer wieder auf seine Uhr und schüttelte mißbilligend den Kopf.

Jinvan legte ihm die Hand auf den Arm und beruhigte ihn durch ein Lächeln. »Es ist ihre erste Nacht im neuen Haus«, sagte sie. »Gönne ihnen diese Stunden, sei nicht so streng.«

»Das Leben hat wie eine Münze zwei Seiten: Die eine ist die Liebe, die andere die Pflichterfüllung. Beides ergibt ein Ganzes.«

»Der Reis wird nicht verdorren, wenn er einen Tag allein gelassen wird. Und das Gemüse wird nicht welken und der Mais nicht abfallen. Morgen früh ist Lida wieder allein, wenn Jian nach Kunming zurückfährt. Und wer weiß, wann er wiederkommen kann.«

Huang war schon in der Schule, als Jian und Lida endlich zum Frühstück kamen.

Jinvan sagte kein Wort, sie schaute Lida nur an, und Lida senkte den Kopf, und Röte stieg in ihr Gesicht, und Jian sagte: »Wir wollten die Zeit festhalten. Ich bitte um Vergebung, Jinvan.«

Nach dem Frühstück, an dem er ebenfalls teilgenommen hatte, packte Zhang seine Sachen, steckte sie in den Kofferraum des »schnaufenden Drachens«, wie er das verbeulte alte Auto nannte, und Su Hongmo wiegte den Kopf hin und her, dachte an die bevorstehende Rückfahrt über diese schreckliche Straße und meinte zu Zhang: »Ehrwürdiger Herr Zhang, wenn der Wagen auseinanderfällt, bin ich ein armer Mann ohne Arbeit und Reis. Ich kann mir keinen anderen Wagen kaufen. Wir sollten gemeinsam nachdenken, was dann zu tun ist.«

»Ich habe Sie gemietet, und es ist Ihr Risiko, Hongmo.«

»Sie haben mir nicht gesagt, daß wir über ein kilometerlanges Waschbrett fahren müssen. So viel Yuan hätten Sie gar nicht zahlen können, um mich dazu zu überreden.«

»Ich kannte den Weg nach Huili selbst nicht. Ich bin zum ersten Mal hier. Hätten Sie Ihren Wagen besser gepflegt –«

»Gepflegt?« rief Su und warf beide Arme hoch in die Luft. »Es ist eines der besten Autos von Dali! Aber es ist nicht für eine Fahrt in die Wildnis gebaut.« Er zeigte auf Jians Wagen, der zwar staubüberzogen, aber sonst ganz neu aussah. »Warten Sie ab, wie dieses Auto aussieht, wenn es ein paarmal diese Höllenstraße gefahren ist. Herr Zhang, teilen wir uns die Reparatur?«

»Nein. Es muß für Sie eine Ehre sein, mich zu fahren. Lassen Sie den Motor an, wir fahren in Kürze.«

Su riß die Tür auf, setzte sich hinter das Lenkrad, und als er den Motor startete, krachte es mehrmals wie Kanonenschüsse.

Dann beruhigte sich der Motor und ging in ein Brummen über. Eines der besten Autos von Dali war fahrbereit.

Nachdem sich Zhang von allen verabschiedet hatte, nahm er noch einmal Jian zur Seite. »Ich fürchte, dein Vater kommt wieder zu mir«, sagte er. »Soll ich eine falsche Fährte legen?«

»Er wird den Betrug bald merken.«

»Ich kann ihm nur sagen, was ich angeblich von dir weiß. Es wird unmöglich sein, daß er mir das Gegenteil beweist. Und so muß er wieder abfahren, ohne klüger als vorher zu sein. Nur von dir kann er die Wahrheit erfahren.«

»Darauf wird er mindestens zwei Jahre warten müssen.«

»Ich wünsche dir alles Glück, mein Junge.« Zhang umarmte Jian noch einmal, drückte ihn an sich, stieg in den Wagen und gab Su einen Rippenstoß. »Fahren Sie los!« sagte er. »Ich hasse lange Abschiede. Ein Abschied ist immer ein kleiner Tod.«

Su gab Gas, der Wagen vollführte einen Satz nach vorn und rollte dann den Hügel hinab.

»Wir sollten für Zhang beten, daß er Dali erreicht«, sagte Jinvan, die ihm nachwinkte. »Er ist ein mutiger Mann, daß er sich in diesem Alter noch solch einem Abenteuer aussetzt.«

Nach dem Frühstück ging Jian den schmalen, mit Steinplatten ausgelegten Weg hinunter zu Zhou Chen, bei dem er schon früher einen Besuch gemacht hatte, und betrat den Raum, der Behandlungszimmer, Apotheke, Küche und Schlafzimmer in einem war. Zhou saß hinter einer Art Theke, rührte in einer Schüssel einen Brei an und sprach mit einem Bauern, der sich den Fuß verstaucht hatte und nun einen Umschlag mit eben jenem Brei bekommen sollte. Zhou hatte ihm gerade erklärt, daß sein Medikament Nummer 87 die Schwellung und die Schmerzen verschwinden lassen werde.

»Die Wissenschaft besucht den Praktiker«, begrüßte er Jian. »Genosse Tong, kann ich Ihnen helfen? Benötigen Sie einen Rat?«

Jian überhörte diese Anzüglichkeit; er setzte sich auf einen wackeligen Stuhl und warf einen kurzen Blick auf das geschwollene Fußgelenk des Bauern, der einen Alkoholverband und eine elastische Binde brauchte. Vor allem mußte der Fuß ruhiggestellt werden.

»Du hast Lida nach ihrem Unfall behandelt?« begann Jian das Gespräch.

»So ist es.« Zhou rührte weiter in dem Brei. »Ihr Rücken sah wie Marmor aus. Überall Streifen und Flecken. Aber ich habe sie davon befreit.«

»Bis auf zwei, jetzt verhärtete Hämatome.«

»Zwei trotzige Dinger! Dabei kann meine Tinktur Blutegel blutarm machen.«

»Woraus besteht denn die Tinktur?«

»Aus dem Gift einer Viper, dem Gallensaft des Reisfrosches und Auszügen aus verschiedenen Pflanzen und Wurzeln, die mein Geheimnis sind.« Zhou tat sehr überlegen. Ein jeder Barfußarzt hat seine Geheimrezepte, die ihn seinem Dorf unentbehrlich machen.

»Und sonst hast du nichts gegeben?«

»Herr Studierter, noch eine Salbe, wie sie im Lehrbuch von 1167 beschrieben ist.«

»Kein Lasonil? Kein Doloben? Kein Hyzum oder Gelum-S?«

Zhou starrte Jian an, als habe er er etwas schrecklich Unanständiges gesagt. »Sind das Medikamente?« fragte er dann.

»Ja. Aus Europa.«

»Sie stehen nicht auf meiner Liste. Ich habe von ihnen gehört.«

»Es gibt sie in jeder Apotheke in Shanghai, Beijing, Guangzhou oder Chengdu.«

»Gelehrter Genosse, wir sind hier in Huili.«

»Du könntest dir aber solche Mittel aus Chengdu kommmen lassen.«

»Bisher hat unsere chinesische Medizin immer geholfen. Es gibt eben Krankheiten, die man nicht packen kann.«

»Die Verhärtung der Hämatome hättest du verhindern können.« Jian zeigte auf den verstauchten Fuß des Bauern, der hellhörig dem Gespräch gefolgt war. »Und wie behandelst du diese Verstauchung?«

Wieder glotzte Zhou wie ein Frosch Jian an und rührte dann

wild in seiner Breischüssel. »Er ist mit seinem Fuß umgeknickt, das ist alles. Er bekommt einen Breiumschlag und wird in acht Tagen wieder hüpfen wie ein Hase.«

»Oder humpeln, schreien und dich verfluchen. Hast du elastische Binden?«

»Nein.«

»Wie willst du den Fuß denn ruhigstellen?«

»Was heißt ruhig?« fragte der Bauer. »Darf ich nicht mehr gehen?«

»Vorerst nicht. Du darfst mit der Verstauchung nicht auftreten. Du mußt dich hinlegen.«

»Und wer soll meine Arbeit tun? Sie in der Stadt können im Bett bleiben, aber hier bestimmt die Erde, was wir tun müssen. Zhou Chen, nimmt der Brei die Schmerzen weg?«

»Ich hoffe es.«

»Und kann ich wieder gehen?«

Zhou warf Jian einen schiefen Blick zu, und etwas wie Flehen lag in seinen Augen. Jian fuhr wieder weg, aber er, der Barfußarzt, blieb im Dorf und lebte vom Vertrauen seiner Bauern. Und viele Krankheiten heilen, weil man an die Heilung glaubt. Darin hatte Zhou Erfahrung sammeln können.

»Natürlich kannst du wieder gehen, aber nicht sofort.«

»Ich bin mit diesem Fuß gekommen, und ich werde mit diesem Fuß auch wieder gehen«, sagte der Bauer. »Es ist keiner da, der das Vieh füttert und das Unkraut hackt. Mach mir den Verband, Zhou.«

Jian sah ein, daß es verschwendete Zeit war, ihm die Folgen einer falsch behandelten Verstauchung zu erklären. Mittlerweile kannte er die Starrköpfigkeit der Bauern; die Felder waren ihr Leben, und auch mit einem verkrüppelten Fuß kann man Gemüse pflanzen, und krumm wurde der Rücken sowieso.

So wartete Jian, bis Zhou den Breiverband angelegt hatte und der Bauer wirklich ohne einen Laut des Schmerzes aus dem Zimmer humpelte und dabei einen triumphierenden Blick auf Jian warf. Zhou wusch sich die Hände in einem Zinkeimer und kehrte zur Theke zurück.

»Wollen Sie mir mein Gesicht nehmen, Genosse Tong?« fragte er, aber es klang weder vorwurfsvoll noch drohend, sondern eher hilflos. »Ich bin ein guter Barfußarzt, das sagen sie alle.«

»Du wirst der beste der ganzen Gegend sein, wenn ich dir bei meinem nächsten Besuch einen Karton westlicher Medizin mitbringe.«

»Ich danke Ihnen, Genosse Tong.« Zhou verneigte sich im Sitzen. »Ich habe noch gelernt, daß es in der traditionellen chinesischen Medizin für jede Krankheit die heilenden Pflanzen gibt und daß die Erzeugung von innerer Hitze die Krankheiten wegbrennt.«

»Es gibt tausend Krankheiten, die du nicht kennst, Zhou.«

»Sie werden nicht nach Huili kommen. Unsere Bauern kommen mit zehn, höchstens zwanzig Krankheiten aus, und für jede habe ich meine Medizin.« Zhou hob die Schultern, als wolle er sagen, daß keiner seinem Schicksal entrinne. »Sterben müssen wir alle, und die Zeit, wann wir gehen müssen, liegt nicht in unserer Hand.«

»Die moderne Medizin kann sie verlängern. Was man heute alles chirurgisch kann, ist vor zwanzig Jahren noch eine Utopie gewesen.«

Zhou winkte mit einem Gesicht ab, das geradezu Ekel ausdrückte. Wie für viele Chinesen war auch für ihn der menschliche Körper unantastbar. Ihn aufzuschneiden war ein Frevel, und es gab Gegenden, wo sich die Leute wehrten, wenn man ihnen eine Spritze geben wollte, denn schon der Einstich einer Nadel ist eine Verletzung der Persönlichkeit. Nur eine Ausnahme gab es, die Akupunktur. Sie war ein Erbe aus Jahrtausenden.

»Schneiden Sie auch Menschen auf, Genosse Tong?«

»Ja. Es gehört zu unserem Studium. Ich habe die Absicht, Chirurg zu werden.«

»Schrecklich. Sie könnten einen Bauch aufschneiden, so wie man ein Schwein zerteilt? Wo bleibt da die Würde des Menschen?«

»Die Krankheit ist mächtiger als die Würde. Mit Stolz heilt man keinen Nierenkrebs, aber mit dem Skalpell. Der Chirurg ist der

Kämpfer in der ersten Reihe. Wir sehen den Tod und trennen ihn vom Körper.« Jian sah Zhou herausfordernd an. »Willst du nicht auch lernen, ein Kämpfer gegen den Tod zu sein? Ich will dir gern einige Operationen zeigen.«

»Sie werden in Huili keinen finden, der sich freiwillig aufschlitzen läßt.«

»Wir werden es an einem Schwein üben.«

Zhou sah Jian mit schrägem Kopf ab. »Dazu brauche ich keinen studierten Herrn, das kann mir jeder Schlachter zeigen, jeder Bauer. Ich sage ja: Chirurgen sind nichts als Metzger.«

Es hatte keinen Sinn, noch weiter mit Zhou darüber zu reden. Jian verließ die Praxis des Barfußarztes und kehrte zu Huang zurück.

An diesem Tag blieben Lida und Jian in ihrem neuen Haus und verließen es nur, wenn Huang an die Tür klopfte und zum Essen rief. Obwohl die Herbstsonne noch wärmte, legte Lida Maisstroh und große Holzstücke in das Feuerloch des Kamins und steckte ihn an, und als die Flammen loderten und das Holz knackte, saß sie davor, hielt die Hände gegen die sich aufheizenden Steine und lachte Jian glücklich an.

»Wir werden nie mehr frieren und drei Hosen und drei Pullover anziehen müssen, und wir brauchen die dicken Fellstiefel nicht mehr und können uns ausziehen, ohne zu zittern, und müssen nicht mehr in den Kleidern schlafen und uns morgens mit dem heißen Tee auftauen. Wir können nackt im Bett liegen, und es wird warm sein, als lägen wir in der Sonne.«

Jian, der in seinem Auto immer eine kleine Reiseapotheke mitführte, um helfen zu können, wenn er auf der Straße auf einen Notfall stieß, fand zwar keine Salbe gegen Blutergüsse, aber ein Wund- und Heilgel; mit ihm rieb er Lidas Rücken ein, auch wenn er sich sagte, daß das wenig Sinn habe. Zhou Chen, der Barfußarzt, mußte so schnell wie möglich eine Auswahl moderner Medikamente bekommen, um für alle Fälle gerüstet zu sein. Er nahm sich vor, von Kunming ein großes Paket mit genauen Anweisungen für jedes Präparat an Zhou zu schicken. So würde Zhou zum berühmtesten Barfußarzt der ganzen Gegend werden, denn es würde sich natürlich herumsprechen, daß in Huili ein Arzt saß, der über bisher unbekannte Medikamente verfügte, die schneller und wirksamer heilen konnten als die bisher von ihm selbst hergestellten Mittel.

Am Abend stellte Lida wieder die traurige Frage: »Du mußt morgen früh fahren?«

Und Jian antwortete wie immer: »Ja. Ich muß.«

»Und wann kommst du wieder?«

»Ich weiß es nicht. Diesmal kann es länger dauern.«

»Warum?«

»Es steht vieles auf dem Vorlesungsplan, was ich nicht versäumen darf. Aber ich werde schreiben.«

»Ein beschriebenes Blatt bist nicht du. An ihm kann ich mich nicht wärmen, an ihm spüre ich nicht deine Lippen, es ist nicht dein Körper, den ich umarmen kann.«

Sie saßen nebeneinander auf dem Bett. Sie hatten diese eine Nacht noch vor sich, und wenn sie auch voll Glück sein würde, so fror Lida doch bei dem Wissen, daß am nächsten Morgen der Abschied folgen würde und Tage kamen, in denen zwei Gefühle sie ergriffen und ihr Leben bestimmten, die sie vorher nie gekannt hatte: Einsamkeit und Sehnsucht.

Oft erschrak sie bis zur Atemlosigkeit vor diesen Gefühlen, und sie fragte sich, ob die Liebe einen Menschen so verändern kann, daß er sich selbst nicht mehr kennt. Einsamkeit – sie hatte nie gewußt, was das ist. Wie kann man einsam sein, wenn man einen gütigen Vater und eine zärtliche Mutter hat, wenn man in einem Dorf lebt und ein Teil der Gemeinschaft ist, wenn man den Garten pflegt und die Blumen blühen sieht, seine Gemüse- und Reisfelder hat, seinen Büffel und Hühner und Enten und ein Schwein, wenn man mit dem Kleintraktor zum Markt fahren und dort eine Menge Leute treffen kann – das Leben ist so voller Vielfalt, so voller Überraschungen, so voller Neuigkeiten, wie kann es da das Wort Einsamkeit geben?

Und Sehnsucht? Wonach sollte man sich sehnen, wenn man alles hatte und keine Wünsche offen blieben? Auf dem Markt wurde viel geredet von dem Leben in den großen Städten, auf dem Markt konnte man sich Zeitschriften kaufen mit bunten Bildern, die breite Straßen, viele Autos, schöne Kleider, hohe Häuser und Geschäfte zeigten, in denen man alles kaufen konnte – aber danach Sehnsucht haben, das hatte Lida nie gekannt. Noch weniger hatte sie das Gefühl gehabt, sich nach einem Menschen zu sehnen, denn Vater, Mutter und Bruder waren um sie, und damit war ihre Welt vollkommen, und es gab nichts, wonach ihre Seele suchte – schon gar nicht einen Körper, den sie hätte umarmen mögen.

Wie hatte sich das alles verwandelt! In ihrer kleinen, schönen Welt überkam sie jetzt die Einsamkeit, wenn sie allein am Abend in ihrem Bett lag und an Jian dachte, an seine warme Nähe, an seine zärtlichen Hände und seine Lippen. Sie hörte nebenan im Stall den Büffel rumoren, sie hörte die Stimmen ihres Vaters und ihrer Mutter, es hatte sich nichts geändert, und doch war alles anders geworden. Sie lag ohne Jian in einer leeren Dunkelheit, und sie wußte, daß sie wie eine geschnittene Blume dahinwelken würde, wenn Jian nicht wiederkommen würde und die Zeit alle Versprechungen verschlang. Und wenn sie auf dem Feld war und einen Augenblick auf einem Stein ausruhte, hätte sie manchmal weinen können vor der unendlichen Leere, die sie umgab. Sie begriff nicht, wie sie so denken konnte, wo doch vor Jian diese Welt für sie vollkommen gewesen war.

Nur einmal sprach Lida mit ihrer Mutter darüber. Es war, bevor sie wieder ihren Büffel auf das Reisfeld trieb, nach dem Frühstück, das Jinvan und sie allein zu sich nahmen, denn Huang Keli schlief noch. Ein Lehrer braucht nicht um fünf Uhr früh aufzustehen.

»Mutter, sieh mich an«, sagte Lida und hob den Kopf.

Jinvan nickte und betrachtete sie verwundert. »Ich sehe dich an, Lida.«

»Habe ich mich verändert? Bin ich ein anderer Mensch geworden?«

»Wie kannst du ein anderer Mensch sein? Du bleibst immer, die du bist; nur der Sinn ändert sich, der Blick, mit dem du die Welt siehst. Warum fragst du so etwas?«

»Ich sehe unsere Welt jetzt anders.«

»Das ist nichts Böses. Ein waches Auge sieht immer Staub in den Ecken.«

»Ich liebe euch. Ich liebe alles hier wie früher. Aber alles ist grau wie an einem Regentag, wenn Jian nicht hier ist.« Lida legte die Hände aneinander und sah ihre Mutter flehend an. »Nennt mich nicht eine undankbare Tochter. Ich will ja alles so sehen wie bisher, aber es will mir nicht gelingen. Ich bin so einsam ohne Jian. Aber wie kann ich bloß so etwas sagen, wo ich doch bei euch bin? Hat sich das Leben so geändert?«

»Ja, Lida.« Jinvan beugte sich vor und strich ihrer Tochter über das lange schwarze Haar. »Die Liebe hat eigene Augen, und alles verwandelt sich, zum Guten, aber auch zum Bösen. Wir haben das alle erfahren und sind dann das geworden, was wir sind.«

»Du bist nie einsam gewesen?« fragte Lida.

»Nein.« Jinvan schüttelte den Kopf und blickte zu dem Bett hinüber, in dem Huang lag und fest schlief. »Dein Vater war immer bei mir.«

»Weißt du, was Sehnsucht ist?«

»Nein. Es gab keine Trennung zwischen deinem Vater und mir.« Sie überlegte und nickte dann. »Doch, da war so etwas wie Sehnsucht. Dein Vater mußte sechs Wochen auf einen Lehrgang, eine politische Schulung für Lehrer. Tifei war schon geboren und sechs Jahre alt, und ich war gerade mit dir schwanger. Sechs Wochen ohne deinen Vater – es waren wie sechs Jahre in einem fremden Land. Aber ich wußte ja, er kommt wieder, und ich habe sechs Striche an die Wand gemalt, und wenn eine Woche vorbei war, habe ich den Strich durchkreuzt, und von Kreuz zu Kreuz wuchs meine Freude, und dann war er wieder da, und die Welt war wieder voll Leben.« Jinvan strich wieder über Lidas Haar. »Alle Gefühle, die jetzt in dir sind, meine Tochter, sind keine Rätsel – sie gehören zu den Liebenden.«

»Ich danke dir, Mutter. Du hast mir sehr geholfen.« Lida ergriff plötzlich die Hand ihrer Mutter, küßte sie und lief dann schnell zu dem wartenden Büffel hinaus.

An dem späten Abend, an den Jian wieder in Kunming eintraf, wie immer erschöpft von der anstrengenden Fahrt, mit Staub bedeckt und voll Verlangen, unter die Dusche zu kommen und sich zu erfrischen, sah er seinen Vater nicht. Er wollte keinen Streit mit ihm, aber nach dem Bad, wieder in seinen Morgenmantel aus schwerer Seide gehüllt und am Tisch sitzend, den man für ihn allein gedeckt hatte, fragte er doch seine Mutter: »Hat es mit Vater noch eine Auseinandersetzung gegeben?«

»Wozu und worüber?« fragte Meizhu zurück.

»Daß ich wieder für drei Tage weggefahren bin.«

»Hätte es Sinn, darüber zu reden?«

»Nein, Mutter. Es wären verlorene Worte.«

»Uns bricht nur das Herz, daß du das Lügen gelernt hast.«

»Es wird die Zeit kommen, wo ihr mich verstehen werdet.«

Das Bauernmädchen aus Huili – wir werden das nie verstehen, mein Sohn. Meizhu sah Jian zu, wie er mit großem Appetit aß. Es wird bald ein Ende haben, dachte sie. Auch der Klügste macht einmal einen Fehler, und deiner war, auf einer Karte den Weg nach Huili einzuzeichnen. Nichts auf der Welt wird Tong Shijun davon abhalten können, dorthin zu fahren und die alte Ordnung wiederherzustellen. Und du, mein Sohn, wirst lernen, daß die Zeiten sich zwar äußerlich ändern, daß aber eines bleibt wie vor Jahrtausenden: die Achtung vor dem Vater und seinem Willen.

Nach dem Essen wünschte Jian seiner Mutter eine gute Nacht und zog sich auf sein Zimmer zurück. Den ganzen Tag hatte er über das nachgedacht, was Lida in der Nacht alles zu ihm gesagt hatte. Es begann damit, daß sie fragte: »Du weißt noch nicht, wann du wiederkommst?«

Und er hatte geantwortet: »Ich kann es nicht sagen. Ich werde viel und konzentriert arbeiten müssen.«

»Und je weiter du mit deinem Studium kommst, um so weniger Zeit wirst du haben.«

»Damit müssen wir rechnen, Lida.«

»Es werden Monate kommen, wo ich dich nicht sehe.«

»Das könnte möglich sein.«

»Vier Jahre lang, Jian.« Sie legte den Kopf in seinen Schoß und blickte ihn mit weitaufgerissenen Augen an. »Mein Herz wird brechen.«

»Wir müssen es durchstehen, Lida. Du darfst jetzt nicht ungeduldig werden. Ungeduld ist der Tod der Hoffnung. Und wir können es ja nicht ändern.«

»Wir können es, Jian. *Ich* kann es.«

»Gib mir keine Rätsel auf, Lida.«

»Hast du nie daran gedacht, daß ich zu dir nach Kunming kommen könnte?«

Die Überraschung nahm ihm fast den Atem. An alles hatte er gedacht, nur an das nicht, da mußte er ihr recht geben. Lida in Kunming – es wäre ein Erdbeben, das die Familie Tong verschlang.

»Du wirst von deiner Einheit nie die Genehmigung bekommen, in die Stadt zu ziehen.«

Es war eine zögernde Antwort, aber Lida merkte es nicht; sie war von dem Gedanken gefangen, mit dem sie sich seit Wochen heimlich beschäftigte. »Ich werde einen Antrag stellen, Jian.«

»Hast du schon mit deinen Eltern darüber gesprochen?«

»Nein. Ich werde in Kunming eine Stellung annehmen, ganz gleich, in was für einem Betrieb; ich würde sogar in eine der Straßenreinigungskolonnen eintreten. Ich würde alles tun... Aber ich wäre dann bei dir, wir sähen uns jeden Tag, und wenn ich ein eigenes Zimmer bekäme, könnten wir darin glücklich sein.«

»Du wirst nie die Zuzugsgenehmigung für Kunming bekommen. Es gibt schon zu viele Arbeitslose, die vom Land in die Stadt gekommen sind, weil sie geglaubt haben, dort lägen die Yuan auf der Straße.« Er beugte sich über sie, küßte ihre Augen und dachte, welchen Skandal es gäbe, wenn bekannt würde, daß der Sohn des großen Tong eine Straßenkehrerin liebte. Das würde ihre Zukunft vernichten.

»Ich will nicht viel Geld verdienen«, sagte sie, »ich will nur bei dir sein.«

»Dein Vater hat unter größten Opfern dieses Haus für uns

gebaut. Du triffst ihn ins Herz, wenn du es verläßt, um es gegen ein schmutziges, enges Zimmer in Kunming einzutauschen. Die Enttäuschung wird ihn niederwerfen. Das darfst du ihm nicht antun, Lida.«

»Ich kann ohne dich nicht mehr atmen«, sagte sie und schmiegte sich enger an ihn. »Ich brauche dich zum Leben, du bist die Luft, die Sonne, der Wind, du bist Tag und Nacht, du bist der Himmel mit allen Sternen, und du bist die Erde, von der wir leben. Morgen gehst du weg und läßt mich zurück und weißt nicht, wann du wiederkommst. Wie kann ich das aushalten? Woher soll ich die Stärke nehmen, ruhig und in Demut zu warten? In Kunming –«

Er schüttelte den Kopf. »Wer soll sich hier um die Felder kümmern, um den Garten und um den Büffel? Willst du, daß hier alles verödet, was ihr in Jahrzehnten aufgebaut habt, nur weil du glaubst, du könntest nicht warten, bis wir ein Ehepaar sind?«

»Ob jetzt oder in vier Jahren, es wird das Gleiche sein: Ich werde mit dir Huili verlassen, und wir ziehen irgendwohin, wo du als Arzt arbeiten kannst. Wer wird sich dann um die Felder kümmern? Die Nachbarn werden sie übernehmen und Vater einen kleinen Anteil von der Ernte geben. Er wird keine Sorgen haben.«

»Du wirst im überfüllten Kunming nie ein Zimmer für dich allein bekommen.«

»Ich brauche kein Zimmer, Jian.« Sie lächelte ihn fröhlich an. »Ich habe schon eine Wohnung.«

»Du hast in Kunming eine Wohnung?«

»Hast du Tifei, meinen Bruder, vergessen? Er ist ein reicher Mann geworden. Er hat ein gutgehendes Fuhrunternehmen mit drei Lastwagen. Er kennt jetzt alle Männer, die großen Einfluß in Kunming haben. Er wird mir eine Wohnung besorgen, die Zuzugsgenehmigung, die Erlaubnis der Einheit Huili – es gibt keine Schwierigkeit, zu dir zu kommen.«

»Laß uns das alles erst genau überlegen«, sagte Jian. Er sah die Stunde vor Augen, in der Lida in das Haus der Tongs kam und seinem Vater gegenüberstand, und er sah, wie sein Vater das

Miao-Mädchen in seinem Baumwollkleid musterte, so wie man auf dem Vogelmarkt einen unscheinbaren Vogel ansieht, von dem behauptet wird, er könne besonders süß singen, und wie er zu ihr sagte: »Du bist die Konkubine meines Sohnes? Du bist hübsch, du kannst seine Konkubine bleiben, aber unter das Dach der Tongs kommt nur eine Frau, die würdig ist, unseren Namen zu tragen!« Und er, Jian, mußte dann den Mut haben, vor seinen Vater zu treten und ihm ins Gesicht zu schreien: »Ich verzichte darauf, ein Tong zu sein! Ich verachte dich und deine ganze verdammte Tradition! Du bist das Scheußlichste, das ich mir denken kann: ein kommunistischer Mandarin!« Genauso würde sich alles abspielen, wenn Lida jetzt nach Kunming käme. In vier Jahren aber konnte alles anders aussehen.

Daran dachte Jian auch jetzt, als er in seinem Zimmer auf dem Bett lag. Aus dem Radio erklang europäische Musik: Beethovens Dritte Sinfonie. Jian schloß die Augen und suchte nach Gründen, die Lida daran hindern konnten, nach Kunming zu kommen. Er erfand eine Menge, aber er wußte auch, daß sie Lida nicht überzeugen konnten.

Die Mühe dieses Nachdenkens hätte sich Jian erspart, wenn er gewußt hätte, daß zur gleichen Zeit sein Vater bei seiner Tochter Fengxia und seinem Schwiegersohn Wu Junghou zu Gast war, eine Flasche Weißwein trank und ihnen seinen Kummer mit Jian und dem Bauernmädchen erzählte. Fengxia, jetzt eine hochangesehene Funktionärin des Zentralkomitees von Yunnan, saß mit steifem Rücken auf ihrem geschnitzten Sessel aus Rosenholz. Sie trug einen olivgrünen Rock und darüber – in gleicher Farbe – eine streng geschnittene Jacke im Mao-Stil. Sie sah immer aus, als trüge sie eine Uniform, während ihr Mann Wu, der Leiter der Gesundheitsabteilung, einen der grauen Einheitsanzüge trug, der ihn unauffällig in der Menge untergehen ließ. Um so größer war seine Macht im Gesundheitswesen von Kunming. Seine Behörde bestimmte, welche medizinischen Fortschritte des Westens in Kunming übernommen wurden.

»Mein Bruder war immer ein Querkopf!« sagte Fengxia mit harter Stimme. »Aber jetzt ist er zu weit gegangen. Ein Bauernmädchen! Man sollte denken, das Studium verwirrt seinen Geist. Junghou, wen kennst du von der Partei in Dukou?«

Wu runzelte die Stirn und dachte nach, aber Tong winkte ab. »Ich halte es für falsch, die Partei einzuschalten«, sagte er. »Das ist ein Problem, das in der Familie bleiben muß. Wir können es allein lösen.«

»Du sagst, mit Jian kann man nicht darüber reden.«

»Ich habe es noch nicht versucht, denn er weiß ja nicht, daß wir sein Geheimnis kennen. Das ist für uns von Nutzen, denn wir können handeln, ohne auf seine Gegenwehr zu stoßen.«

»Handeln?« Fengxia sah ihren Vater forschend an. »Was hast du dir ausgedacht, Vater?«

»Ich werde dieses Bauernmädchen überzeugen, daß es ihr Unglück wäre, auf eine Zukunft mit Jian zu hoffen. Vor allem ihrem Vater werde ich beweisen, daß er seines Lebens nie wieder froh sein wird, wenn er seine Tochter nicht an die Kandare nimmt. Außerdem«, Tong lächelte etwas hämisch, »ein kleiner Bauer braucht immer Geld. Früher verkauften die Armen ihre schönen Töchter an die Reichen; ich werde ihm Geld geben, damit seine Tochter bei ihm bleibt.«

»Wie willst du das alles zuwege bringen?« fragte Wu. »Du kennst seinen Namen nicht und weißt noch nicht einmal, ob er wirklich in Huili wohnt oder in der Umgebung.«

»Deshalb bin ich heute zu euch gekommen, meine Kinder«, sagte Tong. »Ich brauche eure Hilfe.«

»Also doch die Partei!« entgegnete Fengxia. Ihr Leben war der Partei gewidmet, ihr Denken fußte auf den Lehren der Partei. Es gab für sie kein Problem, das die Partei nicht lösen konnte.

»Nein!« Tong beugte sich etwas vor, seine Stimme wurde eindringlich, fast beschwörend. »Ich brauche ein Auto, einen Fahrer und einen Zeugen. Ich habe an dich gedacht, Wu Junghou.«

»An mich?«

»Du hast einen Dienstwagen, den du selbst fährst, du kannst über deine Zeit verfügen und also mit mir nach Huili fahren, du bist ferner ein Zeuge, dessen Wort überall geachtet wird und keine Zweifel aufkommen läßt.« Tong holte tief Atem und sagte dann laut: »Ich brauche dich zur Rettung unserer Familie. Jian ist dabei, sie mit dem Bauernmädchen zu zerstören.«

»Wir werden fahren, Vater!« sagte Fengxia, ehe Wu etwas erwidern oder sogar Bedenken äußern konnte. »Wir werden alle fahren, du, Junghou und ich.«

»Du auch?«

»Ihr werdet mit dem Vater sprechen, ich mit der Bauernhure. Ich habe Jian etwas heimzuzahlen. Erinnerst du dich noch, wie er sich benommen hat, als Junghou zum ersten Mal in unser Haus kam? Ich habe das nie vergessen. Und wie nennt er mich? Den roten Lautsprecher.« Ihre harten Augen funkelten. Fengxia war von ungewöhnlicher Schönheit, aber wer in ihre Augen blickte, den überfiel die Angst vor der darin liegenden Kälte.

Wu hatte sich daran gewöhnt; er ließ Fengxia sprechen und handeln und war nur daran interessiert, seine Ruhe zu haben. Ein Glück für ihn war es, daß Fengxia dreimal in der Woche politische Schulungen abhielt; dann lag er zufrieden auf seinem Sofa, rauchte Zigaretten, trank eine Flasche Bier und hörte westliche Musik. »Wann fahren wir?« fragte er.

»Das muß ich dir überlassen. Du mußt dich für mindestens drei Tage frei machen.« Tong sah seine Tochter an. »Und du?«

»Ich bestimme meine Zeit selbst«, sagte sie stolz. »Ich brauche niemanden zu fragen.«

»Es wird nicht leicht sein.« Wu wiegte den Kopf hin und her. »Ich muß erst beantragen, daß ich den Dienstwagen auch privat gebrauchen darf. Was soll ich sagen, warum ich den Wagen privat brauche? Um ein Bauernmädchen zu zwingen, daß es Jian nicht liebt? Sie werden mich für verrückt halten. Wir müssen uns einen triftigen Grund ausdenken, sonst bekommen wir den Wagen nicht.«

»Ich werde einen Schulungskurs in Dukou abhalten«, sagte Fengxia. »Und du wirst die medizinischen Einrichtungen inspizieren.«

»Das wären zwei Gründe.« Wu schüttelte indessen den Kopf. »Nur wird man sie nicht anerkennen.«

»Was spricht dagegen?«

»Dukou gehört nicht zu unserem Kontrollgebiet. Es hat seine eigenen Kommissionen.«

»Dann werden wir die Genossen bitten, uns einzuladen.« Fengxia sah ihren Mann ein wenig mitleidig an. Er ist ein lieber Mensch, sagte dieser Blick, aber seine Trägheit strengt meine Nerven an. Aus allen Situationen gibt es einen Ausweg, man muß nur beweglich sein im Geist und schnelle Entscheidungen treffen können. »Ich werde morgen früh mit der Sektion Dukou sprechen.« Sie wandte sich an ihren Vater und nickte ihm zu. »Wir werden nächste Woche sicherlich nach Huili fahren können.«

»Können wir einen Umweg nach Dali machen?« fragte Tong.

»Du willst zuerst zu Onkel Zhang?«

»Er wußte von Anfang an von Jians Verfehlungen. Er hat sie sogar unterstützt. Er hat unsere Familie verraten. Unsere Ehre verlangt, ihn dafür zur Rechenschaft zu ziehen.«

»Willst du ihn töten?« fragte Wu atemlos. Er war der Sohn eines biederen Postbeamten und hatte, bis er Fengxia lieben lernte, nicht gewußt, in welchen Traditionen die großen alten Familien auch trotz Maos Revolution lebten. Daß er in die Familie Tong aufgenommen worden war, verdankte er der Partei, auf deren Versammlungen er Fengxia kennenlernte. Sie war überzeugt, daß Chinas Zukunft nur in der Verwirklichung der kommunistischen Idee lag, und als sie ihrem Vater zum ersten Mal von Wu Junghou erzählte und ihm gestand, daß sie ihn liebe, und Tong ihr diese Liebe empört verbieten wollte, sagte sie kalt, daß die Partei stärker sei als er, der Herr Professor, und das war eine Mahnung, die Tong sofort verstand. Er gab sein Einverständnis, und er hatte es nie bereut, denn durch Wu erhielt das Krankenhaus Kunming die neuesten Geräte aus dem Westen und gehörte zu den modernst eingerichteten Kliniken des Landes. Durch Fengxia aber lernte Wu, was Familientradition ist, und so wuchs er in ein Denken hinein, das ihm früher fremd gewesen war. Die Tongs hatten ihn aufgesaugt wie die Sonne einen Wassertropfen.

»Ich werde Zhang nicht töten«, sagte Tong gelassen. »Die Zeit der Kaiser ist endgültig vorbei. Aber er soll meine Verachtung spüren und wissen, daß er aus unserer Familie ausgestoßen wird. Die Luft um uns ist verseucht, ich will sie wieder sauber haben.« Er griff nach seinem Weinglas, trank einen langen Schluck und gab sich der Freude hin, in Fengxia und Wu hilfsbereite Verbündete zu haben.

Doch gab es noch Fragen, die beantwortet werden mußten. Die erste stellte Wu.

»Was geschieht, wenn der Vater des Mädchens alle Vorschläge zurückweist?« fragte er.

»Er kann es nicht«, antwortete Fengxia, bevor Tong etwas sagen konnte. »Er wird erkennen, gegen welche Macht er sich stemmen will. Wenn er nur ein bißchen Verstand hat, wird er einsehen, daß ein armer Bauer noch ärmer werden kann, wenn die landwirtschaftliche Einheit ihn auf die Liste der Aufsässigen setzt.« Ihr Lächeln war eisig, in ihrem Blick lag Unbarmherzigkeit. »Ich habe die Möglichkeit, seinen Starrsinn zu brechen.«

»Und wenn das Mädchen nicht von Jian lassen will?« fragte Wu zum zweiten Mal.

»Es hat keinen Willen.« Fengxias Augen funkelten böse. In ihr wuchs das Verlangen, dieses Mädchen zu vernichten, schon um Rache an Jian zu nehmen. »Eine Bauernhure wird so behandelt werden, wie sie es verdient. Sie wird sich nicht gegen mich erheben.«

»Somit ist alles gesagt.« Tong erhob sich, trank sein Glas aus und sah auf seine Uhr. Es war ein Uhr nachts. »Ich warte auf eure Nachricht. Mir ist jeder Tag recht.«

Wu und Fengxia begleiteten ihn hinaus, und an der Tür fragte Fengxia in einer plötzlichen Eingebung: »Wie wird sich Mutter verhalten, Vater?«

»Deine Mutter ist eine wunderbare Frau.« Tong sagte es mit großer Achtung. »Sie hat ab und zu, beeinflußt von Jian, sehr emanzipierte Ideen, aber wenn es um die Familie geht, denkt sie wie ich.«

»Sie wird Jian nichts verraten, wenn wir nach Huili fahren?«

»Da bin ich mir sicher: Sie wird schweigen.«

Meizhu war noch nicht zu Bett gegangen, sondern wartete auf Tong, und als er ins Haus kam, ging sie ihm entgegen und blickte ihn fragend an. Aber Tong schwieg, setzte sich im Wohnraum auf das Sofa und schloß die Augen, als könne er seine Frau nicht ansehen.

»Willst du mir nichts sagen?« fragte sie, als er noch immer stumm blieb.

Er holte tief Atem und öffnete die Augen. Große Müdigkeit lag in seinem Blick, aber auch eine tiefe Zufriedenheit. »Wu wird uns mit seinem Dienstwagen nach Huili fahren«, sagte er.

»Uns?« Meizhu erkannte sofort, was Tong damit meinte. »Fährt Fengxia auch mit?«

»Ja. Sie will es. Sie meint, sie könne mit dem Bauernmädchen besser sprechen als ich. Mit dem Vater werde ich verhandeln. Es wird keine schwere Aufgabe sein, das meint auch Wu. Für einen Bauern gibt es nichts Schlechteres, als mit seiner Einheit einen Streit zu haben. Er wäre ein Verrückter, wenn er das nicht einsehen wollte.« Tong gähnte, die Müdigkeit ergriff ihn jetzt stärker. »Ist Jian zurückgekommen?«

»Ja.«

»Hat er etwas gesagt?«

»Nichts. Er hat gebadet und gegessen und ist auf sein Zimmer gegangen. Er hat noch nicht einmal nach dir gefragt.« Meizhus Stimme begann zu flattern. »Shijun, ich bekomme Angst.«

»Es gibt keinen Grund, daß du dich ängstigst.«

»Unsere Familie wird auseinanderbrechen.«

»Sie wird in eine Krise kommen, das ist sicher. Aber was tausend Jahre Bestand hatte, kann ein Bauernmädchen nicht zerstören.«

»Du könntest deinen Sohn verlieren, Shijun.«

»Auch er wird zur Besinnung kommen und zur Familie zurückkehren. Auch wenn er sich wie ein Revolutionär benimmt – Jian ist ein Tong, und diese Eigenschaft kann er nicht ablegen wie ein schmutziges Hemd. Ich liebe meinen Sohn über alles, und einmal wird er mir dafür dankbar sein, daß ich ihn zu dem für ihn

Guten genötigt habe.« Tong erhob sich vom Sofa und gähnte wieder. »Ich werde meinen Sohn nicht verlieren, ich werde nur seinen Verstand stärken. Er ist wie alle jungen Männer seines Alters: Ein schöner Mädchenkörper lähmt seinen Verstand. Aber die Realität wird ihn wieder zur Vernunft bringen.«

»Und wann fahrt ihr nach Huili?«

»Ich hoffe, in der nächsten Woche. Ich will der Sache so schnell wie möglich ein Ende machen.« Tong reckte sich, legte den Arm um Meizhus Schultern, und gemeinsam gingen sie in das Schlafzimmer. Aber jedes hatte seine eigenen Gedanken, die es für sich behielt. Nur Meizhu sagte noch einmal: »Ich habe Angst!«, und Tong küßte sie auf die Stirn und schüttelte mit einem beruhigenden Lächeln den Kopf.

Es war ein trüber Herbsttag, und der Erhai-See lag grau unter der verhangenen Sonne, als vor Zhang Shufangs Haus ein Auto hielt, ein Santana aus der VW-Fabrik in Shanghai, und Tong, Fengxia und Wu ausstiegen. Zhang, der in seinem Atelier vor einem großen Bild saß und beim Malen der Musik aus dem Transistorradio lauschte, bemerkte den Besuch erst, als es laut an seine Tür klopfte. Er legte den Pinsel weg, drehte die Musik leiser und wartete voll Erstaunen auf ein neuerliches Klopfen. Besuch war eine Seltenheit, und wenn einer der Fischer zu ihm kam, klopfte er nicht an die Tür, sondern kam um das Haus herum, winkte ihm durch das große Fenster zu und trat durch die Gartentür in den Raum.

Das herrische Klopfen erklang wieder, und Zhang fragte sich, welche Behörde etwas von ihm wollte; denn so klopfte nur ein Beamter in dienstlichem Auftrag.

Zhang ging zur Tür, öffnete sie mit einem Ruck und sah entgeistert in Tongs Gesicht. Hinter ihm funkelten ihn Fengxias Augen an, und Wus Antlitz drückte so etwas wie eine Bitte um Verzeihung aus, daß man einen alten Mann so einfach überfiel.

»Shijun, Fengxia und Junghou, ist das eine Überraschung!« rief Zhang aus, aber gleichzeitig suchte er nach einem Grund dieses unverhofften Besuchs. »Willkommen! Willkommen! Tretet ein. Was führt euch nach Dali? Gibt die Partei ein Fest? Ist heute irgendein Gedenktag?« Er trat zur Seite, ließ die Besucher in sein Haus und schloß hinter ihnen die Tür.

Es war Fengxia, welche die peinliche Stille brach. »Wir sind gekommen, um mit dir über Jian zu reden«, sagte sie ohne Umschweife.

In Zhang läutete eine Alarmglocke, aber äußerlich blieb er ruhig und höflich und bat die Besucher, Platz zu nehmen. Er holte Tassen, Teeblätter und heißes Wasser und goß den Begrüßungstrunk auf, so wie es der Anstand erforderte. »Kommt ihr direkt aus Kunming?« fragte er.

»Ja, wir sind jetzt fast neun Stunden unterwegs«, sagte Wu und reckte die Glieder. »Eine Qual ist diese Straße! Wenn man sich gegen die Lastwagenfahrer nicht durchsetzt und ein höflicher Mensch bleibt, ist man verloren. Da muß man auf die Hupe drücken und sie zur Seite scheuchen.«

Fengxia machte eine wegwerfende Handbewegung. »Es wird Onkel Zhang wenig interessieren«, sagte sie mit harter Stimme, »wie du gefahren bist. Er will sicher wissen, was uns zu ihm führt.«

»Das hast du schon gesagt.« Zhang nippte an seiner Teetasse und sah über den Rand hinweg Tong an. »Ihr wollt mit mir über Jian sprechen. Ich dachte, Shijun, wir hätten alles schon geklärt.«

»Damals ging es um die Politik, aber du hast mir das Wesentliche verschwiegen.«

»Ich wiederhole: Jian hat keinerlei Verbindungen –«

»Spiele nicht den Ahnungslosen«, unterbrach ihn Fengxia barsch. »Wer ist die kleine Bauernhure, die sich an Jian hängt?«

»Ich habe keinen Umgang mit Huren!« antwortete Zhang lauter, als er eigentlich wollte. Seine Stimme war wie ein Peitschenschlag.

»Du weißt, daß Jian ein Bauernmädchen liebt«, sagte Tong ruhig.

»Er liebt kein Bauernmädchen«, erwiderte Zhang, und er log dabei nicht, denn Lida war die Tochter eines Lehrers.

»Es ist ein Mädchen, das in dem Dorf Huili wohnt«, ergänzte Wu, nur um auch etwas zu dem Verhör beizutragen.

In Zhang überschlugen sich die Gedanken. Wie kamen die Tongs zu diesem Wissen? Hatte Jian doch nicht geschwiegen und seiner Mutter seine Liebe anvertraut? Waren alle Warnungen vergeblich gewesen? »Weiß Jian, daß ihr bei mir seid?« fragte Zhang.

»Das Fragen ist an uns«, fauchte Fengxia ihn an. »Wir erwarten von dir Antworten.«

Das war ein Ton, den Zhang nicht hinnehmen konnte. Er stand von seinem Stuhl auf und blickte mit der Würde seines Alters auf Fengxia hinunter. »So quakt eine Kröte den Mond an!« sagte er. »Aber der Mond ist zu erhaben, um sie zu hören.«

»Die Ehre der Familie ist beschmutzt«, sagte Tong, sich nur mit Mühe zurückhaltend. »Wir wollen sie säubern, damit sie wieder glänzt.«

»Man soll einem guten Vorsatz nicht entgegen sein. Nimm einen Lappen und schlag ihn Fengxia um die Ohren. Dreh dem roten Lautsprecher den Ton ab.«

»Das ist Jians Sprache.« Fengxia ballte die Fäuste und schlug sie auf den Tisch. Dann sah sie ihren Mann mit vor Wut zitternden Augen an. »Junghou, man hat deine Frau beleidigt, und du sitzt herum, wärmst deine Hände an einer Tasse Tee und findest kein Wort zu meiner Verteidigung.«

»Sie hat recht, das kann man nicht bestreiten!« wagte Wu einen Vorstoß, aber seine Augen baten vorsorglich um Verzeihung. »Du hast sie geschmäht. Bedauere das, dann soll es vergessen sein.«

»Ich habe noch nie ein Wort, das ich gesagt habe, zurückgenommen. Junghou, bist du blind geworden? Sieh sie doch an! Ist das noch eine Frau? Sie ist eine Uniform und eine Posaune, die Parteiparolen schmettert.« Zhangs Augen verengten sich zu schmalen Schlitzen, und wer ihn kannte, ermahnte sich zur Vorsicht. »Ich spreche kein Wort mehr mit ihr.«

»Aber ich mit dir!« schrie ihn Fengxia an. »Und du wirst mir zuhören!«

»Nicht in meinem Haus. Ich habe euch als Gäste empfangen, und wer mein Gast ist, hat die Gastfreundschaft zu achten. Wer das nicht vermag, soll gehen. Durch eine Tür, durch die man eintritt, kann man auch wieder hinausgehen.«

»Du ... du wirfst uns hinaus?« Tongs Atem stockte.

»Ich hindere keinen zu tun, was er für gut befindet«, erwiderte Zhang ruhig. »Ich habe mein Haus mit friedlichem Sinn geöffnet, aber ich sehe jetzt, daß Feinde gekommen sind. Mein Stolz verlangt, daß ich mein Haus wieder schließe.«

Wu sah den Alten mit bewundernden Blicken an. Bisher hatte er die Tradition der Familie Tong wie ein ausgestopftes, seltenes Tier hingenommen, von dem man sich nicht trennen wollte, und er hatte dieses Tier aus Liebe zu Fengxia gestreichelt; jetzt aber ahnte er die Kraft, die aus Ehre und Stolz geboren wurde.

Tong senkte den Kopf; es war eine Geste der Ergebenheit. Fengxia stieß einen zischenden Laut aus, wie eine Schlange, die sich gereizt emporschnellt.

»Wir kommen nicht als Feinde«, sagte Tong mit schwerer Zunge, »uns treibt die Sorge. Shufang, willst du uns nicht helfen?«

»Ich gebe Hilfe dem, der sie braucht.«

»Er hilft nur Jian!« rief Fengxia mit schriller Stimme.

Zhang sah sich nach allen Seiten um. »Habe ich recht gehört?« fragte er. »War da nicht der Schrei einer Ratte?«

Tong biß die Zähne aufeinander, daß es knirschte.

Wu mußte etwas unternehmen, das sah er ein. Er sprang auf und baute sich in drohender Haltung vor Zhang auf. »Wenn du kein alter Mann wärst«, schrie er ihm ins Gesicht, »würdest du erfahren, was meine Fäuste können! Sag, wer ist das Mädchen in Huili? Wie heißt es? Sag nur diesen einen Namen, und es herrscht Ruhe.«

»Es gibt einen alten Spruch, Junghou, den du in dein Gehirn pflanzen solltest: Die Menschen werden nicht hundert Jahre alt; trotzdem schaffen sie sich Sorgen für tausend Jahre.«

»Um dieser Sorgen willen sind wir hier.« Tong versuchte ein letztes Mal, Zhang zu überreden. »Du bist für mich nicht nur ein

Verwandter, du bist für mich mehr, du bist ein Freund. Ein Freund, von dem ich Ehrlichkeit erwarte.«

Zhang antwortete wieder mit einem alten Spruch: »Verjage die Fliege von der Stirn deines Freundes nicht mit einem Beil.«

Tong seufzte laut und lehnte sich zurück. Das Gespräch war beendet. Aus Zhang war eine Mauer geworden, die niemand einreißen konnte. Aber so viel wußte er jetzt: Die Vermutung, daß Jian ein Bauernmädchen liebte, war zur Tatsache geworden.

Zhang verweigerte seine Gastfreundschaft nicht; er ließ Tong, Fengxia und Wu in seinem Hause schlafen, er bereitete ihnen sogar ein Abendessen, aber wenn er sprach, galten seine Worte nur Tong oder Wu, für Fengxia hatte er keinen Blick und keine Silbe mehr.

Als sie am nächsten Morgen in das Auto stiegen, blieb Tong noch einen Augenblick bei Zhang stehen, der an der Tür ihrer Abfahrt zusah.

»Um dein Gewissen zu beruhigen«, sagte Tong zu ihm, »auch Meizhu ist mit unserer Fahrt nach Huili einverstanden.«

»Und sie hat Jians Vertrauen mißbraucht. Was ist das für eine Welt? Eine Mutter verrät ihren Sohn.«

»Meizhu hat Jian nicht verraten. Traust du ihr das zu?«

»Wer hat dir gesagt, daß Jian in Huili ein Mädchen hat?«

»Jian selbst. Er hat auf einer Autokarte den Weg von Kunming nach Huili eingezeichnet, und diese Karte habe ich gefunden. Er hat sie in seinem Zimmer liegen lassen.«

»Der Vorsichtigste kann über ein Steinchen stolpern«, sagte Zhang und gab Tong zum Abschied die Hand. »Auch du kannst über deine Klugheit stürzen. Wer entgeht seinem Schicksal?«

Zhang ging in sein Haus zurück, trank zwei Gläser Schnaps und machte sich dann auf den Weg zu dem Fischer Zongtai, der als einer der wenigen seines Standes ein gutes, stabiles Fahrrad besaß. Das nahm sich Zhang, ohne zu fragen, denn Zongtai war mit seinem Boot auf dem See. Mit keuchender Lunge trat Zhang in die Pedalen, fuhr nach Dali und versuchte im Postamt, Jian per Telefon in der Universität zu erreichen. Es dauerte eine halbe Stunde, bis man Jian gefunden hatte und er ins Postamt Dali zurückrief.

»Dein Vater, deine Schwester und ihr Mann sind nach Huili unterwegs«, rief Zhang ins Telefon.

Jian antwortete nach einem Augenblick des stummen Entsetzens: »Ich danke dir, Onkel Zhang. Ich fahre sofort los. Das ist das Ende der Familie Tong. Gott schütze Lida vor dem Drachen Fengxia!«

Zhou Chen, der Barfußarzt von Huili, blickte durch das Fenster seiner Apotheke auf den schönen, fremden Wagen, der vor seinem Haus hielt und dem ein älterer, vornehmer Herr entstieg. Der Fremde blickte auf das Sanitätsschild, nickte dann den weiteren Insassen des Autos, einem Mann und einer Frau, zu, betrat den Laden und ging an die Theke, wo Zhou saß.

»Seien Sie gegrüßt, Genosse«, sagte Zhou und stellte den Mörser zur Seite, in dem er herumgerührt hatte. »Sind Sie krank? Kann ich Ihnen helfen? Sie sind hier in den besten Händen.«

Tong schüttelte den Kopf. Er überflog mit einem Blick die Fläschchen, Dosen, Gläser, Tütchen und Päckchen, die die Medikamente enthielten, mit denen er selbst noch vor einem Jahr gearbeitet hatte und deren Wirkung er noch immer für ungefährlicher hielt als die harten chemischen Präparate, mit denen man heute die Kranken vollpumpte. »Sind wir hier im Dorf Huili?« fragte er.

»So ist es.« Zhou setzte sich aufrecht hin. »Hat man mich Ihnen empfohlen?«

»Sie sind der Arzt des Ortes?«

»Das bin ich. Zhou Chen.«

»Ich suche einen Bauern, dessen Name ich nicht kenne. Sicherlich können Sie mir helfen.« Tong lehnte sich an die Theke. Im Hintergrund des Raumes sah er zwei Betten, neben denen die Galgen für Infusionsflaschen standen. Die Betten waren leer, die »Station Huili« war nicht belegt. Der letzte stationäre Patient war vor drei Wochen entlassen worden. Gesund, wie Zhou stolz in sein Berichtsbuch eingetragen hatte. »Es ist ein Bauer, der öfter Besuch mit einem japanischen Auto bekommt«, fuhr Tong fort.

»Der Besucher ist ein junger Mann«, sagte Zhou, und Tongs Herz machte einen schmerzhaften Sprung. »Aber er besucht keinen Bauern, werter Genosse. Er besucht Lida, seine Braut.«

»Seine Braut«, wiederholte Tong wie in Trance. »Seine Braut. Ich möchte ihren Vater sprechen.«

»Es ist Huang Keli, der Lehrer von Huili.«

»Der Lehrer.« Tong verspürte ein Schwindelgefühl, aber er faßte sich schnell; nur seine Finger krallten sich in den Thekenrand, bis die Knöchel weiß wurden. »Der Lehrer.« Seine Kehle zog sich wie im Krampf zusammen. Kein Bauer, sondern ein Lehrer – Tong war sich von dieser Minute an bewußt, daß die Aussprache mit dem Vater des Mädchens nicht das Gespräch des großen Tong mit einem armen Schlucker werden würde. »Ich sehe an der Kleidung der Frauen, daß hier Miaos leben.«

»Wir sind alle Miaos, Genosse. Wir sind ein Miao-Dorf. Vielleicht das westlichste.«

»Wo finde ich den Lehrer Huang Keli?«

»Wenn Sie die Straße, die in die Höhe führt, hinauffahren, kommen Sie direkt vor die Schule. Gegenüber ist Huangs Haus.«

»Ich danke Ihnen.« Tong griff in die Tasche seines Rockes, holte zehn Yuan hervor und legte sie auf die Theke.

Zhous Gesicht verdunkelte sich. »Wofür?« fragte er. »Ich habe Sie nicht behandelt, mein Herr.«

Tong begriff, daß er den Stolz des bäuerlichen Kollegen verletzt hatte, und er zeigte auf eine Packung mit Hustenpastillen. »Ich möchte diese Medizin.«

Zhou reichte ihm das Päckchen und nahm ohne weitere Worte die zehn Yuan an, obwohl die Pastillen nur einen Yuan kosteten. Dann sah er dem feinen Herrn nach, wie er zu dem teuren Wagen zurückging und mit dem Fahrer sprach. Erst als das Auto wendete und zu dem Weg auf den Hügel fuhr, nahm er seinen Mörser wieder zwischen die Knie.

»Das Mädchen heißt Lida«, sagte Tong im Auto, und wieder überfiel ihn ein leichtes Schwindelgefühl. »Im Dorf nennt man sie Jians Braut. Sie ist eine Miao, und ihr Vater ist der Lehrer von Huili.«

»Was ändert das?« sagte Fengxia; ihre Stimme war klirrend vor Kälte. »Ein Bauernlehrer. Um so besser, Vater. Man kann ihm die Lehrbefugnis entziehen, dann ist er ärmer als ein Baumwollschläger. Du wirst es mit ihm leichter haben als mit einem starrköpfigen Bauern. Er weiß, was die Erziehungsbeamten mit ihm anstellen können.«

Wu hob die Schultern, als grause ihm vor seiner eigenen Frau. Er bog in die Hügelstraße ein, schaltete in einen niedrigeren Gang und fuhr zum Schulhaus hinauf. Davor bremste er, und sie sahen, daß der Motorenlärm im Haus gegenüber wie Alarm gewirkt hatte, denn eine Frau stürzte vor die Tür, blieb dann aber stehen und verschwand wieder hinter der Tür.

»Das war die Mutter«, sagte Wu. »Bestimmt war sie es.«

»Und als sie das Auto hörte, dachte sie, Jian sei gekommen.« Fengxia stieg aus und blickte sich um. Es war ein sauberes Dorf, aber sie wollte das nicht sehen. Für sie war alles schmutzig, was nicht ihre Duldung fand. Auch Tong stieg aus, und Wu blieb nichts anderes übrig, als es ihm gleichzutun. Sie standen noch am Wagen, als sich die Tür des Hauses wieder öffnete und Huang Keli ins Freie trat. Fast gleichzeitig setzte sich Tong in Bewegung, und so kamen sie sich entgegen, trafen sich in der Mitte des Platzes und blieben voreinander stehen.

»Ich bin Huang Keli, der Lehrer«, sagte der eine.

»Ich bin Tong Shijun, Jians Vater«, erwiderte der andere.

Sie standen sich ein paar Augenblicke wortlos gegenüber, und Tong wunderte sich über Huang, denn kein Zucken flog über sein Gesicht, kein Erstaunen, kein Erschrecken, obwohl er doch ahnen mußte, daß jetzt in sein Leben eingegriffen wurde.

Huang verbeugte sich leicht und sagte: »Seien Sie in meinem bescheidenen Haus willkommen, Herr Tong.«

Der große Tong verneigte sich ebenfalls und antwortete: »Es war immer mein Wunsch, Sie kennenzulernen.«

Aus dem Haus kam jetzt Jinvan, in den Händen die Tonschale mit Reisschnaps, um den Besuch nach altem Miao-Brauch zu begrüßen. Tong nahm einen Schluck, und auch Wu ließ sich die Schale zum Mund führen; nur Fengxia, die finster dreinblickte, zögerte zunächst, aber dann beugte sie sich doch vor und schluckte einen Tropfen des scharfen Getränks.

»Mein Haus ist Ihr Haus«, sagte Huang und trat zur Seite. Und zu Jinvan sagte er: »Das ist Professor Tong Shijun, Jians Vater.«

»Ich bin Fengxia, seine Schwester!« Die Stimme war wie ein Hieb.

»Ich bin nur der Schwiegersohn Wu Junghou«, stellte sich Wu vor; er grinste dabei, weil er wußte, daß das »nur« bei Fengxia großen Ärger auslöste.

Sie betraten das Haus, und ein einziger Blick genügte Tong, um zu erkennen, daß der Lehrer Huang, mochte er auch ein kluger Mann sein, zugleich ein armer war. Der Hauptraum des Hauses war sauber, aber die wenigen Möbel hätte Tong nicht einmal an einen Bettler verschenkt, ohne sich dabei zu schämen. Unschlüssig stand er herum und wußte nicht, ob er sich setzen sollte. Da hörte er in seinem Nacken Fengxia flüstern: »Jian muß den Verstand verloren haben!«, und sein Herz wurde bei dem Gedanken schwer, daß sich Jian wie ein Blinder hier herein verirrt hatte. Auch Wu, der die Lippen zusammenpreßte, schien das zu denken, aber er war der erste, der sich an den runden Tisch setzte und damit die herrschende Spannung etwas verminderte.

»Sie haben eine lange Fahrt hinter sich«, sagte Huang höflich. »Die Straßen sind staubig, und die Kehle trocknet aus. Darf ich Ihnen ein Bier anbieten?« Er wartete ihre Antwort nicht ab, sondern holte aus einem Regal fünf dickwandige Gläser.

Jinvan verschwand durch eine Hintertür und kam mit vier Flaschen Qingdao-Bier zurück. Tong war erstaunt, daß Huang sich ein so teures Bier leisten konnte, und während er den ersten Schluck trank, bereitete er sich darauf vor, noch weitere Überraschungen zu erleben.

»Sie kommen wegen Lida und Jian?« sagte Huang, und Tong war ihm dankbar, daß er das Gespräch so direkt eröffnete. Tong warf einen Blick auf Fengxia, und sie verstand die Aufforderung und erhob sich vom Tisch.

»Ist Lida nicht im Dorf?« fragte sie und bemühte sich, ihrer Stimme keinen bösen Klang zu geben.

»Sie ist auf dem Feld«, antwortete Huang arglos. »Sie kommt erst am Abend zurück. Wir haben Zeit genug, miteinander zu reden.«

»Ich sehe mir das Dorf an«, sagte Fengxia, und es klang, als habe sie Interesse an dem Leben in Huili. Sie verließ das Haus, ging langsam den Weg zur Straße hinunter und erblickte dabei eine alte Frau, die vor ihrem Haus auf einer Bank saß und eine schwarze Jacke bestickte. »Wo sind die Felder von Huang Keli?« fragte Fengxia, und als sie die Auskunft erhalten hatte, ging sie ohne Hast weiter, betrat den schmalen Pfad, der durch die Reisterrassen führte, und sah auf einem Sojabohnenfeld einen kräftigen schwarzbraunen Büffel und ein Mädchen in ausgeblichener blauer Hose und einem weiten blauen Hemd. Das lange schwarze Haar hatte sie im Nacken mit einer roten Schleife zusammengebunden.

Fengxia blieb stehen und kniff die Augen zusammen. Auch aus der Entfernung bemerkte sie, daß Lida sehr schön war, und sie spürte wieder Haß in sich aufsteigen und den Wunsch, Lida mit diesem Haß zu zerstören. Wie eine Tigerin, mit geschmeidigen Bewegungen, setzte Fengxia ihren Gang fort, und je näher sie Lida kam, um so gnadenloser wurde ihr Vernichtungswille.

Tong hatte unterdessen sein Glas Bier ausgetrunken. Er vermied es, Jinvan in die von Angst erfüllten Augen zu blicken, denn anders als ihr Mann zeigte sie, daß sie ahnte, wie sehr dieser Tag das Leben ihrer Familie verändern würde.

»Ich weiß nicht, woher Jian Ihre Tochter kennt«, sagte Tong.

»Sie sind einander auf dem Markt von Xiaguan begegnet, zufällig. Sie schauten beide einem Zahnarzt zu. So hat es begonnen.«

»Und es wird auch ein Ende geben.« Tong faltete die Hände, um zu verhindern, daß Huang ihr Zittern bemerkte. »Hat mein Sohn irgend etwas versprochen?«

»Er will meine Tochter heiraten, wenn er sein Arztexamen gemacht hat.«

»Und Lida ist jetzt schon«, Tong suchte nach einem Wort, aber es fiel ihm kein anderes ein, »seine Frau?«

»Sie lieben einander«, sagte Huang einfach. »Man kann den Wind nicht aufhalten, indem man eine Mauer baut. Sie sind ein Vater, und ich bin ein Vater, und jeder liebt sein Kind, und wir sind glücklich, wenn unsere Kinder glücklich sind.«

»Ich bin nicht glücklich über das, was Jian Ihrer Tochter angetan hat.«

»Was ist das für ein Wort, Herr Tong? Angetan? Zwei Menschen lieben einander, und das ist so natürlich, wie daß jeden Morgen die Sonne aufgeht und jede Nacht die Sterne am Himmel leuchten ...«

»Ich bin nicht gekommen, um Poesie zu hören«, unterbrach ihn Tong barsch. »Wir müssen eine Vereinbarung treffen, Herr Huang.«

»Warum reden wir im Kreis herum?« Huang umfaßte mit beiden Händen sein Bierglas, und sein Gesicht war starr wie eine Maske. »Sie sind gekommen, um uns zu sagen, daß Lida nicht würdig ist, eine Tong zu werden. Ihr Vater ist nur ein armer Lehrer in einem Miao-Dorf, und die Tradition verbietet, daß sie mehr ist als eine Konkubine. Aber dieses Miao-Mädchen hat einen Vater, Herr Tong, und dieser Vater gäbe sein Blut her für seine Tochter. Jeder Mensch hat seine Ehre, und wenn die Ihre tausend Jahre alt ist, so haben auch die Huangs Ahnen, nicht Mandarine, sondern ehrliche Handwerker wie meinen Vater Yuan, der ein Schreiner war. War es Ihr Verdienst, als Tong geboren zu werden? Sie sind ein berühmter Arzt und können Leben retten, ich bin nur ein kleiner Lehrer, aber wir arbeiten beide am Menschen. Nur regnet dem einen das Geld in die Hand, und der andere nennt es Glück, wenn in seinem Topf die Suppe kocht. Beruht der Wert eines Menschen auf seinem Bankkonto, oder liegt er in seiner Seele? Sie haben einen hervorragenden Sohn, Herr Tong, und er wird eine hervorragende Frau bekommen, das verspricht Ihnen ihr Vater.«

»Ich habe andere Pläne mit meinem Sohn«, sagte Tong kühl bis ins Herz. »Wir reden über eine Zukunft, die keine Zukunft ist.«

»Wer außer den Göttern kann in die Zukunft schauen?«

»Ich werde der Zukunft meines Sohnes den richtigen Weg weisen, den er gehen wird«, sagte Tong mit gefrorener Miene. »Jian ist noch zu jung, als daß er so weit in die Ferne sehen könnte. Er ist ein Mann, ja, er besitzt ein großes Wissen, das er noch vermehren wird. Er hat das Paradies seiner ersten großen Liebe durchschritten, aber er ist ein junger Mensch, der an die Hand genommen werden muß, damit er sich nicht verirrt.«

»Kommen Sie mit, Herr Tong.« Huang erhob sich, und Tong und Wu standen ebenfalls von ihren Stühlen auf. Sie verließen das Haus, und Huang führte sie zu dem kleinen Haus, das aus dem Anbau des Stalles entstanden war. Er stieß die Tür auf und ließ seine Besucher eintreten. Tong sah sich mit einem kurzen, geringschätzigen Blick um, erkannte Zhangs Bilder an den Wänden, überflog die moderne, aber einfache Einrichtung, und sein Blick blieb an dem Bett hängen: Im Geist sah er seinen Sohn mit Huangs Tochter in enger Umschlingung daliegen. Er biß die Zähne zusammen und drehte sich brüsk zu Huang um.

»Was ist das?« fragte er und öffnete dabei kaum den Mund.

»Es ist Lidas und Jians Haus. Ich habe es für sie gebaut, für die Zeit des Übergangs in ihr eigenes Leben.«

»Hier also?« Tong wandte sich zur Tür, als habe man ihm den stinkenden Stall eines Schweines gezeigt. »In meiner Garage würde Jian luxuriöser leben.«

Huangs Gesicht überzog eine fahle Blässe. Er starrte Tong und dann Wu an, und Wu senkte den Blick, denn plötzlich empfand er Mitleid mit dem armen Lehrer, der wohl alles, was er besaß, für dieses Haus geopfert hatte, auf das er nun mit Recht so stolz war.

»Sie hochnäsiger Geldsack!« sagte Huang, und nicht Wut oder Ohnmacht, sondern tiefe Verachtung lag in seiner Stimme. Plötzlich dachte er daran, was Chang Lifu jetzt täte, wenn er noch gelebt und solche Unverschämtheiten gehört hätte. Er konnte sich vorstellen, daß in diesem Augenblick in Chang wieder der politische Kommissar der Kulturrevolution erwacht wäre und er Tong ins Gesicht geschleudert hätte: »Vor zwölf Jahren haben wir vergessen, dich zu den anderen ins Massengrab zu werfen!« Und dann hätte er Tong angespuckt und damit für alle Zeiten besudelt.

Huang erschrak bis ins Innerste über seine schrecklichen Gedanken, stieß die Tür auf und wies Tong und Wu aus dem Haus. Draußen blieb Tong stehen und blickte zu dem Auto hinüber, als wolle er ohne weitere Worte abfahren. Huang hatte ihn beleidigt, einen Geldsack genannt – nun gab es keine Brücke mehr über die Kluft, die zwischen den Familien Tong und Huang lag.

»Ich biete Ihnen hunderttausend Yuan an«, sagte Tong plötzlich. »Das ist mehr, als Sie in Ihrem weiteren Leben jemals verdienen können.«

Huang erstarrte, sein Blick wanderte wieder zu Wu, und dieser senkte wieder den Blick, denn er schämte sich dessen, was Tong da gesagt hatte.

»Sie wollen mir meine Tochter abkaufen?« stieß Huang heiser vor Erregung hervor.

»Genau das Gegenteil will ich: Ich möchte meinen Sohn Jian freikaufen von dieser sinnlosen Liebe.«

»Welch ein Mensch sind Sie!« Huang schüttelte den Kopf, als könne er nicht begreifen, was ihm da gesagt wurde. »Haben Sie wirklich ein Herz aus Yuan-Scheinen? Sie sind ein Arzt, ein weitgerühmter Arzt, aber was ist Ihnen ein Mensch wert? Ist er nur ein Körper für Sie, eine Krankheit, eine Masse Muskeln, Knochen, Sehnen und Adern? Haben Sie nie die Seele in einem Menschen entdeckt? Wie kann man heilen, ohne mitzufühlen? Gibt es für Sie überhaupt ein Gefühl außer dem Stolz, ein Tong zu sein, ein Han-Chinese, für den ein Miao nur eine Käferart ist? Das Recht auf Glück hat ein jeder Mensch, ob er ein Bettler an der Straße oder ein Professor im weißen Chefarztkittel ist. Einmal, nach dem letzten Atemzug, sind Sie und der Bettler gleich, und Sie verfaulen genauso in der Erde wie er. Was bleibt von Ihnen übrig?«

»Ein Sohn, der die Familie in meinem Geist weiterführt. Aber wie können Sie das verstehen?« Tong winkte ab, als umschwirre ihn ein lästiges Insekt. »Ich bin gekommen, um Ihnen zu sagen, daß Jian Ihre Tochter Lida nicht mehr sehen wird.«

»Wollen Sie ihn in Ketten legen?«

»Ihre Frage entspricht Ihrer Primitivität«, sagte Tong hochmütig. »Es kann keine Verständigung zwischen uns geben. Sie nehmen mein Angebot also nicht an?«

»Meine Primitivität ist nicht groß genug, daß ich nach einem Knüppel griffe.«

Zum ersten Mal ergriff jetzt Wu Junghou das Wort und sagte beschwichtigend: »Herr Tong bietet Ihnen Sicherheit und Wohlergehen. Denken Sie an Ihre Familie, die keine Sorgen mehr haben wird.«

»Wir sind mit der Sorge aufgewachsen, sie ist unser ständiger Gast. Ein Gast übrigens, der uns lieber ist als Ihre Gegenwart.«

»Es könnte härter für Sie werden als bisher. Mein Wort gilt auch im Komitee für das Erziehungswesen. Der Vorsitzende der Provinz Yunnan ist mein Freund«, rief Tong.

»Sie drohen mir?«

»Ich warne Sie, Herr Huang.«

»Mir ist nichts vorzuwerfen. Ich habe immer meine Pflicht als Lehrer erfüllt.«

»Als ob es darauf ankäme!« Tong schüttelte den Kopf. Sein Hochmut war grenzenlos. »Sie sind ein Mensch von erstaunlicher Naivität. Man kann einen rutschenden Berg nicht mit einer Bambusstange aufhalten. Begreifen Sie, was ich damit meine?«

»Durchaus! Die Redlichkeit nennt so etwas Korruption.«

Wu zog den Kopf tief in die Schultern und strich sich mit beiden Händen über das Gesicht. »Höre ich richtig?« rief er und gab sich Mühe, Empörung in seiner Stimme aufklingen zu lassen. »Sie beleidigen die Partei? Sind Sie ein Bourgeois?«

»Ich bin ein ehrlicher Mensch, und ich bin stolz darauf, es in einer Zeit zu sein, in der Unehrlichkeit zum Fundament von Größe wird.«

»So heult ein Schakal den Mond an.« Tong nickte Wu Junghou zu. »Wir können fahren. Wir werfen nur Worte in einen seichten

Fluß.« Dann sah er Huang mit allem Mißfallen, zu dem er fähig war, an. »Jian wird nicht mehr hierher kommen«, sagte er. »Und dieses neue Haus da nehmen Sie als Stall, zu dem es gut taugt. Laß uns fahren, Junghou!«

»Wir müssen Fengxia suchen, Vater. Sie wollte sich das Dorf ansehen.«

»Wir warten unten auf der Straße auf sie. Wenn sie den Wagen sieht, wird sie kommen.« Tong hob die Schultern, als fröstelte ihn. »Ich möchte hier nicht länger bleiben – das alles beleidigt meine Augen und meine Nase.«

Er wandte sich um, ging zum Wagen und stützte sich auf das Dach; ihm war klar, daß die Familien Tong und Huang zu Todfeinden geworden waren und Jian, sein Sohn, ein Opfer wurde wie Huangs Tochter Lida.

Wu zögerte, Tong sofort zu folgen, wandte sich noch einmal an Huang und versuchte es zum Abschied mit Freundlichkeit. »Sie sind als Mensch ein ehrenwerter Mann, Herr Huang«, sagte er. »Und ich verstehe Ihren Zorn und Ihre Enttäuschung. Aber bitte verstehen Sie auch Herrn Tong, der um seinen einzigen Sohn kämpft.«

»Ich verstehe ihn als Vater, denn ich kämpfe um meine einzige Tochter«, erwiderte Huang, und er atmete schwer unter der Schande, die man ihm angetan hatte. »Gott wird entscheiden, wer von uns der bessere Mensch ist. Was Herr Tong und Sie, Herr Wu, auch planen, ich weiche nicht zurück und werde mich wehren. Es ist nicht die Aufgabe eines Lehrers, ein Held zu sein, aber ich habe mein Gesicht, und das kann mir keiner nehmen. Man müßte mich schon ganz vernichten.«

»Daran sollten Sie denken, Herr Huang.« Wu nickte ihm zum Abschied zu. »Es gibt viele Möglichkeiten, die ich lieber nicht nennen will. Eine könnte Sie treffen, und dagegen wäre auch ein Held ein Schwächling. Hören Sie auf die Vernunft, Herr Huang.«

»Ich bin ein Miao«, sagte Huang, und diesmal klang Stolz in seiner Stimme. »Mein Volk hat die Jahrhunderte überlebt, und auch ich werde kämpfen.«

Auf dem Sojabohnenfeld gab es keine Diskussionen und Wortgefechte. Die Begegnung zwischen Fengxia und Lida war nur kurz.

Als Fengxia den schlammigen Pfad entlang der Reisterrassen verlassen hatte und wieder festere Erde unter den Füßen spürte, ging sie quer über das Feld auf Lida zu, und es kümmerte sie wenig, daß sie dabei die Pflanzen in den Boden trat und eine Spur in dem grünen Teppich hinterließ. Lida hatte sich hingesetzt, um aus dem Weidenkorb ein Stück Speck und einen Maisfladen zu holen, denn heute brachte man ihr kein Mittagessen, da der Hausmeister der Schule seinen freien Tag hatte und mit dem Fahrrad zu seiner alten Mutter im Nachbardorf gefahren war. Lida saß auf einem flachen Stein, die Beine von sich gestreckt, und neben ihr auf der Erde stand wie immer der Jade-Pavillon, mit dem sie in den Ruhepausen sprach, als sei er Jian. Sie brach gerade ein Stück des Fladens ab und wollte sagen: »Mein Liebster, sitzt du jetzt in der Kantine der Universität und ißt auch?«, als sie zusammenzuckte, denn hinter sich hatte sie einen Laut gehört, als sei ein Stein ins Rollen geraten. Sie fuhr herum und blickte in Fengxias harte Augen.

Fengxia hatte sich lautlos angeschlichen, und nun stand sie vor Lida und starrte auf sie hinunter. Sie stellte sich eiskalt vor, daß Lida den leichten Abhang hinabrollen würde, wenn sie jetzt mit dem Fuß ausholte und sie wegtrat.

»Willkommen«, sagte Lida den üblichen Gruß. »Was führt dich auf mein Feld?« Sie legte Speck und Fladen in den Weidenkorb zurück und musterte die Besucherin. Deren olivgrüner Rock und die dazu passende Jacke im strengen Mao-Schnitt erinnerten sie an eine Uniform, und so war es für Lida keine Frage, daß diese Frau aus der Stadt gekommen war. »Kann ich dir irgendwie helfen? Suchst du jemand?«

»Dich!«

Nur dieses eine Wort sagte Fengxia, aber es war wie ein Peitschenknall. Instinktiv spürte Lida die Gefahr, als stehe sie einer Schlange gegenüber, die sich jeden Moment zum Biß aufrichten konnte. Sie wollte aufstehen, aber Fengxias Hand drückte sie nieder. Mit einem kurzen Schlag, dessen Kraft Fengxia hätte warnen müssen, schüttelte Lida die Hand ab und kam so schnell auf die Beine, daß Fengxia sie nicht mehr packen konnte.

»Wer bist du?« fragte Lida, und ihre Stimme war eine einzige Warnung. »Was fällt dir ein, mich anzufassen?«

»Ich bin Fengxia, Jians Schwester.« Sie schleuderte ihre Geringschätzung Lida ins Gesicht. »Ich bin gekommen, um die Bauernhure zu sehen, die meinen Bruder verhext hat. Und was finde ich vor? Ein nach Büffelscheiße stinkendes Trampel!«

»Lieber nach Büffel stinken – das kann man abspülen«, sagte Lida. Ihre fast schwarzen Augen tasteten Fengxia ab, so wie ein Ringer seinen Gegner mustert, um herauszufinden, wo er den besten Griff ansetzen kann. »Wer aber aus den Poren stinkt vor Gift, dem nutzt kein Bad mehr.«

Fengxia duckte sich. Jetzt glich sie wirklich einem Raubtier, das zum Sprung ansetzt. Wenn ehrenwerte Männer miteinander sprechen, bewahren sie Haltung; der Haß der Frauen aber ist wie eine Sturmflut, die alle Dämme bricht.

»Du wirst Jian nie wiedersehen!« sagte Fengxia. »Nie, nie mehr!«

»Es liegt nicht in deiner Macht, Jian festzuhalten.«

»Es ist mein Wille, und mein Wille ist stark genug.«

»Dein Bruder wird dich auslachen. Er hat viel von dir erzählt.«

»Hat er das?« Über Fengxias Gesicht lief ein grausames Lächeln. »Dann weißt du auch, daß ich die Macht habe, dich in einem vergitterten Loch verschwinden zu lassen. In China ist die Hurerei verboten. Ein strenges Gesetz verfolgt die Unzucht. Erst vor drei Wochen sind drei Männer in Guangzhou hingerichtet worden, weil sie Hefte mit schweinischen Bildern aus Hongkong verkauft haben. Man wird dich nicht erschießen, aber du wirst in einem Straflager verschimmeln, und dein schöner Körper, dein glattes Gesicht, deine weiche Haut werden zusammenschrumpfen wie ein alter Apfel. Das verspreche ich dir.«

»Ich höre eine Maus, die in einem goldenen Käfig lebt, aber lieber ein Stück Käse hätte.«

»Du Hure!« schrie Fengxia und ballte die Fäuste.

»Ich liebe nur *einen* Mann!« schrie Lida zurück. »Aber ich kenne ein Weib, das vor seiner Hochzeit sich mit zwei Dutzend Männern im Bett gewälzt hat.«

»Du Aas! Du verfluchte Drachenbrut!« Der Haß auf Jian, der ihr Vorleben preisgegeben hatte, schlug Fengxia jetzt mit Blindheit. In ihr brach jede Hemmung. Sie sah nur noch Lida, und nur ein Wille beherrschte sie noch, der Wille zur Vernichtung. Plötzlich schnellte sie vor, ihre Finger spreizten sich, schlugen sich um Lidas Hals, und als sie das zuckende Fleisch spürte, drückte sie zu.

Doch nur ein Augenzucken lang währte der Angriff. Von unten her schlug Lida Fengxias Hände weg, und der Schlag war so hart, daß Fengxia zurückgeschleudert wurde und in das Sojabohnenfeld stürzte. Als sie sich herumwälzte und wieder auf die Knie kam, sah sie den kleinen Jade-Pavillon vor sich stehen. Im gleichen Atemzug wußte sie, daß es Jians Geschenk und das Wertvollste war, was Lida besaß. Mit einem heiseren Aufschrei griff Fengxia danach, wollte ihn hochreißen und an dem flachen Stein, auf dem Lida gesessen hatte, zerschmettern. Aber obgleich Lida über ihr lag und mit den Fäusten auf sie einschlug, gelang es Fengxia, mit den Fingerspitzen den Jade-Pavillon zu berühren. Ein Feuerstrahl, so schien es, fuhr in ihre Hand, und dann schrie Fengxia, schrie, zuckte und krümmte sich und war unter Lida gefangen, die auf ihr lag. Als sich Lida von ihr erhob, streckte Fengxia sich, die Hand, die verbrannt war und doch unversehrt, an ihren Mund gedrückt, und so blieb sie mit geschlossenen Augen liegen und stöhnte in sich hinein: »Ich werde dich töten. Solange ich lebe, werde ich dich jagen. Es gibt für mich kein Leben mehr ohne deinen Tod.«

Als Fengxia endlich wieder die Kraft hatte aufzustehen, sah sie Lida bei ihrem Büffel. Den Jade-Pavillon trug sie in der linken Armbeuge, und sie sprach mit dem Büffel, als sei er ein Mensch.

Ohne noch einmal ihrem Haß nachzugeben, ging Fengxia an Lida vorbei, tappte den rutschigen Pfad zwischen den Reisterrassen hinunter und kletterte die leichte Böschung hinauf, welche die Felder von der Straße trennte. Unterhalb des Schulhügels sah sie das Auto warten; Wu, der sie zuerst sah, drückte dreimal auf die Hupe und winkte durch das heruntergekurbelte Fenster.

Sie beschleunigte ihren Schritt nicht, ging langsam die Straße entlang, und als sie den Wagen erreicht hatte, die Tür aufriß und sich neben ihren Vater auf die Rückbank setzte, sprach sie kein Wort, sondern starrte wie geistesabwesend vor sich hin.

»Was ist geschehen?« fragte Tong. Er bemerkte ihre beschmutzte Kleidung, das Gras und die Sojaschoten in ihrem Haar, und sein Herz krampfte sich voller Ahnungen zusammen.

Wu fragte: »Du hast Lida getroffen? Was hat sie dir angetan? Der Himmel fällt herunter – ihr habt euch geprügelt? Meine Frau, eine Funktionärin der Partei, wälzt sich mit einer Miao im Dreck? Vater«, durch Wu lief ein heftiges Zittern, »laß uns umkehren! Jetzt werde ich Huang die Knochen brechen.«

»Fahr los«, sagte Fengxia leise. »Fahr los und blick nicht zurück. Sie ist schon tot.«

Entsetzen schüttelte Tong. Er riß seine Tochter an der Schulter zu sich herum. »Du hast sie umgebracht?« stammelte er. »Du hast einen Menschen umgebracht? Du hast eine Mörderfamilie aus uns gemacht?«

»Für mich ist sie tot.« Fengxia schüttelte die Hände ihres Vaters ab. »Es ist nicht von Bedeutung, wie lange sie noch lebt; ich weiß nur, daß sie getötet werden muß. Und irgendwo gibt es einen Mann, der mir die Arbeit abnimmt. Ich werde ihn suchen und finden.« Ihr Kopf zuckte zu Wu vor, als sei sie ein zuschnappendes Reptil. »Warum fährst du nicht? Starr mich nicht an wie ein Frosch! Was habt ihr bei Huang erreicht?«

»Nichts!« sagte Wu, und Tong fügte hinzu: »Er ist ohne Einsicht, ein kluger und doch dummer Mensch. Schlägt hunderttausend Yuan aus, so groß ist sein Stolz. Wir hätten uns den langen Weg sparen können. Jetzt ist es unsere Aufgabe, Jian von Huangs Tochter fernzuhalten.«

»Das wird uns erst gelingen, wenn Lida begraben ist.«

»Ich sehe andere Wege, meine Tochter.« Tong blickte aus dem Fenster, während Wu startete und Huili hinter sich ließ. »Und einen habe ich schon beschritten. Es wird sich in den nächsten Tagen vieles ändern. Wir werden im Familienrat darüber reden.«

»Wohin fahren wir?« fragte Wu, als sie bei Yao'an die Straße nach Nanhua erreicht hatten. »Dali oder Kunming?«

»Nach Hause«, sagte Tong und lehnte sich in das Polster zurück. »Ich möchte diese Gegend nicht noch länger sehen. Wir haben heute ein Mitglied der Familie verloren.«

»Jian?« fragte Fengxia atemlos.

»Nein. Zhang. Er gehört nicht mehr zu uns. Es hat in unserer Familie noch nie in tausend Jahren einen Verräter gegeben. Ich will, daß sein Name nicht mehr genannt wird.«

Es mochte drei Uhr nachmittags sein, als sich zwischen Nanhua und Chuxiong zwei Autos begegneten und mit quietschenden Bremsen hielten. Aus dem einen Wagen, einem VW Santana, sprangen Tong und Fengxia, und fast gleichzeitig ging die Tür des japanischen Wagens auf, und Jian stürzte heraus. Er rannte auf die andere Straßenseite und wäre fast von einem Lastwagen erfaßt worden, der, ohne die Geschwindigkeit zu drosseln, aber mit anhaltender schriller Hupe, auf ihn zuraste. Jian rettete sich mit einem Sprung und prallte gegen die Karosserie von Wus Auto.

»Schade«, sagte Fengxia kalt. »Alle Probleme wären gelöst gewesen.«

»Was habt ihr mit Lida gemacht?« schrie Jian ohne Einleitung. »Flüchtet euch nicht in Lügen, ich weiß, daß ihr in Huili wart! Onkel Zhang hat mit mir telefoniert.«

»Ich will den Namen Zhang nicht mehr hören«, sagte Tong in scharfem Ton. »Aber warum sollen wir lügen? Ich war bei Huang und habe mit ihm verhandelt. Er ist ein ehrenwerter Mann.«

»Verhandelt? Was hast du mit ihm zu verhandeln?«

»Ich habe mich davon überzeugt, daß mein Sohn, ein Tong, Schande über seine Familie gebracht hat. Wir werden morgen darüber reden.«

»Nein, jetzt! Hier auf der Stelle!« schrie Jian. »Die Straße ist ein passender Ort.«

»Das ist sie für einen Straßenköter wie dich!« Fengxias Augen glühten ihn an. Sie fühlte sich zwischen ihrem Vater und ihrem Mann sicher. »Mit einer läufigen Straßenhündin hast du dich ja gepaart.«

Jian atmete tief ein, holte aus, und der Schlag, der Fengxia im Gesicht traf, war so kräftig, daß sie gegen das Auto geschleudert wurde und ihr Kopf gegen das Dach schlug. Wu machte einen Satz nach vorn, aber Jian streckte ihm beide Fäuste entgegen und stieß ihn zurück. »Vergiß nicht, daß ich Studentenmeister im Boxen bin«, sagte er gefährlich leise. »Und einem Funktionär die Nase einzuschlagen macht mir ein besonderes Vergnügen.«

»Du schlägst eine Frau?« Es war kein Ton mehr in Tongs Worten. Er stöhnte erstickt auf. »Du schlägst deine Schwester?«

»Sie ist beides nicht, sie ist ein giftspeiender Drachen.« Jian trat näher an seinen Vater heran. Auge um Auge standen sie sich gegenüber, während Wu seine Frau umarmte, sie an sich drückte und sich darüber verwunderte, daß Fengxia weinen konnte, denn er hatte bei ihr noch nie Tränen gesehen.

»Und du – bist du noch mein Vater?« fragte Jian. Sein Mund zuckte.

»Was ist aus dir geworden, mein Sohn?« fragte Tong so leise, daß Jian ihn kaum verstand.

»Ein Mensch mit eigenem Willen.« Jian wartete, bis wieder zwei Lastwagen an ihnen vorbeigedonnert waren, und dann packte er seinen Vater an den Aufschlägen seiner Jacke und zog ihn an sich heran. »Was habt ihr mit Lida getan?« schrie er ihm ins Gesicht, und Tong schloß die Augen vor dem heißen Atem, der über ihn wehte, und vor der Schande, die nie mehr abzuwaschen war. »Gib Antwort!«

»Er ist verrückt geworden!« stotterte Wu und umklammerte Fengxia, als halte er eine Ertrinkende im Arm. »Er ist verrückt geworden! Er greift seinen Vater an. Er gehört in eine Anstalt.«

Tong hatte sich wieder gefangen, aber sein Atem ging stoßweise. Er befreite sich nicht aus Jians Händen; es war unter seiner Würde, sich mit einem rasenden Sohn zu schlagen. »Ich habe der Familie Huang gesagt, daß sie dich nicht wiedersehen wird.«

»Das ist ein Versprechen, das du nicht halten kannst. Ich bin auf dem Weg zu Lida.«

»Es wird dein letzter Besuch sein.« Tong atmete auf, als Jian ihn losließ, und er trat einen Schritt von ihm zurück. »Ich habe mit dem Kulturminister gesprochen und mit dem Rektor der Universität. Ich habe alle Genehmigungen bekommen, und ein Flugschein ist für nächste Woche ausgestellt. Man erwartet dich. Du hast einen neuen Studienplatz bekommen.« Es war der letzte, der größte Triumph, den er in der Hand hielt, und er spielte ihn aus. »Du bist an die Universität von Beijing versetzt.«

Einen Augenblick war es still, so still, als seien alle gelähmt, von der Zunge bis zu den Zehen. Fengxia und Wu starrten Jian mit weiten Augen an, und Jians Gesicht überzog sich mit Röte, sein Mund zitterte stärker. Tong war zufrieden, daß er Sieger geblieben war.

»Beijing«, sagte Jian endlich mit so hohler Stimme, als sei sein Körper ein leeres Gefäß. »Beijing. Du verbannst mich nach Beijing?«

»Es ist Chinas beste Universität. Die berühmtesten Ärzte lehren dort. Es ist eine Ehre, Student in Beijing zu sein.«

»Und wenn ich mich weigere?« schrie Jian plötzlich auf. »Wollt ihr mich in Fesseln nach Beijing schleppen? Ja, ich weigere mich! Ich weigere mich! Ich bin ein freier Mensch!«

»Du bist ein Student, dessen Studium der Staat bezahlt. Das Volk bezahlt es, mit seiner Hände Arbeit. Du bist dem Volk verpflichtet, ein guter Arzt zu werden. Willst du dein Volk verraten?« Tongs Stimme bebte vor Ergriffenheit und seelischer Qual. »Du bist ein Teil der Hoffnung dieses Volkes. Ist die Tochter eines Miao-Lehrers es wert, daß du dein Volk enttäuschst?«

Durch Jians Körper ging ein Ruck. Er hob den Kopf hoch empor und sagte mit fester Stimme: »Sie ist mir lieber als jeder

Mensch auf dieser Erde. Nimm zur Kenntnis, Vater: Ich weigere mich, nach Beijing zu gehen.«

»Dann wirst du von der Liste gestrichen und nie Arzt werden. Dann kannst du mit Lida hinter deinem Büffel pflügen und auf den Märkten Kohl verkaufen. Du wirst nie wieder einen Studienplatz bekommen.«

»Ich werde in London, Paris oder München studieren, in Amerika oder Australien – die Welt hat genug Platz für mich! Und Lida nehme ich mit.«

»Ihr werdet keine Ausreisegenehmigung bekommen.«

»Dann flüchten wir nach Rußland oder nach Vietnam und von dort in den Westen! Glaubst du wirklich, du könntest mich festhalten?«

»Ja, mein Sohn.« Tong nickte mehrmals. »Du bist ein Tong, du bist ein Chinese, und du wirst ein guter Arzt sein. Das hält dich fest.« Tong legte Jian die Hand auf die Schulter, aber dieser schob sie weg und biß die Zähne zusammen. »In einer Woche geht dein Flugzeug nach Beijing«, fuhr Tong fort. »Wir werden alle da sein und dir nachwinken und Gottes Segen für dich erflehen. Wir werden Räucherstäbchen anzünden und Opfer zu Buddhas Füßen legen.«

»Ich fliege nicht.« Jian sah seinen Vater an, als sähe er ihn heute zum ersten Mal. »Ihr werdet vergeblich warten. Ich fliege nicht!« Er drehte sich um, weil er den Blick seines Vaters nicht mehr ertragen konnte, rannte über die Straße, warf sich in seinen Wagen und ließ den Motor aufheulen, bevor er davonschoß.

»Was machen wir«, fragte Wu zögernd, »wenn er sich wirklich weigert? Ich müßte ihn zur Bestrafung melden.«

»Er wird fliegen«, sagte Tong und stieg wieder in das Auto. »Er wird mit sich selbst kämpfen und – fliegen. Ein Arzt läßt seine Patienten nicht allein.«

VI
Beijing

Die Familie Pohland lebte seit fünfzehn Jahren in China, und Dr. Dietrich Pohland hatte es nie bereut, in das damals noch völlig verschlossene und unter einer kommunistischen Diktatur stehende Land gekommen zu sein. Seine Berufung an die Universität von Beijing als Professor für Immunologie verdankte er der Fürsprache von Ministerpräsident Zhou Enlai, der in Heidelberg studiert hatte und noch in Verbindung mit seiner geliebten Alma mater stand, so wie er auch nicht vergessen konnte, daß seine große Jugendliebe ein blondes Mädchen gewesen war, das sich nicht gescheut hatte, mit ihm Hand in Hand durch die Stadt zu gehen; zu jener Zeit war die Liebe zwischen einem Chinesen und einer Deutschen Anlaß genug, daß man die Köpfe zusammensteckte und von Unsittlichkeit sprach.

Pohlands Doktorvater in Heidelberg war eigentlich schuld, daß Zhou Enlai auf den jungen Wissenschaftler aufmerksam wurde, denn in einem Brief war Professor Hellbrandt voll des Lobes über seinen Schüler und sagte ihm eine große Zukunft voraus. Es dauerte aber noch einige Jahre, bis Dr. Pohland ein Schreiben aus Beijing erhielt, in dem der Kulturausschuß der Universität und der Rektor selbst anfragten, ob er gewillt sei, einen Ruf an die erste Universität Chinas anzunehmen.

Damals hatte Dr. Pohland aus guten Gründen gezögert. Er hatte die HNO-Ärztin Erika Wilhelmi geheiratet, und sie hatten ein Kind bekommen, einen Jungen, den sie Holger tauften, ein fröhliches blondes Kerlchen mit wachen blauen Augen, der nun in Maos China seinen weiteren Lebensweg gehen sollte. Es stellten sich viele Fragen, die nur die Pohlands selbst beantworten konnten, und wenn sie um Rat baten, hörten sie immer das Gleiche: Es sei ein Unsinn, in das bekannt ausländerfeindliche »Reich der Mitte« zu gehen und so hinter dem Bambusvorhang zu verschwinden.

Nur Professor Hellbrandt, jetzt emeritiert, redete Dr. Pohland zu, es zunächst mit einem Zweijahresvertrag zu versuchen und westliches Wissen nach China zu bringen. »Ihr Sohn ist jetzt zehn Jahre«, sagte er. »Das beste Alter, sich in eine fremde Kultur einzugewöhnen. Wenn ich so jung wäre wie Sie, würde ich nicht zögern, zumal Sie die Protektion des mächtigsten Mannes nach Mao genießen. Zhou Enlai wird Ihnen alle Wege ebnen. Lassen Sie sich von tendenziösen Presseberichten nicht irritieren. Sie sind Arzt und Forscher, und wenn man Sie braucht, sollten Sie nicht ausweichen. Ganz gleich, woher der Ruf kommt – es geht um den Menschen, nicht um eine Parteiideologie. Gerade China ist auf dem Gebiet der Immunologie ein Entwicklungsland. Pohland, nutzen Sie diese Chance.«

Den letzten Ausschlag gab ein Brief, den Zhou Enlai eigenhändig an Dr. Pohland schrieb. »Überzeugen Sie sich selbst«, schrieb er, »daß Chinas Aufbruch in eine neue Zeit von größter Bedeutung für alle Völker unserer Erde ist, denn China wird eines Tages wieder das sein, was es vor tausend Jahren war: eine Weltmacht, mit der man rechnen muß. Helfen Sie mit am Aufbau, zum Wohl für die ganze Menschheit. Sie und ich sind nur ein kleiner Stein, aber viele kleine Steine ergeben ein Fundament. Ich erwarte Ihr Ja.«

Aus den zwei Probejahren wurden fünfzehn Jahre. Holger, der Sohn, besuchte das englische Gymnasium in Beijing und lernte erstaunlich schnell Chinesisch. Das Wohnungsproblem war schnell gelöst: Das Gesundheitsministerium hielt für die kleine Familie eine schöne, große Wohnung im Diplomatenviertel bereit, in der Donghuanbeilu-Straße, schräg gegenüber der Schweizer Botschaft. Es war eine in einem üppigen Garten liegende Villa mit einem Dach aus glasierten Dachpfannen.

Das Personal – ein Koch, eine Haushälterin und ein Hausmädchen – wurde vom Ministerium gestellt und auch bezahlt; sie waren Augen und Ohren, die alles sahen und hörten und es der Geheimpolizei melden mußten. Pohland erfuhr das erst von einem Botschaftsrat der Schweizer Botschaft, der etwas resignierend sagte: »Man gewöhnt sich daran, Doktor. Das Überwachungssystem ist lückenlos. Am ausgeprägtesten ist es in den Wohnsiedlungen der Chinesen. Dort hat jedes Stadtviertel sein Straßenkomitee, und ein Heer von meist alten Frauen kontrolliert jede Straße. Diese Frauen hören, sehen und riechen alles und melden jede verdächtige Veränderung der Partei. Es gibt praktisch kein Privatleben; jeder wird beobachtet, jedes neue Gesicht fällt auf. Passen Sie also bei jeglicher Kritik, auch im familiären Kreis, auf – Ihr Hauspersonal hat gute Ohren. Am besten ist es, Sie nehmen alles so hin, wie es ist. Wir sind geduldete Gäste in diesem Land und sollten uns nicht in die inneren Probleme Chinas einmischen. Mao ist fast ein Halbgott... Aber das werden Sie ja noch merken.«

Für Dr. Pohland war die Politik kein Thema. Er baute an der Universität ein Institut für Immunologie auf, zu dessen Direktor er ernannt wurde. Zhou Enlai begegnete er dreimal persönlich, und der zweite Mann der Volksrepublik sprach mit ihm in deutscher Sprache und schwärmte von seiner Studentenzeit in Heidelberg.

Was Pohland nicht übersehen konnte, da er es hautnah erlebte, war die »Große Proletarische Kulturrevolution«, die im August 1966 mit einer Massenkundgebung von Rotgardisten, der Anbringung der ersten Wandzeitungen und der Verkündung von Maos entsetzlicher Devise begann, die lautete: »Ohne Zerstörung kann es keinen Aufbau geben!« Die Rotgardistenverbände marschierten, die »kleinen Generäle Maos« gingen an die Ausrottung der Intelligenz und die Zerstörung der alten Kulturgüter, Professoren, Lehrer, Ärzte wurden verhaftet, gefoltert und zu Tode gequält. Im November 1966 meldete das Zentralkomitee der Partei seinem Vorsitzenden Mao stolz, daß dreizehn Millionen Rotgardisten zur Säuberung Chinas von Kapitalisten, Intellektuellen und nach Westen schielenden Abtrünnigen angetreten seien.

Aber noch fehlte das geistige Fundament. Mao schuf es mit seinem Roten Buch, einer Sammlung seiner revolutionären, kommunistischen Ideen. Im Dezember 1966 verkündeten alle Zeitungen und Wandzeitungen bis ins letzte Dorf, daß Maos

Rotes Buch Pflichtlektüre jedes Chinesen sei. Von diesem Tag an lebte ein Milliardenvolk nach den Sprüchen des Großen Vorsitzenden.

Die Säuberungen durch die Rotgardisten kannten keine Grenzen mehr. Von April bis August 1967 ertrank China im Chaos, in Blut und Plünderungen, vor allem aber entglitt Mao die Macht über die fanatisierten Massen seiner Rotgardisten. Fünftausend Jahre chinesischer Kultur gingen in Flammen auf, wurden niedergewalzt oder in ausgeraubte Ruinen verwandelt. Intellektuelle, zu denen fast jeder gerechnet wurde, der eine Brille trug, so daß Millionen Chinesen ihre Brillen versteckten oder vernichteten, wurden verhaftet und zu »Erziehungssitzungen« gebracht, was nur ein anderes Wort für Folter war, oder sie wurden in Umerziehungslagern zusammengepfercht, die im Volksmund bald »Ställe« hießen. Eine Selbstmordwelle ging durch das Land, berühmte Wissenschaftler erhängten sich oder schnitten sich die Pulsadern auf, bevor die Rotgardisten ihre Häuser stürmten und sie selbst wegschleppen konnten, und man erzählte sich von Professoren, die in den Kellern ihrer Universität wie wilde Tiere eingesperrt, jeden Tag herausgeholt und bis zur Besinnungslosigkeit mit Knüppeln und Gewehrkolben geschlagen wurden oder denen man das Rote Buch in den Mund stopfte, damit sie erstickten.

Das alles war lange, bevor Dr. Pohland nach Beijing kam, geschehen. Die Kulturrevolution war zwar noch nicht beendet, aber das Morden und Zerstören hatte aufgehört, weil es nichts mehr zu töten oder zu zerschlagen gab. Das Manifest des Zehnten Parteitages der Kommunistischen Partei Chinas vom August 1973, in dem verkündet wurde, daß Kampagnen wie die Große Kulturrevolution in Zukunft noch zehn-, zwanzig- oder dreißigmal durchgeführt werden sollten, blieb nur ein Bekenntnis. Das Entsetzen der Welt über die Millionen Toten ließ nach, die China-Politik der westlichen Staaten beschäftigte sich mehr mit den wirtschaftlichen Aussichten, die ein Milliardengeschäft versprachen. Deng Xiaoping, bisher stellvertretender Ministerpräsident, wurde 1975 zum stellvertretenden Vorsitzenden des Zentralkomitees ernannt und übernahm auch die Amtsgeschäfte von Ministerpräsident Zhou Enlai.

Ein streng gehütetes Geheimnis wurde enthüllt: Zhou Enlai war unheilbar krank. Er hatte Krebs. Und während in Beijing das Zweite Plenum des Zentralkomitees tagte, empfing Mao Zedong in der Stadt Hangzhou den deutschen Politiker Franz Josef Strauß. Die deutsche Industrie drängte nach China, einem Markt von fast unvorstellbarer Größe. Dr. Pohland war damals bereits drei Jahre in Beijing.

Als Zhou Enlai Anfang 1976 starb und Hua Guofeng sein Nachfolger wurde, gehörte Dr. Pohland zu den Teilnehmern der Beisetzungsfeierlichkeiten.

»Ich glaube, wir sollten jetzt nach Deutschland zurück«, sagte Erika Pohland zwei Monate nach Zhou Enlais Tod. Es war Anfang März, und in Guangzhou war etwas Unglaubliches geschehen: Auf einer großen Wandzeitung stand geschrieben: »Jiang Qing ist die Prostituierte der Ausbeuterklasse.« Jiang Qing war die Frau Mao Zedongs, des Großen Vorsitzenden. »Es sieht nach einem neuen Bürgerkrieg aus«, fuhr Erika fort. »Die Parteilinken gegen die Fortschrittlichen um Deng Xiaoping. Sie werden auch uns verhaften. Dein Beschützer Zhou ist tot. Für Mao bist du jetzt auch nur noch ein Intellektueller und ein Ausländer dazu. Sie sind schnell mit der Verdächtigung bei der Hand, daß du ein Spion bist.«

»Erika, das ist doch Unsinn! Jeder an der Universität weiß –«

»Was nützt das?« unterbrach ihn Erika. »Wenn man nichts wissen *will*, können sie mit dir machen, was sie wollen.«

»Ich habe meinen Vertrag um drei Jahre verlängert.« Dr. Pohland hatte nach Zhou Enlais Tod eine lange Unterredung mit dem Kulturminister gehabt; dieser hatte ihm mit größter Höflichkeit versichert, daß sich mit dem Amtsantritt von Hua Guofeng nichts ändern werde; man werde sich vielmehr glücklich schätzen, wenn Dr. Pohland sein großes Wissen China weiterhin zur Verfügung stellen wolle. Nach der Besprechung war ein hoher Beamter Dr. Pohland gefolgt und hatte ihn im Treppenhaus beiseite genommen.

»Herr Professor«, hatte der Beamte ihm zugeflüstert, »wir befinden uns in einer Übergangszeit. Es wird in den nächsten Monaten große Veränderungen geben. Deng Xiaoping wird die Macht übernehmen, wenn Mao gestorben ist. Wir warten alle auf seinen Tod. Der Rote Gott ist von seinem Thron gestürzt – es will es nur keiner sehen, solange er lebt. Die Zukunft unseres Volkes wird eine unblutige Revolution sein: die Öffnung nach Westen. – Sie haben an Rücktritt gedacht?«

»Ja. Ich werde um meine Entlassung bitten.«

»Tun Sie es nicht, Herr Professor. Warten Sie noch kurze Zeit! China wird neue Wege gehen. Und seien Sie ehrlich gegen sich selbst: Sie lieben doch dieses schöne Land.«

»Sagen wir: Ich habe mich an dieses Land gewöhnt.«

»Das ist das Gleiche, Herr Professor. Wer China liebt, liebt es mit ganzem Herzen, oder er wird es nie lieben. Bitte bleiben Sie.«

Zwei Tage später unterschrieb Dr. Pohland seinen neuen Vertrag. Er hatte auch von Diplomaten gehört, daß die Erneuerer um Deng Xiaoping mächtiger seien als die konservativen Linken mit der Mao-Bibel in der Hand.

»Ich sehe keinen Grund für einen Vertragsbruch, Erika«, sagte Dr. Pohland zu seiner Frau. »Im Gegenteil. Man hat mir ein neues Labor versprochen, das ich mit den modernsten Geräten einrichten kann. Es soll das Musterlabor für alle anderen chinesischen Universitäten werden. Was versetzt dich eigentlich so in Angst?«

»Gerüchte, Dietrich. Schüttle nicht den Kopf. An jedem Gerücht ist ein Körnchen Wahrheit. Ich habe Angst, ganz einfach Angst.«

Im September 1976 starb Mao Zedong. Er wurde zweiundachtzig Jahre alt. China versank in Trauer, aber es atmete auch auf. Was kommt nach Mao? war die Frage. Wer übernimmt die Macht über eine Milliarde Chinesen? Werden die Grenzen geschlossen oder weit geöffnet?

Im Oktober, nicht einmal einen Monat nach Maos Tod, hielt die Welt vor Staunen den Atem an. Die mitleidlosen Führer der Kulturrevolution, im Volk schon längst als »Viererbande« bezeichnet, wurden verhaftet: Maos Witwe Jiang Qing, Maos Schwiegersohn Yao Wenyuan, Zhang Chunqiao und Wang Hongwen. Als das Verhaftungskommando bei Maos Neffen Mao Yuanxin erschien, hatte sich dieser mit Gesinnungsgenossen verschanzt und leistete Widerstand. Das Haus wurde gestürmt und Yuanxin auf der Stelle erschossen. Der Weg für Deng Xiaoping war frei.

Drei Tage blieb Dr. Pohland in seiner Villa, die gepackten Koffer standen in der Diele, der Koch, die Haushälterin und das Hausmädchen saßen in der großen Küche und weinten. Sie weinten nicht aus Angst davor, daß man sie jetzt ebenfalls in ein Gefängnis schleppen würde – denn als Informanten der Geheimpolizei der alten Machthaber drohte ihnen die Bestrafung durch die neuen Regierenden –, sie weinten aus wirklicher Treue zu der Familie Pohland. Vor allem die Haushälterin war nicht zu beruhigen; sie hatte den Blondschopf Holger in ihr Herz geschlossen, nannte ihn zärtlich »unser Goldköpfchen« und sah es als ihre Lebensaufgabe an, aus ihm einen starken, schönen und ehrenhaften Mann zu machen, eine »Langnase«, die chinesisch denken und fühlen sollte. Die Angst vor einer Bestrafung durch die neue Regierung war ihnen übrigens schon kurz nach Maos Tod genommen worden. Der Koch hatte von einem Onkel Besuch bekommen, der aber kein Onkel war, sondern ein Major der Geheimpolizei, und dieser hatte dem Personal von Dr. Pohland mitgeteilt, daß sich nichts geändert habe, man vielmehr weiterhin Berichte darüber erwarte, was im Haus des Deutschen geschah, was am Tisch und im Salon gesprochen wurde, wer Dr. Pohland besuchte und an wen seine Post gerichtet war. Außerdem wurde das Haus in die »Liste der unantastbaren Häuser« aufgenommen; es würde also bei einer Razzia nicht belästigt werden.

Das war nun alles dreizehn Jahre her. Professor Dr. Pohland war unlösbar mit der Universität verbunden, er war ein Teil des Ruhmes dieser Universität, und wenn er an Deutschland oder sogar an Heidelberg dachte, empfand er kein Heimweh mehr. Für ihn war China zur Heimat geworden, er konnte sich nicht vorstellen, woanders als in Beijing zu leben, und wenn er ab und zu in der internationalen Buchhandlung deutsche Zeitungen und Magazine kaufte, wunderte er sich über die Politik von Bonn und Pankow, schüttelte den Kopf über die Kleinkariertheit deutscher Politiker, die Grabenkriege der Parteien, die großen deutschen Probleme, die, weltpolitisch gesehen, doch so unwichtig waren. Ob Kohl und Strauß sich zankten oder die Filmschauspielerin X heimlich mit dem Industriellen Y ins Bett stieg, was die ganze deutsche Nation in Aufregung versetzte – Dr. Pohland ließ das alles kalt. China hatte ihn aufgesaugt.

Aus Holger Pohland war das geworden, was Jin Jingwen, die Haushälterin, als ihr Lebensziel angesehen hatte: Er war zwar eine Langnase, aber er dachte und fühlte ganz chinesisch, studierte an der Universität von Beijing Medizin, liebte heimlich eine chinesische Kommilitonin, spielte in einer chinesischen Band Trompete, fuhr ein verchromtes, aus Frankreich importiertes Luxusfahrrad, trug Jeans aus Texas und T-Shirts mit buntem Aufdruck und galt im Tennisklub der Botschaften als As. Er sprach ein vollendetes Mandarin-Chinesisch, Englisch, Französisch und natürlich auch Deutsch. Jin Jingwen hatte allen Grund, voller Stolz auf ihr »Goldköpfchen« zu blicken. Nur eines trübte ihre Freude, und das war Holgers Freundschaft mit dem deutschen Gaststudenten Karl Reindl, der sich selbst nur als »Charly« vorstellte. Jin Jingwen hatte keine Begründung dafür, warum sie vom ersten Blick an Reindl nicht mochte, ja Widerwillen gegen ihn empfand, denn er war höflich, grüßte Jingwen, als sei sie keine Angestellte, sondern eine Dame der Gesellschaft, und oft saß er in der Küche, erzählte dem Koch zweideutige Witze und sprach dabei ein Chinesisch, das den Koch laut hätte lachen lassen, wenn es ihm die Höflichkeit nicht verboten hätte.

Charly Reindl stammte aus dem Ruhrgebiet, aus Dortmund-Hörde. Sein Vater, so gab er an, war Meister in einer Werkzeugfabrik und im schwarz-roten Bonner Staat, so nannte er die Bundesrepublik, ein heimlicher Kommunist, wie überhaupt die Reindls seit dem Großvater die Lehren von Marx, Engels und Lenin schon mit dem Kindersuppenlöffel gegessen hatten. Das war auch die Empfehlung, die ihm im Auswahlverfahren der Chinesen einen Studienplatz in Beijing einbrachte, obgleich keiner begriff, warum er gerade in China studieren und was er später mit chinesischer Kunstgeschichte anfangen wollte. Maschinenbau in Aachen wäre besser für ihn gewesen.

Die Freundschaft zwischen Charly Reindl und Holger Pohland hatte in der Mensa der Universität begonnen. Obwohl Reindl schon ein halbes Jahr in Beijing lebte, war es ihm noch nicht ganz gelungen, mit Stäbchen zu essen, und Holger wurde auf ihn aufmerksam, als Reindl ein paarmal laut »Verdammt!« rief, wenn ihm ein Stückchen Hühnerfleisch oder ein Gemüseblatt durch die Stäbchen rutschte.

Holger war daraufhin an seinen Tisch gekommen und hatte gesagt: »Paß mal auf, Kumpel, ich zeige dir genau, wie man mit Eßstäbchen umgeht. Es ist ganz einfach. Der ganze Trick ist, daß du nur ein Stäbchen bewegst, das obere.«

»Wer das erfunden hat, verdiente Prügel!« erwiderte Reindl. »Gestern gab es gekochten Fisch, weich gekochten Fisch. An den verdammten Stäbchen flutschte alles weg. Da hab' ich mit den Fingern gegessen, übrigens die älteste Methode der Nahrungsaufnahme. Oder glaubst du, der Sinanthropus pekinensis, auch genannt der Peking-Mensch, hat schon mit Stäbchen gegessen?«

»Was jeder Asiate kann, lernst du auch«, lachte Holger. »Ich bin Holger.«

»Ich bin Charly aus Dortmund.«

So lernten sie sich kennen, und aus der ersten Begegnung wurde bald eine richtige Freundschaft. Sie spielten zusammen Tennis, Reindl lernte Gitarre und zupfte in der Band mit, und auch Dr. Pohland fand den Jungen aus dem Ruhrpott sympathisch, denn Reindl konnte witzig erzählen und war ein richtiger Kumpeltyp. Nur Jin Jingwen mochte ihn nie, aber sie wußte nicht, warum. In ihr sträubte sich alles gegen Reindl, und immer, wenn er ins Haus der Pohlands kam, sah sie ihn finster an und sagte zu dem Koch: »Eine Giftschlange schleicht wieder durch das Haus.«

Durch Reindl lernte Holger auch Bai Hongda kennen. Eines Tages brachte Reindl ihn zur Probe der Band mit und sagte: »Das ist Bai Hongda. Vom Jazz hat er keine Ahnung, kann nur das chinesische Gejaule und liebt deutsche Volkslieder wie ›Schwarzbraun ist die Haselnuß‹. Trotzdem ist er ein lieber Kerl. Außerdem ist er der Führer einer fortschrittlichen Studentengruppe und studiert Jura. Wenn du mal einen Alimentenprozeß führen mußt, er berät dich gern darüber, wie man chinesische Mädchen abfindet.«

»Ich freue mich, dich kennenzulernen«, sagte Bai mit aller Höflichkeit, die einen gebildeten Chinesen auszeichnet, und verneigte sich leicht. Dann gaben sie sich nach europäischer Art die Hand.

»Ich glaube, wir sind ein gutes Gespann«, stellte Reindl ein paar Tage später fest. »Ein Han-Chinese, ein Deutscher, der wie ein Chinese denkt, und einer aus dem Kohlenpott. So was gibt es nur in Beijing.«

Es war an einem Mittwoch, als der Rektor der Universität Dr. Pohland zu einer Unterredung bat. Sie saßen sich auf geschnitzten Eisenholzstühlen gegenüber, tranken die obligatorische Tasse Tee und tauschten zunächst unverbindliche Freundlichkeiten aus, erkundigten sich nach den Familien und deren Gesundheit. Dr. Pohland war gespannt, welchen Grund ihrer Besprechung Professor Li Hiao nennen würde.

Nach der zweiten Tasse Tee kam Li endlich auf sein Anliegen zu sprechen. »Man hat mir eine Bitte überbracht«, sagte er, nahm seine Brille ab und putzte sie mit einem weichen Baumwolltuch. »Der Rektor der Universität von Kunming und der Ordinarius für Innere Medizin, der ehrenwerte und berühmte Tong Shijun, haben einen Brief geschrieben. Professor Tongs Sohn Jian, ein Student der Medizin und ein begabter Mann, der Beste des Semesters, soll nach Beijing versetzt werden, der Beste zur besten Universität.«

Das war eine Lüge, denn Li war von Tong in aller Ehrlichkeit über die Vorgänge in Kunming unterrichtet worden. Doch diese wollte Li Dr. Pohland nicht mitteilen. Er hüstelte diskret, setzte seine Brille wieder auf und sah Pohland freundlich an. »Die Familie Tong gehört zu den großen, geachteten Familien des Landes«, sagte er. »Und Jian ist der einzige Sohn. Es ist natürlich Tongs Sorge, ihn sozusagen in gute Hände zu geben. Ich wüßte keinen Würdigeren, dem Tong sein volles Vertrauen schenken könnte, als Sie, Professor Pohland. Sie bewohnen ein großes Haus, haben ebenfalls einen begabten Sohn, der Medizin studiert, Ihre Frau ist auch Ärztin, und ein Zimmer kann sicherlich für Tong Jian freigemacht werden. Er wird zu Ihnen wie ein zweiter Sohn aufsehen. Was halten Sie von meinen Worten?«

Dr. Pohland überlegte schnell. Lis Bitte war eine kunstvoll verkleidete Aufforderung, daran zu denken, daß die Villa Eigentum der Volksrepublik war und seit fünfzehn Jahren ihm, Dr. Pohland, mietfrei zur Verfügung stand. Ein Nein würde zwar hingenommen werden, aber damit hätte man Tongs Ehre beschmutzt, und er selbst hätte in Lis Augen viel an Achtung verloren. Jetzt zu antworten: »Ich werde meine Frau fragen« wäre noch unpassender gewesen, denn im Haus hat der Mann das Wort, und eine Frau hat zu achten, was er sagt.

»Ich werde Herrn Tong Jian bei mir willkommen heißen«, erwiderte Dr. Pohland im traditionellen Stil. Dabei verbeugte er sich leicht im Sitzen. »Wann wird Herr Tong in Beijing eintreffen?«

»Am nächsten Sonntag mit dem Mittagsflugzeug aus Kunming.«

Das waren nur noch dreieinhalb Tage. Dr. Pohland wunderte sich über diese den Chinesen sonst fremde Eile, aber er stellte keine weiteren Fragen mehr. Li erhob sich aus seinem Sessel, ging zu einem Lackschrank mit wundervoller Blütenmalerei und holte eine Flasche Maotai-Schnaps, den besten Schnaps Chinas, und zwei Gläser heraus. Er goß ihn in die Gläser, stieß mit Pohland an und nippte dann an dem Schnaps, denn einen Maotai schüttet man nicht wie einen gewöhnlichen Schnaps hinunter. »Sie werden Ihre Freude an Tong Jian haben«, sagte er. »Er will sich einmal auf Chirurgie spezialisieren, das ist der einzige Kummer, den er seinem Vater macht. Tong Shijun sähe ihn lieber als Internisten.« Er stand auf, und auch Dr. Pohland erhob sich aus dem schweren Sessel. »Ich gebe Ihnen noch telefonisch durch, wie Sie Jian erkennen. Sie holen ihn doch sicherlich am Flughafen ab.«

»Das ist selbstverständlich.«

»Ich bin glücklich, in Ihnen seit Jahren einen Freund zu sehen.« Li gab Pohland die Hand. »Nicht im Körper, sondern in der Seele liegt der Charakter des Menschen.«

Erika Pohland sah ihren Mann entgeistert an, als er am Abend bei Tisch wie beiläufig sagte: »Wir werden ab Sonntag einen Gast haben.«

»Das ist nichts Neues. Von welcher Botschaft?«

»Er wird bei uns wohnen.«

»Wohnen?«

»Besuch aus dem Ausland?« fragte Holger. Neben ihm saß Charly Reindl und war froh, nicht mit Stäbchen essen zu müssen.

»Aus Kunming. Ein Student der Medizin. Er heißt Tong Jian. Sein Vater ist Ordinarius für Innere Medizin.«

»Ein hochgeborenes Söhnchen also«, ließ sich Reindl hören.

»Und wie lange bleibt er?« fragte Erika.

»Auf unbestimmte Zeit. Wir richten ihm das zweite Gartenzimmer ein.«

»Das ist doch nicht dein Ernst?« rief Erika empört. »Du kannst doch nicht einfach –«

»Der Rektor hat mich darum gebeten.« Dr. Pohland wischte alle Einwände mit einer Handbewegung fort. »Es blieb mir nichts anderes übrig, als mit Freuden zuzustimmen.«

»Niemand kann Sie zwingen«, sagte Reindl aggressiv. »Auch im chinesischen Kommunismus gibt es Rechte.«

»Ich hätte an Achtung verloren. Schließlich wohnen wir seit fünfzehn Jahren in einer Staatsvilla. Aber urteilen wir doch nicht, bevor wir Herrn Tong gesehen haben! Er gehört zu den ersten Familien Chinas.«

Holger legte seine Stäbchen zur Seite und wischte sich mit der Serviette über den Mund. »Wir werden abwarten. Wenn er vor lauter Hochwohlgeborenheit die Nase zum Himmel reckt, wird er über mich stolpern.«

»Und ich trete ihm in den Hintern!« rief Reindl grob.

Das Flugzeug aus Kunming kam am Sonntagmittag pünktlich in Beijing an. Jian holte seine Reisetasche aus dem Gepäckfach; im Frachtraum der Maschine lagen zwei große Koffer für ihn. Seine Eltern waren mit ihm in den besten Geschäften Kunmings gewesen und hatten eingekauft.

»Beijing ist anders als Kunming«, hatte Tong zu seiner Frau gesagt. »Dort kann er nicht wie ein Straßenarbeiter herumlaufen. Er soll ja auch unsere Familie repräsentieren.« Und so ließ er für seinen Sohn bei drei Schnellschneidern, die sonst für die reichen Touristen arbeiteten, fünf Maßanzüge anfertigen, kaufte die teuersten Hemden, die besten Schuhe, die modischsten Krawatten und die bequemste Unterwäsche.

Jian ließ alles klaglos geschehen und nickte nur, wenn man ihn fragte.

Meizhu sagte eines Abends zu Tong, als sie zu Bett gegangen waren: »Jians Seele ist tot. Du hast ihn getötet, Shijun.«

»Es ist nur ein Übergang«, antwortete Tong. »In Beijing wird er neue Freunde finden und wieder Freude am Leben. Wir wissen nicht, was in Huili geschehen ist, als er Abschied von Lida genommen hat. Ich will es auch nicht wissen. Wichtig ist nur, daß er sich nicht dagegen wehrt, in Beijing zu studieren. Der künftige Arzt ist in ihm doch stärker als der Liebhaber. Das gibt mir Hoffnung.«

So einfach, wie Tong es sah oder sehen wollte, war es aber nicht gewesen. Drei Tage war Jian in Huili geblieben, und was man ihm vom Auftreten seiner Familie erzählte, trieb ihm die Scham ins Gesicht.

»Ich werde in den Norden fliehen!« hatte er zu Huang gesagt. »In die Taklimakan-Wüste oder nach Urumqi, irgendwohin, wo mich keiner sucht und keiner findet. Oder ich werde versuchen, nach Amerika oder Europa zu kommen, und dort weiterstudieren.«

»Ohne Geld?« fragte Huang. »Ich kann dir keines geben.«

»Ich habe zwei Hände und zwei starke Arme. Ich werde jede Arbeit tun, auch die schmutzigste, vor der die anderen davonlaufen. Ich schaffe es, Keli, ich schaffe es.«

»Und ich muß nicht vier, sondern fünf oder sieben Jahre warten! Jian, eine Flucht ist nicht gut.« Lida stand hinter ihm und schlang die Arme um seinen Hals. »Du fliehst in ein anderes Leben, in dem weder du noch ich glücklich sein können. Folge dem Befehl deines Vaters, studiere in Beijing weiter.«

»Beijing – Lida, wir werden uns im Jahr vielleicht nur einmal sehen!«

»Aber du bist in China. Wenn du in New York oder Paris oder London lebst, sehen wir uns auch dieses eine Mal nicht. Dann bist du fort aus unserer Welt. Du bist ein Flüchtling, und dein Name wird in China gestrichen werden, und du bist kein Chinese mehr. Bleib in China und geh nach Beijing. Du weißt, ich warte geduldig auf dich. Zeig deinem Vater, wie stark du bist und wie unverletzlich unsere Liebe. Wir haben doch nur das eine Leben.«

Drei Tage überdachte Jian die Möglichkeiten, die ihm blieben. In den Nächten, wenn Lida in seinen Armen eingeschlafen war, kam er immer wieder zu der Erkenntnis, daß es klüger war, seinem Vater nachzugeben, als ins Ausland zu fliehen und dann im Ungewissen zu leben. Kein Staat würde ihm Asyl gewähren, denn er hatte China nicht wegen politischer Verfolgungen verlassen, sondern wegen familiärer Auseinandersetzungen.

Die Einstellung der Großmächte gegenüber China hatte sich zudem völlig geändert, die Öffnung nach Westen, die schon Zhou Enlai geplant hatte, war nun durch Deng Xiaoping erfolgt; alle Staaten hatte die diplomatischen Beziehungen zu China wieder aufgenommen.

Die alten Herren in Beijing warfen das Ruder völlig herum und steuerten einen neuen Kurs, der ganz im Sinne der westlichen Staaten lag. 1978 fiel die Kollektivierung der Landwirtschaft der neuen Linie zum Opfer, die Bauern bekamen ihr Land als Privatbesitz wieder zurück, und auf den Märkten herrschte Freizügigkeit. Private Kleinbetriebe entstanden, Literatur und Kunst blühten wieder auf, die Religionsfreiheit wurde wieder eingeführt; aber alles wurde übertroffen von etwas geradezu Unglaublichem: Viele Opfer der Kulturrevolution, auch die während jener Jahre Hingerichteten, wurden öffentlich rehabilitiert.

1981 ernannte Deng Xiaoping seinen Freund Hu Yaobang zum Vorsitzenden der Partei, und Zhao Ziyang wurde Ministerpräsident. 1982 wurde eine neue Verfassung verkündet. Die Modernisierung Chinas begann, und Deng sprach von einem Reformkurs, der Chinas Wirtschaftskraft bis zum Jahre 2000 um das Vierfache steigern sollte. Doch schon 1983 wurde dieser Kurs von den konservativen Kräften in der KP und der Generalität in Frage gestellt; sie wandten sich gegen die »Kapitalisierung Chinas«.

Die Kampagne gegen die »geistige Verschmutzung» begann, Schwerverbrecher wurden öffentlich hingerichtet, wozu die Bevölkerung eingeladen wurde, und ganz Eifrige machten wieder Jagd auf kritische Intellektuelle; man verbot die »dekadente« Mode, die vor allem von Hongkong nach China eindrang. Lange Haare und westliche Musik wurden als Verrat an Chinas Kultur angeprangert.

Doch die Freiheit ließ sich nicht mehr ganz unterdrücken. Ende 1986 gingen vor allem die Studenten auf die Straße und demonstrierten für mehr Demokratie, mit Wohlwollen beobachtet von Hu Yaobang, der die Studenten nicht niederknüppeln ließ, wie der konservative Parteiflügel forderte. Aber noch einmal siegten die Konservativen: Hu Yaobang wurde als Parteivorsitzender von Zhao Ziyang abgelöst, der zwar auch ein Liberaler war, jedoch nur die Rolle eines Aushängeschildes gegenüber dem Ausland zu spielen hatte. Indes mußte er nach kaum einem Jahr sein Amt an Li Peng abgeben, der zwischen konservativ und liberal hin und her pendelte.

Im Westen wurde diese Entwicklung mit großem Interesse

verfolgt. Die Wirtschaftsgiganten der westlichen Welt standen bereit, China bei seinem Weg aus der Isolierung Hilfe zu leisten. Für einen privaten Flüchtling, der Tong Jian hieß, war jedoch kein Platz frei.

Das alles ging Jian durch den Kopf, wenn er in den Nächten wach lag und Lidas warmen, glatten Körper in seinen Armen hielt. Am dritten Tag sagte er dann,und seine Zunge war schwer vor Wehmut: »Ihr habt alle recht. Es ist besser für uns, wenn ich mich dem Willen meines Vaters beuge und in Beijing weiterstudiere. Auch diese Jahre gehen vorüber, und wenn ich Arzt geworden bin, hat keiner mehr Macht über mich, und es gibt keinen Befehl mehr, dem ich gehorchen muß. Dann fängt *unser* Leben an, Lida!«

Nun also landete das Flugzeug aus Kunming auf dem Flughafen von Beijing. Jian schwamm im Strom der Reisenden mit, unmittelbar hinter einer Gruppe von Touristen aus Bayern, die sich laut über ein kaltes Bier freuten, das sie gleich im Hotel trinken wollten.

In der Halle des Flughafens warteten Dr. Pohland und Holger auf den ihnen aufgezwungenen Gast. Tong Shijun hatte am Sonnabend angerufen und gesagt, daß sein Sohn einen hellbraunen Anzug und eine gelbgestreifte Krawatte trage, und vor allem an der Krawatte könne man ihn leicht erkennen. Dr. Pohland hatte geantwortet, daß es in Beijing zur Zeit noch ungewöhnlich warm sei, deshalb trage er einen cremefarbenen Seidenanzug, und sein Sohn Holger komme wohl in Jeans und einem T-Shirt, auf dem ein Baseball-Spieler abgebildet sei.

Tong wurde von dieser Mitteilung leicht verwirrt, zumal man in Kunming solche Mode nicht kannte, und er fragte sich, ob die fünf neuen Maßanzüge Jians nicht doch zu konservativ waren.

Die Bayerngruppe marschierte durch die Absperrung und wurde von zwei Dolmetschern empfangen, die ein Schild mit der Schrift »Hotel Große Mauer« an einem Bambusstock hochhielten. Hinter den Bayern trat Jian mit seiner Reisetasche in die Halle, blieb stehen und sah sich um. Fast gleichzeitig nahmen Holger und Jian einander wahr.

»Das ist er«, sagte Holger und stieß seinen Vater an. »Der Maßgeschneiderte. Ein feiner Pinkel.«

»Holger!« Dr. Pohland warf seinem Sohn einen strafenden Blick zu. »Vielleicht fühlt er sich gar nicht wohl in seinem Anzug. Mein erster Eindruck: Er ist ein netter Bursche.«

»Abwarten, Vater. Morgen früh können wir mehr sagen.«

Dr. Pohland und Holger gingen auf Jian zu, und Jian kam ihnen mit unsicherem Lächeln entgegen. »Tong Jian«, sagte er mit einer leichten Verneigung vor Dr. Pohland. »Ich bitte um Verzeihung, daß ich Ihren Alltag belaste, aber es war der Wunsch meines Vaters, und ich habe keinen Einfluß auf seine Entscheidung gehabt.« Dann blickte er Holger an, der etwas maliziös lächelte; er sah die traditionelle unterwürfige Höflichkeit der Chinesen als völlig veraltet an.

»Sie sind Holger?« fragte Jian.

»Hallo!« Holger gab ihm die Hand. »Ich hoffe, daß es dir bei uns gefällt. Hast du viel Gepäck bei dir?«

»Zwei große Koffer.«

»Und alle voll Klamotten? Kunming muß ein vornehmes Pflaster sein – ich komme mit einer kleinen Tasche aus.«

Jian lachte. Hier sprach man einen anderen Ton als in Kunming, und er gefiel ihm besser als die Höflichkeitssprache, die im Hause Tong selbstverständlich war. Er griff an seinen Hemdkragen, zog den gelbgestreiften Schlips aus und steckte ihn in die Hosentasche. Dann öffnete er den Kragen und die beiden oberen Knöpfe des Hemdes, zog die Jacke seines Anzugs aus und hängte sie lose über die Schulter. »Endlich bin ich den schrecklichen Würger los«, sagte er. »Aber ich mußte ihn ja tragen, sonst hättet ihr mich nicht erkannt.«

»So gefällst du mir schon besser, Jian.« Holger nahm ihm die Reisetasche ab. »Und jetzt zu deinen Koffern!«

Am Kofferband mußten sie fast zwanzig Minuten warten, bis Jian die beiden teuren Lederkoffer herunterheben konnte.

Holger faßte den einen am Griff, hob ihn hoch und stellte ihn wieder ab. »Du meine Güte«, sagte er, »was ist denn da alles drin?«

»Vieles, was ich nicht gebrauchen will. Allein sechs Paar Schuhe.«

»Leder?«

»Natürlich. Das feinste.«

»Wir gehen morgen einkaufen, und ich verpasse dir ein Paar Langlaufschuhe aus Hongkong. Weißes Leinen mit bunten Streifen und einer biegsamen Profilsohle. Damit schwebst du über das Pflaster. Hast du schon mal solche Schuhe getragen?«

»Nein. Mein Vater würde sie nicht als Schuhe bezeichnen.«

»›Mein Vater.‹ Immer ›mein Vater‹! Hat der eigentlich immer bestimmt, was du tun mußt und was nicht?«

»So will es die chinesische Tradition, an die er sich hält.«

»Ich habe gehört, Ihre Familie ist uralt«, mischte sich Dr. Pohland ein.

Jian nickte. »Es gab sie schon vor über tausend Jahren. Meine Ahnen waren Mandarine am kaiserlichen Hof.«

»Erstaunlich, daß Ihr Vater die Kulturrevolution überstanden hat.«

»Er ist ein überzeugter Kommunist.«

Mit einem Taxi fuhren sie zu Dr. Pohlands Villa, wo Erika Pohland sie mit Tee und Gebäck erwartete und überrascht war, daß ihr Gast so gar nicht dem Klischeebild entsprach, das sie sich von dem Sproß einer tausend Jahre alten Familie gemacht hatte.

»Bis auf die Unterwäsche und die Socken bleibt alles im Koffer, Ma«, sagte Holger, als sie Jian sein Zimmer gezeigt hatte. »Wir werden morgen Jian erst mal vernünftig einkleiden, damit er nicht der Goldfasan unter Spatzen ist.« Er setzte sich auf das Bett. »Spielst du ein Instrument, Jian? Wir haben nämlich eine Band, und es macht uns Spaß, in den Bars zu spielen und Yuan zu kassieren.«

»Ich habe Klavierspielen gelernt«, antwortete Jian.

»Bestens.«

»Beethoven, Chopin, Brahms, Schubert und Tschaikowski.«

»Das ist die beste Grundlage für einen fetzigen Rock.« Als seine Mutter das Zimmer verlassen hatte, sagte Holger mit einem Augenzwinkern: »Was glaubst du, wie verrückt die Weiber sind, wenn unsere Band spielt! Nicht nur die kleinen Chinesinnen – am schärfsten sind die Touristinnen. Amerikanerinnen, Schwedinnen, Engländerinnen, Deutsche. Für die gehört es zum Reiseprogramm, einen Chinesen zu vernaschen. Wie sieht es damit in Kunming aus? Da kommen doch auch Touristen hin.«

»Ich bin verlobt«, sagte Jian.

»Auch das noch. So richtig verlobt?«

»Wir werden heiraten, wenn ich meine Schlußprüfung gemacht habe. Sie heißt Lida und ist die Tochter eines Lehrers.«

»Und da rückst du ins ferne Beijing aus?«

Jian sah Holger aufmerksam an. »Versprichst du mir, niemand etwas zu sagen? Deinem Vater nicht und auch nicht deiner Mutter?«

»Sehe ich so aus, als würde ich das tun?«

»Mein Vater hat mich wegen Lida nach Beijing versetzen lassen. Er will uns trennen. Ich bin zur Strafe hier.«

»Und das läßt du dir gefallen?« Holger schüttelte den Kopf. »Junge, noch nie etwas von persönlicher Freiheit gehört?«

»Sie ist mein ganzes Ziel. Gibt es in Beijing Freiheit? Fühlst du dich frei?«

»Das sind zwei verschiedene Paar Schuhe, Jian: die allgemeine und die persönliche Freiheit. Ich versuche, nach Möglichkeit ein eigenes Leben zu leben.«

»Und wie groß ist diese Möglichkeit?«

»Das ist eine gute Frage. Wir sind dabei, für mehr Freiheit in China zu kämpfen.«

»Wer ist ›wir‹?«

»Eine Studentengruppe der hiesigen Universität. Ihr Führer ist Bai Hongda, ein guter Freund. Du wirst ihn kennenlernen.«

»Und wie soll der Kampf aussehen?«

»Wir werden demonstrieren, und die ganze Welt wird nach Beijing blicken. Was Deng Xiaoping eine Öffnung nach Westen nennt, ist zu wenig. In den abgeschiedenen Provinzen leben die Menschen, als sei die Zeit stehengeblieben. Weißt du, daß es in China über achthundertfünfundachtzigtausend Dörfer gibt, daß in den Städten je Person nur drei Komma fünf Quadratmeter

Wohnraum zur Verfügung steht, daß du, wenn du von Shanghai nach Beijing willst, keinen Arbeitsplatz bekommst, weil du keiner ›Einheit‹ angehörst und damit eine Null, gar nicht vorhanden bist? Bist du nicht Mitglied einer ›Einheit‹, bekommst du keinen Schlafplatz und hast kein Recht auf Krankenversorgung; niemand wird sich im Alter um dich kümmern, du bekommst keine Lebensmittelkarten, um dir vom Staat subventionierte Grundnahrungsmittel zu kaufen, mit einem Wort: Du bist ein lebender Toter, nur die ›Einheit‹ macht dich zum Menschen. Diese unglaublichen Dinge werden wir eines Tages, sehr bald sogar, vor allen Völkern der Erde bei ihrem wahren Namen nennen.«

Jian sah durch das Fenster auf den gepflegten Garten hinaus, in dessen Mitte ein Springbrunnen glitzernde Wasserkaskaden hervorzauberte. »Warum willst du für China kämpfen?« fragte er. »Du bist doch ein Deutscher.«

»Ich habe an Deutschland kaum noch eine Erinnerung. Ich bin wie ein Chinese erzogen worden, und ich denke und fühle chinesisch.« Holger streckte Jian die Hand entgegen. »Kommst du zu uns, Jian? Hilfst du mit, China in eine bessere Zukunft zu führen? Dein China?«

»Ich bin nach Beijing gekommen, um zu studieren, und nicht, um zu demonstrieren«, antwortete Jian ausweichend. »Ich will Arzt werden, aber kein Märtyrer. Denn wenn auch zehntausend Studenten auf die Straße gehen – euch stehen hunderttausend Soldaten gegenüber. Ein Sprechchor gegen Maschinengewehre und Panzer.«

»Kein Soldat wird die Waffe gegen uns erheben, denn die Welt schaut uns zu. Und Deng Xiaoping ist kein Mao, er weiß, daß es ohne Demokratie kein neues China geben kann. Nur, es geht alles zu langsam. Wir dürfen keine Schnecken, sondern müssen Adler sein. Das ist eine Parole von Bai Hongda.«

»Ich möchte ihn kennenlernen«, sagte Jian. Sein Verstand sagte ihm, daß er nicht in Holgers hingehaltene Hand einschlagen sollte. »Wir haben auch in Kunming diese heimlichen Studentengruppen –«

»Es gibt sie an jeder Universität.«

»– aber ich glaube nicht, daß eine neue Revolution mehr bringt als wieder Tausende von Toten. Jeder sollte seine eigene Freiheit suchen, so, wie sie ihm richtig erscheint.«

»Kann das ein Bauer in Qinghai oder ein Fahrradschlauchflikker in Shiyan?«

»Für sie wird sich nichts ändern, selbst wenn wir die vollkommene Freiheit der westlichen Länder erreichen könnten. Unser Denken kannst du nicht gleichsetzen mit dem im Westen. Wir sind über eine Milliarde Chinesen, die seit Jahrtausenden für die übrige Welt ein Geheimnis sind.«

»Welch ein Potential, wenn es befreit ist!« Holger erhob sich und ging zur Tür. »In den nächsten Tagen wirst du mit Bai Hongda sprechen. Er wird dich über seine Pläne informieren.«

»Weiß dein Vater von eurer Verschwörergruppe?«

»Nein. Er ahnt es nicht einmal.«

»Und du hast keine Angst, daß ich es ihm erzähle, aus Dankbarkeit, daß er mich in sein Haus aufgenommen hat?«

»Ich habe Vertrauen zu dir, Jian.« Holger sah Jian aufmerksam an. »Du hast gute Augen«, sagte er dann, »und einen wachen Verstand. Ich täusche mich nicht – du bist ein Chinese für die Zukunft. Du gehörst zu uns.«

In den kommenden Tagen lernte Jian nicht nur Bai Hongda kennen, sondern auch Charly Reindl.

»Unser Uradliger«, sagte Reindl und klopfte Jian auf die Schulter, als sei er ein Skatbruder in einer Ruhrkneipe. »Ich gestehe, ich habe etwas anderes erwartet.« Jian trug jetzt wie Holger Jeans, ein bedrucktes T-Shirt und bequeme Sportschuhe. »Ich habe gedacht, da kommt ein feiner Pinkel.«

»Man soll nur denken, wenn man etwas weiß«, erwiderte Jian. »Wir haben in China einen alten Spruch: ›Die Zunge des Weisen liegt in seinem Herzen, das Herz des Narren liegt auf seiner Zunge.‹«

»Oh, das sitzt!« lachte Reindl. Er war weit davon entfernt, beleidigt zu sein. »Ihr Chinesen seid wie unsere Bibel: Ihr habt für alles einen Spruch. Aber was machen wir heute abend? Gehen wir ins ›Beijing Kaorouji‹ am Shisha-See? Da gibt es nicht nur Hammelfleisch vom mongolischen Grill, sondern auch jede Menge Mädchen.«

In der Nacht, als sie vom »Beijing Kaorouji« zurückgekommen waren, fragte Jian: »Holger, ist dieser Charly dein Freund?«

»Gefällt er dir nicht?« fragte Holger zurück.

»Er erinnert mich an ein Märchen, in dem eine Ratte in ein Biberfell schlüpft und die Nester leerraubt.«

»Das ist ein hartes Urteil, Jian. Charly ist anders als wir, das ist alles. Er kümmert sich nicht darum, was andere von ihm denken. Er lebt so, wie er will. Aber er gehört zu unserem Kreis und hat schon viele Gleichgesinnte geworben. Wenn er bei unseren Zusammenkünften Reden hält, reißt er jeden mit. Er trommelt die Ideen in die Hirne. So einen brauchen wir.«

»Und warum setzt er sich so für eure Sache ein? Was geht ihn Chinas politische Zukunft an?«

»Er kommt aus einer Familie, die schon immer Kommunisten waren. Er denkt an den Weltkommunismus. Wenn eine Milliarde Kommunisten losmarschieren, sagt er, gehört uns die Welt.«

»Bist du auch Kommunist?«

»Nein. Ich bin Demokrat.«

»Und ihr glaubt wirklich, in China könne es eine Demokratie nach westlichem Muster geben?«

»Ja, das glauben wir. Man weiß ja im Westen gar nicht, was China der Welt alles zu bieten hat.«

»Eine fünftausendjährige Kultur und zweihundert bis dreihundert Millionen Arme, die gerade noch leben können, weil sie von der Bescheidenheit satt werden.«

»Das soll anders werden.«

»Es wird sich nichts ändern, Holger, dazu ist China zu groß, und seine Menschen sind zu genügsam.«

An einem dieser Tage stellte sich Jian beim Dekan der medizinischen Fakultät vor.

Dieser hatte den Sohn des berühmten Tong Shijun schon erwartet und begrüßte ihn wie einen Verwandten. »Beijing wird Ihnen gefallen«, sagte er. »Ihre Einschreibung ist schon erfolgt, von Kunming aus. Es ist alles geregelt. Ihr Studentenausweis liegt im Sekretariat. Mit ihm können Sie in der Mensa auch kostenlos essen.«

»Mein Vater hat an alles gedacht.« Jian lächelte etwas schief. »Ich habe nicht gewußt, daß mein Vater ein so großes Organisationstalent hat. Was hat er sonst noch für mich getan?«

»Er hat dafür gesorgt, daß Sie in den kommunistischen Studentenkader aufgenommen werden. Der Vorsitzende ist ein gewisser Bai Hongda.«

Bai Hongda! Jian ließ nicht erkennen, wie überrascht er war. »Ich bin meinem Vater zu großem Dank verpflichtet«, sagte er nur.

Im Hauptpostamt schrieb er an einem schrägen Schreibbrett einen Brief an Lida, nannte seine Adresse bei Dr. Pohland und die Telefonnummer und beendete das Schreiben mit den Worten: »Beijing ist eine ungeheure Stadt. Ich wünschte, du könntest hier sein. Dir würden die Augen übergehen vom Sehen und Erleben. Lida, ich liebe dich wie die Sonne, denn du allein gibst mir in meinem Leben Licht.«

Der Brief erreichte Huili nicht, wie auch alle Briefe verschwanden, die Jian im Lauf der nächsten Monate schrieb. Tong hatte Fengxia nach Dukou geschickt, wo die Post für die Dörfer verteilt wurde, und Fengxia ging zu dem Leiter des Postamtes und sagte: »Genosse, es ist der Wille der Partei, daß alle Briefe, die an eine Huang Lida adressiert sind oder an die Familie Huang Keli, nicht nach Huili befördert werden.«

»Ich habe verstanden«, antwortete der Leiter des Postamtes ohne Gegenfrage. »Ein Wunsch der Partei bedarf keiner Frage. Sollen sie gesammelt und aufgehoben werden? Sollen sie an eine Dienststelle der Partei weitergegeben werden?«

»Nein. Vernichten Sie sie, Genosse. Es hat diese Briefe nie gegeben.«

»Sie nannten den Lehrer Huang Keli.« Der Leiter des Postamtes kratzte sich den Schädel. »Ich will nicht wissen, welche Gründe die Partei hat, aber ich muß Ihnen sagen, daß dieser Huang Keli ein Telefon beantragt hat.«

»Ablehnen!« erwiderte Fengxia im Befehlston. »Ablehnen!«

»Welche Begründung soll man angeben?«

»Gar keine! Ein Bauernlehrer hat keine Fragen zu stellen. Es heißt nein, und dem muß er sich beugen.«

Der Leiter des Postamtes atmete auf, als Fengxia fortging.

Sein Stellvertreter, der durch die dünne Tür im Nebenraum alles gehört hatte, stürzte ins Zimmer. »Wer war denn das, Zongdao?« rief er. »Sie hat ja Feuer gespuckt wie ein Drache.«

»Halt den Mund!« erwiderte Zongdao leise, als könne Fengxia es noch hören. »Sie ist aus Kunming gekommen und ein Mitglied des dortigen Zentralkomitees. Sie hat mir ihren Ausweis gezeigt. Du hast nichts gehört, verstehst du? Ab sofort legst du mir alle Post, die nach Huili geht, auf den Tisch.«

»Das wird nicht viel sein.«

»Es genügt, wenn *ein* Brief dabei ist, den die Partei nicht mag. Ich möchte diesen Drachen aus Kunming nicht noch einmal bei mir sehen.«

Jian saß in den Vorlesungen, aß mittags in der Mensa, ging in die Universitätsbibliothek und nahm an Anatomiekursen teil. Diese belasteten sein Gemüt nicht wenig. Abends saß er in dem Lokal, in dem Holgers Band spielte, und wenn Holger bravourös seine Trompete blies und die Tanzpaare über die Tanzfläche rockten, löste sich seine innere Verkrampfung, und er verscheuchte den quälenden Gedanken, ob er wirklich dazu ausersehen sei, ein Chirurg zu werden.

Mit Bai Hongda hatte er bisher nur viermal gesprochen, belanglose Worte. Bai hatte ihn bis jetzt noch nicht über seine Pläne informiert, wie Holger angekündigt hatte. Er tastete Jian ab, beobachtete ihn mißtrauisch, vor allem seit die KP von Kunming ihm in einem verschlüsselten Befehl mitgeteilt hatte, daß er einen Tong Jian in seine Gruppe aufnehmen solle. Wer war dieser Tong Jian wirklich? Ein Spion? Warum war er von Kunming nach Beijing gewechselt? Fragen, die Bai erst beantwortet haben wollte, bevor er Jian in seine Pläne einweihte.

Drei Monate wartete Jian auf eine Antwort von Lida. Er hatte ihr jede Woche geschrieben, nun war er der Verzweiflung nahe und wußte keine Erklärung für ihr Schweigen. »Ich fliege nach Kunming«, sagte er zu Holger. »Drei Monate kein Lebenszeichen, da stimmt doch etwas nicht. Ich habe Angst, daß Fengxia an ihr Rache genommen hat.«

»Die chinesische Post ist nicht gerade ein Musterbetrieb«, meinte Holger. »Ehe ein Brief in ein so abgeschiedenes Dorf wie Huili kommt, kann es etwas dauern.«

»Aber nicht drei Monate.«

»Du kannst jetzt nicht aus Beijing abhauen. Damit würdest du dir deine ganze Zukunft verbauen.«

»Das ist es, was ich unter persönlicher Freiheit verstehe: Ich will fahren können, wann und wohin ich will, ohne um Erlaubnis zu betteln, ohne von einer Einheit bevormundet zu werden. Hier stehe ich, und dort ist die übrige Welt, und es soll mir keiner verwehren, sie zu sehen.«

»Das ist auch ein Programmpunkt in den Plänen von Bai Hongda. Hast du schon mal eine Rede von Charly angehört?«

»Reindl ist ein Schwätzer. Für ihn ist eine Revolution ein Gesellschaftsspiel. Was er sagt, glaubt er selbst nicht, aber er hämmert es den anderen ein und heizt sie so lange auf, bis sie überkochen. Holger, das ist gefährlich für eure Sache. Er hat sich als Freund bei euch eingeschlichen, und ihr vertraut ihm, aber er will gar keine chinesische Demokratie, sondern ein Chaos wie in der Kulturrevolution. Er haßt eine geordnete Gesellschaft und liebt den Terror. Er will euch zeigen, wie frei man leben kann, und führt euch doch nichts anderes vor als Zügellosigkeit. Es gibt kein Zusammenleben ohne eine feste Ordnung.«

»Du weißt selbst nicht, was du willst«, sagte Holger und sah Jian kopfschüttelnd an. »Auf der einen Seite beschwerst du dich, daß in China alles unter der Kontrolle der Partei steht, auf der anderen Seite willst du eine ›feste Ordnung‹. Wie stellst du dir das neue China eigentlich vor?«

»Ich weiß es nicht.« Jian zuckte mit den Schultern. »Eine Milliarde Menschen zu regieren und es jedem recht zu machen ist eine Aufgabe, die unsere Kraft übersteigt. – Holger, warum höre ich nichts von Lida?«

Es war Winter, Beijing lag unter Schnee begraben, die schneidende Kälte durchdrang jede Wattejacke und jeden gefütterten Filzstiefel. Jian hatte auch zweimal an Onkel Zhang Shufang geschrieben und ihn angefleht, nach Huili zu fahren oder wenigstens anzurufen, denn Huang Keli mußte sein Telefon längst bekommen haben. Zhang antwortete, er liege krank im Bett und sei sehr schwach. »Ich bin von heute auf morgen ein alter, zittriger Mann geworden«, schrieb er mit schön gemalter Schrift. »Eine Fahrt nach Huili wäre wie eine Reise zum Mond. Und das Telefonamt in Dali sagt, es gebe keinen Anschluß in Huili. Wenn er beantragt sei, müsse man Geduld zeigen. Mein lieber Jian, mehr kann ich dir nicht berichten. Mir geht es wie einem Kerzenstumpf, der nur noch kurze Zeit zu brennen hat.«

»Ich muß nach Huili«, sagte Jian. »Ich habe Angst um Lida.«

»Dann mußt du dein Studium aufgeben. Dein Name wird von der Liste der Studenten gestrichen werden«, erwiderte Holger.

Von seinen Eltern hörte Jian das Übliche. Sein Vater schrieb, er sei stolz auf ihn, und seine Mutter berichtete, daß Fengxia schwanger sei, was Jian zu der Antwort veranlaßte: »Der arme Wu Junghou! Jetzt mußt er sich bald mit zwei Drachen schlagen.«

Jians Mutter vernichtete den Brief, in dem diese Bemerkung stand, sofort, und eine Antwort gab sie auch nicht, als Jian in seinem nächsten Brief fragte: »Was hast du von Lida gehört?« Es war ein Hilferuf, aber Jian rechnete nicht damit, daß er gehört wurde.

So wurde es März 1989, und Bai Hongda war endlich bereit, Jian nicht mehr zu mißtrauen. Er bestellte ihn zu einem heimlichen Treffen der Führer verschiedener Studentengruppen, und weil es in Beijing unmöglich ist, sich in einem Haus zu treffen, ohne daß das zuständige Straßenkomitee davon Kenntnis bekäme, traf man sich auf dem Gelände des Sommerpalastes, in dem langen, überdachten Wandelgang unterhalb des Wanshou Shan, des »Berges der Langlebigkeit«. Es war fast symbolisch, daß man sich hier traf, denn lange leben wollten sie alle, die jetzt eine Verschwörung bildeten, lange leben in einem erneuerten, demokratischen China.

»Ich stelle euch unseren neuen Kameraden Tong Jian vor«, sagte Bai und drückte ihm zur Demonstration seines Vertrauens die Hand. »Er gehört jetzt zu unserem inneren Kreis.« Mit fester, befehlsgewohnter Stimme fuhr er fort: »Welche Meldungen oder Beobachtungen sind bei euch eingegangen? Wir müssen sicher sein, daß in allen großen Städten die Studenten und die Werktätigen mit uns zusammen demonstrieren. Unser Protest muß das ganze Land erfassen und darf sich nicht auf Beijing beschränken. Wie sehen die Kontakte aus?«

»Sehr gut.« Charly Reindl, der Bais Sekretär geworden war und die Koordinierung der auswärtigen Gruppen vorantrieb, blätterte in einem kleinen Notizbuch, das man bei einer Verhaftung in den Mund stecken, zerkauen und hinunterschlucken konnte. »Man wartet auf das Zeichen von uns.«

»Die internationale Presse hat einen geheimen Wink von mir bekommen«, sagte Bai.

»Das war ein Fehler, Hongda.«

Die anderen waren über Jians Worte betroffen: Bai wurde kritisiert, dazu noch von einem Neuling! »Ein einziger Hinweis genügt, und wir sind alle verhaftet«, fuhr Jian fort. »Gibt es einen Journalisten, der ein Geheimnis bei sich behalten kann?«

»Die Welt soll wissen, daß China sich im Aufbruch befindet.«

»Es wäre besser gewesen, die Welt damit zu überraschen.«

»Es ist nun mal geschehen«, sagte Bai und winkte ab, aber in seiner Geste lag plötzlich Unsicherheit. »Gerüchte hat es in China immer gegeben.«

»Und sie hatten immer Tote zur Folge. Kameraden«, Jian sah sich im Kreis der ihn Umstehenden um, »durch ein offenes Fenster kommt nicht nur frische Luft herein, sondern auch jede Menge Fliegen.«

»Dafür gibt es einen Fliegenspray!« rief Reindl.

»Du sagst es.« Jian sah ihn mit scharfem Blick an. »Aber haben wir einen?«

Am Morgen eines trüben Tages Ende Februar wunderte sich Huang Keli, als er aufwachte, daß im Stall noch der Büffel rumorte und Lida nicht aus ihrem Haus in das elterliche gekommen war. Auch Jinvan schlief noch, die sonst von Lida geweckt wurde, der Frühstückstisch war nicht gedeckt, und als Huang auf seine Uhr blickte, war es bereits sieben Uhr, eine Zeit, zu der Lida sonst längst an die Arbeit gegangen war.

Mit einem langen Seufzer erhob sich Huang aus seinem Bett, sagte sich, ein so trüber Tag reize nicht zur Arbeit, zog seine Hosen an und ging zu dem Neubau hinüber.

Lida lag nicht in ihrem Bett, wie er erwartet hatte, es schien vielmehr gar nicht benutzt worden zu sein. Aber das war nicht gut möglich, denn sie hatten zusammen das Abendessen eingenommen, und Lida hatte danach gesagt: »Ich bin müde. Ich lege mich gleich hin.«

Huang schloß wieder die Tür und ging in den Stall, wo der Büffel mit seinen Hörnern unruhig gegen die Holzwand stieß. Dort blieb er wie angewurzelt stehen – er konnte nicht glauben, was er sah.

Um die Hörner und den dicken Hals des Büffels hatte Lida Blütenkränze gewunden, das Fell war blank gebürstet, das beste Grünfutter lag in dem Freßtrog, den die Huangs als einzige in Huili besaßen, denn die Bauern warfen ihren Tieren das Fressen einfach auf den Stallboden.

Huang lehnte sich an die Tür und schloß die Augen. Er spürte ein Zucken in seinen Beinen, glaubte umzufallen, klammerte sich rasch am Türrahmen fest und preßte die Stirn gegen das Holz.

So stand er eine ganze Zeit im Stall, bis er vom Haus Jinvan rufen hörte. Da stieß er sich von der Tür ab, tappte kraftlos über den Hof und fiel im Haus auf sein Bett, mit einem starren Blick, der nichts mehr zu erkennen schien. Jinvan saß hinter dem Tisch, und ihr Gesicht war plötzlich alt, faltig und knochig, als hätten Wind und Sonne es ausgedörrt.

»Sie ist weg«, sagte Huang tonlos. »Einfach weg. Unsere Tochter Lida hat uns verlassen. Sie ist davongeflogen wie ein

Vogel im Herbst.« Er warf beide Hände vor sein Gesicht, und dann weinte er, und gleichzeitig stampfte er mit den Füßen auf, als wolle er die Erde vernichten, auf der er bisher gelebt hatte. »Ich habe ihr ein Haus gebaut, ich habe Schulden auf mich genommen, wir haben für sie alles verkauft, was wir entbehren konnten, wir haben mehr getan, als Eltern möglich ist – und sie geht, schleicht sich davon.«

»Wohin will sie denn? Sie hat doch keinen Yuan bei sich!«

»Ich weiß es nicht.«

»Und wenn sie ein paar in der Hand hat, wie lange reichen sie?«

»Ich weiß es nicht.«

»Sie kann nicht weit kommen. Niemand wird ihr Unterkunft geben. Die Augen der Einheiten sind überall, das weißt du doch. Vielleicht irrst du dich, Keli, und sie ist allein aufs Feld gegangen.«

»Und schmückt den Büffel mit Blütenkränzen?«

»Das hat sie getan?« Jinvan senkte den Kopf. Wie Huang brauchte sie jetzt keine Beweise mehr, daß Lida wirklich gegangen war. »Die Liebe hat sie fortgetrieben«, sagte sie leise.

»Sie kann doch nicht zu Fuß nach Beijing gehen!« schrie Huang auf. Schmerz zerriß ihn.

»Sie wird Autos anhalten und sich mitnehmen lassen.«

»Meine Tochter – eine Straßenbettlerin. Die Tochter des Lehrers Huang auf Karren mit Schweinen, Hühnern, Säcken, Steinen, Kohlen. Ich habe sie zu Anstand und Würde erzogen, und jetzt läuft sie wie eine streunende Hündin herum! O Jinvan, das tut so weh.«

Als sich Jinvan im Haus Lidas umsah, gewahrte sie den Zettel, den Lida auf das Eckschränkchen gelegt hatte, auf dem immer der Jade-Pavillon gestanden hatte. Nur eine einzige Zeile war darauf geschrieben: »Vergebt mir, aber ich kann nicht anders.«

»Sie ist zu Jian«, sagte Jinvan und hielt Huang den Zettel unter die Augen. »Jetzt wissen wir es genau. Sie ist auf dem Weg nach Beijing.«

»Aber das ist doch Wahnsinn«, stammelte Huang und las

immer wieder diese eine Zeile. »Wie kann ein Mensch so verrückt sein?«

»Für Lida gibt es kein Leben mehr ohne Jian. Jetzt läuft sie diesem Leben nach. Wir können nichts tun, Keli, gar nichts. Aber ich weiß, daß sie wiederkommt, wenn sie ihr Leben eingefangen hat.«

»Ich werde sie nicht wiedersehen.« Huang warf sich auf sein Bett zurück, legte Lidas Zettel auf seine Lippen und schloß die Augen. Er atmete schwer.

Am Nachmittag, nach Schulschluß, ging Huang zum Ältesten der Einheit hinunter und setzte sich ihm gegenüber. »Ich habe dir eine Meldung zu machen«, sagte er mit trockenen Lippen. »Meine Tochter Lida ist weggegangen.«

»Wohin?« fragte der Alte ohne sichtbare Regung.

»Das weiß ich nicht.«

»Will sie in die Stadt? Sie bekommt ohne unseren Willen keine Meldebescheinigung.«

»Das weiß ich. Ich beantrage auch keinen Schein. Ich erfülle nur meine Pflicht und melde, daß sie uns verlassen hat.«

»Du hast keinen Verdacht, warum Lida fortgegangen ist?«

»Nein. Du hast ihr neues Haus gesehen, du weißt, was wir alles dafür geopfert haben – ich kann dir keine Erklärung geben.«

»Man wird sie aufgreifen«, sagte der Alte ruhig. »Jeder, der fortgeht, strebt zu einem Ziel. Und dort wird sie den wachen Augen auffallen. Wie will sie leben, ohne Arbeit? Wo soll sie schlafen, ohne Bett? Huang Keli, du bist ein armer, geschlagener Vater. Aber du bist der Lehrer von Huili, die Trauer um Lida darf deinen Geist nicht verdunkeln. Du hast nicht nur deine Tochter, du hast viele Kinder, die du auf das Leben vorbereitest. Denk dir, Lida wäre gestorben. Da gäbe es keine Hoffnung mehr – jetzt aber ist noch Hoffnung.«

»Werdet ihr Lida bestrafen, wenn sie wirklich zurückkommt?«

»Das ist unsere Pflicht. Auch wenn du unser Lehrer bist, unsere Gesetze gelten für jeden.«

Huang verabschiedete sich von dem Ältesten und kehrte in sein Haus zurück. »Was können wir noch verkaufen?« fragte er Jinvan.

»Wir haben nichts mehr außer dem Büffel.«

»Dann werde ich den Büffel verkaufen.«

»Und wozu soll das Geld dienen?« fragte sie.

»Ich werde nach Beijing fliegen«, sagte Huang hart. »Ich will da sein, wenn meine Tochter aus der Erde auftaucht. Ich lasse sie nicht allein, auch wenn sie weggelaufen ist. Sie bleibt mein Kind, und es ist die Ehre der Väter, verzeihen zu können.«

»Sollen wir nicht auch Tong Shijun verständigen?«

»Nein. Er würde Jian nach Shanghai oder sonstwohin versetzen lassen. Ich will in Beijing auf sie warten.«

Aber niemand wollte Huangs Büffel kaufen.

Es war der 2. April 1989 – dieses Datum würde Jian nie vergessen –, als er aus der Universität kam und über den Vorplatz ging, hinüber zu den Hunderten von abgestellten Fahrrädern, um das seine herauszusuchen und nach Hause zu fahren. Wie gelähmt blieb er plötzlich stehen und starrte, als sähe er eine Vision, eine Gestalt an, die vor den Fahrrädern wartete. Sie trug eine Steppjacke voller Lehm- und Schlammflecken, eine unförmige, mit Watte gefütterte Hose, derbe, klobige Schuhe und eine dicke Wollmütze. Das einzig Saubere an ihr war ihr Gesicht, und in diesem Gesicht waren es die schwarzen Augen und der Mund, die ihn anlachten.

Für Jian war es, als fiele die Sonne in sein Herz. Er rannte auf die Gestalt zu, mit weitausgebreiteten Armen, und als sie ihm mit einem Aufschrei entgegenlief, wollte er sie auffangen und an sich drücken, aber dann hielt ihn die ihm anerzogene Moral davon zurück, vor Dritten Zärtlichkeiten zu zeigen.

Sie blieben dicht voreinander stehen. Er griff nach ihren beiden Händen, zog sie an seine Brust und spürte, wie sie zitterte und ihre Finger sich um seine Finger krampften. Mit versagender Stimme flüsterte er: »Lida!«

»Jian!«

»Wie ... wie bist du nach Beijing gekommen?«

»Ich bin einen Monat unterwegs gewesen.«

Sie kümmerte sich nicht darum, ob die anderen Menschen ihnen zusahen, sie legte den Kopf an seine Schulter und schmiegte sich in seine Arme. »Mit Autos, Pferdekarren, Ochsenwagen und Traktoren der Bauern. Ab und zu habe ich heimlich gearbeitet, um ein paar Yuan zu verdienen, ich habe in den Reishütten geschlafen, neben Ziegelbrennöfen und in den Ställen, ich habe an den Garküchen auf der Straße gebettelt und habe gegessen, was andere übrig ließen, ich habe Früchte von den Märkten gestohlen. Und immer, jeden Tag, habe ich gesagt: ›Du mußt zu ihm, du mußt zu Jian. Seit einem halben Jahr, nein, noch länger, läßt er nichts von sich hören. Du mußt nach Beijing. Und jetzt bin ich in Beijing und sehe und spüre dich, und ich weiß jetzt, daß es Wunder gibt, man kann sie erzwingen.«

»Lida«, sagte er wieder, »Lida ...«

»Ich wäre dir überallhin gefolgt, und wenn ich ein Jahr unterwegs gewesen wäre.«

»Und dein Vater hat dich nicht zurückgehalten?«

»Er wußte es nicht. Ich bin in der Nacht fort. Ich habe ihm einen Zettel geschrieben. Vielleicht sehe ich ihn und meine Mutter nie wieder. Wo du bist, da ist mein Leben.«

»Ich habe dir vier Monate lang jede Woche einen Brief geschrieben.«

»Es ist nicht ein einziger in Huili angekommen. Weißt du, wie es ist, wenn man vor Verzweiflung den Wahnsinn kommen fühlt?«

»Mein Vater«, sagte Jian bitter. »Er hat auf irgendeine Weise dafür gesorgt, daß meine Briefe dich nicht erreicht haben. Oder es war Fengxia. Fengxia mit der Macht der Partei im Rücken.«

»Ich habe dich gefunden – alles andere ist unwichtig.«

Er ließ sie los und sah sich um. Neben den Fahrrädern lag auf dem Pflaster eine Reisetasche aus Segeltuch. Jian bückte sich und hob sie auf. Sie war leicht und fast leer. »Ist das alles, was du mitgenommen hast?« fragte er.

»Was ich an Unterwäsche brauchte, habe ich von den paar Yuan gekauft, die ich heimlich verdiente. Und wenn sie schmutzig war, habe ich sie weggeworfen und neue gekauft. Wo sollte ich denn waschen und trocknen? Ich durfte doch nicht gesehen werden. Ich weiß, daß ich schmutzig aussehe – aber ich bin in Beijing.«

»Ich muß sehen, wo ich dich verstecken kann«, sagte Jian. »Bei mir kannst du nicht wohnen. Ich habe ein Zimmer im Haus eines Professors, und alles, was im Haus geschieht, meldet das Personal der Geheimpolizei. Du wärst noch keine Stunde da, dann würde dich die Miliz verhören. Gerade das Ausländer- und Diplomatenviertel wird besonders scharf beobachtet.«

»Dann werde ich noch Jahre in einem Versteck leben?«

»Nein.« Jian legte den Arm um Lidas Schultern. »Vielleicht nur ein paar Wochen. Es wird sich in China vieles ändern in der nächsten Zeit. Wir alle werden freier atmen können.«

»Das verstehe ich nicht. Erkläre es mir, Jian.«

»Später, Lida.« Er zog sie mit sich und fragte sich, was wohl die anderen Studenten bei Lidas Anblick dachten. »Ich werde meine Freunde alarmieren. Sie müssen uns helfen.«

Sie setzten sich in ein kleines Eßlokal, das in einer engen Nebenstraße lag. Hier fiel Lida in ihrer schmutzigen Steppjacke nicht auf, und als Jian für sie eine Nudelsuppe mit Schweinefleisch bestellte, machte sich Lida hungrig über sie her.

»Wann hast du das letzte Mal gegessen?« fragte Jian erschüttert.

»Ich weiß es nicht. Gestern habe ich von rohen Gemüseabfällen gelebt, die ich auf einem Markt gesammelt habe. Ich habe nicht einen Yuan mehr in der Tasche.«

»Ich bestelle dir noch einen Topf mit Reis und Hühnerfleisch.« Er ging zu der dicken Frau, die in einer fleckigen weißen Schürze und mit einem weißen Käppi auf den grauen Haaren am Herd stand, bezahlte im voraus und fragte: »Hast du ein Telefon?«

»Sehe ich aus, als wenn ich mir das leisten könnte? Nebenan der Schneider, der hat ein Telefon. – Wieviel Hühnerfleisch?«

»Das Doppelte wie sonst, dafür weniger Reis.«

»Du wirst sie eine halbe Stunde abseifen müssen, ehe du sie ins Bett nimmst«, sagte die Dicke. »Wo hast du sie aufgelesen? In einem Acker? Wenn sie gewaschen ist, wird sie bestimmt schön aussehen. Jetzt stinkt sie.«

Jian gab keine Antwort, sondern ging nebenan zu dem Schneider.

Der Meister sprang sofort hoch, ergriff einen Stoff, hielt ihn Jian hin und rief: »Genosse, Sie haben den richtigen Weg gefunden. Ich habe die besten Stoffe, sehen und fühlen Sie nur. Bei mir bestellen sogar die Professoren der Universität ihre Anzüge. In drei Tagen werden Sie der eleganteste Mann in Beijing sein.«

»Wollen Sie zehn Yuan ohne Arbeit verdienen?« fragte Jian kurz.

Der Schneider riß ungläubig die Augen auf. »Zehn Yuan ohne Arbeit? Ja, Genosse.«

»Dann lassen Sie mich telefonieren.«

Jian legte die zehn Yuan auf den Tisch, der Schneider steckte die Scheine in die Tasche und begriff nicht, wie jemand, auch wenn er anscheinend zu viel Geld besaß, für die Benutzung eines Telefons eine solche Summe zahlte.

Jian ging in ein Hinterzimmer, wählte die nur wenigen Vertrauten bekannte Nummer von Bai Hongda und hatte Glück, daß Bai zuhause war.

»Du mußt mir helfen, Hongda«, sagte Jian eindringlich. »Nur du kannst es.«

»Beschattet man dich? Hat man dich verhört?«

»Nein. Nichts in dieser Richtung. Ich habe dir doch von Lida erzählt.«

»Deinem Mädchen? Der Tochter des Miao-Lehrers?« Damit bewies Bai, welch ein vorzügliches Gedächtnis er hatte. »Was ist mit ihr?«

»Sie ist gerade in Beijing angekommen. Vor einer halben Stunde stand sie vor der Universität, als ich herauskam.«

»Das ist die denkbar ungünstigste Zeit, die sie wählen konnte.«

»Ich weiß nicht, wo ich sie unterbringen soll. Sie ist illegal hier, ist heimlich von zu Hause fort. Bei mir kann sie nicht wohnen. Die Pohlands würden es nie zulassen, und die Geheimpolizei wäre sofort informiert. Das ist das Letzte, was wir jetzt gebrauchen können. Ich verlasse mich auf dich, Hongda. Nur du kannst jetzt noch helfen.«

»Wo seid ihr?« fragte Bai knapp.

»In einer Garküche.« Jian nannte den Namen der Gasse.

»Ich komme.«

»Wie soll ich dir danken, Hongda?«

»Darüber werden wir später reden. In einer halben Stunde bin ich bei euch.«

Jian legte den Hörer auf, ging nach vorn in die Werkstatt des Schneiders und sagte mit einem befreiten Lachen: »Sehen Sie, Genosse, so leicht kann man Geld verdienen!«

»Wenn es noch mehr Verrückte wie Sie gäbe, könnte ich vom Telefon leben.« Der Schneider grinste Jian an und nähte an einer Hose weiter. »Aber vergessen Sie nicht, daß ich die besten Stoffe habe. Für alle Fälle.«

In der Garküche wartete Lida ungeduldig auf ihn. »Wie gut, daß du endlich kommst!« rief sie und sprang auf. »Zwei Männer waren schon hier und wollten mich mitnehmen. Fünf Yuan haben sie geboten.«

Jian fuhr zu der Dicken herum und schrie: »Das hast du zugelassen? Du siehst zu, wie sie das Mädchen belästigen?«

»Bin ich für sie verantwortlich?« schrie die Dicke zurück. »Fünf Yuan sind ein guter Preis für diese verdreckte Maus.«

»Man sollte dich prügeln!« Jian ballte die Fäuste. »Aber du hast Glück – ich rühre keine Frau an. Bring zwei Limonaden!«

Nach einer knappen halben Stunde kam Bai Hongda in die Garküche; er brachte Charly Reindl mit, was Jian gar nicht gefiel.

Reindl starrte Lida an, dann schüttelte er den Kopf und wandte sich an Jian. »Ist sie Kanalreinigerin?« fragte er.

Jian blickte wütend Bai an. »Mußtest du ausgerechnet den mitbringen?«

»Er mußte.« Reindl grinste breit. »Ich bin der einzige, der

deine Mieze unterbringen kann. Nur wo ich sie abschrubben soll, das weiß ich noch nicht. Ich habe kein Badezimmer.«

»Wieso kannst du Lida verstecken? Du wohnst doch in einer Wohnanlage, wo man alles hört und sieht.«

»Der liebe Charly hat so seine Tricks.« Reindl lachte mit dem Gesicht eines geilen Fauns in sich hinein. »Die Kontrolleurin unserer Straße ist fünfundvierzig Jahre alt und gelenkig wie eine Bodenturnerin. Wenn ihr Mann zur Arbeit ist, tue ich ihr ab und zu einen Gefallen.« Er machte eine Bewegung mit dem Unterkörper und lachte dabei schallend. »Seitdem kann ich machen, was ich will. Man muß die richtigen Schlösser aufschließen, Jungs.« Er wandte sich zu Lida und nickte ihr aufmunternd zu. »Wir werden dich schon aufpolieren, Mädchen. Bist du wirklich zu Fuß bis Beijing gekommen?«

»Ja«, antwortete Lida und blickte an Reindl vorbei. Sie hatte keine Erklärung dafür, aber von der ersten Minute an haßte sie ihn. Ich muß Jian vor ihm schützen, sagte sie sich. Er ist ein böser Mensch.

Bai bemerkte Jians Zögern, und er hob die Schultern und sagte: »Es ist die einzige Möglichkeit, Lida zu verstecken. Ich kenne kein sichereres Versteck für sie. Wenn sie in Beijing bleiben will –«

»Ich bleibe hier«, sagte Lida. Sie blickte Reindl in die listigen Augen. »Jetzt, wo ich dich kenne, bleibe ich bestimmt.«

»Wie soll ich das verstehen?« Reindl boxte Jian lachend in die Rippen. »Paß auf, daß sie nicht zu mir überläuft.«

»Du wärst der erste Mensch, den ich eigenhändig töte«, sagte Jian kühl.

»Nur nicht gleich nach dem Messer greifen!« Reindl hob abwehrend die Hände. »Versteht denn hier keiner Spaß? Die Mädchen meiner Freunde sind für mich tabu!«

»Wird hier gequatscht oder was bestellt?« schrie die dicke Köchin dazwischen. »Wenn nicht, raus aus meiner Küche!«

»Genossin, wir gehen schon.« Bai ging voraus, aber auf der Straße drehte er sich noch einmal um. »Ach ja«, sagte er in vollem Ernst, »deine Nudelsuppe riecht sauer.«

»Du pissender Hund!« schrie die Dicke und rang nach Atem. Dann griff sie nach einem Hühnerkopf und schleuderte ihn Bai nach. Aber sie traf ihn nicht, und eilig rannte sie auf die Straße, hob den Hühnerkopf auf, kehrte zu ihrer Garküche zurück und warf ihn in den Suppentopf. »Die Jugend wird immer unhöflicher«, sagte sie laut zu sich. »Wohin soll das noch führen?«

Er konnte Lida nicht besuchen, das sah Jian ein. Reindl sagte es auf seine widerliche Art, die keinem seiner Freunde gefiel, die sie aber hinnehmen mußten, denn Reindl die Grundbegriffe chinesischer Höflichkeit beizubringen hatte sich schnell als unmöglich erwiesen.

Am nächsten Morgen brachte er Lida mit zur Universität, und sie sah trotz der hinter ihr liegenden Wanderung quer durch China, trotz aller Strapazen und Entbehrungen in ihrem roten Baumwollkleid, über das sie die Steppjacke gezogen hatte, wunderschön aus.

Reindl zeigte stolz auf die Jacke. »Die halbe Nacht habe ich an dem Mistding gearbeitet«, sagte er. »Da hing der Schlamm dick dran. Und Lida erst! Als sie gewaschen aus dem Klo kam, habe ich mich hingesetzt und gesagt: ›Mein Fräulein, wen suchen Sie? Haben Sie sich verlaufen?‹ Nicht wiederzuerkennen war sie.«

Jian zog Lida mit sich fort und ließ Reindl stehen. Sie gingen in die Mensa der Universität, setzten sich hinten an der Wand an einen Tisch, und Jian holte Tee und einen Teller mit süßem Gebäck. Er war glücklich zu wissen, daß Lida jetzt immer bei ihm sein würde, ein ganzes Leben lang. Alles, was sein Vater verhindern wollte, hatte sie mit ihrem Marsch durch China nun doch erreicht, und keine Macht der Welt war jetzt mächtig genug, sie noch einmal zu trennen.

»Ich muß dir ein Geständnis machen«, sagte Jian und griff nach ihren Händen. »In den nächsten Wochen wird die ganze Welt über Beijing sprechen. Das neue China, von dem ich dir immer erzählt habe, wird erwachen. Deng Xiaoping wird gezwungen werden, aus der Öffnung nach Westen echte Demokratie zu machen.«

»Wer will ihn zwingen? Ihr? Du?« Lida spürte plötzlich Angst und eine ohnmächtige Verzweiflung in sich aufsteigen. »Jian, ihr wollt eine neue Revolution? Soll denn wieder Blut fließen? Ist Chinas Erde denn nicht genug mit Blut gedüngt worden? Jian, du nimmst doch nicht an diesem Wahnsinn teil? Versprich mir, daß du es nicht tust.«

»Es wird kein Blut fließen, und es wird auch keine Revolution sein, sondern nur eine Demonstration von Millionen Chinesen vor den Augen der Weltöffentlichkeit. Es genügt nicht, was Deng bisher mit seiner Reform- und Öffnungspolitik erreicht hat. Es ist zu wenig, denn der wirtschaftliche Fortschritt ist ein Unsinn, wenn sich der innere Geist in China nicht ändert und die kommunistische Diktatur weiterbesteht. Wir wollen Rede- und Pressefreiheit, wir fordern die Kontrolle der Funktionäre und die Verfolgung der Korruption, wir wollen die Zulassung demokratischer Parteien, die eine Koalitionsregierung bilden, wir wollen über alles informiert werden, was diese Regierung plant und beschließt. Kurz: Wir wollen Demokratie. China muß aus seiner Isolation heraustreten.«

»Und du glaubst wirklich, daß Deng Xiaoping dich anhört?«

»Mich nicht. Ich bin nur ein Steinchen in dem Berg, der sich in Bewegung setzt. Millionen Stimmen wird er hören. Die Welt wird von ihm erwarten, daß er China erneuert. Tut er es nicht, muß er Jüngeren Platz machen.«

»Die Armee wird gegen euch marschieren und euch niederschießen, wie damals die Rotgardisten der Kulturrevolution.«

»So etwas kann sich nicht wiederholen. Die ganze Welt sieht zu.«

»Ja, sie sieht zu – aber was wird sie tun? Zusehen, weiter nichts. Nicht eine Hand wird sich für euch rühren. Jian, was ihr plant, ist so sinnlos, wie mit einem Netz den Wind aufzuhalten. China, das hat mein Vater gesagt, wird nie ein Land der absoluten Freiheit werden, dazu hat es zu viele Menschen. Man kann China nie an anderen Staaten messen.«

»Bai Hongda ist da anderer Ansicht.«

»Hat Bai noch nie eine Landkarte angesehen? Hat Bai noch nie Zahlen verglichen? Europa und Amerika zusammengenommen haben weniger Einwohner als China; für sie ist es einfach zu sagen, Demokratie sei die einzige richtige Lebensform. Was wissen sie von den einsamen Bergdörfern und den Lederzelten in den Wüsten, vom eisigen Tibet und dem Millionenheer von Menschen in Mittelchina? China ist nicht Beijing oder Shanghai oder Guangzhou, China ist ein Fünftel der ganzen Menschheit.«

»Ich bin erstaunt«, sagte Jian und streichelte Lidas Hände. »Welch eine kluge Frau habe ich! Aber deine Gedanken sind gefangen, wie wir bisher alle Gefangene eines Systems gewesen sind. *Das* soll sich ändern. Der Kommunismus hat sich überlebt. Blick nach Rußland hinüber, es sollte uns ein Beispiel sein. Glasnost und Perestroika haben die Menschen verändert, Gorbatschow hat ein neues Zeitalter für Rußland geöffnet, es gibt keine Militärblöcke mehr, die Atomraketen werden verschrottet... Warum soll sich China nicht auch ändern?«

»Wieviel Menschen leben in Rußland? Zweihundert Millionen, zweihundertfünfzig Millionen? Eine Handvoll gegen China – wir sind über eine Milliarde! Jian, ich flehe dich an: Löse dich von diesen Freunden! Mach diese Demonstration nicht mit!«

Längere Zeit sprachen sie so weiter. Plötzlich stand Bai Hongda vor ihrem Tisch und fragte: »Ist es erlaubt, daß ich mich zu euch setze?«

»Warum fragst du? Setz dich«, antwortete Jian. »Ich versuche Lida zu erklären, was Demokratie ist.«

Bai schürzte die Lippen und blickte Lida nachdenklich an. »Du wirst als Frau nicht verstehen«, sagte er, »daß ein Volk, das sich auf seinen Wert besinnt und aufsteht, stärker ist als der Starrsinn einiger alter Männer, die sich für kleine Götter halten.«

»Ich bin in deinen Augen vielleicht ein dummes Mädchen, Hongda«, antwortete Lida, »aber was ihr auch tun werdet, ich werde neben Jian sein. Wir sind *ein* Mensch, *ein* Herz und *eine* Seele. Uns kann niemand und nichts mehr trennen.«

»Wenn es so ist«, Bai lehnte sich zurück, »dann wirst du neben ihm gehen und ein großes Plakat tragen.«

»Ich werde mit Jian zusammen alles tun.« Sie stockte, erschrocken über den Gedanken, der ihr plötzlich gekommen war;

aber dann sprach sie ihn doch aus: »Und ich werde neben ihm auch sterben.«

»Uns wird keiner aufhalten können«, sagte Bai selbstbewußt. »Es wird keinen Soldaten geben, der eine Waffe auf uns richtet. Die Armee ist eine Armee des Volkes, und wenn das Volk ruft, wird sie sich ihm anschließen.«

Sie tranken noch einen Tee, dann erhob sich Bai und ging zu einer Vorlesung.

Jian mußte in den Hörsaal III, wo ein Gastprofessor einen Vortrag über Speiseröhrenerkrankungen hielt. »Wie willst du dir jetzt die Zeit vertreiben?« fragte Jian, bevor sie die Mensa verließen. »Auch wenn die Sonne scheint, ist es noch kalt.«

»Ich fahre mit dem Bus zur Verbotenen Stadt und sehe sie mir an«, sagte Lida. Dann zögerte sie, senkte den Kopf, und ihr Gesicht färbte sich rot vor Scham. »Ich... ich habe keinen Yuan.«

Jian griff in die Tasche, holte ein Bündel Scheine heraus und drückte sie Lida in die Hand. »Ich bin unaufmerksam«, entschuldigte er sich. »Was mir gehört, ist auch dein. Sag immer, was du brauchst.«

»Ich schäme mich, so arm zu sein.«

»Du bist nicht arm, du bist meine Frau. Du willst dir neue Kleidung und neue Wäsche kaufen? Kauf dir, was dir gefällt.«

Erst jetzt sah er, daß sie die alte Segeltuchtasche mitgenommen und neben ihrem Stuhl auf den Fußboden gestellt hatte. »Wirf diese schreckliche Tasche weg! Was hast du eigentlich darin?«

Sie bückte sich, hob die Tasche hoch, setzte sie auf den Tisch und riß den Reißverschluß auf. Sie holte einen Gegenstand heraus, der in ein schmutziges Handtuch gewickelt war, und als sie es entfernte, kam der Jade-Pavillon zum Vorschein.

»Du hast ihn immer bei dir gehabt?« fragte er heiser vor Ergriffenheit. »Den ganzen langen Marsch von Huili bis Beijing?«

»Ich wäre nie ohne ihn gegangen, und wenn ich keine Kraft mehr hatte, wenn ich irgendwo im Stroh lag und mich darauf vorbereitete, vor Erschöpfung sterben zu müssen, dann habe ich mit ihm gesprochen, denn dann warst du bei mir, und wenn ich ihn berührt habe, spürte ich, wie neue Kraft in mir wuchs und der lange Weg nach Beijing gar nicht mehr so lang war.« Sie wickelte den Jade-Pavillon wieder in das schmutzige Handtuch und legte ihn in die Tasche zurück. »Wenn ich bei der Demonstration neben dir gehe, hänge ich ihn mir um den Hals. Er wird uns schützen, auch gegen die Soldaten.«

»Es wird keine Soldaten geben«, sagte Jian, und er glaubte wirklich daran. »Bai Hongda hat die besten Informationen. Die Armee wird auf unserer Seite sein.«

Sie gingen in die Eingangshalle hinaus, nickten sich noch einmal zu, und dann eilte Jian zu seinem Hörsaal, wo der Vortrag schon begonnen hatte; Lida stellte sich in die Reihe der auf den Bus Wartenden und fuhr in die Innenstadt. In der Tasche ihrer Steppjacke knisterten die Yuan-Scheine; sie hatte noch nie so viel Geld auf einmal in der Hand gehabt.

Ich werde mir einen bunten Pullover und eine gelbe Hose kaufen, dachte sie. Und eine rote Kappe. Sie stieg am Tiananmen-Platz aus, dem »Platz des Himmlischen Friedens«.

Über dem Tor des Himmlischen Friedens, dem Eingang zum alten Kaiserpalast, der Verbotenen Stadt, hing ein riesiges Mao-Bild. Lida blieb stehen, starrte zu ihm empor, und Tausende gingen an ihr vorbei in die Verbotene Stadt, Chinesen und viele Ausländer, die ihrem Dolmetscher folgten, der ein Fähnchen oder ein Schild hochhielt, damit sich niemand verlaufen konnte.

Sie hatte noch nie so etwas Prächtiges gesehen. Zögernd trat sie unter Maos Bild durch das Tor des Himmlischen Friedens und ging voll Ehrfurcht zur Halle der Großen Harmonie. Sie war stumm vor Staunen über so viel Schönheit.

Die Studenten trafen sich nicht mehr heimlich, sondern an dem 1958 eingeweihten, riesigen Obelisken, dem Denkmal für die Helden der Nation, mitten auf dem Tiananmen-Platz. Die Führer der einzelnen Gruppen umringten Bai Hongda, und daß sie jetzt öffentlich zusammenkamen, unter den Augen der Polizei, bewies ihnen, daß die Zeit reif war.

»Hu Yaobang ist tot«, sagte Bai, und er gab sich keine Mühe, leise zu sprechen. »Vergessen wir nicht, daß er 1987 als Chef der Kommunistischen Partei unseren Ruf nach mehr Demokratie und innerer Freiheit nicht bekämpft, sondern zu uns gehalten hat. Seine Sympathie galt unseren Ideen. Man hat ihn dafür bekämpft, beschimpft und einen Verräter genannt, man hat ihm alle Ämter genommen und ihn geächtet – aber er war ein Mann, der Chinas Zukunft sah. Jetzt ist er tot, und es ist unsere Pflicht, ihn so zu ehren, wie es sich gehört. Morgen werden wir hier am Obelisken sein Bild aufhängen, und ein Meer von Blumen soll ihn umgeben, und wir wollen unsere Stimmen erschallen lassen und den starren alten Männern, die ihn verjagt haben, zuschreien: ›Ehre für Hu Yaobang! Rehabilitiert den großen Mann! Setzt seinen Namen auf die Liste unserer Helden!‹ Es muß ein Ruf sein, der die Wolken vom Himmel holt.«

»Und wie reagieren wir, wenn man die Demonstration verbieten will?« fragte Holger.

»Sie können sie nicht verbieten.« Reindl fuchtelte mit beiden Armen. »Hier auf dem Platz des Himmlischen Friedens haben 1976 Hunderttausende den Tod von Zhou Enlai betrauert, und aus dieser Trauer wurde der Aufstand gegen die Tyrannei der Viererbande. Sie wurde verhaftet, der Mut des Volkes siegte. Und denkt an den 4. Mai 1919! Zum ersten Mal wagten es damals Studenten in China, für Demokratie und Freiheit auf die Straße zu gehen, und die Kommunisten waren sprachlos und wie gelähmt vor der Macht des Volkes.«

»Um es später blutig niederzuknüppeln«, sagte Jian.

»Es war ein Anfang, ein Signal!« schrie Reindl. »Und morgen wird es wieder ein Signal sein, und es wird in allen Städten gehört werden, und Millionen werden auf den Plätzen stehen und mit uns solidarisch sein! Morgen beginnt der Marsch in die Freiheit.«

»Brauchen wir einen Deutschen, um uns sagen zu lassen, wohin Chinas Weg führt?« rief einer der Studentenführer. »Hongda, du bist unser Kopf. Wir werden Hu Yaobangs Bild an den Obelisken hängen und demonstrieren. Und wir werden immer wieder auf den Platz des Himmlischen Friedens kommen und so lange rufen, bis Deng Xiaoping uns die Freiheit verspricht oder verschwindet. Kameraden, morgen marschieren wir!«

»Was hältst du davon, Holger?« fragte Jian, als sie auf ihren Fahrrädern nach Hause fuhren.

»Es ist Zeit, mit dem Aufstand zu beginnen«, antwortete Holger. »Morgen werden es ein paar tausend sein. Übermorgen hunderttausend. Es ist wie ein Schneeball, den man einen Berghang hinunterrollen läßt. Er wird zu einer Lawine werden, die alles mit sich reißt.«

»Du sagst es. Sie bringt die Vernichtung mit.«

»Willst du aussteigen?« fragte Holger. »Machst du nicht mehr mit?«

»Wie kannst du eine solche Frage stellen?« Jian schüttelte den Kopf. »Ich bin ein Chinese und stehe zu meinem Wort. Ich verlasse doch nicht meine Freunde!«

In der Nacht noch, unter Leitung Reindls und eines anderen Studentenführers und nicht gehindert von Polizei oder Miliz, hängten vierzig Studenten ein riesiges Bild von Hu Yaobang am Obelisken auf, brachten Blumengebinde herbei und zogen schwarze Spruchbänder um das Bild, auf denen »Gerechtigkeit für Hu!« stand.

Ein Polizeioffizier kam neugierig näher und fragte: »Habt ihr eine Genehmigung für diese öffentliche Totenfeier?«

Einer der Studenten antwortete: »Ja. Sie können sich morgen davon überzeugen, Genosse Offizier.« Als der Mann in Uniform fortfuhr: »Zeigt mir das Papier!«, erwiderte der Student: »Ein Papier kann man zerreißen. Wir haben die Genehmigung des Volkes, das kann man nicht zerreißen.«

Etwas verwirrt verließ der Offizier die Studenten, und er unternahm nichts, was sie an ihrem Tun gehindert hätte.

Am nächsten Tag standen zweitausend Studenten und Neugierige vor dem Obelisken und Hus Bild und hörten Bai Hongda zu, der mit Hilfe eines Megaphons zu ihnen sprach.

»Ein Mann ist tot, der China in eine freie Zukunft führen wollte!« rief er, und seine Stimme dröhnte über den Platz des

Himmlischen Friedens. »Man hat ihn weggejagt, aber jetzt sind wir da und ihr, das Volk! Ich frage euch: Wollt ihr weiter unter der Herrschaft des Kommunismus leben? Wollt ihr keine freien Menschen sein? Wollt ihr euch weiter vorschreiben lassen, wo ihr arbeiten und leben dürft, was ihr sagen könnt und worüber ihr schweigen müßt? Wollt ihr weiter so leben, wie es eure Einheiten befehlen? Die Welt ist für jeden offen, auch für uns Chinesen.«

Das Fernsehen kam und filmte die Demonstration, Zeitungsreporter fotografierten und nahmen Bais Rede auf Tonbänder auf, und auch ausländische Korrespondenten waren auf dem Platz und sprachen aufgeregt in ihre Mikrofone. Eine Kompanie Polizei versammelte sich vor der Halle des Volkes, aber sie griff nicht ein. Ihr Befehl lautete: Beobachten.

Jian stand ganz nahe vor einem der Reliefs, die den Sockel des Obelisken zierten und das Heldentum chinesischer Soldaten verherrlichten. Neben ihm hockte auf einem Klappstuhl Lida, und sie hielt eine neue, kunstlederne Tasche auf dem Schoß, die sie an einem Riemen auch über der Schulter tragen konnte; in der Tasche lag, in ein großes, neues Frotteetuch eingewickelt, der Jade-Pavillon. Sie sah zu Jian hinauf, der im Sprechchor mitschrie: »Gerechtigkeit für Hu Yaobang!«, und sie begriff nicht, warum Jian das tat und sich in Gefahr begab, statt ihr auszuweichen. Aber sie war neben ihm, und dort würde sie bleiben, was auch geschah.

Zunächst geschah wenig; die alten Männer in der Regierung, an der Spitze Deng Xiaoping, warteten ab und waren so klug, das noch schwache Feuer nicht aufflammen zu lassen, indem man hineinblies. Sie hofften, daß die Studenten sehr schnell ihre Demonstrationen beenden würden, wenn sie einsahen, daß ihre Worte vom Wind verweht wurden.

Doch nach wenigen Tagen änderte sich das Bild. In Beijing liefen die Berichte der Provinzfunktionäre ein. In allen großen Städten war durch Radio und Fernsehen der Aufstand der Studenten bekannt geworden, und wo es eine Universität gab, gingen nun auch deren Studenten auf die Straßen und Plätze und demonstrierten. Am ärgsten war es in Shanghai, wo Tausende die Faust zum Himmel reckten und »Freiheit! Freiheit!« schrien.

Es war, als sei ein Damm gebrochen und eine riesige, unaufhaltsame Flutwelle überspüle das Land. Die Meldungen, die bei Charly Reindl zusammenliefen und die er jeden Abend Bai Hongda vorlegte, bewiesen, daß die Proteste von Beijing eine Fackel waren, die überall neue Brände entfachte.

»So ist es gut!« sagte Bai zufrieden. »Das haben wir gewollt. Der Aufschrei von Millionen wird die alten Männer wegfegen. Die ganze Welt blickt auf uns und erwartet, daß etwas geschieht. Die Demokratie ist nicht mehr aufzuhalten. Wir werden siegen, Freunde, wir werden siegen!«

Im Mai hatte das Fieber der Freiheit die Chinesen voll erfaßt: Auf dem Platz des Himmlischen Friedens versammelten sich jeden Tag Hunderttausende von Menschen aller Schichten, vom Professor bis zum Fabrikarbeiter, vom Intellektuellen bis zum Straßenkehrer, vom Ladenbesitzer bis zum Garkoch. Sie diskutierten über Presse- und Redefreiheit, über die Korruption der Funktionäre, über eine Regierung, die wirklich vom Volk gewählt war, über die Zerschlagung der Macht der Kommunistischen Partei. Und jeden Tag hielt Bai Hongda seine flammenden Reden und riß die Massen mit, und selbst Funktionäre der Geheimpolizei hörten ihm zu, kamen zu ihm und sagten: »Wir vertrauen dir, daß du uns nicht verrätst, aber wir haben flüstern hören, daß Deng Xiaoping die Geduld verliert und das Militär alarmieren will. Laß es nicht soweit kommen. Wir wissen, Millionen schützen euch, eine Mauer von Menschen wird euch umgeben, aber du weißt auch, daß in China tausend Tote so wenig wert sind wie ein umgeknickter Reishalm.«

»Sollen sie kommen, die Soldaten!« rief Reindl, und seine Augen leuchteten voll Fanatismus. »Unsere Leiber werden sie aufhalten.«

Tag für Tag standen Hunderttausende auf dem Platz des Himmlischen Friedens, der jetzt vom Volk umgetauft wurde in »Platz der Irdischen Unruhe«. Und Tag für Tag stand auch Jian in den Reihen der Studenten, und neben ihm stand Lida, die

Kunstledertasche mit dem Jade-Pavillon um die Schulter gehängt.

»Wird die Armee kommen, Jian?« fragte sie. Es war der 1. Juni 1989.

»Sie ist schon da. Sie steht vor der Stadt und wartet. Über hundert Panzer, und sie nennt sich nicht mehr Armee, sondern Volksbefreiungsarmee. Wenn sie marschiert, soll sie das Volk von uns, den Demonstranten, befreien. Wir werden dann vogelfrei sein, und jeder darf uns abschießen.«

»Dich auch, Jian?« fragte sie mit schwankender Stimme.

»Mich auch. Ich gehöre zum engsten Kreis der Revolutionäre; sie werden mich bis in den hintersten Winkel unseres Landes jagen.«

»Wenn du das weißt, warum bist du dann noch hier? Komm, laß uns gehen und uns verstecken!«

»Dazu ist es jetzt zu spät.« Jian legte den Arm um Lida, zog sie an sich und spürte, daß sie am ganzen Körper zitterte. »Ich müßte mich selbst umbringen, wenn ich jetzt meine Kameraden verrate.«

»Ich bin zu dir gekommen, um mit dir zu leben«, sagte sie. »Leben, Jian – nicht um mit dir für ein Hirngespinst zu sterben.«

Jian machte eine weite Armbewegung, die den ganzen riesigen Platz umfaßte. »Sind das Irre, die jeden Tag hier stehen, oder sind es Menschen, die an ein neues China glauben und darum kämpfen werden? Das Feuer, das wir entfacht haben, ist nicht mehr auszutreten. Es brennt die Diktatur weg und läßt einen reinen Himmel über China scheinen. Die Welt hält den Atem an.«

»Die Welt! Die Welt! Die Welt! Was ist das, die Welt? Hilft sie dir oder Bai oder den Studenten oder dem Volk? Die Welt sieht nur zu, als fände hier eine riesige Beijing-Oper statt. Und wenn hundert Millionen getötet werden, wird man sagen: ›Was ist das schon bei über einer Milliarde?‹ Das ist die Welt!« Lida faßte Jian an der Hand und wollte ihn mit sich ziehen. »Komm, laß uns gehen!«

»Ich bleibe. Ein Tong flüchtet nicht.«

»Ein Tong! O könnte ich den Jade-Pavillon auf deinem Kopf

zerschmettern, damit in ihm der Name für immer ausgelöscht wird! Du bist mein Mann, und ich bin deine Frau, und wir wollen leben, ich will Kinder von dir haben, und ein kleines Stückchen Erde soll uns gehören, gute Erde, nicht mit Blut getränkt, und Blumen sollen darauf wachsen und Kräuter und Ingwerwurzeln, und wir werden einen Kamelienbaum pflanzen, und er soll fünfhundert Jahre alt werden und zehntausend Blüten tragen wie der Kamelienbaum von Lijiang, und alle, die vor ihm stehen, fünfhundert Jahre nach unserem Tod, sollen sagen: ›Seht, ihn haben Jian und Lida gepflanzt, weil sie so stark waren in ihrer Liebe. So stark und unzerbrechlich wie dieser Stamm. Aber du stehst hier, den Kopf stolz erhoben, und läßt dich totschießen!«

»Noch weiß keiner, was morgen ist«, sagte Jian. »Ja, wir können morgen tot sein, aber man könnte uns auch als Sieger feiern. Es ist alles möglich.«

In der Nacht vom 3. zum 4. Juni 1989 erreichte der Schrekkensruf die Hunderttausende von Menschen auf dem Tiananmen-Platz: »Die Armee marschiert! Die Panzer rollen!«

Sie kamen von zwei Seiten, die Chongwenmen Dajie und die Xuanwumen Dajie herunter, Panzer hinter Panzer, die Turmluken geschlossen, die Kanonenrohre waagerecht gestellt zum direkten Beschuß, die schweren Maschinengewehre feuerbereit ausgeschwenkt. Scheinwerfer erhellten den Platz des Himmlischen Friedens, die Menschen schlossen sich zusammen, bildeten eine kompakte Masse, und die Panzer änderten die Richtung und fuhren genau auf diese Mauer zu, und als sich einige Mutige aus ihr lösten, den Panzern mit hocherhobenen Armen entgegenliefen und schrien: »Ihr seid doch auch das Volk! Ihr seid doch unsere Söhne und Brüder! Bleibt stehen und laßt uns sprechen!«, begann das Rattern der Maschinengewehre, und die ersten Getroffenen wälzten sich in ihrem Blut.

»Sie schießen wirklich!« schrie Reindl und riß Bai das Megaphon aus der Hand. »Sie wollen uns niederwalzen!« Und dann brüllte er durch das Megaphon: »Stürmt die Panzer! Stürmt sie! Schüttet Benzin in jede Ritze und steckt es an! Klettert hinauf und holt die Mörder heraus! Genossen, zeigt, daß wir die Macht haben!«

Eine Welle von Leibern brandete auf die Panzer zu. Auch Jian rannte auf sie zu und sah ein paar Meter neben sich, wie Holger plötzlich stockte, sich an den Oberschenkel griff und zusammensackte. Jian rannte zu ihm hin und kniete sich neben ihm auf den Boden.

»Kannst du noch gehen?« rief er. Er mußte schreien; der Lärm der Panzerketten, das Schießen, das Schreien der Verwundeten übertönte alles. Mit von Entsetzen geweiteten Augen sah Jian, wie ein Panzer einen jungen Studenten, der eine Fahne schwenkte, überrollte, wie die Ketten seinen Körper zermalmten, wie Blut nach allen Seiten spritzte; aber der Panzer fuhr weiter, und als er den Körper des Studenten wieder freigab, lag auf dem Pflaster ein unförmiger, blutiger Brei, der nichts Menschenähnliches mehr hatte.

»Leg deine Arme um meinen Hals!« schrie Jian. »Ich trage dich weg.«

»Geh! Lauf! Rette dich!« Holger schüttelte den Kopf. »Laß mich liegen, Jian. Sie ertränken uns in Blut. Lauf, Jian.«

Die Menschenmasse auf dem Platz brach auseinander. Die Menschen flüchteten nach allen Richtungen und versuchten, ihr Leben zu retten. Und immer noch schossen die Panzer und wälzten sich über Tote und Verwundete.

Jian versuchte, Holger vom Pflaster hochzuheben, aber er war zu schwer und rutschte ihm aus den Händen. Und dann sah er Lida, und das Herz blieb ihm stehen. »Zurück, Lida!« brüllte er. »Lauf! Lauf!«

Es war, als höre sie ihn nicht. Sie ging zwischen den Toten und Verwundeten wie eine Schlafwandlerin dahin, hatte die offene Kunstledertasche um den Hals hängen und trug den Jade-Pavillon wie eine Heiligenfigur vor sich her. Sie blieb nicht stehen, als ein Panzer herumschwenkte und auf Holger, Jian und sie zurollte.

»Lida!« schrie Jian noch einmal, und dann fiel er auf die Knie, hob beide Hände in den Nachthimmel und sagte mit brechender Stimme: »Lieber Gott, schütze sie, laß sie leben!«

In diesem Augenblick geschah etwas Unbegreifliches. Lida streckte dem anrollenden Panzer den Jade-Pavillon entgegen, und es war, als treffe eine unbekannte, übermächtige Kraft den Koloß aus Stahl.

Es war ein unsichtbarer, unüberwindlicher Strahl, und der Panzer drehte ab, die auf Lida, Jian und Holger gerichteten Maschinengewehre senkten sich, und dann entfernte sich das Ungeheuer mit rasselnden Ketten.

Lida wandte sich um und ging zu dem knienden Jian und dem stöhnenden Holger, und wie Jian auf den Jade-Pavillon blickte, fühlte er sich plötzlich stark, sprang auf, hob Holger auf seine Schulter und rannte mit ihm zum Obelisken zurück. Von Reindl war nichts mehr zu sehen, nur sein Megaphon lag zertrümmert auf dem Pflaster. Am Sockel lehnten einige Verwundete, und einer sagte: »Ich glaube, ich habe gesehen, wie Bai Hongda unter einen Panzer gekommen ist. Man wird ihn nicht wiedererkennen. Die Revolution ist vorbei. Was haben wir erreicht? Die alten Männer haben wieder mal gesiegt. Jetzt wird wieder Kälte über China kommen. Hoffentlich kommt kein Arzt vorbei – ich will sterben.«

»Kannst du dich auf den Gepäckträger setzen?« fragte Jian Holger und trug ihn zu ihren Rädern.

»Ich weiß nicht.«

»Versuch es, Holger.«

Lida hielt das Fahrrad fest, und Jian stemmte seinen Freund auf den Träger. Dann stieg er in den Sattel und sagte: »Klammere dich fest an mich. Wir schaffen es, wir müssen es schaffen.«

Lida hatte ihren Jade-Pavillon wieder in die Tasche gelegt und hängte sie sich um den Hals. Sie stieg auf Holgers Rad, und niemand hielt ihren Weg zum Diplomatenviertel auf.

Sie fuhren durch eine tote Stadt, die gelähmt war vor Entsetzen.

Aber sie hatten überlebt.

Die Rache der alten Männer war grausam, aber in ihren Augen gerecht. Die Erneuerung Chinas, die Deng Xiaoping begonnen hatte, die Öffnung nach Westen, die Schritt um Schritt erfolgen sollte und nicht mit so großer Hast, daß man den Überblick verlor, selbst der Plan einer Versöhnung mit Rußland, wo Gorbatschow die den Russen bisher völlig fremde parlamentarische Demokratie einführen wollte – alles war durch den Aufstand der Studenten für China wieder unerreichbar geworden.

Die Welt sah mit Entsetzen auf das Blutbad vom 4. Juni. Vor der Vollversammlung und im Sicherheitsrat der Vereinten Nationen wurde China angeklagt, wirtschaftliche Sanktionen wurden beschlossen, die Drähte der Diplomatie liefen heiß – aber Deng Xiaoping ließ sich nicht beirren. Er begann China erneut zu säubern.

Die »Volksbefreiungsarmee«, die auf dem Tiananmen-Platz die Studenten mit Panzern niedergewalzt hatte, besetzte nun ganz Beijing, kontrollierte die großen Straßenkreuzungen und Plätze, fuhr zum Schutz vor den Parteibauten auf, und die Geheimpolizei schwärmte aus, um die Schuldigen zu verhaften. Auch Deng Xiaoping, der bisher geschwiegen hatte, trat wieder an die Öffentlichkeit und verteidigte das blutige Vorgehen seiner Armee mit den Worten, es sei darum gegangen, konterrevolutionäre Umtriebe krimineller Elemente zu zerschlagen. Chinas Weg in die Zukunft sei in Gefahr gewesen.

Die Anklage richtete sich auch gegen die Ausländer. Sie hätten die Studenten aufgehetzt, hieß es, den aufständischen Gruppen auch Geld gegeben; das Überschäumen des Radikalismus sei ihr Werk gewesen, Berufsterroristen unter ihnen hätten das Volk aufgehetzt, so wie der deutsche Student Karl Reindl.

Deng Xiaoping schloß China wieder von der Welt ab. Erinnerungen an die Kulturrevolution Maos wurden wach. Eine gnadenlose Jagd auf die Schuldigen begann, eine Welle von Verhaftungen rollte über das Land, und wieder waren es die Intellektuellen, die Künstler, die Kritiker, die Demokratiebefürworter, die von Polizei, Militär und Geheimpolizei in die Gefängnisse abtransportiert wurden. In Shanghai, Beijing und anderen Großstädten wurden die Studentenführer in Schnellverfahren zum Tode verurteilt und hingerichtet. Vielen gelang die Flucht ins

Ausland, aber was in diesen Tagen und Wochen wirklich in China geschah, deckte ein Schweigen zu, das vollkommen war.

Charly Reindl hatten Soldaten der Armee schon während des Massakers auf dem Platz des Himmlischen Friedens gefangengenommen. Am 4. Juni gegen Mittag – Wasserwagen der städtischen Reinigung spülten das Blut vom Pflaster des Platzes – wurde er vor ein schnell zusammengetretenes Militärgericht geführt. Er sah schrecklich aus. Gesicht und Körper waren durch blutige Wunden entstellt, man hatte ihn geschlagen und gefoltert. Das erste, was er den Offizieren des Gerichts entgegenschrie, war: »Ich bin Deutscher. Ich verlange, daß meine Botschaft sofort verständigt wird! Ohne einen Vertreter der Botschaft sage ich kein Wort! Ich habe als Ausländer, der ich bin, das Recht –«

»Sie haben das Recht mißachtet und gebrochen«, unterbrach ihn mit kühler Stimme der Vorsitzende des Militärgerichts, ein General. »Sie haben China, das Ihnen Gastfreundschaft gewährte, in ein Chaos stürzen wollen. Sie haben sich eines Verbrechens am chinesischen Volk schuldig gemacht. Was haben Sie dazu zu sagen?«

»Nichts! Ich will den westdeutschen Botschafter sprechen!« schrie Reindl.

»Ihr Botschafter kann Ihnen nicht helfen.« Der General blickte mit kalten Augen auf Reindl hinunter. »Sie haben Ihre Verbrechen in China begangen, und China wird Sie verurteilen. Ich fordere Sie auf: Nennen Sie die Namen Ihrer Mittäter! Die meisten kennen wir. Ihr oberster Führer Bai Hongda ist ebenfalls gefangengenommen worden.«

»Dann fragen Sie ihn und nicht mich!« gab Reindl zur Antwort. »Er kennt sie alle. Ich war völlig unwichtig in der Organisation.«

»Wir haben andere Informationen. Es gibt einige Gefangene, die mehr reden als Sie.«

»Weil ihr sie foltert!« schrie Reindl. »Sie sagen alles, was ihr hören wollt. Verdammt nochmal: Ich will den Botschafter sprechen!«

Der General schwieg und gab zwei Soldaten einen Wink. Sie rissen Reindl herum und schleppten ihn aus dem Zimmer, schleiften ihn in den Hof des Hauses und stellten ihn an eine rotgestrichene Wand. Ihm gegenüber standen zwölf Soldaten, die ihre Gewehre im Anschlag hielten. Ein junger Leutnant befehligte sie und hob den Arm, als Reindl allein vor der Wand stand. Plötzlich begriff er, was mit ihm geschehen sollte. Er begann zu brüllen und wollte weglaufen, aber seine Beine waren zu keinem Schritt mehr fähig.

»Das könnt ihr nicht machen!« Reindls Stimme überschlug sich und ging in ein Kreischen über. »Ich bin Deutscher! Ich stehe unter dem Schutz meiner Botschaft! Meine Regierung wird protestieren und ihre Verbindungen zu China abbrechen! Ihr seid doch wahnsinnig, ihr könnt doch nicht –«

Der Arm des Leutnants fiel herunter. Zwölf Schüsse dröhnten wie ein Schuß, und mit einem ungläubigen Erstaunen spürte Reindl, wie er achtmal getroffen wurde; im Bruchteil einer Sekunde empfand er, daß aus seinem Körper Flammen schlugen, dann setzte sein Gehirn aus, er rutschte an der Mauer herunter, fiel wie ein weggeworfenes Stück Holz nach vorn und lebte nicht mehr.

Am 5. Juni betrat Song Keda, ein Offizier der Geheimpolizei, die Villa Dr. Pohlands. Erika öffnete ihm. Sie war über Nacht um Jahre gealtert, und sie führte Song schweigend in das große Wohnzimmer, wo Dr. Pohland sich aus einem Sessel erhob.

»Ich habe Sie erwartet«, sagte er, als sich Song mit aller Höflichkeit vorstellte. »Mein Sohn liegt in seinem Zimmer, er ist schwer verwundet. Ich führe Sie zu ihm.«

Song Keda schüttelte den Kopf, was Dr. Pohland mit sprachlosem Erstaunen erfüllte. Auch Erika, die am Türrahmen lehnte und aus deren Augen Tränen rollten, begriff nicht, was sie sah.

Song ging an eines der Fenster, blickte in den schönen Garten hinaus und drehte sich dann um. »Professor Pohland«, sagte er, als sei es eine freundschaftliche Unterhaltung, »das chinesische Volk weiß zu würdigen, was Sie für es getan haben. Wir wissen, daß Sie unser Land lieben, daß Sie alle Ihre Kraft und Ihr Wissen China gegeben haben, daß im Laufe der vergangenen Jahre Tausende von Studenten Ihre Lehren aufgenommen haben und nun als Ärzte zum Wohl des Volkes verwerten. China will Ihnen in diesen schwersten Stunden seiner neueren Geschichte seine Dankbarkeit erweisen und Ihnen nicht vorwerfen, der Vater eines zu hitzigen Sohnes zu sein. Zum Beweis unserer Hochachtung weisen wir Sie und Ihre Familie nicht innerhalb von vierundzwanzig Stunden aus, sondern geben Ihnen drei Tage, damit Sie in aller Ruhe Ihren Umzug nach Deutschland vorbereiten können. Eine Abordnung des Kulturministeriums wird Sie dann zum Flugzeug begleiten.« Er machte eine leichte Verbeugung. »Ich habe den Auftrag, Ihnen den Dank der Volksrepublik China auszusprechen.«

»Und was geschieht mit meinem Sohn Holger?« fragte Dr. Pohland. Seine Stimme war heiser und zitterte.

»Er ist Ihr Sohn, ein Mitglied der Familie, und wir haben gesagt, die Familie Pohland kann in drei Tagen ausreisen.« Song lächelte Dr. Pohland an, als habe man fröhlich miteinander geplaudert. »Wo ist Ihr Gast Tong Jian?«

»Ich weiß es nicht. Ich habe ihn zwei Tage lang nicht gesehen.«

Song nickte. Er wußte, daß Dr. Pohland log, aber das änderte nichts an seiner Höflichkeit. Die Geheimpolizei arbeitete lautlos, und es war nur eine Zeitfrage, wann man Tong Jian irgendwo aufgreifen würde. Die Geheimpolizei von Kunming war bereits verständigt worden. Der sonst träge arbeitende Staatsapparat lief plötzlich mit großer Geschwindigkeit und Präzision. Die Verhaftungen geschahen im Blitztempo, noch bevor die Betroffenen fliehen konnten.

»Wir glauben Ihnen«, sagte Song leichthin, »daß Sie von den Umsturzplänen der Studenten keine Ahnung gehabt haben.«

»Ich bin völlig überrascht worden. Erst nach der Demonstration für Hu Yaobang wußte ich, daß mein Sohn darin verwickelt war. Es hat zwischen ihm, Tong Jian und mir lange Diskussionen gegeben, aber mit den beiden war nicht mehr zu reden. Sie waren blinde Idealisten.« Pohland erwartete eine Entgegnung, aber

Song schwieg. »Machen Sie mir einen Vorwurf, daß ich meinen Sohn oder Tong Jian nicht an die Polizei ausgeliefert habe?«

»Nein. Wir haben Ihre Verdienste für China dagegen aufgerechnet. Welcher Vater verrät seinen Sohn?« Song schüttelte den Kopf, aber plötzlich fragte er: »Kennen Sie Bai Hongda?«

»Er war ein paarmal unser Gast.«

»Sie wußten nicht, daß er einer der Köpfe der Studentenbewegung war?«

»Nein. Ich sagte Ihnen doch: Bis zur Demonstration für Hu war ich völlig ahnungslos. Demokratie und Freiheit, ja, davon wurde oft gesprochen, und Dengs Öffnung nach Westen berechtigte zu Hoffnungen, zumal Gorbatschows Glasnost ein Vorbild sein konnte. Aber wer hätte daran gedacht, daß ein weltoffenes China durch eine neue Revolution erzwungen werden sollte? Ich hätte den jungen Männern gesagt, daß sie damit genau das Gegenteil erreichen. Deng Xiaoping war auf dem richtigen Weg; was der Jugend fehlt, ist die Geduld. China besteht seit fünftausend Jahren – was für eine Rolle spielen ein paar Monate oder Jahre, wenn sich vieles ändern soll? Auch Rußland wird noch Jahre brauchen, um zu begreifen, daß es in eine neue Zeit eingetreten ist.«

»Sie sind ein weiser Mann, Professor Pohland«, sagte Song mit hörbarem Bedauern. »Es ist ein Verlust für China, daß Sie gehen müssen.«

Am 6. Juni besetzten Geheimpolizisten das Haus von Tong Shijun und holten ihn aus einer Vorlesung in der Universität, nachdem man ihn im Krankenhaus nicht angetroffen hatte. In Kunming waren die Demonstrationen der Studenten maßvoll verlaufen und ihre Anführer schon am 5. Juni verhaftet worden; zwei von ihnen waren auf der Flucht und wurden in ganz Yunnan gesucht.

Tong Shijun war vor Entsetzen zu keinen Gedanken mehr fähig, als der Kommissar Zeng Qifeng im Professorenzimmer der Universität in scharfem Ton zu ihm sagte: »Ihr Sohn ist ein Konterrevolutionär und ein Verräter am chinesischen Volk! Er ist geflüchtet. Wenn er nach Kunming kommt, werden wir ihn erschießen. Tong Shijun, was wissen Sie von den Umtrieben Ihres Sohnes?«

Tong saß erstarrt auf seinem Stuhl und gab keine Antwort – nicht, weil er nicht gewollt hätte, sondern weil sein Kopf plötzlich leer war. Er stierte vor sich hin, und Zeng wußte nicht, ob er überhaupt gehört hatte, was er gefragt worden war. Ein Vater war zusammengebrochen, der ganze Stolz seines Lebens war vernichtet, aber Zeng, der aus einer Arbeiterfamilie stammte, die immer unter den Bevorzugten gelitten hatte, hatte kein Mitleid mit Tong. Der so große Professor war ganz klein geworden.

»Ich habe eine Frage an Sie gestellt, Genosse!« bohrte sich Zeng in Tong hinein. »Haben Sie keine Ahnung gehabt, daß Ihr Sohn Jian reaktionäre Ideen verbreitete? Hat er nie mit Ihnen darüber gesprochen?«

Tong blieb stumm, und niemand sah, daß er nach innen weinte.

Zeng wartete geduldig, doch umspielte ein böses Lächeln seinen Mund. »Man muß ihn anscheinend anders fragen«, sagte er, griff in Tongs weißes Haar, riß ihn zurück und schlug ihm mit der anderen Hand mehrmals ins Gesicht.

Mit geschlossenen Augen ließ Tong die Mißhandlung über sich ergehen. Er wußte, daß er heute nicht nur für alle Zeiten sein Gesicht verloren hatte, seinen Stolz und seine Ehre, sondern daß er aufgehört hatte zu leben, und wenn auch sein Körper noch umherging, aß und trank, schlief und wachte, so regierte darin doch keine Seele mehr; er war nur noch ein Gefäß, das darauf wartete zu zerbrechen.

Ein Auto der Geheimpolizei brachte Tong nach Hause. Zwölf Beamte hatten das Haus durchsucht, Meizhu in das Schlafzimmer gesperrt, und als Tong jetzt gebracht wurde, meldete ein junger Funktionär, daß nichts Verdächtiges gefunden worden sei.

»Wohin könnte Ihr Sohn geflüchtet sein?« fragte Zeng scharf, als Tong auf sein Sofa gesunken war. »Wo könnte er sich verstekken? Oder deutlicher gefragt: Wohin würden *Sie* flüchten, wenn man Sie verfolgt?«

»Ich würde nicht flüchten, ich würde mich zu meiner Tat

bekennen.« Es waren die ersten Worte, die Tong sprach, und sie klangen, als seien sie im Schlaf gesprochen.

»Auch wenn Sie wüßten, daß Sie hingerichtet werden?«

»Auch dann. Ein Tong läuft vor seiner Verantwortung nicht davon. Von unserer Familie sind sieben durch das Schwert gestorben. Der erste im Jahre 1065 unter der Liao-Dynastie, der zweite unter dem Kaiser Zhu Youtang im Jahre 1499 –«

»Und der letzte 1989 in Kunming unter dem Vorsitzenden Deng Xiaoping«, brüllte Zeng.

»Ich bin bereit.« Tong sah müde zu ihm auf. »Sie zerreißen nur einen leeren Sack, Genosse.«

Irgend jemand von der Universität mußte Fengxia benachrichtigt haben. An der Hand von Wu Junghou, hochschwanger mit einem sich vorwölbenden Bauch, stürzte sie ins Haus und fuhr wie ein feuerspeiender Drache auf Zeng zu. »Was stellen Sie mit meinem Vater an?« schrie sie und stieß Zeng zur Seite. »Ist das die zweite Kulturrevolution, in der man die letzte Intelligenz vernichtet?«

Wu Junghou brüllte hinterher: »Ich werde das Zentralkomitee alarmieren. Ich bin Wu, der Leiter der Gesundheitsabteilung. Ihren Namen!«

»Ich habe von Ihnen gehört, Wu. Alle Funktionäre sind in unserem Computer verzeichnet. Ich bin Zeng Qifeng, Kommissar der Geheimpolizei.«

»Ein kleiner, beschissener Kommissar wagt es, meinen Vater anzugreifen?« schrie Fengxia. »Ich werde dafür sorgen, daß man Sie in Tibet verschimmeln läßt. Was hat mein Vater mit den sinnlosen Demonstrationen zu tun?«

»Tong Shijun ist der Vater eines der Rädelsführer von Beijing.«

»Jian?« Fengxias Augen weiteten sich, ihr Mund klaffte auf. »Jian?« wiederholte sie, als ihr Herz wieder schlug.

»Tong Jian.« Zeng nickte mehrmals. »Wir haben aus Beijing seinen Namen bekommen. Bei den Toten und Verwundeten hat man ihn nicht gefunden, er ist auf der Flucht. Ich frage Sie, Genossin –«

»Fragen Sie nicht«, unterbrach ihn Fengxia, »es gibt keine Antwort. Für mich gehört mein Bruder nicht mehr zur Familie. Bis heute habe ich seinen Namen nicht mehr genannt.«

»Sie wußten also von seinen wahnsinnigen Ideen?«

»Wir haben uns gehaßt wie zwei Tiger, aus persönlichen Gründen. Welche Schuld trifft da meinen Vater?«

»Ich will wissen, was er weiß.«

»Er weiß nur, daß sein Sohn einer der besten Medizinstudenten in Beijing war. Um anderes hat er sich nie gekümmert. Mein armer Vater! Und Sie, Kommissar, gehen Sie!«

»Es muß ein Protokoll angefertigt werden, Genossin.«

»Worüber? Daß ein Vater seinen Sohn verloren hat?«

»Was hat Ihr Vater in der Nacht zum 4. Juni gemacht?«

»Er hat an der Seite meiner Mutter geschlafen.«

»Und am 4. Juni, als wir den Aufruhr zerschlagen haben?«

»Ich nehme an, er war entsetzt. Wir haben nicht miteinander gesprochen.«

Zeng blickte Tong an, der mit gesenktem Kopf, in sich zusammengesunken auf dem Sofa saß. »Warum antwortet er nicht selbst?« fragte er.

»Er hat keine Stimme mehr. Er spricht durch mich. Genügt Ihnen das nicht, Kommissar?«

Wu war zum Telefon gegangen und hatte den Hörer abgehoben.

Zeng streckte den Arm aus. »Wen wollen Sie anrufen, Wu Junghou?«

»Das Komitee!«

»Es ist nicht nötig«, sagte Zeng schnell. »Ich verlasse das Haus. Ich habe nur meine Pflicht getan. Ich hatte einen Befehl.« Er winkte und verließ mit seinem Trupp das Haus.

Meizhu, nun nicht mehr bewacht, stürzte aus dem Schlafzimmer in den Wohnraum und setzte sich neben ihren Mann auf das Sofa. Sie umarmte ihn, drückte seinen Kopf an ihre Brust und streichelte ihn.

»Vater«, sagte Fengxia, »es ist vorbei. Sie werden nicht wiederkommen. Leg dich nieder und ruh dich aus.«

Tong hob den Kopf und antwortete: »Ausruhen? Ich bin tot.« Meizhu zog ihn wieder an sich, und gemeinsam weinten sie.

In Huili, wo man die Nachrichten aus Beijing am Radio gehört hatte, saß Huang Keli mit leerem Blick am Tisch und rührte den Tee nicht an, den Jinvan ihm aufgebrüht hatte. Als der Name Tong Jian fiel, nach dem jetzt im ganzen Land gesucht wurde, sagte er mit gebrochener Stimme: »Lida ist bei ihm, und sie werden auch Lida hinrichten. Jinvan, lohnt es sich noch zu leben? Wofür sollen wir arbeiten?«

»Für uns, Keli. Für uns. Und wir haben noch Tifei, unseren Sohn. Er wird heiraten und einen Erben zeugen. Man wirft sein Leben nicht weg, wenn man noch einen Sohn hat. Die Huangs werden weiter bestehen.«

»Du sagst es, als hätten wir nie eine Tochter gehabt.«

»Ich sage es, weil unsere Tochter gestorben ist. Millionen Töchter sterben, und die Eltern müssen es hinnehmen. Auch mein Herz ist zersprungen wie deins – aber das Leben geht weiter. Keli, deine Kinder warten.«

»Welche Kinder?« fragte Huang dumpf.

»Die in der Schule. Du bist ihr Lehrer und Vorbild, enttäusche sie nicht.«

»Ich werde das neue Haus in die Luft sprengen!« sagte Huang und erhob sich mit einem tiefen Ächzen. »Ich werde den Büffel schlachten. Ich will nichts mehr um mich haben, was mich an Lida erinnert. Ja, das Leben geht weiter, aber es wird nichts mehr so sein wie früher.«

Aber er sprengte das Haus nicht in die Luft – er ging hinein, setzte sich auf Lidas Bett, vergrub das Gesicht in den Händen und weinte haltlos wie ein Kind.

In Beijing geschah zehn Tage später etwas schier Unbegreifliches, was heimlichen Beifall auslöste und eine spöttische Genugtuung.

Die Geheimpolizei hatte Bai Hongda pausenlos verhört, geschlagen und gefoltert, aber ihn nicht umgebracht, denn man wollte ihm öffentlich den Prozeß machen, vor den Augen und Ohren der ganzen Welt, zum Beweis, daß die Niederschlagung des Aufstands notwendig gewesen war, um China vor dem Chaos zu retten. Das Urteil über Bai und zehn seiner Mitstreiter stand bereits fest, sollte aber erst nach dem Schauprozeß verkündet werden. Dann sollten die Tore nach China wieder aufgestoßen und vorsichtig die neue Zeit hereingelassen werden. Das Reformwerk Deng Xiaopings sollte fortgesetzt werden.

Um Bai und seine zehn Mitverschwörer in Sicherheit zu wissen, wurden sie bis zum Beginn des Prozesses an einen geheimen Ort gebracht. An einem warmen, sonnigen Morgen wurden die elf Aufrührer in einem vergitterten Gefangenenbus abtransportiert. Sie durften nichts mitnehmen als ihre Zahnbürsten, und sie steckten sie in ihre Hosentaschen und bestiegen ruhig, ihren Wächtern freundlich zunickend, den Bus. Dann fuhren sie von Beijing in Richtung der Ming-Gräber. Die Bewacher, vier mit Maschinenpistolen Bewaffnete, unterhielten sich mit ihnen. Bai war sehr fröhlich und erzählte sogar Witze, so daß alle lachten.

Der Bus rollte an Feldern und Bauernhäusern vorbei, und als sie durch Buschwald kamen, stand Bai Hongda plötzlich auf. Die anderen zehn folgten ihm, und ehe die vier Bewacher verblüfft fragen konnten, was das solle, und ihre MPs entsicherten, zogen die Gefangenen ihre Zahnbürsten aus den Taschen und setzten sie den Wächtern an den Hals. Die Vier erstarrten, und ihre Augen weiteten sich in Todesangst, denn an den Zahnbürsten waren Rasierklingen befestigt, und ein einziger Schnitt genügte, einem Mann die Kehle zu durchtrennen.

Während vier Studenten den Bewachern die Maschinenpistolen aus den gelähmten Händen zogen, ging Bai Hongda nach vorn zum Fahrer, setzte ihm seine Zahnbürste an die Kehle und sagte freundlich: »Halte an, mein unbekannter Bruder. Sicherlich hast du eine Frau und Kinder und willst sie wiedersehen und noch lange mit ihnen leben. Nicht jeder ist ein Held, das kann man nicht verlangen. Halt an und lebe weiter.«

Der Fahrer bremste sofort, mit der Rasierklinge am Hals öffnete er die abgeschlossene Tür und stieß sie auf, und die Studenten stürzten ins Freie und verschwanden in den Büschen.

Als letzter verließ Bai Hongda den Bus, überreichte dem Fahrer seine Zahnbürste mit der Klinge und sagte: »Zum Andenken, und damit man euch auch glaubt, daß ihr euch nicht wehren konntet. Ihr würdet sonst Schwierigkeiten bekommen, und das möchte ich nicht. Und laß die alten Männer wissen: China wird eines Tages Demokratie und Freiheit bekommen, denn die Welt hat sich verändert, und China kann nur weiterleben, wenn es die Arme ausbreitet.« Er nickte den noch immer wie gelähmt dasitzenden Bewachern zu, sprang aus dem Bus und verschwand wie die anderen in den Büschen.

Man hörte erst zwei Monate später wieder von Bai Hongda; er war in New York, und die CIA sorgte für seinen Schutz. Er wurde zum Helden der Emigranten, und Deng Xiaoping schloß China wieder zu.

Er hatte Zeit, und die Vergeßlichkeit der Welt war schneller, als ein Vogel fliegt.

Lida und Jian blieben verschollen, und man vergaß sie ebenfalls, als habe es sie nie gegeben.

VII
Der Jadegipfel-Tempel

Der Bus aus Dali, vollgestopft mit sechsundsiebzig Kranken, keuchte die gewundene Bergstraße hinauf und hielt mit dampfenden Bremsen auf dem Parkplatz des Lama-Tempels. Oben, wo die Treppen endeten, die zum Heiligtum führten, stand wieder der alterslose Mönch Chen Xue, der die Bambustrompete geblasen und den Besuch angekündigt hatte. Würdevoll sah er auf die Menschen, die ihm Stufe um Stufe näherkamen. Einige mußten gestützt werden, weil sie zu schwach waren, aus eigener Kraft die Treppe zu bewältigen, und zwei Kranke lagen in Dekken, die von zwei Angehörigen getragen wurden. An der Spitze dieser Elendsmenge ging der Busfahrer, dick und von unverschämter Gesundheit. Er war die beste Empfehlung für den Wunderarzt Deng Jintao, denn er sammelte die Kranken ein mit der Rede: »Seht mich an, meine Guten! Vor einem Jahr war ich krank bis auf den Tod, ein Gerippe mit Haut. Und jetzt? Seht mich nochmals an! Ich könnte Baumwurzeln aus der Erde reißen. Und wer hat mich geheilt? Der unsterbliche Deng Jintao.«

Das tat seine Wirkung, auch im Geldbeutel des Dicken. Er nahm nicht nur den Fahrpreis bis Lijiang und zum Jadedrachen-Berg, sondern auch eine Gebühr für medizinische Beratung. Und jeder zahlte gern; Gesundheit kann nicht teuer genug sein, wenn man es sich leisten kann oder dafür gespart hat.

»Ist der Meister da?« fragte Liu Yin, der Busfahrer. »Ich bringe eine Menge interessanter Fälle, die in Dalis Kliniken arge Kopfschmerzen bereiten. Sie saßen herum, die Ärzte klopften sie ab, erzählten, es sei alles heilbar, gaben Tropfen und Pillen und Pulver, aber kaum einer fühlte sich danach wohler.«

»Kommt herein und bittet Buddha um sein Wohlwollen«, antwortete Chen würdevoll. »Dann führe ich euch zu Deng Jintao und seiner Helferin Hao Peihui. Wenn keiner auf der Welt mehr helfen kann – sie kennen den Weg zum langen Leben.«

Die sechsundsiebzig Kranken betraten den Tempel, zündeten Räucherstäbchen an und gingen an dem bemalten Keramikteller, den Chen in der Hand hielt, nicht vorbei, ohne Yuan-Scheine daraufzulegen. Ein langes Leben ist unbezahlbar, was bedeuten da ein paar Yuan?

Still versunken im Gebet, vor dem goldenen Buddha kniend und sich immer wieder vor ihm verbeugend, bis die Stirn den Boden berührte, faßten die Kranken immer größere Hoffnung, von dem Wundermönch Gesundheit zu erhalten. Auch Liu betete mit, aber er bat Buddha nicht um Gesundheit, sondern um ein langes Leben von Deng Jintao, denn solange es ihn im Jadegipfel-Tempel gab, litt Liu keine Not und gehörte zu den heimlichen Großverdienern von Dali.

Am Ende des Gebetes führte Chen die Kranken zum Wohnhaus der Priester hinüber, stieg die schmale, steile Steintreppe hinauf, klopfte an die buntbemalte Haustür und stieß sie auf. Der süßliche Geruch von Räucherwerk schlug ihnen entgegen und flößte den Kranken stumme Ehrfurcht und bedingungslosen Glauben ein. Hao Peihui stand unter dem breitkronigen Magnolienbaum, eine uralte, zerknitterte Frau mit weißen, langen, zotteligen Haaren, gekleidet in ein wallendes gelbes Gewand, das sie körperlos machte.

Liu, der seine Busfahrten bestens organisierte, stand als erster hinter Chen an der Tür und ermahnte die sechsundsiebzig Gebrechlichen zur Ordnung. »Einer nach dem anderen«, sagte er. »Der Meister kann ja nicht alle auf einmal untersuchen. Ich bleibe hier an der Tür und winke, wenn der nächste kommen kann. Nicht ungeduldig werden, Genossen, wir haben Zeit.«

Chen nickte Liu zu, ließ seine Gebetsmühle kreisen und ging dann an der Schlange der Wartenden entlang zum Tempel zurück. Dort setzte er sich seitlich des goldenen Buddhas auf einen Holzhocker, stellte den Keramikteller auf seine Knie und begann die Yuan-Scheine zu zählen. Heute war ein guter Tag, das hatte er schon beim Sammeln gesehen, und wieder sagte er sich, es sei die beste Eingebung seines Mönchslebens gewesen, Deng Jintao und Hao Peihui im Jadegipfel-Tempel aufzunehmen.

Als erster betrat Liu den Innenhof, und so großmäulig er in Dali und auf seinen Fahrten war, so voller Hemmungen war er jetzt, als er auf Peihui zuging und sich tief vor der Greisin verbeugte. Sie sah ihn mit starrem Gesicht an, als sei jede Falte in ihre Haut gemeißelt worden.

»Die Kranken bitten um das Wunder eurer Heilkunst«, sagte er. »Ist der Meister bereit zu helfen?«

»Wie viele seid ihr?« fragte sie mit hohler Stimme, die Liu bis auf seine Knochen spürte.

»Sechsundsiebzig.«

»Es werden ja immer mehr.«

»Die Krankheiten kennen keine Zahl. Sie fallen über die Menschen her, und keiner kann sich wehren. Sie kommen mit dem Wind, regnen aus den Wolken, wirbeln im Staub ...«

»Erklär mir nicht, was Krankheit ist!« sagte Peihui. Sie streckte ihre Hand aus, über die sie einen mit Gold- und Silberfäden bestickten Handschuh gezogen hatte. »Wie hoch war heute die Sondergebühr?«

»Ich kann Ihnen hundertfünfzig Yuan geben.«

»Halunke! Wieviel hast du eingenommen? Willst du den großen Meister betrügen?«

»Es können auch hundertneunzig Yuan sein«, stotterte Liu verlegen. Er griff in seine Hosentasche, holte die zerknitterten Scheine heraus, zählte hundertneunzig Yuan ab und drückte sie in Peihuis hingestreckte Hand. Sie nickte und schlurfte ins Haus, in den kleinen Versammlungssaal, in dem Deng Jintao an einem geschnitzten Rosenholztisch saß und wartete.

Peihui legte die Yuan-Scheine auf den Tisch. »Es sind sechsundsiebzig Kranke«, sagte sie mit einer veränderten, frischen Stimme. »Und hundertneunzig Yuan sind unser Anteil.«

Jintao berührte das Geld nicht, sein ledernes Gesicht mit den langen, grauen, wenigen Barthaaren blieb unbewegt. »Es ist unter unserer Würde, als Priester Geld von den Gebrechlichen zu fordern. Es ist nicht richtig, was du tust.«

»Es gibt keinen Arzt, der umsonst behandelt. Kennst du einen?«

»Ich bin für die Kranken nicht nur ein Arzt, ich bin auch ein Heiliger.«

»Um so lieber opfern sie. Auch ein Heiliger muß leben.«

»Wir werden nie Hungers sterben.«

»Das Essen allein füllt nicht ein Leben aus.« Sie schob die Yuan-Scheine zusammen, ging zu einem bemalten Schrein, öffnete ihn und schloß das Geld ein. »Weißt du, wieviel ich schon gespart habe?«

»Es muß viel sein.«

»Genug, um Pläne in die Tat umzusetzen. Ich werde Liu sagen, daß er seine Krankenfahrten nach Lijiang zweimal in der Woche macht. Auch Chen ist sehr zufrieden.«

Deng Jintao, der Wunderheiler, erhob sich seufzend, zog sein blaßrotes Gewand zurecht und setzte die aus Yakwolle gestrickte und mit goldenen Bändern verzierte spitze Lamamütze auf seine weißen Haare. An den Rändern quollen sie hervor, als sei sein Kopf mit ewigem Schnee umhüllt wie der mächtige Gipfel des Jadedrachen-Bergs über ihnen. »Fangen wir an«, sagte er. »Sind Schwerkranke dabei?«

»Ich glaube nicht, daß Liu sie mitnehmen würde.«

»Das ist es, was mich bedrückt.« Jintao nahm seine Gebetsmühle und ging zur Tür. »Wer meine Hilfe wirklich braucht, dem kann nicht geholfen werden. Die leichten Fälle kann jeder Barfußarzt behandeln.«

Er trat in den Innenhof hinaus, und Liu verbeugte sich tief. Jedesmal, wenn er Deng Jintao sah, lief ihm ein Schauer über den Rücken, denn das Wissen dieses alterslosen Mannes mußte Tag für Tag vom Himmel gespeist werden, sonst gab es keine Erklärung für die Macht seines Geistes und seiner heilenden Hände.

»Führe die Kranken zu mir, Liu«, sagte Jintao mit einer tiefen Stimme, als komme sie aus dem Inneren eines Berges. »Wie fühlst du dich selbst?«

»Gut, Meister. Sie haben mir vor einem Jahr ein neues Leben gegeben.«

»Ich habe dir nur die Opiumpfeife weggenommen, die dich auszehrte.«

»Das war eine große Tat. Damit haben Sie mein Leben gerettet. Ich vergesse nie, wie Sie mich mit einem Nußstock verprügelt haben. Das war besser als jede Medizin.«

»Und jetzt bist du durch mich ein wohlhabender Mann.«

Liu verzog das Gesicht und legte beide Hände vor die Brust. »Man muß den richtigen Gedanken haben, Meister. Ein Reisfeld bekommt nur Wasser, wenn man die Schleusen öffnet.«

»Dann öffne sie, du Gauner«, sagte Jintao und ließ die Gebetsmühle kreisen. »Ruf den ersten Kranken.«

Auf einem hochlehnigen, rot und gelb bemalten Stuhl unter der breiten Krone des Magnolienbaumes sitzend, empfing Jintao seine Kranken. Peihui stand neben ihm an der aus Holz geschnitzten und mit Goldfarbe bestrichenen Drachensäule, auf deren Plattform ein kleiner Pavillon aus grüner und hellbrauner Jade und mit einem kleinen goldenen Drachen auf dem First des geschwungenen Daches stand. Der Drache spuckte kein Feuer, sondern lachte, als habe er die Welt gerettet.

Der erste Kranke, der durch die Tür schlich und nicht wagte, Jintao in die Augen zu blicken, war eine alte Frau. Peihui zeigte auf einen Hocker, der vor dem Meister stand, und die Frau setzte sich, zitternd vor Ehrfurcht.

»Erzähle mir von deinen Beschwerden«, sagte Jintao. »Ein einziges Wort kann den Weg zur Heilung weisen.«

»Ich kann das Wasser nicht mehr halten«, antwortete die Frau. »Es rinnt mir weg, und ich muß Tücher zwischen meine Beine stopfen, um es aufzuhalten.«

Jintao warf einen schnellen Blick zu Peihui und nickte. »Was sagt dein Arzt?« fragte er die Frau.

»Ich hätte eine schwache Blase, im Alter ließen die Muskeln nach, die alles zusammenhalten.«

»Wie alt bist du?«

»Meine Mutter sagt, ich sei zweiundsechzig. Sie ist fünfundachtzig. Aber die kann das Wasser noch halten.«

»Spürst du ein Brennen beim Wasserlassen?«

»Ja, es ist wie viele kleine Stiche.«

Jintao legte die Hand auf den Kopf der Frau, und sie zuckte

zusammen und schloß ergriffen die Augen. »Du hast eine Zystitis«, sagte er.

»Werde ich sterben müssen?« fragte die Frau und schwankte auf ihrem Hocker.

»Sicherlich, aber nicht an dieser Krankheit. Ich werde dir Tabletten mitgeben, Antibiotika; den Namen brauchst du nicht zu behalten. Behalten mußt du nur und darfst es nicht vergessen: Morgens und abends schluckst du nach dem Essen mit etwas Tee eine Tablette. Behalte es gut: *nach* dem Essen, und nach sechs Tagen wird dir das Wasser nicht mehr die Beine hinunterrinnen. Geh zu Peihui, sie gibt dir die Tabletten.«

Die Frau erhob sich, aber plötzlich fiel sie auf die Knie, beugte sich tief hinab und küßte Jintaos Füße.

»Komm her«, sagte Peihui und hob die Frau auf. Sie führte sie zu dem kleinen Jade-Pavillon, ergriff ihre Hand und legte sie kurz auf den Dachfirst mit dem goldenen, lachenden Drachen. »Spürst du die Kraft, die in dich strömt?«

»Ich habe so viel Kraft wie nie«, flüsterte die Frau. »Es wird heiß in meinem ganzen Körper.«

Peihui nickte, führte sie an der Hand zu einem Tisch an der Wand des Raumes und gab ihr das Medikament. Als die Frau durch die Tür kam, blieb sie an der steilen Treppe stehen und blickte über die Schlange der Wartenden.

»Erzähle, wie es war!« rief einer aus der Menge. »Hat er deine Krankheit erkannt?«

»Es ist ein Wunder«, antwortete die Frau, und alle hielten den Atem an. »Ich habe ein Wunder erlebt. Ich habe vor einem Heiligen gesessen.«

Aber Liu, unberührt von ihrer Ergriffenheit, hob den Arm und rief: »Der nächste!«

Sechsundsiebzig Kranke zu untersuchen, mit ihnen zu sprechen, ihre Sorgen anzuhören, die manchmal erst die Krankheit ausgelöst hatten oder eine Besserung verhinderten, das braucht seine Zeit. Deng Jintao war kein Arzt, der jeden Patienten in fünf Minuten behandelte; für jeden hatte er die Zeit, die dieser brauchte, um sein Leiden zu schildern, oder die Untersuchung auf der hölzernen Pritsche hinter dem Magnolienbaum war so gründlich, daß die Minuten manchmal zu halben oder ganzen Stunden wurden.

Geduldig warteten draußen die anderen Kranken; sie hockten auf der Erde, ließen die Thermoskannen kreisen, bereiteten sich ihren grünen Tee zu, und jedesmal, wenn ein behandelter Patient durch die Tür kam, richteten sich aller Augen fragend auf ihn, und jeder Patient sagte mit andächtiger Stimme: »Das ist kein Mensch mehr, das ist ein Gott. Er hat meine Krankheit sofort erkannt. Schon der Blick aus seinen Augen heilt, und sein Jade-Pavillon ist ein Gefäß von kleinen Sonnenstrahlen. Ich fühle mich wie von einer Last befreit.«

Am wundersamsten war es, als man den alten Mann, der in einer Decke lag und nicht stehen konnte, ins Haus trug und er aus eigener Kraft zurückkam, seine Beine bewegte und über die Wartenden hinweg schrie: »Gott ist allmächtig und lebt in Jintaos Händen. Er hat mich auf ein Brett gelegt, sich auf mich gesetzt, mich an Schultern und Hüfte gepackt, und dann gab es einen Ruck, Schmerz zuckte durch meinen Rücken und meinen Kopf, und dann sagte er: ›Steh auf und gehe!‹ Und ich bin aufgestanden und bin gegangen. Seht mich an, ich kann wieder laufen! Ein Wunder ist an mir geschehen.«

Und durch die Wartenden lief ein Schauer, den auch Lius Ruf: »Der nächste!« nicht vertreiben konnte.

Im Innenhof wusch sich Jintao die Hände in einem Wasserzuber und trank zur Entspannung ein Glas Bier.

Selbst Peihui war von der Heilung des Gelähmten überrascht und fragte, als sie ihm das Glas Bier reichte: »Wie hast du das gemacht? Als du seinen Körper mit einem groben Griff verdrehtest, hörte ich die Knochen knirschen, und ich dachte: Jetzt hat er ihn getötet. Was wird er nun den anderen sagen? Aber der Mann stand auf und konnte wieder gehen.«

Jintao lächelte, trank das Bier und sagte dann: »Das kann ich dir mit ein paar Worten nicht erklären. Die Ärzte nennen es Chiropraktik, eine Heilmethode, bei der man eine gute Handgrifftechnik beherrschen muß. Durch Verschiebung der Wirbel gegeneinander kommt es oft zu Einklemmungen im Zwischenwirbelbereich der Wirbelsäule. Dadurch können Nerven abgequetscht werden, die das Gehen, wie bei diesem Mann, unmöglich machen. Das ganze Geheimnis der Behandlung ist, mit dem richtigen Griff es dahin zu bringen, daß die Wirbel wieder richtig liegen und die Nerven vom Druck befreit sind.«

Peihui nickte, nahm ihm das leere Bierglas ab und sagte: »Du bist ein großer, ganz großer Arzt. Und ich bin glücklich und stolz, deine Frau zu sein.«

»Der nächste! Der nächste!« Jeder, der wieder herauskam, war ein Mensch, dem man seine Last genommen hatte. Nur einem Kranken konnte Jintao nur Linderung verschaffen, mehr nicht. »Er hat, wenn ich mich nicht täusche, Pankreas-Krebs. Der Krebs hat ihn so aufgefressen, daß er nur noch ein Gerippe ist. Ich kann ihm nur die Schmerzen lindern.«

»Und wenn du ihn nach Kunming bringst zum Operieren?«

»Zu spät und aussichtslos. Ihn macht kein Chirurg mehr auf. Ich täte es auch nicht. Oder ich täte es nur, um seine Leiden zu verkürzen. Ein Krebs, der einmal Luft geatmet hat, wird von einem schleichenden zu einem wilden Tier.«

»Weiß er, daß er bald sterben wird?«

»Ich habe es ihm gesagt.«

»Und was hat er geantwortet?«

»›Ich danke Ihnen, Meister. Wenn Sie es sagen, muß es so sein.‹ Und dann hat er mir die Hand geküßt.«

Peihui schwieg einen Augenblick, dann sah sie Jintao an. »Wie fühlst du dich in einem solchen Augenblick?«

»Beschissen!« antwortete Jintao ganz unheilig und wusch sich im Wasserzuber wieder die Hände. »Wie klein ist oft der Schritt vom Leben in den Tod.«

An der Tür erschien Liu und hob den Daumen. »Noch einer!« rief er. »Der letzte. Wissen Sie, Meister, wie lange Sie heute behandelt haben?«

»Was geht mich die Zeit an, Liu?«

»Zehn Stunden! Es wird Nacht sein, wenn wir in Dali eintreffen.«

»Zehn Stunden.« Jintao warf einen Blick zu Peihui. »Ist das möglich?«

»Ich habe sie nicht gespürt.«

»Dann laß den letzten kommen«, sagte Jintao, und Liu verschwand nach draußen.

Der letzte Patient lehnte an der Treppenwand, ein alter Mann mit einem schütteren langen Bart. Er hatte eine Schirmmütze tief ins Gesicht gezogen, denn die Abendsonne schien noch sehr hell. »Du kannst mit deinem Bus zurückfahren«, sagte er zu Liu. »Ich bleibe hier.«

»Genosse, Sie haben die Rückfahrt bezahlt.«

»Ich schenke dir das Geld. Fahr ab.«

»Wie wollen Sie im voraus wissen, daß der Meister Sie dabehalten wird? Er hat noch nie einen Kranken bei sich behalten.«

»Ich weiß, daß ich hier bleiben werde.«

»Wenn ich mit dem Bus weg bin, bringt Sie keiner mehr nach Dali.«

»Das sei nicht deine Sorge, Liu. Nimm die Kranken und fahr.«

Liu zuckte die Schultern, sah den Alten an und dachte, daß sein Geist verwirrt sei. Dann stieg er die Steintreppe hinunter und schrie der Menge zu: »Einsteigen, Leute! Einsteigen! Wir haben es hinter uns! Der Meister läßt noch einmal jeden grüßen.«

Der zurückgebliebene alte Mann stieg die letzten Stufen hinauf und betrat dann den Innenhof. Er blieb im Schatten der von Kamelien überwucherten Mauer stehen und blickte zu Deng Jintao und Hao Peihui hinüber. Jintao saß wieder auf seinem hochlehnigen Stuhl, wie ein Kaiser auf seinem Thron. In der rechten Hand drehte er die tibetische Gebetsmühle. »Kommen Sie näher und schildern Sie mir Ihre Leiden«, sagte er. »Wenn es Hilfe gibt, sollen Sie sie bekommen.«

Der alte Mann trat einen Schritt näher, aber sein Gesicht lag noch im Schatten der Mauer. Etwas Geheimnisvolles ging von ihm aus; Jintao spürte es und zog die Schultern hoch. »Es ist schon spät«, sagte er. »Die anderen wollen nach Dali zurück. Kommen Sie zu mir! Ihre Sorgen sind auch meine Sorgen.«

»Ich bleibe«, sagte der alte Mann plötzlich, und seine Stimme klang jünger, als sein Äußeres vermuten ließ. Dann trat er aus dem Schatten und nahm seine Mütze ab. »Befreit euch von euren Masken. Bei mir habt ihr sie nicht nötig.«

Jintao fuhr von seinem Stuhl hoch, riß sich die spitze Lamamütze vom Kopf und rief: »Onkel Zhang!«

Sie stürzten aufeinander zu und umarmten sich. Peihui streifte die Gummimaske der uralten Frau von ihrem Gesicht, und Jintao griff mit beiden Händen an die seine und zog sie sich über den Kopf. Die jungen, lachenden Gesichter von Lida und Jian strahlten Zhang Shufang an, und dann umarmten sie einander wieder, küßten sich auf die Wangen, lachten und weinten zugleich und schämten sich nicht.

Sie setzten sich unter den Magnolienbaum und tranken Tee. Chen kam in das Haus; er war gar nicht erstaunt, als wisse er alles schon, ging in die Küche und bereitete das Abendessen zu.

»Onkel Zhang, hörst du mein Herz? Es ist wie ein Trommelwirbel. Du bist zu uns gekommen«, sagte Jian glücklich.

Lida fragte, wie immer mißtrauisch nach den Ereignissen in Beijing: »Woher wußtest du, wer Deng Jintao und Hao Peihui sind?«

»Ich habe es geahnt. In Dali hörte ich, daß ein Wundermönch mit einer Frau im Jadegipfel-Tempel die ärmsten Kranken heilt. Das war schon vor einem Jahr.«

»Und du bist erst heute gekommen?«

»Aus Vorsicht, meine Kinder. Viermal war die Geheimpolizei bei mir und verhörte mich. Aber was sollte ich sagen? Ich wußte ja wirklich nichts. Dann kamen, Jian, zweimal dein Vater und deine Mutter zu mir, aber auch ihnen konnte ich die Wahrheit sagen: Ich habe Jian nie wieder gesehen. Und dann habe ich gewartet, voll Angst und Mißtrauen, daß mich die Geheimpolizei beobachtet und jeden meiner Schritte verfolgt. Wie konnte ich es da wagen, nach Lijiang zu kommen? Ein ganzes Jahr habe ich gewartet, und als Deng Xiaoping China wieder für den Westen öffnete, war ich sicher, daß sie nicht mehr nach dir suchten. Aber der Ruhm und die Heiligkeit des Wundermönches

Jintao flog von Mund zu Mund. Jetzt kannst du fahren, dachte ich, und mit dem Bus bin ich nun gekommen. Erzähle, Jian, was du zwischen Beijing und dem Jadedrachen-Berg erlebt hast.«

»Das war ein langer Weg, Onkel Zhang. Dafür brauchen wir einen ganzen Tag.« Jian legte seine Hand auf Zhangs Knie. »Wie geht es meiner Mutter?«

»Sie ist eine tapfere Frau und tröstet sich mit ihrem Enkel. Fengxia hat einen Jungen geboren, und – ich konnte es nicht glauben – sie haben ihn Jian genannt. Im Herzen der Familie bist du ein Held geworden.«

»Und mein Vater?«

»Für ihn bist du tot, irgendwo erschossen. Er ist ein alter Mann geworden und schreibt an einem Buch über moderne und traditionelle chinesische Medizin. Damit will er seine Lebensarbeit abschließen.«

»Onkel Zhang, es sind alles so schöne Nachrichten.« Jian blickte zur Küche hinüber, aus der der Duft von gebratenem Fleisch kam. »Unser Leben verdanken wir Chen Xue. Er hatte die Idee mit den Masken und dem Wundermönch. Mit den Spenden der Kranken konnte er Tempel und Kloster wieder aufbauen, und Lida hat so viel gespart, daß wir einen Neuanfang wagen können.«

»Hast du auch etwas von *meinem* Vater gehört?« fragte sie leise, aber mit fester Stimme.

»Nur einmal, von einem reichen Miao, der zwei Bilder bei mir kaufte. Bei deinem Vater war keine Geheimpolizei, er ist weiter Lehrer in Huili. Dein Bruder Tifei hat geheiratet und hat jetzt sechs Lastwagen in Kunming laufen. Er ist mit staatlicher Hilfe ein Kapitalist geworden und nennt die Funktionäre der Partei seine Freunde. Für deine Eltern bist du wie Jian tot.« Zhang stützte beide Hände auf seine Knie. »Nun sprecht von euren Plänen, Kinder. Wollt ihr bis zu eurem Lebensende die wundertätigen Heiligen spielen? Jeden Tag die Masken tragen, wenn die Kranken zu euch pilgern? Auch das ist eine Aufgabe für einen Arzt, ich weiß. Aber sah so dein Ziel aus, Jian?«

»Ich warte ab, bis Lida genug Geld gespart hat.«

»Ich habe es. Es reicht!« fiel sie ihm ins Wort.

»Und was wollt ihr damit tun?« fragte Zhang.

»Wir werden über die Grenze nach Burma gehen und von dort nach Europa fliegen. Ich hoffe, an einer deutschen Universität einen Studienplatz zu bekommen und meinen Freund Holger Pohland wiederzusehen.«

»Und dann bleibst du als Arzt in Deutschland.«

»Nein.« Jian griff nach Lidas Händen und drückte sie, und sie lächelte ihn an. »Wir kommen nach China zurück. Ich bin ein chinesischer Arzt und muß meinem Volk dienen. Einmal wird China für jeden offen sein, auch für mich. Darauf warte ich, und ich glaube an den Tag, an dem wir in einem Flugzeug sitzen, das von Deutschland nach Beijing fliegt. Wir gehören zu unserem Land, und auch die krummsten Pfade erreichen einmal ihr Ziel. Geduld ist immer die Stärke der Chinesen gewesen. Damit haben wir fünftausend Jahre überlebt. Die Zeit ist unser größter Freund.«

»Beten wir, daß unser Glaube uns nicht betrügt«, sagte Zhang Shufang. »Ihr habt noch das Kapital eurer Jugend, ich erlebe es nicht mehr. Ich gehöre zu den alten Männern, deren Weisheit in den Büchern steht, die kaum noch einer liest. Ein weiser Spruch sagt: ›Über Moral hat jeder seine eigene Ansicht. Der Fisch sieht sie von unten, der Vogel von oben. Was wird China sein, ein Fisch oder ein Vogel?‹«

»Ich möchte ein Vogel werden«, sagte Lida, »frei schwebend unter dem Himmel.«

»Und du, Jian?« fragte Zhang.

»Einen Fisch fängt man mit der Angel, einen Vogel trifft ein Schuß – ich möchte ein Mensch sein, der auf Chinas Erde sitzt und sagt: ›Hier ist meine einzige Welt.‹ Und eines Tages wird es so sein.«

Aus der Küche kam Chen. Er hatte vor sein Mönchsgewand eine rote Schürze gebunden, und sein Ledergesicht glänzte. »Heute war ein guter Tag!« rief er und schwenkte ein breites Küchenmesser durch die Luft. »Hundertneunundvierzig Yuan auf meinem Teller! Wenn das so weitergeht, sind die Spuren der

Kulturrevolution bald getilgt. Dann ist es hier wieder wie vor Hunderten von Jahren. Jian, du bist von Gott gesegnet.«

Er ging in die Küche zurück, und man hörte es brodeln und zischen.

»Sie schieben alles auf einen Gott«, sagte Zhang, und er breitete die Arme aus und legte sie um Jians und Lidas Schultern. »Dabei ist doch alles anders.«

»Du hast wie immer recht, Onkel Zhang«, antwortete Jian und blickte Lida an. »Ich wäre nichts, wenn ich nicht Lidas Liebe hätte.«

Und Lida sagte: »Was wäre mein Leben ohne dich?«

Und Zhang sagte: »Zwei Menschen können eine eigene Welt erschaffen, denn in der Liebe ist die göttliche Kraft der Schöpfung.«

Ein Strahl der Abendsonne drang durch die Kamelien und griff nach dem Jade-Pavillon, und auf dem First des Daches saß der kleine goldene Drache und lachte, denn ein glückliches Herz ist ein fröhliches Herz.

KONSALIK

Bastei Lübbe Taschenbücher

Liebe in St. Petersburg 10042
Gold in den roten Bergen 10893
Spiel der Herzen 10280
Die Liebesverschwörung 10394
Und dennoch war das Leben schön ● 10519
Ein Mädchen aus Torusk 10607
Begegnung in Tiflis 10678
Babkin unser Väterchen ● 10765
Der Klabautermann ● 10813
Natalia, ein Mädchen aus der Taiga ● 11107
Liebe läßt alle Blumen blühen ● 11130
Es blieb nur ein rotes Segel ● 11151
Mit Familienanschluß ● 11180
Nächte am Nil 11214
Die Bucht der schwarzen Perlen ● 11377
Wir sind nur Menschen ● 12053
Liebe in St. Petersburg ● 12057
Ich bin verliebt in deine Stimme/Und das Leben geht doch weiter ● 10054
Vor dieser Hochzeit wird gewarnt ● 12134
Der Leibarzt der Zarin ● 14001
2 Stunden Mittagspause ● 10033
Ninotschka, die Herrin der Taiga ● 14009
Transsibirien-Express ● 10034
Der Träumer/Gesang der Rosen/Sieg des Herzens ● 17036
Dr. med. Erika Werner/ Der Dschunkendoktor/ Privatklinik
3 Romane in einem Band. 25024
Die Fahrt nach Feuerland/ Alarm/Haie an Bord
3 Romane in einem Band. 25025

Goldmann Taschenbücher

Die schweigenden Kanäle 2579
Ein Mensch wie du 2688
Das Lied der schwarzen Berge 2889
Die schöne Ärztin ● 3503
Das Schloß der blauen Vögel 3511
Morgen ist ein neuer Tag ● 3517
Ich gestehe ● 3536
Manöver im Herbst 3653
Die tödliche Heirat ● 3665
Stalingrad 3698
Schicksal aus zweiter Hand 3714
Der Fluch der grünen Steine ● 3721
Auch das Paradies wirft Schatten/Die Masken der Liebe ● 3873
Verliebte Abenteuer 3925
Eine glückliche Ehe 3935
Das Geheimnis der sieben Palmen 3981
Das Haus der verlorenen Herzen 6315
Sie waren Zehn 6423
Der Heiratsspezialist 6458
Eine angesehene Familie 6538
Unternehmen Delphin ● 6616
Das Herz aus Eis/Die grünen Augen von Finchley ● 6664
Wie ein Hauch von Zauberblüten 6696
Die Liebenden von Sotschi 6766
Schwarzer Nerz auf zarter Haut 6847
Ein Kreuz in Sibirien 6863
Im Zeichen des großen Bären ● 6892
Wer sich nicht wehrt... ● 8386
Die strahlenden Hände 8614
Wilder Wein ● 8805
Der Gefangene der Wüste 8823
Sommerliebe ● 8888
Promenadendeck 8927
Duell im Eis ● 8986
Liebe auf dem Pulverfaß 9185
Im Tal der bittersüßen Träume 9347
Engel der Vergessenen 9348
Das goldene Meer 9627
Geliebte Korsarin 9775
Leila, die Schöne vom Nil 9796
Schlüsselspiele für drei Paare 9837
Kosakenliebe 9899
Der verkaufte Tod ● 9963
Das Regenwald-Komplott 41005
Tal ohne Sonne 41056
Die Straße ohne Ende 41218
Wer stirbt schon gerne unter Palmen... Band 1: Der Vater 41230
Wer stirbt schon gerne unter Palmen... Band 2: Der Sohn 41241
Heiß wie der Steppenwind 41323
Liebe am Don 41324
Bluthochzeit in Prag 41325
Die schöne Rivalin 42178
Der Jadepavillon 42202